《西口三部曲》之三

U0595394

西口情歌

中国首部大型原生态民歌电视连续剧文学剧本

燕治国 著

山西出版传媒集团
三晋出版社

　　谨以此剧献给中国北方民歌之乡山西省河曲县及晋西北陕北冀北的父老乡亲。
　　献给辽阔的蒙古高原和亲爱的蒙古族兄弟。
　　愿水乳交融的蒙汉情谊和绚丽多彩的蒙汉文化万古长青。

——燕治国

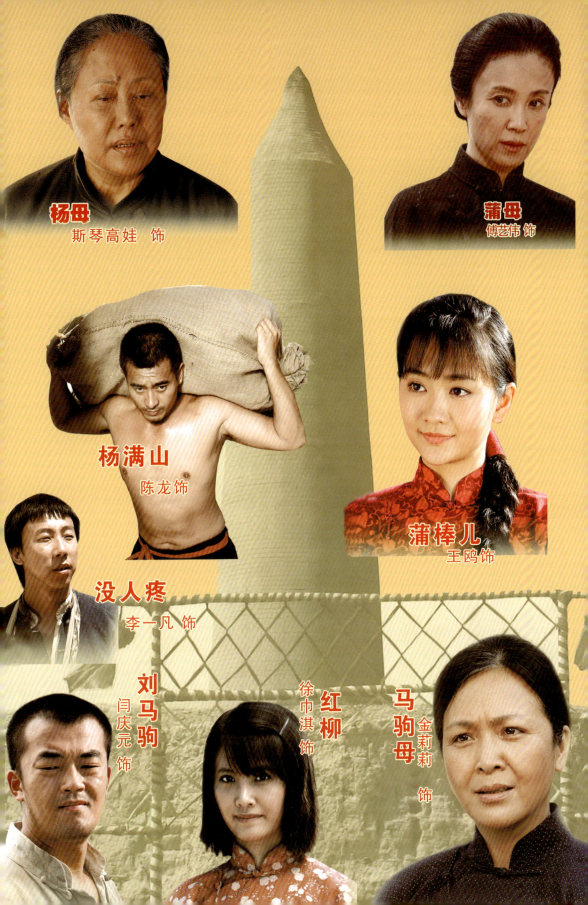

杨母
斯琴高娃 饰

蒲母
傅艺伟 饰

杨满山
陈龙饰

蒲棒儿
王鸥饰

没人疼
李一凡 饰

刘马驹
闫庆元 饰

红柳
徐巾淇饰

马驹母
金莉莉 饰

红鞋嫂
王思懿 饰

梁老板
郭凯敏 饰

锤锤
刘钇彤 饰

蒲父
杜全居 饰

二奶奶
高宝宝 饰

浩瀚的库布齐沙漠,晚霞绚烂。本剧作者行走在沙漠深处。他不时停下来,焚香酹酒,虔诚拜祭先人。他的身后留下一串串脚印。

画外音:那年春天,我走进库布齐沙漠,沿着我的先人们走西口的足迹,去寻访他们当年经历过的艰难与辛酸。我看见撒落在荒原上的累累白骨,我听见千万首凄美柔婉的西口情歌……

随着凄楚的《走西口》旋律,一幅走西口路线图缓缓铺开。线路化作股股人流,水一样渗进蒙古荒原。

一排大雁从天空掠过。

画外音:先人们说,每年大雁回家的时候,他们也要回家了。

第1集

库布齐沙漠上涌动着正在回家的走西口汉子。他们背着简单的行李,浑身上下都是沙土。天空传来大雁的鸣叫声。汉子们抬头观看,脸上露出喜色。

几辆灵车从远处驶来。汉子们扭头望去,肃然噤声。灵车近了,棺前除各种供品外,还拴着一只大红公鸡。狂风吹来,人们默默护住灵车,艰难行进。有人向空中撒着纸钱。纸钱在空中翻飞飘扬。蒲父高举竹竿,竹竿上长长的纸幡在风中飘曳。他时不时呼喊一声:"亲人啊,咱回家哇!"走西口汉子们齐声接应道:"回来了,亲人!"

声音在空中回荡,化作苍凉沙哑的歌声:

黄龙湾湾河曲县,三亲六眷漫绥远。二姑舅啊三姥爷,八百里河套葬祖先……

杨满山用独轮车推着母亲朝县城方向走去。坐在车上的杨母边咳嗽边说:"满山,扶我走……"杨满山停住车轻声说:"妈,路不好走,我扶你躺下吧。"

杨母听着大雁的叫声,着急地说:"快点,我估摸走西口的人这会儿该回到渡口了,快去接你爹……"

杨满山劝慰母亲:"妈,你别着急,我爹要是回来,接不接都会回家。要是不回来,接也白接。"

杨母:"满山,别这么说。金窝银窝不如穷窝。火山村杨家院就是你爹的窝,他不回来,谁收留他?你扶着妈走,咱快点接你爹去!"

杨满山用肩膀擦着汗说:"妈,我爹这几年没有一点音讯,年年接,年年不见人影儿。你又病成这样,你再要有个三长两短,咱们家就塌啦!"

杨母咳嗽着说:"满山,苦了你了……"。

满山:"妈,有你在,我不苦。"车子歪歪扭扭远去。

蒲棒儿母女从堡子村山坡上走下来。

蒲棒儿:"妈,你坐下歇会儿,我叫我马驹哥一声。"

蒲母:"算了吧,咱娘儿俩走着去渡口。少招惹你马驹哥,他心眼太小,我不待见他!"

蒲棒儿:"他是我姑姑的儿子,我总不能不认表哥吧?我姑家有牛车,我叫上他一起去接我爹。"她朝着不远处的平川村喊:"马驹哥——"村里传来马驹的声音:"哎,蒲棒儿,哥立马就来。"

不一会儿,马驹赶着牛车来到路边:"妗子,上车吧,咱们接我舅去。"

蒲母边上车边说:"马驹,等你舅回来,我们一起去看望你妈。"

马驹:"好,我妈就盼望着我舅平安回来。蒲棒儿,你也上车吧。"

蒲棒儿上车时回头看了一眼:"哎呀,那不是火山村的杨满山吗?他又要去接他爹。"

马驹:"接也白接,年年接,年年接不上。"

蒲母:"难为这孩子一片孝心。"

马驹不屑地:"那算甚孝心?有本事多赚点钱,让他妈过两天好日子。"

蒲母:"马驹,将心比心,你也该让你妈过两天舒心日子了。"

马驹不高兴地:"我让我妈有吃有喝,有穿有戴。她不舒心,那是她的事,与我无关!"

蒲母反唇相讥:"好好好,马驹好,马驹有孝心,马驹是大孝子……"

蒲棒儿噘嘴说道:"就不能少说两句嘛!马驹哥,停一停,我下车。"她跳下车,朝杨满山母子跑去。马驹着急地喊:"蒲棒儿,你要干甚?"

满山推车上坡,满脸大汗。杨母着急地:"满山,让我下去……"

独轮车一歪,几乎翻倒。蒲棒儿跑过来扶了一把,满山使劲撑稳车。

　　马驹跑过来生气地说："蒲棒儿，少管闲事，快走。"蒲棒儿："马驹哥，把大婶拉上吧，坐牛车稳当。"马驹看一眼杨满山，拒绝道："那不行，我的车不拉病人。"

　　满山默默地把母亲抱到坡上，返身把空车推上去，再把母亲放到车上，他对蒲棒儿说："大妹子，谢谢你。"他挎好襻带，握紧车把，朝前走去。

　　蒲棒儿跑到牛车边拿起一根绳子，拴在独轮车前边，帮满山拉车前行。

　　马驹着急地："让她上车还不行嘛！谁说不让她上来！"他追上依然低头拉车的蒲棒儿，嘟囔道："蒲棒儿，是我不对，我陪个礼行不行？"

　　蒲棒儿停下来对满山说："满山哥，牛车稳当，让大婶上车吧，咱们快点去渡口接人。"

　　蒲母："满山，快抱你妈上车，都有亲人走口外，咱们是一家人。"

　　马驹帮满山把杨母扶上牛车，满山推着独轮车说："兄弟，谢谢你。"

　　杨母不时咳嗽，蒲母扶她靠住车厢。蒲棒儿给杨母捶背抚胸，轻声说："大婶，别着急，咱一会儿就到了。"杨母慈爱地望着蒲棒儿："好闺女，你心好，人样儿也好。"扭头对蒲母说，"他婶子，你好命，有个好闺女。"

　　蒲母："还是你家满山好，后生家这么孝顺，力气也大，往后能顶起家道来。"

　　杨母叹气说道"唉，他爹要是回来就好了，就能给我娃成个家了。"她猛一阵咳嗽，蒲棒儿赶忙将她揽在怀里，轻声安慰："大婶，你靠着我歇歇，别着急……"

　　马驹皱着眉头，用鞭子抽牛："驾——"满山推车跟在后面。

　　河曲县西城门外残破的城墙前，层层叠叠的女人孩子们正焦急等待着归来的亲人。小贩们使劲吆喝。戏台上正演唱小戏《走西口》。

　　走西口汉子们从河对岸山顶冒出来。河这边一片惊呼："回来了！回来了！"

　　汉子们迫不及待地从山坡上滑下来。有人唱道："树叶叶落在树根底，亲人总算回口里。双膝膝跪下单膝膝起，酒盅盅满酒迎候你……"

　　羊皮筏子和摆渡船缓缓靠岸。走西口汉子们从船上抬下一具具棺木。一群人跪地迎灵。蒲父高喊："亲人啊，回家啦！"迎灵人哭着呼应："回来啦，亲人！"

　　有个孩子从人群中跑出来，紧紧抱住一个男人的腿，高声叫道："爹，爹！"那人抱起孩子，一家人高高兴兴地拥在一起，脸上挂满泪水。

　　这时一位少妇疯了一样扑向一具棺木："大虎！大虎哥，你咋就这么回来了！"

有女人喊："桃花，等等我，咱接大虎回家……"

蒲棒儿、马驹陪着蒲母朝西城门外码头走来，眼睛紧盯着下船的汉子们。

红柳吆喝："桃干杏干果瓣子，杏瓣儿干烙儿海红子……"

蒲棒儿回头看了一下："嗨，红柳姐。"

红柳："蒲棒儿，过来，抓把杏瓣儿吃。"

蒲棒儿："红柳姐，等接到我爹，我来买你的杏瓣儿。"

红柳："今年收成好，老天爷给民国长脸了。过来尝尝，新炒的杏瓣儿，又脆又香。"

马驹走过来抓起一把杏瓣儿："红柳，我替蒲棒儿抓一把，人们都说你炒得杏瓣儿好吃。"

蒲棒儿责备他："马驹哥，你咋能这样？红柳家里养着个病爹，父女俩全靠这点小买卖过日子。"马驹尴尬地："那——我就买点。"红柳大气地："收不收还吃一秋呢，一把杏瓣儿算个甚？马驹，拿去！"

马驹扔下几个铜钱，拿了两包杏瓣儿塞到蒲母手里："妗子，你尝尝，这可是花钱买的。"

不远处杨满山对躺在独轮车厢里的母亲说："妈，我去打听一下。"杨母无力地挥挥手。

杨满山往前走了几步，拦住一个归来的汉子问道："大叔，你一路上见我爹了吗？"汉子问："你爹是谁？"杨满山："杨二能，火山村的。"汉子："好像听说过这个人，他是不是在后套挖渠？"杨满山急切地："对对对，是在后套挖渠。你见过他？他回来没有？"汉子说："倒是听说过他的一些事，可没见过他本人。"说完匆匆离去。

杨满山一脸茫然，来到红柳小摊前。

红柳："杨满山，你又来啦？你爹有音讯吗？"见满山摇头，她又问道，"你妈咋啦？去年还好好的呀。"杨满山没说话，继续往前走去。

站在一旁的马驹不屑地："这人真是个棒槌，这还用问？到河畔一看不就知道了！"见杨满山又截住一位汉子继续打听，马驹说，"一根筋，还要问！说不定他爹早就死在口外了。"

蒲母嗔怪地："咋这么说话！"马驹："明摆的事……"蒲棒儿："马驹哥，你嘴上积点德好不好！"红柳："喂，刘马驹，将心比心，别说人家的长短。"马驹恼火地："好好好，我不说了。你们在这儿等着，我接我舅舅去。"

蒲棒儿母女边吃杏瓣儿边看着河边渡船。长得精瘦的没人疼悄悄溜过来，一把抢走一袋杏瓣儿，猛往嘴里塞。蒲母吓了一跳："啊！没人疼，你个灰小子，吓我一跳。"

蒲棒儿惊慌地："马驹哥，快来，抢人啦！"马驹闻声跑来，揪住没人疼一顿狠揍。人们围过来推倒没人疼："狗改不了吃屎，打死他！""没人疼，叫我一声爷爷，不然我踢死你！"

没人疼呻吟着说："饶了我吧，我饿……"

杨满山走过来："咋啦？别打人！"

有人喊："你别管闲事，这小子又偷又抢，打死活该！"

满山一把抓住马驹喊道："好歹是一条命，别打啦！"

马驹瞪着满山说："我刚帮过你，你小子就翻脸不认人！滚开，我打死他！"

蒲棒儿惊恐地："马驹哥，求求你，别打啦！"

有个人骑在没人疼身上狠狠抽打："你不叫爷爷，爷爷今天就打死你！"

没人疼朝满山喊："大哥，救救我……"

杨满山把那人提起来扔到一边，厉声喊道："谁也不准动手！"他把没人疼拉起来问："你偷谁抢谁啦？赶紧给人家赔个不是。"

没人疼给蒲母鞠躬说："婶子，我没爹没妈没人疼，我实在饿得不行了，你饶了我吧。"

蒲母把手里的杏瓣儿递过去："快吃吧，婶子不怪你。蒲棒儿，去给他买几个盐干烙儿。"蒲棒儿答应着离去。

没人疼用衣袖抹抹脸上的泥土，对满山说："大哥，谢谢你救我。"杨满山把手巾递给他："兄弟，我叫杨满山。往后家里没吃的，就到火山村找我。"没人疼："大哥，我没家，往后我就跟着你。"杨满山拍拍他的肩膀："行，有我吃的，就饿不着你。"

黄河边。蒲父帮着安排好迎灵事宜，背着四胡走到河边，撩起河水洗把脸，然后直起身子唱道："不大大的小青马马多喂上二升料，三天的路程哥哥我两天到。东山畔阳婆西山畔落(lao)，跑口外的哥哥回来了！"

人们围上来堵住蒲父的去路："蒲棒儿她爹，唱得好！"蒲父说："那当然！咱就是靠唱曲儿吃饭的人嘛。""那就停下来好好唱几段，反正已经到家啦，不着急。""你们不着急，我着急。不唱啦，老婆和闺女肯定接我来啦。"

远处蒲棒儿和马驹大声喊："爹，爹——""舅舅——"

蒲父挤出人群:"咋样,来了吧? 听见家里人的说话声,比喝了蜜还甜! "

蒲母领着蒲棒儿、马驹走过来:"也不看看地方,走到哪儿就是个唱! "

蒲父:"回家了,又看到你们了,我不是高兴嘛。"

蒲母:"成年累月让人揪心揪肺的,还高兴! "

蒲棒儿:"我爹平平安安回家了,当然高兴啦。"

蒲父:"还是闺女知道我的心。今年年成好,我也回来了,能不高兴嘛? 蒲棒儿她妈,想我了吧? "

蒲母:"别瞎说! "心疼地,"你瘦了。"

蒲父笑笑:"有钱难买老来瘦嘛。"

蒲棒儿:"谁说我爹老啦? 我爹是全家的顶梁柱,再过二十年也不老。"

蒲父:"蒲棒儿,有你这话,爹在口外受死受活都没说的。走,回家! "说着拉住蒲母的手,哼唱道,"一把拉住妹妹的手,喜喜乐乐往回走。"蒲母看看四周,不好意思地甩开手:"你就不能正经点! 蒲棒儿,拽住你爹那狗爪子,回家! "

马驹羡慕地看着这一家人,跟着朝前走去。

杨满山拦住一个人问:"大叔,你见过我爹吗? "那汉子问:"是杨二能吧? 听说他在后套修杨家渠,我好久没见他了。"

杨满山又拦住一个人问:"我爹叫杨二能,火山人,你见过他吗? "那人摇着头离去。杨满山呆呆地站着,不知该再问谁才好。

杨母支起身子坐起来,无力地叫着:"满山,再问问……"

蒲棒儿跟着蒲父走过来,见杨满山呆呆地站着,低声说:"满山哥,你妈叫你。"

蒲父走到杨满山跟前:"你是火山村的杨满山吧? "

杨满山满怀希望地:"对,大叔,我是火山村的杨满山,我爹叫杨二能,你认得他? "

蒲母走过来,同情地看着满山。

蒲父:"我不认识你爹,但是我知道他。杨满山,口外有人给你家捎了点钱。"说着从怀里掏出银票,"这是银票,你拿好"。

杨满山不明白地:"捎甚钱? 谁捎的钱? "

蒲父:"捎钱的人不让说名字,你要想知道底细,开春以后自己到口外打听去。"他端详着满山说,"你年纪也不小了,该到口外找你爹去了。"

蒲棒儿低声说:"爹,你没看见嘛,他妈有病。"

杨满山:"大叔,你是不是有事瞒着我? 你肯定见过我爹! "

蒲父："我只听说你爹在后套修渠。后套离包头很远,我就是想见也见不上。拿上银票回家去吧,别多想了。"

杨满山："大叔,我爹是不是出事啦?"

蒲父："咱这地方,十年九旱,男人迟早得走口外。赶明年你跟上我到口外去,边种地边打听你爹的下落。"说着要与蒲母她们离去。

杨满山怨恨地："是不是我爹死啦?"

蒲父："你不要瞎猜疑,我一路上问过赶灵车的,没有你爹杨二能的牌位子。你拿上银票到票号兑成钱,回去好好过日子。"

杨满山气愤地："我爹都不回来,还过甚的好日子!"

戏台上还在唱着《走西口》,杨满山突然朝台上喊:"别唱了!"周围的人都惊讶地看着他。杨满山心烦意乱地喊:"别唱了,行不行! 走西口,走西口,唱得人都不回来了,还唱甚的走西口!"说着把银票撕得粉碎。众人惊呆了。

没人疼心疼地喊:"满山哥,那是银票!"

众人议论:"这后生也真愣,咋把银票也撕了!""听说王府的二奶奶看上他爹了。""噢,怪不得几年没音讯,怕是进王府享清福去了吧!"

杨母一听,当场昏了过去。站在一边的蒲棒儿吃了一惊,俯身喊叫:"婶子,婶子!"她上前摇摇杨母,赶紧去找水。

杨满山仍忿忿地:"好好的一家人都走散了,要钱有甚用处!"他将撕碎的银票抛向空中。没人疼忙着去捡,被众人压倒在地。满山把他拉起来,说:"兄弟,钱得自个儿去赚,你别自己糟贱自己!"

蒲棒儿端着水朝满山喊:"满山哥,杨满山,快,你妈昏过去啦!"蒲母推推满山:"满山,快过去看看!"

独轮车前围着好多人。杨满山拨开人群,焦急地喊:"妈,妈,你醒醒,妈!"杨母微微张开眼,抬抬手。杨满山:"妈,咱不等了,咱回家!"说着挎起襻带。

蒲棒儿:"满山哥,坐牛车走吧,我们送你回去。"

满山:"不用了,回时候不着急,我们慢慢走。"

没人疼找来绳子拴在车头上,拉着车说:"哥,咱回家。"

蒲母攥着杨母的手说:"她婶子,你要保重身体,今年等不上,还有明年。"

蒲棒儿买了条红裤带拴在车上:"满山哥,拴上吧,红红的图个吉利。"

杨母挣扎着对蒲棒儿说:"闺女,抽空来看看我……"

蒲棒儿:"嗯,大婶,你保重身体……"

马驹:"蒲棒儿,别说了,快走吧!"蒲棒儿瞪了他一眼,没说话。

众人同情地看着独轮车远去。

人群渐渐散去。岸边留下空空的渡船和漂浮的羊皮筏子。

河水滔滔,浊浪拍岸。

杨满山推着车不时问:"妈,你好点吗?"杨母叹口气,没答应。满山说:"妈,你别着急。只要你身体好点,明年一开春我就到口外找我爹去。"没人疼接着说:"我也去,我陪着我哥。"杨母叹口气说:"你爹把咱娘儿俩扔下不管了……"杨满山:"妈,你不要瞎猜疑,不是还有人惦记着咱家嘛,要不捎钱干甚?"没人疼:"真可惜,那么多钱!"满山逗他:"多少钱,你看见啦?"没人疼憨笑着摇摇头:"我要是看见,我早就抢走了,哪能轮到你撕它!"

蒲母捧着一块绸料从商铺走出来:"买点布就行了,你说你贵巴巴地买绸子干啥?"

蒲父:"这是哈达绸,你们母女俩一人做上一件褂子,夏天穿上凉快。走口外图个甚?就是图过上好日子。不怕,只要有我,保你们母女俩要甚有甚,想吃甚就吃甚。"

蒲棒儿:"爹,你每年走遍鄂尔多斯,甚事情都知道,你要是知道满山他爹的事,你就告诉人家,看把他母子俩急的!"

蒲母笑了:"咱闺女还念叨刚才的事呢。"

蒲棒儿:"妈,你也看见满山着急的样子了,到底是谁给他家捎的钱啊?"

蒲父:"火山村那么穷,这小子还真有点倔脾气,竟然把银票给撕了!"

蒲母:"我看这后生有骨气。钱是好东西,可要来得明明白白,花得清清楚楚。"

蒲棒儿:"那银票到底是谁捎的?是不是人们说的那个王府女人?"

马驹:"蒲棒儿,又不是咱家的事,你管它谁捎的呢!"

蒲棒儿瞪了他一眼:"我偏要管,咋啦?"马驹看看蒲棒儿,不作声了。

蒲父:"蒲棒儿,捎钱的人不让说。"蒲棒儿:"自家人也不能说呀?"

蒲父笑着拍了拍女儿:"对,走口外的人,不管有钱没钱,谁也不能说瞎话。爹已经答应过人家,再问,爹可就作难啦!"随口哼道:"一进大门羊羔羔叫,看见妹妹迎面面笑。上了热炕脱了鞋,今年的生死我保回来……"

一辆灵车朝堡子村驶去。人们搀扶着几近昏厥的桃花跟在后面。

蒲棒儿惊讶地:"那不是桃花嘛!爹,是不是我大虎哥出事了?"

蒲父:"唉,年轻轻的,死在口外了。"

蒲母吃惊地:"啊?他正月才成亲,咋这么快就没有了?桃花往后可咋活呀!"

蒲棒儿:"妈,我去看看桃花。"马驹说:"我也去。"蒲母阻拦说:"你就别去了,后生家别往人家家里跑。"马驹只得停住脚步。

蒲父:"马驹,你妈身体还好吗?"马驹憋气地:"挺好。"

蒲母讥讽地:"马驹可孝顺啦,成天守着他妈,就怕他妈出了花花事。门前门后挖了闪人的窖,连狗都跳不过去。墙头上闸满葛针林,连麻雀儿都飞不进去。这倒也是,寡妇人家,就怕外人说三道四。"

蒲父皱着眉头说:"这事都传到包头去了。马驹,你也长大了,把脑子用在正经地方好不好?人们夸你聪明能干,闻一把土就能知道年成好坏,往后好好种地,少管你妈的事。"

马驹:"舅舅,那都是有人逼的。我爹死得早,我得顶起门户来。我家又不是大车店,谁想来就能来。"

蒲父:"开春后跟我一起到口外去,像你爹那样干点男人该干的大事情!"

马驹:"我妈身体不好,我不放心。"

蒲父生气地:"你刚刚还说你妈身体挺好,咋一眨眼又不好啦?不放心不放心,不就是和锁田那点烂事嘛!锁田和你爹是一块儿走口外的好朋友。你爹死后,全凭锁田帮你家这么多年,你小子恩将仇报,还有点良心没有?再说,锁田帮你家就一定有事了?你回去跟你妈说一声,明儿我看她。"

马驹把手中的东西放在地上,赶着牛车就走。

蒲父:"这孩子,心思咋这么重啊?"

杨满山将独轮车停在火山村山脚下,对没人疼说:"兄弟,替哥把车还给那家人家,完了跟哥回家。"说完背起母亲。一长者从一院落里走出来:"满山,今年又没接上你爹?"满山没吱声,往山坡上走去。老者问:"你妈这是咋了。"杨满山说:"路不好走,一路上颠的。"长者叹口气说:"唉,先人把你们村安在山尖子上,倒是躲过了打仗,可是躲不开这挂鼻子山坡。这路常人都受不了,别说你妈的身子骨了。"他对跟着的人们说:"来,大伙儿帮帮满山。"

几个村邻将杨母抬进来,放到炕上。没人疼连忙给杨母盛了一碗水。隔壁二婶接过碗来轻声呼唤:"满山他妈,你醒醒。"杨母微睁眼睛,呆呆地看着窑顶。隔壁二婶将碗放在一边,叹口气说:"满山他妈,别想那么多事,你得保养好自己的身体。唉,口里的女人就是命苦,开春大雁一来,男人拔腿就往口外走,女人留也留不住。到秋后男人总算回来了,一搭儿住上两三个月,转眼又要走口外。男人要是不回来,一家人就揪心揪肺地盼着、等着。你说这是人过的日子嘛!"

杨满山走到炕边,给母亲盖好被子。

一长者:"满山,早点成家吧。咱们是火山杨家的后人,你家就你一棵独苗苗,成了家有个孩子,杨家的香火就续上了。"

杨母呆呆地自语:"咱家穷,没福气,找不上蒲棒儿那样的好闺女……"

堡子村李家院里。蒲棒儿劝桃花:"……桃花姐,家里出了这事,大伙儿心里都不好受,你想开些。甚时候埋啊?"桃花:"过几天吧,让大虎在家多住几天。"说着低下头,泪水流了下来。蒲棒儿:"唉,咱们的命,比纸还薄!"桃花叹气说道:"命再薄,咱总还活着。可大虎就这么不明不白地走了。他的命,比咱还薄。"

蒲棒儿继续劝解:"姐,别难过了,人死了不能复生,咱还年轻,上边还有老人,日子再苦,还得过下去。"

桃花哀怨地:"蒲棒儿,姐和大虎满打满算做一个来月的夫妻,就变成寡妇了,真应了戏里唱的:正月里娶过门,二月你西口外行。眼下刚刚收完秋,他就把我撂下了,就再也见不着了。往后就剩下小寡妇上坟了……"

蒲棒儿:"桃花姐,你想开些,山曲儿里说,山背后的日子比天长。再熬上几年,说不定能熬出好日子来。"

桃花流着眼泪说:"蒲棒儿,你别劝了。你是名正言顺的大闺女,你或许能熬到好日子。姐已是李家的人了,只能乖乖儿守着门户。往后谁给姐担水拉炭,谁给姐收种庄稼?熬熬熬,姐熬不出来。姐连男人走口外,女人挖苦菜那种苦日子都过不上了。"

蒲棒儿:"不是有我嘛!"

桃花摇摇头:"等你成了家,你连你也顾不过来。"

蒲家里屋。蒲母正在油灯下缝补丈夫的上衣。

蒲父走进来:"蒲棒儿她妈,明天再缝吧,睡觉。"蒲母:"再等等。看看炉子里的火熄了吗?""早熄了。""大门关好了吧?"蒲父笑着说:"有我在,关不关大门都没事。"说着跳上炕夺过蒲母手里的衣服往边上一扔,急切地扑过去。蒲母用力推开他:"你就没个够!"蒲父说:"一年就盼着这两三个月,回家来就为了老婆娃娃热炕头!"说着又要吹灯。蒲母连忙拦住他:"别急。我还有话说。""明天再说,话又放不凉。""那不行,你听我说完。"

蒲父扫兴地盘腿坐下："说吧！""我跟你说说你姐的事儿。"蒲父不耐烦地："我姐的事有啥好说的？她为刘家守了十几年寡，你说甚时候是个出头之日？""村里人背后指指戳戳，你也不嫌难听！""不就是她和锁田那点事嘛。真要有事，到时候我张罗着给他们办一办，看谁还敢鬼说六道！要是没事，身正不怕影子斜，说不塌天也说不塌地。""人们说长道短，我捂住耳朵，不听！可马驹老追咱蒲棒儿，我可不能让蒲棒儿不明不黑担上一股赖名声。闺女大了，该寻个人家了，你是她爹，你说咋办？""咋办？谁也没说过蒲棒儿非嫁给刘马驹是不是？闺女的事，你们母女做主。你们找好了，告我一声，到时候，咱雇上城关的鼓，巡检司的轿，毕特齐的唢呐子，喇嘛湾的号。轿夫都戴上红缨帽，一进门通通放上两个连二炮……"

蒲母生气地："和你说正事呢，别拿二人台里的戏词儿哄我。你娶我那会儿也没这么红火过。那都是戏里头的排场，轮不到咱穷人家。"

蒲父愧疚地："唉……"

蒲母："她爹，我嫁给你整整十九年了，每年一开春你抬腿就走，把这个破窝扔给我，白天捡柴挖苦菜，黑夜守着空院听耗子打架。心里有话，我只能憋着，实在憋不住，我就对着灯头说话。一年又一年，一年又一年……总有一天，我连说话的气力也没有了，到时候你可别嫌弃我。"

蒲父心疼地揽住妻子："妹子，哥对不住你！"

杨家窑洞里灯光摇曳。没人疼已经睡着了。

杨母眼前晃动着丈夫杨二能背着行囊一步一回头的影子，她说："满山，你爹为人忠厚，心地善良，他的品行，妈最清楚，你别听外面人瞎说八道。"

满山："妈，我知道，我不信……"

杨母："……你爹心灵手巧，不光是种庄稼的好把式，他还会木工、泥工、会擀毡，会缝皮袄，还会拉胡琴、唱曲儿。他窝在咱这地方施展不开本事，这才走了口外。听人们说，他一到口外就给人家修水渠去了。"

杨满山："咱这里的地要是平展展的，我爹也不会出口外。"

杨母自言自语："男人走口外，女人挖苦菜……可到了寒冬腊月数九天，女人上哪儿挖苦菜去？"她陷入一种幻觉中："满山，妈要是不在了，往后谁照顾你啊？"

杨满山："妈，咱不说这事。"

杨母顺着自己的思路说："蒲棒儿那闺女，长得袭人，心地也好，可惜，咱家穷，没那命，捞探不上……"

没人疼翻了个身又睡着了。满山给他掖掖被子，说："妈，天不早了，睡吧。"

他吹熄灯,躺下了。

蒲家院里。蒲棒儿正在给父亲洗衣服。蒲父端着铜盆走出来,说:"蒲棒儿,起得这么早啊?"蒲棒儿:"爹,你的衣服是咋穿的?"蒲父:"咋啦?"蒲棒儿:"真脏,洗了三次还有泥,你看,这水成了黑汤子了。"蒲父:"回来整整走了七天,又过沙漠又过河,翻霸梁时怕土匪抢,我故意在污泥里泡过。走口外,不容易呀。"蒲棒儿:"爹,我知道。"蒲父:"蒲棒儿,你觉得你马驹哥人咋样?"蒲棒儿:"挺好的,爹,你问这干啥?"

蒲父擦着脸,没回答。

马驹坐在他家房顶上,向蒲家方向张望。

马母在院里喊:"马驹,下来,你在房顶上干甚?"马驹没有应声。

马母:"你舅一阵阵就要来了,你下来帮我收拾收拾院子。"马驹探探头,不吭声。

马母:"你没听见我说话啊?你别跟我怄气,我不是不让你走口外,你爹走口外累死了,扔下这个家走了,你要是再有点闪失,妈就没法活了。咱家就在黄河边,有河畔那点水浇地,饿不死咱娘儿俩,你听见没有?"

马驹:"听见了听见了!你活得挺滋润。"

马母:"谁说这话来?我咋个滋润法?"

马驹:"滋润不滋润你自己知道。反正我要走口外。"

马母:"那你走!一开春就跟上你舅舅走去!省得每天和我怄气。"

马驹:"你让我走?我偏不走。我就不走!"

马驹突然站起来,瞪圆眼睛盯着院外面。

马驹家院外官道。身体强健的锁田赶着羊群哼着曲儿从官道上走来:"阳婆儿上来云遮住,瞭不见妹妹墙挡住。村里头起了一层雾,瞭不见妹妹泪罩住……"

马驹站在房顶上对着锁田喊:"喂,我说过不让你从我家门前走,你耳朵里塞上驴毛啦?"

锁田:"哟,你小子长成人啦?我唱曲儿关你甚事?"

马驹:"总有一天,爷打断你的腿!"

马母:"马驹,不准骂人!"

锁田:"马驹,你不能这么说话,这是出村的路!"

马驹:"你还有理了？爷就不让你走！你再要走,爷一锹劈死你！"说着下梯子拿锹。

马母上前扭住儿子:"马驹,你锁田叔是你的长辈,你咋能这么骂他！"

马驹不管不顾朝大门走去,马母跑过去夺锹,母子俩撕扯在一起。

蒲棒儿一家提着礼品走来,与锁田和他的羊群碰面。

蒲棒儿:"锁田叔！"锁田:"哦,蒲棒儿来啦？"

蒲父:"锁田哥,你还好吧！"锁田尴尬地:"噢,兄弟,你回来啦,来看你姐啊？"

蒲父:"锁田哥,赶明儿咱兄弟俩聚聚,喝盅酒。"锁田敷衍道:"噢,好、好！"离去。

蒲母不高兴道:"你和他喝甚么酒？"

蒲父生气地道:"我们是好兄弟,你别管！"说着过去敲门,不料跌进闪人窖,蒲父恼火地:"这是马驹挖的吧？"

蒲母使劲拉住他,险些摔倒。蒲棒儿在一旁笑了。蒲父瞥她一眼:"还笑！"

蒲棒儿上前敲门:"姑姑,姑姑！"

马母从屋里跑出来:"哎,来了来了,姑姑给你开门！"

马驹忙去开门:"舅舅,妗子,蒲棒儿,你们来啦！"

蒲父拍打着身上的土,瞪了马驹一眼:"看你这点儿本事！"

马驹低下头,扯了一下蒲棒儿:"来,我跟你说句话。"

马母看了他们一眼,叹气说道:"唉,只有见到蒲棒儿,马驹才像个人。他成天在姐面前念叨蒲棒儿,只要蒲棒儿一来,他就眉开眼笑乖得像只绵羊,就不跟我顶嘴了。"

蒲棒儿悄悄踢了马驹一脚:"谁让你念叨我来！"马驹低声嘟囔:"我就念叨你,谁也管不着……"

蒲父看见马母手伤,关切地问:"姐,你手咋啦？是不是马驹又气你了？"

马母掩饰地:"不是不是,是我不小心弄破的。进屋吧,姐总算又把你盼回来了！"

蒲父朝着马驹喊:"马驹,你给我过来！"马驹不情愿道:"舅,咋啦？"蒲父:"咋啦？马驹你不走口外也算,你不能老气你妈。你看看你把这个院糟蹋的。常言说远亲不如近邻,你防狼似地防着乡亲们,以后万一遇点甚事,谁还敢来帮咱们？快,把墙上的葛针都砍了,把门口的坑填平！"

马驹苦着脸说:"舅……"

蒲父:"听见没有!"

马驹:"……听见啦。"

蒲棒儿看着马驹。马驹歪着脸,看着远处。

马母屋里。柜顶上供着写有"先父刘宽河之灵位"字样的灵牌,灵牌上方挂着一幅"德似长河"的木匾。蒲母将礼品放在柜子上。蒲父环顾屋里,在马驹他爹灵位前站了一会儿,说:"姐,看你这日子过的!"

马母边从余子里倒水边说:"挺好,马驹会种庄稼,姐家里有吃有喝。"

蒲父犹豫道:"姐,要不这样……"

马母看了他一眼,问:"兄弟,你想说啥?"

蒲父低头说道:"我干脆把话挑明吧。"

"什么话?"

"姐,要不我跟锁田说一声,让他请上几桌饭,你们就一搭搭过吧,这样下去也不是个办法嘛!"马母欲言又止:"兄弟……"

蒲母一直瞪着丈夫,蒲父假装没看见。马母看了蒲母一眼:"唉,姐这本经不好念。这些年锁田一直帮衬我,可也坏了姐的名声。如果我和锁田过到一搭儿,马驹还娶不娶媳妇啦?"

蒲母:"咱马驹光眉俊眼,不愁娶个媳妇。"

马母试探道:"如果蒲棒儿能许给咱马驹,姐就算熬出来了。"

蒲母:"姐,你可别往这儿想。"

马母尴尬道:"他们自小一起长大,姐是那么想的。"

蒲母:"姐,你想是你想,我们可没往那儿想过。"

马母尴尬道:"那就算姐没说这话。都怪姐,姐名声不好;可姐又该怪谁呢?"她指着灵位说,"你姐夫帮不上我,锁田又来路不正。姐难啊!"

蒲父:"那就把来路捋正!这事我做主了。"

马母:"兄弟,在你姐夫灵位前说这种话,不是害你姐嘛!再说……马驹也不让……"

蒲父:"马驹管不着这事!"

蒲母撇嘴看着丈夫。

马驹挥锹砍墙上的葛针,砍两下又停下来。

蒲棒儿赶忙问道:"马驹哥,咋不砍啦?"

马驹:"我好不容易才闸上去,你爹二话不说就让我砍下来。我不想砍。"

蒲棒儿:"我爹说得也有道理,你又挖闪人窖又闸墙,搅得四邻不安,路断人情,谁还敢进你刘家门呀?马驹哥,你能不能对我姑好一点?你别听村里人瞎说,我姑不是那样的人!"

马驹难堪地:"唉,你不知道……等咱俩成了家,我就搬出这个烂村子。"

蒲棒儿惊奇地:"谁说咱俩要成亲啦?"

马驹:"我妈早就想跟你妈提这事呢。"

蒲棒儿:"这时候想起你妈来啦?"

马驹:"自古道香不过的猪肉,亲不过的姑舅,亲上套亲,有甚不好?往后你给咱看住家,我到口外狠狠赚钱去,这辈子我保证让你和我妈过上好日子。"

蒲棒儿:"你不是不走口外吗?整天窝在家里跟我姑怄气,也不嫌丢人!"

马驹:"谁说我不走口外?我早就把走口外的路程歌背得滚瓜烂熟,不信你听。"他低声哼道,"头一天住古城,走了七十里整。路程虽不远,跨了三个省。第二天到纳林,碰见两个蒙古人。说了几句蒙古话,甚也没听懂……你等着,明年一开春我就走!"

蒲棒儿:"好,到时候我送你。男人家,就得有点骨气才行,别总思谋着挖闪人窖、闸葛针……哎,你别往我身上扔呀!"

马驹赌气道:"今天铲了,明天我就闸上。"

蒲棒儿:"那你闸吧,我不理你了!"

马驹:"你别走,开春我就走口外,想闸也闸不成,你还当真呀?"

傍晚。杨满山挑水上坡。他在坡上踢出一点平地,把水桶放好。他拽拽还长在地里的山药蔓,蔓子断了。他用手刨山药,刨出一捧捧干土后,挖出一颗拇指大的山药蛋。满山扬手扔掉小山药,提起水桶,将一桶水愤怒地泼在山坡上:"狗的,我让你再旱!有本事,你把爷爷旱死!"

没人疼站在山顶上惊呼:"满山哥,你疯啦!挑一担水好几里地,多可惜啊!"

满山提起另一桶水,默默地往山坡上走去。

满山走进窑洞,把水倒进缸里:"妈,我回来了,咱一会儿吃饭。"

杨母正在炕上说胡话:"他爹,你光顾修渠,不管我啦?他爹,他爹……"

杨满山轻声呼唤:"妈,妈,你没事吧,你喝点水。"没人疼赶忙把碗递过去。杨母恢复了平静。杨满山难过地看着母亲,转身往外跑去。

杨满山跑上山梁。他对着苍天喊叫道："杨二能,你走口外生死不明,音讯不通,你快要把我妈耗死了! 杨二能,我要找不到你这个没良心的灰货,我就不是你的儿子,我就不叫杨满山!"

他满脸泪水,望着灰黄的天空抽泣着喊道,"爹,你如果活着,就捎句话回来,如果死了,你也……"他喊不出来了。

山梁上,归来的羊群在"咩咩"叫着。

杨满山望着山下的黄河水说:"爹,你不死不活不肯露面,你让我和我妈整年猜啊、想啊,猜得树叶子黄了,想得人心枯了……有人说你在河套给人家修渠,咱老家崖头下就是黄河水,儿子就在这儿给你修一条渠,浇灌咱火山村的地,你回家来种地行不行啊? 爹,你听见了没有!"

跟在后面的没人疼忧郁地说:"满山哥,火山村的地都挂在山坡上,黄河水上不来。"

杨满山回头看看没人疼,不说话了。

没人疼:"哥,黄河水真的上不了火山村。"

杨满山无奈道:"我知道。"

悲怆的歌声:

千年的黄河水不清,跑口外跑了几代人?二细绳绳捆铺盖,什么人留下个走口外……

第2集

西北风吹过,野外雪花飘飘。蒲家父女买年货归来。蒲父挎着褡裢边走边哼着曲儿。蒲棒儿提着竹篮跟在后面,认真听着。

蒲父琢磨:"哥哥你要走西口——这要改成鄂尔多斯蒙汉调该咋唱?哥哥你要走西口……不是这味儿呀?"

蒲棒儿:"爹,眼看要过年了,你说杨满山和桃花可咋过呀?"

蒲父一心想他的事:"把蒙古短调和咱的山曲儿像和面一样揉在一搭儿,那歌就好听了——"他被绊倒了,爆竹摔了一地。

蒲棒儿边扶边说:"爹,你成天唱曲儿,那能当饭吃嘛!"

蒲棒儿:"闺女,你算说对了。爹靠着唱曲儿,朋友一大堆,银钱管够花,天天乐,天天笑,天天有吃喝。"

蒲棒儿:"你说杨满山他爹到底哪儿去了?"

蒲父:"米独贵(蒙语'不知道'),我不知道。"

蒲棒儿:"他爹有家不回,可害苦他娘儿俩了。"

蒲父:"走口外的人,谁也不敢说自己年年能平安回来。"

蒲棒儿赶紧说:"爹,你跟他们不一样,你心大、爱红火,我跟我妈手里拽着一根牵魂线,你要是回来晚了,我们就把线拽得紧紧的,把你从口外拽回来。"随口哼道:"长长的流水高高的山,牵魂线把你的腿来拴……"

蒲父:"不用拉,不用拴,大雁回家我回家。你们不想我,我还想你们呢。快过年了,咱们家不准说这种话。"

几个孩子跑来:"噢,过年了,放炮了——"他们将麻炮放在地上,一孩子拿黄香点燃火药捻,麻炮"砰啪"升空,接着是小鞭炮劈里啪啦的响声。孩子们高兴地拍手叫喊着。

蒲父和蒲棒儿迎着炮声走来。蒲父从篮子里拿出炮来,和孩子们一起放。

蒲棒儿笑着躲闪,煞是娇憨可爱。

蒲家屋里。蒲父边揣糕边唱小曲"捏软糕"。蒲母怨怼地："看看你疯成甚样儿了，口外没唱够，回到家里还要唱。蒲棒儿，问问你爹，他是在口外捡上元宝了，还是相中蒙古女人了。"

蒲父："别瞎说，蒙汉不能通婚。"

蒲母："那是朝廷定的，如今朝廷倒塌了，旧规矩都不算了。你要是想通，你就通去。"

蒲父："你还甚都知道。"

蒲母："谁也哄不了我。你要有相好的蒙古女人，引回来让我看看。"

蒲父："你放心，蒙古女人说，为朋友不为口里猴，三春期来了九、十月走。"

蒲母："嘿，她还嫌日子短呀！我倒是明媒正娶的老婆，找的个男人九、十月回来三春期走。真是不捉主意找了个你，人不是人来鬼不是鬼！"

蒲棒儿解围："看看，又怄气了吧？我爹不在家，你泪蛋蛋流得能漂起船。我爹一回来，你一口一个蒙古女人，把我爹噎得说不出话来。我爹要是看上蒙古女人，他还回来干甚哩？妈，你放宽心，天底下，就数我爹对你好！"

蒲母："泪蛋蛋和泥盖起庙，好与不好天知道。蒲棒儿，该贴对联了。"

蒲棒儿拿着抹了锅黑的小瓯子问："妈，上句写甚呀？"

蒲母："问你爹。"

蒲棒儿噘嘴说道："我谁也不问，我就写：我妈想过好日子。"

蒲父笑着说："你爹就得走口外。"他哼唱道："二姑舅捎来一封信，他说是西口外好光景——"

蒲母不耐烦道："行啦行啦，不唱这鬼调子行不行！"

蒲棒儿用小瓯子在上下联各扣七个圆圈，然后指着横批上画的三张笑嘻嘻的圆脸蛋说："妈，这是咱一家，你看看，你笑起来多好看！"

蒲父："蒲棒儿，你去铰点窗花贴在对子上，好看！"

蒲棒儿："哎，我去铰，一会儿就好。"

马驹点燃院里的旺火堆，用力搧着，通红的旺火照亮了他的脸。

马驹站起来，对着天空说："爹，你儿子刘马驹给你放炮了！咱刘家的地盘子，我牢牢地给你守着。苍蝇耗子，谁也别想跑进来！你老人家保佑我和蒲棒儿成家立业，将来过上好日子！"他突然听见门口有声音，喊了一声："谁！"

一个黑影一闪跑走了。

马驹猛地打开大门，见院门口放着一大包东西。

马母在灵牌前上了一炷香，拜了一拜，自言自语道："马驹他爹，又过年了，你还好吗？我和马驹都想你了……"

马驹阴着脸走进来，将一条羊腿往桌上一扔："爹，我妈想的不是你！"

马母凄楚道："马驹，咋啦？"

马驹把羊腿扔在母亲面前："这是刘锁田给你送的羊腿，你一个人炖上香香地吃去吧。"

马母瘫倒在地，悄声抹着眼泪。

马驹："妈，你就别装了，我爹他又看不见。"

马母："你、你能这么说话嘛……"

马驹："我咋啦？我是我爹的儿子。"

马母："马驹，你心太狠，你就成心气我吧。"

马驹："我气你，你气我爹，咱们两清了。"

马母身子一晃，瘫软在那里。马驹急忙搀扶："妈……"

院外传来砰砰啪啪的的爆竹声。

杨家窑洞内。杨满山和没人疼笨手笨脚地包饺子。锅里的水开了，直冒热气。

杨母缓缓地睁开眼："满山……"杨满山连忙问："妈，你想要甚？"

杨母抓住儿子的手："快，扶扶我！"

杨满山："妈，咋啦？"

杨母指着窑洞外："你听，你爹回来了……"

杨满山："妈，外面没人！"

没人疼："大娘，外面没人。"

杨母执拗地："快，快背我出去！"没人疼将一领皮袄披在杨母身上。

远处不时有鞭炮声响。杨母目光呆痴地："噢……又过年啦……"

杨满山背着母亲走到大门口。杨母挣扎着说："放下我。"满山将母亲放到石磴上。杨母坐下，自己念叨："……你听啊，咚咚咚，是你爹的脚步声。我就说嘛，过年他咋能不回来呢，你快听，这会儿已经走到村口了，他性子急，脚步重，走的那天还踩死家里的一只鸡，可惜了的……你听啊……"她仿佛看见丈夫回来了，伸着手喊，"没良心的，你咋这会儿才回来啊？"

歌声传来，丝丝缕缕，如泣如诉：听见哥哥敲大门，支楞起耳朵吊起心。听见哥哥喊一声，圪颤颤打断一根二号号针。听见哥哥走进来，热身子扑在冷窗台……

杨满山泪流满面。

杨满山将母亲抱到炕上："妈,你安安稳稳躺着,我给你煮饺子。"

杨母紧抓着满山的手说："满山,听妈说……"

杨满山："妈,你说,我听着。"

杨母："无论如何,把你爹,找回来……活要,见人,死,要见尸,你替妈,问问,他为甚,就这么狠心,狠心……"说着剧烈咳嗽起来。

杨满山："妈,我去拿点水。"

杨母睁大眼睛,伸出一只枯手乱抓摸："二能哥,你听我说……家里有老婆有娃,你为甚还要出口外啊……"

杨满山赶忙抓住他妈的手："妈,我爹今年没回来。明年一开春我就走,我到口外修渠,让我爹回来守着你,他再也不用出口外了……"

杨母惨笑着说："尽哄我,人都回来了还要哄我? 这回我是说死也不让你走了……满山他爹,二能哥……"她的手渐渐松开了。

杨满山大声呼叫："妈,你不要扔下我! 妈!"

杨母闭上眼睛。

杨满山扑嗵一声跪倒在母亲面前："妈,我要是找不到杨二能,我就不算杨家的子孙! 我活要见人,死要见尸,就算是一堆枯骨,我也要把他从口外背回来。"

没人疼扑过去,哭着喊:"大娘,你别走,留下我,又没人疼我了!"

蒲棒儿站在锅台前捞起一碗饺子,手一软,饺子碗"砰"地掉在地上。

蒲母："你看你这娃! 好好的一碗饺子……让妈看看,烫着没有?"

蒲棒儿："外面好像有响动,是不是谁家又出事啦?"

蒲母："今天是大年三十儿,家家都热热闹闹的,别说不吉利的话。"

这时外面传来吵闹声。蒲棒儿一惊:"真的出事了? 又是谁家?"

一家人连忙往外跑。

蒲棒儿家门外,人们高声喊叫:"看,桃花跑啦!""喂,桃花,黑天半夜,不敢瞎跑!"

远处传来桃花的声音:"大虎,你回来,你不要走……"

杏叶:"桃花,回来!"

蒲棒儿惊恐道:"杏叶儿,桃花咋啦? 咋黑天半夜往外跑啊?"

蒲父:"唉,十有八九是疯了。咱这地方,这种事,不稀罕。"蒲母推推蒲父："别说了,怪吓人的。"

有几个人打着灯笼去追桃花："桃花,回来……"

蒲棒儿拽着杏叶说："咱去桃花家吧,等着她。"

杏叶说："好,多带点吃的,咱一会儿过去。"

蒲棒儿一家三口静静地坐在炕上,气氛凝重。

蒲父："……桃花真的疯了?"蒲棒儿点头说："她甚都不说,就是笑,笑得怪怕人的。"

蒲父："唉,桃花疯了,杨满山他妈也死了,都是走口外闹的。"

蒲棒儿："爹,我今天想到火山村看看杨满山。"

蒲父："年前我捎回来一张银票,没带回什么好消息,那娘母俩一定是猜来想去,满山他妈就没熬过这个年。去吧。应该的。"

蒲母："去时给满山带点吃的,可怜那孩子了。"

蒲棒儿把马驹从院里拽出来："你到底去不去?你要不去,我找别人去。"

马驹："杨满山和咱一不沾亲二不带故,我去看他干甚?我不去!"

蒲棒儿："我爹给人家捎过银票,又不告诉人家底细,我心里过意不去。再说咱都认识他,他妈又去世了,我想去看看。"

马驹反问道："你知道他爹的底细啊?"

蒲棒儿："我咋会知道?其实我爹也不知道,他听到的也是一些风言风语。我去看看,心里也安稳点。你到底去不去?"

马驹："不去。"蒲棒儿转身就走："那我找别人陪我去。"马驹急忙拉着她:"我去我去。"

蒲棒儿噘着嘴说："你不是不去嘛!"

马驹："我不许别的男人陪你。"

杨满山跪在母亲坟前,将一个大饺子夹了一半放到碟子里,伤心地说:"妈,过年你没吃上饺子,儿子今天给你送来了。一开春,儿子就到口外去,要是找不到我爹,我就不回来了,你照顾好自己。"陪跪在旁边的没人疼接应说："满山哥,肯定能找到。"

杨满山又把半个饺子抛向西北角："爹,过了一年又一年,你咋就不回来?你走口外走野了,你把我和我妈都忘了。你不是好男人,爹,你不算好男人!"

没人疼："哥,大叔没有忘,他是修渠忙得顾不上。"他搀起杨满山,发现蒲棒儿和马驹站在身后。四个人默默相视,不知该说什么。

杨满山:"你们这是……"

蒲棒儿:"我爹让我来看看你。"

杨满山:"代我谢谢大叔,是他给我捎回来的银票。"

蒲棒儿:"我爹说,今年他一定要打听清楚杨大叔的消息,他说他不能再带一张不明不白的银票回来。"

杨满山:"用不着啦,我开了春就到口外去。"

蒲棒儿:"怎么,你要走?"杨满山点头:"对,走。"

没人疼悄悄走过去,一头顶倒马驹,撒腿就跑。马驹追上去,把没人疼提溜回来:"没人疼,你想干甚!"

没人疼:"你打过我,我要报仇。"

蒲棒儿:"马驹哥,你放开他。咱们干啥来了?"

马驹放开没人疼,没人疼躲到满山背后。

蒲棒儿问满山:"满山哥,你和谁走?"

没人疼:"和我。"

马驹:"我也走。要不咱相跟上走吧。"

没人疼:"我不跟你一块走。我不受你欺负。"

马驹晃晃拳头:"你别惹我,小心挨揍!"

蒲棒儿:"马驹哥,都说你是种地的好把式、你看看明年年景好不好?"

马驹走到坟地四围挖坑察看墒情,坚决地:"好年景!"

没人疼好奇地:"掏两下就能知道年景好坏?我不信!"

马驹瞪他一眼:"这是本事!你爱信不信!"

蒲棒儿高兴地:"你们跟着我爹走吧,他人熟路熟,一路上能照护你们。马驹哥,你们能不能认个干弟兄,在这里磕个头,上对天,下对地,再对着杨家婶子发个誓,家里人就都放心了。"

没人疼当即跪下。见满山和马驹站着不动,他难受地问:"你们……嫌弃我?"

杨满山跪下:"哥不嫌弃你。"

马驹迟疑一瞬,也跪下了:"结拜就结拜。"

三个人齐刷刷跪在那里,凝望苍天。

风吹来。音乐起。三个人对空三拜……

马驹家门前。马驹用叉子从牛车上挑起葛针,牢牢地闸在墙头上。

闸完葛针,他拿起铁锹在院墙外挖闪人窖。

二老汉走过来问道："马驹,定啦? 开春就走? "

马驹："对。二大爷,你是长辈,替我看着点门户。要有闲人来,你给我记着,我回来一并收拾他。"

二老汉阴笑着说："那你得给锁田说说。"

马驹恶狠狠地说："说过了,他要敢来,我回来劈死他! "

二老汉不由后退一步："那就好,那就好。"

马驹："你等等。"他回院里抓出一只鸡,把鸡头一拧,说,"二大爷,你要看好门户,我回来请你吃炖鸡肉。"

二老汉赶紧离开："自家人,好说。"

马驹端起一锹土,接着说："你要看不好门户,别怪我不客气。我回来就这样用土扬你,用铁锹拍你! "他把一锹土扬到二老汉身上。

二老汉恼怒地："你这娃,你要干甚? "

马驹："你别装糊涂,我要干甚你知道! 我走了以后,你要敢踏进我家大门一步,我让我妈劈死你,我回来顶你的命。我刘马驹说话算话! "他一抬手,又把一锹土扬到二老汉身上。

二老汉边跑边骂："狗的,我把你个灰狗的! "

初春。大雁从南方飞来。

杨满山和没人疼捆好两卷行李,一起卷起炕席,将剩下的衣物等包在里面。杨满山点燃一炷香,凝视着母亲的灵位,伫立许久,跪下,磕头。没人疼也插了一炷香,跪下磕头。

杨满山缓缓走到门口,转过身,凝望最后一眼,眼角挂着泪珠。他轻轻开门,走到院里。没人疼把插着香火的灰土碗双手端到门外放下,说："哥,放这儿吧,别着火。"满山拍拍没人疼,俩人走出院子。

杨满山锁上大门,对送行的乡亲们说："大家请回吧,别送了。"

隔壁二婶："满山,开春了,容易生病,一路上照护好自己! "说着帮他拉拉背上的行李。

一位大爷一路送来："满山,走口外的男人要有骨气。到了口外不要说瞎话,不要做坏事,忠厚善良,受苦赚钱。家里的事情你放心,我们给你照护着。"

满山："大爷二婶请回吧,你们的嘱咐我都记在心里了。找到我爹我就回来。"

　　蒲家院里。蒲母为蒲父收拾行李。蒲父走进偏房揭开装满粮食的十三个纸瓮，笑着说："好啊，今年又装满啦？等收完秋我就回来，满打满算九个月，你说你年年装十三瓮粮食干甚？怕我没本事赚不下钱呀？"

　　蒲母："我和蒲棒儿一个月吃一瓮，剩下一瓮等你回来过大年。她爹，你记着，我和闺女天天在房顶上ｔｔ你。秋后早点回来。"

　　蒲父："妹子，我记住了。金窝银窝不如咱的穷窝。咱早点走，别误了船。"他便调弦边哼道："一出大门掉一掉头，扔不下妹妹我不想走。沙梁梁高来沙梁梁凹，亲亲的妹子咋扔下……"

　　蒲母："走吧，守住妹妹倒是好，没有银钱过不了。"

　　蒲父："蒲棒儿呢？"

　　蒲母："她和杏叶先走了，说好在渡口见面。"

　　蒲父提着行李与蒲母走到路边避雨窑。

　　蒲父将蒲母拉进窑里，随手把红裤带挂在窑口。

　　避雨窑土窑里有小炕。窑壁上有放灯碗的小洞，还有一道道的划痕。

　　蒲母表情庄严，用石头在下面重重地又划了一道。

　　蒲父："……十九年了。"

　　蒲母："十九年了，我年年送你接你。如今身子软塌塌的好歹没一点劲儿，往后怕是送不动你了。明年让蒲棒儿送你吧。杨满山说得好，走口外，走口外，总有一天把这个家给走塌了。"说着不禁流下眼泪。

　　蒲父深情地将妻子搂到怀里："妹子，别说了，你让我高高兴兴走吧。"

　　窑外传来老鸦凄厉的叫声。

　　蒲母推开蒲父："走吧，别误了船。"

　　杨满山和没人疼背着行李走来。没人疼看见避雨窑口的红裤带，对满山说："我去把那根红裤带拿过来，说不定路上有用。"

　　满山赶忙阻拦："别去，让人笑话。"

　　没人疼早已蹿过去，正要伸手去摘红裤带，一块土块飞过来，打在他手腕上。没人疼疼得直呲牙。

　　不远处，锁田举起羊铲，又甩来一块土。没人疼赶忙离开避雨窑。

　　杨满山抬头望见锁田，说："大叔，你咋打人啊？"

　　锁田："后生，闭上你的嘴，欢欢儿走你们的路！"

　　没人疼气愤地："哥，你给我拿着行李，我报仇去。"

满山拉住没人疼："你小子，老实点，这算甚仇啊？"

锁田喊道："快走吧，别误了船。"

没人疼发泄地高声吼着："哥哥我走西口……"

山路上传来吼叫声："哥哥我走西口……"

蒲棒儿惊奇地问："这是谁呀？"

杏叶："管他孙子是谁，跟他唱。谁也看不见谁，怕甚哩，又不是挖米挖下圪洞了，扯布短下尺寸了！"她接唱道："哥哥你走西口，小妹妹也难留。止不住那伤心泪，一道一道往下流……"

有人接唱道："妹妹莫伤心，哥哥有话对你明。口里出口外，不止哥哥一个人……"

没人疼高兴地："大哥，你也唱上两声，出出闷气！"

满山："哥戴着孝，你想唱就唱吧，一过河，就算离开家乡了，想唱也唱不出来了。"

没人疼仰起头吼道："哥哥我走西口……"

杏叶接唱："走路你要走大路，千万不要走小路……"

一群走西口汉子接唱："大路上人马多，好给哥哥解忧愁……"

蒲棒儿好奇地："喂，你们都是些些谁呀？"

汉子的声音："不用问。刮野鬼的哥哥，走口外的苦命人。"

蒲父蒲母从避雨窑走出来。蒲母刚抬手，红裤带被一只手抢走了。蒲母一惊："桃花！"

桃花摇晃着红裤带往前跑去："大虎，大虎，你回来……"

蒲父感叹地："唉，苦命的孩子！"

桃花往山梁上跑去："大虎，大虎，你回来……"她越跑越远。

马驹背着行李，把镰刀、叉子等利器挂在大门背后，对母亲说："妈，我都安排好了，谁要敢进咱家大门，你就劈他们、刺他们！"

马母拉着马驹的手说："马驹，要不明年再走吧。咱家不缺吃不缺喝，你一走，妈可咋活呀！"

马驹："妈，等我赚了钱，把蒲棒儿娶过来，你就有伴儿了。你千万记住，我爹是乡贤，咱家是挂了匾有面子的好人家。妈，我求求你，千万要保住咱刘家的名分。"

马母背过身子，没说话。

蒲棒儿在远处喊:"马驹哥,快走吧,我爹他们在城里等着呢。"

马驹:"好。妈,我走了。"

马母抽泣着说:"马驹,照护好你舅舅,秋后早点回来。妈送你爹送得心惨了,妈就不送你了。"

马母看着马驹离去,突然哭喊道:"马驹,你站住!"她紧跑几步,捧着马驹的脸亲了一口,哭着跑回院里。

马驹用袖子擦擦眼,朝外走去。

成千上万女人孩子来到河畔送别亲人。

台上正在演出小戏《走西口》。小贩们不停地吆喝:"哎,熏鸡熏蛋熏鸭子,莜面碗托麻花儿。过河就是西口外,吃好不想媳妇子儿!"

红柳吆喝:"桃干杏干果瓣子,杏瓣儿干烙儿海红子"……"

船汉甲逗红柳:"嘿,红柳,还没嫁人呀?再不嫁人哥就把你抢走了!"

红柳调侃道:"不用抢,只要你把我爹抽洋烟欠下的债还清了,我二话不说跟你走。"

船汉乙对船汉甲说:"快掏钱吧,红柳可是放话了。"

船汉甲:"我没钱。你有钱赶快掏出来。"

船汉乙一本正经掏钱:"当我没钱啊?兄弟,你看好了……"他从兜里摸出两枚铜板,自嘲道:"嘿,咱一个扳船汉,哪儿敢做那美梦啊,也就够买一斤杏瓣儿。红柳,给我来一斤。"

红柳:"你一个扳船汉,要这么多杏瓣儿干甚啊?"

船汉乙:"我慢慢吃,我爱吃你炒的杏瓣儿。"

红柳:"大哥,你是想帮我一把吧?唉,要是我爹不抽洋烟,也用不着大伙儿为我费心了。"

船汉乙:"我不管你爹抽不抽洋烟,我就是爱吃你的杏瓣儿。"

红柳:"谢谢你的好心。大男人家,吃不了这么多。我给你称半斤吧。"

船汉乙怜爱地看着她。

杨满山、马驹、没人疼、蒲棒儿走过来,身后跟着疯疯颠颠的桃花。

红柳:"蒲棒儿来啦。马驹你也走啊?"

马驹:"对,男人窝在家里,没出息!"

红柳:"嘿,我还真开了眼界了,看见一个有出息的好男人。"

蒲棒儿:"红柳姐,看见我爹我妈了吗?"

红柳指着城门口说:"那不是嘛。"蒲棒儿连忙跑过去。

桃花手舞足蹈跟在满山后面,边走边喊:"我家大虎也要走啦,我去送他……大虎哥,今年你早些回来。"

人们三三两两往渡口走去。马驹撇下杨满山等,追上船汉乙:"哎,老哥,跟你商量个事。"

船汉乙:"噢,是平川村的马驹啊,怎么,是走还是来送人。"

马驹:"走,到口外闯荡闯荡去。"

船汉乙:"跟着你舅走啊?"

马驹:"不是。我跟火山村的杨满山和没人疼走。哎,老哥,你能不能把我舅的船钱给免了?"

船汉乙:"不行,河路上有规矩,亲老子也不能免。"

马驹:"本乡田地的,你照顾一下嘛。"

船汉乙:"你小子平日六亲不认,我还以为你一辈子不求人呢。"

马驹:"老哥,我就求这一回。"

船汉乙:"我说不行就不行。哼,你那点鬼心思瞒不了我,你是想让蒲棒儿高兴高兴,然后呢,让她迷迷瞪瞪嫁给你对不对?行,拿哥今天的工钱顶了算了。"

马驹:"死脑子,等会儿我替你收船钱,不就全有了?"

这时,蒲父与蒲母走来。马驹说:"舅,我让船家把你的船钱免了。"

船汉乙:"谁说免啦?"

蒲父:"我能出口外,还付不起几个船钱?别难为人家。马驹,到了口外可不许你动这歪脑筋,动歪脑筋会受害的。快招呼满山他们去。"

马驹走到渡口,见蒲棒儿和杨满山站在一起说话,顿时皱起眉头。他走到蒲棒儿身边,问:"蒲棒儿,想不想坐船?"

蒲棒儿:"河路上有规矩,女人不能坐船。"

马驹:"嘿,死脑筋!你就不能变成男人试试,听我说……"他凑近蒲棒儿耳边一阵嘀咕:"……这样不就行了吗?"

蒲棒儿听了兴奋地叫起来。马驹一挥手,她跟着跑了。

没人疼:"你们干甚去?"他也跟着跑去。

蒲母走过来,亲热地拍拍满山身上的土:"满山,一冬天我和蒲棒儿老问你叔,想帮你打听你爹的消息,可你叔说他真的不知道。要不婶子再给你问问?"

杨满山:"婶子,我自己去找我爹,别让我叔操心了。"

蒲母:"也好,男孩子,就要有点骨气。蒲棒儿她爹,你帮满山提着行李,当心,别挤到河里去。"

蒲父:"好……哎,马驹呢?"

人们挤着上船。马驹帮忙收船钱,嘴里喊道:"上船啦,上船啦,每位一个铜子!"

蒲父提着行李走来,将钱付给马驹。马驹不肯收,蒲父皱了下眉,硬把铜板塞到他手里。

这时船汉甲在船上发现化了装的蒲棒儿,上前一把将她头上的毛巾拿掉。蒲棒儿的辫子滚落下来。船汉连声呵斥:"下去下去,反天啦?女人家咋能坐船,连规矩都不懂啦?"

蒲棒儿噘着嘴:"都民国啦,咋还不让女人坐船!大叔,我是个小闺女,你就让我坐上一回吧,一阵阵就回来。"

船汉甲:"不行不行,半回也不行。女儿十三,和娘一般。只要是个女的,河神爷爷就眼馋得不行!再不下去,我把你踢到河里去!"

马驹瞪着他喊:"你敢?你踢一个试试!"

蒲父挤过来:"蒲棒儿,你咋上船啦,赶紧下去!"

蒲棒儿扫兴地向船头走去。

蒲父:"满山,快上呀!"

杨满山:"哎,来了。"

杨满山见蒲棒儿要下船,便等着。马驹过去扶蒲棒儿,蒲棒儿使劲甩开他。蒲母过来接了一把,蒲棒儿跳上岸来。马驹见她上岸,忙将收的钱塞到船汉甲手里,也跟着上岸。

蒲母:"马驹,是你出的主意吧。"

马驹默然。

杨满山、没人疼欲要上船,船汉甲伸出手拦住:"船钱。"

杨满山掏出钱来说:"连马驹算上,我们三个人。"

没人疼:"大哥,你把我的行李带上,你们坐船,省下我那一份。"

满山:"那你咋办,不走了?"

没人疼:"我有办法。"说着把上衣扔给满山,甩甩胳膊,"卟嗵"一声跳入黄河。

蒲棒儿惊叫:"没人疼!"

杨满山赶忙脱掉上衣,扔给马驹说:"马驹,替我照护好行李。"说着也跳进河里。

岸上一片惊呼声。

蒲母着急地叫道："三春期的黄河水比刀子还厉害，弄不好能把人涞（ba）下一辈子的毛病。这可咋办呀？"

马驹把上衣扔给蒲棒儿，嗵一声也跳进河里。

人们喊："你们疯啦，不就几个铜子儿的事嘛！"

弟兄三人奋力凫水。满山喊："老三，沉住气，狗刨着游！"

没人疼："没事，我会游！"

马驹："狗的，看我上了岸咋收拾你！"

三个人边游边吵，煞是热闹。

艄公高喊："脱岸啦！开船啦！"

船汉们锐声唱道：众妹子，快快回——风大吹了你那白脸脸，沙多迷了你那毛眼眼。守住身身护住门，等哥回来过大年……

黄河对岸。三个人哆哆嗦嗦上了岸，马驹追着没人疼踢打。

没人疼："我是为省钱哩，我又没让你们下水，你踢我干甚！"

马驹气愤道："我让你长点记性！哪有这种时候下水的？你想冻死我们呀？"

没人疼："把你娇贵的。前年冬天有人追我，我嗵一声就跳了河，我把那么大的冰凌都撞碎了。"

马驹："你还有脸说这话，你做下有理的了，我踢死你！"

杨满山："衣服还在船上，赶紧跑跑，大声喊几嗓子！"

三个人大声喊："哥哥我走西口……"

渡船靠了岸，蒲父等人把衣服扔过来。马驹边穿衣服边对满山说："满山哥，有句话我想问问你。"

满山："问吧。"

马驹："你看见我们家蒲棒儿长得好看不？"

杨满山："淡话，我就没好好看过人家，我咋知道她长的好看不好看？你问这干甚？是不是喜欢上她了？"

马驹笑着说："满山哥，你是好人，像个当哥的！"

这时没人疼提着三个人的行李走过来："大哥二哥，行李在这儿。"

杨满山、马驹见他滑稽的样子，都笑了。没人疼捣了马驹一拳："你敢笑我，我揍你！"

蒲父走过来，笑着说："省点力气，还得走七十里路，今晚住古城。"

大路上人流如织,走西口人群朝陕北府谷县古城镇走来。

没人疼拖着行李,喘着气说:"哥,咱们歇一歇吧,我实在走不动啦。"

马驹瞥了他一眼:"马上就到古城了,你就不能再走几步?"

没人疼:"我走不动啦。"

杨满山见路边有糜穰,搬了几捆铺在路边说:"好,那就歇歇吧,吃点干粮。"

没人疼一屁股坐下:"哎哟,我的妈呀!"

马驹厌烦地:"你爹你妈早就死了,你再喊他们也听不见。"

没人疼:"听不见我也要喊,喊喊就舒服了。"

马驹:"那你再喊,让你妈来背你。"

没人疼:"我妈从来没有背过我,她刚生下我就死啦。"

镇口城墙边传来阵阵人声。

马驹:"满山哥,我去要点水,顺便看看那边有甚事。"

杨满山拿出干粮,递给没人疼:"好,可别走远了!"

一官兵指着古城城墙上张贴的《垦辟蒙荒奖励办法》布告喊道:"大家留步,快来看啊,政府发布命令啦,要奖励开垦,凡是到口外种地的农工弟兄,政府发给农具和籽种,这样的好事上哪儿去找?机会难得,不要错过,走西口有功啦,要受奖励啦!"

马驹拿着羊皮水袋挤进人群,有个汉子转身撞了他一下。马驹瞪眼说道:"咋啦?没长眼睛啊?"汉子看了他一眼:"头一次出口外吧?"马驹气汹汹地说:"你管我是第几次!"汉子晃着拳头说:"小子,出门在外,管住你的驴脾气!"

几个牵着骡马的汉子风尘仆仆地从另一边走来。杨满山连忙走过去,笑脸相问:"几位大哥,你们也是出走口外的吧?知道有个叫杨二能的人吗?"有人搭腔道:"杨二能?"杨满山赶紧说:"河曲火山村人。"那人看看同伴,众人纷纷摇头。

没人疼坐在糜穰上,挑着脚底的水泡。马驹走回来问:"满山哥呢?"

没人疼:"打听他爹下落去了。世界这么大,谁知道他爹在哪儿。"

马驹将水袋递给他。没人疼接住喝了几口。

杨满山走回来,失望地坐下。

马驹:"满山哥,喝点水。"

没人疼将水袋递给满山:"大哥,打听到没有?"

马驹:"满山哥,别着急,只要有耐心,铁杵磨成针,咱慢慢打听。"

没人疼:"就是,到了鄂尔多斯肯定能打听到。"

杨满山喝了一口水,解开干粮袋:"马驹,吃点干粮。"

马驹见满山拿出的是窝窝头,摇摇头说:"先吃我的。"

没人疼咽着口水说:"就是,二哥他妈蒸的馍馍好吃,又白又虚。中午吃了晚上还想吃。"

杨满山:"不能光吃馍馍,窝窝也得吃。"

马驹:"先吃馍馍,后吃窝窝。来,满山哥,吃。"

杨满山:"那你们吃馍馍,我吃窝窝头。我自己蒸的,吃着香。"

马驹:"不是有福同享嘛!吃我的。"

没人疼穿上鞋,将两个干粮袋拿过来:"你们听我的。先吃半个窝窝头,再吃半个馍馍,越吃越香。"

杨满山:"好,听你的。"

马驹:"从古城到包头,还有七天路程。要不出意外,咱的干粮足够吃。"

没人疼:"不够吃也没事,我有的是办法。"说着做了一个小偷的动作。

马驹瞪了他一眼:"你敢!"

杨满山:"老三,临走时,乡亲们咋对咱们说的?走口外的人,不能说瞎话,不能做坏事,要忠厚善良,受苦赚钱。"

马驹狠狠地盯着没人疼。没人疼嘟囔着:"那也不能饿着肚子啊!"

杨满山:"一到包头就好办,满城都是招工的。咱有一身力气,饿不死!"

马驹:"天快黑了,咱找个住的地方去。"

没人疼:"我就在这儿睡,省点店钱。"

杨满山:"走吧,咱们到城门那儿看看。"

一脸奸相的张二麻烦靠在古城城墙上,手里拿着宝匣子,边抿酒边观察来往人群。他看见杨满山一行走来,立刻和几个无赖围上去。

一无赖:"河曲家,唱上一段山曲儿,我们给你钱。"

没人疼好奇地道:"唱曲儿就给钱呀?我给你唱:头一天,住古城,走了七十里整……"

张二麻烦:"这位小兄弟,看你天庭饱满地阁方圆,一脸的福相。你是贵人不出手,一出手就惊天动地。耍钱不要?押宝、编棍棍,由你挑。我叫张二麻烦,我一满不骗你。"

没人疼想看个究竟,被马驹一把拖走。

这时一群兵丁拥着一个肥胖的军官摇晃着过来。一兵丁喊道："闲人闪开，咱们吴大帅今儿高兴，开城门跟大家玩玩，玩好了给钱，玩不好没事，叫一声吴爷就行。"

　　后面跟着的人在议论："吴大帅好武功，谁敢跟他比呀！""他要不是好武功，他的上峰也不会把他关起来。""为甚要关他？""他横行霸道，小老婆太多。""他咋那么胖啊！""关他的人逼着他天天吃肥猪肉，不许放盐，几个月吃成天下第一胖。""吴大帅好分量，前几天睡觉时，一翻身压死一个小老婆。"

　　杨满山他们好奇地看着吴大帅，跟了过去。

　　坐在轿里的七姨太撩开轿帘，一眼看见高大的杨满山，眼睛不转了。

第3集

　　紧闭的城门前,吴大帅坐在一张硕大的太师椅上,众兵丁侍立两旁。

　　杨满山弟兄三人随着人流涌过去。没人疼问身边的人:"这是干甚呀?"那人说:"吴大帅要跟大伙儿玩玩开城门。"没人疼不在意地说:"开城门?哪有甚难的?"那人看看他,说:"你去试试,城门外头就是蒙古地,一开城门,蒙古大风呼呼地直往里吹,你使尽吃奶的力也别想把城门关上。"没人疼不服气地:"哼,我就不信。"

　　这时吴大帅站起来挥臂运气。众人呼叫道:"吴大帅要开城门啦!"

　　吴大帅走到城门前下了门栓,一让身子,一扇城门"哗"地开了,一阵大风猛地吹进来。一些小摊被风掀掉,满街顿时飘满帽子、毛巾、笼布等杂物。在人们的喊叫声中,吴大帅顶着风一运气,使劲推着那扇城门,一步一步地将城门关上,然后用肩顶住,上了门栓。

　　众人一片叫好声。

　　张二麻烦从裤腰里抽出酒壶悠悠地抿了一口。

　　吴大帅:"哈哈哈……大家都看见了吗?就是这么个玩法。"

　　一兵丁站出来:"谁能像吴爷这样一开一关,赏五块大洋!哪一位有胆量,请站出来!王忠义,你是古城人,先做个样子。"

　　叫王忠义的青年边后退边说:"我一满关不住,我赚不了这份钱。"

　　没人疼伸拳缩袖,问:"五块大洋?说话算不算数?"兵丁说:"当然算数,这位兄弟,你来试一试?"没人疼往前走了一步,说:"让我看看。"兵丁瞪他一眼:"别罗嗦,开不开?"没人疼拿捏着说:"让我想想。"

　　吴大帅一挥手:"嗯!"兵丁上前拉住没人疼:"妈的,你敢跟吴大帅开玩笑!走,开城门去!"

　　杨满山阻止道:"他不愿意,你不能强迫他!"

　　七姨太撩着轿帘,紧盯着杨满山,思谋着什么。

　　兵丁:"哼,一听口音就是河曲人。自古道河曲府谷人,啥也弄不成……"

　　没人疼恼火地:"你看不起人不是?开就开。"

杨满山、马驹:"老三!"

没人疼走到城门前,二话不说,使劲拉开门栓,城门"哗"地吹开,一下把他扫倒在地。

顷刻间狂风大作,人们赶忙护住自己的东西。

杨满山着急地喊:"老三,快爬起来,顶住城门!"

马驹要去帮没人疼,被兵丁挡住。没人疼抹去嘴角上的血,挣扎着爬起来。可他怎么也关不上城门,只好躲着吹来的风往回走。

兵丁:"你他娘的开了不管啦!你要关不住,街上摊贩的损失你来赔!"

没人疼不服道:"是你们要我开的。"

吴大帅生气道:"拉走!打!"几个兵丁围上去拉扯没人疼,杨满山边走边脱外衣:"把他放了,我来关!"

吴大帅:"嗯,哪儿人?"

杨满山:"河曲火山村。"

吴大帅:"哦,杨家的后代?"

杨满山:"对。我叫杨满山。你让他们放开我三弟,我来关城门。"

吴大帅打量他一番,挥手吩咐道:"放了那小子!"

杨满山将外衣递给马驹,紧一下腰带,挥挥手臂,弯腰抱起旁边偌大一块挡车石,三步两步跑到城门口。

有人叫:"好!"众人跟着叫好。

张二麻烦吃惊地:"这狗的不是人,一满是一头蛮牛!"

杨满山把挡车石扔在门槛当中,然后用肩膀使劲顶住一扇门。没人疼、马驹紧张地看着。

这时胡枣走过来悄悄拽拽没人疼的衣角。没人疼扭过身问:"干甚?"见是一个女的,不由低声问道,"找我?"胡枣不由分说把他拽走了。

杨满山关住一扇城门,用挡车石挡住,接着又去关另一扇城门,用背顶住。他反手将门栓插入铁环里。马驹松了一口气,高兴地跳起来。众人一片喝彩声。

吴大帅一挥手:"赏!"

杨满山头都没抬,拔掉门栓,开了城门,再一次关住。

吴大帅哈哈地笑了:"好小子,有两下子,跟我干吧,吃粮当兵,为国为民。"

杨满山:"不行,我爹走口外好几年没回家,我得到口外找我爹去!"

吴大帅赏识地:"嗬,还是个孝子啊,可敬可佩!来,赏十块大洋!"

一兵丁托着一盘银元,走到杨满山面前。杨满山只拿了五块大洋。

吴大帅:"咋啦,钱烫手啊?"

杨满山:"就这么点事儿,我照你们说的规矩拿,我不要那么多!"

有人喊:"杨家人,好样儿的!"

张二麻烦拿出酒壶抿了一口,默默地跟着没人疼来到七姨太轿前。

七姨太:"胡枣,问问他,叫啥?"

胡枣问没人疼:"喂,你叫啥?"

没人疼:"我没爹没妈,人们叫我没人疼。"

胡枣扑哧笑了:"瞧瞧你这名字!"

七姨太招招手,低声说:"你告诉那个杨满山,如果他愿意给大帅当保镖,我保他一辈子荣华富贵。"

没人疼莫名其妙地问:"你是谁啊!"

胡枣赶忙捅了他一下说:"这是大帅府七太太,还不赶紧回话!"

没人疼:"那你是谁?"

胡枣:"我叫胡枣,是太太的贴身丫鬟。有事先找我,我再禀告太太。"

没人疼懂事地:"谢谢太太,谢谢姐姐。"

七姨太:"哟,小嘴还挺甜的。胡枣,给他一块大洋。"

没人疼吃惊地:"啊?一块大洋?我干甚来,能赚一块大洋?"

二麻烦转身溜走了。

街上人群熙熙攘攘。蒲父在一街角处自拉自唱:"山丹丹花儿背洼洼开,你有心思慢慢来。野雀子穿青又穿白,你有心思慢慢来……"

有人喝彩:"好!"将一个铜板扔在铺开的皮袄上。有人喊:"蒲棒儿她爹。来一段《探病》吧!"

蒲父:"好,来就来。"他背过身去化妆成老太太模样。这时张二麻烦走过来,随口说道:"唱得好啊唱得好,蒲棒儿她爹发财了。你这是搂草打兔子,两不误事啊。"顺手到皮袄上抓起一把铜钱。蒲父转身踏住他的手:"张二麻烦,拿起你那鬼爪爪。这钱是唱曲赚来的,不是刮风逮来的。"

张二麻烦:"哎哟,放开我。蒲棒儿她爹,你可真没见过钱。告诉你,刚才有个叫杨满山的后生,关一下城门就赚了五块大洋。还有一个叫没人疼的——"他抿一口酒,不说了。

蒲父:"你看见他们啦?他们在哪儿?"张二麻烦扭身就走:"我不告诉你!"

一兵丁走来:"蒲棒儿她爹,你在这儿呀?我们吴大帅要听你唱曲儿,快走。"

古城镇小饭馆。一伙客人在饭桌前议论："河曲那后生可真有劲，几年没见过这种人。""常言说的好，身大力不亏！""听说那后生是杨家的后代。"

杨满山弟兄仨坐在另一张桌子前，桌子上摆满菜肴，几个空碗碟摞在一起。

没人疼摸着青肿的下颚说："大哥，你给咱长脸了。"杨满山问："疼不疼？"没人疼摇摇头："不疼。"马驹笑着说："疼不疼，没人疼。那扇城门有几百斤重，没把你拍成肉饼子，够你小子命大。"杨满山笑笑："吃吧，多吃一点，别糟蹋了。"

店小二将一袋钱放到桌子上："这位兄弟，这是找头，请你点清楚。"

没人疼惊奇地："嗬，找了这么多啊？一块大洋合多少铜板？"

马驹："笨蛋！连个这也不懂，合一千一百多。"

没人疼高兴地："好狗的，这下咱可有钱啦！"

杨满山掏出另外四个银元放进钱袋："往后的日子还长着呢，咱省着点花。老三你把钱保管好，以备急用。"

马驹："对，让他保管。他没见过钱，他看见一个铜钱比车轮子还大。"

没人疼掏出一块大洋往桌子上一拍："你看看，这有多大！"

马驹抓住没人疼："说，在哪儿偷的！"

没人疼："我从来不偷钱，这是我赚的！"

满山也变脸了："老三，说实话！"

没人疼委屈地："是大帅府七太太赏的，她让你给吴大帅当保镖，保你一辈子荣华富贵，不信你们去问她。"

见有人围过来看热闹，满山把剩余馒头装在干粮袋里："赶紧走，离开这里。"

张二麻烦站起来，悄悄跟在后面。

来到古城街上，马驹说："吃饱了，喝足了，该找个地方睡觉了。"

杨满山："明天还要走路，咱们找个干净点的店，好好睡上一觉。"

没人疼："大哥，没钱的日子最难过，咱们省着点。吃饱喝足，哪儿不能睡个觉？"

马驹："又跳河啊？这回我可不陪你！"

杨满山："老三也是好意，要不找个便宜点的地方？"

马驹无奈地："行吧，也不知道我舅舅住哪儿？"

没人疼："咱先找睡觉地方去。"

张二麻烦走过来,看着杨满山说:"满山侄儿,叔活了多半辈子,还真没见过你这样的好后生。杨家人了不得呀,叔真是开了眼界。你看,这是千里寻父吉祥如意符,一个才卖一块大洋,你把它戴上,一满能找到你爹。"

一直跟在后面的王忠义说:"二叔,你就放过杨满山吧。你从口里哄到口外,又从口外哄到口里,哄来哄去,老婆也跟着人家跑了,你也不怕报应。"

张二麻烦:"王忠义,打人不打脸,你别当着满山说这些。我卖给他千里寻父吉祥如意符,是为他好,让他快点找见他爹,谁找爹还心疼这一块大洋?"

满山:"老三,给他一块大洋。"没人疼:"就这么个烂玩意儿,一块大洋?不给!"马驹:"老三,咱是见过大钱的人,给他。不为别的,就为这名称:千里寻父,吉祥如意。"

没人疼极不情愿地给了二麻烦一块大洋。

王忠义:"满山,一路小心,这世道,灰人比灰驴多,骗子比耗子多。你们肯定是头一回走口外,一满是些生瓜蛋子。等我妈病好了,明年我领你们走,一满吃不了亏。"

满山:"老三,给我一块大洋。"接钱后递给忠义,"忠义,拿着,给你妈看病,明年咱一起走。"

忠义着急地:"这可不行,我王忠义行侠仗义,分文不取。你是火山杨家后人,我路见不平,拔刀相助。弟兄们,一路顺风,明年见。"扭身就走。

满山一把拉住他:"忠义,你给你娘好好治病,不敢耽误了。我娘刚去世,我爹没踪影,我不急着用钱,你留下吧。"

忠义:"到了红鞋店,就要掏店钱,你别欠人家红鞋嫂的店钱。"

马驹:"拿上吧,真朋友不取心,以后交往的日子还长着呢!"

忠义:"嘿,我还真遇上绿林好汉了。行,先放我这儿。诸位弟兄,一路保重!"

满山等:"兄弟保重!"

二麻烦赶紧溜走了。

古城街上。蒲父背着行李和四胡,沿街寻找马驹他们:"马驹!满山!没人疼!狗的们,跑哪儿去了?"

古城镇外破庙里。

没人疼:"你看看,这里已经住上人了。这地方就不赖,又遮风又挡雨,比我那走风漏气的烂房子强。"

马驹："这地方能住嘛！"

杨满山："凑乎一黑夜吧，都走不动了，明天还要上路，早点睡。"

三个人铺开糜穰准备睡觉。没人疼低声说道："大哥二哥，咱们商量一下。一路上人多眼杂，提着这么多钱也不方便，咱们得想个办法，把钱花出去。"

马驹："这钱是满山哥挣来的，花多花少，得听大哥的。"

没人疼："大哥，我们听你的。你说说，该咋花？"

满山："这钱是我们三个人的，除了一路的花费，谁有急用谁先花。"

没人疼："大哥要在口外寻爹，花费大，先尽大哥花。二哥，咱俩可不能争。"

马驹翻身坐起来："这话该我说。"戏谑地，"老三，这钱要都给了你，你咋花？"

没人疼："我一辈子也花不了这么多钱。只要有两块银元，我回去河曲就能吃饱饭，还能娶个好看老婆。"

马驹："嘿，你还娶好看老婆？你娶谁呀？"

没人疼随口说道："就娶蒲棒儿那样的。"

马驹挥拳打倒没人疼："狗的，不许你说蒲棒儿。她如今是我表妹，往后是我老婆，铁板上钉钉的事儿，谁也别打她的主意！"

一睡者："谁瞎嚷嚷啊？老婆在哪儿？让我看看？尽瞎嚷嚷。"

满山："马驹，这是干甚哩？谁跟你抢蒲棒儿啦？睡觉！"

堡子村蒲家闺房。蒲棒儿心情烦躁，躺在炕上翻来覆去睡不着。她爬起来，推开窗户望着窗外。

远处隐约传来桃花的歌声：正月里娶过门，二月里你西口外行……

蒲棒儿叹一口气："桃花姐，你好命苦……"

蒲家正房。蒲母坐在油灯下纺线，听见远处的歌声，停住纺车喊："蒲棒儿，蒲棒儿！"蒲棒儿在隔壁问："妈，你叫我？"蒲母问："谁在崖头上唱哩？"蒲棒儿走进来说："是我桃花姐，除了她谁会半夜三更唱山曲儿。"

蒲母叹口气："唉，可怜的闺女。"

蒲棒儿："妈，要不我出去把桃花叫回来吧？"

蒲母："好歹有公婆管着，咱就别掺和了。"

蒲棒儿怔怔地："也不知道我爹他们这会儿走到哪儿啦……"

蒲母："出口外不是有路程歌嘛，那是先人几百年走出来的路数：头一天住古城，走了七十里整，地方不算远，跨了三个省。你爹说，走口外不能贪图多走，该走就走，该住就住，要不就让土默川的饿狼当了下酒菜了。"

蒲棒儿紧张地："那要遇上狼该咋办啊？"

蒲母："闺女，妈知道你惦记满山他们。不怕，好歹是三个大后生，不会出事的，听妈的话，不想了，去睡吧……"

蒲棒儿咬着嘴唇点点头。蒲母摇动纺车，扯出长长的绵线。

轻柔的歌声：

你走那天有点阴，黄尘雾罩看不清。你走那天没下雨，泪蛋蛋和起一把泥。

你走那天心难活，早起哭到阳婆落。你走那天没对你说，走在半路你往回折……

古城镇包子铺外。一笼笼热气腾腾的包子摆到桌子上。包子铺老板叫卖："热腾腾的肉包子，一个铜板买两个，两个铜板买半斤……"

张二麻烦递过两个铜板："给我九两，卖不卖？"

老板："好好好，多给你一两。二麻烦的稀粥，苍蝇也不敢沾。我惹不起你。"

这时没人疼走过来，闻到香味，在包子铺前站住。

张二麻烦："喂，咱们又碰上了。咋，你在等人？"

没人疼斜睨他一眼，没有搭理，将钱袋紧紧攥住。

张二麻烦："后生，古城的钱好赚，想不想揽点活？"

没人疼："不揽活儿。我们要到口外去。你看见那个唱曲儿的人没有？"

张二麻烦咬了一口肉包子，故作神秘地摇了下头。没人疼吞咽口水："那你见过杨满山他爹没有？我们这次出口外，就是要去寻找他。"

张二麻烦假装思索一下："我好像听说过。"

没人疼试探地："真的？"张二麻烦："是河曲火山村人，杨家的后代，对吧？"

没人疼："对，你咋知道？"张二麻烦半真半假地："我会算卦，凡事掐指一算……"

没人疼撇着嘴说："你算了吧，我哥两次关城门，全古城人都知道他找爹的事。"

张二麻烦："叔我活了多半辈子，从来没骗过人。杨满山了不起，我看你也是个血性汉子。来，在家靠父母，出门靠朋友，咱们交个朋友吧。常言说得好，一个篱笆三个桩，一个好汉三个帮。来，吃一个包子。"说着将肉包子递过来。没人疼连忙摆手推辞。张二麻烦："这娃，你这是看不起我，是不？"没人疼忙接过肉包："不不不，我从来不吃人家的东西。"张二麻烦笑了："这就对了。走口外的人，要相亲相帮，出入相扶持。"没人疼狡黠地："对，咱们相亲相帮。你昨天从我手里拿走一块银元。我吃你点包子，应该！"说着不住气地吃起来。

杨满山、马驹来到古城镇一粮店附近，见一包工头正指挥着几个打短工的人从马车上卸粮包。马驹好奇地走过去："喂，这位大叔，扛一包多少钱？"

包工头看了他一眼，吆喝短工们："快点，快点！哎，你说啥？"

马驹："我问你扛一包给多少钱。"

包工头："怎么，你们俩想赚钱？"

马驹："只要工钱公道，我们给你扛。我们不怕吃苦！"

包工头："公道不公道，只有天知道。扛一包这个数。"

马驹："才、才一文？太少了。"

包工头："一看你就是个搅事的货。闪开，闪开，别挡了爷发财！"

马驹："你别狠，往后爷爷要开了粮行，花大钱雇你扛粮袋，累死你！"

杨满山："马驹，咱们得跟着大伙出城，不然过不了库布齐沙漠。"

包工头："喂，好狗不挡道。我这里不要人，快躲开！"

马驹还要与他争辩，杨满山拉着马驹离去。

古城镇包子铺。张二麻烦对没人疼说："后生，别疑神疑鬼信不过人，过了库布齐沙漠，你别离开我。哪儿有个工程，我外甥管着，到时候我介绍你到他哪里赚点钱。老叔我不害你。"

没人疼吃着肉包子说："我们得赶紧到鄂尔多斯，一来租点地，二来得帮我哥找他爹。"

二麻烦："嘿，你这娃一满没见过世面。口外有的是土地，别说你们几个人，就是把山西陕西的人全调过来，也种不完蒙古人的土地。"

没人疼站起来："好，路上我跟着你。我得赶紧走。掌柜的，给我一斤包子。"

张二麻烦瞅着没人疼的钱袋说："好，给他一斤，我结帐。"掌柜的走过来，边接钱边低声说："二麻烦，你积点德，下手别太狠。"张二麻烦塞给他几个铜板："闭住你的臭嘴！"

杨满山和马驹回到他们初来的那个地方，重重地坐在糜穰上。

马驹:"这个没人疼,你说他跑哪儿去了,这小子就不是个好东西!"

杨满山:"马驹,往后不要这样说话。咱们既然是兄弟,就得相互照护。这样吧,你去找你舅,我去找老三,咱们不见不散。"

马驹沮丧地:"唉,刚走了一天,四个人就丢了两个。就这么走,甚时候才能到包头啊?"

蒲父在寻找满山他们:"马驹,马驹!满山!杨满山!"

二麻烦迎面走来,看见蒲父欲躲。蒲父拦住问:"二麻烦,看见满山他们没有?"二麻烦边走边说:"没看见,八成是走了。"

满山沿街寻找没人疼:"没人疼!老三!"

没人疼走过来,高兴地:"满山哥,我在这儿。"

杨满山:"你跑哪儿去了?一大早起来就得找你,你说着急不着急!"

没人疼得意地晃晃手中的包子:"嘿,赚回一斤包子来。"

杨满山恼火地:"你又犯毛病啦?我踢你!"

没人疼:"大哥,这可不是偷的。我是从二麻烦哪儿赚来的。那人奸头滑脑,我得算计算计他。"

这时传来惊天动地的铁炮声。满山着急地说:"快走,就要开城门了,马驹还等着咱们。"俩人急速离去。

三声铁炮响过,走西口汉子们涌向城门口。蒲父挤在人群中,不时前后张望,显得焦躁不安。

另一侧的一张桌子前,一个兵丁正在发牌子。一年轻汉子问:"发牌子干甚?"兵丁反问:"你不种地?"那汉子点头:"种啊。"兵丁说:"你拿着这个木牌,到鄂尔多斯租下蒙古人的户口地以后,到垦务局领取农具、种子。"那汉子接过牌子高兴地说:"嘿,这倒不赖,种地有奖励,这是新规矩吧?"

轮到蒲父时,他还在往后看。兵丁恼火地:"看什么看,你要不要牌子?"蒲父忙说:"要,要。"张二麻烦凑过来:"给我一个。"兵丁瞥了他一眼:"你别起哄,你年年到口外做小买卖,领什么农具种子啊?"张二麻烦:"民国的政策好,我也学着租地种粮食,不信你问问前面那位兄弟,喂喂,蒲棒儿她爹,等等我。"已经走出去的蒲父说:"我得回去找马驹,你先走吧。"

张二麻烦对兵丁说:"你看,他在叫我呢。"

兵丁给了他一块牌子,二麻烦赶上蒲父。

蒲父:"二麻烦,你真的没见杨满山和马驹他们?"

张二麻烦:"开城门时见过,以后再没见。我说你这也是咸吃罗卜淡操心,那么大的后生了,你管他们干甚!"

蒲父:"马驹是我的外甥,我能不管嘛!"

张二麻烦:"这年头,亲生的儿子都管不了,你还想管外甥!走走走。"嘴里哼道:"哥哥我走西口……"

蒲父返身往回走,被人流挤住。这时马驹跑到城门口高喊:"舅舅,舅舅!"

蒲父生气地:"这娃!赶紧走!"

兵丁拉住马驹:"你走不走?你把路拦住了!"

马驹回头张望:"我得等人!"

兵丁:"你他妈还敢顶嘴,我让你嘴硬。"啪地抽了马驹一耳光。

马驹正待还手,满山和没人疼赶来。

满山:"马驹!"

没人疼:"马驹哥,我们在这儿!"马驹走过去,狠狠踢了没人疼一脚。

蒲父:"灰娃娃们,赶紧去领牌子。"

杨满山等刚领了牌子,城门开了。大风刮进来,吹落许多人的帽子头巾。

蒲父和满山他们挤在人群中,顶风出城。

库布齐沙漠。风声呜呜,漫天黄沙。走西口人群像蚂蚁一样顶风蠕动。

蒲父边吐沙子边说:"马驹,踩稳、弯腰。跌倒、赶紧往起爬。库布齐的、黄毛儿旋风、能把人、旋到天上去……"

杨满山:"叔,要是、爬不起来、咋办?"

蒲父:"你看看前头,那些、白花花的腿棒骨。"

满山:"我爹、不会在、这儿出事吧?"

蒲父:"在这儿、出了事,会有人、给家里报讯。"

有人惊呼:"沙浪来啦!躲浪!"蒲父侧过身子半蹲着拉住杨满山和马驹的手,嘶声喊道:"挺住……"

一阵大风刮来,沙子像海浪般翻卷,马驹被沙浪推倒,伸手抓住满山,俩人被沙掩埋了。

好多铺盖卷和干粮袋随风滚动、消失。

蒲父呼喊:"马驹!满山!"

风沙中还有人倒下去。人们呼喊着同伴的名字:"黑眼子!""三小子……"

蒲父领头呼喊:"为咱家人——"众人跟着喊:"活着!"

蒲父："为咱娃娃——"众人："活着！活着！活着……"

人们朝前涌动。蒲父返身跑回来喊道："马驹！满山！没人疼！"人们赶忙架住他往前拖。蒲父甩开他们，扔掉行李，疯了似地边往回跑边解开纽扣，然后跪下来往自己怀里灌沙子——那是走西口人自绝的一种方法。他撕心裂肺地喊："姐，我对不住你！我没保住马驹！"怀里沙子越来越沉，他头朝着来的方向倒下去。走出去的人返回来，七手八脚地拽起蒲父，有人啪啪打了他两巴掌，大声喊："蒲棒儿她爹，你疯啦！他们三个大后生在一起，不会有事的。你死了，谁给我们唱曲儿？谁给我们解心宽？谁给我们去忧愁？""蒲棒儿她爹，走，为老婆娃娃，活着！"

大家再一次把蒲父架出去。

走出沙漠的人们为失踪的人堆起一个个沙丘。蒲父拉起四胡。人们默默跪下，把干粮掰碎扔向天空。

荒原上响起凄凉的苦调：

喜鹊鹊出窝窝还在，什么人留下个走口外？

寡妇上坟泪长流，什么人留下个走西口……

大风刮过，沙浪随风向前翻涌。满山拽着马驹从沙堆里爬出来。马驹看看四周，惊恐地喊："满山哥，人哪儿去了？我舅哪儿去了？还有老三，老三哪去了？就不能等等啊？"

满山："听老人们说，遇上沙浪，不能救，也不能等，要不全得埋进沙子里去。不知道你舅舅和老三出去没有？"

马驹呼喊："舅舅——"

满山："没人疼——老三！"

离满山他们不远的地方，二麻烦刨开没人疼半截身子，试着摇了摇，见对方没动静，便把他身上的钱袋解下来系在自己裤腰里。他踢了没人疼一脚："呸，你以为祖爷爷那一斤包子是白给你的啊？你个狗的！"边说边抿酒离去。

没人疼动动身子，迷迷瞪瞪坐起来，朝远处的二麻烦喊："喂，你等等！"他挣扎着站起来，边走边摸身上，吃惊地喊："你站住，你把老子的钱袋偷走啦？"

二麻烦头也不回，快步往前走去。没人疼紧追几步，摔倒后向前边爬边喊："二麻烦，你还我钱袋……"

二麻烦很快消失在一丛沙蒿林后面。

不远处传来满山的喊声："没人疼——三弟！"没人疼哭着喊："满山哥，我在这儿！咱的钱让二麻烦偷走啦！"

满山和马驹朝没人疼跑来。没人疼连滚带爬地朝满山和马驹跑去。

山崖下点起一堆篝火，满山弟兄仨围在一起烤火。

没人疼："我眼看着二麻烦把钱袋偷走了！"

马驹咬牙切齿地："总有一天，我得宰了那个灰毛驴！"

杨满山："只要咱弟兄三人都活着，那点钱不愁赚。没事儿，歇一会儿咱走！"

马驹："铺盖、干粮全让风卷走了，咱们总得吃点东西。"

满山把水袋递给他："这儿有水，多喝点，天亮以后咱们想办法。"

马驹接过水袋喝了几口，然后将水袋狠狠地扔出老远。

没人疼嘟囔道："这也不能怨我，我当时昏过去了，谁知道二麻烦会起歹心。"

马驹恶狠狠地："不怨你怨谁？怨我啊？二麻烦是个甚东西，这两天你还看不出来？人家一斤包子就把你买哄住了，你是一条狗啊？这下好啦，没有钱咱们咋往前走！"

杨满山不高兴地："睡觉！省点劲明天赚钱去！"

马驹气恼地："我去找点吃的去。从库布齐出来，我一颗米都没吃过，我饿！"没人疼说："我去吧。"满山阻止道："你不能去！"没人疼站起来说："大哥，我保证不偷偷摸摸，我去找。"他很快消失在黑暗中。

杨满山坐在火堆旁添火。他硬撑着不让自己倒下去，不一会儿身子一歪，睡着了。

马驹捂着肚子躺在那里，脸上露出痛苦的表情。

灰色的天空挂着一轮明月。远处传来幽幽的更声，夜深了。

饭馆伙计开了一扇门，送二麻烦出来："二爷，你走好！"

张二麻烦："没事儿，再喝二斤也没事。烧酒本是五谷水，先软胳膊后软腿……"他哼着小曲拐进一条小巷。

一个黑影突然从眼前飞下来。张二麻烦一惊，连忙闪进门洞里面窥视。

黑影捡起地上捆着的两只鸡，鸡咕咕地叫起来，黑影使劲扭断鸡脖子。

张二麻烦探头一看，认出是没人疼，赶忙缩回头去。等黑影离开，二麻烦走出来，捡起地上的鸡毛看看，歪着脑袋想主意。

张二麻烦沿墙走到小镇李财主宅门前，见四周无人，轻轻地敲敲大门。有人在门里问："谁啊？"张二麻烦捏着嗓子喊："有人偷鸡！"守门人问："你咋知道？"张二麻烦回答说："我看见了。"守门人问："你是谁？"张二麻烦边溜边说："我是我。想找鸡，往南走。"

篝火着得正旺，支在架子上的两只鸡烤熟了。没人疼叫醒满山他们，撕下一条鸡腿递给马驹。马驹问："老三，说老实话，哪儿弄来的？"没人疼迟疑了一下："我从一家大户人家那儿掏来的。他们有钱，不在乎两只鸡。"马驹放下鸡腿："那我不吃。"没人疼说："快吃吧，我们都快饿死了。大不了明天我去赔个不是，爱打爱罚由他们处置。"

杨满山坐起来说："老三，就是饿死，我们也不能去偷鸡摸狗。"

没人疼："三个大活人，总不能活活饿死吧？你们不吃，我吃。"他拿起鸡腿就啃，烫得直吹气。

马驹气愤地："烫死你！"

没人疼："真香！就是挨打也值得。"远处传来狗吠声，越来越近。没人疼紧张起来。

马驹站起来："咱说好，一人做事一人当，万一人家找来了，我可不给你背黑锅！"

没人疼拉着满山说："大哥！"满山甩开他，举起手，狠狠心抽了没人疼一巴掌："丢人！败兴！天亮了立马滚蛋。要杀要剐，你一个人担着，我管不了你！"

没人疼吓得说不出话来。

李财主家门前场地上，衣衫褴褛的没人疼被捆在一根柱子上。柱子上挂着那两只烤熟的鸡。两名家丁守候在两旁。

管家对看热闹的人们说："大家看到没有，这就是昨天晚上逮住的小毛贼！这小子偷了老爷家的鸡，还偷了钱。"

没人疼："我没偷钱。"

管家："天下哪有不偷钱的贼？你小子再嘴硬，我抽死你！"

看热闹的人们议论纷纷："民国的风气都让这种小毛贼给败坏了。""这种小毛贼，就该打！"

管家："咱们先羞羞他这张脸。小子，把头抬起来让大家伙儿瞧瞧。你年纪轻轻的干啥不好,为甚要偷李老爷家的钱?"

没人疼:"我没偷钱。"

管家:"来人,给我打这张臭脸!"

马驹和杨满山急急匆匆走进小巷。马驹问:"大哥,他不会有事吧?"

杨满山:"不会吧,昨晚说就关他一天。让他长点记性也好。"

李家门前场地。管家点着水烟"叭"地抽了一口,问众人:"大伙说说,这小子该不该打?"

有人喊:"这小子还有脸哭鼻子呢!"

众人喊:"打!打!"有人朝没人疼脸上扔石头和土块。

没人疼求饶:"老爷饶命,我下次再也不敢了!"

管家:"你还想有下次?给我打!"

两个汉子挥舞皮鞭抽打没人疼。没人疼拼命叫喊:"满山哥,快来救我……"

杨满山、马驹匆匆走来,见状大惊。杨满山问管家:"一个大户人家,咋说话不算话?不是说好就关一天嘛!"

管家:"这得问他。他不止偷鸡,还偷了老爷家的钱。"

没人疼:"我没偷钱。满山哥,我真的没偷钱。"

马驹:"大哥,打狗的吧,在这儿有理也说不清!"杨满山拦住他:"他们人多,不能硬来。"话音未落,马驹扑过去夺过皮鞭,一拳把一大汉打倒在地。另一大汉想还手,马驹飞起一脚,正中他的胸口,大汉重重倒地。管家和宅门里跑出来的家丁都傻了。马驹上前解开绳索,背起没人疼就跑。

管家对家丁喊道:"这不是强盗嘛,愣着干甚,快,把他抓起来!"

众家丁提着棍棒追过来,马驹左右抵挡,眼看被抓时,杨满山挺身挡住他们。

杨满山怒声吼道:"谁敢过来一步,我就跟他拼命!"

众家丁一看他的身架,不敢往前走了。管家转身跑进院里。

管家跑进客厅报告:"老爷,有两个强盗跑来撒野,把那个小毛贼劫走了。"

老爷:"这还用告诉我啊?把他们抓起来不就完了?"

管家:"那个为首的家伙人高马大,还有一个满脸杀气,我怕惹出事来。"

老爷:"有甚事?还能翻了天?抓住他们,给我往死里打!"

家丁们围住杨满山，举起棍棒。有人拦住他们说："这后生拳头比碗还大，一拳能把你的脑仁儿敲出来。"家丁吓得直往后退。人们议论："这下有好戏看了。""我看这几个后生不像是坏人，放了他们吧。"

这时管家与李老爷走出大门，几个持刀家丁跟在后面。

管家："你们都听着，老爷要教训教训这几个不轨之徒！伙计们，抓住他们！"家丁们面露凶相，向杨满山逼近。杨满山往前走了一步，喊道："等一等！"老爷与管家一惊，全场都安静下来。

杨满山："你们听着，我们不是来打架的，我们是来评理的。"

管家阴笑着说："几个走口外穷汉，还想评理？好，说说你们的道理。"

杨满山："昨天说好只关一天，教训教训也就行了，今天你们把他绑出来示众抽打，你们说话算不算数？想打你们冲着我来，我是他大哥，是我管教不严，来吧，冲着我来！"

管家："好啊，给我上，打死这小子！"

老爷阻拦道："等一等，让他把话说完。"

马驹将没人疼放到地上，给他擦身上的血。

杨满山："我们过库布齐沙漠时，钱让人偷了，干粮让大风卷走了。我三弟饿急了，做下这种糊涂事，我们不护短，甘愿受罚。"

众人听了，议论纷纷。

杨满山："我们头一次来口外，不懂规矩。我兄弟犯了错，我这里替他给大伙赔个不是。"拱手道，"乡亲们，对不住大家！"

管家："哼，说得倒轻巧，你们得赔老爷两只鸡。"

两个被打的汉子指着马驹说："得打死那个家伙！"

马驹抱着没人疼，狠狠地盯着打手。

杨满山朝李老爷拱手道："李老爷，咱们往日无仇近日无冤，请你放了他。我们三个人给你做一天工，算是赔偿你的损失。"

有人喊："这位兄弟说得有理，李老爷，放了他们吧！"

李老爷："你这话在理。你们要饿了，我可以给你们点吃的，但不能偷偷摸摸。"

杨满山指着管家说："你说我兄弟偷了你家老爷的钱，那我得问问，赃在哪里？我们三个任你搜，任你查，搜出来我陪他坐大牢。"

管家："那就搜！"

杨满山："如果搜不出来呢？"

李老爷："那就放你们走。"

管家上前逐一搜身,最后尴尬地甩甩手。李老爷转身欲走,杨满山叫住他:"李老爷你等一等。"他盯着李老爷说:"管家说你家里丢了钱,我琢磨这事有点名堂。"

李老爷:"咋啦?"

杨满山:"说不定你家有内贼,你得防着点。"

李老爷怀疑地看看管家,转身离去。

杨满山、马驹和没人疼躺在李家马棚边一堆糜穰上睡觉。

没人疼满脸伤痕,直说胡话。

天亮了。马夫披着衣服从一间小屋出来,打着哈欠推开马棚栅门。他往马槽里添了一点草料,朝着满山他们喊:"哎,后生们,该起来了。"

杨满山揉揉眼坐起来:"大叔,这就起来干活儿啊?"

马夫:"对,天一亮起来干活,天黑以后收工,这算一个整工。"

马驹:"我们是顶工的,不是扛活儿。"

马夫:"那更得干满时辰才行。因为两只鸡给人家顶一天工,你们亏不亏啊?"

马驹踢着没人疼说:"就怨这个灰货!"马夫指着没人疼说:"他也得去干活。"

满山:"他昨天挨了打,这会儿还发烧呢。"

马夫:"他得去,不然你们出不了李家的院门。"没人疼强撑着爬起来。

收工了。杨满山、马驹、没人疼拖着疲惫的身子朝马棚走来。

马夫:"后生们,知道什么叫有钱人了吧?"

杨满山:"好歹给他们做够了,明天我们上路。"

马夫:"恐怕没那么容易。李家大院不缺那两只鸡,人家摆得是气派,要得是威风。你们来硬的不行,软了更得受欺负。"

杨满山:"唉,受点苦,我们得赚回脸面来。"

马夫:"来到人世上,活成个人样儿不容易,你们慢慢磨炼吧。"他指着没人疼说,"你们快把他扶进去,我看这孩子出不了李家院。"

杨满山和马驹搀着没人疼走进马棚。

第4集

李家马棚。没人疼支撑着想移动一下身子。杨满山连忙跑过去："老三，别动，我扶你！"没人疼艰难地靠在马槽上，感激地笑笑。杨满山端起粥碗说："你得吃点东西，不然扛不住。来，哥喂你。"他拿起勺子喂饭，没人疼张开嘴吃了一口。

正准备洗脸的马驹看着自己手臂上一道长长的伤痕，一脚踢倒水桶，骂道："狗的，跟进了阎王殿一样，也不知道替哪个灰货背这种黑锅！"没人疼身子一震，避开杨满山伸过来的勺子，愧疚地说："马驹哥，全怪我不争气，连累你们了。"

杨满山放下碗扶他重新躺下，说："老三，咱们是结拜兄弟，就是天塌下来，咱兄弟们也要一起顶着，你安心养伤，别胡盘乱算。"

马驹唣一声坐在糜穰上生闷气。杨满山对他说："马驹，哥知道你心里窝火。老三已经认错了，咱就不再说他了。他伤口有脓，咱们烧点热水给他洗洗。"

没人疼流着眼泪说："唉，都怪我……"

马驹捧着头说："老三，哥脾气不好，不该给你脸色看。满山哥说得对，往后有甚事咱们都一起担着，你好好养身子，别瞎想了。"

没人疼感激地看着马驹。杨满山拍拍没人疼："我们都疼你。往后你要长记性，办好事，做好人。"

管家和马夫走进来。杨满山抬起头问："又有甚事？"

管家："老爷说了，明天给正房屋顶换瓦，赶天黑时一定要全部铺完。"

马驹瞪着他："你们还有完没完？"

管家："你别瞪我。有本事你和老爷说去。明天你们再干一天，后天走人。"他踢着没人疼说，"明天你也去。我们这儿不养活吃闲饭的。"

马驹："都是你个老杂毛出的主意！"

管家踢着马驹说："你敢骂我？我让你嘴硬！"

杨满山拎着管家衣领，把他扔到马棚外面："你是一条恶狗！狗仗人势，狗眼看人低！你小心点,君子报仇,十年不晚！"

李家宅院里堆着一摞摞瓦片。没人疼抱着瓦片艰难行走。杨满山拿起一摞瓦片,朝站在房顶上的马驹说:"马驹,再忍忍,把这点活干完,咱就走！"马驹说:"满山哥,你扔吧！"杨满山将一摞瓦片往上一甩,瓦片飞了上去,马驹轻松地接在手里。

大少爷走过来,看见满山他们干活,惊奇地:"嘿嘿,有点意思！"说着拿起两片瓦往上一扔。马驹一惊,赶忙接住瓦片。

杨满山上前阻拦说:"大少爷,我们干吧,别出了事。"大少爷将瓦片往地上一扔:"你小子是不是盼着老子出事? 老子偏要玩玩！"杨满山:"大少爷,我这是为你好！"

马驹:"满山哥,别理他,跟这种人讲不清道理。"

大少爷走上去给了杨满山一个耳光:"你妈个脚拐子,不给你点厉害,不知道马王爷长的几只眼睛！咋啦,老子就想扔,谁也管不着……"说着将瓦片乱砸乱扔。一块瓦片砸在杨满山头上,鲜血直流。杨满山一把抓住大少爷:"你想闹事是不是?"

马驹从屋顶上下来,拧住大少爷胳膊:"你狗的想挨打是不是,爷的手正痒痒呢！"

大少爷吓得脸色煞白,高声喊叫:"管家,管家……"

管家赶忙跑来,瞅着满地碎瓦问:"这是咋啦?"

大少爷踢着他说:"我给你说过,让他们专门侍候我,谁让他们上房换瓦的！"管家支支吾吾地:"这是老爷……是我……"大少爷阴着脸边走边说:"把他们留下,我跟他们没完！"

院子里一片狼藉。

大少爷蹑手蹑脚来到马棚,问马夫:"那个姓杨的在哪儿?"马夫用手指指,轻声说:"在那儿铡草呢。"大少爷挥手让他出去,然后轻手轻脚走到满山身后,猛地干咳一声。满山似乎早有觉察,他不慌不忙地把铡刀拔出刀槽,突然转身瞪着大少爷喊:"说,想干甚！"大少爷惊慌地喊:"你要干甚? 你把刀放下,放下！"满山举起铡刀说:"你别把老子逼急了,不然老子一刀铡了你！"大少爷拔腿跑出马棚,对守在外面的马夫说:"让他们连夜干,别让他们歇着。"马夫说:"少爷,人是肉长的,不是铁打的……"大少爷踢了他一脚,说:"你敢替他们说话,我连你一块儿收拾。记住,别让他们歇着,累死他们！"

马夫冲着他的背影"呸"地吐了一口。

马棚内外,依然响着嚓嚓的铡草声。

马夫推着满山他们走进马棚:"歇着吧,都后半夜啦。"

马棚内外一下静下来,静得可怕。

没人疼:"唉,我看明天也走不了……"

马夫:"赶快睡一会儿吧,你们遇上鬼麻缠了,明天肯定还有鬼花样。"

满山:"我们得想办法离开这里,误了节令,我们连地都租不上了。"马驹:"先睡一会儿,我想想办法。"没人疼:"我也想想。"

三个人躺在草堆上。月光照进来。六只明晃晃的眼。

马驹眼珠转来转去,脸上渐渐有了笑容。等满山、没人疼睡着后,他悄悄地爬起来。

低沉的歌声:

在家中无生计西口外行,一路上数不尽艰难种种。

东三天西两天无处安身,饥一顿饱一顿饮食不均……

卧室外面"当嘟"响了一声,大少爷醒过来,睁开眼睛四处看看。见屋内外再无动静,倒头准备再睡。这时外面传来一阵怪异的声音,大少爷吓得浑身哆嗦。过了一会儿,他抖抖瑟瑟地打开卧室门,来到客堂里。

月光透过隔扇门,映照在一溜烛台尖利的锋刺上。大少爷害怕地闭上眼睛,捂着胸口转过身子。他碰倒烛台,烛台接连倒在地上。大少爷正准备回卧房,一个黑色的人影冲他挥起拳头。大少爷惊恐地:"我知道你是谁!明天保证让你们走,饶了我吧。"

黑影挥拳打去,大少爷大叫一声,转身逃去。他被门槛一绊,朝着客堂方向重重倒下去。烛台刺中他的胸腔,他惨叫一声,腿一蹬,死了。

马驹扯下蒙在脸上的手巾,走进去踢踢大少爷,转身离去。

马驹"砰"地一声推开马棚的门,低声喊道:"快,快,赶快收拾东西。"

杨满山醒过来问:"咋啦?"没人疼揉着眼嘟囔:"天还没有亮呢。"

马驹焦急地:"来不及多说了,马上离开这儿!"杨满山警觉地:"出事啦?"马驹:"那个王八蛋死了!"没人疼:"谁?"马驹:"大少爷。"满山:"是你干的?"马驹:"以后再细说。快走!"满山拉着没人疼说:"老三,你要把住自己的嘴,这事对谁也不能说!"没人疼:"我知道。"满山:"你起个誓!"没人疼:"不管他是死是活,我甚也不知道,甚也不问,甚也不说。"满山:"永远不问!永远不说!"没人疼:"永远不问!永远不说!"杨满山:"马驹,你领路,我殿后,我们一起走！"

马驹向外探望一下，朝屋里招招手。满山扶着没人疼跑了出去。

这时里院传来哭声和喊声。到处晃动着灯笼火把。

马夫撑起身子："这是咋啦？"

一架梯子架到院墙上。杨满山推着马驹说："马驹，你先上。"马驹迟疑了一下，上梯后翻下墙头。杨满山转身对没人疼说："老三，快上，当心一点！"随后，他也登上梯子。

院墙外。马驹伸着手低声喊："老三，快跳，跳呀！"没人疼跳下来，马驹连忙将他接住。杨满山在墙头上朝院里看了看，也跳了下来。马驹看看四周，引着他俩往前跑去。

不一会儿，三个人消失在夜色之中。

兄弟三人一前一后快速奔跑。没人疼气喘吁吁地说："满山哥，我实在跑不动了……"杨满山停下来说："那就先歇歇。马驹，你护着老三，我去拾点柴禾。"

马驹转身扶着没人疼，找一块干净地方坐下。没人疼忙脱鞋看脚。

马驹制止他："穿好鞋，说跑就跑，别让他们抓住。"

这时杨满山抱着柴禾走来，马驹用火镰点火。篝火燃起，照亮他们的脸。

杨满山、马驹、没人疼高一脚低一脚来到路边一座小茶棚边。

两个兵喝完茶，向茶棚大娘告辞，往前面走去。

杨满山赶忙拉住马驹，三个人躲到茶棚一侧。茶棚大娘看着他们，没说话。

兵丁走远后，没人疼走进茶棚说："大娘，打发一点吧。"

大娘："坐吧。"

没人疼："我们没钱，在这儿歇歇。"他席地坐下。

杨满山对大娘拱拱手，跟着坐下。马驹警惕地看看四周，也跟着坐下。大娘拿来空碗，给他们倒茶："尝尝口外的砖茶，有钱没钱都能喝。我学红鞋店的红鞋嫂，做点善事。"

杨满山忙站起来："大娘，我来！"他接过水壶给没人疼倒水。没人疼喝了一口，又递给马驹。

这时李家家丁骑马而至，满山忙示意马驹、没人疼背过身去。

大娘:"客人,下马喝点茶。"

家丁:"不喝了,我家少爷让人害死了,老爷让我去报案。"他停住马注视着茶客们。

大娘递给家丁两个饼子,说:"昨天李老爷的轿子还从这儿过呢,咋今天就出了这事? 人命关天,快走吧,大娘不留你了。"说完挡住满山他们。

家丁骑马而去。大娘看着满山他们说:"好好的咋就死了呢?"

没人疼忍不住说:"死的好!"

满山踩了他一脚。没人疼赶忙说:"我甚也没说,我不认识谁是老爷少爷。"

马驹又踩了他一脚。

一茶客:"八成是坏事做多了,老天报应。"

大娘:"客人们,喝完茶走你们的路,口外人多眼杂,不要给自己招惹是非。"她递给满山几个饼子,"走吧,往远地方走。秋后回来时,还来我这儿喝茶。"

杨满山站起来,给大娘鞠了一躬,拉着马驹和没人疼离开茶棚。

马驹一路跑在前面,杨满山、没人疼在后面紧紧跟着。没人疼紧着喊:"马驹哥,马驹哥!"马驹终于停下来,但是他没有回头。没人疼喘着粗气说:"马驹哥,慢点跑,我跟不上啦。"马驹一屁股坐在地上,大声说:"狗的,总算吐了一口恶气!"

杨满山:"走,咱到前面镇上弄点吃的,赶紧上路,我得找我爹去!"

马驹:"好!"他大声唱道:"哥哥我走西口——"

杨满山、没人疼也对着原野喊了起来。

杨满山他们来到一座小镇,满山看着街道两旁说:"这也叫镇? 这是个甚地方?"

没人疼:"不管咋先吃点东西。"

马驹看着前面,没说话。不远处有一幢挂着红灯笼的小楼,上面写着"好地方"三个字,里面传出琴瑟声音。马驹呆呆地看着。

没人疼:"头一个字念好,第二个字念地,种地的地。第三个字——不认识。"

满山:"念方:好地方——走吧,那不是咱们去的地方,再到前面看看。"

马驹:"满山哥,你俩等着,我进去探探,看是个甚地方。"他不由分说,大步走向小楼。

杨满山:"快点出来,别惹事。"

马驹走向小楼大门,楼门里闪出两名男子。一男子问:"什么人?"马驹没理他,径直往里走。两男子往前一挡,上下打量马驹。

男子:"站住,这里不是你来的地方,赶紧走。"

马驹愣头愣脑地:"我进去看看。"

男子猛地将他推下台阶:"讨吃鬼,想挨打是不是?"

马驹脖子一梗:"你骂谁?你才是讨吃鬼!"继续往里走。

男子:"反了你,来,打!"两男子扭住马驹,马驹奋力挣扎。

这时一女子款款走出来,说道:"怎么啦?不许无礼!"

男子讨好地:"小翠姑娘,这家伙硬要往里闯,我们把他赶出去。"

小翠:"那也不能动手啊。"她看着马驹,笑眯眯地问,"这位大哥,没伤着你吧?"

两名男子愣住了。

小翠:"请问大哥有什么事吗?"

马驹看着小翠说:"我想弄点吃的。"

男子撇嘴冷笑道:"还说不是讨吃鬼!"

马驹握紧拳头朝他走去。

小翠笑着说:"请你等一等。"她回到楼里拿来一包点心递给马驹:"大哥有空常来啊!"

马驹接过点心,抬头看去,那女子已款款离去。

村里响起鸡叫声。蒲母歪在纺车旁睡着了。蒲棒儿轻手轻脚走进来,给母亲盖上被子。

蒲母醒过来:"我咋就睡着了?"

蒲棒儿嗔怪地:"妈,咱家吃喝不靠你,你不能老这么熬夜。你看看,天都亮啦,你不心疼自己,我和我爹心疼你!"她吹熄油灯,拉开窗帘,一缕晨光照射进来。

蒲母坐起来:"唉,又过了一天,该做饭啦。"蒲棒儿:"妈,你歇着,我来做。"

蒲母:"我做吧。吃完饭咱娘儿俩到地里看看,要是墒情好,该翻地了。"说着下了地,扶着炕沿捶捶腰,准备做饭。

蒲棒儿边烧火边问:"妈,我爹该到霸梁了,人们说霸梁上尽是土匪,我爹没事吧?"

蒲母：“春天往出走，人们就带点干粮和住店钱，土匪看不起那点东西，一路上见不着一个土匪。到秋天回来，人们身上带着银票、布料、各色礼品，土匪们一拨一拨藏在沙蒿林里，见人就抢。男人们走口外，真不容易！”

蒲棒儿没说话，低头拉着风箱。火光在她脸上跳动。

蒲母将一勺水倒入锅中：“蒲棒儿，妈跟你说话呢。”见女儿不应声，她又说道：“蒲棒儿，你说你马驹哥那人咋样？”

蒲棒儿：“妈，你问这干甚？”

蒲母：“妈怕你打错主意走错路。马驹那娃心重，谁要惹下他，一辈子都没完。再说，你姑姑名声不好，咱家也不能替她背黑锅。蒲棒儿，我可告诉你，你跟马驹只能是兄妹，不能往别处想。”

蒲棒儿：“妈，大清早的，咱不说他。吃过饭你歇会儿，我到地里去看看。”

蒲母：“坐在家里空落落地，还不如到地里去。一会儿妈跟你一起走。”

蒲棒儿噘着嘴说：“妈，我不让你去。你身子有病，我心疼你。”

蒲母：“好好好，我不去了，你自己小心点，别从坡上滚下来。”

蒲棒儿扛着板镢往南山坡上走去，嘴里轻声哼道：“第三天翻霸梁，两眼泪汪汪，想起家里人，痛痛哭一场……”她突然捂住嘴，惊慌地看着前面。

马母走到一眼小土窑旁，把篮子里的饭罐匆忙塞进去，四处看看，匆匆离去。

不远处传来羊群的叫声和锁田的歌声：“三十三颗荞麦九十九道棱，三十三回-g你进不了你家的门。——哎呀，亲亲！”

不多一会儿，锁田来到小土窑前取出饭罐，蹲下吃起来。

蒲棒儿呆呆看着锁田，用手捂着胸口。杏叶扛着镢头走过来，拍拍蒲棒儿的肩膀：“蒲棒儿，你咋啦？”蒲棒儿吓得妈呀叫了一声，跌坐在坡上。杏叶赶忙说：“蒲棒儿，是我。”蒲棒儿急忙问：“杏叶，你看见甚啦？”杏叶故意抬头看天，说：“我看见天蓝盈盈的。”蒲棒儿站起来，挡着杏叶说：“咱从那边走。”杏叶知趣地：“行，老锁田吃饭，没看头。”

南山坡上。蒲棒儿刨刨土，放下镢头，呆呆地朝小土窑方向望着。

红柳挑着货担走来：“蒲棒儿，想你马驹哥啦？”

蒲棒儿吃了一惊：“哎呀，死女子，你吓死我了！”

红柳：“我看见你呆呆地戳在地里，怕你得了相思病。我这么一喊，就把病吓跑了，再往地里一看，就剩下个水灵灵的大闺女了。”

蒲棒儿：“红柳姐，不许你瞎说。”

红柳："咋是我瞎说呢？刘马驹见人就问：喂，你说我妹妹好看不好看。我看他是让你给迷住了。"

蒲棒儿反击："让你迷住了！让你迷住了！"

红柳："好好好，我把他迷住了，你不要他，我要。我看，你找杨满山就挺好。"

蒲棒儿着急地："你别瞎说，我谁也不找。"

蒲棒儿："红柳姐，不说这些淡话了。你爹好点吗？"

红柳："好三天，歹两天。每天一睁眼就喊：红柳，给爹买点膏子去！"

杏叶从她家的地块走过来："红柳姐，你就不能离开他嘛！"

红柳："当年走口外赚下那点钱，全让他给抽完了。我妈让他给气死了，我再离开他，他连两天也活不了。将就着过吧，谁让我是他女儿来。"

蒲棒儿试着挑起红柳的担子："哎呀，挺沉的。能卖了吗？"

红柳："男人都出了口外，地里净是些老婆娃娃，她们吃了我的瓜子杏瓣儿，就不想男人了。不信你们尝尝。"

蒲棒儿："我不想男人，我不尝。"

杏叶："我这辈子不嫁人，就守着我妈。"

红柳："好，把你们的男人全让给我，让他们帮我家干活、赚钱。"

杏叶："红柳，你羞不羞啊！"

红柳："我是逗你俩开心，就我家那灰样子，谁也不会找我。蒲棒儿，你真的不嫁人啦？"

杏叶："瞎说，她是不想嫁给走口外那些人，就像山曲儿里唱的：花骨碌碌碌碡满场转，嫁人不嫁走西口的汉。"

红柳："你也不找啦？"

杏叶："不找！我要是想男人了就搭个伙计，完事了谁也不用管谁，省得牵肠挂肚。红柳，你找不找？"

红柳："我得找。我只求老天爷爷把我变得白白净净、漂漂亮亮、樱桃鼻子杏核儿眼、杨柳细腰鹅蛋脸，谁要找上我，他就再也舍不得走口外了。"

蒲棒儿："那你除非找财主人家和当官的，咱平头老百姓，不走口外哪能过上好日子？"

杏叶："就是，守住妹妹倒是好，没有银钱过不了。"

蒲棒儿："要是能变，我就变成个蒙古男人，见人问一声赛拜奴，放牧，喝酒，唱长调，自由自在，啊哈嗬伊……"

红柳、杏叶望着天空，不说话了。

蒲棒儿："我真想到口外去，看看我爹他们是咋受苦的。"

杏叶："这才是瞎说呢，咱这地方哪有女人走口外的？老一辈人都缠过脚，走不动。就咱缠了又放的，也走不了多远。再说，出口外又过河又过沙漠，一路上还有饿狼、土匪和部队，不等走到红鞋店，人就被抢了害了糟蹋了。蒲棒儿你可不敢打这瞎主意。"

蒲棒儿："那红鞋店的红鞋嫂和棰棰母女咋就活得好好的？再说，西口外也有女人，人家就不活啦？就都被抢了害了糟蹋啦？"

红柳："听说红鞋嫂和她女儿是蒙古人。"

杏叶："我也听说过，说是原先是喇嘛三爷的相好的，后来被王府赶出来，开了红鞋店。"

蒲棒儿："别说人家长短。我爹说，红鞋嫂是走口外人的恩人。"

天空有迟来的大雁飞过。杏叶望着雁群喊："老天爷爷我问你，你为甚要把我生成女的！"

她们呆呆地坐在山梁上，不说话了。

歌声轻轻响起：

花骨碌碌碌碡满场场转，嫁人不嫁走西口的汉。

瓷碟碟舀水好担心，寻男人不寻走西口的人。

野雀雀飞在山顶顶上，寻上个走口外的没想望……

锁田赶着羊群来到马驹家院外。马母正在院里收拾豆子，听见院外动静，不由直起腰听着，脸上露出复杂表情。锁田停下脚步，轻轻地敲敲门。

马母："锁田哥，有事吗？"

锁田："妹子，你开开门，让我进去。"

马母："锁田哥，不能，马驹不在，我不能开门。"

锁田："妹子，让我进去，我帮你收拾收拾院子，你开门吧……"

马母靠在门板上，说不出话来。

锁田："妹子，开开门吧。要不，我还是到口外去吧……"

马母："锁田哥，你别逼我。我心里比黄莲还苦……"

她坐到地上，泪水从脸颊上滚落下来。

锁田把饭罐放在门洞里，悄然离去。

沙哑的歌声：

阳婆落了火烧山，放羊的哥哥往回转。黑夜才吃上晌午饭，可怜我这放羊汉。

白骡骡拉上铁水车，可怜哥哥没老婆。揭起锅盖重茬锅，可怜哥哥没老婆……

杨满山从一个小店里出来。马驹问："有活儿吗？"杨满山摇摇头，径直往前走去。马驹无精打采地跟在后面。

茅草丛生的烂房子前，有一段破台阶。台阶旁边有一块比较干净的地方。杨满山坐下来，望着前面的开阔地，心情郁闷，久久不说话。

马驹："满山哥，别难受，少吃一顿两顿饿不死人，明天再想办法。"

杨满山叹口气说："离开村子前，我曾经怨恨过我爹，嫌他没良心，对不住我妈。可如今我真有点恨不起来了。"

马驹："咋，不找你爹啦？"

杨满山："找，咋能不找？原来我想，从口里到口外，就走七八天，一到包头，人也多，钱也好赚。可是咱们才走了几天，就遇了这么多事，我觉得老人们也真不容易。真不知道他们是咋走过来的。"

马驹叹口气："我爹为了还债，在口外累下一身大病，刚拉回家门口就死了。我妈说，他死的时候，咋也闭不上眼睛。他舍不得丢下我们母子俩，他死得憋屈，死的不甘心。"

杨满山："唉，人活一辈子，男人有男人的苦，女人有女人的苦，都不容易。我妈常年牵挂我爹，耗得油干捻尽，一蹬腿，走了。好好的一家子，如今就剩下我一个人了。"

马驹转了话题："等咱们到了包头，好好赚钱。往后找个好女人，好好过日子。"

杨满山："我跟你不一样，我得先找到我爹。"

马驹迷醉地："今天给我点心那个女子，长的真像蒲棒儿。那女子细柳柳的身材，不笑不说话。大眼睛一扑闪，能把人的魂勾走。她咋对我那么好啊？"

杨满山："想家了吧，想亲亲想得心发慌是不是？"

马驹忙说："不是不是！"

杨满山："你要想家，就回去吧。你家住在平川，家道也不赖，回去娶个媳妇儿，就像山曲儿里唱的：一进大门羊羔羔叫，妹子就站在大门道。一进大门羊羔羔叫，看着妹子迎面面笑，那种日子也不赖。"

马驹："那都是人们编出来的，穷开心。过日子，各家有各家的难处。不说它了。"过一会儿，他问满山，"满山哥，你说我要是赚了钱，蒲棒儿愿不愿意嫁给我？"

杨满山："我看蒲棒儿不是那种爱钱的人。"

马驹："那她爱甚？"

杨满山："我也不知道。咱那地方的女人，就怕男人走口外。我妈活着那会儿常说,她甚也不要,就像山曲儿里唱的,只要男人在眼前,哪怕天天吃糠面。"

马驹站起来:"唉,心烦,不说了。"想想又问,"满山哥,你要赚了钱,想干甚?"

杨满山想了想,说:"要是找到我爹,我就跟着他修渠去。你在平川不觉得,我是让老天爷旱怕了。咱那地方,十年九旱,剩下一年也好不到哪里去。我做梦都想着有几亩好水地,种甚收甚,要甚有甚,多好啊!"

马驹:"那好办,你搬到我们村算了。"

杨满山:"你们村寸土寸金,你给我水地啊?"

马驹无奈地:"我家那点水地,好多人都眼巴巴地盯着。村里有个二老汉,恨不得我们全家都死了,他好把地霸过去,那个老狗,我饶不了他!"

满山站起来:"老三又跑哪儿去了?他就一阵阵也坐不住!"

马驹:"咱们去看看。"

没人疼独自在街上闲逛。一队搬运工扛着粮包从他身边吆喝而过,地上撒下一溜粮食。

没人疼连忙将粮食撮起来装在口袋里。他前后看看,跟着搬运工往前走。

搬运工将粮食扛到仓库门前。没人疼跟着搬运工走过去。

搬运工将粮食扛进仓库。没人疼躲在角落里观察,咬着嘴唇想主意。

仓库前。看库人对搬运工喊:"快点,我要锁库房啦。"

没人疼趁管库人不备,从他身后溜进库房。他使劲往裤管里装粮食。

看库人关住一扇库房门。没人疼一惊,转身想溜出去。看库人关住另一扇门,"哗啦"一声把门锁上了。他在外面喊:"哎,你们到账房那儿领钱去吧。"

搬运工:"明天还干不干啦?"

看库人:"不干了,库里都堆满啦。"

没人疼自言自语:"不管他,先吃饱再说。"他从身边摸出一把小刀,捅开粮袋,米从豁口流出来。没人疼用手接住生米,猛往嘴里塞。他贪婪地咀嚼吞咽,两眼放光。

没人疼抓起米来,一把一把地往上衣口袋里塞。米从口袋里漏下来,他翻翻口袋,见口袋烂了。他解开粮袋口上的细麻绳,紧紧地系住裤管。

没人疼舒了一口气,舒舒服服躺在粮包上,嘴里哼着小曲儿。

搬运工们数着钱散去。看库人指尖上挑着一串钥匙站在那里。杨满山走过去问："师傅,明天还雇人吗？"看库人说："不雇啦。"马驹问："那甚时候雇？"看库人回答说："库里已经堆满啦。你们到别处找活儿去吧。"

没人疼听见说话声,赶忙爬起来跑到门前,贴着门缝朝外张望。他想喊,又不敢喊,木头一样戳在地上。

杨满山和马驹无奈离去。看库人也一步三摇走了。没人疼沮丧地瘫在地下。

残墙下火堆上,小瓦罐里的水开了。

杨满山站起来说："马驹你先歇着,我再去找找。"马驹发狠地："别找了,说不定又在哪儿偷了东西,大鱼大肉正吃着呢。"杨满山摆摆手："别说了！"马驹咬着牙说："这个狗的,真是个害！"杨满山："但愿不要闯下大祸。"马驹："满山哥,喝点水,咱俩一起去找。"他从瓦罐里倒水递给满山。杨满山接过破碗,吹吹,蹲下来慢慢喝着。远处传来狗吠声,他赶忙站起来。马驹说："你就别为他操心啦。这孙子打不死煮不烂,就没个男人的样儿！"

杨满山无奈地摇摇头。他突然看见远外一队大兵排着队走过来,赶忙说："快走！"马驹惊讶地问："黑天半夜,到哪儿去啊？"杨满山说："走一步说一步,咱先躲躲这些兵。"

他们赶快收拾东西,匆匆离去。

杨满山、马驹拖着疲惫的身子来到一村庄附近。不远处,一个妇女正在井沿边打水。

杨满山："马驹,咱到前面打听一下,顺便要口水喝。"

他们来到井边,满山问候道："大嫂,你好。"

那妇女正挑水要走,见他们过来,便停下来问："有事吗？"

杨满山比划着问："大嫂,你见过这么高一个白脸后生路过这儿吗？"

马驹："是口里人,穿着一件水蓝布褂子。"

那妇女用蒙语说："米独贵(不知道)。"

马驹："大嫂你是蒙古人啊？"

那妇女改用汉语说："喂,你们是从哪儿来的,真不知道这地方的事啊？"

杨满山："我们刚从口里来,这地方咋啦？"

那妇女挑起担子："又打仗了,吴大帅的部队见到汉族男人就抓,你们赶紧跑吧。"见满山他们还愣在那儿,她回过头来又喊："快跑吧,快跑！"

马驹摇动轳辘,杨满山帮着提起水桶。马驹赶紧"咕咚咕咚"喝了几口,又让满山也喝了几口,抹抹嘴问道:"满山哥,遇上吴大胖子的队伍了,咋办啊?"

杨满山:"走,快!"

杨满山、马驹一前一后飞跑而来。

马驹:"满山哥,歇歇吧,腿把骨都快跑断了。"

杨满山回头看看马驹,喘着气说:"好,那就歇歇。"

他们扶着路边墙跟坐下来。

马驹:"满山哥,抓就抓,咱不怕抓兵,正好去混口饭吃,总比饿着肚子强!"

杨满山:"不行,我得赶紧去鄂尔多斯找我爹。再说,咱们种地为生,不沾官兵的边儿。"

马驹嘟囔道:"哪也不能饿死。"

杨满山听到有声音,示意马驹住嘴。

远处有人在叫:"快跑,快跑!"

杨满山、马驹赶紧退缩到墙角隐蔽起来。几个男人和男孩跑来,迅速向一个拐弯处奔跑。不一会儿,几个兵丁跑过来。

一兵丁:"哪儿去啦?刚才还在这儿。"

领头兵丁:"妈的,跑得了和尚跑不了庙,给我搜,挨家挨户地搜!"他领着几个兵向拐弯处追去。

杨满山悄声地:"这儿不是久留之地,咱们得赶快离开。"他探头看看,见没人,向马驹招手。两人跑出来,刚要拐弯,两个兵出现在他们面前。他们赶紧向后转,后面又出来几个兵。杨满山忙说:"我们不是本地人。"一兵丁说:"挺好!我们抓的就是外地人,走!"

没人疼满嘴燎泡,蜷曲在粮袋上。他渴得直添舌头。

外面传来脚步声,没人疼从粮袋上出溜下来,透过门缝朝外看。

两个看库人边喝酒边聊天。

看库人甲:"咱们少喝点,出门在外,拿着老板的钱,得给人家认认真真看好库,可别出了事。"

看库人乙:"没事,口外粮食多得没处放,就是不入库,也没人偷。"

看库人甲:"那可不一定,我得看看。"他站起来,身上的钥匙哗哗作响。

没人疼赶紧缩回身子。

看库人乙拉住他说："来来来，再喝再喝，还有多半坛子呢，咋也得喝到半夜。喝完一睡，不想老婆不想家。"他边喝边哼小调。

没人疼身子一出溜，瘫倒了。

看库人甲拿起酒壶倒酒，哗啦啦的声音使缺水的没人疼浑身抽搐。

看库人乙提起茶壶，倒了满满一杯水。他惬意地喝了一口，说："口外这砖茶水，浓浓的，咸咸的，香香的，又解渴，又解酒，真他娘过瘾！"他咕咕地连喝几口。

没人疼把嘴贴在粮袋上，低声呻吟："满山哥，让我死了吧……"

看库人甲警觉地听听："里面好像有人！"

看库人乙："这么晚了，库里哪来的人？"

管库人甲："不对，我听见了，好像有什么动静。"

看库人乙："能有甚动静？不是猫就是耗子，除了它们哥儿俩哪个能进得去？"

没人疼挣扎着站起来，冲门口喵喵地叫了两声。

看库人乙："咋样？我说是猫嘛。来来来，喝酒。"

管库人甲："我得进去看看，要不我不放心。"

看库人乙已有几分醉意："没，没事，再，再喝……"他摇摇晃晃站起来，到拐角处解手去了。

没人疼闪到粮堆后藏起来。看库人甲站起来开了锁，还没等他看清楚，没人疼快速溜出去，一拐弯不见了。

看库人甲疑惑地："啊，这么大的猫啊？"他走进粮库，突然喊起来："老张，快来，咋有人给拉这儿啦？"

看库人乙的声音："拉就拉吧，谁不拉呀。"

没人疼来到烂房子前面，眼前只有一堆残灰和一个破瓦罐。他双腿一软，带着哭声喊道："哥，你们不管我啦……"

没人疼来到小镇一角，突然向前一扑，晕倒在地。人们围过来看着，有人喊："这人不行了，快叫讨吃窑的人来收尸吧。"他打一声嗯哨，立马跑来几个乞丐。一乞丐摸摸没人疼的鼻子，急忙站起来吹哨子，乞丐头儿急速赶来。人们松了一口气，说："好啦，讨吃窑的人来啦，是死是活，一摸就准。"乞丐头儿上前翻翻没人疼，说："嘿，这人肚子像鼓，满嘴满脸都是燎泡，一准是得了臌症，让家人给扔出来了。大家别担心，我们是包头讨吃窑驻咱们这儿分窑的人,大字号,有身份。我们背一个死人,晋商商会和梁老板给我们一两银子。来,把这位兄弟背起来,让他体体面面去见阎王爷爷。"

一乞丐背起没人疼,众乞丐喊:"兄弟,上路。明年的今天,是你的忌日!走"!"

七姨太乘轿迎着人群走过来。丫环胡枣恼火地说:"真丧气,咋一出门就遇见讨吃窑的人了。太太,咱们绕着走吧。"

一直注视着人群的七姨太说:"我看那人腿直晃悠,是不是还活着?"

胡枣:"那是背他的人在动吧?"

七姨太:"停轿,看看。"

没人疼睁开眼,突然看见胡枣,身子一摆,叫道:"胡枣,救救我……"

胡枣害怕地:"今儿遇上鬼了!这人怎么叫我的名字啊?"

七姨太:"过去看看。"胡枣:"我害怕……"

七姨太:"怕什么,活人还怕死人啊?再说,这人或许还没死呢。"

胡枣提心吊胆地走过去:"诸位爷爷,我们太太让我看看这人,你们可别吓我——啊,这不是没人疼嘛!"

乞丐头儿:"可不是没人疼嘛,要是有人疼,也不会撂在大街上。"

没人疼:"胡枣,水,水……"

胡枣大喊:"太太,是没人疼,就是跟杨满山在一起的那个没人疼!"

七姨太:"啊,让我看看……"

没人疼躺在小镇药店炕上,还在哼叫:"水……水……"

看病先生:"这人是生食吃多了,喝水又少,食物都憋在肚子里,泻泻就好了。请太太放心,过几天就好了,料无大碍,料无大碍。"

胡枣:"先生,我们太太积德行善,大名远扬,这是他给你的赏钱。"

先生:"不敢当,不敢当。"

胡枣:"你老安排他吃好歇好,洗得干干净净,说不定我们大帅什么时候会见见他。"

先生:"哎,遵命遵命,放心放心。"胡枣离去。

兵营空地桌子前。一兵丁在登记名册,另一兵丁在分发军服。

一兵丁问一壮丁:"姓名?""二柱。""什么地方人?""纳林。"兵丁记下他的名字,另一兵丁递给他一件标有号码的军服。

兵丁:"下一个,姓名?""吴七十八。"兵丁嘲笑地:"瞧这名字叫的!"壮丁恼火地："咋啦，生我那年，我爷爷七十八岁，你说我该叫甚？"兵丁忙说："好好好，你厉害。哪儿人？""陕西府谷人。"

有一个年长壮丁埋怨道："狗的，走了多少年口外，头一次碰到这种事儿。"排在他后面的杨满山忙问道："大叔，你走了多少年？""前前后后总有七八年了。""那你认不认识一个叫杨二能的人？"那壮丁歪着头想想："杨二能？"杨满山说："对，是河曲火山人。"

站在外面的兵丁眉毛一竖："不许说话，动作都快一点，等一会儿，营长要训话。"

杨满山他们不敢吱声了。

拿着教鞭的副官喊口令："立正！"新兵连忙排在一起。一老兵把一个插在高个子里的矮个子拖出来，一路拖到最后面。他走路的样子惹得新兵都笑了。

副官大喊："不许笑，肃静！现在由营长训话。立正！"

营长走过来："全体稍息！"他盯着新兵们说："弟兄们，就要打大仗啦，吴大帅已经来到鄂尔多斯地面亲自督战，大家都得好好干。吴大帅说，打仗是好事情，打仗可以扩充咱们的地盘，打仗还能发大财。你们想不想发财？"见新兵们不吭声，营长恼火地喊："从此以后，你们就是我的士兵。你们必须服从我的命令，如敢违抗，立即就地处罚。什么叫就地处罚？就是用鞭子抽！"

马驹偷偷看着杨满山。杨满山咬牙看着营长。营长阴沉着脸扫视全场，突然向天空作了一个手势，四周跑出来几十个老兵，排好队形后，同时用左手抓住新兵们胸前衣襟，然后右手一记勾拳重重打在众新兵脸上。杨满山身边那个大叔，不一会儿便倒下去。马驹被打得嘴角流血，他正要还手，被杨满山拉住了。马驹咬着牙，紧攥拳头，瞪着他面前的老兵。

一轮明月映照着黑沉沉的原野。

一队巡逻的兵丁走过。兵营帐篷豁口漏出的最后一抹灯光也熄灭了。

远处像是有人在唱《受苦歌》，山曲儿声忽隐忽现，犹如老年人在哭泣。

帐篷内横七竖八躺着老少壮丁。有人在低声哭泣。

马驹轻声问："哥，你听见没有，外面好像有人在唱山曲儿呢？"

杨满山静听了一会儿，摇摇头说："我没听见，睡吧。"

马驹自语道："是不是我舅啊？"

杨满山悄声说："马驹，咱们得瞅准机会，离开这里。"

时断时续的歌声：

不唱山曲儿心不苦，一唱山曲儿就想哭……

第5集

一望无际的鄂尔多斯原野上,有一个黑点在移动。

镜头拉近。蒲棒儿她爹在平整土地。

不远处孤零零地放着一具耧。蒲父往前走去。

夕阳西下。蒲父收拾完工具,躺在地里。他对着天空喊:"马驹,你在哪里?满山,你还活着吗?"他突然站起来,大声呼喊:"啊——啊——有人吗?"

原野上响起一串回声。

蒲父:"说话呀!你们和我说话呀!我想你们!"他接着喊,"我求求你们啦,和我说上两句话,我心里难受!"

空旷的田野上,无人应答。

蒲棒儿她爹带着哭声喊:"难活呀!老天爷爷!你和我说上两句话,我给你跪下了!我给你钱!你要甚我给你甚,你和我说上两句话,就说马驹活着,杨满山活着,没人疼那小子也活着!老天!老天!我求求你!"

蒲父挖好一个地窨。地窨上面盖着伞形的柴草架,周围挖了土壕,以防野兽和雨水侵袭。

蒲父钻进地窨。他从泥瓮里舀点水,在锅里和起一团面,之后走出地窨,把面摊在一块干净的石片上。他点着石片下面的柴禾,来回翻动面饼。饼熟了。蒲父就着凉水和咸菜吃饼,边吃边流泪。

蒲父对着夕阳拉起四胡,唱着自编的山曲儿:"大雁叫唤刮鬼风,走在口外真惨心。人人都说走口外好,不走口外不知道。人人都说走口外好,走口外走的我心惨了……"

兵营帐篷外声音嘈杂。一新兵急匆匆地跑进来说:"有情况啦!"马驹问:"外面咋啦?"那新兵说:"要打仗了,营长让大家作好准备。"年长新兵:"瞎说,连刀枪都没有,打甚的仗,那不是去送死吗?"

营长、副官走进来。营长恶狠狠地问:"谁说是送死?谁说没刀没枪?"副官:"都站好,营长在问话哩。"等新兵们站好后,营长说:"告诉你们,咱们不是正牌军,是后娘养的。上面不给发枪炮,我也没办法。上阵以后,你们用棍棒打,把对方的枪夺过来。这一仗打好了,大家都有好处。"

马驹问:"报告营长,哪些敌人长得甚样子?"营长:"等你们上了前线就知道了,只要穿的衣服和咱们不一样,就是敌人,逮住了往死打就行。"马驹问:"要是衣服一样呢?"营长:"混蛋!哪来这么多问题!只要不认识就打。知道了吗?"

新兵齐声回答:"知道了,营长。"

等营长离去后,马驹轻声抱怨:"这不是去送死嘛!"

年长新兵:"别听他们的。这几年口外乱了套,年年打仗,年年抓兵。他们有他们的做法,咱们有咱们的活法。只要双方一开火,咱们就往没人的地方跑,千万不要白送命。命是爹妈给的,一个人只有一条命,丢了就再也没有了。"

一新兵问:"要是前后都朝咱们开枪咋办?"

年长新兵:"嗨,西口外光大帅就有十几个。奉军、直隶军、阎老西、国民军,还有叫不上名来的杂牌军,都来这儿争地盘。兵不够,就抓穷人。各家的兵,都是抓壮丁抓来的,这些兵大都是受苦人,谁也不想打仗。"

另一兵丁:"有人编了个顺口溜,你们听不听?"

众人:"快说说!"

兵丁低声说道:"民国年间胡折腾,各路部队乱抓兵。抓完后生抓老汉,乡公所里来打扮。剃了头发刮胡茬,立时就把脑袋换。抓兵的,真个凶,鄂尔多斯乱纷纷。富人拿钱顶个名,穷汉只好舍上命……"

熄灯号声响起。年长新兵边脱衣服边说:"吹号了,我得痛痛快快睡个好觉。"

马驹轻声问:"满山哥,睡不睡?"杨满山背过身,做了个逃跑的手势。马驹低声地:"好,今晚跑狗的!"

兵营帐篷外。有一队兵丁在巡逻。帐篷里的灯火熄灭了,一切显得很宁静。

一顶帐篷上突然豁开一个洞,杨满山、马驹先后钻出来。

年长新兵撑起身子来看看,赶忙穿衣服。帐篷内有好几个空位置,新兵

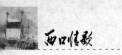

跑了不少。

兵营附近原野。一队巡逻兵走过后，杨满山招呼草丛后面的马驹：“马驹，跑！”两人拔腿就跑。

又有几个壮丁从四面八方逃跑了。

枪声响起，兵营里传来喊声：“有人跑啦，快追！”

马驹、满山被几个逃兵冲散。马驹低声喊：“满山哥，满山哥……”一群兵丁追过来，马驹赶忙朝没人的地方跑去。

兵丁们举枪射击，几个黑影应声倒下。又是一阵枪响。马驹身影一晃，倒在地上。

枪声不绝。杨满山奋力奔跑。他被什么东西绊了一下，一个趔趄，倒在地上。枪声越来越近，杨满山爬起来往前跨了一步，“啊——”地叫了一声，掉入山崖下。

枪声渐渐远去，一切恢复宁静。

原野上，散落着逃亡新兵的尸体。有一具身体突然动了一下。朦胧夜色中，隐约看清他是被流弹击中的马驹。他挣扎着站起来，仔细察看同伴尸体后朝夜幕中走去。

新任河曲知事金子川走出宁武关小火车站，挥手喊道：“洋车，洋车！”

轿夫：“这位官人，这里是山西宁武关。我们这地方没有洋车。我们有轿、有马、有毛驴，都是好东西。你想要哪样？”

金子川：“那……坐轿好了。”

轿夫撩起轿帘说：“请。”

金子川弯腰钻进轿里，皱着眉头问：“怎么搞的，这什么味儿？”

轿夫：“回官人话，这里是大风口，蒙古库布齐沙漠的风刮过来，都是这种味儿。这叫风味、土味，合起来叫风土味，您凑合着坐吧。”

金子川掀起轿帘问：“请问二位，这里离河曲县还有多远？”

轿夫：“回官人话，不远，就三二百里地，紧三慢四，第五天保证让你坐在河曲西门河畔吃黄河鲤鱼。”

金子川：“别官人官人的，我是河曲县新任知事金子川。区区三二百里，怎么得走三四天？”

轿夫："回金知事话,那地方山多沟深,来太原这边不好走。"

金子川："哦,河曲人都跑到鄂尔多斯去啦?"

轿夫："对,自古道河曲保德州,十年九不收。男人走口外,女人挖苦菜,年年都是个这,走了好几百年了。男人要是不到口外去,全家老小都活不成。"

另一轿夫赶忙说："知事大人,别听他瞎说。河曲县离蒙古地界近,一过黄河就是鄂尔多斯。我要是河曲人,我也年年走西口。西口外肥富,听说那地方一不小心就踢住一个金元宝,一不小心又踢住一个金元宝。"

轿夫："对对对,金老爷,河曲那地方也不赖,再要摊上你这么个年轻能干的知事大人,河曲人往后可就享了福啦!"

金子川戏谑地："本官还没有上任,你怎么就知道我能干?"

轿夫："河曲人命苦,县老爷也跟着受苦。上上任那个县老爷让瘟疫给传死了,以后那个县老爷装疯卖傻,总算调走了。今天我一看金知事这面相,嘿,没说的,好官一个,说话和气,出手大气,肯定不会亏待我们这些受苦人。"

金子川："你是想多要点轿钱吧?"

轿夫："不瞒大人说,我俩上有八十老母……"

金子川挥手道："我不会亏待你们。你们一直把我送到河曲去。"

另一轿夫："知事大人,我们想抬你,可是我们没那份福气。一进河曲地界,不是沟就是坡,连牛车都走不成,我们抬不动你。"

金子川："那怎么走?"

轿夫："会骑马你骑马,不会骑马你骑驴。我们把你抬到本县衙门口,这里的官老爷会派差役把你送到河曲去。金老爷你坐稳,我给你喊两嗓子'走西口':哥哥你走西口,小妹妹实在难留……"

宁武张知事和县署官员把金子川送出来。

张知事："昨晚听子川兄一番宏论,果然江南名士,国家栋梁。如今政府大力奖励开垦蒙古荒地,子川兄到任后可力促农工到口外谋生,蒙汉互利,和睦相处,仕途一片光明。"

金子川："谢谢张知事,子川初来北方,以后还望张知事与诸位前辈多多指教。"

张知事："台兄去了之后,若能励精图治,干出点事业来,河曲人会给你编出许多好听的山曲儿来。河曲的山曲儿,那可是比县志还要厉害。好啦,不多说啦,本县派人送你到河曲县城,你骑过马吗?"

金子川:"没骑过,我试试。"

张知事摇头:"不能试。一路上沟深坡陡,稍有不慎,人就坠落山底,不说粉身碎骨,至少三五年不能动弹。还是骑驴为好。"

金子川脖子一梗:"牵马来。万里不惜死……"

张知事接吟道:"一朝得成功。且借高适《塞下曲》,我为子川壮行色!子川兄,这便是宁武关了,恕小弟不远送。拉马来,请金老爷上马!"

一差役把金子川扶到马上,马一扬身,人掉了下来。

张知事吩咐差役:"把马和驴都带上,务必把金老爷安安稳稳送到河曲县。"

金子川尴尬地:"带两人足矣。金某领情了,金某告辞了!"

一差役:"金老爷,多带几个人吧,一路上翻山过沟,万一遇上狼虫虎豹,也好有个抵挡。"金子川瞪他一眼:"麻烦你给狼虫虎豹说一声,让它们先吃掉我好了!"边走边朗声吟诵:"征蓬出汉塞,归燕入胡天。大漠孤烟直,长河落日圆……"

一阵大风刮来,金子川捂脸摔倒。风过后伸手一看,上面是一层沙子。

河曲县城街头。一群人在下棋。一旁观街民说道:"嘿,听说又来了一位县太爷。"另一街民:"咱这穷地方,留不住当官的。依我说,民国政府就不该往这里派官,甚事都干不成,瞎花公家那些袁大头!"

贺师爷走过来,嘲笑道:"嘿,又下上啦!有这工夫不能到口外揽点营生,赚点现钱吗?"

街民:"贺师爷,走口外走的我心惨了。天底下的钱谁也赚不完,赚多了我嫌它麻烦。"

贺师爷:"咳哟,你还赚得太多了?"伸出双手问,"你说十根手指里有几个缝缝?"

街民:"我数数,一、二……"

贺师爷:"就冲你这脑袋,还嫌赚多了麻烦?说大话也不怕闪断舌头!"

街民:"贺师爷,我不跟你抬杠,听说新来的县太爷让狼吃了,有这事没有?"

贺师爷:"狼倒是想吃他来,结果下错了口,把你哥给吃了。"

街民:"我哪来的哥?"

贺师爷:"噢,那吃的是你二大爷!娃娃,狼吃了谁也不是好事情。往后说话,嘴上要站个把门的。新知事又没招你惹你,你咒人家干甚?告诉大家,知事姓金,路上受了点惊吓,我找几位乡贤去看看人家。不管他以后办不办事,咱不要丢了河曲人的本分。”

河曲县署。众乡贤等着见金子川。一乡贤问:“贺师爷,金知事该出来了吧?”贺师爷说:“快了快了,他在沐浴更衣。”乡贤:“这天气还沐浴?还更衣?怎么沐啊?”贺师爷边比划边说:“金知事是南方人,每天用凉水洗澡。不洗澡不见客人。”乡贤:“天这么冷,他用凉水洗,脱不脱衣服啊?”贺师爷:“沐浴更衣,你说脱不脱?”

里边水声一响,外面的人直哆嗦。

一乡贤:“我可不等了,我得方便方便去……”

山崖边指路处。木杆上悬挂一木制红鞋。鞋尖指向前方。

篝火燃烧。干牛粪在火中发出“辟辟啪啪”的响声。

棰棰在火上烤炙肉串,升腾的油气照亮她精巧的手镯。

躺在白马身边的牧羊犬突然耳朵一动,站起来跑到山崖边,朝着崖下狂吠。

棰棰起身往下看去:“哈布里,咋啦?”

牧羊犬叼着她的裤子走到山崖边,然后闪电一样跃往崖下。

山崖上长满荆棘和酸枣刺。棰棰顺着小道往山崖下走,一不小心滑倒了。她拽住一颗酸枣树,人站住了,手划破了。快到崖底时,她踩住一粒小石子,脚下一滑,从崖上滚下去。

棰棰摔到崖底,衣衫破碎,浑身是土。她挣扎着站起来,一眼看见昏迷的杨满山,吃惊地喊:“喂,起来呀?喂,你是谁?”棰棰又叫了一声,忍不住去拉躺着的人。拉了几次拉不动,猛一使劲将他翻了过来。

杨满山脸上沾满泥土和草。棰棰见他皱皱眉头,不禁惊喜地叫道:“嗨,这人,你还活着!喂喂喂,你别怕,我叫棰棰,我是红鞋嫂的女儿,我来救你,你没死,你还活着!”

棰棰把杨满山拖到山崖小路前,然后一手拽着他的胳膊,一手攀着小路边的酸枣树,使劲往上爬。她头发披散,满脸汗水和泥土。她的脸被酸枣刺划破了。她喘着气把满山放在一块石头边,噘着嘴说:“你咋就这么重啊!你凭甚就让我背你?我背不动你,我不管了!”她丢下满山往上走了几步,又折回来背起满山:“唉,这就叫命。谁让我遇见你来!咱们说好,等你好了,你得背我——你背我一辈子!”说完觉得不妥,不由吐吐舌头。

在小路拐弯处，棰棰摔倒了。满山重重地压在她身上，棰棰好不容易从满山身底下爬出来，带着哭声说："我好心救你，你还欺负我，我不理你了！"她擦着汗水自个儿往上爬去。

满山苏醒过来，呻吟着喊："水……"棰棰折回来，摸摸满山的头："嗨，这人命真大。哈布里，拿水去！"

哈布里叼着水袋和绳子奔下来。棰棰摸摸哈布里的头，感激地："哈布里，你真好！"她边给满山喂水边问："喂，客人，你是谁？"满山迷迷糊糊地："……杨满山……""你哪儿人啊？""河曲火山……"棰棰没好气地："你跑崖底下干甚去了？那儿好玩啊？"她突然想起来，"哎，河曲杨满山？这名字有点耳熟，在哪儿听过啊？"摇摇头，"忘了。杨满山，我见过你吗？谁告诉过我你的名字啊？"

满山晕过去了。棰棰摸摸满山的鼻子，赶忙用绳子拴住他的腰，让哈布里含住另一头，她半背半扶着满山，艰难攀爬。

哈布里跳上崖头，紧咬绳子往上拉。棰棰用肩膀和头把杨满山顶上崖顶。杨满山发出低微喊声："水……"棰棰想去拿水袋，身子一软，瘫倒了。哈布里叼着水袋跑到棰棰身边。棰棰望着杨满山说："哦，想起来了，是蒲棒儿她爹说的，说是有三弟兄和他走散了。有杨满山、刘马驹，还有个没人疼……没人疼？这个名字有意思。"

蒲父面朝落日，自拉自唱，声音凄楚。

他哼的是蒲母纺线时唱的歌，歌声如泣：你走那天天有点阴，黄尘雾罩看不清。你走那天没下雨，泪蛋蛋和起一把泥。你走那天心难活，早起哭在阳婆落。你走那天没对你说，走在半路你往回折……

远处响起马头琴声，蒲父凝神听听，高兴地站起来，大声喊道："道尔吉老爹，是你吗？天气好，草场好，赛拜奴——"

道尔吉和几位蒙族艺人骑马奔来，高声喊道："赛拜奴！老朋友，雄鹰喜欢的是蓝天，骏马热爱的是草原。咱们唱歌去吧，鄂尔多斯想念你。"

蒲父："好的，等我种完这点地，咱们一起走。"

道尔吉等下马走到铁犁前，拉起套绳说："老规矩，先帮你种地，完了到红鞋嫂哪儿，和住店的蒙汉兄弟乐一乐。"

蒲父："好，我正要到红鞋店去打听马驹他们的消息，咱们一起走。"

蒲父、道尔吉和几位艺人吃罢饭，收拾碗筷后焚香净手，调弦试音，切磋技艺。他们切磋的是把汉族山曲儿和蒙族情歌糅合在一起的一种新调:蒙汉调。

道尔吉他们先用蒙语蒙调哼唱,蒲父用汉语汉调吟唱,然后再糅合起来。

蒙汉调的歌词是:黑土崖崖傍大路,世上的朋友交不够。和你交朋友我有些怕,不懂你说甚答不成个话。听不懂说话我给你教,赛拜奴就是咱二人好。早想和你交一交心,单怕你额吉眉脸红。我阿妈人老心眼好,她不把汉人哥哥另眼瞧。你额吉愿意不算话,咋能迈过你阿爸?叫声哥哥你听真,我阿爸就是汉族人。

外面传来狼叫声。道尔吉他们拿起猎枪,钻出地窖。

清脆的枪声和狼的哀嚎声混杂在一起。野狼退去,道尔吉他们回到地窖,边往银碗里倒酒边说:"客人走了,喝酒,接着唱。"

红鞋店门口高杆上悬挂着一只硕大的木制红鞋。店内伙房顶上炊烟升腾。

驼队侯老板、老胡、小栓等一行人牵着骆驼走出后院。红鞋嫂迎出来:"侯老板,这么早就上路啊?饭都做好了,吃了再走吧。"

侯老板:"不吃啦,红鞋嫂,我们得早些赶路。"

红鞋嫂:"侯老板,你们得防着点,胖挠子可有些日子没有出窝了。"

侯老板:"好的,我们一定小心防范。小栓,快点走,别磨蹭。"小栓赶紧赶上来。

老胡:"谅他胖挠子也不敢动我们侯老板的货。"

红鞋嫂:"动不动你老胡说了不算。还是小心点吧。"

侯老板:"走啦,谢谢红鞋嫂。"离去。

牧羊犬哈布里箭一样射进院里来,不住地吠叫。红鞋嫂摸摸它的脑袋问:"棰棰呢?棰棰没回来啊?"哈布里扭头朝着外面叫:"汪汪汪……"

红鞋嫂慌忙跑出去。不远外,棰棰牵着白马走来,马身上驮着杨满山。

红鞋店小蒙古包内。杨满山满头是汗,突然从恶梦中惊醒,他嘴唇翕动,挣扎着喊:"啊……马驹……快跑……"棰棰高兴地:"阿妈,他醒了。哎,你醒醒啊!听见没有?"杨满山缓缓睁开眼睛,眼前晃动着棰棰和红鞋嫂的笑脸。他"曛"地坐起来,惊诧地望着四周。

红鞋嫂边收拾杨满山的衣服边笑着问:"你醒啦,好点吗?"

杨满山发觉自己没穿上衣,忙用被子盖住身子。棰棰躲在红鞋嫂身后,偷偷笑了。

红鞋嫂："后生，别害怕，这里是红鞋店，鄂尔多斯的人都叫我红鞋嫂。你到了这里就没事儿了，快躺下吧。衣服我给你换过了，你病得不轻，得安心在这儿休养一段日子。"

杨满山打着哆嗦说："大婶，谢谢你。我姓杨，叫杨满山。"

红鞋嫂帮他盖好被子："棰棰告诉我了。蒲棒儿她爹也给我说过好几次，要是你和他外甥刘马驹，还有一个叫啥来着，挺怪的名字——"满山："叫没人疼。"

红鞋嫂笑着说："对，是这名字。说要是你们来了，就赶紧告诉他。"满山："他在哪儿？"

棰棰："他每年都是先种地，种完以后就去唱曲儿，鄂尔多斯的人都知道蒲棒儿她爹。"

满山急切地："马驹和没人疼来过吗？"站在一边的二娃说："没来过。我家主人让我留心点，我就没见过刘马驹和没人疼。客人，是我家主人的女儿棰棰救了你。"

满山看着棰棰说："谢谢你。"棰棰嗔怪地："二娃，这儿没你的事，快烧火熬点姜糖水！"二娃离去后，棰棰把衣服放进木盆里，瞟了满山一眼，匆忙走出蒙古包。红鞋嫂把棰棰掉在地上的坎肩拾起来，朝门外喊："棰棰，把衣服上的泥搓一搓，等一会儿我洗。"棰棰在外面回应："哎，知道啦。"

红鞋嫂："二娃是店里的小伙计，人挺好，你有事叫他。"

杨满山感激地说："谢谢大婶。"

红鞋嫂上前摸着满山的额头："你受了风寒，哎呀，烧得像火炉一样！"

杨满山躲了一下。红鞋嫂笑着说："别不好意思。我这儿是走西口人的家。你好好躺着，一会儿喝点姜糖水，我再给你放放血，很快就会好的。"

棰棰翻弄着木盆里的衣服，凑到鼻子边闻了一下，不禁皱起眉头。

红鞋嫂拿着坎肩出来："二娃，给满山披件厚点的衣服。他发烧，得扎针。"她揭开锅，倒进一勺水。

二娃："好，我去拿我的裤子。"

棰棰把木凳翻过来，将衣服架在上面，推到灶前烘烤。她关切地问："阿妈，不要紧吧，他能挺得过来吗？"红鞋嫂拿起一块姜，用刀背拍拍："那要看他的身子骨了。来，添点柴禾。"

棰棰："他肯定能挺住。"说着往炉子里添柴。

红鞋嫂："你咋知道？"

棰棰:"我背过他,他就像一座山一样,真沉。走西口的人说,小伙子睡冷炕,全凭火力壮。他身体底子好,能顶住。"

红鞋嫂看看女儿,没说话。这时候锅里水开了,她连忙揭开锅,将姜块扔进锅里,喊道:"二娃,你把火盆搬到蒙古包里。棰棰,你多拿点醋。"

棰棰站起来:"好。"

红鞋店小蒙古包内。二娃把炭火盆放在地上。棰棰夹出一块火炭,将醋泼在上面,不时回头偷看静静躺在土炕上的杨满山。红鞋嫂端着一碗姜糖水进来。棰棰忙低头向火炭泼醋,火盆里冒出一股蒸气。她对满山说:"喂,杨满山,这叫烧醋炭,你们山西的病人,一闻到醋味,病就好了。"

二娃:"我们陕北人病了也闻醋炭味。"

红鞋嫂扶起杨满山:"满山,喝点姜汤。"

杨满山双手捧着大碗,低头喝姜汤。棰棰发呆地看着他。红鞋嫂看了女儿一眼说:"棰棰,把针和火罐拿来。"见女儿还站着不动,她又叫了一声:"棰棰!"

棰棰醒过神来,赶忙答应着离去:"哎……"二娃跟着出去。

杨满山喝完姜汤,满头大汗。红鞋嫂将手巾递给他:"你不用着急。走西口的人常说,病来如山倒,病去如抽丝,你安心养几天,病好了再走。"

棰棰拿着火罐和红布针包走进来。红鞋嫂对杨满山说:"来,把手伸过来。"杨满山顺从地伸出手。红鞋嫂拿出针来在灯头上烤烤,然后扎在满山指头肚上。杨满山脸抽了一下。棰棰心疼地皱起眉头。杨满山咳嗽了一声,红鞋嫂说:"对,扎一针你咳一声,这还是你们那边传过来的方法。咳一声,病就轻一分。"她又往另一手指扎去,"咳!"杨满山咳嗽了一声。

杨满山翻身俯卧,裸露着脊背。棰棰看了一眼,将点燃的艾草递给母亲。红鞋嫂把一只小碗在炕沿上一磕,拣起新碗碴在满山背上划了一道口子,口子上顿时渗出几滴殷红的血。

棰棰将手中火罐递给母亲。红鞋嫂将点燃的艾草往火罐里一扔,将火罐拔在伤口上:"满山,你忍着点,得把你身子里的寒气拔出来。完了以后,你蒙住头好好睡上一宿,出几身汗,过几天就缓过来了。"

杨满山轻声地:"婶子、妹子,谢谢你们了……"

棰棰高兴地:"嘴挺甜的,再叫我一声妹子!"

棰棰从木盆里拿起刚洗干净的衣服,晾到绳索上。衣服和被单在风中摇曳,阳光映照出棰棰好看的身影。红鞋店院里,萦绕着棰棰欢快的歌声。

红鞋嫂在厨房门口喊："棰棰——"

棰棰："阿妈，有事吗？"

红鞋嫂："满山出去多长时间啦？"

棰棰："有一会儿啦，我叫二娃陪着他。"

红鞋嫂："这后生体力好，病好得挺快。"

棰棰："可他好像有心事，老不说话。"

红鞋嫂："他妈去世了，他爹好几年没音讯，结拜弟兄们也走散了，他能没有心事嘛！"

棰棰："怪了，咋不顺心的事就都摊到他身上了？好好的弟兄三个，咋一下子就走散了？"

红鞋嫂："这两年口外乱，往后咱们也得小心点。"

棰棰赶紧叫狗："哈布里，赶紧把杨满山叫回来，他还没好利索，可别出了事！"

牧羊犬跑出院子。

杨满山扛着铁锹正往回走，手里还拿着一束草。这时牧羊犬飞快跑来，围着他们欢跳。二娃喊道："哈布里，你怎么来啦？是主人叫我们吗？"牧羊犬跳得更欢了。

杨满山拍拍哈布里："走吧！"牧羊犬叼过他手里的草，飞奔而去。杨满山他们跟在后面。

牧羊犬跑进红鞋店院子，棰棰拿过它嘴里含着的草，惊奇地："哎呀，草都长这么高了。"朝屋里喊，"阿妈，草都长出来了，咱们的户口地该出租了。"

红鞋嫂从屋里走出来："是啊，我也惦记着这事。等满山回来问问，看他租不租。"见满山和二娃走进院里，红鞋嫂关心地说："满山，你病还没全好，不要发大力。累了吧？"

杨满山："没事儿，我好了！"他伸出手臂比划了一下。

红鞋嫂笑着说："棰棰，去伙房给满山倒一碗黄奶油，补补身子。"

杨满山赶忙说："不用不用，我已经好了。大婶你每天忙前忙后，你应该好好补补。"

棰棰："嗨，还会心疼我阿妈，满山哥，你是好人。"

红鞋嫂："口里口外，都是一家人，满山你就喝了吧，喝完我再做。"

二娃："黄奶油是用白奶油熬制的，熬起来可费事了。一碗喝下去，保证你增加二十斤力气！"

杨满山拗不过她们:"行,听你们的。我挑完水就喝。一碗二十斤,两碗四十斤!"说着拿起扁担和水桶走向院里井台边。

棰棰跟过去看满山用辘轳绞水:"满山哥,行吗?"

满山:"行,你们这儿吃水真方便。"他绞满两桶水,双手提到厨房去。

红鞋嫂笑着说:"真是身大力不亏!"

无边无际的沙漠上,一个黑点慢慢移过来。他是从枪子下侥幸逃生的马驹。

马驹绝望地喊着:"满山!没人疼!你们在哪里啊?"

大漠上,黄沙罡风,阳光刺眼。马驹舐了舐干裂的嘴唇,抬头望天,嘶哑而又绝望地喊着:"水,水,水……"

漫漫大漠,除了黄沙,还是黄沙。马驹艰难行走,嘴里不时自语:"水,水……"他终于抵挡不住烈日的灼烤,昏倒在地。有一只蜥蜴爬到他手上,马驹醒过来,看见不远处有一块毯子大小的湿地。他滚着身子翻过去,用手使劲挖沙,挖出一把湿沙后,贴到鼻子上,随后把脸埋进沙土里。

不远处,散落着几粒骆驼粪。马驹抬头往前看,眼睛放出光亮。他爬起来往前跑了几步,然后俯扑在地,贴耳倾听。

清脆的驼铃声顺风而来,就如一首生命的乐曲在呼唤。

夕阳西下。马驹拼命朝沙土岗跑去。跌倒了,再爬起来。他终于爬到沙岗上,喘着粗气,朝前望去。

大漠深处,有一支满载货物的驼队向前徐徐行走。马驹愣了一下,使劲喊叫:"喂……"见驼队没有反应,他痛苦地吞下一口唾沫,继续往前爬去。

驼队歇息地。帐篷外聚集在一起的骆驼、马匹和货物像一座座小山峰,静静地躺在月光下。沙漠的夜晚特别冷,守夜伙计小栓身子一抖,赶忙裹紧外衣。

残存的篝火堆里,闪烁着点点火星。帐篷里传来阵阵鼾声。

马驹悄然潜到货堆旁边,想找点食物和水,可是东看西摸,什么也没有找到。

一匹马突然躁动起来,甩着尾巴,打了一个响鼻,然后后蹄动了几下,撒了一泡尿。

马驹饥渴地看着,头无力地垂下来。

被惊醒的小栓走过来踢踢马驹,朝帐篷里低声喊道:"胡大叔,有生人

"……"

　　小栓拽着老板走出帐篷。侯老板恼火地："小栓，什么事啊？"

　　老胡将马驹拖到侯老板面前："侯老板，这小子乞求咱们收留他。"

　　侯老板打了一个哈欠，摸出烟袋，打量着马驹。马驹满脸饥渴地望着老板："老板，收下我吧，我什么都会做，你让我干甚都可以，只要给我喝口水，吃口饭就行。"

　　小栓求救似地看看老胡。老胡说："侯老板，多一个人多一张嘴罢了，看他怪可怜的。"

　　侯老板不耐烦地："去去去，草原上乱人多，你知道他是啥东西？快把他轰走！"

　　马驹："老板，求求你……"侯老板挥挥手："赶紧走你的路，我要睡觉了。"

　　老胡推着马驹说："走吧。"

　　侯老板警告道："你别跟着我们，当心你的小命！"

　　小栓同情地看着马驹，又回头看一下老板。侯老板磕掉烟灰，钻进帐篷。

　　马驹找了一块干净地方坐下来。他紧紧衣服，突然发现眼前有一双脚，脚上穿着破烂的牛鼻子布鞋。顺着那双脚看上去，小栓站在他面前。

　　马驹看着小栓，小栓也看着他，谁都没有说话。小栓伸出手来，手上是一块干硬的馒头，一只盛水的皮囊。马驹一把抓住皮囊，见扎绳已解开，忙往嘴里"咕咚咕咚"地倒水，喝了几口，又贪婪地啃那个硬馒头。

　　小栓面无表情地看看他，转身离去。

　　马驹抬起头来，见小栓已经不在了，他连忙将皮囊塞进怀里，站起来寻找。

　　黑沉沉的大漠。天上一轮寒月。

　　驼队要启程了，驼铃有节奏地响起来。侯老板骑在马上叫喊："老胡，让后面的伙计快点走，不然今天走不出沙漠。"老胡拉着骆驼朝后喊叫："快，快快！后面跟上，要是遇上黄风就麻烦啦！喂，你们那里怎么啦，跟上！"

　　小栓牵着马跟在最后。他不时回头张望，听见喊声拍拍马屁股，往前赶去。

　　不远处，马驹高一脚低一脚紧紧跟着驼队。

　　侯老板："嘿，那小子一直跟在后面。"一伙计："他已经跟了两天啦。不这么跟,他就死定了。"老胡:"两条腿的竟然能跟上四条腿的,我真服了这人啦!"小栓跟上来,对老胡说:"大叔,收下他吧?"老胡:"这得老板点头。侯老板,这是个好苦力,你再掂量掂量。"

侯老板没说话,把旱烟嘴塞进嘴里。

驼队走进原野。老胡望望身后空荡荡的大漠,说:"这小子跟不上了,大概是迷路了。"

小栓牵马站定,他呆呆地望着后面。侯老板朝他喊:"喂,咋啦?走吧,我们管不了他。"

伙计们吆喝着,驼队往前走着。

草丛里,马驹伸开双腿,仰望天空。天空如一幅美丽的图画。他从怀里掏出那只皮囊,解开口子,美美地喝了一口,大声喊道:"满山哥,没人疼,我逃出来了,你们在哪里啊?"

夕阳下,道尔吉老爹与蒲父、艺人们相伴走来。

一艺人:"老爹,快到红鞋店了。"

道尔吉:"好啊,咱们给红鞋嫂报个讯儿!"他拉响马头琴,蒲父拉起四胡,众人高兴地唱起来:蓝天上飞翔着矫健的雄鹰,荒原上行走着快乐的艺人……

这时纳木林和莎日娜骑马赶来。莎日娜说:"阿爸,我们听到你的歌声了。"道尔吉笑着说:"哈哈,我的女儿女婿来了,今天真是好日子!"

众人问候:"英俊的纳木林,美丽的莎日娜,草场好,牲畜好,赛拜奴!"

纳木林夫妇:"诸位大叔,赛拜奴!"

一艺人问:"户口地租出去了吗?"纳木林:"还没有。我们就是为这事回来的。"艺人:"今年政府奖励开荒,人们都开垦荒地去了。"纳木林:"没事儿,汉人兄弟说,土地也得歇一歇。要租不出去,就让户口地睡上一年,养养精神。莎日娜,唱起来!"

莎日娜:"好啊!"

欢乐的歌声:哪里有鲜花和成群的牛羊,哪里就有蒙古人的歌声……

椑椑听到歌声和哈布里的欢叫声,兴奋地:"阿妈,马头琴声响起来了,道尔吉老爹他们来啦。"

杨满山:"道尔吉老爹是谁呀?"

红鞋嫂:"是我们鄂尔多斯高原的报春鸟,每年大雁一来,他就带着女儿女婿从后山草地回到鄂尔多斯来了,把这里的户口地租出去,道尔吉老爹和蒲棒儿她爹到处流浪、唱歌,纳木林、莎日娜又回后山放牧去了。"

满山赶紧问:"蒲棒儿她爹来了吗?"棰棰:"来了,我听见四胡的声音了。"

满山脸色凝重,没说话。棰棰看着满山说:"我说呀,咱们得学学蒙古人,人家活得自由自在,没那么多心事,我真想当蒙古人。"

红鞋嫂一愣:"棰棰,别瞎说。"棰棰顽皮地问:"阿妈,你老说我是捡来的,是不是捡的蒙古人的女娃呀?"红鞋嫂掩饰地:"蒙古人不扔孩子。"棰棰:"那我是哪来的?"红鞋嫂:"天上掉下来的。"她扭头朝屋外喊,"二娃,快出去迎接道尔吉老爹。

二娃答应着往外走去,杨满山跟着走出去。

红鞋店院子热闹异常。除了道尔吉他们,还来了不少蒙汉客人,二娃、棰棰帮助他们卸下马背上的货物。杨满山跟在红鞋嫂后面迎上去。蒲父一眼看见满山,赶紧跑过来拉着他的手说:"满山,我到处找你们,你们咋才来呀!"满山难过地说:"大叔,我们走散了,马驹和老三都没来。"蒲父拉着满山走到避人处:"快说说,咋回事?"

红鞋嫂:"道尔吉老爹,大雁一来,草原上的报春鸟也飞来了,你把客人带过来,就把欢乐带到这里,草场好,天气好,赛拜奴!"

道尔吉笑着问道:"红鞋嫂,赛拜奴!"

人们相互问候,院里一片笑声。

红鞋店院里。红鞋嫂端着手扒羊肉喊:"满山,你把羊肉端过去。"等满山过来后低声说,"用双手端,你看,是这样……噢,对了,往后应该学学我们蒙古人的礼节。"

杨满山惊讶地:"大婶,你是蒙古人啊?"

红鞋嫂赶忙掩饰:"嘿,糊涂了,他们是蒙古人。"

杨满山恭恭敬敬地将手抓羊肉放到桌子上。

道尔吉:"杨满山,来,这边坐!"杨满山谦让道:"老爹,你请上座!"

红鞋嫂端着铮亮的银制酒具过来:"满山,都是自家人,招呼大家吃好喝好。"她给众人斟满酒,说:"满山前几天病在这儿了。这几天刚好了些,他勤快、细心,是个好后生。这几天帮我干了不少活儿。"

杨满山:"大婶,多亏你和棰棰细心照料,要不会好得这么快。"

桲桲："纳木林大哥,我家的户口地租给杨满山了,把你的户口地也租给他吧?"

纳木林:"行,早点租出去,我和莎日娜早点回后山牧场。"

莎日娜:"好啊,我听纳木林的。"

道尔吉:"满山,家里还有谁,有妹妹吗?"

杨满山不明白地:"我没妹妹,家里只有我一个。"

道尔吉:"我是说那种妹妹。就是你们唱的:哥哥你走西口,小妹妹泪长流……"

桲桲注视着杨满山,杨满山不好意思地:"没有,我家里穷,我还没想过这事。"

桲桲脱口而出:"口里男人穷,可口里男人真会疼女人。你听听他们唱的那山曲儿——"她学唱道:"一出大门掉掉头,扔不下妹妹不想走;一出大门掉掉头,tㄈ不见妹妹哭上走……"

道尔吉老爹好像看出点门道,捻着胡须,只是笑。桲桲嘟着嘴问:"老爹,你笑什么?"道尔吉:"我笑你这个打心的小桲桲,像草原上的小鹰,眼睛雪亮。"见大家都笑了,道尔吉接着说:"来,咱们喝酒吧,桲桲的脸蛋儿都红了。"

红鞋嫂:"好,我敬各位一碗。"

纳木林举起酒碗说:"祝福我们的汉族兄弟,祝福在座的诸位朋友!阿爸,拉起你的马头琴,我们一起祝福今年天气好、草场好、牲畜好、收成好!"

道尔吉:"哎,蒲棒儿她爹呢?"

满山站起来:"他有点事儿,我去招呼他。老爹、大哥,大家吃好喝好。"

桲桲悄悄跟在后面。

蒲父坐在红鞋店外一处土丘上,满腹心事。满山走过来,挨着蒲父坐下,愧疚地说:"大叔,真对不住你,我没照护好马驹。""满山,不怨你,是我没照护好你们。"满山:"唉,揪心啊!"蒲父:"刘家就马驹一颗独苗,万一有个闪失,他妈可咋活呀……"满山:"马驹脑子灵活,体力也好,也许能跑出来。"蒲父:"但愿吧。他爹是受苦人,在口外吃过不识字的亏。那年咱县重修文笔塔,他捐了一大笔钱。为了还上那笔钱,他硬是累死了。按说那是积德的事,刘家不应该绝后呀!"满山:"大叔,咱再打听打听。"蒲父叹气说:"也只能如此了。"

站在他们身后的桲桲打开食盒,真诚地说:"大叔,喝点酒,吃点饭,别难受,好人会有好运气的。"

蒲父意外地："锤锤，你这是……你咋来了？"

满山感激地："锤锤……"

锤锤递过酒碗："咱们一起来祝福马驹和没人疼兄弟，祝他们平平安安，没灾没祸。"

三个人碰碰酒碗，一饮而尽。

红鞋店院里，琴声悠扬，舞姿蹁跹，一派欢乐景象。

道尔吉纳木林哼唱"胡迈"，人们接唱蒙古长调：

啊哈嗬咻——

七彩祥云升起的地方，是我美丽的家乡。当百花盛开的时候，草原上掀起绿色的波浪。

美丽富饶的鄂尔多斯，是人世间的天堂。善良的人们聚集在一起，歆享着无尽的宝藏……

第6集

凌晨。沉睡中的红鞋嫂突然听见一阵杂乱的马蹄声,赶紧起身。

这时窗外传来陶罐着地破碎的声音。红鞋嫂摇摇桠桠,轻声叫道:"桠桠,桠桠!"桠桠翻个身又睡着了。红鞋嫂使劲再推:"桠桠,快起来,外面有人。"

土匪小六翻墙跳进红鞋店院里,悄悄开了大门。匪首胖挠子领着十几个人涌了进来。小六说:"大哥,都办妥贴了,动手吧。"胖挠子问:"那条狗呢,也闹妥贴了?"小六回答说:"没听见狗叫。大哥,动不动手?"胖挠子一挥手,十几个匪徒幽灵似地往屋前摸去。

红鞋嫂和桠桠站在屋檐下,用鞭子拦住他们。牧羊犬哈布里喘着气站在中间。

匪徒们一下愣住了。胖挠子搭讪着问:"啊!你们没睡啊?"

红鞋嫂:"胖挠子,伙房里有炖羊肉,填饱你们的狼肚子,立马给我滚蛋!"

胖挠子:"嫂子,昨晚上伙计们输惨了,你得让我抢点值钱的东西,不然我不客气!"红鞋嫂严正地:"你想咋?"胖挠子威吓道:"我想咋你还不知道?无非是白刀子进去红刀子出来呗。嫂子你往后站,不然我给你屁股上栽一朵白莲花!"红鞋嫂挥起鞭子:"你再胡说八道,别怪我不客气!"胖挠子:"今儿我就豁出去了——妈的,兄弟们给我上!"

红鞋嫂一挥鞭子,打掉小六手中的砍刀。

胖挠子叫喊着:"上呀!"小六迟疑地:"老大,红鞋嫂的鞭子太厉害。"胖挠子踢了他一脚:"你娘的,还怕个女人不成?上!"

几个土匪拥了上去。红鞋嫂、桠桠挥舞鞭子奋力抵抗。桠桠高喊:"哈布里,上!"

哈布里狂叫着扑过去,院子里一片混乱。

杨满山、纳木林、道尔吉等都被惊醒了。杨满山问:"谁呀?"纳木林说:

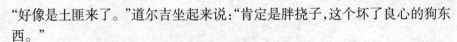

"好像是土匪来了。"道尔吉坐起来说:"肯定是胖挠子,这个坏了良心的狗东西。"

三人赶紧下炕。杨满山悄悄走到窗户跟前。

哈布里扑倒小六,小六"吱哇"怪叫。十几个土匪围住红鞋嫂和棰棰,一步步逼近。胖挠子突然抱住棰棰,举起尖刀抵在棰棰脸蛋上。哈布里放开小六,猛扑过来。

胖挠子:"给老子喝住狗,要不我就破了她的相!"红鞋嫂只好喝止:"哈布里……"棰棰着急地:"哈布里,上啊!"哈布里左顾右盼,不知如何是好。

纳木林等走出来,一时愣住了。

胖挠子:"你们都给我知趣点,借给弟兄几个钱花花,要不老子现在就在棰棰脸上刿一朵白莲花!"

这时杨满山大喝一声,把一柄铡刀架在胖挠子脖子上:"你敢动一下,我就砍了你,放开棰棰!"胖挠子看看满山的身架,赶忙收刀放开棰棰:"狗的,你们反了,抢人也不看看地方,红鞋嫂是我姐!"他向杨满山求饶道:"这位好汉,饶兄弟一命吧!"杨满山按着铡刀,一动不动。胖挠子又喊道:"姐,红鞋嫂,你就替我求个情吧,红鞋嫂……"红鞋嫂踢了他一脚:"我是你妈!"胖挠子:"妈就妈,顶如我白捡个丈母娘。"棰棰踢他一脚:"死到临头,你还想占便宜!"

红鞋嫂:"胖挠子,我早就对你说过,不许你们来这里抢夺耍横,惊扰我的客人。饿了你们到我的伙房吃饭去,困了你们到炕上睡觉去。我一文钱不收,你们一文钱不抢,这是咱们定下的老规矩。我只问你一句,这规矩还算不算数?"

胖挠子:"算数,当然算数。我保证今后不来店里骚扰,就是店里的一只小蚂蚁,我也保证不欺负它,要是欺负了,就让野狼啃了我,让秃鹰啄了我。"

红鞋嫂踢了胖挠子一脚:"下次来,我得剁掉你一只手!"

胖挠子:"这位爷爷你放我一码,我不抢还不行吗?我要把这里抢了,以后谁还敢来口外啊?红鞋……妈,给这人说说,让我起来,弄点剩饭剩菜,我们吃了就走——就滚蛋!"

杨满山踹了他一脚,放他起来。棰棰走过来依偎在杨满山身边:"满山哥……"杨满山:"别怕,棰棰,有哥在,你别怕。"

胖挠子带领匪徒们落荒而逃。到了没人的地方,他大声喊道:"你们给我记住,那家伙叫杨满山。以后逮住他,一刀两段!"

众匪徒："知道了,一刀两段,两刀四段!"

红鞋嫂、莎日娜、二娃在准备茶炊。桎桎给满山递上茶水,别有感情地说:"满山哥,我敬你一杯茶,你是一条好汉!"

杨满山:"桎桎,你救过我,你才是好——"他一时找不到合适词语,憋住了。

桎桎救急说:"快说,我是侠女,我是大侠桎桎!"

满山嗫嚅道:"你是好妹子……"

纳木林高兴地:"好,好汉遇上好妹子,我们等着喝你们的喜酒!"

满山愣住了。桎桎撒娇地:"萨日娜大姐,你管管纳大哥!"

萨日娜用蒙语说:"他说得对,我也等着喝你的喜酒呐!"

纳木林拍拍满山的肩膀,郑重其事地说:"满山兄弟,你是蒙古人的好兄弟,我信得过你。我把我的户口地交给你,你想租几年就租几年,往后我就不管了。"见满山不说话,纳木林问:"咋,你不愿意!"杨满山诚恳地说:"纳大哥,我这次来口外,是找我爹来了。是死是活,我得打听到我爹的下落。"他停停又说,"来的路上,遇到些麻烦,一起来的伙伴也走散了。我顺便去找找他们。人误地一时,地误人一年。我已经误了节令,不能耽误你的户口地。"

纳木林点头道:"天空中最明亮的,是太阳和月亮。亲人中最想念的,是额吉和阿爸。满山兄弟,去把你阿爸找回来。租地的人很多,阿爸只有一个。往后只要你愿意,我就把户口地租给你。"

道尔吉:"桎桎她妈,我看满山这后生不赖,说不定往后会有大出息。"

红鞋嫂笑了:"是啊,是个有骨气的好后生,往后要是成了事业,就做我的女婿吧!"

杨满山吃惊地看着红鞋嫂。桎桎看了满山一眼:"阿妈,有你这样当妈的吗?一天把我许出去七八回!"红鞋嫂笑得合不拢嘴:"好好好,我家桎桎不嫁人,就在家里养着,供着。"桎桎顽皮地:"那不行,到时候说嫁人就嫁人,谁也管不着!"

蒲父拿着四胡走出来,边按刚烫好的松香边问:"甚事这么热闹啊?"

桎桎调皮地:"米独贵(不知道)!"

蒲父:"满山,我们先走了。要有马驹的消息,咱们都往这里捎话。桎桎,你记着传话!"

桎桎:"好,我记住了。"

蒲父把满山拉到一边说:"满山,你记住:要修渠,要找到你爹,要想知道你心里想着的事情,你就去找梁老板。"说完离去。

满山吃惊地:"梁老板?梁老板是谁?"

广袤肥沃的原野上,棰棰和杨满山骑马飞驰而来,哈布里跟在后面。

杨满山被眼前的土地迷住了:"哈——这么多地!棰棰,你们家有多少亩地?"棰棰:"口外的地不说亩,叫垧。"杨满山:"你家有多少垧地啊?"棰棰:"不多,大概一百多垧吧。"杨满山不明白地:"一垧是多少亩?"棰棰:"说不清楚,合你们口里的十几亩吧。"

杨满山:"啊?一百来垧,就是一千多亩地啊!"他跳下马来,惊奇地望着远方,"这么好的土地,一千多亩,全是你们娘儿俩的?"

棰棰:"那算什么,纳木林家的地紧挨着我家的地,有二百来垧呢,你看,就是那边。"

杨满山顺着她指的方向望去,感慨地说:"如果真要种的话,得好好合计合计。"

棰棰:"不用费那脑子。种地时,就地挖个地窖子住在这儿,种子一撒,就到包头附近背大炭、扛粮包、打短工,只要肯出力气,口外的钱很好赚。"

杨满山:"你们就这么种庄稼?"

棰棰:"是啊,种庄稼有啥好讲究的?"

杨满山没说话,抓起一把土闻闻,大声喊道:"好地啊,好地啊,只要雨水好,一准会有好收成!"

棰棰:"满山哥,种地赚不了大钱,除非像梁老板那样,开渠放地。要不就像山西乔家那样,年成好的时候买下那么多黄豆,第二年年成不好,就高价卖出去。"

杨满山急切地问:"谁是梁老板?"

棰棰:"口外的大老板!他从蒙古人手里租上地,再租给走西口的受苦人,赚了钱就开渠,开了渠再赚蒙古人和汉人的钱,他的钱多得数都数不过来!"

杨满山若有所思地:"噢,他知道我家的事儿……"他将土撒到地里,拍净手中的泥。

棰棰从屋里出来,两手拢着满头黑发,懒散地喊:"阿妈——"

她走进厨房:"阿妈,我叫你,你咋不答应啊?"红鞋嫂:"我没听见。""你忙啥呢?""满山要走了,我给他带点干粮。"棰棰吃惊地:"他干啥去呀?""他要到包头打听他爹和两个兄弟的下落。"棰棰手一松,黑发瀑布般掉落下来:"啊?他走啦?""还没有,你去看看他。"

杨满山在整理行李，棰棰低头走进来。

杨满山："棰棰，我得去包头打听我爹的消息了。"棰棰�‍嘴问："我们家的地你不管啦？""我说话算数，一打听到我爹的下落就回来。""你咋找啊，要是找不到咋办？"杨满山失落地："不知道。"棰棰偏着头说："我给你想个主意，你编个顺口溜一路走一路喊，别人不就都知道啦？""我不会编。"棰棰略加思索："这样……我爹杨二能，河曲火山人，谁要见过他，给我说一声，咋样？"杨满山学着说："我爹杨二能，河曲火山人，谁要见过他，给我说一声。"棰棰高兴地点点头："对！"杨满山笑着说："好，棰棰你比我聪明。""满山哥，我跟你一起去找吧，我人熟路熟，问起来方便。"满山赶忙说："不行不行，大男大女，走在一起不方便。"棰棰不在意地说："那有啥不方便得？白天一起走，晚上一起睡嘛——"满山吃惊地："那不行那不行！"棰棰："那怕啥，依照蒙古人的规矩，在两个人中间放一条红裤带不就行啦？""那也不行。店里的事情那么多，你得帮帮你阿妈。"棰棰倔强地："我就不！"

红鞋嫂走进来："满山，我给你准备了一些干粮，你路上吃。"

杨满山："婶子，又让你费心了。"

棰棰："阿妈，我跟我满山哥一起到包头去。"

红鞋嫂："你凑什么热闹！"

棰棰鼓着嘴，没说话。杨满山松了一口气："棰棰，你再给我编个找马驹的顺口溜。"

棰棰："那咱俩一起走，在路上编，把没人疼也编进去。"

杨满山倒吸一口气，再没敢说话。

原野。马驹坐起来，看看手中的盛水皮囊，扬手扔掉了。他站起来走了几步，捡起一根枯树枝，修了修，拄在手里。他前后看看，见侯老板的驼队缓慢行走，想了想，捡起水袋来，朝驼队走去。

一匹驮货的马陷进鼠洞里，不能自拔。驼队停下来。小栓过去帮着伙计们扶马，马挣扎几下倒下来，货物将小栓压住了。

侯老板埋怨道："怎么搞的？我刚才还说，要当心鼠洞，你们就是不听！老胡，愣着干啥，赶紧扛起来。"

小栓在货架下挣扎几下，一下瘫倒了。老胡跑过去顶着货物，几次发力，马依然站不起来。侯老板使劲抽马，马挣扎着站起来一点，随即重重倒下来。马驹急忙跑过去，一边用肩膀顶住货架，一边往外拉小栓。老胡喊："大家一起用力，一、二……"马驹一用力，那匹马终于挣出鼠洞。马驹扶起小栓，搀着他走了几步，把水袋递过去说："兄弟，还你水袋。"小栓攥着马驹的手说："哥，谢谢你。"马驹拍拍小栓肩膀，捡起树棍，朝前走去。

侯老板："咱们也走吧，赶天黑找个有人家的地方，好好歇一晚上。"

小栓瘸着腿去拉那匹马，马走了几步，突然跪倒在地。老胡走过去摸摸马腿说："老板，马受伤了，走不了啦。"

侯老板："把货分开驮上，小栓你拉着马慢慢走，赶晚上到十里店找我们。"

老胡："老板，人马都受伤了，万一遇点事，小栓对付不了。"

侯老板："那咋办啊？"

老胡指着马驹说："你也看见了，那后生挺有劲，多一个人多一份力，咱把他留下吧。"

侯老板看着马驹的背影，没说话。老胡朝马驹喊："喂，刘马驹，你回来，侯老板叫你。"

侯老板打量着折回来的马驹说："你把货驮子提起来。"

马驹一使劲，把货驮架在肩膀上。伙计们吃惊地看着他。

侯老板："好，放下吧。看在老胡面子上，我留下你。你照护好我这匹马，还有小栓，赶晚上到十里店找我们。"

老胡问："马驹，行吗？"马驹点点头。

侯老板："咱说好，半年之内，我管饭不给工钱。你想好了，干不干？"

马驹想了想，扭身就走。

侯老板："好好好，给你一半工钱。"

小栓依偎在马驹身边："哥，行吗？"马驹搂着小栓，点点头。

侯老板："老胡，给他点炒米和水，我看这小子饿得够戗。"

老胡把炒米袋递过去，马驹抓起满满一把塞进嘴里。侯老板领着驼队离去。

天黑了。马驹背着小栓蹒跚前行。他腰里拴着根绳子，绳子另一头牵着那匹瘸马。

张二麻烦牵着装满货物的小毛驴，走进鄂尔多斯一处蒙古村落。他摇着拨浪鼓吆喝："大嫂大婶闺女们，水灵灵的媳妇儿们，不怕便宜你买货来。盐麻籽儿杏仁子、冰糖干烙儿麻叶子、红绿丝线顶针子、胭脂手镯耳坠子。货郎子，蒙地走，有钱没钱咱交朋友！"他停下来，用力摇晃着拨浪鼓。

村落里的妇女、孩童向他跑来,七嘴八舌地问道:"二麻烦,有啥新鲜的货!""二麻烦,生意好吗?""这丝线要多少钱?"

张二麻烦:"好好好,赛拜奴。"他喜滋滋地看着众人,掏出酒壶抿了一口。一妇女看着他,问:"二麻烦,你成天拿着个酒壶子,也不怕喝醉了?"二麻烦笑了:"大嫂,你放心,这点本事我练了几十年了。如今啊,你把我扔到酒缸里,泡上三天六夜九后晌,七十二个半前晌,只要你叫我一声,我一骨碌'腾'就站起来了。我告诉你,就是满世界的人都醉了,我心里头也精精明明!"

一大婶:"吹牛,你跟我们蒙古人比试比试,看看的谁酒量大。"

二麻烦:"你算说对了,我别的本事没有,喝酒一满不醉。让你男人买上几斤好酒,我和他比试比试。"大婶拿起手中的鞋底在他头上敲了一下:"二麻烦,你可真会占便宜。"另一女人:"大婶,别招惹这种人。二麻烦的稀粥,连苍蝇都不敢沾。他自己早说过了,宁舍脸皮不舍钱。"二麻烦:"对,买卖人,银钱上不打含糊。你们要买啥,快点说,不然我要走啦!"大婶问:"换个碗,几个铜子儿?"二麻烦:"老价钱,一张羊皮。""啊,你比土默川的狼还狠,再给带点东西。""好说,再给你带一个顶针子。""真抠门!"

一女人:"喂,这胭脂怎么卖?"二麻烦:"换你两只羊,先寄养在你家。""羊你马上带走,我不给你白放。""加上三两冰糖。""小气鬼,我家白给你放六只羊了,过几天你都赶走,不然我放到野地去!""放就放吧,你们这地方,羊能值了几个钱?我告诉你,这胭脂是从北京城贩来的,光绪爷三宫六院七十二妃子,搽的就是这种百里香。你要一搽上,屁股后头男人一跟一大群,你回去少搽些,小心你汉子巴特尔打断你那腿把子!"

众人笑得前仰后合。一女人:"这话我爱听,再买一盒。"

大婶真心劝他:"二麻烦,今年种地有奖励,你不如租点地多赚点钱,再成个家。有个女人管着你点,你或许能变成好心人。"

二麻烦:"这话说的!我如今的心就挺好。自古道杀父之仇,夺妻之恨,我老婆让人拐跑了,我一没杀那个野男人,二没挖老婆家的祖坟。我对得起世人,是世人对不起我。"他掏出一个牌子,接着说,"你说的对,我回头就去租地。我有政府的牌子,这种便宜事,好几年才能遇上一回。"他继续喊叫:"大嫂大婶闺女们,水灵灵的媳妇儿们,不怕便宜你买货来……"

张二麻烦牵着驮货的小毛驴向红鞋店走来。红鞋嫂正接待店客,一抬头看见张二麻烦,招呼到:"噢,你来啦!"

张二麻烦半说半唱地:"第七天,红鞋店,住店我没店钱,叫一声红鞋嫂,可怜一可怜。红鞋嫂,我今天没带钱,你让我住下吧!"

红鞋嫂反问:"二麻烦,你来店里住,多会儿带过钱?"

一汉子:"二麻烦要钱不要脸,红鞋嫂,这一次你得收他的钱,不然就拿他一盒胭脂粉!"

另一汉子:"对,让他出点血,不能老占便宜。"说着拽住二麻烦的货筐。张二麻烦赶忙拦住:"我求求诸位了,我也不白住,我给大伙儿说上一段顺口溜,你们就让我在炕上挤一挤,这样大家都暖和……"汉子:"你先把店钱交了,都像你,这店咋开啊?"另一汉子:"对,公公道道,交钱住店。"

红鞋嫂笑了:"诸位,红鞋店大门一字儿开,有钱没钱住进来。今晚就让他挤一挤吧,看他这副身架,反正也占不了多大地方。"

张二麻烦:"还是红鞋嫂体贴人。"说着捡起地上的瓦片敲了二下,说起顺口溜:"出口外,走得早,住店遇上红鞋嫂,红鞋嫂,人性好,不由想起我嫂嫂。我嫂嫂,真不好,整天就知道睡懒觉。那天她妈来看她,门上吼,窗子上叫,我嫂她一翻身又睡着了。气得她妈捣大门,哈巴狗子汪汪地咬。我嫂嫂,听见了,着了个忙,忙了个着,提溜上裤子穿了个袄,端起个尿盆子就往外跑。门槛高,绊拦倒,红鞋甩了个丈二高……"

红鞋嫂对众人说:"好啦好啦,都进去吧,伙房有饭,大家吃好喝好。"见张二麻烦也要跟进去,红鞋嫂说:"你呀,浑身上下就剩下一张嘴了。去,把你的货放到柴禾房,把毛驴拉到牲口圈去。"张二麻烦:"丢了东西咋办?"红鞋嫂逗他:"你可看好,丢了我不管!"

张二麻烦:"红鞋店,名誉好,东西一件也丢不了。我的东西不值钱,丢了一件陪两件。"红鞋嫂:"好好好,要是丢了东西,我把红鞋店赔给你。"二麻烦:"店我不敢要。我的名声我知道,我要开了店,鬼都不会来。红鞋嫂,咱是老熟人,今年我想种地,你把你的地租给我吧。"红鞋嫂奇怪地:"嗨,你种地?没见过,你会种吗?"二麻烦:"我想试试。人常说,种地不用问,人家种甚咱种甚。下点力,受点苦,赚点钱,成个家,往后我也过两天好日子。"

红鞋嫂思谋着说:"要这样,我还真得帮帮你。我的地租给杨满山了,你去纳木林那儿问问。"二麻烦警惕地:"杨满山住在你这儿?"红鞋嫂:"他到包头去了。你认识他?""那后生力气大,全古城的人都认识他。""那你认识刘马驹和没人疼吗?"二麻烦吃惊地:"他们也在这儿?"红鞋嫂:"他们弟兄三个走丢了,这两个人不知道跑到哪儿去了,满山和蒲棒儿她爹都着急。你要遇见他们,告诉我一声。"二麻烦:"那一定,那一定……"

包头街上。各家招工处花样百出,他们正设法招揽租地农工。一"招工处"牌子下,摆着好几笼馒头,旁边火炉上架着热气腾腾的烩菜大盆。

招工者喊："快来吃啊,快来吃,谁能吃下一扁担长的大馒头,谁能吃上三四碗猪肉大烩菜,谁就能租好地、赚大钱。到这儿来吧,放开你的肚子,要甚有甚,想吃甚吃甚!"

另一招工处旁边,坐着一帐房先生。桌子上除了算盘,还放着好几叠银元。帐房正看着一农民在举石锁。

杨满山一面张望,一面向路人打听:"请问,你认识杨二能吗?"路人看了他一眼,摇摇头。棰棰在不远处跟着满山。见杨满山扭过头来,连忙躲到一家店门前,混进人群看告示。

一差役高声喊:"这里是鄂尔多斯垦务局招工处,我们是官垦,有权有势,不欺负庄户人。租政府的地,白给种子、农具。走过路过,不要误过!"

满山走过去,问坐在一旁的王总办:"大叔,你是梁老板吗?"王总办:"你怎么说我是梁老板?"满山打量着他说:"你长得挺有气派,一看就不是平民百姓。"王总办:"你找梁老板有什么事?"满山执拗地:"你先告诉我,你是不是梁老板?"

垦务局差役推着满山说:"喂喂喂,不租地你罗嗦什么?这是鄂尔多斯垦务局的王总办王大人,哪有什么梁老板!"满山恼火地:"我又没犯法,你推我干甚!"差役:"推你?再不走我搡你!你不看我们正忙着嘛。"

王总办瞪他一眼:"怎么能这样说话呢!来口外的农工们是我们的衣食父母,要平等相处,以礼相待。"他问杨满山:"小伙子,叫什么名字啊?想租地吗?"

杨满山气冲冲地:"米独贵!不知道!"转身离去。

王总办笑着摇摇头:"嗬,脾气不小。"

杨满山低头走路,和一气度不凡的老者撞在一起,老者身子一歪,摔倒在地。

老者:"嘿,小后生,走路要看道!"满山赶忙扶起老者:"大叔,对不起,不要紧吧?"老者拍拍衣服,抬头看见杨满山,不由一愣:"嘿,你是谁?咱们见过面吗?"

杨满山火气未消:"大叔,我还有急事。你要没事,我先走了。"

老者摆摆手:"没事儿,我这把老骨头还硬着呢,你走吧。"满山离开后,老者拍拍脑门:"在哪儿见过呢?"一时想不起来,只好摇摇头,走到一招工处。伙计一见,连忙站起来:"梁老板来啦?二楞,快搬张椅子来。"

梁老板问:"李掌柜在吗?让他来见我。"

伙计:"他去茶馆了,你老在这儿等一下,我让二楞去叫他一声。"

梁老板："不必了，我还有别的事。你们招的怎么样啊？"

伙计："问的人多，留下来的少。哪有你梁老板那儿火啊，你老人家财大气粗，又有鄂尔多斯王府二奶奶撑腰，我们小户没法比。"

梁老板站起来："小子，今儿吃冰糖啦，嘴这么甜？我走啦，让你们掌柜来找我。"

伙计："是，您老慢走。"

杨满山在茶馆附近拦住一个人问："请问，你认识杨二能吗？"那人理也不理他，匆匆走了。杨满山搔一下脑袋，终于对着街上人群大声喊叫起来："我爹杨二能，河曲火山人，谁要见过他，给我说一声！"那人回过头看了一眼，往前走去。

杨满山继续喊道："我爹杨二能，河曲火山人，谁要见过他，给我说一声……"

街上人群围过来，议论纷纷："有这么找爹的嘛！""谁认识杨二能，快告诉他……"

棰棰转进一条巷道喊："我爹杨二能，河曲火山人。谁要见过他，给我说一声。"

人们奇怪地看着她："这不是红鞋店的棰棰嘛，她爹咋叫杨二能？"

梁老板听见喊声，不由站住了。喊声远去，他朝一家茶馆走去，突然发觉站在茶馆旁边的棰棰，便一把抓住她："棰棰，你在这儿干什么？谁在喊杨二能啊？！"

棰棰吓了一跳，立马比划出防卫架势："哎！放手！"一看是梁老板，吹着气说："大叔，你吓死我了！"

梁老板笑着说："你不是常说自己是绿林侠女嘛，就这么点胆子呀？""在你跟前，我装不出来。""还是有点侠女气势嘛！棰棰，刚才谁在喊杨二能？""是杨二能的儿子杨满山。他在我家店里住着，他喊得顺口溜是我编的。""哦，给我说说。"棰棰装成男腔说道："我爹杨二能，河曲火山人，谁要见过他，给我说一声——大叔，我编的好不好？"梁老板沉吟半响，问："杨满山人怎么样？""可好啦，可有孝心啦！他爹好几年没回口里，他都急疯了。他心大胆大，跟你老人家一样，刚来几天就想开渠垒坝办大事。""噢，你去把他叫来。""你认识他呀？"梁老板摇摇头。

棰棰突然醒悟过来："噢，我知道了，你是修渠的，他爹也是修渠的，你肯定认识他爹！这下可好了，满山说过，一但知道他爹的下落，他就回去种我家的户口地,这下可好了,我阿妈也高兴! 我去叫他。"梁老板拽住棰棰说:"不,他的爹他去找。我只是想见见杨满山。"

棰棰泄气地:"那你饶了我吧。他要是知道我跟着他,会用拳头跟我说话。"

"哦,你跟踪他啊? 你一个大闺女悄悄跟着一个大后生,也不怕他把你吃了? 你是不是喜欢上这个杨满山啦? "

棰棰朝他做了一个鬼脸。

梁老板:"好,你不去我去,我去见见他。"。

杨满山嗓子嘶哑,无精打采地往前走去。梁老板拦住他:"年轻人,还认识我吗? "满山仔细打量后说:"大叔,是不是我把你撞着了? 哪儿疼,让我看看。"梁老板假装地:"是啊,浑身都疼。"满山着急地:"那咱找先生看看去。"他抬头看着街上的店铺,"大叔,我头一次来包头,地方不熟。来,我背上你,你给我指指药铺。""看你这样子,也不是个有钱人。怎么样,家里日子还好吗? "满山不高兴地:"你别管我家里咋样。我撞着你,就该给你治疗。我身上有钱,足够。""那好,你背我一截。"

满山背起梁老板走了几步。梁老板拍拍他的肩膀说:"嘿,你这一背,我倒不疼啦。放下放下。"等满山放下后,他接着说,"别问我是谁,也别找我。你先回去种地去,过几天我去找你。"他大步走了。

满山莫名其妙地看着他远去。这时棰棰走过来低声喊:"满山哥! "满山吓了一跳,生气地问:"你咋在这儿? 说不让你来,你咋自个跑来了? "棰棰带着哭声地:"你就知道到处找你爹,我领了一大堆农具和种子,一个人咋往回拿啊? ""啊? 咋不早说啊,在哪儿? ""满山哥,梁老板找到你了吗? "满山摸不着头脑:"没有啊,谁是梁老板? 他在哪儿? ""我看见他了,他说要找你。"

满山似有所悟:"哦,他就是梁老板。走,找他去! "走了几步又停下来,对棰棰说,"他不让我找他。"棰棰奇怪地:"你不是没见到他吗? ""走,拿东西去,过几天他要来找我。""越说越糊涂,到底咋回事啊? ""咱边走边说。"

纳木林户口地。临时搭建的蒙古包上升起炊烟。莎日娜正在给马喂料。

张二麻烦骑着毛驴走过来:"尊贵的女主人,这是纳木林兄弟的蒙古包吗? "

莎日娜朝蒙古包里喊:"纳木林,有客人来了。"

纳木林走出来,望着走来的张二麻烦。张二麻烦跳下毛驴,用蒙语打招呼:"英俊的主人,天气好! "纳木林行礼:"噢,尊贵的客人,赛拜奴! ""草场好,牲畜好!""赛,赛,赛拜奴!""骏马跑得再远,总会眷恋生它养它的地方,听说纳爷回到了户口地,我就跑来了。英俊的年轻人,我是边客张二麻烦。你有什么需要的东西吗?上至绸缎,下到葱蒜,或赊或欠,或买或换,只要纳爷开口说一声,我张二麻烦听从你的使唤。""噢,张二麻烦先生,你太客气了!""不客气,纳爷请开口吧!"纳木林笑了:"尊敬的客人,一路劳累,请进包里坐一坐,一起喝茶说说话。莎日娜,照护好客人的毛驴。"

张二麻烦把缰绳递给莎日娜。纳木林作邀请手势,张二麻烦走进蒙古包。

白马驮着种子、农具和满山的行李,悠然而行。杨满山、槌槌跟在马后面。

槌槌:"满山哥,歇一会儿吧,喝点水。""不用了,咱早点赶回去。""好,省得我阿妈惦记。""槌槌,汉人叫妈,不叫阿妈。你是蒙古人吗?""我也不知道。有人说我是我阿妈捡回来的。住在蒙古地,样样都学蒙古人。从小我就喊阿妈,喊惯了。""那你阿妈是蒙古人吗?""不是,住店的人都说她是汉人。""要是汉人,就不会有户口地吧?""说是那么说。其实口外早就有汉人买地了。包头大户人家,都有自己的菜园子。要不我回去问问我阿妈?""不用。我是随便问问。"

蒙古包边的马儿和毛驴相互厮磨,欢快地甩着尾巴。

莎日娜干完活走进蒙古包里。

俩人都喝得差不多了。纳木林醉眼朦胧地伸出酒碗:"客人,干了!"

张二麻烦看了他一眼,将自己的碗与他碰了一下,一饮而尽。纳木林也喝干了。

张二麻烦:"纳爷,你是个痛快人,咱就这么说定了。你的户口地,我先包十年。"

纳木林打了一个嗝。莎日娜递给他一块手巾,纳木林推开她的手,又去倒酒。

张二麻烦:"常言说得好,一苗树上两个杈,蒙汉兄弟是一家。你有仁爱,我有礼义,咱明人不做暗事,有话讲在当面。"纳木林同感地:"对,有话讲……讲在当面。"

莎日娜看了他们一眼。

张二麻烦:"纳爷,你说说,租金该怎么算?"纳木林:"你说怎么算?"

张二麻烦:"你是东家,我是佃户,你先说个数数,咱们再商量。纳爷,你先说。"

莎日娜担心地:"纳木林,他是个做买卖的,不是庄稼人。"

纳木林挥了下手:"折断翅膀的老鹰,永远飞不上天空,不讲信用的小人,永远换不到蒙古人真诚的心。满山兄弟去寻找他的阿爸,我们就把户口地租给这位客人吧。今天酒喝得开心,你,既然有诚意,那就说个价吧!你说,你说……"

二麻烦从怀里掏出算盘"辟里啪啦"拨弄了几下,莎日娜看得眼花缭乱,心里更没谱了。

张二麻烦:"草原上有鸟千万种,哪一样也比不上沙胡燕儿多。世界上有人千千万,谁家也比不上我们汉人的规矩多。按照王府的规定,你这户口地算是中等地,每亩押荒银2钱1分6厘。"见纳木林不耐烦地皱着眉头,二麻烦越说越快:"随征费用6分,岁租1分2厘8毫,随征捐银3厘2毫,统共是3钱1分6厘,咱把零头刨去,按每亩地3钱银子算,到时候我给你折成袁大头,秋后一起算给你。"

纳木林听得头大了:"好啦,就照你说的办吧,你把地种好,不要让它荒废了就行啦。"

张二麻烦:"赛拜奴!草原上的雄鹰,那是我心目中的英雄!纳爷,你真是一条汉子。这是契约……"他遮遮盖盖地将一份契约拿出来,在上面写上几个字,递过去,"你仔细看看!"

纳木林:"我不认字,你是按咱们刚才说好的写的吗?"

张二麻烦:"对,要不让尊贵的女主人看看?"

纳木林:"不看了,只要按我们刚才说的写,咱们就算说定了。"

张二麻烦:"一满没错!"他将契约放下,打开印泥盒。

契约上写着"土地出让契约"几个字。张二麻烦目不转睛地盯着纳木林。纳木林在印泥盒上按了一下。

张二麻烦:"纳爷,就在这儿……你按个手印。"

纳木林在契约下面按了手印,想凑上去再看看,张二麻烦忙收起契约,说:"好了好了,喝醉的边客,该回到他来的地方去啦!"说着,站了起来。

张二麻烦牵着毛驴,脸上露出惬意的笑容。他抚摸一下揣在怀里的契约,再回头看看远处的蒙古包,得意地哼哼:"烧酒本是五谷水,先软胳膊后软腿——这么一软就把二百垧好地软到我手里来啦。哎哟!"一抬头,他愣住了。

杨满山、锤锤牵着马站在他跟前。

棰棰:"二麻烦,是不是又干了坏事啦?"二麻烦一惊:"棰棰,别瞎说。但行好事,莫问前程。政府奖励种地,我也弄点地种种。"棰棰:"你又不会种地,你要地干啥?"张二麻烦反问道:"梁老板会种地吗?他手里的地有几十万坰。"

杨满山走到二麻烦跟前,握着拳头问:"二麻烦,还认得我吗?"二麻烦抬头一看,连忙赶着驴往前跑:"我不认识你!你别自找麻烦!"杨满山追上去拦住他,咬牙说道:"你这个坏东西,害得我们好苦!你知道我们遭了多少罪?至今我都不知道马驹和没人疼的下落!不是冤家不碰头,说吧,咱们的账咋个算法!"二麻烦躲到毛驴身边:"你认错人了,咱俩没见过面。后生,大路朝天,各走一边。欢欢儿走你的路。"

杨满山:"你睁着眼睛说瞎话,你是人不是人!说,还钱还是挨揍!"

二麻烦:"你别找茬,你小子胆敢勾引红鞋嫂的女儿,你等着,我回去告诉红鞋嫂,你有十张嘴也说不清!"

棰棰:"二麻烦,你鬼说六道,小心我抽你!"

杨满山绕过驴身,用一条胳膊夹住二麻烦,狠声说道:"你坑人害人没人味,别怪我下手狠!"说着使劲夹住二麻烦往远处走去。

二麻烦尖声喊叫:"快来人啊,杨满山杀人啦!"

棰棰:"嘿,你不是不认识他嘛!"

杨满山夹着二麻烦绕了几圈,狠狠地将他扔在地上。二麻烦爬起来赶紧赶着驴跑了,边跑边说:"满山兄弟,大人不计小人仇,那事怪不得我!"

棰棰高兴地:"满山哥,你真是好汉!对这种家伙,就得打!"

杨满山指着刚才张二麻烦来的方向,问:"棰棰,那是谁家的蒙古包?上次我们来的时候,咋没看见啊?"

棰棰看了看,说:"那是纳木林的户口地,他临时搭个蒙古包,把地租出去,就回后山放牧去了。蒙古人活得自由自在,像雄鹰一样,四处飞翔。"

杨满山担心地说:"可别让二麻烦给骗了,咱们去问问。"

棰棰:"好的,你就便看看蒙古人怎么过日子。"

蒙古包前。棰棰远远就叫起来:"莎日娜大姐,纳木林大哥,棰棰看望你们来了!"

莎日娜搭手看见棰棰,高兴地喊:"嗬,百灵鸟飞来啦,真像汉族兄弟山曲儿里唱的:对把把圪梁梁上那是个谁,一抬头看见个二小妹妹。满山兄弟,欢迎你们。"

纳木林走出来:"牧民纳木林莎日娜夫妇迎接你们,尊贵的客人。"

棰棰领着满山行蒙古礼，问候主人："草场好，牲畜好，主人好，赛拜奴！"

莎日娜："赛拜奴！一只会唱歌的小百灵，被关在笼子里头了。棰棰姑娘，跟着我阿爸唱歌去吧，你的名字会传遍蒙古草原。"

棰棰："道尔吉老爹早就和我妈说过了，我妈不让我出去。"

莎日娜："汉族的阿妈，总是把自己的孩子藏在翅膀底下。那就再陪陪你阿妈吧，她是鄂尔多斯最善良的女人。"

纳木林："再美丽的胡燕儿，也得有个温暖的小窝。再漂亮的姑娘，也得有个好小伙儿疼她爱她。棰棰，我看满山这小伙子不错嘛——"他喝多了，摇晃着扶住蒙古包。

满山赶紧问道："纳大哥，你的户口地租出去了吗？"纳木林："兄弟，你来迟了。"

莎日娜："刚租给一个叫二麻烦的汉人。"

满山一跺脚："哎呀，坏了！"纳木林："怎么了，满山兄弟？"

满山欲言又止："那是个滑头鬼，不能相信他。"

莎日娜："就是，那人狡猾得就像草原上的红狐狸，他满口瞎话，没一句实在的。"

纳木林："没事，他又背不走蒙古人的土地。满山兄弟，进来，咱们喝两杯。"

满山："纳大哥，改日吧，我回店里看看。"

纳木林："好的，我还真有点喝多了。"

红鞋嫂站在厨房门口看看天色，对二娃说："二娃，上房顶看看，你棰棰姐该回来了吧？"二娃问："她到哪儿去了？走了一整天。""她说到包头领农具和种子，也该回来了。""是不是跟着杨满山跑了？自从杨满山来了以后，我看棰棰姐有点迷迷瞪瞪。就像河曲山曲儿里唱的：想亲亲想得迷了窍，抱柴禾跌进了山药窖。杨满山穷得要甚没甚，我姐可不能沾这种人。"红鞋嫂笑着说："嗨，你倒说开大话了。前两年你比满山还惨，拿着个破碗四处要饭，如今不也活得挺好嘛！""那是有你老人家收留我。""我成了老人家啦？二娃，多会儿也别小看穷人。穷人能吃苦，穷人有良心，不像那些王爷财主，翻脸不认人，一肚子坏水。""那也不一定。准格尔召的喇嘛三爷就是好心人。"红鞋嫂大吃一惊："你咋跟他钩挂上了？""喇嘛三爷经常向我打听你和棰棰的情况，他说想资助咱们一笔钱，想做一件善事。"红鞋嫂把菜刀往案子上一剁："二娃，你再要往他那儿跑，立马从我这里滚蛋！"二娃吃惊地看着红鞋嫂，没敢再说话。

　　这时传来哈布里欢快的叫声。红鞋嫂对二娃说:"还愣着干甚?接你姐去!"二娃松了一口气,赶紧回答:"哎,来了!"

　　红鞋店外。哈布里围着桠桠、杨满山欢跳。二娃帮着桠桠和杨满山卸下种子和农具。红鞋嫂走出来,高兴地:"满山,你也回来啦?有你爹的消息吗?"杨满山摇摇头说:"先种地吧,过一段再说。"红鞋嫂拍拍他的肩膀,抚慰地:"别着急,会找到的。哟,政府给了不少东西嘛。但愿今年风调雨顺,来口外的人都能发大财。"

　　这时二娃问:"桠桠姐,东西放哪儿?"桠桠说:"先放在柴禾房吧。"二娃:"柴禾房放着二麻烦的货架子,我再找地方吧。"桠桠不高兴地:"阿妈,二麻烦住咱们这儿啦?"红鞋嫂:"对,一下午也不知道跑到哪儿去了。"桠桠:"他租了纳木林家的户口地。"红鞋嫂:"租就租吧,谁租了也一样。"满山着急地说:"那是个坏人。我怕他欺骗纳木林大哥。等他回来我得问问租地的事。"红鞋嫂说:"租地是两厢情愿的事情,问问可以,可别动手。"

　　这时二麻烦牵驴走进来:"红鞋嫂,说的好!杨满山,你别瞪我。咱们都是走口外的人,人不亲,命相同。我欠你点人情,日后还你行不行?一会儿喝酒,叔请客。"杨满山问:"你是不是租了纳木林的户口地?""对,租了。咋,犯法了?""空口无凭,不算数。明天请个中人,重租。"桠桠气愤地说:"就是,不准喝酒。不能把人灌醉了说事。"二麻烦拍拍腰间:"娃娃们,你叔我一辈子精明,从来不办糊糊事。恐口无凭,有字据为证。"满山:"拿来我看看。"二麻烦:"那不行,这是我俩的事,别人管不着。"桠桠:"那好,二娃,把他连人带货扔出去,以后不准二麻烦住在这里。"二麻烦不在意地:"这是车马大店,你拦不住我。"

　　桠桠:"这是我家的店,我不让你住,谁也管不着!"说着和二娃跑到柴禾房抬起货架。

　　二麻烦:"好好好,男不跟女斗,老不和少斗,想看契约,我得考考你。"

　　杨满山走到二麻烦跟前,举起拳头。二麻烦急忙说:"君子动口不动手,你要动手,我告你去!"他蹲在地上,写了个马字问,"这念啥字?"

　　杨满山:"念马,马走日字象走田。"

　　二麻烦窃喜:"好好好,认字就好。"他又写了个车字,"这个呢?"

　　杨满山:"念车(ju)。"

　　"好好好,有出息。"他又写了个帅字,"这个呢?"

　　杨满山:"念将。将死你的将。"

　　二麻烦心里有底了。他站起来说:"杨满山,你以为自己会下几招臭棋,就识字啦？娃娃,少管闲事,睡觉去吧。"

杨满山不慌不忙地:"车(ju)又念车,车马大店的车。这个字念帅(shuai),大帅的帅——把契约拿来。"

二麻烦疑惑地:"你真有这本事?"他蹲下写了个出字问:"这个呢?""念出,滚出去的出。"二麻烦慌乱中写了个让字:"再念。"

杨满山憋住了,他不认识这个字。二麻烦拿出契约叠了叠,露出"出让"二字在满山眼前晃了晃:"看见了吧,是出租契约,对不住了满山侄儿,租地是我和纳木林的事,与你毫无相干,你忙你的事情去。叔累了,叔要睡觉了。"

棰棰:"拿过来让我看看。"

二麻烦:"这得识字人看,瞎狗子看星宿,你看了一满没用。"他藏好契约,拿出酒别子抿了一口,朝客房走去。

杨满山紧攥拳头,无话可说。

第7集

大帅府邸附近的街上。胡枣领着干净整洁的没人疼匆匆走来。一辆马车驶过,泥点溅在没人疼身上。没人疼开口骂道:"你们没长眼睛啊!"一卫兵举手给了他一巴掌,没人疼就势蹲在道当中,不让马车驶过。胡枣躲在人群里捂着脸低声喊:"快让开,那是我家大太太,她刚从老家回来!"没人疼赶紧站起来,躲到一边,胡枣领着他远远地跟在马车后面。

马车在一处深宅大院门口停下,一个穿金戴银的妇人从车上下来。门口的兵丁向她立正敬礼。没人疼看着朱红的院门和持枪的警卫,不由吐吐舌头。

七姨太靠在客厅牙床上笑着说:"穿上这身衣服,你还挺俊气的嘛。打听到杨满山的下落了吗?"没人疼:"没有,胡枣领着我到处打听,谁也不知道。"七姨太:"慢慢打听吧,有消息告诉我一声。没别的意思,我佩服他一身好力气,想让他给大帅当个保镖什么的。"没人疼:"那我先替我哥谢谢太太。"七姨太百无聊赖地:"别叫太太,我懒的听。"调侃地,"没人疼,没人疼,只要你听话,往后姐姐疼你。"没人疼赶紧顺着喊:"姐!"七姨太挥挥手:"下去吧,有事我再叫你。"没人疼恭顺地:"是。"胡枣撇撇嘴,没说话。

待没人疼出去后,七姨太问:"大帅呢?"胡枣迟疑地:"在大太太屋里。"七姨太:"哦,刚回来,就把大帅勾去啦?"胡枣:"听说大太太从老家带来一个姑娘,要给大帅做填房。"

七姨太把榻上的烟灯一扫,骂道:"老浑蛋!"

吴大帅从大太太屋里出来,身后传来大太太的吼叫声:"屁股还没有坐热就走?丢了魂啦?迟早让那个七妖精把你耗死!你看看她把这个家搅成什么样子了!告诉你,出了这个屋就别想再进来。"吴大帅:"好啦,我去去就来。你把包给我保存好,那是绝密文件。"大太太:"我不管!惹火我,我一把火烧了它……"吴大帅:"妈的,你烧一个给老子看看,老子毙了你。"他挥挥手,对卫兵说:"走,到七太太那里去。"

七姨太和胡枣正贴着门偷听,吴大帅推门进来:"哈哈,偷听啊?"

七姨太故作鄙夷地:"让人家骂得一钱不值,还大帅呢!"吴大帅:"她年纪大了,别跟她一般见识。我一路风尘回来,就是想看看你。来,笑一个给我看看。"

七姨太皱着眉不说不笑。吴大帅恼火地:"那好,我走了。等打完这一仗再回来。"转身要走。七姨太吃惊地:"怎么,你要去打仗?"吴大帅:"是啊,不打仗你吃什么,喝什么,穿什么,戴什么?"七姨太:"又和哪家打呀?"吴大帅:"不是张大帅,就是阎老西。咱是杂牌军,谁厉害,我就帮谁打。作战计划都搞定了,我放在大太太那里。这几天你们都留心些,丢了计划得掉脑袋。"

七姨太眉头一皱,似有所谋。

吴大帅:"好啦,多日不见,乐呵乐呵。"对胡枣说,"小丫头,你出去吧。"

胡枣闭上门,吴大帅凑到七姨太身边。

大帅走了。七姨太衣衫凌乱,在地上走来走去,她朝门外喊:"胡枣,去把没人疼叫来。"

胡枣:"是,太太。"

一会儿胡枣领着没人疼走进来。

七姨太:"没人疼,姐对你怎么样啊?"没人疼:"那没说的,不是姐救我,我早就没命了。"七姨太:"你帮我办点事,让我看看你有多大出息。"她对端茶走来的胡枣说:"胡枣,你先出去一下,叫你时再进来。

七姨太客厅。七姨太对俯首而立的没人疼说:"好,就这样,事成之后,我重赏你。"没人疼:"太太放心,这种事,手到擒来,马到成功。"

七姨太颇感惊诧地看看没人疼,说:"伸出手来。"她在没人疼手心里写了几个字,媚笑着说:"叫我一声姐。"没人疼顺从地:"姐。"七姨太摸摸没人疼的脸蛋,说:"去吧,小心。"

大帅府大太太客厅外。两个巡逻兵提着灯笼走过。

没人疼来到客厅前,看看四周,从一扇窗户里溜进去。

客厅多宝阁上面放满珍奇古董。没人疼伸出手就着月光看看手上写的四个毛笔字:绝密卷宗,喃喃自语道:"绝密卷宗,绝密卷宗,会放在哪儿呢?"

他先从桌子上几个文件翻起,一面翻,一面嘴里念叨着:"绝密卷宗……"找了一处没找到,没人疼转到多宝阁上去找。他碰了一下多宝阁,阁上的古董直摇晃。没人疼吓得缩成一团。

突然间,一道灯光在门口闪了一下。没人疼呻吟似地哼哼:"妈妈呀!"

门外一巡逻兵低声问:"谁开的这扇窗户?"另一巡逻兵应答:"我记得关了呀?"

一巡逻兵:"是不是有贼,进去看看。"另一巡逻兵:"不要命啦?大帅在睡觉!"

卧室里传来如雷鼾声。

七姨太偏屋。胡枣紧盯着大太太客厅低声说:"那俩人停在门外了。"

七姨太穿着睡衣,抱着猫走过来,紧张地朝外看。

胡枣:"太太,他们要是抓住没人疼怎么办?"七姨太强作镇定:"我们什么也不知道。"她对怀中的小猫说,"一问三不知,对吧?"那只小猫叫了一下。

胡枣:"没人疼不会乱咬人吧?"七姨太:"知人知面不知心,他要是能顺利回来,给点钱赶紧打发走。"胡枣:"能回来吗?"七姨太:"你让我定定心好不好!"

胡枣不敢说话了。

大太太客厅。没人疼终于找到卷宗,正要离开时,里屋传来大太太的声音:"大帅,你听听,外面好像有响动。"

大帅的声音:"睡吧,没人——"没人疼吓得瘫在地上。大帅接着说:"——敢到这儿来。"

没人疼挣扎着站起来,开了门,轻手轻脚溜出客厅。

没人疼鬼魅似地闪进七姨太客厅,七姨太立即迎过去。

没人疼:"姐,你要的是不是这东西?"七姨太看看:"是。是这东西。你快走吧。"没人疼:"姐,你答应过我,事成之后要给我找个差事。"七姨太匆促地:"事情还没完呢。等事情办成了,我会派人去包头找你,你快走吧!"没人疼:"包头那么大,你到哪儿找我?"七姨太焦急地:"每两天你到包头讨吃窑门前打听一下消息,我会派人找你。"没人疼:"我咋出去?"七姨太:"让胡枣送送你,你翻墙出去,快。"没人疼:"姐,其实办这事用不着这么费劲。你要害大太太,我有的是办法。"七姨太一愣怔:"啊?"没人疼:"我往她屋里倒半口袋耗子,她至少得病半年。"

七姨太哆嗦着说:"你快走吧,再迟你就走不了了。"

没人疼:"我要是给她屋里倒上一口袋蛇,吓不死也得把她吓瘫了、吓废了。"

七姨太不由尖叫一声:"快走!"

没人疼迅即消失。七姨太捂着胸口瘫倒了。

七姨太边给吴大帅穿衣服边娇憨地说:"就要走了,也不多陪人家一会儿。"吴大帅:"过几天就要开拔,我得仔细看看那份作战计划。要是打了败仗,我的脑袋也保不住。"七姨太噘着嘴说:"你就是相信她!你为啥不让我收着?"吴大帅丢给她一根金条:"你年轻,别操那份心。你该多收点这个。"

七姨太赶紧把金条抢过来,亲了吴大帅一口。吴大帅走到门口,卫兵突然跑过来说:"大帅,大奶奶说找不见那份作战计划。"

吴大帅一惊:"什么?找不见了?快走!"

七姨太掩面冷笑。

客厅里被翻得乱七八糟。两个兵士正在寻找绝密卷宗。

一兵士问:"找见没有?"另一兵士说:"没有。""那你快去报告大帅。""大奶奶已经让人报告去了。""这事闹大了!赶紧再找找。"

吴大帅走进来:"找到没有?"

一兵士:"都翻遍了,没有作战计划。"

客厅里传来一阵抽打声。大奶奶痛不欲生地喊叫:"……你打死我吧,我不活了……"吴大帅:"你还敢嘴硬?给我打!"大奶奶:"我再糊涂也不能烧你的作战计划啊,肯定是有人陷害我……"

胡枣跑过来问一老仆人:"咋啦,发生啥事了?"老仆人低声说:"可不得了,出大事啦!":"咋啦?""大帅交给大奶奶的一个宝贝东西不见了,他正在拷问大奶奶呢。""那你进去劝劝大帅,别打出人命来。""我可没那胆子。"

吴大帅气冲冲地走出来。众人即刻散去。

七姨太客厅。吴大帅急得在地上转圈圈。七姨太假装糊涂:"丢就丢了,不就是几张纸嘛,你再计划一个出来就行啦。你可别急伤自己的身子,人家心疼你。"吴大帅:"那是陈督军亲自搞的,我计划不出来!"七姨太着急地:"要不……我帮你找找?"吴大帅:"咋,你有办法?"七姨太:"试试看吧,如果没有烧,那就是被人偷了。我有一个朋友手段挺高明,我请他帮忙给你找回来。"吴大帅："得快，找不回来我得掉脑袋！"七姨太撒娇地："要找回来，咱也得帮帮人家。"吴大帅："那还用说嘛！快去找他！"

七姨太慢悠悠站起来："我这就派人。"

七姨太客厅门外。七姨太对胡枣说："赶快去找没人疼，让他把那个东西放回去。"

胡枣："东西在你手里，你把他交给大帅不就行了嘛。"

七姨太踢了她一脚："你不要脑袋啦？"

这时一女仆跑来："太太，大门外有人找您。"胡枣看了七姨太一眼，问："是啥人啊？"女仆说："他说是太太乡下的亲戚。"七姨太莫名其妙："我哪儿来的乡下亲戚？"女仆："他说，只有你疼他，太太知道他的名字。"

七姨太长出一口气："噢，是的是的……"

七姨太偏房。一兵丁把没人疼带进来。没人疼故作谦恭地："太太。"

七姨太端着架子没理他。

见兵丁还站在门口，胡枣说："喂，没你的事了，走吧。"说完关上门。

七姨太坐下，问："你找我干啥？"没人疼坐在她身边的椅子上，察看着七姨太的脸色说，"太太，我托你办的事咋样啦？"七姨太看了胡枣一眼，没说话。

胡枣："你想干什么？"

没人疼："这几天没找到我大哥，净在外面瞎转悠。我想让太太早点给我找个差使。"

胡枣："那也不是马上就能办成的事啊？"

没人疼站起来，看着七姨太说："那好，我告辞了。不过，我这个人还算仗义，咱们的事我不会说出去！"七姨太上前给了他一个耳光："怎么，没人疼，想翘狗尾巴是不是？"

没人疼捂住脸，愣住了："我……"七姨太："有你这样找差使的吗？想吓唬我是不是？"没人疼嗫嚅道："我就是想找个差使，我想有碗饭吃……"见七姨太沉着脸不说话，没人疼接着说："太太，我也是没法子了，和兄弟们走散以后，我就没个正经营生，姐，你帮帮我吧。"

七姨太："这还差不多。能转过弯来，算你聪明。差使的事我可以想想办法。不过——"

没人疼一听有差使，高兴地："姐，你说，不管是上刀山还是下火海，我都干。"

七姨太："那倒不至于。你既然说是我的亲戚,就不要叫现在这个名字了,俗气,难听!"

没人疼:"太太,我自小没爹没妈,就剩下这个名字了。"

七姨太:"没爹没妈,那就叫天生吧。天生、天生,还行。老天生的你嘛。"

没人疼脖子一梗,说:"大丈夫做事,行不更名,坐不改姓!"

七姨太一拍桌子:"那你走吧!你想要挟老娘,门儿都没有!只要我一句话,大帅就会像拍蚊子一样拍死你。滚蛋!"

没人疼嘟囔道:"我不就说说嘛。只要有饭吃,天生就天生。姐,给我个啥差使?"

七姨太:"你把上次拿出来的那件东西再悄悄地放回去。然后我找机会让大帅给你安排个好差使。"没人疼:"啊,这不是耍我嘛!"

七姨太:"你干不干?"

没人疼略一思索,咬牙说道:"行,我干!"

堡子村。寂静的夜空,月色明亮。

蒲母屋里还亮着灯,隐隐传来蒲母哼唱声:"不唱山曲儿心不苦,一唱山曲儿就想哭……"

蒲棒儿呆呆地坐在小屋炕上,嘴唇 动,似乎在跟着母亲唱歌。隔壁屋里突然"哗啦"响了一声,蒲棒儿收回神来,急忙下炕,跑出去。

蒲母屋里。纺车倒了。蒲母昏倒在纺车旁。

蒲棒儿跑进来,惊慌地喊:"妈,妈!你咋了?妈,你醒醒呀,你别吓我,我害怕……"

蒲母渐渐醒来。

蒲棒儿:"妈,你怎么了?哪儿不舒服?"蒲母脸色苍白,无力地:"……别怕,妈没事。"蒲棒儿哭着说:"妈,你太累了,你就不能多歇会儿吗!咱家又不缺这点卖线的钱。妈,你哪儿难受?"蒲母:"妈心里难受。一纺线,耳畔响的尽是你爹唱曲儿的声音。你听,他又唱开了!"蒲棒儿凝神听了一会儿,说:"妈,没人唱,那是你心里在唱。"蒲母:"明明是你爹在唱嘛,你听……"

凄婉的歌声:我走那天天有点阴,一阵阵下雨一阵阵风。我走那天天有点阴,泪搅雨水看不清……

蒲棒儿伺候母亲躺下后,说:"妈,明天咱到城里看病去。"蒲母:"花钱费礼的,我不去,我没病。"蒲棒儿:"都昏倒了还说没病啊!"蒲母:"唉,就算有病,也看不好。"蒲棒儿:"妈,不许你说这话,我怕!"蒲母叹口气说:"妈得的是心病。"

河曲县城小药铺。看病先生给蒲母把脉,渐渐皱起眉头。蒲棒儿站在一边,焦急地问:"先生,我妈没事吧,不要紧吧?"

先生对蒲母说:"你把舌头伸出来。"

蒲母伸出舌头,先生察看以后,在纸上写了方子,递给伙计。

蒲棒儿:"先生,我妈不要紧吧?"

看病先生只"嗯"了一声,去看伙计摊在柜台上的草药。

蒲棒儿:"妈,你好点嘛?"蒲母执拗地:"我好好的,没病。"

这时街上传来起哄声,蒲棒儿母女站起来朝外看去。

疯桃花从街上跑过,嘴里喊着:"大虎!回来……"

街民们"噢噢"地叫着起哄。蒲棒儿跑出去着急地喊:"桃花!桃花!"

桃花已经不见了。蒲棒儿怅然回到药铺。

伙计将几服草药包好,用纸绳捆好,递给蒲棒儿。

看病先生问:"你们家在县城有亲戚吗?"

蒲棒儿摇摇头:"没有,不过有认识的人,先生,我妈咋啦?"

看病先生看了蒲母一眼:"操劳过度,气血两亏。住在城里边,看病方便些。你们家人要好好照料她,不要来回跑动了。"

蒲棒儿:"先生,我妈到底是甚病?"

先生摇摇头说:"是心病。记好,这些药每天服一包,每包煎两遍,不要耽误了。"

蒲棒儿:"先生,刚才跑过去的那个女子叫桃花,是我们家邻居。我去找找她,麻烦你给她看看病,开点药。"

先生摇摇头说:"看不了。她得的,也是心病。"

县城街上。蒲母和蒲棒儿边走边说话。蒲棒儿思忖着说:"妈,要不我去跟红柳商量商量,看能不能在她家住上几天。"蒲母:"干甚啊?"蒲棒儿:"先生不让你多走动。咱住到她家,看病方便些,省得来回跑。"蒲母埋怨地:"我好端端的一个人,让这二杆杆先生一看,就病得不成人样了。别信他的,我没病。"蒲棒儿:"人家是曲儿街上有名的先生,咱得听先生的话。"蒲母:"红柳他爹是个大烟鬼,人不人鬼不鬼的,妈不想见他。再说,咱去了也给人家红柳添麻烦。妈没病,回家。"蒲棒儿:"那我去看看红柳,你先回我姑那里,行吗?"
蒲母:"行,你早点回来。"

红柳家破败的屋门口。红柳正进进出出拿着东西往货担上装货。
　　形同枯木的红柳她爹站在门口喊:"红柳,眼看半前晌了,你还在磨蹭
甚?你个狗的,赶紧走!"红柳没好气地:"我这不是正收拾担子嘛!"红柳她
爹眨巴着眼,吩咐道:"回来时给爹买点膏子,听见没有?"红柳不理会他:"膏
子,膏子,我没钱,你要想抽,自个儿买去。"红柳她爹:"我哪来的钱?我走口
外赚下的钱,不是全让你们娘儿俩花完啦!"红柳挑起担子:"我妈哪儿花你
的钱了?你从口外回来又赌又抽,把我妈气得跳了黄河,爹,你得凭良心说
话!我走啦。"红柳她爹拖住她:"你别走!"红柳甩开他,挑起担子,她爹拽着
扁担说:"你给我钱,我自己买去。"红柳放下担子说:"爹,我没钱!"她爹祈求
道:"红柳,你给我点钱,我自个儿买去。不抽两口,爹连今天也活不过去。"红
柳看着父亲,气愤地说:"抽抽抽,你把一份家当全抽完了,我就是有钱,也不
给你!"
　　这时,蒲棒儿在围墙豁口喊:"红柳,红柳。"

红柳她爹声嘶力竭地喊道:"好啊,你想逼死你爹,你想让我去死,咱看
谁先死!"说着拣起一块砖砸向红柳。红柳来不及躲避,"哎哟"一声倒在地
上。
　　蒲棒儿赶忙跳进院里,上前扶起红柳:"红柳,红柳!"
　　红柳她爹咬牙切齿地说:"不让爷爷抽,爷爷把你们全杀了!"

蒲棒儿扶着红柳进屋。红柳爹跟在后面问:"闺女,你是红柳的朋友吧?"
蒲棒儿说:"对。你刚才为甚要打她?"红柳她爹:"闺女,你行行好,借给大爷
点钱。"红柳:"别借给他!"红柳爹:"又不是花你的钱,你也管!"他伸出三根
枯瘦的手指说:"不怕,大爷给你这个数数的利息。"
　　这时门外有人"嘭嘭"地敲门,高声喊道:"何掌柜,开门,开门!""何掌
柜,你说话要算数!"
　　蒲棒儿:"这是咋啦?"
　　红柳:"讨债的。我去应酬。"蒲棒儿跟着红柳跑出去。

讨债人从院墙豁口跳进院里。红柳叫道:"喂,你们干甚?"债主甲:"我们
干甚你还不知道?让你爹出来,还钱!"红柳:"你们看看这破院子,我们家实
在没有钱……"债主甲:"没钱你站出来干什么?你以为这是登台唱戏,小脸

蛋儿一亮相，我们就心软了？快，还钱，连本带利，十块大洋。"

债主乙嬉皮笑脸地："红柳姑娘，我和他不一样，只要你让哥亲一亲嘴，亲一口免一块大洋，亲一口免一块大洋……"说着上前拉扯红柳。蒲棒儿拿起火柱喊道："干甚干甚，你们要干甚？"

债主乙瞅着蒲棒儿喊道："嘿，这儿还有一个袭人闺女哩！"

债主甲厌恶地："要债便要债，你别来这个。"

债主乙："他家不还钱，我还非来这个不可。"

几个讨债人逼过来，蒲棒儿拿着火柱护住红柳。红柳她爹拄着拐杖从屋里走出来："你们放开她们，狗的你们这些毛驴，要钱没有，要命爷爷给你们……"说着往地上一躺，举起一块砖头做出砸脑袋的样子，"爷爷今天不活了。爷爷要是死了，让我闺女上县衙门告你们去，你们逼死人命。"

债主乙赶紧放开红柳。债主们边退边说："快来看呀，何掌柜又耍开死皮了！""罢罢罢，别弄出人命来。走吧。"

债主们无奈地走了。红柳瘫倒在地。蒲棒儿连忙扶住她："红柳，走吧，到我家住几天，躲躲他们！"红柳："蒲棒儿，不行，我还得照护我爹。"红柳爹摆摆手："去吧，我一个干老汉，他们杀不了我。"

马母屋内。马母边煎药边说："……弟妹子，你得爱惜自己的身子，往后别再没日没夜地煎熬自己。"她将煎好的药倒在碗里递给蒲母："慢慢喝，别烫着。"

蒲母喝了一口，皱着眉头说："这个死先生，配的药总这么苦。"

外面传来敲门声。

蒲母："姐，蒲棒儿回来了，我去开大门。"马母："好，慢点啊。"

蒲母"嗯"了一声，刚走几步，突然扶住门框。马母关切地问："哎呀，没事吧？"

蒲母摸着脑门说："没事儿。"马母："要不我去吧。"蒲母："我去看看，是不是蒲棒儿回来了。"马母："好像不是蒲棒儿，她敲门没这么重。"

蒲母犹豫地："是不是锁田来了？"

马母肯定地："不是。锁田是个要脸面的人，他从来不登咱家的门。要送点东西，也是放在门口或村外的土窑里。"

又是敲门声。

蒲母说："我出去看看！"马母摆摆手说："别去啦，我知道是谁。""谁？""村里的二老汉。他把我当成不值钱的女人，我也不把他当长辈看。那是一个老骚胡，别理他。"

敲门声继续。蒲母说："不行，我得去看看。"

外面的人还在敲门。蒲母说："来了来了！"她走过去开了大门。门口站着邻居二老汉。

蒲母："哎哟，她二大爷，是你呀。"

二老汉意外地："噢，蒲棒儿她妈，你来啦？"

蒲母："有事吗？"

二大爷挂着拐杖一本正经地："我来问问马驹他妈，地里有甚营生，告诉我一声，我让娃娃们帮帮她。"说着迳自往院里走去。

蒲母："她二大爷，别着急，你慢点走。"

马母的声音："蒲棒儿她妈，谁来啦？"

蒲母高声地："是邻居他二大爷。"

二老汉朝屋里喊："马驹她妈，我来看看你。"

马母没好气的声音："好啊，我在炕上躺着哩，你想进来是不是？"

二老汉一跺拐杖："你坐起来，我跟你说两句话。"

马母的声音："不怕，你想进来就进来吧，不然你活得不自在。"

二老汉："看你这话说的。邻里邻居，我想帮帮你。"

马母："用不着，你一大把年纪了，别吃了五谷想六谷。"

二老汉尴尬地："是马驹让我照料你，你以为我想来啊？"转身离去。

蒲母冷笑着说："你老人家慢点走，别掉到闪闪窖里，闪死你！"

蒲母走进屋里，马母赶忙说："这个老不死的，马驹走后，一直像死鬼一样缠着我。"见蒲母不说话，她岔开话题说："要不咱到烽火墩那儿等等蒲棒儿去，闺女家家的，我也不放心。"

蒲母："你看着门，我去吧。"

马母："要等不上，你早点回来。"

蒲母："好，你别着急。"说罢离去。

蒲母从外面进来："唉，真急人，天都黑了，还没回来。"

马母："都长大啦，翅膀硬啦。"

蒲母："是不是红柳家有事啊？真让人担心，蒲棒儿从小就没离开过我。"

马母纳着鞋底："大了，不想让咱管了。你看咱家马驹，说走就走，走口外就像喝凉水一样，眼皮都不眨一下下。黄河那边黑漫漫地，沙蒿林子里尽是土匪，你说，他这不是活活地要我的命嘛！"

蒲母："姐,你放心,马驹心眼多,走在外面不会吃亏。"

马母苦笑了一下,把鞋底上的线拉得"唰唰"地响:"马驹早就想走口外、赚大钱,九头牛也拉不住他。"

蒲母在她身边坐下:"姐,你命好,有个身强力壮的儿子,往后总有个指靠。你看我眼跟前就一个蒲棒儿,日后死了,连个摔盆子的人都没有。"

马母："妹子,你该知足了。一家三口,有吃有喝,喜喜乐乐,那才是人过的日子。你不用愁,没儿子,只要你想生,一年生一个,不信就生不下个男娃娃。哪像你姐,一辈子心强命不强,冷炕上睡了十几年,如今连个苍蝇也飞不出来了。"

蒲母："再找一个吧,姐。"

马母："一颗老帮白菜,没人要了。"

蒲母："蒲棒儿她爹不是一直说,你们办办不就行啦?"

马母："你是说锁田吧?锁田是好人,他和你姐夫自小就是好朋友,长大后一搭搭走口外,就像亲弟兄一样。自你姐夫去世以后,他就再没出口外,也一直没成家,姐知道,他在等着我。"

蒲母递给她一个针钳:"那就办办吧。"

马母用针钳夹住鞋底上露出的针头,用力拔了出来:"你看看马驹横眉瞪眼那样儿,他能容得下谁?姐把锁田害苦了,姐真是对不住他。"

蒲母吞吞吐吐地:"听说口外有那种赖地方,专门收留那些不正经女人,你说蒲棒儿她爹不会贪花红吧?"

马母决绝地:"不会。我的弟弟我知道。他爱红火,待见那些会唱曲儿的人。可是他心在你身上,一心想让你们母女俩过上好日子。你可千万别瞎猜疑,折磨自己。"

蒲母痴痴地:"你说一个男人家,一年七八个月在口外,要是忍不住可咋办?"

马母笑了:"天知道,地知道,你们的事情你知道。姐抱着枕头睡了十几年,男女之间的事,早就忘在脖腔骨后头了。"

蒲母："姐,咱姐妹俩说个悄悄话,你跟锁田到底有没有那种事啊?"

马母岔开话头说:"弟妹子,别问这种话。我如今只盼着蒲棒儿过了门,一心一意给他们哄娃娃,哄完孙子哄孙女,子孙满堂,越多越好。"

蒲母不快地:"姐,咱说好了,娃娃们的事情我不管。马驹有本事,说不定会从口外给你引回一个蒙古媳妇来。我家蒲棒儿是我的心尖子,可不是专给人家生娃娃的。"

院墙外传来蒲棒儿的声音:"姑姑,姑姑,妈……"

蒲母忙跑出去。

马驹家院子。蒲棒儿走进院门说:“妈,我跟红柳一起来了。”

蒲母:“哎哟,是红柳啊,前一阵子帮蒲棒儿干了那么多农活,我还没酬谢你。”

红柳:“婶子,蒲棒儿和我就像亲姊妹,你可别见外。”

马母在门口喊:“你们都在院里干甚,快进家里来。”

蒲棒儿:“红柳,这是我姑。”

红柳:“婶子,蒲棒儿让我到她家住几天,我顺便来你家串个门子。我认识你家刘马驹。”

蒲棒儿:“姑,她叫红柳,我请她到我们家住几天。”

马母打量着红柳:“你就是卖杏瓣儿的那个闺女吧,长得可真袭人!我家就我一个人在,你就住在我这儿吧,陪陪我。”

红柳快人快语:“也行,蒲棒儿她妈身体不好,我就不搅扰她家了。”

马母高兴地:“平日冷冷清清,今儿一下子就红火起来了。快坐下,我给你们做饭去,吃完饭咱玩纸牌,编棍棍。”

蒲母:“姐,我身上有点不好受,想回家躺躺,蒲棒儿你送妈回去。”

马母:“黑天半夜的,明儿再回吧。”

蒲母:“就几步路,一阵阵就到了,红柳,你替我照护好蒲棒儿她姑姑,日后我再谢你。”

红柳:“婶子,放心,你走好。”

蒲棒儿拉着她的手轻声说:“红柳,我妈身子不好,我也走了,明儿一早我来看你。”

红柳送出门来:“也好,我陪陪你姑,权当是替刘马驹尽点孝心。”

蒲棒儿一愣,转身走了。

蒲家正房。蒲棒儿点亮油灯,扶母亲坐下。

蒲母疲惫地:“早点歇着吧,妈累了。”蒲棒儿将草药放好,问:“妈,在我姑那儿喝过一遍啦?”“噢,这药真苦,谁知道顶用不顶用。”“咱得听先生的话,不能大意,要真有大病就来不及啦。”“那你把草药泡在砂锅里吧。”

蒲棒儿拿来药锅,泡好草药:“妈,往后你好好歇着,家里的事情有我。”蒲母叹口气说:“你要是个男娃就好了。”蒲棒儿噘嘴说道:“那你把我变成男娃。”蒲母说:“我要会变,先把我变成个男人。”停一停,她又说,“明天我去看看苦菜苗出土了没有。有苦菜苗,咱这地方的人就饿不死。”蒲棒儿说:“妈,你说咱这地方怪不怪，十年九不收，偏偏旱不死苦菜。要是能把庄稼和苦菜调个个儿，咱这里就是好地方啦。"蒲母说："苦菜命苦，就像妈一样，别看病病歪歪，活了一年又一年。"说着挪到纺车前，摇动纺车。蒲棒儿走过去按住母亲的手说："妈，我求求你，别纺了。从明天起，这架纺车就归我了。纺点绵线，剪点窗花，我拿到城里卖点钱，够咱母女俩零花。妈，我给你洗洗脚，早点睡觉吧。"

蒲母叹气说道："躺下也睡不着，老是做梦。也不知道你爹他们有事没事，今年不知咋啦，心里老是不踏实……"

蒲棒儿默默地看着母亲。

飘忽的歌声：男人常年走口外，老婆娃娃挑苦菜。你走口外揽长工，扔下妹妹守空门。你走口外你管你，扔下妹妹没人理。高粱开花顶顶上，操心操在你身上。野雀雀落在芫荽地，在你名下心操碎……

马驹家院里。马母喜滋滋地看着红柳扫院："红柳，歇会儿吧，多累啊。"

红柳："不累，这院子整洁干净，不扫都不脏。我家那院子，破得像个筛子，四处漏风。"

马母："那就搬来和我一起住吧，我一个人孤孤单单，听见乌鸦叫，心里直哆嗦。"

红柳："眼下不行，我还得照顾我爹。"

蒲棒儿走进大门："哟，红柳姐，你一来，我姑敢开大门了。真稀罕。"

马母接过扫帚："你们进家说说话，柜顶上有点心和糖蛋蛋。去吧去吧，不扫了。"

蒲棒儿拉着红柳来到不远处的黄河边，悄声问："红柳姐，我姑没说我和马驹的事吧？"

红柳："你和马驹咋啦？"

蒲棒儿不好意思地："咋也不咋，可我姑老说老说，惹得我妈老不高兴。"

红柳："倒也是，马驹到处说，连城里的人都知道了。"

蒲棒儿："人们说我哥好不好？"

红柳："好不好都让你说了，我该咋说？"

蒲棒儿："说嘛。"

红柳："我要说好，你就说我看上你马驹哥了；我要说不好，你又该嗔恼我，我可不敢说。哎，你说杨满山那人咋样？"

蒲棒儿："……"

红柳:"哎,说嘛。"

蒲棒儿:"我觉得……他们都好。"

红柳推她一把:"你一吃二,羞不羞啊!"

这时桃花走到官道上,扭扭唱唱,疯相十足。气氛顿时变冷了。

红柳:"唉,桃花真可怜……"

蒲棒儿:"自大虎出了口外,桃花天天盼啊盼啊,结果盼回来一副棺材,谁受得了这种事情啊……"

红柳岔开话题:"也不知道杨满山他们到了包头没有?"

蒲棒儿:"他和我哥在一起,要到都到了。"

两人站在河边,朝对岸凝望。

第 8 集

原野上。棰棰、满山赶着马车驶来,车上装着农具和种子。

杨满山望着浩瀚的原野,心情开朗。棰棰看着他说:"嗨,我还是头一次见你这么高兴!"

杨满山:"这么多的地,能打多少粮食啊!"棰棰:"口外粮食不值钱,打多少也发不了大财。"杨满山:"我不信。我种上一百亩,你看我赚不赚钱!"棰棰笑着说:"我说过,口外的土地不说亩,说垧。一垧地十几亩,光我家就一百来垧地,你爱咋种咋种。"满山疑惑地:"那么多地,我怕我种不过来。"棰棰:"我阿妈已经雇了帮工,大伙儿一起干活,可红火了。"满山:"节令不绕人,今年墒情又好,得赶紧下种。"棰棰:"口外的地好种,顺着犁沟把种子撒进去就行。"杨满山:"这么好的地,可不能糟蹋了。"棰棰:"那该咋种?"满山:"我也不知道。到地里看看再说。"

红鞋嫂和二娃正在户口地地头垒砌炉灶。一帮工提着一箩筐石块过来:"红鞋嫂,我听到马车铃声了,棰棰来了。"

红鞋嫂直起腰向前眺望。那帮工朝着马车方向唱道:"对把把圪梁梁上那是一个谁?"众人和:"那就是要命的二小妹妹。"帮工:"对把把圪梁梁上那是一个谁?"众人和:"第三道扣门门打心槌……"

棰棰高兴地回唱:"妹在那圪梁梁上哥在那沟,"众和:"亲不上嘴嘴招一招手……"

二娃:"他俩咋这会儿才来呀?"红鞋嫂:"车上拉着种子和农具,费时间。"二娃:"我看不是。"红鞋嫂:"啊,你想说啥?"

二娃神秘地:"婶子,我可发现啦,自从杨满山来了之后,棰棰姐的话就特别多,动不动就唱曲儿。今天早晨你知道我看见啥了?棰棰姐直往脸上抹胭脂呢。"

红鞋嫂:"小孩子家瞎操心!"

二娃:"我看杨满山也不对劲,只要看见我棰棰姐,他就笑。婶子,你得防着他点儿……"

红鞋嫂:"不许瞎说,快帮他们卸车去。"

清脆的铃声中,马车驶来。棰棰挥舞马鞭,杨满山迫不及待地跳下车捧起一掬土:"这地真好,要是能浇上水,你们家一年就能当上财主。怪不得人们要走口外。"棰棰逗他:"我们这儿就只是地好?"杨满山:"人也好。""是男人好,还是女人好?"杨满山:"小心让二娃听见。"随即附在她耳畔说,"最数你好,行了吧。"棰棰"格格"地笑了。

帮工们问候:"棰棰,赛拜奴!"棰棰答应:"口里的大哥大叔们,赛拜奴!"

红鞋嫂:"满山,你们来啦!"杨满山答应后急忙往地里跑去。

红鞋嫂吩咐二娃:"你去帮棰棰把车上的东西都卸下来,这儿有我。"

杨满山在地里来来回回看了几遍,不时蹲下去刨开土看看。棰棰追上去问他:"咋啦?地里有元宝啊,你刨甚哩。"满山问:"口外就这样种地啊?"棰棰说:"对,走西口的人都说,这儿种地跟口里种地不一样。"杨满山:"我过去看看。"棰棰:"满山哥,我家的地是你租的,有甚不对的地方,你得拿主意。"杨满山边答应边向远处跑去。

红鞋嫂搬下一袋种子,一帮工接过来问道:"他是谁呀?"红鞋嫂望着远方的杨满山:"他叫杨满山,头一次来口外。"那帮工问:"红鞋嫂,他是不是看上咱棰棰啦?"红鞋嫂瞥了他一眼:"做你的营生,别瞎操心!"

杨满山沿着刚犁过的土地向前走去,不时蹲下抓一把泥土看看、闻闻。他站起来,向几个撒种子的农工走去:"大叔,口外的地就这么种啊?"

农工们停住活儿,擦擦汗看着他。一年长农工:"对。听口音是河曲人吧?"

杨满山:"大叔,我是河曲火山人,叫杨满山。"

年长农工:"口外地多,不能细种,不然种不过来。"

杨满山:"这地真象金子一样,要是像口里种水地那样精心耕种,收成一准能翻一倍。土地是庄稼人的命根子,像这么粗粗拉拉耕种,真有点可惜了。"

帮工甲嘲弄地:"满山兄弟,你头一次来口外吧?"

帮工乙接口说:"肯定是。我头一年来口外的时候,也是又心爱又心疼。"

帮工甲:"这地要搬回口里去,谁也不会走口外。咱们这些人,天生就是走西口的命!"

年长农工:"满山,随乡就俗。到了这儿,一门子心事种地就行了,别吃了五谷想六谷。"

杨满山:"要是用耧播种,又匀又快。要是能修一条水渠过来,这地就是生金下银的聚宝盆。"

年长农工:"嘿,你这后生还真倔!听说那年有个河曲人在后套开渠,跟你一样倔,结果累死了。"

杨满山敏感地:"啊,他是谁?他叫甚?"

年长农工摇下头:"我不知道他叫甚。"问身边帮工:"你们听说过这事吗?"

帮工甲:"后套离这儿十万八千里,开渠的事我不清楚。这事得问梁老板,他肯定知道。"

棰棰走过来:"大叔,你们在说甚呢,这么热闹?"

年长农工:"这位兄弟说,口外种地粗粗拉拉,他看着心疼。我给他说,口外地多,就这么种都种不过来。唉,生在穷地方,出来看着甚都新鲜。"

棰棰看看杨满山说:"口里人常说,人挪活,树挪死。口里坡多地瘦,你们干脆搬到口外来算了。满山哥,你搬不搬?"杨满山本能地:"那不行,家是窝,家是根,我家有窑洞、有坡地、还有我妈的坟,我不来这儿。"

帮工甲:"嗨,你这人真是个猪脑子,那些东西合起来,也抵不上一个棰棰姑娘。"

众帮工起哄:"对,说得对,棰棰是打心的棰棰,一下一下往人心尖子上打。"

杨满山着急地:"不要瞎说,别惹恼棰棰。"

棰棰:"我才不恼呢,大伙儿干了半天活,想说啥随便说,高兴就好。"

帮工甲:"棰棰你可说对了,西口外甚都好,就是十天半月见不上一个女人,能把人憋闷死。棰棰,你给我们唱上一段吧。"

棰棰:"那还不容易?你说,唱啥?"

众人:"唱道尔吉和蒲棒儿她爹编的那种蒙汉调,挺好听。"

棰棰:"你领个头。"

帮工甲:"我唱就我唱。满山兄弟你别见怪。"他唱道:"和你交朋友我有点怕,不懂你说甚搭不成个话。"棰棰接唱:"听不懂说话我给你教,赛拜奴就是咱二人好。"帮工唱:"早想和你交一交心,单怕你阿妈眉脸红。"棰棰接唱:"我阿妈人好心眼好,她不把汉人哥哥另眼瞧。"

年长帮工在远处边抽旱烟边哼唱:"人在外头心在家,家里丢下一枝花。"众人转过身来和:"亲亲,亲亲!"

年长帮工:"想起妹妹那眉脸来,心里头顶如猫儿抓。"众人和唱:"亲亲,亲亲!"

年长帮工唱："刮野鬼刮在土默川，白天黑夜心难活！"众人和："亲亲，亲亲……"

红鞋嫂用笊篱给帮工们捞面。有人手上拿着一团生面，或揪片儿、或掐疙瘩、或拉"一根筋"……有人喊："倒点醋，多倒！"

棰棰将一大块羊肉拣到杨满山的碗里，满山有点不好意思。两个帮工对笑了一下。杨满山低着头大口大口地吃，吃完站了起来。

红鞋嫂："满山，多吃点。走西口的人说，吃饱了不想家。"

杨满山："婶子，我吃饱了，真的。"

年长帮工："满山，今晚我们都走，留下你一个人照看种子和农具，你自己照护好自己。"

杨满山："不怕，没事。"

年长帮工："黑夜小心狼群。土默川的狼，善眉善眼吃人哩，你多准备点柴禾，狼来了就点火。"

杨满山："好，谢谢你，大叔。"

年长帮工："别谢。走西口的人，出入相友，结伙相帮，疾病相扶持。这是规矩。"

红鞋嫂："满山，来到口外，先得学会对付狼群。得让狼怕你，你不能怕狼。"

帮工甲开玩笑说："不怕，河曲人会唱山曲儿，黑夜要是狼来了，你就唱：黑格生生的头发白格生生的牙，你是哥哥的一枝花。那狼要是母的，腿一软就坐下了。"

另一帮工："那要是公的呢？"

帮工："嘿，你捏住嗓子唱：小妹妹盼着哥哥来，怕人家听见你提上鞋（读hai）。那公狼一听，晕倒了。"

众笑。棰棰耽心地看着满山。

纳木林户口地。二麻烦抿着烧酒，对抱着木桩的三耗子说："喂，三耗子，这儿埋一个！"三耗子："还埋啊？该吃饭啦。"张二麻烦抿了一口酒："三耗子，你是我花钱雇来的，让他们快些埋，埋得结实点。今天要是埋不完，就别想吃饭，也不给工钱！"三耗子："张二掌柜，没人偷懒。你先给点工钱，不然我没法给你再雇人了。"张二麻烦："你吓不住我，想走，现在就走！"

三耗子将怀中的木桩往地下一扔，眼睛一瞪："咋，想要赖是不是！你知道我是谁吧？我是鄂尔多斯的三耗子，抢人打人眼皮都不眨一下下。我如今没大买卖,来你这儿赚点烟火钱。你给了工钱,我立马走人!"

张二麻烦软下来:"三耗子,我知道你是谁。咱好说好商量。你知道,我身上从来不带现钱。"

三耗子一把拖住他:"那好,你把这话给大伙儿说说。"他朝栽桩的伙计们叫道,"伙计们,你们都停一下,停一下。"张二麻烦一甩手:"干啥干啥,你瞎叫喊啥!"三耗子:"咋啦?"张二麻烦掏出钱袋:"谁说我不带钱,这不是钱嘛,我多会儿赖过帐?"三耗子笑了:"这就对了。伙计们,掌柜的说啦,今儿给大家开工钱。"

众帮工喊叫着跑过来。

张二麻烦忿忿地:"三耗子你个土匪,我把你个狗日的!"

棰棰家户口地。听见纳木林户口地里的吵闹声,杨满山他们都回头看去。

红鞋嫂后悔地:"我真不该让二麻烦去找纳木林。我这不是害人嘛!"

棰棰:"阿妈,你也是好心,没人怨怪你。"

帮工们收拾好东西,朝红鞋嫂母女走过来。年长帮工说:"红鞋嫂,我们先走一步啦!"

红鞋嫂:"辛苦啦。明天早些来,我给你们炸油糕吃。"

"好,油糕就怕受苦汉,多炸点,一人吃它十几个!"帮工们牵牛离去。

棰棰问:"满山哥,你不回店里啦?"杨满山:"你们回吧。我就在马车上睡一宿,省得来来回回误事。再说,还有这么多东西,我得守着。"棰棰:"阿妈,我留下陪着满山哥。"杨满山连忙说:"不用不用,婶子你把棰棰带回去,我一个人留在这儿。我甚也不怕!"

红鞋嫂笑着说:"看把你急的!让棰棰留下帮你挖一个地窨子,晚上好睡觉。"

杨满山:"不用不用,我爹给我说过口外的地窨子,我会挖。"棰棰:"你这不是成心撵我嘛!好好好,我跟我妈回去,你一个人自自在在对付狼群去吧。阿妈,咱们走。"

红鞋嫂:"满山,让棰棰留下帮帮你。要太晚了就住在这儿。你别多心,荒原上人烟稀少,男女相处都有规矩。"

杨满山:"不行不行!棰棰你快走,赶紧走!"

红鞋嫂、棰棰牵马往回走。一个木桩挡住道,木桩上赫然写着"张记"。

红鞋嫂:"你看,麻烦来了吧,二麻烦把两家的路也占住了。"棰棰:"租就租呗,咋还要写字呢？"红鞋嫂："张二麻烦心眼多,说不定又谋上鬼道道了。唉,纳木林本来想让满山租他的地,满山要不到包头就没这麻烦了。"

桗桗无言以对。

夜色降临,月儿照亮圆圆的马车车轮。

杨满山放下铁锹,拍拍手上的土,站在挖好的地窖子旁边。他望望星空,感到一阵寒意袭来,忙裹紧外衣,钻进地窖子。

这是一个勉强容纳两个人的小空间,上面盖着树枝支撑着毡顶,地上铺着秸秆和羊毛毡。

夜风吹来,杨满山不禁打了一个激冷。

孤寂难奈,他只好找话说："我爹杨二能,河曲火山人,谁要见过他,给我说一声。我爹杨二能,河曲火山人……"

外面传来狼嚎叫的声音。杨满山一愣,嘴里依然自言道："谁要见过他,给我说一声。"

狼嚎叫声越来越近。杨满山掂掂手中的木棍,钻出地窖。

杨满山向狼群嚎叫的方向望去,判断自己和狼群的距离。原野那一边闪着几对绿色的眼睛,也在观察这里。

杨满山折断树枝拢在一起,点燃柴堆。他紧张地望着远处的绿眼睛,稳住情绪。

树枝缓缓燃烧,发出"啪啪"的声响。

狼群一声长嚎,黑色的狼影向这边跑过来。杨满山引燃手中的木棍,另一只手提着铁锹准备迎战。他身边放着一堆石头,还有卸下来的犁铧。

几只狼在近处窜来跳去,喉咙里发出凄厉的嚎叫声。

杨满山挥舞烧着的木棍并甩出石块,左右抵挡狼群进犯。

狼群突然骚动起来。

伴随着狗吠声,一阵清脆而急促的马蹄声由远及近传来。

杨满山精神一振,高声喊道："桗桗……"

桗桗的吆喝声："哈布里,快,哈布里！"

杨满山对狼群吼着："你们来吧！"他挥舞着燃烧的木棍冲上去,与狼群搏斗。

这时桗桗纵马赶到,她高声喊："满山哥,我来了！"她左右挥舞鞭子,清脆的鞭声响彻夜空。

哈布里愤怒呼叫，与狼群对峙。

杨满山与一只扑来的狼博斗，他身体一躲闪，转身挥动木棍，狠狠砸下去。那条狼惨叫一下，转身逃去。其余几条狼闻声逃跑，哈布里在后面拼命追赶。

棰棰从马上跳下来："哈布里，哈布里，回来！"哈布里飞快地跑回来，在杨满山和棰棰之间跳来跳去。杨满山从马车上拿起水袋递给棰棰，感激地说："棰棰，你来得正好。"

棰棰仰头"咕咚咕咚"喝了几口，抹嘴问道："满山哥，没事吧？土默川的狼我见多了，只要你敢跟它斗，它就不敢欺侮你。"杨满山用袖口擦着汗，说："棰棰，歇会儿。"棰棰掏出汗巾递给他，杨满山没敢要。棰棰走过来欲帮他擦汗，杨满山连忙拿过汗巾自己擦汗。棰棰笑着说："满山哥，你还赶我吗？今晚我不回去了，就住在这儿。"杨满山急忙说："那不行，那不好……""深更半夜，你让我到哪儿去？""你到地窖子里睡一会儿，我在外面守着。""等会儿狼来了，你一个人对付不了。""到时候我叫你。""等我醒过来，一切都晚了。满山哥，我相信你，我才留在这儿，你别让我失望。"

满山默然。

白马在马车边摇着尾巴，哈布里走过去在它身边躺下。

篝火爆着火星。夜又恢复了平静。

杨满山、棰棰先后钻进地窖子。棰棰看看满山，满山窘迫地低下头。

棰棰转身解下身上的红腰带。杨满山紧张背过身去。他想说什么，但是说不出来，只好转身钻出地窖子。

棰棰叫住他："杨满山，你回来！"

杨满山停住脚步，但他不敢把脸转向棰棰。

棰棰跪在毡子上，将手中的红腰带放在铺中间，说："荒原野地人烟稀少，男女一起留宿是常有的事，按照蒙古人的规矩，只要在男女之间放上一条红腰带就行。守规矩的人大家敬重，不守规矩的人会挨鞭子，会被人唾骂，走遍草原没人理睬他。"

杨满山回过头来，呆呆地看着铺中央的红腰带。

棰棰侧身躺在红腰裤带一边，说："满山哥，你也歇着吧！"

她转过头来，没想到杨满山就坐在她眼前，她连忙转过去。

杨满山尴尬地笑笑，小心翼翼地背过身躺在另一侧。

棰棰闭着眼睛说："小时候听我阿妈说，蒙汉两族虽然说话衣着都不一样，但蒙汉本是一家人。天地初开的时候，太阳生下了两个女儿，当黄河流进大海的时候,她们乘坐着一只小船来到一个山青水秀的地方。"

杨满山出神地听着,下意识地转过身去。

棰棰继续说:"后来,姐姐嫁到南方,妹妹嫁到了北方。这一年,嫁到南方的姐姐生下了一个婴儿,因为他啼哭时发出'唉咳唉咳'的声音,所以叫做'孩子',取名叫'海斯特',意思就是'汉族'。'海斯特'出生时手里握着一 g 土,后来就成了会种植五谷的汉族的祖先。"

杨满山专注地听着。棰棰动了一下,杨满山吓得转过身去。

棰棰仍旧闭着双眼:"第二年,嫁到北方的妹妹生了一个儿子,这个婴儿坠地时,发出'安啊安啊'的哭声,因此把他叫做'安嘎',取名为'蒙高乐',意思就是'蒙古'。他出生时,手里握着一把马鬃,因此他长大成人以后,就放牧牲畜,成了游牧民族的祖先……"她的声音越来越小,慢慢变成均匀的呼吸声。

杨满山问:"后来呢?"

棰棰动了一下,她的头靠向满山,紧挨着他睡着了。杨满山挪挪身子想让开,不料棰棰一头钻过来。他想推开她,又不忍心弄醒她,他的心"砰砰"乱跳。

棰棰熟睡的小脸上浮现出一丝甜蜜的笑容,或许宽大的肩膀使她觉得舒服,她又使劲地往杨满山的怀里钻钻。

杨满山浑身不自在,但他没有再推醒她。

东方透亮,一个美丽的早晨。

霞光钻进地窨子,洒在棰棰脸上。她的脸庞犹如朝霞一般。她醒过来,发现自己躺在杨满山怀里,羞赧地坐起来。

杨满山酣然入睡,姿态古怪。

棰棰"卟哧"一笑,收起铺上的红腰带,钻出地窨子。

哈布里一见棰棰,兴奋地站起来,摇着尾巴跑到主人身边。

棰棰回头看了一下,带着幸福的微笑,将汗巾放在显眼的地方,跃上马背。

她绕着地窨子转了一圈,策马离去。

地窨子内。杨满山隐约听见哈布里的吠声,猛然醒过来。他发现棰棰不在身边,不由拿起棰棰的汗巾来闻了一下。

他一骨碌爬起来,钻出地窨子。

杨满山望着远去的棰棰。棰棰在远处向他招手。他举起汗巾向她招手，然后将手巾揣入怀里。

满山拿起铁锹，绕着地窨子转了一圈。他看见地边有一堆砍倒的树木。

他从篝火灰烬中取出一块木炭，在地上画着图样。

杨满山用铁锹挖坑，埋下木柱。他搭起一座简易木棚。

歌声轻轻响起："对把把圪梁梁上那是一个谁？第三道扣门门打心棰……"

河曲县西门外黄河边。夕阳照着一河流水，景色壮美。

金子川与贺师爷边走边说话。

金子川："师爷，子川来了以后，让你老费心了。"

贺师爷："哪里哪里，你来这里不容易，我是本地人，应尽地主之谊。"

金子川："连日来听众乡贤言谈，实出所料。经史子集，多有知晓。民歌俚语，极为精致。说话诙谐有趣，举止文静得体，隐约间让人感受到一股灵异之气。"

贺师爷："附庸风雅罢了。不过，河曲人大抵都是戍边将士后人，奉诗书为神 ○，尊礼仪为圭臬，再加上数百年往来于蒙汉之间，见识气度倒也不俗。"

金子川走到河边戏台前念楹联："一年似水流莺啭，百货如云瘦马驼。说得是这儿？"

贺师爷："对。就是此地。河曲县西门河畔。"

金子川左右看看："这……不像啊？百货如云？累瘦了马驼？"

贺师爷："康熙三十五年以后，朝廷允许边民到蒙古地垦荒种地，这里是晋陕蒙交界之处，曾经是蒙汉来往的水旱码头。南来的水烟茶布糖，北来的马牛骆驼羊，都从这里进出。小小县城，商贾辐　，甚是繁华。确曾一年似水流莺啭，百货如云瘦马驼。"

金子川："后来呢？"

贺师爷："后来，诸多商人不愿意再受穿越沙漠之苦，绕道右玉杀虎口到了口外。如今有了火车，去口外就更方便了。"

"哦……"金子川望着河对面点点灯火，感慨地，"真像做梦一样，河对岸就是蒙古地界？"贺师爷："对，一过河，左手这边属陕西，右手这边就是蒙古的鄂尔多斯高原。"

金子川凝神听着从河对岸传来的马头琴声。

金子川、贺师爷、差役等走在通往堡子村的山坡上。

金子川气喘吁吁地问:"这坡怎么这么陡啊?"贺师爷:"上坡不能着急,弯倒腰,踩稳,一步一个坑,一会儿就上去了。"差役:"这是缓坡。要遇上陡坡,人走着,鼻子就碰在坡上了,本地人叫挂鼻子坡。"金子川:"哎,停一停,好像有人说话。"

一行人停下来。

蒲棒儿和杏叶等女伴坐在堡子村烽火台土墩上粘放河灯用的灯碗。顺着山坡望下去,能看见马驹他们村。村后是黄河。河那面是鄂尔多斯高原。

女伴:"蒲棒儿,走西口那些人该种地了吧?"

蒲棒儿警惕地:"我咋知道?我又没走西口。"

女伴:"你这人,你防我干甚啊,我又没说你马驹哥。"

蒲棒儿:"你爱说不说,我不怕你说。"

女伴:"蒲棒儿,那我可喊啦——"

蒲棒儿赌气地:"你爱咋喊就咋喊。"

女伴站起来对着河那面大山喊:"马驹哥,我是蒲棒儿,我想你啦——。

杏叶站起来赶紧捂住女伴的嘴:"我的老天爷爷呀,你瞎嚎甚哩!让村里人听见,蒲棒儿咋见人啊?"

女伴嘟囔道:"反正村里人都知道……"

杏叶:"他们说他们的,咱管不了。咱们是和蒲棒儿一起长大的好朋友,蒲棒儿让说咱才说。都老大不小了,在一起还能呆几天?可别伤了和气。"

女伴:"唉,也是,都是些苦命人。蒲棒儿别生气,咱们粘河灯吧。"她边粘灯边哼曲儿:"还说人家不想你,半碗捞饭泪泡起。"杏叶接过去唱:"还说人家不想你,三天吃不下两颗米。"另一女伴唱道:"还说人家不想你,泪蛋蛋好比连阴雨。"女伴:"前半夜想你熵不熄灯,后半夜想你等不上明。"杏叶:"两床铺盖二五毡,一对对枕头空一半。"

蒲棒儿笑着说:"闺女家唱这种酸曲儿,羞不羞啊?"

杏叶:"男人们都走了,全村就剩下些老婆娃娃大闺女,我怕甚哩,我就唱。"她和女伴轮着唱起来:"一对对枕头花顶顶,两床铺盖一床空。一根锹把顶住门,长下一个枕头短下一个人——"

闺女们乐得咯咯地直笑。

金子川等来到烽火台土墩前,金子川击掌喝彩:"唱得好哇!好!"

三个闺女吓了一跳,杏叶惊叫道:"哎呀我的妈妈呀,生人!男人!"拉着一女伴朝山下跑去。蒲棒儿站起来问:"你们是谁,从哪里来的?"

金子川:"我们是过路的,想讨一口水喝,可以吗?"

一女伴远远地喊:"蒲棒儿,快跑,那人是个侉侉!"

金子川朝她问道:"你叫什么?"女伴:"米独贵。不知道。"

金子川问杏叶:"你叫什么?"杏叶:"我不给你说!"

金子川:"那么你呢?也不说吗?"蒲棒儿:"我叫蒲棒儿,你是谁?"

贺师爷:"闺女,这是新来的——"金子川赶忙说:"我是新来的买卖人。我叫金子川。"

蒲棒儿:"这名字不赖,金子川,金子川,金子铺下一河川。"她对贺师爷说,"大爷,你们要喝水,这里有水罐。"

一女伴跑上来拽住蒲棒儿说:"你可真有胆子,你也不怕让他们卖到口外去!"

蒲棒儿:"他敢!"说完随着杏叶和女伴往山下走去。

金子川莫名其妙地:"怎么搞的,怎么都跑了?"

贺师爷:"山上闺女没见过世面,知事不必在意。咱们进村里看看。"

金子川边走边说:"扬之水,不流束蒲。蒲棒儿,可是蒲柳之蒲?"

贺师爷:"羊牛点点日将夕,蒲柳萧萧天正秋。一到秋天,口外的蒲棒儿从河面上漂下来,也算本地一景。"

金子川:"天下美女,大都出在江浙一带。怎么这样一个十年九旱的穷地方,竟然也有如此俊俏女子。"

贺师爷:"知事初来乍到,感到山野女子清新稀罕,以后看惯了,也就十分平常了。"

金子川:"不全是这样吧?"

贺师爷:"咱们这里秦晋相连,五胡杂处,闺女后生们长得清秀些,倒也是真的。"

金子川蹲下刨刨泥土,惊异地问:"这土地能种庄稼吗?"

贺师爷:"老天爷让种就能种,老天爷要不让种,神鬼也没办法。"

金子川指着灯碗问:"这是什么?"

贺师爷:"本地乡俗:每年七月十五放河灯,祈求平安,祭奠亡灵。"

金子川肃然。

金子川他们来到蒲棒儿家大门口。看见褪色对联上贴的窗花,金子川好奇地问道:"哎,这是什么意思?"贺师爷:"对联。"金子川:"怎么贴的是——

这是剪纸吧？"贺师爷："庄户人不识字，只好如此了。院里有人吗？"

蒲母的声音："有，客人从哪里来？"

贺师爷："我们从县城来，麻烦你给倒点水。"

蒲母的声音："哎，你们在门外等一等。"

金子川不解地："怎么，不让咱们进门啊？"

贺师爷点点头："这家男人不在，咱们进去不太方便。喝点水，走吧。"

差役："你家是谁家，能告诉我们名姓吗？"

蒲母的声音："平民百姓，没名没姓，客人，喝完水走吧，我们女人家，甚也不知道。"

金子川指着横批说："瞧这三张脸，笑得多好！"他仔细看对联上贴的窗花。

贺师爷给他讲解："这是打樱桃、打金钱、挂红灯，这边是走西口、送情郎、回娘家。"

金子川拍掌叫绝："好！妙！有意思！"

蒲母抽起门槛，把两碗水推到大门外说："你们自己喝，喝完把碗放在外头就行。我家男人在口外，我就不招呼你们了。"说完关住大门，身子靠在门扇上。

金子川在大门外苦笑着说："嘿，主人不露面。是怕咱们啊？"一群狗围了过来，金子川吓得躲到贺师爷身后。

贺师爷："喝点水，咱们走。"金子川哆嗦着说："不喝不喝不喝……"

贺师爷端起碗喝完水后说："谢谢大妈，我把碗给你推进去了。"

等脚步声远去后，蒲母边收碗边自语道："这些娃娃们，管我叫大妈。"

金子川急着下坡，身子往前跄去，贺师爷赶忙拉住他，差役又急忙拉住贺师爷，三个人都摔倒了。贺师爷边扶金子川边说："知事，下坡更不能着急。一步踩错，一把虚土，一颗石头子儿，都能把人送到沟底去。知事小心。"

金子川一行人来到马驹家门前。

贺师爷喊："有人吗？"

马母对刚跑进院里来的蒲棒儿说："蒲棒儿，看看谁来了？"

杏叶："说不定就是我们刚才碰到那些侉侉们，别理他们。"

贺师爷在院外问："哎，有人吗？咱们县新来的知事大人到你家看看好吗？"回头对金子川说，"这里是平川地方，见的人多，人比较开化。"

蒲棒儿等吃惊地："啊，县老爷来啦？"

一女伴朝外喊:"不行,我们家没人。"

金子川:"我来试试。"说着往前跨了一步,喊道:"大嫂,哎呀——"他掉进闪闪窨里去了。

差役恼火地:"喂喂喂,明明有人,硬说没人,你们是什么人家! 大门口挖个坑,防贼哪! "

贺师爷喝斥道:"这娃,咋能这么说话! 赶紧扶起金老爷! "

马母的声音:"等等,我给你们开门。"

马驹他妈开了大门,连声说道:"快请进来,快请进来……"

差役扶着金子川,金子川一瘸一拐地走着说:"大嫂,打扰了。"

蒲棒儿:"啊,你不是金子川吗? 你怎么成了县老爷啦? "

金子川:"蒲棒儿,你们跑得好快嘛! "

杏叶:"婶子,快关门,谁知道他们是些甚人! "

贺师爷:"这帮野闺女,还不赶紧见过金老爷! "

马驹妈:"哎呀,金老爷,没把你闪着吧,我去拿黄酒,抹点就好了。"

院子里。贺师爷对金子川说:"这是碾子,这是磨房,这是柴禾房……"

马母走出来,说:"这是我酿的黄酒,舒筋活血。庄稼人伤着了,都抹这个。"

贺师爷接过来,边给金子川抹边问:"大妹子,家里几口人,日子还过得去吧? "

马母:"过得挺好。贺师爷,我在城里见过你。我家男人说,你在鄂尔多斯王府当差那会儿,你们在一起喝过酒。你请金老爷进屋先喝点茶,一会儿在我家吃饭。"

金子川:"师爷,你也走过口外? "

贺师爷:"在咱们这地方,男人要是不走几趟西口,就不叫个男人。二十多年前,我在鄂尔多斯王府当过笔帖式,帮蒙古管家记个帐什么的。大妹子,你男人叫什么名字? "

马母:"师爷,你叫我侄儿媳妇吧。你们进屋看看墙上那块匾,上头写着我男人的名和姓。蒲棒儿,你们去找个人,到黄河里捞两条鲤鱼。"

蒲棒儿对女伴们说:"走,捞鱼去。"

金子川走进正窑,看着墙上的牌匾轻声念道:"德似长河……"

贺师爷:"这不是当年县署送给刘宽河的匾嘛! "

马母把一套精致茶具放在炕桌上："师爷,你好记性。"

贺师爷感慨道："怪不得让我叫你侄儿媳妇呢。"他对金子川说,"二十年前,县署在大东梁上重修文笔塔,欲立东山之势,再振小县雄风。有一位刚从口外回来的庄户人刘宽河,当下捐银十二两。为此,当时的知县送给他这块德似长河的功德匾。后来才知道,刘宽河在口外吃过不识字的亏,让主家骗了。此后他盼望子弟们读书识字,做出点大事情来。他出的银子里头,有十两是从钱庄借来的。为了还上这笔钱,他在口外揽长工打短工,累得吐血不止,是一个朋友把他从口外拉回来的。"

马母:"师爷,谢谢你老人家。这么多年了,你还记着我们家的事。拉他的人,叫刘锁田,为了照护我们母子俩,他在村里放羊,再没出口外去。"

贺师爷打量着茶具说:"这应该是蒙古王府里的茶具。"

马母:"对,是鄂尔多斯王爷送的。王爷请我家男人喝过酒,夸他是个厚道人。"

金子川:"去叫叫刘锁田,我见见这个忠厚人。"

马母迟疑地:"他不在,他在山上放羊。"

蒲棒儿和女伴们提着两条鲤鱼走进来:"姑姑,鱼来啦,我帮你做饭。"

金子川走到院里:"慢。你们今天慢待了本官,得罚你们唱山曲儿。"

杏叶:"唱就唱! 我们这地方,狗狗叫出来都是山曲儿的音。你说吧,唱甚?"

贺师爷问金子川:"唱什么? 走西口?"

金子川:"唱个喜庆的,五哥放羊好不好?"

一女伴:"行,我俩给你唱。"

她和杏叶唱起来:"正月里,正月正,正月十五挂红灯。红灯挂在大门外,单等那五哥上工来。二月里来刮春风,五哥放羊在山顶。猫耳朵朵莜面窝窝蒸满笼,心急不过人等人……"

村民们涌到大门口看热闹,蒲棒儿热情地:"进来吧进来吧,县衙门的金老爷金大人看望我姑姑来了,大家进来吧……"一村民:"我们怕马驹的闪闪窖。"蒲棒儿:"不怕不怕,从这儿绕过来。等金大人走了,我全填了它。"村民边进院边说:"好多年没进这院了。""马驹他妈可真不容易……"

马母百感交集,偷偷擦拭眼泪。

县署金子川卧室。金子川边换衣服边哼曲儿:"三月里来是清明,三妹妹爱扎一根红头绳。红头绳绳绿扎根,我问一声五哥亲不亲⋯⋯"

差役的声音:"金大人,水放好了,快洗涮吧。"

金子川恼火地:"什么?"

差役的声音:"哎呀,又说错了,快浴吧。"

金子川:"笨蛋,是沐浴,沐浴!听见了吗?"

差役的声音:"听见了,快沐吧!"

金子川无奈地摇摇头。

河曲县署内,贺师爷哼唱着"走西口"唱词,金子川边学边记,累得一脸汗水。

金子川学完一段后,感慨地说:"好呀,好!这一段可真有味道!男人急着要走西口,媳妇儿没完没了地嘱咐:怎么走路,怎么坐船,怎么休息,怎么吃饭。门外有人催,男人急着走,嘿,女人还硬要给他再梳一梳头,怎么说来?哦,就让人家再给你梳一梳哇,出了门也让别人知道你是个有老婆的人——妙!妙!"

他沉醉在自己的想象之中,直到发觉贺师爷半天没说话,才转过身来问道:"师爷,你觉得——哎唷,你怎么啦?你怎么流眼泪啦?戏文戏文,戏人的文字嘛,师爷,你这是何苦呢?"

贺师爷:"要没别的事,我再去文笔塔看看。"金子川:"好的。明天祭拜文塔,一定要热热闹闹,平平安安。宁武张知事他们快到了吧。"贺师爷:"他们应该今天晚上到。"金子川:"还有别的客人吗?"

贺师爷自己琢磨:"要是喇嘛三爷能赶上拜祭,那就太好了。"金子川:"谁是喇嘛三爷?"

贺师爷醒悟过来:"哦,说说而已。他原来是鄂尔多斯的三王爷,后来成了喇嘛。每年这时候他都去五台山朝觐,也该回鄂尔多斯了。"

金子川奇怪地:"王爷怎么当了喇嘛?"贺师爷:"蒙族信奉藏传佛教,当喇嘛也是一种荣耀。"金子川:"噢,对了,还有平川村刘宽河的遗孀,一定要请到。刘宽河是乡贤,他夫人是真节妇,我要给她授匾。"

贺师爷哭笑不得地:"好好好,节妇节妇,授匾授匾,我派人去请。"

县城东山头上,耸立着一座状如笔尖的砖塔。那是前人为激励本县人发愤读书而建造的。其名为状元笔塔。

一群工匠正在塔下搭建彩门。贺师爷来到彩门下,端详过后连声夸奖:"不赖,搭得又结实又好看!"工匠说:"你就不问问是谁扭的彩布?告诉你贺师爷,我在口外修过美岱召。"贺师爷打断他的话:"下来下来。"工匠望着远处说:"嘿,来客啦,三道坡那儿一炮黄尘——是准格尔召的喇嘛三爷从五台山朝觐回来了!"贺师爷:"哦,三王爷今年回来得早。"工匠:"贺师爷,你在鄂尔多斯王府当过文书——"贺师爷:"不是文书,那叫笔贴式。"工匠:"都一样,反正是耍笔杆子的。你说三爷放着王爷不当,跑到准格尔召当起喇嘛来了,你说说这是因为甚!"贺师爷逗他:"想知道是不是?一会儿你问问三王爷好不好?"工匠:"我可不当那种炮筒子。皮裤套绵裤,必定有缘故,咱吃粮不管闲事。"贺师爷笑着说:"这就对了,这么多年人家又捐钱又捐粮,是咱们的贴心朋友。"

喇嘛三爷及小喇嘛等随从骑驼牵马而至。工匠们纷纷打招呼:"三爷,朝拜完啦?""五台山人多吧?""多住几天,我们轮着请您吃饭。"

贺师爷施蒙古礼:"三王爷,赛拜奴!"

喇嘛三爷下了骆驼,乐呵呵地说:"赛拜奴!贺师爷,还是叫我喇嘛三爷吧。"

贺师爷:"三爷,您来的正好,明天金知事率县署官员拜祭状元笔塔,你这一来,为小县增色不少。"喇嘛三爷:"哦,你们县又换知事啦?贺师爷,我已经是佛门的人,我不和官员打交道。"贺师爷:"鄂尔多斯养活了那么多河曲人,您要不声不响走了,县署无法向父老乡亲们交待。"喇嘛三爷:"哦?说说,怎么个拜祭法。"贺师爷:"咱们边走边谈。"喇嘛三爷:"好,我吃住还在护城楼玉皇阁,不要惊动县署和老百姓。"贺师爷摇摇头:"好吧。"

平川村二老汉家门口。县署差役对送他出来的二老汉说:"二大爷,你记好,明儿一大早你们把婶子送到东门外,县署的轿在那儿等着,千万别误事。"

二老汉:"差人,你放心,这是村里天大的事情,我和村里人商量商量,明儿一早,把马驹他妈光光彩彩地送到城里去。"

山头上传来锁田苍凉的歌声。二老汉阴着脸狠狠地说:"小子,我让你好好唱!"

第9集

红柳走进县署厨房，对伙夫说："师傅，贺师爷让我来帮厨，有甚活计你吩咐吧。"

伙夫："好好好，晚上有客人来，你先把那两条黄河鲤鱼打整好。"

一差役进来提水，伙夫问："又洗涮哪？"差役说："那可不，你听，水哗啦啦地直响。"伙夫侧耳一听，身子一哆嗦。红柳好奇地问："师傅，你这是抖甚哩？"伙夫："你说这位金老爷，一天三洗涮，用的全是凉水。他那儿一洗，我这儿就一个劲儿地打哆嗦，哎呀呀，我得出去方便一下……"

宁武张知事一行骑马来到县署门口。差役通报："宁武县张知事到！"

金子川："张大人，等你多时了。请！"张知事摆摆手，笑着说："一接到你的口信，我就马不停蹄地往贵县赶。拜祭笔塔，志在高远，子川兄果然年轻有为。贺师爷，老规矩，糜米酸饭大烩菜，驴肉碗托熏灌肠。吃完饭看你们的二人台！"

贺师爷："好，已经安排好了。"

膳食厅。金子川举起酒杯说道："感谢张知事和诸位台兄百忙之中前来助兴，诸位举杯，子川先喝为敬。"

张知事："哈哈，大有长进嘛。谁说河曲这地方不好啊？穷山恶水出贤能呀！"

一官吏："河曲是个好地方。河曲闺女漂亮水灵，她看上你一眼，能把人勾死。河曲人吃着酸粥，就着酸菜，出口就唱酸曲儿，能把人酸死。河曲人伶牙俐齿，能把死人说活，能把活人说死。河曲县——"

红柳放下菜，笑着说："大人，你那一双钩钩眼，能把人盯死！"

官吏："说得好说得好，喝酒，赏钱！"红柳："我是帮厨的，我不要你的钱。"官吏拉住红柳："喝酒喝酒！"红柳挣脱他的手说："我不会喝。"张知事："那你得唱一段山曲儿。"红柳爽快地："好，你们先喝着，我一会儿唱一段'走出二里半'。"张知事："那不行，我得先听两声过过瘾。"

众："好，先听'二里半'，再喝二锅头！"

红柳只好唱了几句："走出二里半，扭回头来看。忄忄见小妹妹，还在房上站……"

马母在众邻居簇拥下走出大门。

二老汉："马驹他妈，县老爷抬举你，这是咱们村的荣耀。今天让锁田拉马送你，你们一快儿光彩光彩。"马母镇定地："那我不去了！"二老汉："由不了你！锁田，拉马！"锁田扭身就走："二老汉，你管不了我！"

马母回身走进院门，哗一声关上大门。

村民们："二大爷，这是县太爷请的人，要误了事，你能担当得起吗？""弄不好，得把你关起来。你在咱村算个人物，到了县上，你甚都不是。二叔，你掂量掂量。"

二老汉："好好好，马驹他妈，我和大伙儿送你，我求求你还不行吗？"

文笔塔前人山人海。喇嘛三爷单独坐在显要位置，仰望笔塔。张知事等官吏陪金子川站成一排。

贺师爷一挥手，鼓乐齐鸣，铁炮声惊天动地。

待鼓炮声停止后，贺师爷宣布："焚香！宣读诵辞！"

金子川肃立读道："翠峰苍苍，大河莽莽。苍生不灭，老天庇佑。想我河曲，十年九旱。地瘠民贫，日月艰幸。幸有蒙地，可供耕种。蒙古兄弟，手足相帮。早春出走，暮秋而归。其间艰难，一言难尽！然抛汗洒血，仅止裹腹而已！究其深里，皆因重农轻文，竟至读书者如十亩地之一苗谷，千石粮之一粒米。不读诗书，何来富贵？经史不通，大业难成！子川欲立书院，传经授道。愿我后人，奋发读书。辉煌大业，舍我其谁！祈愿笔塔，佑我边民。劳其筋骨，苦其心志！呜呼，心诚志坚，可对青天。高山大河，受某一拜！"

贺师爷："拜！拜！再拜！"

贺师爷："授匾！"

二老汉领村民高举"德似长河"旧匾，金子川将写有"心如古井"的新匾授给马母。马母木然接匾。

炮声骤起。

桃花跑来，凄惨呼喊："大虎！大虎……"

河边戏台上正在演出小戏《走西口》。

喇嘛三爷悄声对贺师爷说:"我看走西口是件好事嘛,垦荒开渠,蒙汉互利,两族和好,情同手足。一时离别,相会有期。你们这个戏唱了好多年,编得太苦。回去以后,我让道尔吉编个蒙古人的<走西口>。"

贺师爷:"要不换个喜庆的?"

喇嘛三爷摆手道:"随便说说,随便说说。"

西门河畔正在举行隆重的送别仪式。

贺师爷:"送三爷回鄂尔多斯,一路顺风!"

鼓乐炮声中,民众齐呼:"送喇嘛三爷——"

金子川等:"三爷一路平安!"

三爷双手合什:"阿弥陀佛。"三爷一行上船。

金子川:"什么时候我也走一回西口。去看看鄂尔多斯风貌,看看走西口的人们。"

贺师爷:"过黄河、过沙漠,一路风尘。你要有这个心,到时候老夫送你一程。"

帮工们围着满山新盖得小棚房啧啧称赞。

帮工甲:"满山,你还真有两下子,一转眼功夫就盖起来了,不简单!"

杨满山:"这房不怕狼,也不怕雨。"

帮工乙:"为啥把门开在这儿呢?"

年长帮工:"这是老祖宗遗留下的规矩。不管房大小,都要看好风水。满山,你想长住这儿呀?"

满山:"种完地我就去找我爹,赶锄地时再回来。"

帮工乙:"一年也住不了几天,费这事干甚?"

杨满山:"找到我爹,我们父子俩就住在这儿。黄河离这里十来里地,等我们赚了钱,就在这里开一条渠。"

年长帮工:"满山,知足吧,比起咱口里来,这里已经是福天福地了。只要勤快,一弯腰就能捡起一个大元宝来。修渠倒是好,可不是小家小户干的事情。自古水火无情,弄不好家破人亡。"

满山听的认真,一时无话可说。

帮工们:"你说得也太邪门,那元宝在哪儿?""就是,你弯腰捡一个,让大伙儿看看。"

年老帮工:"行,等种完这点地,我给你们捡去。"

众人哄笑。

一辆绿呢轿车驶到红鞋嫂的户口地旁停下来,梁老板边下轿车边乐嗬嗬地问:"伙计们,什么事这么高兴啊?"

年长帮工:"噢,梁老板来啦。"

梁老板问:"杨满山在这儿吗?"

年长帮工:"梁老板,你可算找着好徒弟了。杨满山来口外才几天,就想着修渠打坝发大财,你把他引走吧,带上几年,说不定还真能成点事。"

梁老板:"他在哪儿?"

满山在一旁默默地打量着梁老板,不说话。梁老板看着满山问:"不认识我啦?说说,我是谁?"

杨满山恼火地问:"那天你为甚不告诉我你是梁老板?"

梁老板笑着说:"那天我为甚要告诉你我是梁老板?"

满山:"我找你有事。"

梁老板:"我找你也有事。"他打量着棚房问:"这是你盖的?"杨满山不说话。梁老板左右打量:"嗯,有点意思。凡寻龙穴,宜由祖山、宗山、间星、应星以至少祖山、穴星,逐层查看,方可定位。这间小屋,虽然不能藏风,却能聚气。你会看风水?"

杨满山盯着梁老板说:"我有话问你。"梁老板:"好啊,问吧。"

满山把梁老板拽到远处,说:"是你给我捎的银票?"

梁老板:"对,有人托我捎的,我又托蒲棒儿她爹捎给你。"

满山:"是谁托你捎的?"

梁老板显然早有准备:"是巴彦王府的娜仁花格格。"

杨满山恼怒地:"她为甚要给我家捎银票!"

梁老板反问:"你爹在后套修渠对不对?"

杨满山瞪着梁老板,没说话。

梁老板:"修渠得有人投资对不对?"

满山依然不说话。

梁老板:"你爹修杨家渠,占得是巴彦王府的土地,必须征得王府同意对不对?"

杨满山近乎愤怒地:"我问你,那个女人为甚要给我家捎银票!说!"

梁老板平静地:"她是巴彦王府的格格,是那里土地的主人,是杨家渠工程的投资人,她为什么不能给你们家捎点钱?"

杨满山:"她为甚早不捎晚不捎去年才捎?巴彦王府总有王爷吧?她一个女人家为甚要出这个头?"

梁老板假装恼火地:"你以为我是管这种事情的人吗?你以为你可以给我发火吗?你以为撕掉银票你就是英雄吗?好心当成驴肝肺,我再不会做这种糊糊事。杨满山,好自为之,告辞!"

杨满山拉住梁老板,爆发地:"告诉我,我爹在哪里?"

梁老板:"你是他儿子,你去找。"

满山拽住梁老板使劲摇晃:"你明明知道我爹的下落,你为甚不告诉我!我就问你要爹,你还我爹……"

众帮工跑过来,拽开满山:"杨满山,你疯啦?他是梁老板!""梁老板,你大人别记小人过,他急着找爹,脑子发昏,狗咬吕洞宾,不识好赖人。"

梁老板:"满山,凡想做大事的人,切忌浮躁。天下没有弄不明白的事情,就看你有没有耐心,肯不肯下功夫。你找爹心切,我理解,可你得走走他走过的路,问问他做过的事,看看他受过的苦。梁老板给你变不出一个爹来,但我可以帮助你。好了,别跟我赌气,到黄河边转转好吗?"

杨满山憋气地:"不去!"

梁老板朝轿车走去:"那好,咱爷儿俩缘分已尽。大路朝天,各走一边!"

这时棰棰骑马而至:"梁大叔,多会儿来的?咋就走啊?"

年长帮工:"梁老板让满山到黄河边转转,杨满山耍娃娃脾气,就是不去。"

棰棰惊奇地:"不会吧?梁大叔是何等人物,平时请都请不动,满山哥做梦都想修渠,他咋会不去?满山哥,我跟你去,走不走?"

满山转过弯来,坚决地:"我去,走!"

绿呢轿车朝黄河方向驶去。梁老板、杨满山坐在车上,棰棰骑马而行。

梁老板没话找话地:"……在口外,苦不过修渠人。昼夜不分,风吹雨淋。得一段一段测量地形,计算土方,得修好退水,防患未然。修渠要有耐心,要有毅力,要有泰山压顶不弯腰的气魄和胆力……"

满山:"大叔,我听你的,我保证再不要小孩脾气!"

一直紧跟在轿车旁边的棰棰好奇地问:"满山哥,你咋耍小孩脾气来,再耍一个,让我看看。"

黄河水汹涌澎湃,杨满山、梁老板面对黄河,肃然站立。

梁老板:"满山,在想什么,给我说说。"

满山:"走口外走口外,吃了那么多苦,又从黄河边绕到了黄河边。"

棰棰:"你看清楚,这是鄂尔多斯的黄河,你们那儿的水是从这儿流下去的。河是一条河，人情风俗大变样。"

梁老板递给满山一根棍子："给我画画你们村。"

杨满山蹲下来边画边说："这是我们村。山底下是黄河水，村子在山尖子上。靠河这一面，全是石壁，蚂蚁都爬不上去。我家的地挂在山坡上，天旱时颗粒无收，一下雨，雨水又把土地给冲走了。"

梁老板："你给我写写：火山村示意图。"

满山写完火山村，其余的字不会写。他憋出一脸汗，惭愧地地下头。

梁老板似乎不在意地："你们那儿的河水干看用不上，这儿的河水可就值钱了。你看，纳木林和棰棰家这两块户口地，连着鄂尔多斯王府大片的土地。这里要是挖开一条渠，几万垧旱地就会变成水地。到时候你把铜子儿种进去，长出来的是银元。你把银元种进去，长出来的是元宝。"

棰棰："大叔说得真好！鄂尔多斯土地多，离黄河近，要是能把河水引过来，我家的户口地就成了上等水地。你撒下种子，能听见庄稼噌噌地往上长。到了浇水时节，用筐子一舀，就能舀起活蹦乱跳的鲤鱼来。"

梁老板："嗨，让我瞅瞅，棰棰有出息，听鼓书听成秀才了。那谁来修渠啊？

棰棰："那还不好办呀？口外种地的人那么多，忙时种地，闲时挖渠，是两头赚钱的好事情，省得到大青山背大炭压断板筋。这可不是我说的，是河曲家编的那受苦歌里头唱的。"

满山呆呆地自语："我得修一条渠，一条大渠……"梁老板逗他："不找你爹啦？"

杨满山把手里握着的石片斜着扔进河里，河里泛起一片涟漪。

梁老板试探地："要不，先跟着我干一段？"杨满山："大叔，等种完地，我去找你。"梁老板："好，一言为定。走，咱们回去。"

棰棰："大叔，你先走，天气这么好，我们多看几个地方。"

梁老板看看他们，笑眯眯地："好，走啦！"上轿离去。

满山和棰棰默默地往回走。白马跟在后面。棰棰悄悄推一下白马，白马懂事地飞奔而去。棰棰故意惊叫一声："满山哥，马跑了，快追！"

满山赶忙追马。白马一会儿就不见踪影了。满山奋力往前追去。

棰棰大声喊："就顾你啊，你不管我啦？"满山不好意思地站住："我等你。"棰棰撒娇地："我走不动了，你背背我。"杨满山犹豫地看看空旷的原野。棰棰说："别看，没人！"说着跳到满山后背上。

杨满山背起棰棰，走了几步跑了起来。

原野上响起他们欢快的笑声。

满山和棰棰回到棚房附近。白马静静地等着他们。

棰棰："地种完了，帮工都走了。今天你也回店里歇歇吧。"满山："好，回去洗洗衣服和被褥，该去找我爹了。"

俩人收拾好东西，刚来到大路边，听见有人喊道："大小人等都别动，山西乔家过镖啦！"

一队骆驼从不远处走来，两旁镖队戒备森严。

杨满山："棰棰，这是干甚？"棰棰："山西乔家往口里运大洋，两边是镖队的人马。"杨满山："啊，用骆驼驮大洋？他们有多少钱啊？"棰棰："这还算多啊？我阿妈说，当年山西人在归化城开的大盛魁字号，光护骆驼的狗就有三千多条，大盛魁字号的元宝能从归化城铺到北京城里。"杨满山向往地："咱要是有这么多钱就好了！"棰棰："你要那么多钱干甚？"杨满山："修渠！"棰棰："你还真迷上啦？满山哥，人家有字号，那是好几辈人赚下的钱，鼓书里说，冰冻三尺，非一日之寒。"

满山一脸迷惘，望着远去的驼队。

镖队人马来到红鞋店。镖头从马上跳下来，吆喝着："快一点，院里院外都要放哨！"

一队员连忙站在院子门口："是，知道了。"

镖头跑进院子："伙计们快一点，卸驮子、喂牲口。红鞋嫂——"

红鞋嫂："来啦！噢，二大肚，你们来啦？二娃，帮着饮马。"二娃："知道了。"

镖头："红鞋嫂，让客人统统搬到那几间房里去睡。"红鞋嫂："你们每次来都这么霸道！里面都是我的熟客，你让我咋对人家说？"镖头："用不着嫂子说。老三，你去里面把他们全赶出来！"老三："好，老大。"说着跑向客房。红鞋嫂跟着跑过去："你们不能这么干，都是出门人，都不容易！"老三大声吆喝："住店的都出来，快，快，都出来！"

几个镖队队员在驱赶客人。

一熟客："我们交了店钱，为什么要赶我们！"老三："镖队已经包下客店。快，快，走啊！"另一熟客："那我们住哪儿？"红鞋嫂："各位对不住了！院子那头还有几间客房空着，委屈大家了。"

这时院子里传来吵闹声。红鞋嫂急忙跑出去。

一镖队队员正在地上画白线,边画边喊:"生人不准靠近白线,违者一律擒拿!大家听清楚没有?"一熟客:"我为甚要听你的?我有钱,我就要住在原来的地方!"画白线队员:"老乡,上百年的规矩了,不要和镖局的人作对!"

棰棰、杨满山来到大门口,被镖队的人拦在外面。棰棰叫道:"阿妈,他们不让我满山哥进来!喂,他是我哥,你让我们进去。"镖头:"棰棰,你哪来的哥!红鞋店有几口人,我一清二楚。喂,出去出去,马上离开院子!"

杨满山:"咋啦,我一直就住在店里!"

镖头使劲推他,杨满山毫不相让,两人揪扯在一起。红鞋嫂跑过去拉住镖头:"二大肚,杨满山也是你们山西人,现在租种我的户口地,他忠厚老实,坏不了你们的事情!"镖头坚持地:"我说不行就不行,我这是提溜着脑袋做事情,容不得半点闪失!喂,你走不走,再不走,我一绳子勒死你!"

棰棰急了:"你敢,阿妈,拿过鞭子来!"

杨满山狂喊着:"你欺侮人,你过来!"镖头冲过去想捉拿满山,但他不是杨满山的对手。镖头高喊:"来人!把他给我捆起来!"几个队员冲上去,把杨满山擒获了。

杨满山大喊:"放开我,放开我!"

红鞋嫂拿起马鞭,骂道:"二大肚,有你这么做事的嘛,今天你得破例放人,不然立马装驮子,给我滚蛋!"她举起鞭子抽过去,镖头护住脑袋说:"嫂子,你听我说。"

红鞋嫂:"我不听!你赶快走人,我这儿庙小,容不下你们这些大和尚,你们走不走?"说着,又挥起鞭子。

镖头发狠说道:"你抽罢!嫂子,你再要这样,我就对他不客气了!"

红鞋嫂愣住了。棰棰紧张地:"你们想咋,阿妈,把鞭子给我!"

镖头一反刚才的霸气:"这位兄弟,老哥先给你陪个不是。"

几个队员仍扭着杨满山。杨满山挣扎着:"你放开我!"

镖头:"兄弟,各有各的难处。我们的差事太玄乎,万一出点事,全家老少都得掉脑袋。弄不好,大嫂和棰棰姑娘都得受牵连。今晚委屈你了,就睡在柴禾房里,哪儿也别去!"他对手下使个眼色,几个队员把杨满山拖进柴禾房。棰棰与红鞋嫂欲阻拦,被几个队员拦住。镖头说:"嫂子,棰棰姑娘,别坏了镖行的规矩,别担心,只要他规规矩矩,我的人不会动他。"

棰棰几乎要哭出来:"满山哥!满山哥!"

镖队的人把杨满山推进柴禾房,反手锁上门。

柴禾房里面黑暗而杂乱。杨满山气愤不已地跑到门前叫喊:"你们欺侮人,快放我出去,放我出去!"

天黑了。杨满山还在里面敲打着柴禾房的门,喊叫着:"放我出去……"

镖队守门人:"这位兄弟,求求你别喊了,咱好歹也是老乡,你就将就一宿吧,到时候兄弟请你喝酒,陪个不是。"他侧耳听听,柴禾间果然没有声响了,便说:"哎,这就对了。"

这时棰棰从厨房里端出一碗饺子,径直走到柴禾房门前。

守门人:"棰棰姑娘,我不饿,你这是干甚?"棰棰:"你饿我也不给你吃。你走开,让我进去。"守门人:"棰棰,你这不是难为大叔嘛!"棰棰:"这有甚难为的。你们吃得饱饱的,他还饿着肚子。你开门!"

守门人看她一眼,一动不动。棰棰一跺脚,哭着说:"你们再别住我家的店!"

镖头走过来:"你开开门,让棰棰把饭送进去。"

守门人开了柴禾房,棰棰端着饺子大声喊:"满山哥,吃饺子!"

柴禾房后窗户开着,里面空无一人。镖头顿时发怒,吩咐守门人:"妈的,这小子跑了!快,叫人把他追回来!"。棰棰着急了:"等一等,你们看,地上有字画。"

地上画着一幅画:一个小人在追一个大人,大人身上写着一个"梁"字。

镖头:"他认识一个姓'梁'的?"棰棰点点头。

镖头:"是不是找梁老板去啦?"棰棰又点点头。

守门人:"老大,这儿还有呢?"

旁边地上画着一只眼睛,一个女人,还有一个"回"字。

镖头:"嘿,这是个有情有义的人,他还要回来看望你,对不对?"

棰棰哭笑不得地点点头。

镖头:"棰棰,实话告诉我,他到底是你的什么人?"

棰棰瞪了他一眼:"就不告诉你!"

绿呢轿车向鄂尔多斯王府驰来。梁老板、杨满山坐在轿车上。

车夫:"梁老板,鄂尔多斯王府到了。"

杨满山准备下车,梁老板拉住他:"满山,王府二奶奶是一位女中豪杰,她是个有心计、有城府的女人。到了那里,多听少说,记住了吗?"

满山点点头:"记住了。"

轿车停在气势恢宏的鄂尔多斯王府门前。车夫摆好踏凳，杨满山跳下去，扶梁老板下车。

一蒙古兵丁大声通报："梁老板到！"

杨满山愕然呆立。梁老板拍拍他的肩膀："别紧张。"

雍容富态的二奶奶正在客厅里专心翻看账册。丫环阿利玛匆匆跑进来，没敢说话。二奶奶头也不抬："说，什么事？"阿利玛："二奶奶，梁老板来访。"二奶奶放下账册："噢，梁老板来啦，那还禀报什么，快请呀。"

阿利玛引领梁老板走进来。杨满山跟在后面。

二奶奶在众丫环的簇拥下，站在客厅门口盛装迎候梁老板。

梁老板远远就作揖道："美丽的女主人，赛拜奴！"二奶奶："赛拜奴！我可不敢称美丽了。倒是梁老板大驾光临，王府一下子就亮堂起来了！"梁老板："那里那里，梁某屡屡打扰二奶奶，还望二奶奶海涵谅解。"

一行人走进客厅后，二奶奶和梁老板入座，杨满山站着。

梁老板："我听阿利玛说，刚才您正在看账。"

二奶奶："不看不行啊。老王爷撒手走了，三爷又进了准格尔召，鄂尔多斯王府好多事情都堆到我的头上，难呀！"

梁老板："女主人治家有方、施政有为，这是鄂尔多斯父老的福气呀。"

二奶奶笑着说："用你们汉人的话讲，梁老板你这是在给我戴高帽子。帽子太高了，沉甸甸的，不舒服。别客气了，有什么事你直接说。"

梁老板："二奶奶，今儿我来王府，一来是结算去年的账目，缴清去年地租。另外我还带来一位客人。"

二奶奶怔怔地看着杨满山："就是这位吧？"

梁老板："对，他叫杨满山，河曲火山人。"

杨满山上前，手搭胸部行礼。

二奶奶眼睛放光："……杨满山？河曲县火山人？"

杨满山："是。尊敬的女主人，赛拜奴！"

二奶奶恢复常态："小伙子，不必客气，你是梁老板领来的客人，也就是我们王府的客人，别老站着，坐下吧。"

杨满山看看梁老板。梁老板点头示意，满山坐下了。

梁老板："哦，对了，我还给二奶奶带来点小礼物，请您笑纳！"

二奶奶："梁老板是王府的财神爷，你拿进来的石头都是宝贝。"

梁老板招招手，王府兵丁们抬进来几个箱子，放下后退出去。

梁老板:"阿利玛,打开箱子。"

阿利玛和丫环们打开后箱子,里面礼品琳琅满目。

梁老板:"二奶奶,这是我的一点心意,请您过目。"二奶奶:"你们汉人就是这样,再大的礼物也要说成小意思。"梁老板笑着说:"阿利玛,你给二奶奶念念礼单。"

阿利玛打开礼单念道:"各色绸缎布匹一箱、砖茶生烟一箱、红白冰糖两罐、金银首饰十件、蒙古刀一百把、银碗五十、点心十匣、鼻烟壶十只、胭脂三十盒、德国洋线五十斤、水推云肚剥羔皮、银狐皮、扫雪皮、黑狐皮各十张、喇嘛凉帽十五顶……"

二奶奶:"怎么还有喇嘛凉帽?"

梁老板:"这是送给喇嘛三爷的,三爷为人诚恳,把我们汉族人当兄弟看待,多方照顾,我们感谢他。"

二奶奶冷笑道:"那你该送到准格尔召去。三王爷自从当了喇嘛,王府的事他问都不问,只管每年回来要银子,随手撒给蒙汉民众。他落了个好名声,让我左右为难。算了,不说他了。梁老板,你一路辛苦,让丫头们唱唱歌跳跳舞,你轻松轻松。"

梁老板:"好啊,等我把帐目交待清楚,坐下来听歌赏舞。看王府歌舞,得喝着酒才有味道。"

二奶奶笑着摆摆手,丫环一一退出。梁老板掏出一摞银票,笑着说:"去年托二奶奶的福,收成好,佃户们缴得也多,我按照比例如数缴上租金,总共是八百万大洋。这是您两千顷陪嫁地的租金,计二百万大洋,请二奶奶收好。"

二奶奶看了一眼,交给阿利玛:"梁老板,你精明强干,不畏辛劳,真是有劳你了,谢谢你对王府的一片真心。"

梁老板:"不敢当不敢当,二奶奶是土地的主人,梁某不过为二奶奶跑跑腿而已。往后还望多多照护。"

二奶奶:"梁老板,今天如此重礼,是不是还有其他重要事情?"

梁老板没说话,抬头看一眼杨满山。

二奶奶:"噢,阿利玛,你带杨……满山到王府花园转转。"阿利玛高兴地站起:"哎,杨先生,请。"杨满山站起来客气地说:"二奶奶,我出去一下。"二奶奶仔细看着杨满山,点点头说:"好的。阿利玛,你招呼好杨先生。"

等阿利玛和杨满山离去后,梁老板说:"二奶奶,他就是杨二能的儿子。"

二奶奶:"哦,他终于找爹来了……"

阿利玛边走边看杨满山,杨满山被看毛了,问:"我,哪儿不对?"

阿利玛笑着摇摇头:"哦,没有。"她依然盯着满山。

满山不自在地:"你咋老看我啊?阿利玛:"我觉得你长得特别像一个人。"杨满山一怔:"天下像的人多了……你说,我长得像谁?"阿利玛:"反正……嗯……好像在哪儿见过,我也说不清。"杨满山盯着阿利玛,焦急地问:"你仔细想想,在哪儿见过?他是谁?"阿利玛:"哎,这回可是你先看的我。"杨满山急忙扭过脸去。阿利玛笑着说:"哎,我在逗你哩。"

王府客厅里气氛有些凝重。二奶奶和梁老板都不说话。

许久,二奶奶叹口气说:"梁老板,你不该带那个杨满山来这儿。"梁老板:"我想问问你,该不该告诉他杨二能的消息。"二奶奶:"你和杨二能一起修过渠,该不该告诉消息,该你来做主。"梁老板:"你不是关心过杨二能嘛。"二奶奶摆摆手:"咱们不说这个。"梁老板:"二奶奶……"二奶奶:"你呀,要么不来,要来就……这哪儿是送礼呀!"梁老板:"二奶奶,我不是故意惹您不高兴。"二奶奶:"喇嘛凉帽一送就是十五顶,你什么意思?"梁老板:"二奶奶……"

二奶奶站起来说道:"别解释,我知道你也没有恶意。唉,二王爷死得早,按规矩是该三爷来顶这个缺的,可三爷看不上我这个当嫂嫂的,他和那个其其格勾勾搭搭,坏了蒙古人的规矩。他是王府的罪人。"

梁老板:"所以老王爷把他赶到准格尔当喇嘛去了。"

二奶奶:"以后呢,老王爷撒手西去,把偌大一座王府丢给我。年轻时倒也没什么,如今老了,又没有个帮手,想想往后的事,真叫人心里发凉。"

梁老板:"二奶奶,你执掌王府轻车熟路,如今又遇上国民政府大力奖励开垦蒙地,正是你兴修水利、造福蒙汉民众的大好时机。"

二奶奶:"是啊,如果有得力的人帮帮我,我还真想好好干点事情。"

梁老板开玩笑地:"怎么?需要老朽出点力吗?"

二奶奶:"你整日忙得脚不着地,我逮不住你。我当初想的是有人来王府帮帮我,当个管家什么的,可是……"梁老板:"可是什么?"二奶奶:"唉,人亡齿冷,不说也罢。哎,你替我打听了吗?那个叫桠桠的姑娘到底是不是三王爷的孩子?"梁老板:"我问过红鞋嫂,她说不是。"二奶奶:"叫她其其格,我不喜欢她现在的称呼,俗气,下贱!"梁老板:"被老王爷赶出王府的人,总不能还叫原来的名字吧?"

二奶奶恼火地:"我关心的是她的孩子。"

梁老板喝了一口茶,慢悠悠地:"这事只有三王爷和其其格知道。"

二奶奶有些激动："你就这么帮我吗？"

梁老板："棰棰如果是三王爷的孩子，你怎么对待她？"二奶奶："好歹是王府的后代，她应该离开其其格。""红鞋嫂——哦，其其格愿意把女儿交给你吗？""这事由不了她！""如果棰棰不是三王爷的孩子呢？""我当然不管她。""其其格对外人说，棰棰是捡来的。""她说了不算，不能相信她。""那谁说了算？二奶奶，得绕人处且绕人，不要计较过去的事了""我真是咽不下这口气。当时我年轻貌美，那一点配不上三王爷？他却去勾搭一个小丫环！三王爷让我蒙受耻辱，我迟早得出这口恶气。"

梁老板转换话题说："二奶奶，依我看，棰棰喜欢上咱们这位杨满山了。"

二奶奶一愣："哦，是吗？有点意思。"

这时阿利玛领着杨满山走进来："二奶奶，杨先生回来了。"

二奶奶变了一副脸："好啊，丫头们，唱起来！"

一群蒙古姑娘载歌载舞涌进客厅。

侯老板的驼队来到码头小镇。侯老板喊："老胡！"老胡走过去将侯老板扶下马。三四个乞讨的孩子伸出手来，向侯老板乞讨："老板，打发一点吧！""老板，行行好，给一点吃的吧！"侯老板皱着眉头喊："老胡，赶开他们！"老胡驱赶孩子："走开，走开，你们走不走？"他将鞭子狠狠抽到地上。乞讨孩子四散逃开。

侯老板吩咐："老胡，快到客栈安顿住处。"老胡："这儿客栈不大，咱们人多，恐怕住不下。"侯老板挥挥手说："把那些累垮的马匹全部换掉，都不要了。"见老胡发愣，侯老板高声喊道："快去！"老胡只得对驼队的伙计们说："大家快一点，老板要给大家结帐了。"

伙计们："太好了！一会儿上街买东西去。""真是没经见过事情，好甚？老板要让咱们滚蛋了！""咋啦？""一会儿你就知道了。"

马驹与小栓一前一后来到小镇街上。马驹抬头看到一幢不起眼的楼阁，楼阁红纱灯笼上写着"好地方"。有两个人走进楼阁院子，有人忙着接待他们。

老胡在远处喊："小栓，马驹。"小栓向老胡挥挥手，表示自己听到了。他回头看看发呆的马驹，上前拉了一把说："马驹哥，你看甚呢？老胡叫咱们呢。"

马驹："噢！"他连忙往前走去。

客栈院子里，老胡正在指挥几个帮工："喂，这儿，把这些东西搬到车上去。老头，你跟我来！"被叫作"老头"的人是个马夫，他赶紧跟上来。

远处。马驹、小栓正在从马背上卸货。两个帮工帮他们将货物装上车。

老胡吩咐小栓："小栓，你跟马驹把那些累垮的马都换掉。"小栓："到哪儿去换？"老胡："跟着这个老头去，他知道。"小栓："那这儿的事咋办？其余的人呢，都到哪儿去啦？"老胡："那些伙计全辞退了。这儿的活计，让这些帮工来做。"

马驹奇怪地问："这是因为甚？"老胡："为了省钱嘛。人困马乏，卸磨杀驴，自古而然。"小栓："他们都走啦，那我们呢！"

老胡没好气地："你吃饭不赚钱，马驹只赚半份工钱，老板当然还要用你们。当老板的都是这样，用人朝前，不用人朝后。咱们这些人，跟这些驴马没甚两样。"

小栓用衣袖擦擦脑门上的汗，越擦越脏。老胡拍拍他："现在驼队就剩下我们三个人了，出入相伴吧。"

客栈马棚。马驹正往马槽里添加草料。

小栓捧着烙饼大葱走来："马驹哥，吃饭了。"马驹："等等，我再添点草料。"

小栓坐下，把碗在膝盖上转转，然后拿起水袋往两只碗里倒水。他看看马驹，拿起一张烙饼夹了一块咸菜，就着水津津有味地吃起来。马驹走过来，拿过烙饼大口吞咽。小栓看着他狼吞虎咽的样子，便把自己刚卷好的烙饼放到他面前。马驹放下碗，发觉自己面前多了一份，便把那份烙饼还给小栓。小栓又将那烙饼放到他眼前。马驹将烙饼撕了一半留下，另一半又还给小栓。

小栓突然问："马驹哥，你家里还有人吗？"马驹愣了一下："你呢？"小栓摇了摇头。马驹感慨地摸摸他的头："我有个妈。"小栓："真好！"马驹："好个屁！"小栓："咋啦？"马驹没回答："吃吧！"小栓："马驹哥，我没爹没妈，没亲没故，认你当干哥吧。"马驹望着他，没说话。

客栈客房。桌子上放着一把古筝。侯老板正对着镜子往头上抹凡士林。老胡走过来问："侯老板，你叫我？"侯老板梳着头发说："去把马驹叫来。"老胡："你现在就去吗？"侯老板眼睛一瞪："快去叫啊！"

客栈马棚。小栓急切地问老胡："他要我哥办甚事？"老胡只是嘻嘻一笑。

小栓追问道："笑甚？"老胡不耐烦地："娃娃家不懂这事，别问。"

　　马驹将烙饼往嘴里一塞，欲要走，老胡说："等一等，换一件干净衣服去。"见马驹一脸疑惑，老胡催促道："快换衣服，快点！"

第10集

　　码头小镇街上。马驹衣着整洁,背着古筝盒,牵马而行。他问装扮一新的侯老板:"侯老板,去哪儿?"侯老板毫不掩饰地:"好地方。"马驹:"哪儿?"侯老板:"往前走,挂红灯笼那座小楼,叫好地方。今儿我带你到那儿开开眼界!"见马驹迷迷瞪瞪地看着前面,侯老板笑着说:"未经世事,不知天地之大。不尝味道,不知女人之好。哈哈哈,往西走,好地方有我一个相好,我去看看她。"

　　马驹默默地牵着马,往前走去。

　　楼阁红纱灯笼上写着好地方三个大字,熟悉的琴瑟之声传来。马驹一下明白过来,顿感兴奋神秘。

　　侯老板诧异地问:"马驹,喂,咋啦?"

　　马驹忙扶他下马。这时两个保镖一前一后从里面跑来。保镖甲冲着俩人点头哈腰地说:"候——两位爷们,好久不见了,小的给你请安了!先相相姑娘吧。来,给二位爷牵马!"保镖乙上前来牵马。

　　侯老板:"老六,咋回事儿,你不认得我啦?"保镖甲:"唷,原来是侯爷来啦,这位……"侯老板看了马驹一眼:"叫马驹。"保镖甲:"噢,侯爷,马爷请!"

　　马驹认出这两个人曾经推打过他,脖子一梗:"我姓刘,我叫刘马驹。"

　　保镖甲:"侯爷,真那么凑巧,小翠妹子今儿还提到您,如今正在楼上哭鼻子呢。"

　　侯老板不解地:"她为啥要哭鼻子?有人欺负她啦?"

　　保镖乙:"还不是因为想你侯老板嘛。侯老板,你可把我们小翠姑娘害苦了,这几天连饭都不吃,我们都没法劝。"

　　侯老板:"哈哈哈,我这不是来了嘛。"

　　保镖甲:"小翠!"楼上小翠清脆地答应:"哎!"保镖甲:"快别哭了,侯老板来啦。"

　　不一会儿,一双红鞋出现在门口,小翠笑盈盈地朝他们走来。

马驹仿佛觉得是蒲棒儿向他走来,不由闭上眼睛。

小翠走到马驹面前,却把双手勾到侯老板的脖子上:"侯老板,我昨夜就梦到你了。"

保镖甲:"对不?侯爷,小人没骗你吧!"

侯老板"嘿嘿"地笑了。小翠拉着他:"侯老板,咱们上楼吧!"

马驹清醒过来,望着他们往前走去。

保镖乙对马驹说:"这位爷,你也挑个姑娘吧?"马驹话无伦次地:"噢,我不是,我是那个……"他边说边退,被身后的门槛绊倒,极为尴尬。

楼上侯老板喊道:"马驹,把古筝拿上来!"

马驹爬起来,拿起古筝。

小楼上小翠房间。屋里整洁干净,香气馥郁。

马驹将古筝放在墙边长条桌上,一抬头,见上面挂着一张"洛神出浴图",赶紧低下头。

小翠并未注意他,伸手摸摸古筝盒,脸上顿露喜色。她扭着腰肢,端着盖碗茶走到侯老板面前:"侯爷,这些日子你都跑哪儿去啦,让我找不着也摸不着,恨死你了!"说着,在他的肩膀上扭了一下。侯老板假装"哇"地叫了一声,说:"小翠妹子,我还能去哪儿?我忙忙碌碌,没日没夜地干,还不是为妹子你多赚几个大洋。这不,我给你带来一架古筝,马驹,快打开让小翠看看。"

马驹走过去,欲开古筝盒。

小翠问:"这位爷?"侯老板介绍道:"他叫刘马驹,是我手下一个伙计,人还老实。今儿顺便带他过来见见世面。"小翠:"刘爷,请这边坐。"马驹局促地挪挪脚步。小翠笑着看他一眼:"哟,还脸红呢。"侯老板:"你别吓着他,他头一次来口外,还没见过这种世面。"

小翠"咭咭"地笑得更厉害了。

马驹打开筝盒,露出明铮铮的古筝。小翠一声惊叫:"啊,真好!"顺手拨弄一下筝弦,"声音也好。"

侯老板:"每次来,总觉得你房间少点东西。有了这架古筝,才配得上你的才貌。"

小翠坐到侯老板腿上,感激地:"侯爷,真不知道该咋感谢你。"

侯老板:"这要看你今晚的功夫了。"

小翠打了他一下:"美死你!"说着,端起盖碗茶递给他。侯老板将盖碗茶往桌边一放,就要去吻她。小翠推开他,逃到一边。侯老板满屋追小翠。

马驹局促不安地站起来:"侯老板,我先回去吧。"

侯老板笑着说："看把娃吓的,好好好,你去吧。"

马驹转身走出房门。

小翠把马驹送到屋外,回头偷看一下里屋,轻声说:"刘爷,你走好。你已经认识这儿了,有空你过来看看我,我等着你。"说着走回房间。

马驹如同噎住似地,一时说不出话来。

紧闭的堂屋里传来嘻笑声。马驹再也忍受不了,捂住耳朵跑下楼去。

马驹跑出来,解开缰绳,骑马往院外跑去。

两保镖恭顺地:"马爷走好。""不对,是刘爷。刘爷走好!"

马驹已经跑出院门,一会儿又骑马跑回来,把马拴在楼边,徒步离去。

两个保镖莫名其妙地看看马驹,折回楼内。

深夜。小栓、马驹睡在离马匹不远的一块干净土地上。小栓一翻身,手臂搭在马驹身上。马驹辗转反侧睡不着,干脆坐起来。他给小栓盖好被子,把他裸露在外面的手臂塞进被子里。

马驹靠在土墙上发愣。他眼前晃动着一双红鞋。他仿佛看见蒲棒儿正笑着向他迎面走来。蒲棒儿用双手勾住他的脖子,轻声说:"我昨夜梦见你了!"

小栓一翻身,一只脚压到马驹身上。马驹吓了一跳,撑起身子,将小栓的脚塞进被窝,倒头躺下,可是仍然睡不着。他的耳畔响起小翠的声音:"刘爷,你走好! 你已经认识这儿了,有空你过来看看我,我等着你。"

马驹呻吟道:"蒲棒儿,哥想你!"他痛苦地将头埋到被子里。

蒲棒儿与杏叶她们扛着镢头又说又笑地走在回家的土路上。

女伴甲:"蒲棒儿,她们都说你将来一定会嫁给马驹,就我不信。"女伴乙争辩着:"你不信? 咱骑驴看唱本,走着瞧。"蒲棒儿苦笑着说:"你们别闹了,传出去多难听! 马驹他妈是我姑,我咋会嫁给他呢。"杏叶得意地:"你们别瞎嚼舌头,我早就知道蒲棒儿不会嫁给马驹。"女伴乙:"为甚?"

这时桃花手舞足蹈跑来喊叫:"接大虎哥去呀,大虎哥今天要回来啦,哈哈,嘻嘻……"

蒲棒儿望着远去的桃花,两行清泪挂在脸上。杏叶拉住蒲棒儿,对着她耳朵说了几句悄悄话。蒲棒儿脸色大变,快步径直往前走去。

女伴甲:"杏叶,你跟蒲棒儿说甚来? 是不是马驹他妈和锁田的事?"

杏叶一愣,抽了自己一巴掌。

蒲母正在收晒晾干的衣服。蒲棒儿进院放下镢头，边往屋里走边说："妈，我去看看我姑，后晌就回来。"

蒲母："蒲棒儿，别去了！你姑一头把二老汉顶倒了，人家要和他打官司！你别往里边搅和，你听见了吗，蒲棒儿！"

蒲棒儿换了衣服出来，边扣钮扣边说："妈，我姑命苦，你别听人家瞎嚷嚷，二老汉就不是个好东西！"

蒲母："唉，无风不起浪……"

蒲棒儿："妈，你又不是不知道，我姑父在的时候，二老汉就盯着我姑父家的河滩地。我姑父死了以后，他仗着是长辈，又想占我姑的便宜。要不是我马驹哥盯着，二老汉早把我姑家的水浇地夺走了。"

蒲母："别跟我提马驹。世上哪有这样的儿子！在家跟妈怄气，一不高兴拍屁股就走，到如今连个音讯都没有，谁知道他跑到哪儿去了。"

蒲棒儿："妈，你咋又扯到我马驹哥身上啦？他如今在口外，容易嘛！"

蒲母："不是我说马驹，是你姑整天在我耳朵根子边提说他儿子，你姑说了……"她觉得自己要说漏嘴了，赶紧停住。

蒲棒儿："我姑说甚来？"

蒲母看一眼女儿，没说话。

蒲棒儿："妈，你不能这么说我姑，我姑抱过我爹背过我爹，她是我爹的亲姐姐。谁家没个事儿？如今我姑姑家有事了，咱家不管谁还管呢？"见母亲不说话了，蒲棒儿说："妈，我走啦！"

蒲母："蒲棒儿，告诉你姑，过两天我去看她。"

蒲棒儿："哎！"

二老汉的儿子、儿媳将马驹家的大门敲得"砰砰"响。儿媳叫骂道："不要脸的东西，你把我公公撞死了，你钻在家里不出来，你以为没事啦！"

儿子："滚出来，你把我爹撞死了，赔钱，赔人！"

儿媳假哭道："孩子他爷爷，你死得好冤枉啊，孩子他爷爷！"

二老汉直挺挺地躺在门板上，一动不动。村童在他身边念顺口溜："狗狗狗狗你不要咬，马驹他妈把二爷爷顶倒了。狗狗狗狗你不要咬……"一顽童用一棵草在二老汉脸上晃来晃去。二老汉睁开眼睛，那顽童连忙跑开："活着呢，二爷爷活着呢。"

二老汉轻声叫儿子："万生，万生！"万生驱赶村童："你些狗的，走开！快走开！"

蒲棒儿跑来急切地问道:"咋啦,这是咋啦?"

儿媳:"咋啦,你说咋啦?昨天我公公想帮你姑干点活,结果你姑把我公公一头顶到地塄下,不会出气了。赔钱,赔人!"

万生阻止媳妇说下去:"你 嚷这些干甚?蒲棒儿,你爹和马驹都不在家,你也算是主儿,你说咋办吧,赔钱还是赔人?"

蒲棒儿一看躺在门板上的二老汉,吃了一惊:"万生哥,有事咱好好商量,二老汉到底咋啦?"

万生:"你自己看吧,你看该咋办?"

蒲棒儿:"万生哥,你们先把人抬回去,我跟我姑姑商量一下,该咋办就咋办,好不好!"

马母在大门里说喊:"蒲棒儿,别听他们的,二老汉没死,他是讹人。你回去吧,女娃娃家斗不过这些灰人,回去吧,听话!"

二老汉从门板上撑起身子说:"我起都起不来,咋没事!"

蒲棒儿生气地:"好啊,你假装洋蒜讹我姑姑!万生哥,都是一个村的,你咋能这样欺负我姑姑!你也不嫌丢人!"

万生:"这有甚丢人的?是你姑姑撞倒我爹,又不是我爹撞倒你姑姑!赔钱!"

蒲棒儿:"让我看看,伤在哪儿啦?"儿媳一把拉住蒲棒儿:"你大闺女家家的,有甚好看的!你赔了钱,我们把人抬走,不然没完!

这时,锁田握着羊铲跑进来,气哼哼地问:"你们想干甚,别缠着蒲棒儿!"

牧羊狗对着万生他们狂叫,那媳妇吓得躲到丈夫身后。

锁田:"蒲棒儿,这里有我,你快回去吧!你叔窝囊了多半辈子,这一回我倒想看看他们能唱出甚的好戏来。二老汉,起来吧,这院子和地,我替马驹他爹看了二十年,你想霸占,除非我死了!"

万生:"谁的裤裆烂了,冒出个你来。你想咋?你看房子看地,是为了这个不要脸的女人!往后站,这地方轮不到你说话!"

蒲棒儿:"这是我姑的院子,你们再要欺负人,我就喊人来评理!"

万生推蒲棒儿:"蒲棒儿,你少管闲事!"

锁田:"万生,你再敢碰一下蒲棒儿,我今天就打死你们!"说着举起羊铲就要打。牧羊狗扑过去,万生和媳妇拖起二老汉就跑。

村童:"狗狗狗狗你不要咬,串门子哥哥又来了,狗狗狗狗你不要叫,坏了名声你跑不了……"

锁田提起二老汉躺过的门板,扔到远处。门板"咣当"一声砸在地上,扬起一股灰尘。

红柳提着篮子来到马驹家门前:"这是咋啦?"

围观女人:"二老汉在马驹家门前闹事呢。"

万生吼道:"谁闹事啦,谁闹事啦?"

二老汉:"你个狗的,反啦,你家欠我家两口袋粮食甚会儿还?"

女人不出声了。

蒲棒儿跑过来拉着红柳的手说:"红柳,你咋来啦?"红柳:"我来看看婶子,给她送点吃的。这是咋啦?"蒲棒儿:"他们欺负我姑姑。"

红柳一听就火了,见二老汉他们还缠着那个女村民不放,上前一把把他拉开:"咋啦,你咋这么霸道啊?你放开她,有事冲我说。我十三岁挑担子卖货,见过的灰人比灰毛驴还多。说吧,出了甚事啦!"

二老汉举起拐杖:"你是谁?你个猴毛女子,小心我打死你!"

红柳把他一推:"嗬,你还想欺负我!我一进村就听见人们说,二老汉装死,在讹人哩,你不是死了吗?咋还站在这里瞎哼哼呢?"

万生:"你敢推我爹,你赔钱!"

红柳:"一听你这口气就不是好人!咋,想讹我啊!告诉你,我是县衙门伙房帮厨的红柳,天天能见到金知事。你有甚冤枉,跟我去县衙门跑一趟。走,立马就走!"

二老汉和儿子儿媳不敢吭声,抬起门板灰溜溜地走了。

孩童们跟在他们后面起哄:"狗狗狗狗不要咬,二大爷提着门扇偷跑了……"

马驹家灶房里。蒲棒儿笑着说:"红柳,你真厉害!"红柳:"咱要不厉害,他们就更厉害,爬到你头上来了。"马母感慨地:"我要是有你们这两个好闺女,我就不怕二老汉再来欺负我!"红柳:"我们不都是你的闺女嘛!"马母拍手叫道:"噢,我迷窍了。一个是亲外甥,一个是干闺女!"

红柳看着大门外的锁田说:"哎,锁田大叔,你咋不进来啊。"蒲棒儿也喊:"锁田叔,进来吧!"红柳说:"我去叫他进来。"马母慌忙阻拦道:"闺女,别让他进来,不敢!"红柳说:"不怕,你让我叔展展淌淌进来,由他们鬼嚼舌头去!"她走到大门口把锁田硬拉进来。

马母无奈地摇摇头。

锁田进院后,先把柴禾堆整理好,又拿起扫帚打扫院子。

红柳："锁田叔,别干了,歇会儿。"锁田："唉,动弹惯了,闲不下。"红柳:
"大叔,歇会儿吧,坐下喝碗水,等会儿我跟蒲棒儿扫吧。"锁田："这不算个营
生,顺手就扫了。"

　　红柳上前夺过扫帚："大叔,我让你歇着!"锁田："闺女,我想求你一件
事。"红柳："甚事? 大叔你说吧!"锁田："二老汉是个村痞子,他还会来闹事。
你能不能带你婶子到城里住几天?"红柳："行,我爹病得起不来了,我正想找
人帮帮我。你跟我婶子说说,请她到城里住上一段日子。"说着欲去拉锁田。
锁田躲开她："闺女,你去说说,我就不进去了。"说着放下扫帚,准备离去。

　　红柳无奈地看着他："锁田叔,你别再躲了,你心里有我婶子。"锁田："闺
女,大叔拜托你了,带她到城里散散心,家里的事情我顶着。"

　　红柳被这个忠厚的男人感动了。她眼睛湿润,望着锁田离去。

　　蒲棒儿、红柳陪着马母,坐着牛车离开村庄,朝县城方向走去。

　　锁田赶着羊群走上山坡,牧羊狗跟在他身边。他站在山坡上,目送山路
上远去的牛车,大声唱道："咱二人相好一对对,铡草刀剜头不后悔! 土打城
墙三丈六,清官也断不了串门门的路……"

　　沿河官道上。蒲棒儿、红柳听着山曲声,笑嘻嘻地看着马母。马母心绪复
杂,扭头看着一河流水。

　　红柳："婶子,我是个直杆子人,说话不会绕弯弯。我说你们这样下去也
不是个事。你和锁田叔知根知底,干脆办了就算了,免得受人欺负。"

　　马母半真半假地："那你锁田叔就别想活了。马驹回来,不杀了他才怪。"

　　红柳："你家马驹也是个二杆子货。为人儿女,小时候父母受累,那是没
办法的事。可要是长大了,就该想方设法让父母过好些、过得心顺点。明知道
亲妈有心上人,日子过的不自在,你就让她自自在在过日子去算了,你又挖
窖又闹葛针,也不怕外人笑话!"

　　蒲棒儿辩解说："我哥也难。咱这地方穷是穷,可都讲究个面子。"

　　红柳："呸! 甚的个面子! 我爹抽大烟丢人不? 可我总不能劈死他吧? 我
一个黄花大闺女,整日挑着货担养活他,我能顾了面子嘛! 大婶,后锅的水开
了,前炉子坐的水才能开。你和锁田叔先办,等马驹回来,咱们给他和蒲棒儿
也办了,你就等着享福吧。"

　　马母嗳嚅道："世上哪有那么好的事情……"

　　蒲棒儿生气地："谁说我要办来? 要办你办去!"

红柳没听明白她的话，豪爽地："行，到时候我给你们张罗。城里那些抬轿的、吹打的，我都认识，让他们都来，气死城里那些有钱人，气死二老汉！"

蒲棒儿"嗵"地跳下车，说："姑姑，我就送到这儿。你要住的不舒心，就回来。"

红柳听出音来了，质问道："蒲棒儿，你这叫甚话？在我那儿咋就不舒心？"

蒲棒儿边走边说："红柳，你别给我四处瞎说。你要想嫁你嫁去，别把我牵扯进去。"

红柳气愤地："停车！"等车停住后，她站在车厢里叉着腰喊："嫁就嫁，你小看我红柳了！我要拿定主意，八头牛也拉不回来！大雨地割苜蓿，我这是为（喂）你哩，好心当成驴肝肺！"

马母："姑奶奶，求求你们了，都少说两句，让人笑话。"

红柳："婶子，我这人就不怕人笑话！蒲棒儿我问你，到底嫁不嫁？"

蒲棒儿赌气地："不嫁不嫁就不嫁！"

红柳："真不嫁假不嫁？"

蒲棒儿："真假都不嫁，要嫁你嫁！"

红柳："那好，山听着，河记住，蒲棒儿不嫁刘马驹，让给我红柳了。我红柳嫁给刘马驹，不图银子不图地，就图乡下清静，有个疼我亲我的好婆婆。蒲棒儿，你后悔不后悔？"

蒲棒儿腿一软，坐在地上哭着说："姑姑，她欺负我……"

马母："蒲棒儿别哭，姑送你回家。"欲下车。

红柳夺过鞭子："驾——气气这些有爹有妈的人！大叔，跟我唱两声！"

牛车往前走去，红柳对着山坡唱道："妹在那圪梁梁上哥在沟，扬一把沙土顺风风走。三十六眼窗窗朝南开，叫一声哥哥你回坐来——"

马母着急地："灰女子，不敢那么唱！"

红柳倔强地："怕甚哩，男欢女爱，天底下都是一个道理！我就唱！"说着又唱道："要来你就早点来，怕人家听见你提上鞋（读 hai）。"

赶车人回应："满天星星没月亮，小心踏在狗身上。"

山头上有人和道："手拿豆腐打片片，痛痛快快活两天！"

蒲棒儿坐在地上哭着喊："妈，我该咋办呀！"

红柳的歌声在山坡上回荡。牧羊狗对着远去的牛车"汪汪"地直叫。

锁田笑了。

老胡、马驹赶着几匹马吆喝着走来。那幢楼阁再次映入马驹眼帘,他下意识地停住脚步。

楼阁上窗户被人推开,有个人影站了一会儿,又走了回去。

老胡:"我们得快点,货船在码头上等着。马驹,马驹!"他回头看着马驹的呆样儿,不由苦笑着摇摇头。他走到马驹跟前,在他额头上弹了一下。马驹捂着头,呆呆地看着老胡。

老胡:"看甚看甚?那是有钱人去的地方,你迷窍啦!"马驹连忙跟上驮货马匹。老胡接着说:"侯老板说你这些日子心不在肚里,有点迷迷瞪瞪。原来你是想闻闻荤腥啦!那种地方能把人害死,快走快走!"

马驹不吭声,用力抽打马匹。

老胡:"你别拿牲口出气,今儿侯老板不在,要不,他非罚你不可。"

小客栈笼罩在夜色之中,只有灯笼还亮着。

马驹怎么也睡不着,突然从客房铺上坐起来。

阁楼沉浸在夜色之中,与客栈不同的是,这儿有好几处亮着灯火。

刘马驹潜入院子里。他打量着四周,正想从正门进去,见保镖甲从门里出来,赶忙躲藏到一边。等保镖甲一离开,他从头顶天窗爬进去。

马驹刚上楼,见小翠房间的一扇门打开了,赶忙闪进暗处。

女仆提着一木桶出来,朝屋里喊:"小翠姐,你慢慢洗,有事叫我一声。"说着向楼下走去。小翠答应:"好,你去吧!"

女仆向楼下走去。马驹躲在暗处,心"砰砰"乱跳。

房门被关上了,女仆的脚步声远去。

马驹蹑手蹑脚走近房门,侧耳听着。屋里小翠哼着曲儿,不时传出水的响声。马驹试探着推推门,一时没推开。这时传来女仆上楼的脚步声。马驹一着急,猛一推门,闪进房间。

小翠正在屏风后面洗澡,听见有人进来,以为是女仆:"妹子,热水够了,不要了。"

门口无人回答,只见屏风后面隐约有双男人的脚。

小翠一惊:"是谁?"马驹怯怯地走出来:"是我,小翠妹子,我来看看你!"小翠慌忙抓过衣服遮住胸脯:"别过来,我不认识你!"马驹:"小翠妹子,你听我说!"

小翠见他没有进一步动作,神色稍定:"赶快出去,不然我叫人把你轰出去。"

马驹还想说:"我,我……"

小翠用手指着门口:"出去,快从门口出去!"

马驹将一件东西放在桌子上,恼悻悻地拉开门,轻轻离去。

小翠松弛下来,软瘫在地上。

马驹孤零零地站在土道上。他于心不甘,仍频频回头眺望。

好地方那扇窗户依然亮着灯火。

小翠洗完澡穿好衣服,向梳妆台走去。她发现梳妆台上多了一样东西。她随手打开包袱,见是一件绣花肚兜。她拿起肚兜看看,凑到鼻子前闻闻,随手扔到一边。

女仆推门进来:"小翠姐,我来收拾房间。"

小翠:"好,你收拾吧。"她指指肚兜,"这个给你,我这儿太多了,占地方。"

154

小栓已经睡了。马驹爬在被窝里,无声哭泣。一直睁着眼睛的老胡拍拍马驹:"马驹,男人的眼泪比金子还值钱。等这一趟跑回来,咱们别侍候姓侯的了。你、我、小栓,咱们合伙自己干。马驹,我看准了。"马驹吃惊地:"大叔,你、你说甚?"老胡:"如果我说的不对,你去告诉姓侯的,他会奖赏你。"马驹激动地抱住老胡:"大叔!"

两列马队护卫王府轿车在原野上行进。二奶奶掀开轿车布幔边眺望边轻声喊:"阿利玛。"走在最前面的阿利玛挽过马头:"二奶奶,有何吩咐?"二奶奶:"其其格的户口地快到了吗?"阿利玛:"不远啦,咱们先到纳木林的户口地看看,旁边就是其其格的户口地。两家的地紧挨着,中间有几块界石。"二奶奶:"好,你催他们快点走!"阿利玛:"时辰不早了,大家快点走啊。"

轿车加速前行。

几个雇工正在红鞋嫂户口地里栽木桩,木桩上写着"张记"字样。

张二麻烦走过来,用力摇拽木桩。他朝雇工喊:"喂,你们还想要工钱吗?"一雇工:"咋啦?"张二麻烦:"你们这是糊弄谁呢?这是人干的活儿吗?你们以为我的钱就那么好赚吗?"说着又使劲摇动木桩。雇工欲要争辩,听见远处有人喊道:"红鞋嫂来啦!"

红鞋嫂和二娃骑马朝这边赶来。

雇工:"二掌柜,你的麻烦来了。我劝你不要在红鞋嫂户口地里打桩,你偏不听,你看看,人家来了。"说着,把工具一扔。

张二麻烦:"嘿,正愁的不愁,你愁油坊里没油。你怕甚?水来土掩,兵来将挡。这是我的事,不用你操心。"

其他几个雇工也放下工具,坐了下来。张二麻烦急了:"喂,喂,干活,不干活没钱!"

一雇工:"你们说好了,我们再干也不迟!"

红鞋嫂和二娃翻身下马,红鞋嫂向四周看看,摸摸木桩。

张二麻烦抿了一口酒,看着她。

红鞋嫂:"二麻烦,想霸占我的户口地是不是?"

张二麻烦:"谁说这话来?我抽他嘴巴子!嫂子对我那么好,我敢占您的户口地嘛?我只是想做点好事。"

红鞋嫂:"你到底想干甚!"

张二麻烦:"真人面前无戏言,我实打实地说吧。你看我这把子年纪了,跑口外几十年,钱也没赚下,人也没为下,老婆也跟着别人跑了。我这是疥蛤蟆跳门槛,又墩屁股又伤脸。今年有了这块土地,我才悟出点道道来。走口外不丢本份,种地才是正经事。我也该为蒙汉父老乡亲办点好事啦!"

红鞋嫂:"二麻烦,别绕弯子了。你一张开嘴,我就能看见你的肠肠肚肚。有话直说吧!"

张二麻烦:"好,痛快人!嫂子,办好事我得有资本吧?我想租下你的户口地,你开个价吧,你说多少就多少!"

红鞋嫂:"我的地已经租给杨满山了,青苗都长出来了。你想租,明年再说。"

张二麻烦:"没想到精精明明的红鞋嫂,办下这么一件糊涂事。我正想告诉你,杨满山没爹没妈,不是个好东西。他撂下庄稼不管,又找他爹去了。我看他对咱棰棰不怀好心!"

红鞋嫂:"不怕,你要有空,我请你给棰棰和满山当媒人。二娃,把桩子给我拔了!"

二娃上去拔桩子,张二麻烦上前阻拦。红鞋嫂跑过去推开二麻烦,一把拔起桩子,往边上一扔,气愤地说:"二麻烦,你想跟我来横的,可别怪我不客气!"

张二麻烦:"哪能呢?我不来横的,我来竖的。"命令雇工,"喂,你们都起来,给我把地桩钉得牢牢地!"

红鞋嫂一挥鞭子:"二麻烦,你太过分了!"

二麻烦对雇工喊:"你们看甚?谁要不嫌钱多,把她给我捆起来!"

雇工看着他,谁也不动。张二麻烦掏出钱袋:"我给钱,快把她捆起来!"

雇工们说:"我们只种地,不管闲事。""咋动不动就捆人?红鞋嫂是我们的恩人,捆谁你也不能捆她!"

张二麻烦急了,冲上去拖住红鞋嫂:"说,你给不给!"

雇工们站起来,恼怒地喊:"你敢欺负红鞋嫂,打你个狗的!""大家把桩子都给他拔了!""对,拔了!"雇工们都去拔木桩,张二麻烦与他们扭在一起。

王府的车马浩浩荡荡开过来。

阿利玛:"二奶奶,旁边这就是其其格的户口地。"

二奶奶掀起车帘:"是吗?我得下车看看。"她边下车边问,"那边乱哄哄地,他们在干什么?"

阿利玛望着地里的人群说:"好像在打架,我过去看看。"

二奶奶:"牵马来。"

双方剑拔弩张。二麻烦脸上有一道鞭痕。他指着红鞋嫂说:"你敢抽我?我到神木理事衙门告你去……"

红鞋嫂在他头顶上空抽了一下:"好,我等着,你告去!"

二麻烦气极败坏地:"我问你,在口外只有蒙古人才有户口地,你是个汉族寡妇,你从哪里来的户口地?"

红鞋嫂:"二麻烦,怪我小看了你。你咋知道我不是蒙古人?"

张二麻烦脸一板:"你要是蒙古人,我头朝下走三圈。"对雇工说,"给我钉!"

二麻烦抱着木桩亲自动手,二娃和他扭打在一起。

二奶奶骑马驰来,王府兵丁紧跟两旁。

阿利玛厉声喝道:"住手!鄂尔多斯王府二奶奶在此,谁也不许动手!"

众人都散开,张二麻烦停住手。

二奶奶在轿车上问:"怎么回事?"

红鞋嫂见是二奶奶,有意回避。二奶奶打量着红鞋嫂:"哎哟,这不是当年年轻美貌的其其格姑娘嘛,多年不见,你一向可好啊?"

红鞋嫂:"你看错人了,我不认识你。"

二奶奶愣了一下:"……行,你还是当年那副脾气。"

张二麻烦讨好地:"比白天还要明朗的,是没有阴云的月夜。比孔雀翎毛还要美丽的,是鄂尔多斯王府的女主人,二奶奶、阿利玛姑娘,我给你们请安了!"

二奶奶:"你是什么人?"张二麻烦:"我姓张,我把这两块地租下了。我想给蒙古兄弟办点好事,这个女人左拦右堵妨碍我。她不叫其其格,是汉人寡妇红鞋嫂。"

二奶奶指着纳木林的户口地:"这是谁家的户口地?"二麻烦:"原先是蒙古人纳木林的,如今归我了。"二奶奶:"胡说八道。蒙古人的户口地不准买卖,怎么就归你了?阿利玛,给我抽这个油嘴滑舌的家伙!"

二麻烦指着红鞋嫂说:"她一个汉人寡妇,哪来的户口地?她有我也有。我想在这两块地里修水渠,这个寡妇就雇人来打我。"

二奶奶好奇地看着他:"就你?你想在这里修渠?"

二麻烦:"对,我都想好了,我雇梁老板给我修渠。"二奶奶:"你有那么多钱吗?"二麻烦:"我请二奶奶帮我。"二奶奶:"嗯,想得不错。阿利玛,给他说说王府的通告。"

阿利玛:"大家听着,鄂尔多斯王府有令:为造福蒙汉民众,王府决定明年在这两块地里开修水渠,着户口地主人纳木林和其其格速到王府办理有关事宜。该换地的换地,该折价的折价。大家听见了吗?"

二麻烦一愣,掏出酒别子抿了一口,小眼睛转来转去想主意。

阿利玛指着红鞋嫂的户口地说:"这块地不是租给杨满山了吗,他在哪儿?"二麻烦:"那小子一有空就找他爹,不好好种地。"阿利玛:"张先生,我们二奶奶说了,杨满山来口外寻找父亲,孝心可嘉,王府另有奖赏。你既然租了纳木林的户口地,就要遵守租地规矩,不准胡言乱语,滋生事端。你听清楚了吗?"

二麻烦:"禀报二奶奶,我和纳木林兄弟有契约,到时候我们按契约办事。"

二奶奶转过身来,看着红鞋嫂说:"其其格,你有空来王府看看。不想见我,可以回去看看你住过的地方嘛!"

红鞋嫂边上马边说:"我说过,我不认识你,你认错人了。二娃,咱们回去。"

二奶奶:"其其格,我可以去见见棰棰姑娘吗?"

红鞋嫂使劲一甩马鞭,急速离去。

阿利玛:"二奶奶,咱们去不去红鞋店?"二奶奶:"回府!"

二麻烦呆呆地站着。小酒别子掉在地上,洇湿一片泥土。

王府客厅外走廊。阿利玛领着几个丫环托着水果、茶具、食品走来。

阿利玛轻声地："走好了,热情点,快!"

四个丫环笑着走进王府客厅。阿利玛把茶具和果品一一放到梁老板、杨满山的几案上。杨满山向阿利玛点点头,表示谢意。

二奶奶摆摆手,丫环们退去。留下来的阿利玛不时瞟瞟杨满山。杨满山显得很拘谨。

二奶奶看了他一眼:"杨满山,一回生二回熟,你也不是第一次来王府了,不要拘束,就像在自己家里一样,好吗?"

梁老板附和道:"对,像在自己家里一样,随意一些。"

二奶奶:"梁老板,今天请你来,是想和你商量商量重修王府和修渠的事。"梁老板:"我来王府前就听说了。二奶奶准备怎么个修法?"二奶奶:"自老王爷去世后,王府还没好好修过。我想这次多花点钱,好好修修。这几年鄂尔多斯收成不错,重修王府的钱,就由鄂尔多斯蒙汉民众都分担一点,也不算什么大事。"梁老板:"二奶奶打算让他们分摊多少?"二奶奶:"每人每户增加两成税赋。王府修得漂亮一些,大家脸上都光彩。梁老板,我想听听你的意思。"

梁老板笑笑,未置可否。杨满山无法插话,仔细打量着这座豪华客厅。

二奶奶:"梁老板,这事还得请你给租种土地的蒙汉民众都说说,今年多交两成租金,成全这件好事。我想这件事不会影响你的收入吧。"梁老板:"二奶奶,多年来你待梁某如同家人,重修王府,梁某责无旁贷。只是希望二奶奶再想想,能不能用别的办法筹措资金,不要加重农工负担为好。"二奶奶:"请问梁老板有何良策?"梁老板:"增加王府收入的办法很多。比如配合政府政策,鼓励汉民来口外垦荒。垦荒农工多了,所收租金不是也相应增加了嘛。"二奶奶:"这没错,我也十分赞赏民国政府奖励开垦的政策。"梁老板:"政府很聪明,他们顺应民意,老百姓很高兴。"

二奶奶低头不语。

梁老板:"如果我们再大力鼓励开渠筑坝,把旱地变成水地,王府的收入便会成倍增加。农牧民的收入提高了,人们自然会感谢二奶奶。那时候,你就是再盖一座王府,人们也不会说什么。"二奶奶:"梁老板,远水解不了近渴,咱们还是说说眼前的事吧。"梁老板:"这几年收成不错,鄂尔多斯蒙汉民众给王府缴纳的税赋不少。二奶奶不妨先动用这些钱修葺王府,以后逐步加点税赋为好。如果一下加收两成,我担心惹出麻烦来。"

二奶奶："杨满山,你也说说。"杨满山："二奶奶,我从苦地方来,知道来口外的人赚点钱不容易,请你放宽一码,让穷苦人也能过几天宽松日子。"二奶奶："噢,你也这么想?"

梁老板："蒙古兄弟常说,心急套不住好马。朝廷在的那会儿,鄂尔多斯发生过多次'独贵龙'抗垦抗税运动。如今刚刚改朝换代,二奶奶如果加收税赋,后果不堪设想。昭乌达盟巴林左旗王府被烧,王爷被杀,便是例证。我劝二奶奶三思而行。"

二奶奶不以为然,问杨满山："杨满山,你初来口外,最想干什么事情?"

梁老板往后一靠,不说话了。

杨满山："先找我爹。"二奶奶尴尬地："还有呢。""要是找到我爹,我们父子俩先好好种地。等有了点钱,就修渠打坝,把这里的旱地都变成水地,让鄂尔多斯的庄稼噌噌地往上长,到秋后粮食多得没处放,那时候穷人就再也不用发愁了。有粮就不怕没钱,有了钱就再修一条水渠!"

梁老板："嗯,说得好!"

二奶奶若有所思,不再说什么了。梁老板悄悄看了她一眼。二奶奶掩饰地拍拍手："阿利玛,让姑娘们为尊敬的客人摆酒,一会儿我们商量修渠的事情。"

美丽的原野上,牧民挥鞭放牧。四处响起悠扬的蒙古长调:

敕勒川,阴山下,天似穹庐,笼盖四野。

天苍苍,野茫茫,风吹草低见牛羊……

梁老板的绿呢轿车在原野上行驶。

车上,梁老板在向杨满山说着什么,不时指点着远处的原野。

第11集

红鞋嫂母女正在厨房灶前准备晚饭。

听见院里一阵狗叫，红鞋嫂朝外喊："二娃，你去看看谁来啦？"二娃在外面答应一声："哎，我去看看。"

棰棰说："不用看，肯定是满山哥回来了。"红鞋嫂问："你咋知道是他？"棰棰说："哈布里告诉我的。"红鞋嫂笑着说："哈布里甚时候学会说人话了？"棰棰认真地说："阿妈，这是真的。陌生人来了哈布里是这样叫——'嗯……汪！汪！'，熟人来了是这样——'汪汪汪！'，只有满山哥回来，哈布里才像小媳妇儿似地唱——'汪，咦咦咦'……"红鞋嫂乐得咯咯直笑，棰棰也笑了。二娃在外面说："婶子，是满山哥回来了。"棰棰作个鬼脸："阿妈，你看咋样，是真的吧？"

绿呢轿车停在红鞋店院里，哈布里欢快地跳着。棰棰跑到轿车前，兴奋地："梁大叔，满山哥，你们来啦！阿妈，是梁大叔和满山哥！"

红鞋嫂走出门口迎接："梁老板，满山，你们来啦，我和棰棰一直惦记着你们。"

杨满山："婶子，我回来了。"说着扶梁老板下车。

棰棰帮他们解开马襻："满山哥，你不走了吧！"

梁老板打趣地："谁说不走啦？明天一早我们就赶到包头镇，再也不回来了！"

棰棰噘嘴说道："那不行！我不让你们走。"梁老板逗她："说清楚，是不让谁走？"

棰棰娇嗔地："都不能走。"梁老板笑了："好好好，我们不走了，今儿好好歇一宿。"

满山和棰棰牵着马往马厩走去，红鞋嫂说："满山，你们别去了，让二娃喂马。二娃！"

二娃不声不响地从杨满山手中接过缰绳，牵着马往后面走去。

梁老板看了一眼桌子上摆着的菜肴说:"嗯,好!"

红鞋嫂擦着手走进来:"梁老板,菜齐了,还想吃什么,你只管说。"

梁老板:"好,先喝酒。一会儿包点羊肉烧麦。我最爱吃你做的烧麦,皮薄馅大,肥而不腻,吃一口,喷鼻儿香。满山,来来来,喝点酒,尝尝你大婶做的菜。"

红鞋嫂:"好,你们先喝着,我去包烧麦。"

棰棰要倒酒,杨满山接过她手中的酒壶:"棰棰,我来吧!"棰棰推推他:"不用,你陪着梁大叔,我来斟酒。"

梁老板说:"满山,你也来一盅。到了蒙古地,得学会喝酒。蒙古人交朋友,先看你的酒量。棰棰也喝点。"棰棰爽快地:"好,我喝一碗。"杨满山说:"我也喝一碗。"梁老板:"来,干了。"满山、棰棰举起碗:"干!"

喝完酒,棰棰说:"满山哥,这次回来,你多住几天。"满山实话实说:"我得走,我找我爹去。"梁老板逗他:"满山,你就不能说不走了,让棰棰高兴高兴?"满山为难地:"我先去户口地看看庄稼,然后再走。"梁老板说:"这也算。棰棰,唱两声?"棰棰说:"大叔,不知咋的,我唱不出来。"梁老板:"那我唱吧:正月里,正月正……"他也唱不下去了。

满山和棰棰端着碗,各怀心思。

二娃干完活儿走进厨房,红鞋嫂招呼他:"二娃,来,咱们吃饭吧。"二娃左右看看,问:"棰棰姐呢?"红鞋嫂说:"在里面热闹呢。"二娃转身就走:"我去叫她。"红鞋嫂拦住他:"别管他们了,咱们先吃。"

蒙古包内。杨满山问:"大叔,你说二奶奶会不会强行征税?"梁老板说:"我看不会。她是个明白人,只要讲清道理,她会听的。草原上的'独贵龙'运动就像大火一样,王公贵族都得有点忌讳。来,喝酒。"杨满山:"甚是'独贵龙'运动?"梁老板:"独贵龙是蒙语,就是圆圈的意思。那些反抗者开会时坐成原圈,签名时众人的名字也围成圆圈,这样官府就很难找到带头反抗的人。"

满山拿起酒碗,见只剩下半碗酒,奇怪地问:"咋只有半碗酒?我的酒哪儿去了?"梁老板笑着说:"你说话的时候,有个仙女替你喝了。"满山怀疑地:"不会吧,哪来的仙女?棰棰,倒满,我和大叔再喝一碗。"棰棰用指头点着他的额头说:"你呀,真老实!"满山:"倒满倒满,喝酒可不能哄人。"棰棰只好加满。

杨满山话多了："大叔,我听你的话,过几天我去找我爹,走他走过的路,吃他吃过的苦。等找到我爹,我就跟你好好学习修渠本事,往后让我爹过上好日子。"

棰棰望着满山说："满山哥,你说说,啥叫好日子?"梁老板:"对,说说。"

杨满山:"能种上好地,瓮里有粮食,圈里有牛羊,有吃有穿,就是好日子。"

棰棰不满地:"这就叫好日子啊?再有钱再有粮,家里空落落地就你一个人,那叫啥好日子,你家里再不添人啦?"

满山:"不添了,我得先种好庄稼。大叔,我觉得鄂尔多斯的土地就像是一个人,如今经络还不通。如果把经络贯通了,这地方真是风水宝地,就像你说的,把银子种进去,它能长出金子来!"梁老板:"对,经络就是渠道。水渠一通,遍地黄金。"棰棰不高兴地:"那好,你一个人种地去吧。我跟我妈吃饭去。"梁老板:"满山,棰棰刚才说的话,你就一点儿也没听懂?"满山迷迷瞪瞪地:"棰棰说甚来?她甚也没说呀?"

棰棰扭身走了。

162

厨房里。红鞋嫂、二娃正在吃饭。棰棰低头走进来。

红鞋嫂:"棰棰,你跟他们一块吃,就便招呼招呼。"棰棰:"我听不懂他们说的话。"红鞋嫂:"他们说啥啦?"棰棰:"又是风水,又是经络,我不爱听。"二娃:"就是,别听他们的,咱们一块儿吃,多好!"棰棰:"那不行,一会儿我还得去。杨满山租着咱家的地,不能说走就走。"

蒙古包内。杨满山对梁老板说:"大叔,趁着农活不忙,明天我就去找我爹。找不到他,我心里不踏实,也对不住我妈。"梁老板:"你想单独走?""对。我一个人去。""一路上花费不少,要不要我给你带点钱?""不用了,我一边找一边打短工,口外地方大,饿不着我。""好吧,平平安安回来,我等着你。日后要想开渠打坝,你要好好看看鄂尔多斯的地脉。大地有如人体,石为山之骨,土为山之肉,水为山之血脉,草木为山之皮毛。你说得对,再好的土地,你也得贯通它的经络。""大叔,我再敬你一碗,感谢你的指点。"

站在门外的棰棰气冲冲地走进来:"杨满山,你不管我家的户口地了?"杨满山:"等锄地的时候,我就回来。"棰棰:"你也不管我啦?"见杨满山不说话,棰棰忿然说道:"你真狠心。走吧走吧,这次走了,再不要回来了!"说着冲出门去。

杨满山愣住了。

梁老板："满山,我管不了你们的事情,你出去吧,我要休息了!"

棰棰捂着脸跑到院子里,杨满山匆匆追出去:"棰棰,棰棰!"

红鞋嫂走出来问:"棰棰,咋啦?"棰棰:"他又要走,你管不管?"红鞋嫂说:"这事我管不了。二娃,收拾收拾,早点歇着。"

棰棰闺房。棰棰木然坐着,杨满山走进来叫了一声:"棰棰……"棰棰:"你别理我。"杨满山:"棰棰,你听我说……""我不听!"棰棰,我来到口外已经几个月了,没打听到我爹的一点音讯。我不能老住在这里,我得去找我爹。""你不修渠了?""今年庄稼已经长出来了,修渠最早也是明年的事。""那你不管我家的地了?""怎么能不管呢,我既然租下了,就要管到底。""那你还要走!你走了谁照料庄稼?""庄稼已经出苗了,旱地也不用浇水。等锄地时候我肯定赶回来。""你非走不行啊?""我得走,找不到我爹,我心里不踏实,难受!"

棰棰站起来气愤地说:"那你走吧!我管不了你。"说着摔门出去。

杨满山追出门外:"棰棰……"

二娃正在红鞋店大门口朝外张望,红鞋嫂和梁老板从屋里走出来。

红鞋嫂问:"二娃,刚才怎么了?"二娃说:"我棰棰姐骑着马跑啦!"红鞋嫂:"跑了?黑天半夜的,她能上哪儿去。满山呢?"二娃:"杨满山追我棰棰姐去啦。"

红鞋嫂叫狗:"哈布里,哈布里……"二娃说:"哈布里也跟着他俩跑了。"

红鞋嫂扭身对梁老板说:"唉,你看看,这叫甚事嘛?"梁老板笑着说:"这叫好事。"红鞋嫂:"这还叫好事啊,一出大门就是无边无沿的野地,黑天半夜的,遇上狼咋办啊。我看出来了,满山一说走,棰棰就生气。"

"生气好啊!"梁老板看看红鞋嫂说:"莫非你真不明白?棰棰要不生气,那杨满山就是你店里的一个过客,有他不多,没他不少。可现在棰棰就怕杨满山走,就像河曲人唱的:拽住你的胳膊拉住你的手,说不下个缘由不叫你走……你我都是过来人,明白了吧?"

红鞋嫂:"棰棰这丫头还真是看上杨满山了。"梁老板:"这不就对啦。年轻人的事咱们管不了。早点歇着吧,他们身上有火,狼嫌烫嘴,不吃他们。"

红鞋嫂:"二娃,你去照护梁老板。"二娃头一拧:"不行,我得去找我棰棰姐。"红鞋嫂:"你别凑热闹。快去照护梁老板。"

二娃只好领着梁老板往客房走去。

满山获救的那座山崖顶上。杨满山站在桱桱身边。哈布里蹲在旁边。

杨满山："……桱桱，到了锄地的时候我肯定回来。"

桱桱坐在崖边，缓缓抬起头："你要不回来咋办？"

杨满山："有你在，我能不回来吗？我如今心急如火，找不到我爹，我对不住自己，更对不住我妈。桱桱，你不是也在悄悄打听你爹吗？"桱桱："阿妈说，我爹早就死了。"

杨满山："要确实不在了，谁也没有办法。可我爹不死不活，把我的心吊在半空中，我能安心吗？我觉得我爹好像和王府有些瓜葛……"桱桱："你咋知道的？"杨满山："我从二奶奶脸上看出来的。"桱桱："不会吧？王府和走口外的人，隔着十万八千里。"杨满山："我想也是。所以我得打听清楚，别冤枉了我爹。"

桱桱站起来："哥，我和你一起走吧。"

杨满山没说话，呆呆地望着漆黑的悬崖。

桱桱："哥，你在看啥？"

杨满山深情地："我在看自己的命——那天晚上，后面有许多兵追我，我就跑啊跑啊，拼命地跑，当时我心里想，这回我肯定完了，我再也找不到我爹了……后来，我就掉到悬崖底下，人事不醒……"

桱桱："是哈布里先发现了你。"

杨满山："后来……就有一个好姑娘找到我，把我背回了红鞋店。"

桱桱猛地扑进满山的怀里："哥！"满山紧紧地抱着她，泪眼迷蒙地看着天空。

一弯清月，繁星点点。

杨满山："这里是我杨满山的福地，桱桱，我一定回来。"桱桱："满山哥，我等着你。"

绿呢轿车停在红鞋店门口。梁老板朝满山喊："满山，走吧……"

杨满山和桱桱深情相望，似乎没听见。红鞋嫂走过去拉住桱桱，示意满山快走。

杨满山说："桱桱，我走了。"桱桱嘱咐他："你可要早些回来。"

杨满山走到轿车前，边扶梁老板上车边说："锄庄禾的时候我就回来了。"

桱桱欲言又止："满山哥……"杨满山："哎，你说。"

桱桱挥挥手："……你走吧。"

车子启动,渐行渐远。桎桎站在门口凝望。她突然跑进马厩牵出白马,骑马向远处奔驰而去,哈布里紧跟在后面。

二娃:"桎桎姐,咱是有面子的人!人家不带你,你何必这样呢!"

红鞋嫂没说话,望着远去的女儿。

桎桎在原野上奔跑,哈布里跟在后面。桎桎停住马,眺望远方。

桎桎对着远处扯开嗓子喊:"满山哥,我等着你!"她的声音在原野上回旋。

大帅府七姨太住处。没人疼无精打采地收晾衣物。

胡枣走过来说:"太太让你把晾干的衣服收起来送给她。"没人疼嘟囔道:"你送吧,我不管……"胡枣酸溜溜地:"我倒想送,太太不用我。你帮了太太,把那个要命的东西还给大帅,是有功之臣,我们太太赏识你。快去吧,大帅这几天不在这儿,说不定有好事情等着你。"没人疼:"有甚好事,不就是让我扫院子洗衣服嘛。"胡枣:"这还不好啊,太太的衣服又香又软和,别人想洗还洗不上呢,你就好好洗吧。"说罢欲离去。

没人疼喊住她:"胡枣你别嘲笑我,我好歹是个男人,当初留在这儿,是为了有口饭吃,不想太太每天让我干这么些烂事,日后我咋给满山大哥和马驹二哥他们交代?此处不留爷,自有留爷处。惹火了,我立马走人。"

胡枣惊诧地看着没人疼:"哟哟哟,我还是第一次听你说这种话。是不是男人,你倒是做点事让我们看看呀?去吧,我可啥也没说,啥也没听见。"

没人疼捧着衣服走进客厅问:"太太,放哪儿?"

正坐在帷幔后面描眉画鬓的七姨太说:"随便放吧。"

没人疼放下衣服:"我走了。"七姨太嗲声嗲气地:"忙什么,陪姐说说话。"

没人疼转过身子:"我走啦?"七姨太:"慢着,你怕啥?"没人疼气愤地:"明说吧,我是我们家的独苗苗,我不敢挨你的边,我怕掉脑袋。你给我结账,我找我大哥和二哥去。"

七姨太:"哟,翅膀硬了,不认姐了,那你走吧。我给你找的那份差使,让给别人算了。胡枣,你来一下。"

没人疼犹豫地站住,然后扭头就走。胡枣走进来拦住没人疼:"刘天生,你脑子有病是不是?太太好不容易给你谋了份好差事,你倒抽起筋来了。还不赶紧谢谢太太!"

没人疼："这么多天都没有音讯,我不信。"

帷幔"唰"地拉开,七姨太像花蝴蝶一样飘出来："你爱信不信,是包头警务所的差使,衣服都送过来好几天了。"

没人疼立即跪下："谢谢七奶奶,谢谢姐。"

七姨太："真没想到,你小子还有点小脾气。胡枣,带他去换衣服。"

胡枣守在一间小房子门口,时不时问一声："哎,你换好了没有?"

没人疼："好了好了。"说着从小房里走出来。他穿着一身黑制服,腰扎一根皮带,显得煞是威风。胡枣瞪圆双眼看着他。没人疼懵懵懂懂地："胡枣,我……我没穿对吗?"胡枣："哎呀,原来你这么威风啊?"没人疼："嗨,人凭衣服马凭鞍嘛。走,去见过太太,我就走马上任。"胡枣不舍地："你走了,连个说话的人都没有了,把我留在这里活受罪。"没人疼拍拍胸脯："没事,等我混好了,我把你接出去。"胡枣惊喜地："真的,你心里有我啊?"没人疼狡黠地："那得看你心里有没有我。"胡枣："你闭上眼睛。"等没人疼闭上眼,她轻轻地亲了他一口。

没人疼摸摸脸,愣住了。

杨满山背着行李走进包头复盛粮行,问道："掌柜的,用人吗?"

马掌柜打量着他说："我正好要腾粮库,你先干上一天再说。"

满山："行,粮库在哪儿?"

马掌柜："你跟我来。"俩人往粮库走去。

马掌柜领着满山走到粮库前说："你把西面那一库粮食扛到南面那间库房去,我给你一两银子。"

满山放下行李,扛起两口袋粮食,稳稳当当朝南库房走去。

马掌柜："不着急,你先喝点砖茶,我给你凉好了。"

满山一口气扛了几个来回,然后过来喝茶。他喝了一碗又一碗,惊得马掌柜瞪大眼睛说："杨满山,你就留在我这儿干吧,我给你头份工钱。"

满山迟疑地说："马掌柜,我得寻我爹去,等有个下落我再回来找你。要有苦重营生,你给我留下。"

他一趟一趟扛粮袋,马掌柜拉都拉不住。起先还陪着他一趟一趟地走,后来喘着粗气坐在地上说："你再要这么干,立马走人,我雇不起你……"

一支驼队驮着货在山路上缓缓行进。侯老板骑马走在前面,马驹、老胡、小栓照料驼队。山那边隐约传来歌声,马驹出神地听着。

侯老板不满地:"这是啥鬼调子,真他娘难听!"见马驹瞪着他,侯老板说:"马驹,你别老瞪我。走西口是件好事儿。你们一个人赤手空拳出来,赚了钱粮回去,这有啥不好嘛!既要赚钱,就得拼命干,就得吃苦!好端端的事儿,让你们那些山曲儿唱得昏天黑地,哭鼻子抹眼泪,倒好像天塌下来了,这还算个男人嘛!"

马驹瞪着他,不说话。

侯老板继续说:"离不开老婆就不要走,就耗在家里唱你那山曲儿去。你们要不来口外,活都活不成,那还有心思哥哥妹妹唱个没完?马驹,你说是不是这个道理?"

马驹狠声狠气地:"你坐好,当心翻下山底去。"

侯老板往山下一看,满眼峥嵘乱石,不禁倒吸一口气。

这时道尔吉、蒲父等一帮流浪艺人拉着唱着走来。老胡高兴地喊:"侯老板,道尔吉老爹和蒲棒儿她爹来了,咱们听听蒙汉调吧,好长时间没听他们唱了。"

侯老板:"好,给他们几个铜子儿,听听。"

马驹惊喜地跑过去,拉住蒲父的手:"舅舅!"

蒲父紧紧抱住马驹,喜极而泣:"马驹!"

侯老板惊诧地:"蒲棒儿她爹,我还真不知道马驹是你的外甥。好啦,老胡,给蒲棒儿她爹几个铜子儿,让他们舅舅外甥说话去,请道尔吉老爹给咱们唱两段高兴的曲儿。"

老胡递给蒲父几个铜子儿,马驹夺过来扔到山沟里。

侯老板瞥了马驹一眼,对道尔吉说:"哎,反正歇着也没事,解解闷儿吧。道尔吉老爹,我不爱听河曲家的《走西口》,你能不能给我唱一段蒙古人编的《走西口》?"

道尔吉:"好啊,我来唱一段。"他唱道:"从老家,来口外,一走走到妥妥岱。大青山那儿往北迈,玛奈(蒙语:我们)来了找塔奈(你们)。走五申,过荒盖,紧跑慢跑到大岱。道路生,多问讯,没有吃住找蒙民。滚奶茶,熬肉粥,玛奈塔奈一家人……"

蒲父领着马驹来到山路一边,急切问道:"马驹,我到处找你,咋也找不见,你跑哪儿去了?"马驹轻描淡写地:"我们在古城揽了点营生,赚了点钱。后来走散了,也不知道那两个人到哪儿去了。"蒲父:"我见到杨满山了。他租了红鞋嫂的户口地,种完地四处去找他爹,只是不知道没人疼的下落。"

侯老板的声音："蒲棒儿她爹，过来唱一段《探病》，我给你五个铜子儿！"

马驹："别给他唱，那是个坏家伙！"蒲父："舅舅找到你了，心里高兴，我给他们唱两声，不要钱。"马驹还想阻止："舅舅……"蒲父："马驹，大家高兴，我就高兴。舅舅就这点本事，唱两声，甚也少不下。"

蒲父饰演《探病》里的刘干妈，一出场就是一片喝彩声。蒲父念台词："我老婆子刘干妈，自幼儿爹娘爱钱，给我寻了个刘大汉。过门以后，今儿吵，明儿闹，吵得家神不安，成天像鬼打铙钹一般……"

众人喝彩。

侯老板："真他娘过瘾，马驹，赏钱！"

马驹背着身子，不予理睬。

蒲父走到马驹跟前说："马驹，舅舅得走了。知道你平平安安，舅心里也踏实了。我给你留点钱。"马驹站起来跑向驼队："我不要，我有钱！"蒲父追过去把钱硬按给马驹："你有空到红鞋店看看满山。要是见到没人疼，给我捎个话。"

流浪艺人走了。

杨满山背着行李走来。不远处传来驼铃声。他抬头看看，见一支驼队从对面走过来。

铃声越来越近。走在驼队里的马驹似乎发现了杨满山，不由睁大眼睛。

侯老板："马驹，快走，这一带是胖挠子的地盘，要是遇上他，我们就倒霉了。"

马驹不管不顾地朝来人走去，待看清杨满山后，高兴地喊："满山哥，真的是你！我们都还活着！"杨满山惊喜地："马驹，你咋在这儿！"马驹："满山哥，我终于找到你了！"

两个人抱在一起。

侯老板："马驹，你这是干甚，快走！"见马驹不动，又催促道，"马驹，你走不走？老胡，揍那小子！"

马驹放开杨满山，握着拳头朝侯老板走来。

侯老板吃惊地："马驹，你想干甚？"

马驹瞪眼说道："他是我大哥。你想揍，你来揍我。"

侯老板："我不就是说说嘛。好了，你们哥儿俩说几句话，我们在那边等你。"

山路一边。

杨满山问道:"马驹,你甚时候跟的驼队?"马驹:"唉,一言难尽。你咋跑到这儿来啦。"杨满山:"有人说我爹在这地方背过炭,我过来打听打听消息。"马驹:"有消息吗?"杨满山摇摇头:"马驹,干得还顺当吗?"马驹:"唉,心想多赚点钱,腊月能把蒲棒儿娶回家,让她照护我妈,我也就放心了。不想遇了个小气鬼,只给我一半工钱。过几天我得另找营生去。等我攒下钱,我自己干。"杨满山犹犹豫豫地:"马驹,我悄悄告诉你,有个闺女喜欢我,我也喜欢她,可是我有点拿不定主意——""口里的还是口外的?""口外的。""好看不?""像仙女一样。""叫甚名字?""不能说。""那你还犹豫甚?赶腊月咱一起办!"

这时小栓气喘吁吁地跑过来:"马驹哥,侯老板让你赶紧走,不然就不要你了。"

马驹匆匆地:"大哥,驼队就要上路了,等忙过这一段,我去找你。我先走啦。"

满山拉住马驹:"这是一两银子,你拿上以备急用。"马驹着急地:"不用不用,你自己花。"杨满山:"我们是患难弟兄,拿着,我再去赚。"马驹拿着银子匆匆离去。满山高声喊道:"马驹,好好活着,等着过好日子!"

胖挠子率匪徒们从山路拐弯处匆匆赶来。胖挠子问小六:"看清啦,是侯老板的驼队吧?"小六:"没错,都驮着货,这次肯定不会放空。"胖挠子:"到附近看看,有没有王府剿匪队的人马。"一匪徒:"看过了,没有。"胖挠子:"好,听我的号令,洗涮他们!"

杨满山背着行李拐到山弯处边走边喊:"我爹杨二能,河曲火山人……"

躲在暗处的胖挠子气愤地:"妈的,咋出来这么个东西。"

杨满山站在路中间,使劲喊叫:"我爹杨二能,河曲火山人……"

小六:"老大,好像是红鞋店欺负过你的那个家伙!"胖挠子恼怒地:"灭了他!"

杨满山坐下来,拿出干粮水袋。匪徒们拥簇着围过来。

胖挠子咬着牙说:"杨满山,真是冤家路窄,没想到在这儿碰见你。兄弟们,给我打。"

小六高喊:"一刀两段,两刀四段!"

杨满山赶忙站起来靠住山壁,大声喊:"马驹,有土匪——"

胖挠子挥着手枪喊:"妈的,你再喊老子毙了你!"

杨满山拾起石头朝他们扔去。

马驹听见满山喊声,对侯老板说:"侯老板,是我大哥的声音,有土匪!"

侯老板:"还真遇上了,小栓,吹号!"小栓举起牛角号,使劲吹起来。

匪徒们听见号声,顿时慌乱起来。

小六:"老大,撤吧,号声一响,王府的人立马就到。"

胖挠子咬牙说道:"杨满山,你坏了老子的买卖,老子劈死你!"他从一匪徒手里夺过鬼头刀,朝杨满山逼过来。杨满山捧起沙土扬到胖挠子脸上。一土匪举枪就打,枪声响彻原野。

胖挠子揉着眼睛喊:"不准开枪……"

众土匪围住杨满山又踢又打,杨满山竭力反抗,终因体力不支,倒在地上。

胖挠子:"杨满山,你再找铡刀来呀,你劈我来呀!你娘的,你活到头了!"

两三把尖刀同时向杨满山刺来。杨满山一翻身滚到山坡下面。他落在一片草丛里。胖挠子举枪瞄准他。不远处响起急促的马蹄声和喊声。

小六惊慌地:"不好,王府剿匪队来啦!"

胖挠子朝山坡下连放几枪,对匪徒们喊到:"快撤!"匪徒们快速离去。

马蹄声越来越近。

老胡他们使劲拽着马驹:"马驹,不能去,你会毁了这支驼队!"马驹挣扎着喊:"让我过去看看,他是我大哥!"侯老板:"刘马驹,他们人多,你不能过去!"马驹挣脱老胡他们,不管不顾地朝山路拐弯处跑去。

山坡下草丛里。杨满山气息奄奄,他动了一下,又昏死过去。

马驹来到山路拐弯处,高声喊:"大哥,杨满山——"老胡和小栓追过来,硬拽着马驹往回走。小栓:"马驹哥,这儿没有尸首,你哥肯定活着。"老胡看着不远处的马队说:"你们看,王府剿匪队来了,他们会救出你哥的,快走吧,侯老板生气了。"

马驹悲怆地喊:"大哥——"

王府偏房内。正骨师巴特尔老人正在为杨满山治疗胳膊,他把白酒倒在手掌上,为杨满山推拿正骨。杨满山咬紧牙关忍着痛。丫环们不忍看浑身伤痕的杨满山,都转过头去。

正骨师绑好夹板,用绷带细心包扎。

阿利玛陪二奶奶匆匆走来。二奶奶:"他的伤很重吗?"阿利玛:"是的,要不是王府剿匪队去的早,恐怕早被打死了。""抓到胖挠子没有?""跑了,没抓着。""迟早我得宰了他!阿利玛,谁给满山治伤?""是孛儿只斤氏正宗正骨师巴特尔老人。"二奶奶点点头:"好。"

阿利玛走进王府偏房:"杨先生,二奶奶看你来啦!"

杨满山欲起身。二奶奶连忙制止道:"躺着,你受了伤,不必拘于礼节。"杨满山:"谢谢二奶奶。"二奶奶:"胳膊还疼吗?"杨满山:"不疼了。巴特尔老爹医术好,接住骨头用酒揉了揉,就一点儿不疼了。"二奶奶:"巴特尔老人是鄂尔多斯最好的正骨师,他看好的病人,比沙胡燕儿还多。阿利玛,扶老人歇歇去。"

正骨师向二奶奶行礼后,阿利玛扶他离去。

二奶奶坐在杨满山身边,亲切问道:"满山,你跑到那儿干什么?那里是土匪出没的地方,没有人烟。"杨满山:"我路过那里,不想就遇见了胖挠子。"二奶奶:"你不是跟梁老板在一起吗?"杨满山:"我前一段才单独出来。地里营生不多了,我去找我爹。二奶奶,我想问你一句话,行吗?"二奶奶:"问吧,十句八句都行。"

满山看看身边丫环,欲言又止。二奶奶对丫环们说:"你们下去吧。"

杨满山:"二奶奶,听走口外的人说,有一个女人老缠着我爹,你知道这事吗?"见二奶奶低头不语,杨满山说:"我爹这事做的真不好。我妈眼巴巴地盼他回去,他咋能在口外找女人呢,二奶奶,你知道那个女人是谁?"

二奶奶:"……你别问了。好好养伤。"

她站起来匆匆地走了。杨满山一脸不解。

阿利玛将身体痊愈的杨满山送到王府门口,说:"一路小心,我就不送了。"杨满山:"阿利玛姑娘,代我谢谢二奶奶。"阿利玛顽皮地:"不谢我?"杨满山:"……也谢谢你。"阿利玛笑着说:"你还当真要谢呀,哎,走了以后,别忘记我。"

阿利玛朝他招手,杨满山浑然不觉,径自离去。

阳光沐浴下的红鞋店，显得十分宁静。棰棰牵出马来，二娃拿过马鞍，两人一起套上马车。红鞋嫂从屋里搬出饭桶装到马车上。

棰棰："阿妈，多带点酪丹和奶豆腐，帮工们锄地辛苦，别上了火。"红鞋嫂："带上啦，还有醋、酸烂腌菜。山西老乡爱吃醋，甚时候都离不开醋壶子。"棰棰："他们吃醋就像喝凉水一样，真奇怪！"

二娃赶着马车，回头问坐在车厢里的棰棰："棰棰姐，满山哥找到他爹了吗？"棰棰摇摇头说："我也不知道。"二娃："口外这么大，他上哪儿去找呢？"棰棰瞪他一眼："再大也得找，一个人不能没爹。"二娃叹口气："我就没爹，我一出生，我爹就死了。"棰棰凄凉地："我也没有……"

二娃一扬马鞭，马车快速行进。

杨满山背着行李从土路上走来。他听见人声，搭手远眺。

纳木林户口地里有人在锄草。地头多了间草屋。

纳木林户口地。张二麻烦坐在板凳上监视着雇工们，不时抿一口烧酒。

监工跑来："掌柜的，雇工们问，甚时候吃饭呀？"张二麻烦："嘿，怪了，这些人肚里头住上狼儿子啦？咋才吃过饭又想吃饭？告诉他们，我是雇人，不是雇饭桶。再锄两趟再说。"监工："已经晌午了。"张二麻烦瞪着眼说："你是监工，你得帮我说话，不然你就走人。"他突然站起来："你看那边是谁来了？"

监工："哦，好像是杨满山。"他大声喊："喂，杨满山，找到你爹了吗？"

杨满山走过来："还没有。"他一眼看见张二麻烦，脸色阴沉下来。

张二麻烦挤着笑容问："满山，回来啦？常言说得好，远亲不如近邻，以后有啥事，你一满喊我一声就行。"

杨满山："好，你把我家老三给我找回来，咱们新账旧账一笔清。"

张二麻烦忙说："你别急，那后生聪明伶俐，不会有事。满山我给你说，你家老三跟我没过结，我们俩人一干二净三清四亮五明六白……"

二娃赶着马车驰来。棰棰从二娃手中要过鞭子，一扬手抽掉二麻烦的酒壶子："二麻烦，你好啊？"张二麻烦："你赔我的酒！"

杨满山："棰棰！"

棰棰惊喜地："满山哥，你回来啦？"她指着二麻烦说，"这家伙想霸占我家的户口地，我给他编了一段歌，二娃，你唱唱。"

二娃："我不会唱，我说吧。二麻烦嘴甜心眼儿狠，酒壶壶一抿想害人。走着站着想发财，哄了男人哄女人！"

张二麻烦阴笑着说:"编得好啊编得好,没看出来,你还有这本事。棰棰,我教你一句老话:狗急了会跳墙!"

棰棰拍着手说:"那你跳跳,我看你能跳多高。"

张二麻烦阴险地:"我如今顾不上,到时候我给你跳跳!"

棰棰:"满山哥,上车吧,帮工们等着吃饭呢。"

杨满山把行李扔到车上,纵身跳上马车,马车离去。

张二麻烦朝他们喊:"告诉你们,你们把我当成人,我敬你三分。你们把我当成狗,我汪汪汪先咬你三口,你们等着吧!"

见监工看着他,二麻烦恼火地:"看啥?我二麻烦的稀粥,苍蝇也不敢沾!"

广袤的原野上,响起欢快的马铃声。棰棰深情地看着杨满山。杨满山也默默地看着棰棰,他见二娃回头,连忙低下头。二娃开心地傻笑。

棰棰:"二娃,你笑甚哩?"二娃:"棰棰姐,你也笑了。你笑起来真好看!"

杨满山看了棰棰一眼。棰棰问道:"满山哥,这次回来不走了吧?"

杨满山点点头:"锄完地再说。"

马车铃声传来。帮工们:"棰棰来了,吃饭了。""歇歇吧,吃饭啦!"

马车向简易房驶去。帮工们放下锄头,也向简易房跑去。

年长帮工问:"车上还有一个男人,是不是满山回来了?"帮工甲看了看:"就是,是他。"年长帮工:"唉,看样子又没找着他爹。"

众人向棰棰的马车跑去。

棰棰、二娃在马车前分饭,帮工们狼吞虎咽地吃着。

年长帮工:"满山,先吃饭,吃完饭你进房子里歇歇。"杨满山:"也不累,我今天是从包头过来的。你们先吃,我到房子里看看。"

年长帮工拿碗盛饭。杨满山走进简易房。

满山走进简易房,从地上拣起乱扔的东西。他脱了外套,准备打扫房子。

棰棰走进来:"满山哥,你歇会儿,我来吧!"说着去夺笤帚。

杨满山边扫地边说:"你给大伙儿盛饭盛菜,别脏了手。快出去吧。"

棰棰关切地:"就一点消息也没有啊?"杨满山摇摇头:"都说不准。"

棰棰:"等锄完地,我跟你去找。鄂尔多斯找不到,咱们到巴彦淖尔大后套去找,大后套找不到,我跟你去宁夏找,去库伦找。反正走西口的人就去这么几个地方，又不会飞到天上去，不信就找不着。"满山："棰棰，难为你处处为我着想。"棰棰靠在满山身边说："我心里只有你一个人。我不替你着想替谁着想呢。"

二娃突然闯进来，见状一怔，赶紧转过身说："棰棰姐，饭不够，还得做。"

棰棰："那就做罢。"

二娃："这儿做饭家具不全。"

杨满山："有白面没有？"

二娃："有，可是没带案板和擀面杖，刀也没拿。"

杨满山："不用那些东西，有面就行。赶紧和面，咱们扯'一根筋'，掐疙瘩也行。"

棰棰："二娃死脑筋，只要有面，山西人能吃出花儿来。"

杨满山拉着二娃说："走，哥给你扯一根面条，够你吃两顿。"

杨满山和好面，揭开身旁的罐子看看："行，有烂腌菜，有油泼辣椒，还有醋，这顿面能把人香死。"帮工甲："早知道有面，我就不吃那么多米饭了。"杨满山："一会儿你再吃碗面。"帮工甲："我倒想吃，谁借给我肚子？唉，没口福。"

二娃："满山哥，我就不明白，口里人咋就那么爱吃面条？"杨满山："平日吃杂粮多，吃白面少，物以稀为贵嘛。"二娃："那酸饭呢，好好的米，硬要沤酸了再做，我就想不明白。"杨满山："听我妈说，走口外的人吃惯了酸酪丹，回到口里也想吃酸东西。就做酸饭过酸瘾，吃时候就着酸菜，调上酸醋，吃一口香两口，吃两口香四口……"

棰棰："哎呀呀，酸死我了！"帮工甲："棰棰，等你有了身孕，就不嫌酸了，酪丹、马奶子酒、酸豆腐、酸菜、酸枣，见了就抢着吃——"棰棰："你别瞎说，我好端端一个闺女家，咋会有身孕来？"

帮工看着满山说："那还用问嘛？满山，早点给棰棰摘酸枣，免得到时候手忙脚乱。"说着唱起小曲《害娃娃》："怀胎四月八，奴家害娃娃，酸溜溜的酸葡萄，吃上两圪抓……"

棰棰追过去："我先给你嘴里灌点醋，让你再乱说！"

帮工边跑边说："棰棰，你别灌了，我心里够酸的了。"说着高声唱道，"三十三颗荞麦九十九道棱，小妹妹再好是人家的人……"

有人唱起《对把把圪梁梁上那是一个谁》，众人和唱。

第 12 集

　　驼队来到河曲县城街口,侯老板看见马驹迷恋的样子,便说:"马驹,来到你们河曲城了,想不想回家看看?"

　　马驹看看侯老板,没说话。

　　老胡:"侯老板说了,放你一天假,回去看看吧。"马驹抑制住自己的情绪:"随便,看也行,不看也行。"小栓劝他:"马驹哥,回去看看吧,替我问老人好。"老胡说:"马驹,我这儿有一块大洋,你给家里人买点东西。"马驹推辞说:"不用,我有钱,我舅和满山都给过我,可惜我大哥……"

　　老胡把钱塞给马驹:"是福不是祸,是祸躲不过。依我看,杨满山吉人自有天相,不会有事的。你拿上这点钱,算你借我的。你多买点东西,家人高兴,咱们脸上也光彩。"马驹:"好,我回来时给你们带好吃的。我妈做的饭最好吃。我妈蒸得面人人,就跟活的一样,眼是眼,鼻子是鼻子……"小栓:"那让你妈给我捏一个,要女的!"老胡:"给我捏两个,也要女的!"

　　河曲县城街上。马驹东张西望,看着各家铺面。他摸摸口袋里的钱,走进一家首饰店。

　　首饰店伙计问:"这位掌柜,你想买点甚?"马驹:"我先看看。"

　　玻璃柜里,排列着戒指、项链,有黄金的,也有银的,还有玉器、手镯等。

　　伙计:"掌柜的,你是自己用,还是为家眷买?"马驹指着一条金项链,问:"这个多少钱?"伙计回答:"十二块大洋。"见马驹直皱眉头,伙计说,"也有便宜的,这个八块大洋。"说着准备拿出来,马驹忙阻止。

　　伙计试探地:"掌柜的,这儿有条银项链,挺好看。要是真心想买,一块大洋卖给你。"马驹毫不犹豫地:"好,就买这条。"说着将一块大洋拍在柜台上。伙计吃惊地:"你真有啊?"马驹:"你给我包好。"伙计无奈地:"……好吧"

　　马驹高兴地走出金店,在门口比试银项链。红柳挑着货担走过来:"嗬,这不是马驹嘛,你从口外回来了?"马驹连忙把银首饰藏起来。红柳假装没看见，问："马驹，你多会儿回来的？"马驹："跟着驼队刚到城关，还没回家。""前些日子你妈还在我家住了几天。""她咋到你家来啦？村里没事吧？""没事。我正要收摊子，走吧，到我家坐坐，喝口水。"见马驹犹犹豫豫，红柳挑起担子说："走吧，认认门，以后来城里也有个歇坐的地方。"

马驹挑着担子走进红柳家院里。

红柳："那边是凉房，你把担子放进去吧。"马驹放完担子出来，打量着院子说："你家这院得修修。"红柳："你妈来的时候也这么说，她还出钱雇人修了修。"马驹："咋烂成个这样子？"红柳："我家没强健男人，没人修。"

红柳她爹的声音："谁来啦？是扳船汉吗？"

红柳对里屋喊："爹，是个过路的，喝口水就走。"

马驹："扳船汉们常来你这儿？"

红柳把水碗递过去，故意地："谁敢来我这儿？要让我男人看见了，一准得打断他的腿。"

马驹赶紧放下碗："哎呀，我不知道你有男人，咱俩可是小葱拌豆腐，一清二白，我真不知道，我走啦！"

红柳笑着说："看把你急的，我眼下还没对象。再过一两年肯定有人娶我，我就成了人家的老婆了。娶我那人要是气量大，他不在乎你来不来，这里离河畔近，扳船汉、过路人常来歇歇，说说话，喝口水，也不是米面挖下圪洞了，扯布短下尺寸了，这不算个事。要是那人气量小，可就灰下了。他一进门就会绷着脸问：哪来的这么个灰小子，你来我家做甚？说着提起锹把就打，你说你能打过他嘛！"

马驹："他敢！我闪死他！"

红柳笑着说："嗨，又要挖闪闪窖啦？马驹，你刚才进金店干甚去了？那可不是咱们这种人进去的地方。"

马驹："我给蒲棒儿买了点东西，不知道她喜欢不喜欢。你看看。"说着掏出项链盒。

红柳取出项链，惊喜地说："真好看！还是走口外好，走口外能赚大钱，想买甚就买甚。"

马驹大气地："红柳，戴上看看。"

红柳看了马驹一眼，高兴地戴上项链。马驹痴痴地看着红柳，仿佛看见蒲棒儿戴上项链正朝他笑。这时红柳扭过身子说："你别老看我，我又不是蒲棒儿。人家爹娘俱全，生下来就是享福的命。哪像我，娘死爹活着，唉，不说了，人比人活不成，毛驴比马骑不成。"摘下项链，"给你，拿好。"说完径自走进自己房间。

马驹愣在原地，突然听见红柳喊他："马驹，你进来。"马驹局促地："这，我……"他没敢移动脚步。

红柳拿了几件衣服出来，往他手里一塞。马驹莫名其妙地看着红柳。

红柳："这是我爹的干净衣服，你进里头洗洗澡，把衣服换了。"马驹："一会儿我到河里洗去。"红柳用手指在他脑袋上点了一下："你这人！你闻闻你身上那汗味儿，能见人嘛！"

马驹搔头看着自己，不好意思地笑了。

马驹提着水桶走进小厨房布帘后面。他将水倒入布帘后面的大缸内，然后脱衣服。

红柳轻轻推门进来。马驹连忙爬进水缸里。

红柳隔着布帘说："马驹，把衣服扔出来，我帮你洗洗。"

马驹："我进水缸了，衣服在地上，你拿吧！"

红柳跨进布帘，低头拿走地上的衣服。

马驹："这大缸真不错，从哪儿弄来的？"红柳："是新来的金知事琢磨出来的。他是南方人，爱干净。如今凡是在县衙门当差的，都得买缸、洗澡。"马驹："嗯，这人有脑子。这东西要运到口外去，肯定能赚钱。"

红柳在布帘那边说："这还要运啊？我爹说口外陶思浩就能烧瓷，你去了以后照这样子烧不就行啦？喂，不准偷看我晾的小东西，听见没有？"说着带上门离开。

马驹抬头看去。绳子上晾着几件小衣服，一件红兜肚分外显眼。马驹傻了。

红柳在瓷盆里搓洗衣服，她哼着小曲："一把拉住哥哥的手，心里想的难开口。有朝一日开了口，你不怕脸红我不怕羞……"她拧干洗好的衣服，情不自禁地闻闻，自己笑了。

她站起来，走到厨房门前："马驹，好了吗？"里面没有回音，她走进去朝布帘后面看看："咦，人呢？"再仔细一看，见马驹脸上盖着红兜肚，睡着了。红柳连忙捂住脸："马驹，你这是干甚哩？"马驹惊醒过来，连忙拿掉脸上的红兜肚，惊叫道："你出去，赶紧出去！"

红柳逃也似地跑出门去。

堡子村李家院里，被关在屋里的桃花嘶声喊："大虎，回来……"

蒲棒儿提着饭篮走进李家院："婶子,我来看看桃花。"

大虎妈："蒲棒儿,难为你惦记着她。她已经认不得人了。"

蒲棒儿："我试试,我们是一起耍大的伙伴。"她走近窗口,把吃食一样一样放进去。被绳子拴着的桃花挪到窗户跟前,把吃食抛向四处："大虎,你杀了我吧,我不想活了……"她使劲撞墙,头上流出鲜血。

蒲棒儿着急地："桃花,别这样,我是蒲棒儿,我看你来了。"

桃花："你骗我,你不是大虎……"

蒲棒儿："婶子,我进去看看。"

大虎妈："别进去了。越有人,她越疯,又抓又咬,拦都拦不住。"蒲棒儿哭着说："那就让桃花抓我咬我吧,只要她好受点,我不怕疼。"大虎妈也哭了:"甚方法都试过,不顶事。可怜我的好媳妇了,大虎,妈替你去死多好啊……"

蒲棒儿默然离去。

堡子村口的路上。一群村童在玩耍。马驹兴冲冲走来,边走边哼曲儿:"有朝一日开了口,你不怕脸红我不怕羞……"

一村童跑过来:"咦,马驹哥,你从哪儿变出来的?"马驹:"哎,这不是二奴奴嘛,马驹哥是从地下钻出来的。"村童们笑了:"嘻嘻嘻,狗狗狗狗不要咬,马驹哥哥回来了!"马驹急切地问:"二奴奴,你蒲棒儿姐在家吗?"众村童:"在。她看疯子去啦,刚回去。"说着往蒲棒儿家跑去,"狗狗狗狗不要咬,马驹哥哥回来了!"

马驹开心地笑了。

蒲棒儿正在收晾衣服,听见村童们的喊叫愣住了。

村童们敲门:"狗狗狗狗不要咬,马驹哥哥回来了!"

蒲棒儿放下衣服,赶紧打开大门。马驹站在门口笑嘻嘻地看着她。蒲棒儿高兴地跳起来:"马驹哥,你咋这时侯回来啦?我姑没跟你一起来啊?"说着走到大门外四处看。

马驹说:"我刚回来,先来看看你和我妗子。"蒲棒儿:"快进家吧,我姑成天念叨你。等会儿我陪你回家去。""我妗子呢?""我妈到地里去了。"

俩人走进院里。马驹问:"蒲棒儿,你也不问问我,为甚先来看你?"蒲棒儿不明白地:"为甚?"马驹生气地:"我在外面整天想着你,就盼着早点看到你,可你就像木头人一样,还问我为甚为甚,你说为甚!"蒲棒儿笑了:"那也该先看看我姑。"

马驹看着她天真的笑脸,一时说不出话来。他掏出项链盒捏在手里。

蒲棒儿："马驹哥,甚东西?"马驹把项链盒递在蒲棒儿手里:"给你。"蒲棒儿揭开盒子,看见雪白铮亮的银项链,惊喜地叫道:"哎呀! 哪来的银项链?"马驹说:"我给你买的。蒲棒儿,戴上,让哥好好看看。"

蒲棒儿戴上银项链,高兴得不知说什么好。马驹心里踏实了,高兴地说:"走,到我们家去,我想我妈了!"

蒲棒儿送表哥回家,一路上两个人又说又笑。蒲棒儿不时摸摸脖子里的银项链,脸上露出幸福的笑容。

马驹问:"蒲棒儿,好看不?"蒲棒儿:"好看,马驹哥,谢谢你!"马驹笑了:"谢甚? 咱是一家人!"蒲棒儿:"马驹哥,满山和没人疼他们还好吧? 满山找到他爹了吗?"马驹摇摇头:"没有。"蒲棒儿难过地:"他爹到底哪儿去了? 真是急死人!"马驹迟疑地:"前一段他救了我们驼队,人却不见了。不知道是不是被土匪害了——"蒲棒儿急切地:"那你也不去找找? 你们是结拜弟兄!"马驹:"我找了。就连个影子都没有。真是活不见人,死不见尸……"蒲棒儿带着哭声说:"他咋就这么命苦啊!"马驹偷眼看着蒲棒儿说:"他说他在口外找了一个好姑娘。本来说好今年腊月我俩回来以后一块办喜事,谁知道就出了这事。"蒲棒儿意外地:"这么快呀? 他找谁啦?""他没说。""那你找谁啦?""当然是你,还能有谁?"蒲棒儿不无忧虑地:"那除非我妈死了——啊!"她赶忙捂住自己的嘴。

马驹不说话了。

俩人走到避雨窑前停住。马驹看着蒲棒儿说:"蒲棒儿,往后对我好些。"蒲棒儿不解地:"我对你不是挺好嘛!"马驹笨拙地:"往后你得一心一意对待我。等到咱俩成了家,你就在家里好好呆着,不要盘算别的男人……"蒲棒儿急忙说:"马驹哥,不许你瞎说!"她转过身体,摸着脖子上的项链,低头看着自己的鞋。

马驹:"蒲棒儿,哥不是瞎说,哥从小就喜欢你。将来哥再给你买一条金链子,买一对金手镯,买一个金戒指……"蒲棒儿笑了:"那么贵的东西,咱戴不起。"马驹:"谁说戴不起? 走西口不就是为了赚钱嘛。你等着,将来我给你赚一座金山回来。"蒲棒儿转过身来:"那还不得累死啊? 我不要你赚那么多钱!"马驹:"蒲棒儿,我说话算话。"蒲棒儿用手打着马驹说:"不要,不要,人是最要紧的!"

马驹一把抓住她的手,两人对视着。马驹就势要把蒲棒儿拉进避雨窑。蒲棒儿害怕地:"马驹哥,那不是咱去的地方!"

马驹硬把她拉进去。

避雨窑内。马驹猛地搂住蒲棒儿说:"蒲棒儿,你迎住窑门,让哥好好看看你。"蒲棒儿:"我又不好看,不让你看!"马驹:"谁说你不好看?从口里到口外,人世上就数你好看!"蒲棒儿半推半就地:"不叫你看。"马驹:"蒲棒儿,哥真有福气!"他搂住蒲棒儿,叭地亲了她一口。蒲棒儿挣扎着:"不叫你亲!不要,不敢这样……"

马驹抱起蒲棒儿,把她放在土炕上,撩起衣服。

远处传来蒲母的叫唤声:"蒲棒儿,蒲棒儿!"

马驹一紧张,松开手。

村童们叫喊:"蒲棒儿姐,蒲棒儿姐!"

一村童:"婶子,你看,我姐在那儿!天晴得得朗朗地,她咋钻进避雨窑里去了?蒲棒儿姐,快出来!"

蒲母:"蒲棒儿,天快黑了,快回家!"

蒲棒儿应声道:"妈,我回来了。"她急忙朝家里跑去。

马驹也从避雨窑里钻出来。

村边路上。

蒲母忿忿地:"蒲棒儿,快点,你到那儿干甚!"

好事被冲散,马驹恼悻悻地走在回村官道上。正在捡柴禾的二老汉惊奇地叫道:"马驹,你咋这时候回来了?在口外闯下祸啦?"

马驹气愤地:"你才闯下祸了!乌鸦嘴!"

二老汉:"马驹,快回去看看吧,你妈混了一群男人,正在家里红火呢!"

马驹盯着二老汉:"我临走给你说过,你要是敢欺负我妈,我拧断你的脖子!"

二老汉:"有锁田护着,我连你家的门边都不敢沾。回去吧,你看一眼就知道了。"

马驹连忙往家里走去。

马驹来到紧闭的大门前,屏声敛息,听着院里动静。

院里传来马母的声音:"锁田,你们今天辛苦了,多吃点。这是过年剩下的酒,马驹也不在,你们喝了它……"

马驹怒火中烧,翻墙进院。

锁田和帮工正坐在院里小桌旁吃饭，马驹二话不说冲过去掀翻桌子，随手拿起一张铁锹劈向锁田："我劈死你们！"

马母端着菜盘出来，惊诧地喊："马驹！"菜盘掉在地上，砰地一声摔碎了。

马母扑过去拽住儿子喊道："马驹，你疯啦！是妈雇的人，今天帮咱锄地浇水，你该感谢人家！"

马驹挣脱母亲，挥起铁锹，咬着牙说："好，老子感谢你们！"他挥锹拍在锁田后背上，锁田倒地。帮工站起来说："大嫂，你找别人去吧，你家的工，我不敢帮。"

马母走过去，抽了马驹一耳光："冤家，你有完没完！"马驹用力甩开母亲。马母磕在一块石头上，顿时额头出血："马驹，你杀了我吧……"马驹急忙扑向母亲："妈，妈！"

锁田爬起来，上去扶住马母："马驹他妈！"马母掏出手巾递给锁田，锁田用手巾按住她的伤口。马驹推开锁田："你给爷滚开！你再要碰我妈，爷立马掐死你！"

锁田没理他，继续给马母包扎。马驹劈头盖脸一阵踢打。

马母跪着说："马驹，你叔没罪，你饶了你叔吧——"

马驹径直走出大门，毅然离去。

马驹来到文笔塔下，缓缓地磕了三个头，他哭着说："爹，儿子没看住家，儿子对不住你……"他一步一步往黄河边走去。

马驹双手捧头，默默地坐在黄河边。

黄河水缓缓流淌，像在讲述一个古老的故事。

夜风中，响起来一支无字的山曲儿。

马驹满脸倦色，缓步走进县城客栈。小栓正在给骆驼饮水，看见马驹高兴地喊："马驹哥，这么早就来啦？快给我好吃的，馋死我了。"马驹阴沉地："我妈病了，没人做饭。"

侯老板走出来说："马驹，你猛一下回去，你妈高兴坏了吧？"马驹："嗯……"

老胡："儿行千里母担忧，你妈肯定是舍不得你走，犯病了。要不你留下照护几天？"

马驹:"走吧……。"

侯老板:"哎,回了一趟家,你咋成了这样啦?"

小栓拉起骆驼,准备上路。

马母提着篮子往坡上走去。山头上传来时隐时现的哼唱声:"二饼子牛车膏上些油,真魂魂跟在你两左右……"

马母来到蒲棒儿家门前,伸手敲门。蒲棒儿开了大门,惊诧地:"姑姑,这么早,你从哪儿来啊?"马母:"我从家里来。"蒲棒儿:"我马驹哥呢?"马母伤心地:"走啦……"

蒲棒儿和马母走进院里。蒲棒儿喊:"妈,我姑来啦!"蒲母冷冷地:"来啦,进家吧。"

马母将篮子递给蒲棒儿,说:"蒲棒儿,姑给你带了点吃的,你放回屋里去,我跟你妈说几句话。"

蒲棒儿看看母亲,提着篮子走进屋里。

马母:"蒲棒儿她妈,马驹回来了。"蒲母:"我知道。他昨儿趁我不在,把蒲棒儿带进避雨窑里去了。"马母吃惊地:"啊,他干下甚事啦?"蒲母流着眼泪说:"多亏我早回来一步。不然,我家蒲棒儿可咋见人啊?"

蒲棒儿走出来,噘嘴说道:"妈,我说了好几次了,我们只是进去看了看。"蒲母气愤地:"你给我回去,用不着你多嘴!"

马母:"弟媳妇,姐今天来,是想和你说说马驹的事——"蒲母起身说:"我到地里摘点菜,改日再说吧。"马母拉住蒲母说:"你好歹听姐说完。"蒲母:"马驹的事你做主。我不掺和。"马母:"弟媳妇,我直话直说。你也知道,马驹喜欢蒲棒儿,蒲棒儿不嫌弃马驹,他们自小一起长大,就像一块泥一样,掰开是两块,揉揉就是一块。"

蒲棒儿正端水出来,心一慌,手里的碗滑了一下,几乎掉在地上。

蒲母打断她:"姐,他俩是姑舅兄妹,咱不谈嫁娶的事情。咱马驹要人样有人样,要家产有家产,咱不在眼跟前找。隔河就是陕西省和鄂尔多斯,咱到河那面找去。听人说,找的越远,生下的娃娃越机灵。就这么定了,我到地里摘点金针,晌午咱吃大烩菜。"马母:"弟媳妇,他俩要成了,咱是亲上加亲。"

蒲母扭身进屋,把马母带来的篮子拿出来塞给马母:"姐,话就到这儿。你要在着,咱再不说马驹的事。你要回家,让蒲棒儿送你。"蒲棒儿:"妈,你这是干甚!"马母:"蒲棒儿她妈,我答应过马驹,你总得给我点面子。"蒲母:

"姐,这不是面子的事。顾了你的面子,我们一家都没面子。我把话说死,只要我活着,蒲棒儿就不会嫁给刘马驹。"

马母站起来,拿起东西默默地走出大门。

蒲棒儿:"妈,你咋这么绝情,她是我姑姑!"蒲母:"姑姑还是姑姑,可她不配当你的婆婆!她吃了五谷想六谷,自己也不照照镜子!"

蒲棒儿赌气地:"我爹不在,你不能这样对待我姑!你再要这样,我就嫁给刘马驹!"

蒲母身子一晃,扶住院墙说:"蒲棒儿,除非我死了!"

蒲棒儿跑出院子喊:"姑姑!"等马母站住,蒲棒儿说:"姑姑,你别生我妈的气,她身体不好,心里烦躁。"马母:"蒲棒儿,你哥心里有你。你们自己的事情自己做主。你要想好了,给姑捎句话。"

蒲棒儿下意识地摸着脖子上的银项链,没说话。

马母走了。她头上的一缕银丝随风飘动。

山梁上。蒲母强撑着身子锄地,不时停下来喘气。蒲棒儿停住活,心疼地说:"妈,你歇一会儿吧,就这点地,我今天就锄完了。"蒲母不理她,继续锄地。

不远处,一村女问:"蒲棒儿,别让你妈锄啦,我们一会儿过去帮你。"

蒲棒儿:"没事,你们锄吧。"她回头说,"妈,你歇——"她突然停住话,朝地塄跑去,"妈,你咋啦?"

蒲母坐在地塄上喘着粗气。蒲棒儿赶紧从瓷罐里倒水,蹲在母亲跟前:"妈,你喝点水。"

蒲母喝水时,一眼看见蒲棒儿脖子上的银项链。她抓住蒲棒儿的手问:"蒲棒儿,你哪儿来的银链子?"蒲棒儿:"妈,你别急,我给你说实话。是马驹回来那天送给我的。"蒲母气得直发抖:"啊,这么大的事你瞒着我,你们究竟咋啦,给妈说实话。"蒲棒儿:"妈,没有,真的没有……"蒲母:"蒲棒儿,你,你咋这么不要脸呀……"她昏了过去。

蒲棒儿:"妈,妈,你醒醒!"

几个村女跑过来:"蒲棒儿,咋啦?""婶子!婶子!"

蒲棒儿背着母亲往山下走。她委屈地说:"妈,我又没做下灰事情,你千万不要生气,过几天我送回去行不行?"

蒲母有气无力地:"蒲棒儿,妈是为你好……"

蒲棒儿满脸是泪:"妈,我知道……"

杨满山和一群帮工正在锄地。一辆绿呢轿车驶来,停在地头。

老帮工:"满山你看,梁老板来了。"

满山见梁老板正向他招手,便放下锄跑过去:"大叔,你咋来了?"梁老板:"你悄悄跑回来,也不告诉我一声,让我到哪儿找你啊?"杨满山嗫嚅道:"你那么忙,我怕打搅你……"梁老板:"我答应过和你一块儿去找你爹,走,马上跟我回去。""……回哪儿?""先回包头,再到后套。"杨满山惊异地:"不是说好等我锄完地再去吗?""事情紧急,等不上了,请帮工们多辛苦几天吧。""那我去告诉棰棰一声。""我刚从红鞋店来,她们知道我带着你走了。""那……""上车吧。"

满山有点犹豫,梁老板拉着他上车。

轿车在原野上疾驶。杨满山一直盯着梁老板,心里忐忑不安。他问:"大叔,是不是听到我爹的消息了?"梁老板沉郁地:"对。""你见到我爹了?"梁老板摇头:"……没见到。"杨满山急切地:"他在哪里?"梁老板:"在后套。"杨满山试探地:"他挺好的吧?"梁老板:"到了后套就知道了。"

轿车向前驶去……

荒郊露营处。残阳化为熊熊篝火,照着梁老板和杨满山凝重的脸色。

车夫不时往火堆上添点柴禾,气氛颇显沉重。

杨满山打破沉寂:"大叔,咱们说点知心话。我觉得你老人家应该认识我爹,应该知道他的一些事情。"梁老板点点头说:"我认识你父亲。我们共过事。"杨满山望着梁老板:"请你告诉我事情真相。我相信你。"

梁老板站起来,杨满山也站起来,俩人面北而立,沉默无言。

梁老板:"……满山。"杨满山:"大叔。""人活一辈子,不容易。""大叔,你说吧,我听着。""那年,我和你爹一起承揽了一项水利工程……"

火苗跃动,犹如飘忽的往事:

1.工地。大雨倾盆。杨二能和梁老板一起测量地形。

梁老板大声喊:"二能兄弟,到哈冒儿那儿避避雨。"

杨二能:"老梁,你先过去。我收拾收拾东西就来。"

2.工棚里。梁老板和杨二能在绘图。

梁老板:"老杨,图纸要细致、准确,图上差一厘,开渠差十里。"杨二能:"哎,原想着开渠是个苦力活,不想还有这么多的道理。日后我得让我儿子读书识字,别当睁眼瞎。"梁老板:"干咱们这行的,要时时处处记住:水火无情。"杨二能:"是啊,口外的黄河水比土地高,一不小心就会出事。要是再来个水淹西包头,咱就成了西口罪人了。"

3.工地。梁老板送别杨二能:"二能兄弟,你单独包下巴彦王府这项工程,我为你高兴。后套地低水高,千万小心!"杨二能:"好。我把工程做好、做结实,让巴彦王府老王爷放心。满山也长大了,明后年我让他过来帮我。"梁老板:"好,一路顺风。"杨二能上马后,梁老板又叮嘱:"要做好退水。渠修成后,就叫杨家渠吧,为你们杨家扬扬名。"杨二能:"好,竣工时我请你过去。"

杨满山追问:"后来呢?"梁老板:"鄂尔多斯离后套很远,信息不通。我听二奶奶说,你爹出事了。""她咋知道?""二奶奶是巴彦王府的格格。出事时她正好住在娘家。""她是不是和我爹有点瓜葛?""这你得问二奶奶。"

俩人都不说话了。

过了一会儿满山问道:"我爹在后套待过多长日子?"梁老板:"大概有四、五年吧。"满山:"四、五年你都不知道他的一点消息?"梁老板:"前几年知道一些,后来听到一些说法,但不确切。"满山:"可惜我不在他身旁。"梁老板:"满山,明天咱们就到后套了。如果你爹一切都好,父子相见,皆大欢喜。假如他有个什么三长两短……"杨满山:"天塌下来我顶着。""要是你爹欠下一身债,你怎么办?""我还。""要是他身子残了呢?""我养活他。我给他端屎倒尿,养老送终。""如果你爹不在了呢?""我把他运回口里,和我妈埋在一搭儿,我妈也就心圆了。""你往后咋办?""我来口外修渠,接替我爹的事业。""好,像杨二能的儿子!"

杨满山神色冷峻,默默地望着燃烧的篝火。

绿呢轿车行进在后套原野上。

梁老板:"停一下。"杨满山:"就在这儿吗?"

车子停住。梁老板下来,沿着一条干涸的废渠往前走去。杨满山跟过来,默默地注视着梁老板的表情。

这时,有一老一少两个人沿着渠边走来。梁老板拦住他们:"老人家,打扰了,我打听一个人。"老人有点耳背:"……你说甚?"杨满山脱口说道:"我爹杨二能,河曲火山人。"老人拢着耳朵问:"杨二能?"杨满山说:"对,我爹叫杨二能,他来过后套。"老人点点头:"嗯,听说过这个人。"杨满山急切地:"老人家,你见过他吗?"老人摇头:"我没见过这个人。"杨满山追问:"你听说过他如今在哪里吗?"老人说:"我不知道。"

老人和少年走了。杨满山失望地看着他们。

梁老板："走，咱们再问问去。"

俩人沿着废渠往前走去。

废渠边，有一个用哈冒儿蓬草搭起来的凉棚。茶棚主人正给一位老者倒茶。杨满山和梁老板下了轿车，朝这边走来。

茶客们："你们看，那边来阔人了。""说不定又是来挖渠的。"

老者："唉，还没挖够啊，都挖进去多少条人命了。"

梁老板和杨满山走过来。梁老板朝老者作揖道："老人家，打扰了。"老者："来者都是客，请坐。"梁老板："请问老哥贵姓？"老者："不客气，免贵姓秦。"

梁老板招呼倒茶，等杨满山过来后，拱手说道："秦老哥，这是杨二能的儿子杨满山。杨二能好几年没回家，他儿子出口外寻他来了。他在鄂尔多斯找了半年多，一直打听不到音讯。杨二能来过后套，你老哥知道他的下落吗？"

杨满山插话道："大爷，听说我爹在这儿挖过渠，你见过我爹吗？"

老者怔怔地看着杨满山，半晌缓不过神。茶棚主人说："大叔，问你话呢。"老者指着满山惊异地说："你可真像杨二能。如果不是年轻，我还以为杨二能又回来了。"

杨满山抓住老者的手，激动地问："老人家，你认识我爹？"老者："怎么不认识？你爹是个有志气的人，二能二能，一能干大事，二能吃大苦，待人很和善……"

时间仿佛凝固了。梁老板和杨满山屏住呼吸听着。

老者："那年，杨二能来到后套，承揽了杨家渠工程。他没日没夜地泡在工地上，又测量又画图，累得走路都晃晃悠悠。渠工们都佩服他，连巴彦王府的娜仁花格格，都开始注意上他了……"

随着老者的讲述，出现以下画面：

1.工地简易棚前。一辆华贵的轿车停在工棚前。王爷和娜仁花格格从车上下来。女侍们搀扶老王爷和娜仁花下车。他们来到写有"杨家渠"字样的木牌前。父女俩指着前面插着的小旗，说着什么……2、简易工棚内。杨二能正在和领工商讨图纸。一渠工进来说："杨老板，巴彦老王爷和娜仁花格格来了。"

杨二能连忙站起，迎了出去。

老王爷："嘿,大个杨,赛拜奴!"杨二能:"赛拜奴!尊贵的老王爷,天气好,牧场好!"娜仁花看着杨二能:"为什么不问候我?杨老板,赛拜奴!"杨二能避开她逼人的目光:"尊敬的娜仁花格格,赛拜奴!"老王爷:"来来来,给我讲讲你的杨家渠。"

3、巴彦王府客厅。杨二能将一张图纸铺在桌子上。他指着图纸说:"王爷你看,这就是退水渠,一旦发大水,渠水可以从这里再流回黄河去……"老王爷:"好啊,黄河水哗哗地流进我们的土地,几百里河套地区往后就是人间的天堂。杨老板,要挖好主渠道和退水渠,总共得多长时间?"杨二能:"第一期工程大概需要三年时间。"娜仁花开心地:"莫非还有二期三期?"杨二能:"对,还要挖支渠毛渠,还有好多配套工程。"娜仁花:"太好了,你就安安心心住在这儿,有什么困难我们帮你。"杨二能局促地:"好好好,谢谢格格。"娜仁花笑着说:"我如今是鄂尔多斯王府寡居的二奶奶。只有回到巴彦王府才有人叫我娜仁花格格。叫格格好,亲切,美妙,好像又回到姑娘时代。"

杨二能无言以对。

4.修渠工地饭场。杨二能和渠工们坐在地上吃饭。娜仁花坐着车来到饭场。丫环们扶她下车后,着托盘走向杨二能。

娜仁花:"天上飞的,是矫健的雄鹰。地上最辛苦的,是你们这些走西口的男人。杨老板,你们为蒙汉乡亲造福,我敬你们一杯奶茶。"杨二能赶忙站起:"娜仁花格格,谢谢你!"娜仁花:"蒙汉一家,不说谢。杨老板,你先喝,我轮着给大家敬茶。我还拉来些食品,等会儿分给大家。"娜仁花从盘子里拿起茶杯,双手递给杨二能:"请!"杨二能痛快地:"好,干了!"

娜仁花笑了。随身丫环们也笑了。

娜仁花:"来,姑娘们,给大伙儿唱几段,轻松轻松。"

丫环们边舞边唱,饭场一片欢乐。

5.王府客厅。老王爷正笑着跟杨二能说着什么,杨二能连忙站起,摆着手在说什么。老王爷默默地看着他。躲在屏风后面的娜仁花失望的面孔。

老者的声音:"第二天,老王爷特地把你爹召到王府,说娜仁花自从寡居以来,心情郁闷,情绪很不好。老王爷请你爹到鄂尔多斯修渠打坝,就便陪陪娜仁花格格。听说你爹一口拒绝,说他已经娶妻生子,他不能做对不起老婆娃娃的事情……"

杨满山凝神听着,脑子里翻腾着以往的事情:

1.火山杨家院。小满山边跑边唱:"正月里,正月正……"

2.杨家窑洞。满山脱鞋上炕:"妈,一到正月十五就能吃饺子呀?"杨母:"对。每年正月初二、正月十五、八月十五、大年三十,都吃饺子。"满山:"爹,咱家能不能天天吃饺子?"杨二能:"能,爹到口外给你赚钱去,往后咱家天天吃饺子。"满山:"爹,长大了我替你走口外,你留在家里陪着我妈,你们天天吃饺子。"他拽住炕上的绳子唱:"正月里,正月正……"绳子断了,满山掉进饺子锅里。杨母一把把他拽出来:"哎呀我的满山爷爷呀!"

3.杨家院。杨二能挑起水桶,朝窑洞喊:"满山他妈,我带满山挑水去啦。"杨母:"今年河里水大,让满山离远点。"杨二能:"好。"扭头对满山说,"嘿,还是你妈亲你。"小满山:"你成年不在家,我妈要不亲我,谁亲我?"杨二能抱起满山,用胡子扎他:"我亲你,我亲我儿子!"

小满山咯咯直笑。

4.父子俩来到黄河边。小满山:"爹,你教我凫水吧。"杨二能:"不行,你要学会凫水,你妈不放心。""我要不会凫水,我妈更不放心。""那为甚?""你老走口外,往后就得我担水,我要不小心掉进河里咋办?""嘿,好小子!行,爹教你,练练胆子!"

小满山小心翼翼走进黄河,惊喜地看着河里翻腾的波浪。

5.黄河边。杨二能教满山修渠。他在岸边泥淖里刨开几条小壕,把河水引过来。杨满山使劲往深里刨。几条小壕被河水淹塌了。

杨二能:"满山,修渠不能着急。"满山:"到真修的时候,我就不着急啦。"

梁老板:"秦老哥,后来呢?"老者:"后来不就出大事了嘛。"杨满山急切地:"老叔,出什么事了,你快告诉我!"老者:"那年,黄河发大火啦……"

1.杨家渠工地。渠壕里的河水化作滔滔大水涌进杨家渠。人们惊慌地喊:"黄河发大水啦!""杨老板,渠水淹了土地啦!"杨二能:"别慌,咱们有退水渠。"渠工:"水太大,把退水渠都冲垮了。"

2.杨二能率人来到进水口,对人们说:"必须堵住水口,不然巴彦地界的庄稼全完了。"领工人:"这么大的水,咋堵啊?"杨二能:"用石头压住草束,有多少压多少,快!"

人们把草束和石头堵在水口处,水流渐渐小了。

大浪打来,刚堵上的水口被撕开一个大口子。杨二能情急之下跳入水口:"快堵……"

又有几个人跳下去。岸上的人赶忙堵水。

大浪打来,跳下水口的人都不见了。

满山攥紧拳头，瞪大眼睛，使劲咬着嘴唇控制自己。

老者："当时杨家渠雇的都是甘肃宁夏人，出事以后，老王爷把渠工都打发了，给地主们赔了不少银子，总算把事情平息了。娜仁花格格派人在巴音哈拉嘎一带找到杨二能的尸首，听说已不成人样儿了……"

满山手臂颤抖，嘴角流出鲜血。梁老板推推他："满山，你喊几声，你喊出来，你喊呀！"

杨满山一动不动，仿佛凝固了一般。

老者："老王爷自此一病不起，不久就去世了。娜仁花格格回到鄂尔多斯王府，再也没有回来。杨家渠从那以后就搁浅下来，废了。"

杨满山满脸是泪，强忍悲声。

梁老板站起来："满山，走，看看你爹去！"

老者："我领你们去。"

老者领着梁老板和杨满山沿着废渠堰边走边说："听说娜仁花格格临走时留话说，杨二能与其到包头讨吃窑等他儿子接灵，不如就在这儿守着杨家渠。他儿子要有点出息，会接替他的事业的……"

梁老板沉默不语。杨满山紧咬嘴唇。

老者："到了。你们看，前面就是。"

前方不远处，有一座孤伶伶的简易木棚。

灵棚里气氛萧瑟。杨二能的灵柩架在凳子上，上面落满灰尘。旁边木牌上用蒙文和汉字写着：杨家渠主杨二能之灵。

杨满山朝着灵柩一步一步地挪动。

来到灵柩前，杨满山扑嗵跪下，惨然喊了一声："爹……"他的头杵在地上，浑身哆嗦，痛哭出声。

梁老板默默摆好祭祀物品，点燃线香，交到满山手中："满山，给你爹上香，接他回家。"

梁老板、老者双手合十，为逝者祈祷。

杨满山终于缓过气来："爹，儿子接你来了，咱们这就回家。爹，你是好样的！儿子发誓，今生今世，我要继承你的事业，先在后套修好杨家渠，再到鄂尔多斯修造杨家河。咱杨家子孙自古没有孬种，爹，你儿子说话算话……"

梁老板："二能兄弟，回家哇。"老者接应："回吧，回吧，家是窝，乡是根，谁也不能忘了窝和根。"

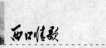

天空飞满彩霞,原野上一片金黄。

灵车在原野上缓缓行进。原野上响起一支凄凉的挽歌。

杨满山骑马在前,梁老板乘车殿后,俩人脸色悲切。

灵车消失在晚霞中。

第 13 集

张二麻烦骑驴来到鄂尔多斯王府,见王府门前兵丁森严,忙跳下驴背,将驴栓在马桩上。

兵丁甲:"嗨,你是干什么的?"张二麻烦:"请禀报一声,就说有个张二有要事求见二奶奶。"兵丁:"去去去,什么张二李二的,二奶奶是你随便见的吗?"张二麻烦:"你快去禀报一声,不然我自己进去!"兵丁乙上前阻拦:"你想找麻烦吗?这儿是王府,不是你随便来的地方。"张二麻烦:"不是我找麻烦,是你自找麻烦。听说二奶奶要重修王府,我自愿多缴两成租税,你问问二奶奶,让不让我进去?"

兵丁乙打量着他,对兵丁甲悄声说:"这人脑子不够用。全鄂尔多斯的人都不愿意多交地租,他出这个头干啥?"他扭头问张二麻烦:"就为了这事?"张二麻烦说:"对,有钱难买愿意,我愿意听二奶奶的话,你们不让我听啊?你们是谁家的卫兵?你们吃谁家的饭?不行,我得进去给二奶奶说说这事。"兵丁发怒了:"这不是一条癞皮狗嘛,滚开!"

阿利玛从里面出来:"怎么回事!"张二麻烦眉开眼笑地:"美丽的阿利玛姑娘,你一出来,天空就更明朗啦。张二给你请安!"阿利玛笑了:"你少来这一套。说,有什么事?"张二麻烦忙说:"小事不敢打搅王府,我有大事禀报。你去告诉二奶奶,就说我愿意多交地租,并且感谢她老人家多年来对汉人的照护。"阿利玛招手:"进来吧。"二麻烦跟着阿利玛走进去。阿利玛扭头问道,"刚才你称我家二奶奶什么?"二麻烦不解地:"我尊重她,称她老人家……"阿利玛:"就这句话你就得挨鞭子!"

二麻烦立即闭嘴,神色慌张。

二奶奶吃过点心,将小碟递给阿利玛。张二麻烦伏在地上,小眼睛窥视着二奶奶。

二奶奶:"好吧,张二先生,难得你一片忠心,起来吧,坐着说话。"

张二麻烦连忙爬起来,站着说:"能在您面前站着就是我的福分,听您说话，就像听蒙古歌一样清亮。要是再能为您跑腿效劳，那真是我一辈子的荣耀。二奶奶，你就让我替您收租吧，我保证一文不漏地收上来。"

二奶奶："收租的事有梁老板，现在还轮不到你来跑腿。你只要带头多交地租，为重修王府出力，就可以了。"张二麻烦："我一定照办，带头多交地租！"二奶奶："其实王府也不在乎这点钱，我只想看看蒙汉民众对王府的态度如何。好啦，如果你能带动人们都多交两成租，我会感激你的，以后少不了你的好处。"二麻烦："二奶奶您老——"二奶奶不高兴地："嗯！"张二麻烦赶忙改口："您老是对百姓这么好，长生天会赐福于您。"二奶奶："你好好管理你租下的地。等收完秋，我让梁老板来一趟，王府出面修渠打坝，你就不要思谋这事了。"张二麻烦："二奶奶，我仔细算过了，如果河渠修成，鄂尔多斯的收成会翻上两倍，光是王府地和您的陪嫁地，收入就有几千万大洋。二奶奶你人善心善，造福于民，蒙汉百姓都会给你烧高香的。"二奶奶："好啦，不造我的反就谢天谢地了，阿利玛，送客。"

阿利玛："二奶奶，杨满山也想修渠，咱们把工程留给他和梁老板多好。"

见二奶奶没说话，张二麻烦忙说："二奶奶，杨满山一满就不是块修渠的料。听说最近又跑到后套找他爹去了。就是回来，让红鞋嫂那个女儿缠着，他也没心思修渠。杨家人，不能信。"

阿利玛瞪眼说道："你胡说什么！"张二麻烦争辩道："阿利玛姑娘，不是我说他——"

二奶奶不耐烦地："送客！"

张二麻烦不敢吭声了。

纳木林户口地。雇工们正在挖地盖屋，房架已经立起。二麻烦坐在旁边监工。

雇工甲："哎，掌柜的，你也该让大伙儿歇歇啦。"二麻烦："歇什么？力气是奴才，使完它还来。今天上午一满要把这点活干完！"

雇工们窃窃私语："你说二麻烦敢在蒙古人的户口地上盖房，是不是有点来头？""他有什么来头？不就是脸皮厚，心肠坏嘛。"

雇工甲边和泥边对雇工乙说："我看二麻烦有点来头。"雇工乙："管他有没有来头，咱挣咱的钱，他盖他的房。"雇工甲："依我看，这房子盖也是白盖。"雇工乙："为甚？"

二麻烦高声喊："嗨，你们不好好干活儿，在哪儿嘀咕啥！"雇工甲："掌柜的，我们正在说你这房子哩。"二麻烦："我的房子咋啦，占了你家的坟地啦？"雇工甲："这不合规矩！朝廷早就规定，蒙汉不能通婚，汉人不能在蒙古地盘上盖房,汉人死了不准埋在蒙古地。"张二麻烦:"规矩是人订出来的,再说现在是民国年间,老规矩都不算数了。"雇工甲:"不对,政府说话了,这里一切都不变,叫'概仍其旧'。"

张二麻烦抿了一口酒:"好,那我就给你变一变,放下你的铁锹,立马滚蛋!"雇工甲:"那是政府说的,又不是我说的。"张二麻烦:"在这儿我就是政府。滚蛋吧!"

雇工甲端起一锹泥甩在二麻烦脸上:"来在西口外,我还怕个你!此处不留爷,自有留爷处。算帐,算完帐我立马走人,你就是叫爷爷我也不给你干了!"

张二麻烦扒着脸上的泥喊:"来人啊!"几个雇工跑过来,张二麻烦接着喊:"把他衣服扒下来,让他滚蛋!"雇工们围过来喊:"算帐,我们也走!"人们扔掉工具,准备走人。

张二麻烦:"你们想干甚?干甚干甚?"

杨满山赶着灵车走向讨吃窑。

梁老板问看门人:"喂,摸鬼行者在吗?"看门人:"在,梁老板,你给我们发钱来啦?"梁老板:"该发的时候再发,少不了你的。先把灵柩存在这儿,赶秋后运回口里去。"看门人:"好的,我给你通报一声。摸鬼行者,又一个孤魂找到咱家啦!"

摸鬼行者从讨吃窑一间屋里走出来:"哈,梁老板,是你老人家啊?"

梁老板:"摸鬼行者,我给你介绍一下,他叫杨满山,是河曲火山人。他要把他爹杨二能的灵柩存放在这里,你给找个好地方。"

摸鬼行者领着满山往停棺处走去:"好小子,你就是满包头找爹的那个年轻人啊?咱们按规矩来。杨满山,护住你爹,跟我走!杨二能,来来来,我给你找个好地方,夏天不热,冬天不冷。不怕风吹雨淋,不怕天寒地冻。二能兄弟,口外待咱不薄,你好好记在心里!

杨满山:"爹,你先住在这里。赶秋后咱就回家,我妈等着你呢。"

摸鬼行者沿着一长溜棺木念着:"赵钱孙李,周吴郑王,冯陈褚魏,蒋沈韩杨——好了,就这儿,全是你们姓杨的,杨蛮子、杨老栓……走西口辛苦一辈子,如今没事了,让他们在这儿聚聚,说说你们老杨家的旧事。"

梁老板:"你看要不要换副棺木?"摸鬼行者:"不要换。秋后回口里,还有七八天路程,得过库布齐沙漠、过小川河,棺木越轻越好。等回到口里,换成柏木松木的,折腾一次就行了。梁老板,按规矩来,交五十文钱。"梁老板:"我给你五块大洋。"摸鬼行者脖子一梗："那不行，你经常接济我们，还不知道这里的规矩？我们不靠这发财，我们学你的样，积德行善。"梁老板："好好好，按规矩来。"

杨满山对摸鬼行者说："叔，这是五十文钱，你收好。"

包头镇西口茶馆。梁老板边喝茶边问："满山，说说你的打算。"杨满山："快收秋了，我先回桮桮家户口地看护庄稼。等收完秋我把我爹的灵运回去，和我妈合葬在一起。"梁老板："嗯，秋后土匪多，要随着大批人群回去，一路上好有个照护。回去换副好棺木，尽到你做儿子的孝心。"杨满山："嗯。送完灵我就返回来，正式拜师学艺。修不成杨家渠，我愧对父母！愧对家乡！"梁老板："你回去安心住上一段，明年大雁飞来的时候，你随着走西口人群来就行。记住，修渠的人要能动能静。动的时候能跑能跳能躺能卧，三天两天不吃不喝不睡觉那是常事。静的时候你要纹丝不动地坐着躺着，左盘右算，思前想后，不能有半点闪失。修渠要用脑子，要识字，要会画图，要有耐心，要经得起跌打磕碰。满山，你要用心、精心、钻心，不然我打你的屁股！"

杨满山笑了。

纳木林户口地里的房子已经初具规模，几个雇工在那儿干活。张二麻烦走过来扷着酒说："咋这么慢啊，糊弄我啊！"雇工："张掌柜，我刚催过他们.饭得一口一口地吃，房得一寸一寸盖，不能着急。"张二麻烦："不着急行嘛，已经是秋天了。"雇工："这跟盖房子有啥关系？这又不是你家的地，你用不着着急。"张二麻烦："这地是我的，我花钱买下的。"雇工："嗨，掌柜的好本事！汉人能在口外买下这么好的地，我还真没见过。"张二麻烦："你没见过的事情多了。好好跟我干，有空我教你两招。快去催催他们，多干活，少说话！"雇工连忙走开。

这时杨满山走来，见这里大兴土木，停住察看。张二麻烦坐下来慢悠悠地喝酒。

杨满山："二麻烦，这是纳木林的户口地，你咋能在这儿盖房子？"

张二麻烦笑着说："刮风下雨，总要有个躲藏的地方呀，这事你管不着。"雇工说："不对吧，这户口地我们掌柜的已经——"张二麻烦赶忙打断他的话："干你的活去，别多嘴多舌！"杨满山问："这地咋啦，归你啦？"张二麻烦好言哄骗道："哪能呢？我手里有点闲钱，想帮纳木林盖间房子，往后有个遮风挡雨的地方。你不是也盖了嘛，我是向你学的。"杨满山："我那是临时搭盖的，又不占土地，几脚就能踹倒，你这明明是正儿八经盖房，坏了蒙古人的规矩。你要是不停工,我得告诉纳木林一声。”张二麻烦:“你告诉去吧。在户口地盖房,你杨满山在先,是你先坏了蒙古人的规矩。我不过是照葫芦画瓢,多花几个钱罢了。我愿意花,谁也管不着!”杨满山:“你要是欺负纳木林,我跟你新账旧账一起算!”

杨满山走了以后,张二麻烦抿着酒在原地转了几圈,招手对雇工说:“你过来!”雇工走过来问:“掌柜的,有啥吩咐?”张二麻烦:“这个杨满山,迟早是个麻烦,你给我找个人……”他悄悄地说着什么。

雇工:“行,只要你给钱,杀他都行!”

张二麻烦塞给他一摞铜子。

两个人影悄然蹿至红鞋嫂户口地简易房。

一人影:“放在那儿!”另一人影:“……好,轻点。”

杨满山睡得正香,听见外面有瑟瑟的响动声,立刻坐起来。

两个人影划着火柴,点燃一捆糜穰,准备扔向房顶。杨满山手持木棍跑出来:“谁?你们要干甚!”两个人影吓了一跳,放下手中糜穰。杨满山看清来人,说:“好啊,是你们,是二麻烦派你们来的吧?”他抡起大棍就打,两个人影左右躲闪。一个雇工拔腿跑去,另一个雇工无心恋战,被杨满山打倒后爬起来跑了。

杨满山:“就这点本事,还想杀人放火,呸!”他捡起土块朝他们扔去。

阳光下的红鞋店显得很宁静。哈布里蹲在地上摇晃着尾巴。

红鞋嫂边盛饭边问杨满山:“你脸上这是咋了,是不是和谁打架来?”杨满山:“昨天晚上遇到两个小鬼,被我赶跑了。”棰棰一惊:“啊!你遇上鬼了?”杨满山笑笑:“二麻烦昨天晚上派了两个人想害我,让我打跑了。”棰棰问:“还是因为纳大哥的户口地呀?”杨满山说:“对,二麻烦在纳木林的户口地里盖了房子,咱们得想办法告诉纳大哥一声。”红鞋嫂:“满山,咱们边吃饭边说。棰棰,端饭。”

三个人坐下来吃饭。棰棰边给杨满山夹菜边说:“满山哥,要不咱们到王府告状去,肯定能告倒二麻烦。”红鞋嫂忙阻拦道:“不许去!”棰棰问:“为啥?”红鞋嫂:“记住,王府不是咱们去的地方。”棰棰不解地:“我满山哥跟着梁老板去过几次了,他认识那个二奶奶。”红鞋嫂:“不去!我说过了,咱们永远不去那种地方。”棰棰:“哪总得制住二麻烦,不然他还想霸占咱家的户口地!”红鞋嫂:“他不敢,他知道红鞋店的名望!”

杨满山插话说:“听说二麻烦去过王府,说他自愿加两成租金,二奶奶急着用钱，说不定让他给哄住了。"红鞋嫂："那是他们的事，咱们先把纳木林叫回来。"杨满山："他在后山放牧，一时半会儿恐怕回不来。"棰棰："你别发愁，我有办法。"

鄂尔多斯王府客厅。二奶奶看着走进来的张二麻烦，问："你怎么又来啦，有什么事吗？"张二麻烦："二奶奶，我这人心里搁不住事，一碰到歪门邪道的事，气得不行。我来给您禀报一声，心里也就踏实了。"。

阿利玛："你就别绕弯弯了，照直说吧。"

二奶奶："阿利玛，倒茶。"

张二麻烦忙说："不客气不客气！"

二奶奶："说吧，什么事？"张二麻烦："我来告状，告杨满山。"

二奶奶愣了一下："怎么回事？"

阿利玛生气地："你这人咋这样，你说你是来看看二奶奶——"

二奶奶不冷不热地："让他说。"

张二麻烦："杨满山私自在红鞋嫂的户口地里盖房子，有违朝廷和政府的规定，请二奶奶主持公道。"二奶奶看着阿利玛问："有这事吗？"阿利玛："没有，是这位张二麻烦先生在纳木林户口地里大兴土木。杨满山那个简易棚子您见过，一脚就能踹倒。张先生，这是鄂尔多斯王府，你说话要谨慎！"张二麻烦一愣："这……"二奶奶："汉人常说，恶人先告状，你不会是恶人吧！"张二麻烦忙说："不不不，我是好人，天下第一好人。"二奶奶："我有点不明白，你是怎么租的纳木林的户口地？你把契约拿出来，让我看看。"张二麻烦急忙说："我怕丢了，我没带在身边。"

二奶奶吩咐："阿利玛，改日你去看看。"阿利玛："好的，二麻烦你准备好契约，我找你去。你应该知道，谁要是哄骗蒙古人，王府会为他们做主的！"

二奶奶站起来往后屋去："阿利玛，送客。"

阿利玛瞥一眼一头冷汗的二麻烦，厌恶地说："张先生，请吧！"

红鞋店院里。杨满山放下水桶，棰棰过来帮着往水缸里倒。满山问："棰棰，你咋告诉纳木林大哥？要不我去一趟吧。"棰棰笑着问他："纳木林在后山放牧，一天倒一个地方，你去哪儿找他？""鼻子底下一张嘴，问呗。""等你回来，庄稼也收完了。""那咋办啊？""别着急，我有办法。别看蒙古地盘天大地大，牧人到处游走放牧，可遇到急事，很快就能找到要找的人。""是不是要点狼烟？"棰棰拉着杨满山说"你跟我来。"

棰棰站在小坡上用蒙语唱道:"啊哈嗬咿——勇敢的牧人纳木林,骑上你的骏马,扛起你的猎枪,快回来看看你金子般的土地吧,别让它成了豺狼出没的地方……"

杨满山好奇地望着棰棰,也学着唱:"啊哈嗬咿——"

原野上,蒙古人像传递火炬般传唱:勇敢的牧人纳木林,骑上你的骏马,扛起你的猎枪,快回来看看你金子般的土地吧,别让它成了豺狼出没的地方……

杨满山跟在棰棰后面问:"棰棰,这靠得住吗?""你放心,纳大哥在三五天之内肯定能赶回来。"杨满山仍有点疑惑:"如果赶不回来可就误事了。""满山哥,这是蒙古人特有的传话方法,别说是往后山传,就是再远的地方也能一波一波传过去。"杨满山感慨地:"这办法不赖。我爹那时候要能给我妈传个话,我妈也就放心了。"棰棰:"你们走口外的人春天出来,秋后回去,除了这两个节令,沿路连个人影儿都没有,话传到库布齐沙漠,就让风给吹走了。"杨满山思谋着:"那我得想个办法。""你家里现在又没人,你给谁捎话呀。"杨满山:"以后我给后人传个话。"棰棰嘟着嘴没说话。

红鞋嫂从店里出来:"孩子们,回来吧,天不早了。"

后山草原,群马奔驰。纳木林跟在后面,高兴地唱道:"啊哈嗬咿——"

远处传来嘹亮的歌声:"啊哈嗬咿——勇敢的牧人纳木林,骑上你的骏马,扛起你的猎枪,快回来看看你金子般的土地吧,别让它成了豺狼出没的地方……"

正在挤奶的莎日娜听见歌声,擦擦手站起来。她朝草原方向唱道:"啊哈嗬咿——"

四处回应:"勇敢的牧人纳木林……"

纳木林喝住马群,回应道:"啊哈嗬咿——"他紧拽马缰,枣骝马箭一般飞向蒙古包。

莎日娜朝着纳木林喊:"纳木林,家里人在叫我们。"纳木林:"我听到了。你准备一下,咱们马上回去。"

梁老板住处。炕上摆放着图纸,梁老板正伏案研究重修杨家渠方案。

杨满山端着一盆热水进来:"大叔,歇会儿吧,烫烫脚。"梁老板放下手中图纸,躺在躺椅上。杨满山蹲下给梁老板脱鞋,脱布袜。梁老板:"我自己来!"脱去布袜将脚伸进盆里。杨满山拖来一个小板凳坐下,帮梁老板洗脚。

杨满山:"我一直以为大叔住在高门大院里,不想你住在这儿。"梁老板:"修渠人飘泊不定,居无定所。累一天回来,最盼望的是一碗热饭,一盘热菜,一壶热酒,一副热炕。这就房子,我一年也住不了几天。嘿,扯远了,满山,说说你重修杨家渠的想法。"

杨满山边擦脚边说:"要重修,得先劝说原来的股东继续投资。要保证让人家得到回报,要让人家能赚到钱,得到利益。"梁老板:"对,你让人家投资,就得让人家得到好处。不能小家子气,空手套白狼。"杨满山:"那条渠不算长,可进水口的水太大,得另外找个开口的地方。退水渠也得改,得避开好地,防止水淹。"梁老板:"修渠打坝,绝不可贸然行事。做好了,功德无量。做不好,贻害百年。我先去找找原先的股东,看看他们咋说。"

杨满山将茶壶递给梁老板,沉重地说:"父债子还,对于先前造成的损失,我用一辈子的血汗来还。请他们给我点时间,我说话算数。"

梁老板:"好,我会给他们说的。有志者事竟成,只要修好这条渠,那点钱不算个啥。"

夜深了。梁老板面壁而坐,一言不发。杨满山坐在一边看图。

梁老板:"满山,你把图纸拿过来。"杨满山将图纸摊在炕桌上。梁老板就着灯说:"你看,你爹选的这块地方西南高,东北低,要想退水顺畅,得把退水渠延伸到北面的五加河去。我得仔细算算,别再出岔子。你先睡吧,明天早点回红鞋店,纳木林他们该到了。"

杨满山端着灯悄悄退出。

原野上。纳木林纵马奔驰。

另一处,道尔吉、蒲父、流浪艺人等策马往红鞋店赶去。

纳木林来到红鞋店,跳下马喊道:"大嫂、棰棰!"

棰棰从厨房跑出来:"纳大哥,你来啦?我妈这两天一直掂记着你呢,二娃——"二娃:"来了!"他跑过来牵马卸鞍。

红鞋嫂走过来:"累了吧,快进屋歇歇。"纳木林:"我一听到歌声就往这里赶,是不是户口地出事了?"红鞋嫂:"我们进去说吧。"

外面传来马头琴声。棰棰高兴地:"嘿,道尔吉老爹和蒲棒儿她爹也来了!"二娃:"姐,满山哥也回来了。"棰棰:"是吗,我去看看。"

红鞋店热闹起来。

棰棰给纳木林等人倒茶,然后走到杨满山身边坐下。

纳木林:"这个二麻烦真是像狐狸一样狡猾。我一片真心对他,他反而设圈套害我。也怪我那时多喝了些酒,被他的甜言蜜语迷惑住了。"

杨满山:"纳大哥,那契约上到底是咋写的?"

纳木林:"我也没看,他说是租的,租金多少多少钱,我听着头疼,说只要你好好种地,租金多少没关系。我不是还有牧场嘛,我不赚汉人兄弟的钱,秋后给我点粮食就行。"

红鞋嫂:"既然是租的,他咋跑到王府缴钱去了,还要多缴两成?"

杨满山:"二麻烦是个滑头鬼,只要一睁眼就想骗人。他见人说人话,见鬼说鬼话,纳大哥,这种人不得不防。"随即又问道,"大哥,他会不会在契约上捣了鬼?你按手印了吗?"

纳木林:"我也记不清了,好像他拉着我的手按过。那没关系吧,交朋友要讲诚信,他不能这样骗我。"

红鞋嫂:"一粒老鼠屎,坏了一锅汤。这家伙一带头,今年的租金恐怕要出麻烦。"

棰棰:"前不久他把木桩打进我家户口地里来了,我看他是想霸占这两块地。他连二地主都不想当,他想当大地主。"

蒲父:"咱们得想办法看看那张契约。要是租地契约还好办,要是写成买买契约,事情就麻烦了。按照法令,蒙汉发生土地纠纷,王府无权过问,必须通过神木理事衙门解决。那是个吃人不吐骨头的地方,吃了原告吃被告,不把你搞到家破人亡的地步,决不罢休。纳木林,你要小心!"

纳木林:"没事,从成吉思汗二十二代先祖勃儿贴赤那·豁埃马阑勒开始,我们家祖祖辈辈就一直过着狩猎放牧的生活。只要世界上还有水草,就饿不死蒙古人。让我伤心的是,我怎么碰上这么个坏人?他要真这么坏,我可就不客气了。"

满山:"纳大哥,还是小心点好。"纳木林:"他敢背信弃义,我拿弯刀和他说话!"

纳木林、道尔吉、杨满山、蒲父等骑马来到张二麻烦院墙外。见院墙上写着"张家圪旦"字样,道尔吉说:"这地方不是叫奥陶荒盖嘛,咋变成张家圪旦了?"

张二麻烦开门出来,极其夸张地:"哎呀呀,哪阵风刮来这么多尊贵的客人?有英俊的主子纳木林,有老阿爸道尔吉,有开心人蒲棒儿她爹,还有我的好地邻满山侄儿。好风呀好风,好风还有好酒,快请快请!"

一伙人互相看看，不知道二麻烦要耍什么花招。蒲父打量着二麻烦的院子说："二麻烦，你连住店钱都缴不起，哪来这么大一座院子。"二麻烦："是我租的，就像租种纳木林兄弟的户口地一样。"

纳木林："嘿，这可是你说的，你是租的我的地吧？"二麻烦："那当然，不是租的，莫非是抢来的不成？岂有此理！请进请进，好酒伺候！"

杨满山悄声问蒲父："这到底是个甚人？"

道尔吉："黑乌鸦变成巧八哥，巧八哥再变成狐狸精，这种东西我见得多了！"

一行人疑疑惑惑地跟着二麻烦进了院。

张二麻烦住屋。八仙桌上放着瓜子、┕籽和酪丹、肉干等食品。

张二麻烦："既然你们都来了，就是我的客人。我是笑脸相迎，满接满待。咋？我先说说今年的庄稼情况，再给诸位道个歉。今年事情多，一直没在一搭儿说说话，喝喝酒，你看这事儿办的，都怪我。"

蒲父："二麻烦，你既然有这个话，咱们就直话直说吧。你为甚要在纳木林的户口地里盖房子？你也不怕王府抓你？"

纳木林站起来："你必须停止！听见了吗！"张二麻烦："我原来是想给你办件好事，既然你不愿意，咱们马上停止。"纳木林："还有，你把地里那些木桩都拔掉，我看着扎眼。"张二麻烦："好好好，通通拔掉，一个不留！"

所有的人都愣住了，不敢相信事情会如此顺利。

杨满山："二麻烦，我还想问你几句话。"张二麻烦："满山兄弟，你说。"杨满山："果真要拔掉那些木桩？"张二麻烦："我不是说了嘛！"杨满山："房子也拆？"张二麻烦："先停下来再说。"杨满山："秋收在即，你打算甚时候给纳大哥缴租金，缴多少？"张二麻烦："不是有契约嘛，按约定办。"

纳木林问："我当时喝多了，咱们是咋写的？"

张二麻烦笑嘻嘻地："这事情天知地知你知我知。我当然要按契约交纳租金。纳木林兄弟，蒙古人的心是大海，你放心吧，我不会违背契约的。"

杨满山："那好，你把契约拿来让大家看看。"

张二麻烦不高兴地："你逼我干啥？那又不是你的地？我把契约丢了，你要咋？"

杨满山："丢了不怕，你重写一份。当着大家的面，把你刚才说的都写上。你写完我念一遍，念错一个字，我赔你一块大洋。写吧。"

二麻烦被将住了："拿、拿笔来。"

雇工走进来，手里拿着纸笔。

包头街上。杨满山走进一家卖冥钱冥纸的铺子。在和掌柜谈好价钱后，他说："叔，你先给我留着，过几天从讨吃窑起灵时我过来拿。"掌柜："好说，我给你留着。"

满山出来之后又到了一家车马店，和一位赶车人谈雇车事宜。一个小偷溜过来，把手伸到满山口袋里。满山浑然不觉。

一位警官走过来抓住小偷的手，厉声喝道："干甚！狗的偷到我的地盘上来了。"

满山转身一看，吃惊地喊了一声："你是——老三？"

刘警官一愣，揉揉眼，喊道："满山哥？大哥，你咋在这儿呀！"他紧紧抱住满山，小偷趁机溜了。

赶车人："你们谈着，车的事就这么定了，到时候我等你。"

包头街上西口饭店里。桌子上摆着丰盛的饭菜。刘警官有点喝多了。他举起酒杯说："……大哥，你不知道我有多么想你，想着想着我就哭啊哭啊，哭死了也没人疼我……"

满山也喝多了，动情地说："老天有眼！咱们弟兄三个遇了那么多事，都还活着。往后咱好好干，让后辈儿孙再不要受罪了。"

没人疼："你先回去收割，运灵的事我安排。咱弄的气气派派，让我叔高高兴兴回家。"

满山："人死如灯灭。生前没孝顺，如今再气派也没用。细想起来，我真是个不孝子孙……"他爬在桌子上，呜呜地哭起来。

纳木林户口地。月色迷朦。张二麻烦正率人抢收庄稼。他不时低声吩咐："弯倒腰，不许抬头！"他们收割的方法很特别：留下外边一圈庄稼做掩护，人藏在里面收割。

工头提着木棒说："大家快点收割，张二掌柜说啦，割得多赚得多，捡进篮篮里头就是菜。要是有人过来拦挡，你们往死里打。"一农工问道："工头，王府地还没开镰，你们咋这么着急啊？"工头回答："我是掌柜雇来的，我不管那一套。这世道，有钱的是爷爷，没钱的是孙子。"

跟在后面的张二麻烦低声喊："低倒头，快割！快割！"一农工好意地说："掌柜的，让庄稼再熟几天，能多打好多粮食。"二麻烦抿着酒不耐烦地说："你又不是我儿子，你替我操啥心？快割，要不你就滚蛋！"一农工："我没明没夜替你收割了五天，你让我滚蛋？你拿钱来！"二麻烦踢了他一脚："你不好好干，一文钱都不给！这是在口外，四条腿的毛驴不好雇，两条腿的人有的是！"

夜空中一片嚓嚓的收割声。

清晨。几辆马车停在地头。工头指挥雇工："快拉！你，快装车！"雇工甲："我这不是正在装嘛……催命啊！"工头："掌柜的说啦。今年粮价好，早收早卖！"雇工乙："掌柜的又不是你爹，一口一个掌柜的，没一点骨气。"张二麻烦："禾场上有饭，快装车，快走！"

马车上装满糜捆，快速往禾场驶去。

禾场上一派繁忙景象。雇工们有的用碌碡碾压糜子，有的用扇车扇粮，有的用木锨扬粮，还有的把粮食装进毛口袋里。

工头："快扇！快装！"

张二麻烦抿着酒盯视众人。

鄂尔多斯王府地边停着几辆华贵轿车。喇嘛们手执长号排成一排。王府卫兵守护着供桌供品，阿利玛端着托盘。托盘上放着酒壶酒盅。

梁老板："尊敬的蒙汉乡亲，父老兄弟们，鄂尔多斯王府地今日开镰，请尊贵的二奶奶祭天祭地祭奠圣明的成吉思汗。"

几响震天的铁炮声过后，众喇嘛吹响长号，农工们点燃线香。二奶奶款款上前，洒洒祭奠后，庄严地宣布"开镰！"众孩子高喊："收秋啦！"

梁老板："二奶奶说了，遵照政府法令，今年不加租税，概仍其旧！"

二奶奶把梁老板拉到一边，嗔怪地："我说了嘛？"

众农工高呼："二奶奶！二奶奶！"举起镰刀走向庄稼地。梁老板笑着站在一边。

浑厚的歌声：大地母亲，上苍父亲，圣明的成吉思汗，感谢你们赐福于子孙。为五谷丰登，为六畜兴旺，为蒙汉友情。酹酒祭献香甜的美酒，愿草原常绿，愿民众开心……

棰棰领着几个帮工来到自家户口地边，对正在收割庄稼的蒲父说："叔，我雇了几个人，你歇会儿吧。"蒲父："不累，叔这身子，还能在口外干个一二十年。满山还没回来？"棰棰："没有，他说去雇拉灵的牛车，再买点沿路用的东西，我一会儿到包头找他去。"转身对雇工说，"这就是我家的地。饿了有饭，渴了有水，累了你们就歇会儿。"农工："棰棰你放心，你家的事就是我们的事。到包头替我们问候杨满山,他还真可以,硬把他爹给找到了。"棰棰:"找是找着了,可人不在了。"农工:"你让他想开些,活成个男人,这一辈子不知道会遇上甚事。男人得顶天立地。"

杨满山骑马而来:"大叔,棰棰,我回来啦。"蒲父:"都安顿好啦?"杨满山:"该买的都买了,雇了一辆牛车。还差一只红公鸡,到时候再买。你们猜我碰到谁啦?"蒲父:"是马驹吧?"杨满山:"不是,是老三没人疼。他如今是包头警务所的警官。"棰棰开玩笑地:"都没人疼他,还能当了警官?"蒲父:"好好好,大难不死,必有后福。满山,这里的活儿一完,叔陪你回口里。"杨满山:"大叔,老连累你,真是过意不去。"蒲父:"这么大的事,一路上又过沙漠又过河,得有人帮你。"棰棰:"满山哥,你先歇歇。"满山:"不累。"他望着纳木林的户口地说,"二麻烦可真快,已经收割完啦?"蒲父:"那人今年疯了,不等王府祭拜长生天,他就不分昼夜地抢割完了。"满山:"这个人,得防住他。"棰棰:"不怕,他跑不到天边子去。"

杨满山没吱声,操起镰刀开始割庄稼。

大雁呱呱飞过。行走的人们抬头望天,脸上满是笑容。

人们走进商铺,争抢着买东西。有俩人相互问候:"三哥,多会儿回?""后天。""相跟的人多不多?""有二三百人,一起走吧?""好,后天我在二里半料炭坡那儿等你们。""今年收成好,多买点东西,把银票藏好。""记住了。千万等着我,不见不散。"

小伙计从后院提来一只公鸡,交到掌柜手中。掌柜拎着公鸡问蒲父:"这一只行吗?"蒲父仔细端详:"……鸡冠小了些。"刘警官:"掌柜的,给换一只。我哥要送他爹回口里。"

掌柜的赶忙弯腰行礼:"原来是刘警官的亲戚啊,换换换,快换,伙计,把那只大红公鸡抱来!"

小伙计拎着鸡赶忙跑到后院去。

掌柜:"两位客人,是准备运灵使的吧?"杨满山:"对,把我爹运回老家安葬。"

掌柜感慨地:"死在口外的人,能落个尸骨还乡就不错了。每年这个时候,我这儿的公鸡都不够用。红公鸡吉利、招魂,一路顺风。"

这时,小伙计又抱来一只鸡递给掌柜。掌柜问:"两位客人,你看这只行吗?"蒲父:"行。"

刘警官准备付钱,掌柜的挡住说:"哪能收你的钱呢,算我送给客人的。"

杨满山把钱硬塞到掌柜手里,正准备走时,棰棰气喘吁吁地跑来说:"大叔,满山哥,张二麻烦突然不见了。"

刘警官:"啊,那个家伙在哪儿?我找了他好久了!"棰棰:"嗨,你是谁?"刘警官:"我是刘警官,是满山大哥的结拜兄弟。"棰棰:"哦,没人疼啊,你好,我叫棰棰。"刘警官恼火地:"告诉你,我叫刘天生,是包头警务所的警官。"棰棰:"太好了,我听满山哥说过你上当的事,咱们一起去捉拿二麻烦好不好?"刘警官咬牙说道:"好,我去!"杨满山:"纳大哥知道不知道?"棰棰:"我还没告诉他。"杨满山:"大叔,我去找二麻烦。"

蒲父催促说:"快去吧,纳木林的事就是咱们自己的事。快去快回,我在讨吃窑等着你。记住,咱们得随着大股人马回口里,不然一路上尽土匪,怕出事。"

杨满山点点头:"大叔,我记住了。老三,棰棰,走!"三个人匆匆离去。

杨满山、棰棰、刘警官来到离二麻烦住处不远的地方。满山着急地问守在路边的几个雇工:"他人哪儿去了?多会儿走的?"雇工们守着一堆粮食说:"我们也不知道。给他受了一年苦,就给了这么点粮食。让他帮着拉到包头去,他还要运费,这个龟孙子。"另一农工指着几只驮粮的羊说:"我跟他翻脸,他给了我几只羊,让这些羊给我驮粮食,还扣了我的工钱。"

棰棰:"别着急,我带你们到奥陶荒盖找他去!"一农工:"你是说张家圪蛋吧?我们去过了,那是他租的人家的房子,如今锁着一把大锁,鬼也没一个。"

棰棰一行来到二麻烦卖过针线的小村里,棰棰用蒙语问几个蒙族妇女:"大婶,你们知道二麻烦在哪里吗?"一蒙族妇女:"春天见过。他还欠着我家的钱呢。姑娘,那是个坏人,千万别上他的当。"

杨满山咬着牙说:"走,他就是跑到天边子,我也要把他抓回来!"

刘警官:"再找不见,我就贴布告抓那个灰孙子!"

蒲父在讨吃窑大门口焦急等待,不见满山踪影。

一过路人:"蒲棒儿她爹,别等了。赶紧回吧,你们口里人都快走完了。"

蒲父:"我得等等,杨满山一个人运不回去。"

杨满山、棰棰、刘警官疲倦地躺在路边。

棰棰:"满山哥,你走吧,我已经告诉纳大哥了,他很快就会回来。你得早点上路,不然会遇上土匪。"

刘警官:"大哥你走吧,那怕二麻烦钻到地缝里,我也会把他抠出来。你要不走,我也不找了,我送你回去。"

棰棰:"哥,走吧,大雁飞回来的时候,你就回来。好啦,走吧,我唱支曲儿送你。"她低声哼道:"河湾里的水,向着河湾的方向流啊!在孩提的嬉戏中长大的我们,全靠了父母的恩情……"

讨吃窑内外站满各色人等,这里正在举行送灵仪式。

摸鬼行者:"起灵!"

杨满山等把杨二能灵柩放在牛车上。棺木前摆着供品,拴着大红公鸡。

摸鬼行者:"放炮!"

铁炮声响过后,梁老板庄严地喊道:"老杨,杨二能,你儿子杨满山接你回家,你要睡稳啦!"

杨满山跪下磕头:"爹,我接你回家,咱回吧!"众人:"回家!回家!"

梁老板将引魂幡递给杨满山:"满山,一路小心!"杨满山:"师傅保重!"

摸鬼行者高喊:"杨二能,上路!"

蒲棒儿她爹撒着纸钱,对赶车人说:"走吧!"

牛车驶出大门。刘警官跑过来说:"大哥,我公务在身,不能送你回去了。"他跪下边磕头边喊:"大叔,老三刘天生给你老人家送行。你一路走好!"

唢呐、管子齐奏《走西口》。

一队大雁掠过天空。金子川、贺师爷等官员、乡贤站在河曲县城西门外黄河边。河对岸山顶上冒出一团人影。河这边的人大声喊叫:"回来啦!回来啦!走口外的汉子们回来啦!"

金子川一挥手,炮手点着铁炮。

船家一声喊叫,满载走西口汉子的大船向河这边驶来。

船汉唱道:"割倒糜子收倒秋,跑口外的哥哥往回走。三百里明沙二百里水,五百里路程回口里……"

黄河岸边。蒲棒儿母女站在戏台旁边焦急了望。蒲母问:"蒲棒儿,看见你爹了吗?蒲棒儿:"妈,还没有。""有没有背四胡的人?那就是你爹。""看不见,这一船人多,肯定是下一拨。"蒲母咳嗽着说:"你爹那灰人,光顾唱曲儿高兴,年年不早回来。"蒲棒儿:"妈,我爹那么辛苦,不能这么说他。"

装满粮食的羊皮筏子顺河漂下来。先是十支八支,随后漂满河面。

筏子靠岸。人们把第一袋糜子举献给金子川。贺师爷上前割破羊皮袋,金子川和众乡贤捧起一掬糜子。

人们高喊:"红丢丢的红糜子,河神爷爷吃来哇!河神爷爷吃来哇!"

金子川凝望苍天:"河曲知事金子川,率本乡子弟祈祷苍天,佑我县民平安归来,祈求来年风调雨顺。"说罢,将糜子扬向天空。

众乡贤纷纷效仿。天空顿时下起一场"糜子雨"。

接到亲人的人们逐渐散去。牛车拉着一具具棺木走了。蒲棒儿母女仍站在戏台旁边。

蒲母焦急地:"人家都回来了,就剩下你爹了!"蒲棒儿劝慰道:"妈,别着急,说不定是明后天那一拨。"蒲母无奈地:"回吧,咱明天再来。妈有点不舒服,你想看戏自己看去,早点回来。"蒲棒儿:"我不看,咱回吧。"

戏台上锣鼓丝弦响成一片。

灵车缓慢滚动。蒲父对赶车人说:"停车,上香。"

赶车人不高兴地:"我说你们能不能少停几次。一过乌拉素和珊瑚湾,越走越凶险。你们回来得就晚,一路上就咱们三个人,土匪说来就来。我可告诉你们,我身上一个铜子儿不带,土匪也不抢我们这种人。你们可小心些些,再要停车,抢了活该!"

满山:"大叔,咱们快点走。"蒲父:"不行。你爹辛苦一辈子,就要回家了,别慢待了他。"赶车人:"蒲棒儿她爹,咱们得快点走,今晚前不着店后不着村,得住在野地里。"蒲父:"伙计,你要是害怕,我给你唱两声。"赶车人:"千万不敢唱。黑夜也不要点火。这地方土匪比狼还多。"

灵车停在山崖下面。赶车人正在喂牲口。蒲父、杨满山摸黑吃着干粮。

杨满山招呼赶车人:"大叔,过来吃点干粮吧。"赶车人:"我有干粮。我只挣脚钱,不占你们的便宜。"满山:"那你先睡会儿。一有动静我就叫你。"赶车人:"满山,说话低声些,土匪的耳朵比狗还灵。"

灵车缓慢行进。

满山:"爹,回家吧,咱回家哇……"

赶车人:"别喊了。这地方没吃没喝,鬼都不来,你喊上半天,你爹听不见。满山,一路上我看你这后生人不赖,能吃苦,有孝心。回去以后把你爹安置好,赶紧娶上个好媳妇,再来口外时多交朋友多赚钱,那才叫正经事。"

满山:"我家再没人了,安置好我爹,我就来口外。"

蒲父:"你叔说得也有道理。走口外的人,得早点成家。有了家就有了牵挂,不然就像无根的沙蓬一样,风一吹,连影子都找不见了。山曲儿里唱:三春期黄风天天刮,无根的沙蓬往哪儿落,说的就是这个道理。"

赶车人:"满山我告诉你,男人要是没有个好女人,你一辈子甚事也干不成。"

满山:"以后再说吧,眼下顾不了这些事。"

第 14 集

　　河曲县署旁边，新建起一座大河书院。贺师爷正领着几个孩子朗读王之涣的《登鹳雀楼》。孩子们心不在焉，声音很不齐整。

　　贺师爷指着一个孩子问："栓栓，你说说，这四句诗是什么意思？"栓栓："不知道。""昨天金知事不是给你们讲过了吗？""昨儿黑夜还记着来，今儿早上就着酸粥吃啦！"贺师爷皱着眉头说："好好说话！"栓栓："一大早我正在杏树底下背诗哩，我爹走过来说，人的命，天注定，念成甚也不顶用。我爹还说，栓小子你认命吧，生成男的走口外，生成女的挖苦菜。他还说，该死的肚朝天，不该死的活了一天又一天……"

　　贺师爷生气地："你爹说你爹说！你自己数数，你十根手指里夹的几道缝缝！"

　　栓栓："不用数，八道缝缝。"

　　贺师爷："下炕，穿鞋，立马把你爹给我叫到这儿来！生成男的走口外，生成女的挖苦菜——就你们这样，一字不识，就是将来到了口外，又能干个甚！"

　　众孩子："种地——挖渠——背炭——缝皮袄——拉骆驼……"

　　贺师爷："好啊，种地挖渠，背炭缝皮袄，还要拉骆驼！是拉自家的骆驼呢，还是给人家拉骆驼？"一孩子："给人家拉骆驼。"贺师爷："与其给他们拉骆驼，你们就不能自己当掌柜呀？"孩子："不能——"贺师爷："为甚？"孩子："我爹说——"贺师爷："去，把你爹也叫来！"孩子："我爹一开春就到鄂尔多斯巴拉嘎苏种地去了，今年不回来了。我爹经常给我说，晋中侉侉长的是玻璃头，一个人能打六架算盘。"贺师爷："娃娃，西门河畔和曲儿街上每天都有运货运钱的晋中人，你们谁看见他们长着玻璃头来？他们那头跟你长的一样样地。他一人能打六架算盘，你能打几架？"孩子摸着脑袋说："我一架也不会打。"

　　贺师爷叹了一口气，缓缓说道："不会就好好学！天下无难事，只怕有心人！我把肚里这几个字传给你们，盼着你们知书识礼，日后比我们这些人有本事、有出息。你们有这个志气吗？"

众孩子："有——！"

贺师爷："好样的，来，跟着我念。白日依山尽——"众孩子跟着念："白日依山尽……"

几只落队的大雁从天空掠过。蒲棒儿搀着她妈往西门外走去，路过大河书院时，听见孩子们正在朗诵诗：白日依山尽……

蒲棒儿："妈，我要是能识几个字，活着不冤枉，死了也不后悔。"蒲母："别死了活了的，不吉利。识字是男人们的事，你是妈的小棉袄，就披在妈身上。""三伏天也披着呀？""披着！""不怕热啊？""不怕。你爹万一要有个闪失，你就是妈最贴心的人了。""妈，不是不准这样说嘛！""好，不说，妈甚也没说。"

县城西门外。船工在修船，河畔分外冷清。

一船工："嘿，你们看，那母女俩又来了。走口外的人都回来了，蒲棒儿她爹今年咋回事呀！"另一船工对蒲母说："婶子，你身体不好，就不用来了。我叔回来我送他回去。"蒲母："没事，在家里坐着也是坐着，婶子来河边散散心。你叔回来要看不见我们，他会着急的。"她盘腿坐在河棱上，紧抿着嘴唇，身子一动不动地看着河那面。

凄凉的歌声："大雁回家你不回，你在口外刮野鬼……"

黄昏时河面一片金色。蒲母一动不动地看着河对面的山头。

天黑了，河面一片漆黑。蒲母瓷像般一动不动地看着河对岸。

河对岸有几星灯光。隐隐约约有信天游歌声传来："白圪生生的脸蛋花儿一样的妻，这么好的老婆留不住个你……"

蒲棒儿拉着她妈的手说："妈，回吧。我求求你，咱回吧。"

一船汉："婶子，回吧，穿河风像刀子一样，蒲棒儿也受不了。"

红柳："蒲棒儿，你们今晚住到我家去吧，明天来河边也方便些。"

马母："弟媳妇，回吧。该回来会回来的。当年，我也是坐在河边，等着马驹他爹。等了一天又一天，等了一天又一天，不想，我等回来——"蒲棒儿赶紧打断她的话："我爹肯定会回来！我爹跟我姑父不一样。我姑父为捐钱修文笔塔，活活累死了。我爹心大心宽，是个红火人。他说，他要笑着活这一辈子。"

蒲母哑着嗓子说："蒲棒儿，回家！"

揪心的歌声："难活不过人想人,泪蛋蛋打得胸脯脯疼……"

蒲棒儿提着一包线走进货栈："掌柜的,卖线。"货栈掌柜拿过线验货:"纺得好,又细又匀称。伙计,按上等货付款。"伙计拿起秤说:"好,蒲棒儿她妈纺的线,一百个放心。"蒲棒儿说:"等等,底下那几捆,是我学着纺的,大叔,你看能不能收?"货栈掌柜翻出线来:"嗯,是差些,这几捆按二等收吧。你爹还没回来?""快啦,过几天就回来。""你妈身体好点吗?"蒲棒儿感激地说:"好多了,谢谢你惦记。"出门时又转身问,"掌柜大叔,你帮我打听一下,有没有买窗花的人?"掌柜:"谁卖窗花啊?"蒲棒儿:"我妈身体不好,我想卖几个钱贴补家里。"伙计:"城里头人来人往,甚人也有。你只管拿过来,我替你卖。"蒲棒儿:"小兄弟,谢谢你。"说完离去。

蒲棒儿从药铺柜台上拿起药包,低头欲离开。看病先生叫住她:"蒲棒儿,你过来。"等蒲棒儿走过去,他低声说道,"你妈气血两亏,郁结不退。服药之外,你们家人要好好劝解,不要太节省了,让她吃好喝好,补养身子。记住了吗?"蒲棒儿:"记住了,谢谢先生。"

伙计:"蒲棒儿姐,慢走。"

蒲棒儿点点头,离去。

茂密的沙蒿林。秋风刮来,呜呜作响,沙蒿随风摆动。

赶车人紧张地:"过了沙蒿林,就要翻霸梁!拿出家伙来,摆好架势,站好位置!一人一边,要眼疾手快!见了土匪,不敢硬碰,也不能尿裤子!"蒲父掏出匕首:"满山,拿家伙!"杨满山:"好!"

五六个蒙面土匪挥着鬼头刀吼着蒙语围过来。赶车人嘲弄道:"算了吧,别装神弄鬼了,蒙古人不干这种行当。算我倒霉,正好就遇上你们了。来吧,死人活人都在这里,你们想要啥,说话!"

一土匪到棺材前抓了一个馍馍,噗噗吹了两口:"你们咋这会儿才回口里,这不是明着让我们抢嘛!狗的今天手臭,把钱和衣裳输光了。咱一家人不说两家话,有钱分着花吧。你们是要命还是要钱!"蒲父:"胖挠子,这是火山杨家后人杨二能的灵。我给你带了点洋烟,拿上抽去吧。我们还得赶路。"胖挠子:"按理说你们今天够意思,可是你们也太小看哥们了!自古回口里都得结伴成群,你们该随大流回去。可偏偏你们胆大,想试试老子的软硬是不是?弟兄们,把棺材抬起来,看看底下藏东西没有!"

杨满山走过来拍拍胖挠子的肩膀,顺手一提,把他扔到沙蓬丛中。

胖挠子爬起来："妈的，谁呀谁呀！撬棺！"

杨满山从车厢里抽出铡刀，把胖挠子拍倒在地："都别动。谁要敢动我爹，我一刀把这个家伙剁成两截！"

胖挠子："杨满山，又是你，真是冤家路窄！好了好了，放哥起来，哥不跟你玩了。"

蒲父："胖挠子，站起来乖乖儿走吧。西口外天大地大，咱们各走各的路。别结下死仇，否则你不得好死。"

众土匪："走吧，这后生眼睛里呼呼地往外冒火，一看就是个拼命的家伙。""这人力气大，咱在红鞋店就吃过亏，赶紧走吧。"

杨满山提着铡刀，踢了胖挠子一脚："滚！"胖挠子站起来，拍拍手说："栽了栽了，偏偏又碰见你小子了！"他一把把蒲棒儿她爹按在车辕上，褪下裤子，冲屁股上肉厚的地方剜了一刀，又转了一个圈儿，说道，"他姓杨你可不姓杨。鞋大鞋小，别走了样。咱们按着规矩来。我在你屁股上栽了一朵白莲花！朋友！咱们两清了！快走。"说罢快速离去。

蒲父屁股上的肉立时翻起来，犹如一朵莲花。满山拿过蒲父手中的刀立即追上去，冲屁股给了胖挠子一刀，狠声说道："胖挠子，别让老子再遇见你！有种你到河曲火山村来找我！"

赶车人对大声嚎叫的胖挠子说："让你走你不走，看看，你给别人栽了一朵白莲花，别人给你栽了一朵臭金莲，这下两清了。霸梁的风呼呼地往死吹人哩，给你两贴膏药，赶紧贴上。这是红鞋嫂制的膏药，好人一贴就好，坏人一贴准死。"

土匪抢过膏药，抬着胖挠子跑了。

杨满山扶起蒲父，带着哭声说："叔，让你受连累了，我看看伤口。"

蒲父勉强笑着说："没事，就当是让蝎子蛰了一下。"

赶车人："蒲棒儿她爹，这可不是闹着玩的。赶紧上车，我给你贴一付膏药。"见蒲父爬在车辕上，他边贴边说，"八两换半斤，今儿咱们没赔本。上车吧。"

蒲父捡起一根木棍说："满山，走吧，有命在，就甚也不用怕！我给你们唱两声：哥哥我走西口——"刚走出几步，摔倒在地。

赶车人："你有伤，不能着重，满山，请你叔上车。"

杨满山撤去棺木前的供品，给蒲父腾出一块地方："叔，你上车吧，就当是陪陪我爹。"他把蒲父抱上车，蒲父说："满山，我能走。"满山跪下磕了一个头："大叔，从今儿起，你就是我的老人。咱走，回家！"

荒原上响起凄凉的《走西口》。

黄河岸畔,涛声阵阵。

蒲棒儿、马母跪在河边。马母将点着的河灯一盏盏放进河里:"兄弟、马驹,平平安安回来吧!"蒲棒儿将河灯放进河里:"爹,马驹哥,平平安安回来吧!"红柳也跪下放了一盏灯:"亲人们,都平平安安回来吧!"

蒲母靠着河塄,一动不动地看着河对岸。蒲棒儿站起来劝道:"妈,回吧,我爹会回来的,他肯定是有事哩,他又不是不要这个家了,回家吧,妈,我害怕。"

蒲母叹一口气:"就是人不在了,我也得看见他的骨头呀!"她身子一歪,昏过去了。

红柳:"婶子,婶子!"

马母:"蒲棒儿她妈,好妹子,你别瞎盘算。他们过两天就回来啦!"她掐住蒲母人中,蒲母醒过来:"姐,送我……回家……蒲……别走……"

蒲棒儿:"妈,我不走,我是你的贴身小棉袄,一年到头披在你身上。我哪儿也不去,妈,妈……"

红柳:"我找看病先生去!"马母:"红柳,给你钱。"红柳:"我有,快到我家去!"

蒲母挣扎着摆摆手:"回家,回……家……"

河面上飘着一串明亮的小灯碗。河面上飘着幽怨的歌:哥哥你走西口……

天还没亮。村里传来公鸡叫声。蒲母挣扎着坐起来:"蒲棒儿,蒲棒儿,你爹回来啦?"蒲棒儿迷迷糊糊地:"没有,妈,睡吧……"

蒲母悄悄起来,拄着棍子走出去。

蒲母走进小偏房,挨个儿揭盖看装粮的纸瓮:"灰人,今年我又给你省下了。你看看,咱家还有四纸瓮粮食。就是蒲棒儿办喜事,咱家的粮食也够够地。你要回来,咱就给蒲棒儿办了吧,咱闺女心好人样儿也好,只要咱放话,准能找个好人家。你咋还不回来呀?你遇上甚事啦……"

蒲母走到梯子跟前,挣扎着上了两截,捂着胸口靠在梯子上。她叹口气,自语道:"他爹,我上不去了……"她慢慢下来,转身往大门处走去。

蒲棒儿睡梦中的声音:"妈……"蒲母:"蒲棒儿,你再睡会儿,妈看大门关好没有。"

等屋里没声响了,她一步步走出大门。

蒲母下坡走进避雨窑。她点着小油灯,看着墙上划的道道说:"哥,成家十九年,妹子送了你十九回。开春我就说过,明年我不送你了,我把道道划深些。"她端着油灯,刚划了半截,身子一歪倒下了。

灯还亮着。一支山曲儿伴着她:"山在水在石头在,人家都在你不在。大雁回家你不回,你在口外刮野鬼……"

太阳出来了。蒲棒儿和村人在寻找蒲母。

蒲棒儿焦急地喊:"妈,你在哪儿?"村人:"蒲棒儿她妈,你在哪儿?"人们寻到避雨窑,有人喊道:"在这儿,蒲棒儿她妈在这儿!"村人:"大清早咋跑到这儿来了,快抬回去。"

蒲棒儿扑过去,凄声喊道:"妈!"

众人围住避雨窑,七嘴八舌地嚷道:"快点,快点!""不敢快,慢点!"

牛车来到小川河边。杨满山背起蒲父说:"叔,我背着你,你有伤,不能着水。"过河后他将蒲父放在河边,又返回对岸,和赶车人把棺木放在刚扎好的羊皮筏子上运过去。

赶车人返回去把牛车赶过河:"满山,你知道我现在在想啥?"满山:"想家了吧?"赶车人:"不是。我想你那朵臭金莲,栽得真狗的痛快!"蒲父:"满山,往后要小心。胖挠子还会找麻烦的。"杨满山:"叔,我记住了。"

灵车驶进古城镇。蒲父昏昏沉沉地靠在棺木前头。他身边是那只红公鸡,满身泥土,疲惫地耷拉着脑袋。

古城人围过来,七嘴八舌地问:"住店不?运灵车都是半价,再便宜些,给点钱就行。""你们真是好胆子,走口外的人早就回完了,你们咋这时候才回来?""哎呀,蒲棒儿她爹,你这是咋啦?"

蒲父摆摆手,有气无力地回答:"不小心……让蝎子给蜇了。"

一古城人:"是不是让胖挠子栽了白莲花了?"

赶车人:"瞎说八道,不是胖挠子栽了白莲花,是这位杨满山兄弟给胖挠子栽了一朵臭金莲。"

王忠义挤进来:"嘿,满山哥,回来了?"杨满山看着他问:"忠义,你妈好点吗?"王忠义:"唉,没了,你们走了没多久,我妈就去世了。走吧,到我家住去。我家里有祖传好膏药,一贴就好。"

杨满山有点犹豫。一古城人说："去吧,忠义是个好后生,别的毛病倒没有,就是爱听大鼓书。一睁眼就惦记着绿林好汉,忙得连老婆也顾不上娶。"

杨满山背着蒲父走进院里,说："叔,疼吧? 你再忍忍,我回头去镇上找看病先生。"

蒲父心神不定地回答："满山,我心里有点发慌,家里不会出事吧? 就剩下七十里地了,咱们咬咬牙,连夜回吧。"

满山安慰地："好,咱连夜走。明天一早到黄河边,正好坐船。忠义,咱们先吃饭。"

王忠义："满山,咱这么办。先好好吃上一顿饭,喝上几盅酒,暖暖身子。接下来你们洗洗身子泡泡脚,我来看看叔的伤口。我懂点医道,我给他排脓清创,贴上一贴家传膏药。再接下来,我送你们回河曲,咱说好,都是一家人,一满不要客气。"杨满山不好意思地："咋能麻烦你,还有七十里路……"王忠义："我自小爱听鼓书,我佩服杨家人。安葬老人是件大事情,你一满不要发愁,我把你送到火山村,我帮你!"杨满山作难地："忠义,这……"

赶车人着急地："我看忠义是个好后生。热心,有主意。他又不吃你的不穿你的,他是一心想帮你! 怪不得人们说,河曲府谷人,甚也弄不成!"

王忠义双手叉腰,满有豪气地说："喂喂喂,不能那么说,咋就甚也弄不成? 你给我个梯子,我到天上给你把月亮爷爷请下来。满山,这世上就没有弄不成的事情,你说是不是? "

满山极为赞赏地："忠义,说得好。你咋不到口外闯一闯? "

王忠义来劲了："我这人不爱干小事情。光是个种地,哪儿不能种? 男子汉大丈夫,要干就得干点大事情。满山你别小看我,我得等个好机会,干一件惊天动地的大事情。"

杨满山拍拍忠义的肩膀,说道："忠义,我安葬完我爹就出口外,拜梁老板为师,在鄂尔多斯修一条大水渠,你去不去? "

王忠义："那得看你工程到底有多大。要是小打小闹赚小钱,还不如我在街上听鼓书。"

杨满山高兴地："忠义,你跟我回村吧,我给你说说修渠的事!"

王忠义："行,你得给我从头说起,得画图,得算帐,不然我不干。常言说的好,男人说话,顶如一笔写下! "

黄河岸边,朝霞满天。一河流水,飘金泻银般往前流去。
灵车停在岸边。杨满山和王忠义先把蒲父扶下车。

杨满山："叔,你醒醒,到黄河边儿啦,快到家啦!"

蒲父醒过来,拄着棍子踉踉跄跄地跑到河边,嗓音嘶哑地朝着河对岸喊,"蒲棒儿,爹回来啦,蒲棒儿她妈,我回来了,你听见了吗?"

河面上回响着蒲父的声音:"回来啦——听见了吗?"

蒲母躺在炕上,脸色蜡黄,满嘴燎泡。

蒲棒儿："妈,你醒醒,你别丢下我,我怕……"

红柳："婶子,你醒醒,你别丢下我们。"

马母："弟媳妇,你比姐还命苦,你千万挺住,全家人都心疼你!"

蒲母醒过来,挣扎着要坐起来:"姐……她爹回来了,你听,他在叫蒲棒儿呢。你给我换上……新衣服,给我梳梳头,扶我靠住墙,我坐着……等他……"

众人把蒲母扶起来。马母为蒲母换上新衣服,蒲棒儿含泪给母亲梳头。

蒲母摸着马母的手说:"姐,到如今,我才明白,你真不容易呀……"马母:"兄弟媳妇,口里的女人,都不容易。"

蒲母又昏了过去。屋里喊声一片。

家里院外,回响着蒲母经常吟唱的山曲儿:"还说人家不想你,泪蛋蛋好比连阴雨。还说人家不想你,半碗捞饭泪泡起。还说人家不想你,手巾巾擦泪揽水水。还说人家不想你,三天没吃下两颗米……"

秋风吹来,撕掉大门上半幅对联。

杨满山背着蒲父、忠义背着行李来到大门外。蒲父抖颤着喊道:"满山,放下我,你等等。"

杨满山轻轻放下蒲父,蒲父用手抚平门头上贴着的三张笑脸,嘶声喊道:"蒲棒儿,开门,爹回来了!"

蒲母醒过来,用手指着门外说:"蒲……快,你爹……回来了……"

马母听了听:"不对吧?没听见有人声。"

蒲父的声音:"蒲棒儿,开门,爹回来了……"

蒲棒儿惊喜地:"是我爹!是我爹!妈,我爹回来了!"她边跑边喊:"爹!爹!"

马母流着泪,双手合什:"阿弥陀佛!"

蒲棒儿开了大门,见她爹拄着棍子,连忙问:"爹,你咋啦?"话刚落音,人顺着门扇滑下去。蒲父惊诧地:"蒲棒儿,你咋啦?"马母用拳头捣着蒲父哭着说:"兄弟,你总算回来了!"蒲父:"咋啦,这不是好好的嘛!"

红柳边扶蒲棒儿边说:"叔,快进去吧,我婶子快不行了!"蒲父:"啊,你说甚!"

蒲父拄着棍子跌跌撞撞跑进屋里,扑到蒲母跟前惊叫道:"蒲棒儿她妈,你这是咋啦!我不是回来了嘛!"

蒲母摸索着找到蒲父的手,放在自己的脸上,挣扎着说:"灰人,我……总算把你……等回来了。"

蒲父边给蒲母擦泪边说:"妹子,起来吧,今年赚的钱不少,起来好好过咱的日子。"

蒲母动动身子:"她爹,你该早点……回来。"

蒲父:"我帮满山办点事,迟回来几天。起来吧,咱吃饭,过日子。"

蒲母眼睛一亮:"满山回来了吗?他……找着他爹没有?"

杨满山走过来,感激地说:"婶子,谢谢你,你还惦记着我,我找着我爹了。"

蒲母挣扎着想坐起来:"她爹,你扶扶我,让我坐起来……"蒲父扶她靠在被垛上,蒲母喘着气说,"满山,孩子你……过来……"

满山坐在蒲母跟前,蒲母攥住他的手说:"蒲棒儿,你也过来……"等蒲棒儿过来后,蒲母另一只手攥着女儿的手说:"蒲棒儿,妈没几天了……满山能靠得住……"她把蒲棒儿的手放在满山手里,"……咱家有粮食,她爹,记着,给闺女办事……满山,替我……照顾蒲……"

满山赶紧把手抽出来:"婶子,不行。马驹给我说过,他——"

蒲母摇摇头:"蒲棒儿不能嫁给马驹……我……不愿意……"她身子发软,从被垛上出溜下来,"她爹,你帮帮我……"蒲父扶着蒲母:"你躺下,咱慢慢说。"蒲母惨笑着说:"她爹,没日子了……"

忠义站出来说:"满山,蒲棒儿,赶紧跪下,答应吧,婶子闭不上眼睛!"

蒲母:"姐,妹子……对不住你……"

马母决断地:"妹子,别说了,你的闺女你做主,姐不怪你。马驹打不了光棍,我替他相中红柳了。"

红柳吃惊地:"婶子,你——"

马母镇定地:"往后你就叫我妈,马驹一回来,我就给你们办事!"

蒲母:"他爹,你就听我一回……"她昏过去了。

蒲父难受地:"满山,权当是救你婶子一命。蒲棒儿,过来。"他把满山和蒲棒儿的手攥在一起,放在蒲母手中:"蒲棒儿她妈,孩子们答应了,你笑一笑,你给孩子们笑一笑!"

忠义:"你们都听我的!满山,蒲棒儿,跪下,叫妈!"

蒲棒儿跪下:"妈——"

忠义按着满山双腿跪下,低声喊道:"快,叫妈!这么好的闺女,你到哪儿找去!"

秋风呜呜地吹,把蒲棒儿家大门头上贴着的三张笑脸撕碎了、吹跑了。

侯老板的驼队顶风冒雪行进在戈壁滩上。他们低声哼着一支自编的歌:白天住,黑夜行,吃苦为过好光景。山西人,走蒙地,一路要留好名声……

老胡:"马驹,踩稳,小心掉进冰窟里。"马驹打着哆嗦说:"不怕,我看着呢……啊……"他掉进冰窟里。

走在前面的侯老板扭回头来问:"咋啦?"小栓答应说:"我马驹哥掉进冰窟里去了!"侯老板决绝地说:"不管他!走!不然全得冻死!"

小栓从驼背上抽出绳子,对众人说:"刘马驹没对错咱们,都是一块儿的好伙计,大伙儿伸把手吧。"众人帮着小栓把绳子扔到洞里,齐声呼喊:"马驹!马驹!捆住腰,赶紧上来!拴住没有?"

马驹的声音:"嗯……"

众人赶紧拽绳子,把马驹拉上来。

老胡:"马驹快冻僵了!赶紧拉着他跑跑!"小栓:"这么厚的雪,跑不动!"老胡:"抛起来,往天上扔!"人们抬起马驹抛了几次,拍打着他喊:"马驹,快说一个最大的心愿,不然你走不出去!"老胡:"快说!我要发财!"小栓:"马驹哥,快喊你妈!就说:妈,我要活着回去孝敬你老人家!"

马驹醒过来:"死不了……"众人:"死不了你快喊呀!"

马驹摇摇晃晃站起来:"蒲棒儿,哥要娶你为妻!"老胡:"好,男人是烈火,女人是干柴,这时候要想起女人来,谁也冻不死,再喊,赶紧喊!"

马驹冲天大喊:"蒲棒儿,你等着哥!哥要娶你为妻!你一定要等着哥!"

蒲家院里停着蒲母灵柩。院里院外全是人。

司仪高喊:"起棺!"凄厉的唢呐声中,众人抬起棺木。

司仪喊:"摔盆!"院里的人都愣住了。有人悄声说:"她家没男娃。这可咋办啊?"

蒲棒儿摇摇晃晃欲上前摔烧纸盆,司仪拦住喊:"孝男摔盆!"

蒲父摇晃着说:"我来吧——"

司仪:"不合规矩!放棺!"

众人欲放棺。忠义赶忙对满山说:"满山,你来!"

杨满山跪下磕头后把烧纸盆往头上一抛:"婶子,满山送你老人家上路!"

司仪:"牵灵!"

满山走到棺木前背起牵灵白布。蒲父走过去揽着满山说:"满山,叔谢谢你了!"蒲棒儿踉踉跄跄走过来说:"满山哥,妹子给你跪下了。"满山赶忙扶起蒲棒儿,笨拙地:"不敢……不能……都是一家人嘛……"

马母瞥了他们一眼,别有滋味地:"妹子你放心走把,姐送你……"

司仪:"送人啦!睡稳啦!上路啦!"

鼓乐骤起,哀声一片。家里院外,回响着《走西口》:哥哥你一定要走,小妹妹实在难留。怀抱上梳头匣,我给哥哥梳一梳头……

天色渐暗。驼队走出雪地,进入荒漠扎营休息。这时远处掀起一片黄尘,一队人马急驰而来。

老胡高喊:"不好,好像是是胖挠子的人马!"侯老板跳起来大喊:"起来起来,赶紧走!"

胖挠子率众匪徒将驼队团团包围。马驹趁乱从驼峰上拽下一个袋子。胖挠子将驼队所有人圈到一起,老胡、小栓等还想反抗,胖挠子令众土匪将他们打倒。

这时查点货品的小六报告说:"老大,这次算逮着了,有金银器皿,有玛瑙翡翠,还有毛皮粮食、山西老白汾。"另一土匪:"哈哈,把东西出手以后,够弟兄们吃喝一年半载。回去后大伙就使劲玩吧浪吧!"胖挠子:"好啊好啊,把侯老板带回去,老子要掏他的老窝,啃干吃尽。"一土匪:"那别的人咋办?"胖挠子用手一砍:"咋办?照老规矩办,一人剜一朵白莲花。"

匪徒们立即行动——有的捆绑侯老板,有的驱赶驼队,有的则逼着那些拉骆驼的伙计脱裤子,在屁股上剜一朵"白莲花"。

马驹趁着混乱,藏进沙蒿丛中,怀里紧紧抱着那只布袋。不一会儿,他突然听见身后有响动,不由一惊:"谁?"小栓爬过来:"马驹哥,是我,小栓。"马驹:"你不要动,别让土匪看见。"小栓:"我知道。你看,土匪要走了。"

马驹轻轻拨开沙蒿看去,只见小六押着侯老板,众匪徒收拢起驼队,在胖挠子的带领下正要离开这里。

匪徒们走远了,小栓赶紧凑到马驹身边。马驹问:"没看见老胡啊?"小栓说:"我看见你悄悄地溜了,我也赶紧往外溜,我还拉了老胡一把,不知道他跑出来了没有。"

马驹:"走,找找老胡去。"

驼队被劫的地方,一片狼籍。马驹和小栓小心翼翼地走过来。马驹轻声喊:"老胡……"小栓跟着喊:"胡大叔,你在哪里……"老胡慢慢地从马驹脚边爬起来。马驹一愣:"胡大叔,你受伤啦?伤重吗?让我看看。"老胡:"让狗的们剜了一刀,把你还我的一块大洋抢走了,留了我一条命。"

马驹把袋子里的干粮分给老胡和小栓,说:"这点干粮,省着点,够咱们吃两三天。两三天之内要走不出沙漠,只有死路一条。"

小栓沮丧地:"就算走出沙漠,一个铜子儿也领不上。咱们这多半年,就算白干了。"

马驹咬着牙说:"只要活着,就不愁钱!咱们走着瞧!"

老胡:"小栓,咱们听马驹的。胖挠子没杀咱们,那是老天有眼,让咱们活着。我岁数比你们大,我都不想死。你们年纪轻轻,连个女人都没碰过,就这么死了,真是白活了这么大。吃点干粮,抖起精神来,走!"

马驹挣扎着站起来,捡起一根棍子,毅然说道:"胡大叔说得对,蒲棒儿还在家等着我哪,我得好好活着。咱们跟着骆驼走,见机行事。"小栓着急地:"不行不行,那不是送死嘛!"

马驹冷笑道:"谁死谁活,现在还说不定!"老胡:"马驹,有你这句话,大叔跟定你了!男人家,就得有点血性!走!"小栓站起来说:"这些伙计们咋办?"老胡:"能走的自己走,走不了的只好留在这儿了。咱们得省点力气,得走出去,得先活着。"说罢跪下磕了一个头,"弟兄们,对不住了……"

马驹冷酷地:"走!"三个人和能走的人们搀扶着往前走去。

马驹一行人从一座沙山翻过来,然后顺沙坡滚下去。

土匪押着驼队、马匹缓慢前行。驼、马不听指挥,时走时站,匪徒们累得东倒西歪。

一土匪一屁股坐下,骂道:"我他妈的不走了。往日都是骑马挎枪,今儿倒好,当了驼夫马夫来了。"胖挠子喝道:"你小子给我起来!你他妈到底走不走?"土匪:"老大,我实在走不动了。你们走吧,把这峰骆驼和驮的货留下,顶了我的工钱算了,你们走吧。"胖挠子故作温和地问其余土匪:"弟兄们,你们呢?"匪徒们七嘴八舌回答:"我也不走了,这几匹马归我。""我跟着老大走。"

胖挠子："好,想走的走吧,都走!"

几个土匪喜滋滋地拉着驼、马欲离开:"还是老大好!""大哥,好样的!来年见!"

被绑住手脚的侯老板挣扎着也想走。胖挠子拔出枪来,冲着领头的匪徒"啪啪"就是两枪。领头匪徒慢慢倒下:"老大,你杀……我……"

众匪徒惊呆了。

胖挠子凶狠地:"他妈的,想算计我!我是谁?我是大名鼎鼎的胖挠子,算计我,你小子还嫩点。谁还想走,走啊,走啊!"

匪徒们不敢动了。

胖挠子:"那就乖乖地跟老子走!咱们早点儿歇着,驮子里有汾酒竹叶青,还有熟肉老陈醋。大伙儿痛痛快快地喝,算侯老板请客,好不好啊?"

被塞住嘴巴的侯老板连连点头:"嗯……嗯!"

众匪徒欢呼。

马驹等人潜入土匪宿营地。守夜的土匪已经喝得烂醉如泥,不省人事。

马驹示意其他人在此等候,自己单独去寻找胖挠子。

马驹摸到胖挠子帐篷外,朝里窥探。

土匪小六紧紧盯着他。

胖挠子一边大碗喝酒,一边得意地盯着被绑的侯老板说道:"侯老板,都说你是个小诸葛,今天却落到我胖挠子手里来了。哈哈哈,今天这顿酒老子喝得格外痛快,痛快!"

侯老板只能呜呜地答应。

胖挠子:"你知道老子为劫你的驼队,费了多大的周折?"

侯老板:"呜呜……"

胖挠子:"怎么,你还不服气?"

侯老板脸憋得通红,双眼瞪着胖挠子。胖挠子走过去,扯去他嘴里的烂布团,"咋,死到临头,还想说两句?"侯老板:"胖挠子,你别在我面前逞凶。在鄂尔多斯,连女人都瞧不起你。"胖挠子:"老子横行江湖,这辈子怕过谁!"侯老板:"谁又怕过你?别忘了,你在红鞋店挨过女人的鞭子。"

胖挠子被激怒了,气汹汹地扑上去,双手卡住侯老板的脖子。

站在帐篷外的马驹一个激灵,他想扑进去,犹豫几番,停住了。他想起侯老板待他的言语举措,顿时平静下来。他冷眼看着帐篷里发生的一切。

胖挠子用双手死死卡着侯老板的脖子,侯老板渐渐停止扭动。胖挠子出了一口恶气,端起酒坛子继续痛饮,不一会儿醉倒了。马驹摸进来,从胖挠子身上抽出手枪,看了看,不会使用,装进口袋里。他用双手猛然掐住胖挠子的脖子。

胖挠子醉眼朦胧地说:"啊,好汉,留个名字吧……"马驹:"我是你爷爷刘马驹!"他使劲一掐,胖挠子喊了一声,腿一蹬,死了。

土匪小六身子一闪,溜走了。

马驹一惊:"谁?"

老胡和小栓赶来,与小六和两个土匪相遇。三个土匪拿刀逼住老胡和小栓。

这时马驹一手拿枪,一手拖着胖挠子从帐篷里出来。他把胖挠子的尸体扔到沙丘上,对着天空连开两枪:"放开他们,不然老子崩了你们!"

老胡和小栓赶紧跑到马驹这边。

马驹问小六:"你叫甚名字?""我叫小六。好汉,我家里上有八十岁——"马驹:"废话!带我去你们的老窝!不然老子杀了你!"小六:"好好好,大爷饶命,小六给你老人家磕头了……"另两土匪跪倒说:"好汉饶命……""我们也是穷人……"

梁老板乘绿呢轿车来到鄂尔多斯王府门前。

王府兵丁高声喊道:"梁老板到!"

阿利玛的声音:"快请!"

梁老板走进王府,问迎过来的阿利玛:"阿利玛,这么晚了,二奶奶找我有什么急事吗?"阿利玛:"我也不知道。每年走西口的人一回家,二奶奶就觉得空落落地,连王府大门都不出了。"

梁老板:"嘿,真像山曲儿里唱的:大青山的石头乌拉山的水,离开谁也离不开个你。这好办,有空了我带二奶奶到山西河曲县看看那些走西口的人。"

阿利玛高兴地:"好啊,到时候带上我,我也去!"

梁老板逗她:"那当然。你要看着那地方好,我帮你找个好人家,嫁到那儿算了。"

阿利玛爽快地:"行,我就嫁给杨满山!"

梁老板吃惊地:"啊?好眼力!"

客厅里气氛很压抑。俩人已经谈了一会儿了。

二奶奶叹口气，对梁老板说："……总算找到了，可惜，死啦！"梁老板试探地问："二奶奶，你对满山他爹真的有那么点意思？""别听外面人瞎说。一个是王府的奶奶，一个是走口外的庄稼汉，隔着几重天呢。我再糊涂，也糊涂不到分不清天上和地下。""我就说嘛，这不可能嘛。""不过，对那个修渠人有好感，倒是真的。那时我闲住在巴彦王府，心里闷得慌，就跟着老王爷到杨家渠转转，散散心，谁知道就碰上那个杨二能。""那时候杨二能正在修杨家渠。""可不是。他要不在我娘家的地盘上修渠，我还碰不上他呢。唉，女人的心就像天上的七彩祥云，见了好男人哪能不动心？……算了，人也死了，不说这事了。我看杨满山人不错，还请你帮他一把。""开春以后，我带他跑跑渠道。""咱们说好，一开春就把纳木林和其其格的户口地收回来，你和杨满山边测量边施工，尽早灌溉王府土地，尽早有所收益。重修王府时，需要一大笔钱。"见梁老板沉默不语，二奶奶问道，"怎么，我说得不对吗？"

梁老板微笑着说："纳木林的户口地恐怕有点麻烦。"

二奶奶摆摆手，说道："不就是有个叫二麻烦的家伙找麻烦嘛，我让人教训教训他。"梁老板："恐怕不那么简单。"二奶奶："这事儿不用你管，我自有办法。那家伙长了一张巧嘴。"学二麻烦的腔调，"比白天还要明朗的，是没有阴云的月夜。比孔雀翎毛还要美丽的，是鄂尔多斯王府的女主人。"说完扑哧一声笑了。

躲在屏风后面的阿利玛也笑了。二奶奶听见后笑着喊："阿利玛，死丫头，上茶。"

梁老板："其其格的户口地也不那么简单，那是老王爷将她赶出王府后，给她的一点补偿，这里牵扯到喇嘛三爷，谁也不许动用。"二奶奶："我才不管那一套！其其格要不服管，就把她赶跑，越远越好，眼不见心不烦！"

梁老板提醒她："还有棰棰呢。"

二奶奶不在意地："那丫头跟我更没关系，我管她棰棰不棰棰！"

梁老板慢悠悠地说："我说过，她喜欢杨满山。"

屏风后面，阿利玛紧张地听着。

二奶奶："她喜欢就行啦？杨满山喜欢她吗，一个疯丫头！"梁老板："当然喜欢啦。俩人已经好得分不开了。等满山回来，红鞋嫂就要给他们办喜事了。"

二奶奶在地上踱来踱去，阿利玛紧盯着她的脸。

二奶奶："这种事谁也拦不住，那就由王府给他们办。办完之后，他们就都是我的人了。然后把其其格的户口地收回来。"

屏风后"当啷"一声,阿利玛手中的茶盘掉在地上。

二奶奶脑火地:"阿利玛,怎么回事?阿利玛——"

夜色初降。

红鞋店大门外停着梁老板乘坐的绿呢轿车。

红鞋嫂和梁老板面对面坐着,气氛很尴尬。

梁老板:"大妹子,我劝你还是再想一想吧。"红鞋嫂:"我过自己的日子,不管她是娜仁花还是二奶奶,她管不了我。"梁老板:"如今二奶奶是王府的当家人,咱们惹不起她。"红鞋嫂:"不是冤家不碰头,看来要有好戏看了。不管她,咱们先给满山和桠桠办事。王府的人一个不请,咱们请走西口的汉子们,热热闹闹办一回。"

梁老板试探地:"那喇嘛三爷呢?"

红鞋嫂警惕地看着梁老板:"听到什么啦?"

梁老板赶紧摆手:"没有没有,随便问问。"

红鞋嫂:"咱们不是说过嘛,桠桠是捡来的,和喇嘛三爷没有任何关系。好啦,到时候,就像蒲棒儿她爹唱的,咱们雇上河曲家的鼓,巡检司的轿,毕特齐的唢呐子,喇嘛湾的号。轿夫都戴上红樱帽,一进门通通放上两个连儿炮……"

俩人都笑了。

223

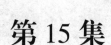

第 15 集

杨二能坟头上,引魂幡随风飘动。

忠义放下铁锹,对满山说:"你爹入土为安,该着手你自己的事情啦。"

满山站起来,拍拍手上的土:"我没甚事了。过几天我到古城看望你,完了我到口外去。"

忠义睁大眼睛问道:"你这人,答应下人家的婚事不办啦?"

杨满山边收拾上坟家具边说:"我又没答应。"

忠义认真地:"没答应你咋跪下啦?这事你可不能开玩笑。"

杨满山解释道:"当时不是为她妈能闭上眼睛嘛!"

忠义:"我看蒲棒儿那闺女挺好,人家那点儿配不上你?"杨满山:"忠义,我口外有女人。"忠义惊奇地:"办过事啦?"杨满山:"还没有。"忠义:"那你……跟人家那样啦?"杨满山:"瞎说,人家是大闺女,不许说她的坏话。"忠义:"是你们这儿的人?"杨满山:"不是。"忠义:"她愿意回你们这地方来啊?"

满山埋头抽烟,没说话。

忠义:"既没办过事,又没那样过,那咋能算你的女人?再说,你已经答应下蒲棒儿她妈了,你咋能对死人捣鬼?你是口里人,这里是你的根,你的爹娘埋在这里,总得有人看着吧?你找上个口外女人,你再不回来啦?满山,男人说话,一笔写下,你可不能闪下人家蒲棒儿。咱这地方规矩多,眼看就要过年了,你一反悔,蒲棒儿又羞又气,万一要想不开,两腿一蹬找她娘去了,你这一辈子良心上能过得去嘛……"

满山无语。

夜深了。油灯头上结了一朵很大的灯花。满山、忠义还在说话。

忠义:"……要办腊月就办,一来冲冲喜,往后一家人日子兴旺儿孙满堂。二来小夫妻一起过个年,到二月走口外时也不后悔。要不办,我明天过去说一声,就说杨满山反悔了,爱咋就咋,谁死了埋谁。就这,睡觉。"躺下后他又问,"口外那女人好看不好看?"

满山："我不是看好看不好看，人家救过我、帮过我。"

忠义："蒲棒儿她爹不是也帮过你？人家一路上陪着你爹，屁股上还挨了一刀，满山你是有良心的人，可不能办没良心的事！"

满山突然被烟呛着了，"咯咯"地咳嗽起来。

忠义："不说了不说了，睡觉！你知道吗？我这叫路遇不平，拔刀相助！"倒头睡下后，又忍不住问道，"她叫甚名字？"满山回答道："你不认识，她叫棰棰。"忠义："棰棰不是红鞋嫂的女儿吗？"满山惊奇地问："你咋知道的？"忠义："红鞋嫂的名声比蒙古王爷还大，我能不知道嘛！听说红鞋嫂是蒙古人，不知道因为甚事隐姓埋名开了店。"满山："瞎说，她咋会是蒙古人！"

忠义拨去灯花，打了个哈欠说："我是听说的。是不是只有她知道。睡吧。"

忠义睡下又起来："哎，对了，这是你给我留下的那一块大洋，咱体体面面办喜事！"

满山："谁说要办喜事啦？我挠你！"

俩人打闹在一起。

蒲父、马母姐弟俩也在说话。灯头上结了一朵很大的灯花。

马母劝解道："兄弟你想开些，世上没有过不去的桥。死的死了，活着的还得活着。"蒲父："姐，我知道这个道理。"马母："知道就好。我就担心你想不开。"

蒲父："在口外闯荡了这么多年，我心上已经磨出茧子来了。就是心口滴血，我也能扛得住。我倒是不放心你，过几天我去看看锁田，我给你们把事情办了。我姐夫死了十几年了，你也该过过人的日子了。"

马母："你别找锁田，我的事你不用掺和。我找了你姐夫，一辈子没后悔过。他人好，心强，没错待我。我给他守着这个家，逢时过节到坟上看看他，问上一声冷暖，他就知道老婆娃娃还在着，他心里就好受些些。再说，有你们帮衬着，姐也能活下去。只是苦了锁田……"

蒲父："锁田是好人。"马母："再好也成不了夫妻，马驹容不得他。原想着把蒲棒儿娶过来，姐也就心圆了。可蒲棒儿她妈一直看不上马驹，如今马驹走得无影无踪，往后的路，姐该咋走呀……"蒲父："姐，你不是说了嘛，人世上没有过不去的桥。死的死了，活着的还得活着。过两天我送你回村。我要给村里人说两句话。"

马母拨去灯花，说："睡吧，你伤口还没好。"

平川村。一群孩子围着刚进村的蒲父和马母喊："狗狗狗狗不要咬,马驹他妈回来了。狗狗狗狗不要咬,坏了名誉你跑不了……"

蒲父："娃们,你们喊得不如我喊得好。等会儿我上房喊几句,你们跟着我喊,好不好?"

孩子们："好……"

马母开了大门,蒲父进院后,踩着梯子上了房,高声喊道："父老兄弟,诸位邻居,我是蒲棒儿她爹,是马驹他舅舅。我姐夫去世了,我是娘家门上的人,我做主把我姐嫁给锁田了。麻烦你们给二老汉捎个话,就说我请他喝酒。他要是不来,我就尿在他家的锅里。就这!"

孩子们跟着喊："父老兄弟,诸位邻居,我是蒲棒儿她爹,是马驹他舅舅……""我就尿在他家的锅里。就这!"

马母着急地喊："兄弟,你给我下来!"蒲父不解地："咋啦?我这不是给你做主嘛!"

马母："你下来你下来!"见蒲父不动,她踩着梯子上了房,边拽边说,"你给我下去!"下到院里,马母又把蒲父推出院外,咣一声插住大门,无力地依在门扇上。

蒲父在门外喊："姐,开门!我是好心,我是为你和锁田着想!"

马母："兄弟,你走吧。这个主你做不了!姐有儿子,我得听马驹的!"

眼泪顺着马母的脸颊无声地流下来。

王忠义走进杨家院里,大声喊道："满山,满山!"隔壁二婶回应说:"谁呀,刚刚听见水桶响,满山大概担水去了。"王忠义："婶子你过来,我是杨满山的朋友王忠义,说好这几天就要娶亲了,院里咋还是这烂样子,他没说结婚的事呀?"

二婶从墙上探头问："你说甚?满山要娶亲?娶谁家的闺女?谁家的闺女会嫁到这儿来呀?"

忠义把背着的刭头往地下一掼:"狗的杨满山,这还像人做的事嘛!你想闪人啊,闪了蒲棒儿不算,还想闪我王忠义!我劈死这个狗的!"

二婶急忙从隔墙破院走进杨家院,拦住忠义说:"忠义,埋满山他爹的时候,我见过你,你是好心人。我求求你,满山不懂事,你饶了他吧。你把铁锹放下,他父母都不在了,你劈死他,这院里就再没人了。"

王忠义："二婶,你去叫上几个人,把家里院里好好收拾一下,该借的借,该买的买。后天要办不成喜事,我头朝下走三圈!我找他去!"

二婶:"你把铁锹放下! 阿弥陀佛,大白天说瞎话,也不怕龙抓了。满山后天能娶回媳妇来? 老天爷爷都不相信!"

满山坐在河边,一动不动地望着河对岸。

他想起棰棰和他相处的往事,想起棰棰的一片真情,想起棰棰的脸、棰棰的歌声、棰棰的笑声……他突然站起来,冲着对岸喊:"棰棰! 棰棰……"

忠义赶过来,默默地看着他。满山喊完了,扭回头看见忠义,没说话。

忠义:"你喊啊!"他接着说,"你喊破嗓子棰棰也听不见。"

杨满山眼睛湿了:"忠义……我忘不了棰棰。"

王忠义:"满山,山背后的日子比天长。你得跟我走,我王忠义是要脸面的人,我不能把脸丢在你们火山村! 走走走!"

满山蹲下捂着脸说:"我不办! 我不能办!"

忠义拽起满山:"由不了你,办也得办,不办也得办! 我是媒人,我说了算!"

杨满山:"忠义,你听我说,蒲棒儿应该是马驹的媳妇……"

王忠义:"你这人死心眼,蒲棒儿她妈咽气时不是说了嘛,她的闺女不能嫁给刘马驹。走走走,我把一切都安排好了,三天后你必须当新郎。"

忠义走进杨家院子里,看看村民扫的地,不满地喊:"这也叫扫地? 这是给老天爷爷画胡子哩,重扫! 告诉你们,杨满山娶的是堡子村的蒲棒儿,人长的仙女一样,要多好看有多好看,你们也不怕人家笑话! 这人——就是你,我给你钱,你去雇吹鼓手、雇花轿——要骡驮花轿,拣好的雇! 你,我给你钱,买粮去! 你,我给你钱,买肉去! 其余的人,借碗借桌子借筷子,都得帮忙,都来吃饭! 就这,我王忠义办事,痛痛快快,嘎巴干脆! 二婶,满山哪儿去了?"

二婶顺手指去,只见杨满山在那儿呆呆地坐着。王忠义走过去说:"哎,你当起甩手掌柜来啦? 你以为是给我王忠义娶老婆啊? 你也该干点事嘛,你先写副对联贴上,要不想写,你就扣圈圈。告诉你杨满山,只要把蒲棒儿娶回来,我拔腿就走,我一满再也不来你们村。"

二婶:"忠义,这是满山给你的钱,他说由你花去。"

王忠义接过钱来说:"这就对了,这才像个娶媳妇的样子嘛。"

堡子村蒲棒儿家。几个女伴正在帮蒲棒儿准备出嫁的东西。疯女人桃花在屋子里乱窜,时不时拿起衣物比划。

蒲棒儿:"桃花姐,你歇着吧,让她们干。"

桃花:"嘿嘿,我大虎哥回来了,大虎哥要娶我了……"

女伴甲要赶桃花出去,蒲父拦住:"别伤着她,也让她高兴高兴。"

女伴甲质问蒲父:"叔,你匆匆忙忙把蒲棒儿嫁出去,你就不后悔呀!咱堡子村离城近,风水好,咋能把蒲棒儿嫁到干山头上?蒲棒儿,你水灵灵一个大闺女,嫁给个山上人,你冤不冤?"蒲棒儿:"他对我家好,我不冤。"

蒲父:"满山人好。有这么个男人,是蒲棒儿的福气。"

女伴乙:"不嫁不嫁就是不嫁!连个轿都雇不起,还想娶老婆?蒲棒儿,咱不走,我看他们就能把人抢走!"

杏叶:"我看杨满山那人不赖,人家又摔纸盆又拉棺,还要咋?蒲棒儿,知足吧。"

蒲父:"蒲棒儿,走吧,你和满山都戴着孝,咱今年就不大办了。来年爹给你们补办好不好?爹和忠义都说定了,要怨就怨你爹。走吧,你和满山成了家,你妈也就放心了。

蒲棒儿:"爹,别说了,我走。妈,我走了,我和满山好好过日子,你在那边放心。"

两个女伴过来搀着蒲棒儿出门。

女伴刚把蒲棒儿扶上驴,王忠义满头大汗跑来:"嘿嘿嘿,谁让你们骑驴来?骡驮轿马上就到。蒲棒儿,回去回去,一会儿让满山抱你上轿。"

蒲父:"忠义,不是说好省事点嘛。"王忠义:"该省咱就省,不该省咱就不省。我给满山说啦,这么大的事,不能马马虎虎,不能委屈了咱的蒲棒儿。"

杏叶:"杨满山咋说?"王忠义:"他说忠义你说得对,不能委屈了蒲棒儿。"

女伴乙:"这还差不多。"女伴丙:"那就嫁吧。"

花轿停在蒲家门口。乐声炮声响成一片。

王忠义:"各位父老乡亲,今儿是大喜的日子,蒲棒儿嫁给杨满山,这是蒲棒儿她妈的心愿,这是老天爷爷搭配的姻缘!杨满山是甚人?是杨家的后人,是口外杨家渠的掌柜的。"

杨满山嘟囔道:"忠义,别瞎说!"

王忠义:"杨满山你住嘴。今儿轮不上你说话。蒲棒儿你高高兴兴嫁过去,往后红红火火过日子。来,给你爹和你妈磕头!"

满山和蒲棒儿磕头。蒲棒儿哭着喊:"妈——"

忠义:"蒲棒儿,大喜日子不许哭。杨满山,抱你媳妇上轿。"

满山抱起蒲棒儿。女伴们羡慕地看着这对新人。

众乡亲朝下山的骡驮轿喊："蒲棒儿,红红火火过日子!"

火山村山脚下。坡陡路窄,花轿上不去。

王忠义:"满山,背你媳妇上山。"

杨满山背起蒲棒儿。看热闹的人齐声喊："好!"

蒲棒儿悄声说："满山哥,你放下我,我自己走。"忠义:"不行不行,放下就不金贵了。这算啥?我要有这样的好媳妇,背到古城我都愿意。"蒲棒儿:"忠义,别瞎说。"

鼓乐声骤然响起来。

包头马驹粮行门前张灯结彩,气氛热烈。老胡和小栓短衣打扮,站在门口迎接客人。

老胡:"小栓,去看看,掌柜的咋还不出来?"小栓:"……哪个掌柜的?"老胡指着牌匾:"你说还有哪个掌柜的?"小栓:"嗨,我咋老记不住马驹哥如今是掌柜的!我去叫他。"

刘警官走过来:"这是干甚哩?不准喧哗,不准吵闹!"

老胡弯腰应答:"回警官话,今天马驹粮行开张,请包头各界人士参加,请您也给捧捧场。"刘警官:"要注意维持秩序,防止意外发生!"老胡:"是是是,您说的对……"

刘警官欲离去时,突然转身问道:"马驹粮行?哪儿的马驹?"老胡心存戒备:"他是……我也不知道他是哪儿人,我是新来的。"刘警官:"哦……"离去。

对面走来一位气宇轩昂的人,老胡赶紧迎上去:"乔会长驾到,有失远迎,里面请。"

乔会长没言语,看看老胡,抬头看着门头的牌匾。

马驹粮行客厅。刘马驹穿戴入时,与过去判若两人。

小栓闯进来喊："马驹哥!客人在外面等着……"马驹沉下脸来:"说过多少次了,你咋还这么称呼我!"小栓一拍脑袋:"噢,掌柜的,客人们都来了,胡大叔叫你赶紧去迎客。"马驹:"要叫胡管家!"小栓:"好,我记住了。掌柜的你快走吧,客人在外面等着你!"

马驹站起来,颇有几分掌柜派头。

包头马驹粮行门口。乔会长略显烦躁,老胡着急地看着门里动静,脸上已经出汗了。这时小栓领着马驹走出来,老胡松了一口气。

老胡:"乔会长,这就是我们粮行的掌柜刘马驹、刘掌柜。"

马驹:"乔会长,失迎了。"

乔会长打量着马驹,开口说:"刘掌柜派头不小嘛。"

马驹没听出弦外之音,接话说:"这年头,没有派头干不成大事。今天我请会长来,就是想让会长给我们粮行壮壮威风。"

站在远处的刘警官吃惊地张大嘴,正想挤过来,想想,转身躲到一僻静处。

马驹示意老胡主持,老胡说:"现在,请包头镇晋商商会乔会长训话。"

乔会长:"这位兄弟高抬我了。训话担不起,倒是有两句掏心窝子话给大家说说。诸位掌柜,诸位乡亲,不管你做的是大生意,还是小买卖,希望一定要遵循先辈立下的规矩,以诚待人,出入相友,结伙相帮,有病相扶持。傲气要不得,霸气更要不得。好了,我就说着两句。"

老胡:"下面请马驹粮行刘掌柜说两句。"

马驹说道:"马驹来自山西河曲县,原来是一个走口外的穷汉。前些日子我们驼队被土匪劫持,侯老板和众位伙计都被胖挠子杀了,剩下我们几个从刀尖子底下逃出来,抄了土匪的老窝。我刘马驹明人不做暗事,我的粮行是用土匪打劫的财物,为父老兄弟谋利。我是粗人,往后,谁认我是朋友,我拔刀相助。谁要和我过不去,我白刀子进去红刀子出来——"

老胡着急地拽拽马驹的衣服:"马驹……啊,刘掌柜!"

马驹大声地:"胡总管,没事,我是死过几回的人了!"

众来宾尴尬附和:"好说好说,都是老乡嘛。""刘掌柜年轻气盛,是办大事的人……"

老胡:"揭牌!"

乔会长和马驹揭开粮行木牌上的红绸,露出耀眼的四个大字:马驹粮行。

躲在远处的刘警官转身离去。

铁炮声声,惊天动地。

老胡正在喂马,小栓蔫头耷脑走来。老胡问:"你和他说了吗?"小栓:"说了,把我骂了一顿。说做买卖就得有这种派头。"老胡摇头叹息:"唉,刚当了两天半掌柜,就把尾巴翘起来了。今天他慢待了乔会长,往后还不知会得罪谁。"

俩人正说着，穿戴一新的刘马驹朝他们走过来："哎，老胡，你这是干甚哩？"老胡："我给马喂点料。"马驹："老胡，你得改改你的毛病。"老胡："我咋啦？"马驹："你现在是马驹粮行的总管，你要把架子抖起来才对，别老往马棚里钻。小栓，把那匹红马给我牵过来。"

老胡："天都黑了，你到哪儿去？"

马驹搪塞："生意上有点事，你和小栓照顾好店面。"

老胡："那让小栓跟你去吧。"

马驹赶忙制止道："不用了，路熟人熟，太晚了我就不回来了。"骑马离去。

老胡自语道："天都黑了，有甚事啊？"

野外。马驹哼着小调，纵马奔驰。

马驹骑马来到好地方楼前，突然勒住马缰。两个大汉从门里迎出，看着马驹。大汉甲："哟，这不是侯老板的人吗，侯老板咋没来？"马驹跳下马："侯老板来不了啦，刘老板来了。"大汉乙："谁是刘老板？"马驹："远在天边，近在眼前。本人姓刘名马驹，如今是马驹粮行的老板。"

两位大汉吃惊地看着他。

马驹："小翠姑娘在吗。"一大汉殷勤地："在在在，我们小翠姑娘一直等着您哪刘老板，可左等右等等不来，直哭鼻子。刘老板，你可把我们小翠姑娘害苦了，这几天连饭都不吃，我们都没法劝……"见马驹突然转身，一保镖赶紧说："……刘老板，您楼上请啊。"马驹踩住马镫说："她等个鬼！老子从来就没碰过她。"转身离去。

二婶正在杨家院新搭建的厨房做饭，王忠义走进来说："二婶，这是夫妻一桌饭，得长辈端。劳驾你老人家给他们端进去。"

二婶笑着说："看你年纪轻轻的，倒懂得不少礼数。好吧，满山也没个亲人，我今天就给他俩当长辈啦。"说着端起盘菜走出去。

洞房布置得简洁而温馨。杨满山和蒲棒儿面对面坐着。二婶进来放下菜盘，瞅着蒲棒儿说："闺女，你长得真好看。"蒲棒羞涩地低下头。

满山："二婶，一起吃吧。"

二婶："这是单给你们做的夫妻一桌饭。吃了这顿饭，你们就是一家人了，往后不管遇上甚事，你们相互让着点，恩恩爱爱，白头到老。你们记住二婶的话。"走到门口又说,"满山,你好福气。二婶替你爹你妈高兴。"

二婶走出去,满山和蒲棒依然干坐着。

洞房里气氛冷清。蒲棒儿惴惴不安地说:"满山哥,这段日子你受累了。"
杨满山:"不累。"蒲棒儿:"娶了我……你后悔吗?"杨满山:"不后悔。"蒲棒
儿:"那你……咋不理我啊?"

满山闷头抽烟,蒲棒儿被烟呛着了,咳嗽不止。满山不知所措地站起坐
下,最后折断烟杆扔到炉子里,开了门,用铁瓢往外扇烟,见蒲棒儿笑他,又
拿起秸秆片子使劲扇,一边着急地问:"好点不,好点不?"蒲棒儿:"快关住
门,我冷。"满山:"冷了我给你加点炭,火一上来就不冷了。你慢慢吃,我和忠
义说说话去。"他赶忙去开门,门从外面锁上了。满山边摇门边喊:"忠义,你
开开门,我有话对你说。"

王忠义:"早些睡吧。我和你没话。"杨满山:"忠义,忠义……"

王忠义不再答应,蹲在院子里,看着洞房。

洞房里灯头上的灯花爆了,灯光闪了一下,又亮了。
满山面壁坐着,蒲棒儿呆呆地看着他,和衣而卧。

杏叶和几个女伴提着饭篮走进蒲家院里。杏叶叫道:"大叔在家吗?"见
无人答应,女伴甲说:"是不是又上坟地去啦?"女伴乙:"不会吧,天都快黑
了。"

三个人走到窗户前,朝屋子里瞅。

蒲家正屋。蒲父坐在炕头抽闷烟。他面前摆着几样饭食。
杏叶走进来:"大叔,你在家啊?我们喊了你半天。"蒲父呆呆地:"啊?来
啦……"

杏叶看着炕上的饭食,难受地:"大叔,你不吃不喝,我们看着心里难受
……"

蒲父放下烟袋,端起碗猛吃几口,连声说道:"嗯,香,香!"杏叶赶忙夺过
碗来:"叔,这是凉饭!巧巧,快把热饭提进来!"

几个女伴进屋,把篮里的热饭一样一样摆在蒲父面前,又把凉饭一样一
样放回竹篮里。

杏叶:"叔,蒲棒儿让我们照护你,你得好好吃饭。"女伴甲:"遇上这事,
谁都心里难活。叔,你想开些。"女伴乙:"你往常总跟我们说人要笑着活一辈

子。叔,你得给我们做个样子。"

蒲父用烟锅一敲炕沿,强笑着说:"说得好,叔走南闯北,飞的跑的,走的跳的,男的女的,老的少的,死的活的,甚都见过。为了蒲棒儿,为了你们这些好孩子,叔好好活着。来,坐下,叔给你们唱两声!"见闺女们都坐下来,蒲父拿过四胡,定好弦,张口唱道:"你走那天——"他噎住了。眼泪悄悄流下来。

闺女们抽抽噎噎地哭了。

蒲父拍打着自己的脸说:"嘿,老了老了,不争气了! 改天叔给你们唱个好听的、高兴的。叔唱的山曲儿,蒙人汉人都爱听……"

月色惨淡。蒲家小杂屋里黑乎乎的,蒲父在黑暗中摸索。一溜十二只纸瓮,他揭开一只,盖上。再揭开一只,再盖上……他耳畔响起蒲母的声音:"他爹,我每个月吃一瓮,留下一瓮等着你回来过年……"蒲父打了一个冷颤,碰倒身旁那辆纺车。绕线轮"嗡嗡"转着,转出一支歌——那是蒲母在轻声吟唱,仿佛来自天籁:想亲亲想的胳膊腕腕软,拿起筷子端不起个碗。想亲亲想的迷了窍,抱柴禾跌进了山药窖……

蒲父背着行李走进避雨窑,点着窑壁里的油灯。他哆哆嗦嗦地抚摸窑壁上的十九条道道,耳边响起蒲母的声音:"哥,我送了你十九年,如今身子软塌塌的好歹没一点劲儿,我送不动你了,明年让蒲棒儿送你吧……"

蒲父:"……从今往后,再没人送我了!"他跪下磕了三个头,背起行李,走出避雨窑。

蒲父踉踉跄跄来到黄河边,从行李中取出几张羊皮,吹起气做成简易筏子,大喊一声:"蒲棒儿她妈,好妹子,哥走啦!"他坐上筏子,往对岸划去。

满山挑起水桶,走到小扁窑门前轻声喊:"忠义,忠义!"

隔院二婶的声音:"忠义一大早就回古城去了,让我告诉你一声。"

满山怅然若失,挑着水桶轻手轻脚出了大门。

蒲棒儿把两床被褥抱出来放在干净地方,又把花碗筷子等用具拿出来放好。她低头收拾院子里的东西,院子里显得整洁了。她看着破烂的院墙,无可奈何地摇摇头。她走到用树枝和秫秸搭建的厨房旁,怅然望着凌乱的剩饭剩菜。她拿着碗走进小偏窑,想挖米做饭。她揭开一口烂瓮,瓮里空荡荡地,没有东西。杨满山挑水走进院里,看着摆放的东西,愣住了。

蒲棒儿走出来笑着说:"满山哥,回来啦? 放下吧,我来倒水。"

杨满山尴尬地："不用不用，我来吧。"边往厨房旁大缸里倒水边问，"咋把东西都拿出来啦？"

蒲棒儿："满山哥，一会儿把借的东西还给人家吧。"

满山诧异地："你咋知道是借的？"

蒲棒儿："村里办事宴都是东家借西家凑，谁家也备办不了那么齐全。一会儿都还了吧，我妈经常说，随借随还，再借不难。"

满山把水桶放好，随手抱起一卷被褥。蒲棒儿拦住他说："等等。"她从锅里舀出水来，"你洗洗手，别弄脏人家的东西。"

满山不好意思地："我忘了洗手了。呀，是热水。"

蒲棒儿："天凉了，要用热水洗。往后不管走到那里，都要照护好自己。"她把放了馍馍和糕的盘子递给满山，"每家都送点，这是喜馍喜糕，大家都尝尝。送完了记住说一声：谢谢乡亲们。"

满山一时不知该说什么，一手端盘子一手抱着被褥往外走去。走到大门口转过身来，突然朝着蒲棒儿鞠了一躬说："谢谢蒲棒儿……"一溜风走了。

蒲棒儿不由一愣，随后笑了。

满山一趟一趟送东西，蒲棒儿给每家都备了一份回礼。俩人言语不多，配合默契。院子里空了，厨房笼里盆里也空了。

送完最后一趟，满山难为情地："这几年家里尽是事儿，也没顾上添置些家具，蒲棒儿，难为你了。"蒲棒儿："不怕，有人就行。满山哥，吃饭吧。"

满山拿出几双发黑的筷子，蒲棒儿笑着夺过去，到院外砍了几根红柳削成筷子："用新的。满山哥，你是有媳妇的人了。"

蒲棒儿朝隔院喊："二婶，我们回去看看我爹，麻烦你照护住大门。"

二婶的声音："去吧，早点回来。"

满山边收罗东西边说："蒲棒儿，这是你带过来的东西，都拿上。"

蒲棒儿惊奇地："这是我娘家陪嫁的东西，都拿上干甚，不回来啦？"

满山："你家离城近，往后就住在那儿。看过你爹后，我到古城看看忠义。"

蒲棒儿不高兴地："他不是刚走嘛。你把我丢在家里，你放心啊？"

满山："不是有你那些女伴嘛。"

蒲棒儿生气地："满山哥我告诉你，女伴是女伴，汉子是汉子，她们替不了你！"

满山一愣。

满山、蒲棒儿往山下走去。一群村童朝着他们喊："杨满山，是好汉，娶的媳妇真好看！"

满山生气地："娃娃家，不许瞎吼喊！"

蒲棒儿噘嘴说道："说你老婆好看也不行啊，那该说甚？杨满山，是赖汉，娶的媳妇真难看！"说着不由笑了。

满山嘟囔道："不许他们说你难看！"

一群雇工蹲坐在红鞋嫂户口地畔，等候主人到来。

棰棰、二娃乘马车而至，马车上堆满木牌。

棰棰跳下车问道："都来啦？"雇工答应："棰棰姑娘，我们都来啦。干啥活，你吩咐吧。"棰棰："这几天，你们在我家和纳木林大哥的户口地钉牌子。家里还有好多好多木牌，够你们干好几天。"二娃："大伙先卸车吧，卸完我回去再拉。"棰棰："先卸这两块大的。"

待卸下后，棰棰吩咐，"来，立起来。"木牌立起来，上面写着大大的杨字。

雇工："棰棰，这是啥意思？"棰棰："这个字念杨，杨满山的杨。我们两家的地明年都租给杨满山，明年开春我哥一来，或种地或开渠，由他。"一雇工："棰棰，你一口一个哥，是长哥还是短哥？"棰棰："当然是长哥啦，就是你们口里二人台里唱的那种哥。咋唱来？青苗在地落了霜，哥哥走了妹妹想——"雇工："那我们得把牌子栽牢点。"棰棰："你们先栽着，我和二娃再去拉牌子。"

棰棰跳上车。二娃执鞭，马车原路返回。

夕阳西下，鄂尔多斯高原一片金色，雄浑壮观。

红鞋嫂、纳木林户口地头两块大木牌上的杨字熠熠闪光。地边隔不多远就有一块写有杨字的小木牌。

棰棰高兴地看着木牌，说："真好看！"二娃："棰棰姐，回吧，明天还要来。"

棰棰跳上车，高声喊道："满山哥，快回来——"

二娃喊道："回不回来由你哇——"

空旷的原野上回荡着他们愉快的声音。

蒲棒儿家大门上挂一把大铁锁。杨满山和蒲棒儿走来，望着那把铁锁，蒲棒儿的眼泪顿时流下来。她掏出钥匙开门，大门发出凄厉的声响。大门一开，一阵风刮进院里，旋起丧日那天遗落下的纸头、灰烬……

蒲棒儿声音抖颤："爹，你怎么不等我回来就走了？"杨满山："蒲棒儿，别哭，我陪着你。"蒲棒儿："你不去找王忠义了？"杨满山点头："我陪着你。"

堡子村蒲棒儿闺房。一群闺女们陪着蒲棒儿说话。

杏叶："你爹走了，说是到口外找道尔吉去了，他让你们放心。"女伴甲："喂，蒲棒儿，杨满山对你好不好？"女伴乙："去去去，大闺女家家的，别打听人家小夫妻的私事儿。"

杏叶："杨满山，今晚你在小杂屋睡，我们姊妹要说话。"杨满山："好，你们好好说，明天我——"蒲棒儿打断他的话，故作轻松地："杏叶、巧巧，今晚我不留你们，早点歇着，明天我们上坟去。"

女伴噘嘴说道："刚有了汉子就翻脸不认人啦？"

杏叶："咱们走吧，人家有心上人陪着，嫌咱们碍事。"

女伴们嘻嘻哈哈，离去。

蒲棒儿送走女伴，关住大门。

女伴们在大门外嚷嚷："这叫干甚哩？这么早就关上大门啦？""蒲棒儿，山背后的日子比天长，你悠着点……"

蒲棒儿靠在门扇上，咬着嘴唇想了想，拿定主意往厨房走去。

蒲棒儿在厨房里朝正在收拾院子的满山喊："满山哥，我腾不开手，你来帮我拉风箱。"等满山走进厨房，她说，"拉风箱时要长长的、慢慢的、匀匀的，是我妈说的。"

满山没说话，默默地拉风箱。

蒲棒儿试探地："满山哥，你抬起头来看看我。"

满山依然低头拉风箱。

蒲棒儿失望地："你不看我，你看看我做饭。一来你往后出门在外，自个儿能做点顺口的。二来——"她叹口气，没往下说。

满山低着头说："我妈身体不好，我从小就会做饭。"

蒲棒儿高兴地："哦，真的？你洗洗手，帮我包饺子。"

满山站起来边洗手边说："就咱俩，省事点。"他看看蒲棒儿擀好的饺子皮，自信地说："这太小了，费事又经不住吃。你看我的。"他把五六个饺子皮揉在一起，重新擀成一张大皮，包了一个大饺子。

蒲棒儿惊奇地："你就这样包饺子啊？"满山："对，我和我妈，一人两个。"蒲棒儿："那你再包一个。咱俩一人吃一个。其余的我包。"满山高兴地："好，我最爱吃饺子。我包的饺子最好吃。"

蒲家正屋。蒲棒儿把做好的饭菜摆上炕桌，又把酒壶酒杯摆好："满山哥,你上炕,坐在正面。"满山局促地："一家人,随便坐吧。"蒲棒儿撒娇说："人家让你坐,你就坐嘛。"满山坐正后,她双手端起酒杯说,"满山哥,这是我给你做的一桌饭,我妈死了,我爹走了,他们不能招待你了,我替他们给你敬上一杯酒。你圆了我妈的心愿,她笑着走了。你给我爹长了脸,让我妈走得光彩,走得体面。满山哥,你是我们家的恩人,你把这杯酒喝了。"

满山一口喝干,憨厚地："蒲棒儿,不能那么说,去年我拉我妈到渡口,你帮过我。回村的时候,你在我的车上拴了一根红裤带,说,拴上吧,红红的,图个吉利。我出口外那会儿,你妈一再关照我,你爹一路上照护我,我都记在心里。这次你妈生病你爹受伤,也是因为帮我运灵的缘故。说起来,我应该感激你们一家才对。蒲棒儿,哥敬你一杯,往后咱们是好兄妹。"

蒲棒儿一口喝干后说："好,我替你把这话告诉我妈,让她在地下知道你是个说话算话的好男人。"说罢跪到蒲母牌位前,说,"妈,我给你敬酒。满山说我们以后是好兄妹,你听见了吗? 他那时候是可怜你闭不上眼睛,他是一片好心。"

满山急忙说："蒲棒儿,不能这么说。"

蒲棒儿淡淡一笑："来,妹子陪你喝一杯。"喝完酒,蒲棒儿夹起大饺子尝尝,"嗯,挺好,你也吃一个。"满山两口吃完一个,蒲棒儿问："甚味道?"满山："肉味。"

蒲棒儿又给他夹自己包的小饺子,满山一口吃了一个,蒲棒儿问："香不香? "

满山不好意思地："我还没尝,饺子就进肚了。"

蒲棒儿半吞半吐地说："刚才我做饭时说了半截话,我说,你学学做饭,一来往后出门在外,自个儿能做点顺口的。二来呢,不管你以后跟谁过,饭要可口美味,吃好喝好……"

满山边吃边答应："噢,知道了。"忽然听见声音不对,抬起头来惊奇地问,"蒲棒儿,你咋哭了? 你说甚来? "

蒲棒儿摇摇头说："看你吃的香,我心里高兴。"

满山疑惑地问："你心里有事?"

蒲棒儿半开玩笑地："我心里没事,是你心里有事。"

满山松了一口气,说："我没事,我心里没一点事。"

蒲棒儿："在口外修渠打坝,那不是事吗?"满山问："谁告诉你的? "蒲棒儿："我爹。"满山吃惊地："你爹还说甚啦?"蒲棒儿苦笑着说："我爹没说别的,就说你跟着梁老板学修渠,日后肯定能成大事。满山哥,你要心中有事,开春你就走,我不拦你。从成亲那天起,我就知道我的命连我妈也不如。你不要委屈自己,你走你的口外,我守我家的空院。反正咱俩也没圆房,你要遇着合适的女人,你就和她过,我不耽误你,我也不怨你。"

满山瞪着眼说："你这是咋啦?不让我吃啦?"蒲棒儿："有话还是说开了好。满山哥,你心中是不是有人——"满山一愣,着急地："你说,我心中有谁?"蒲棒儿："我是瞎说的,你别着急。"满山把炕桌一推,跳下地说："不吃了!天一亮我就走!"开门离去。

炕桌上杯盘狼藉。

夜深了。风呜呜地刮。

满山坐在院里生闷气。举手想抽烟,没有烟袋。蒲棒儿默默地走到小凉屋,点着油灯,拿起她爹的烟袋、火镰、皮袄,放在院里面壁而坐的满山身边。她回到小杂屋,想搬走纺车,又停住了。

她走到正房,收拾好炕桌上的饭菜,然后摊开俩人的被褥,想了想,抱起一卷来到小杂屋,铺好后,坐在炕头转动纺车。一会儿,她似乎听见院里有动静,便下地走到门口说："满山哥,我比你小,没出过门,我不会说话,你不要记恨我。你是我家的客人,不管你心里咋想,好歹在我家住上一黑夜。正房我收拾好了,你去吧。屋里暖和,你好好歇一夜。我在小凉房歇着,有甚需要的,你叫我。"

说完关门上炕,挑挑灯头,纺起线来。

风声呜呜。杨满山站起来搓手跳脚。

蒲棒儿的声音："满山哥,你要不进屋,我就到院里陪你站着。你先把皮袄披上,冻着你,我心疼。"

满山赌气地："你别管我!"

蒲棒儿走出来："你来到我家,我能不管你嘛。咱们即便不是夫妻,还是兄妹吧,哥,我求求你,回屋去吧。"

满山爆发地："谁说我们不是夫妻来?我明媒正娶,光明正大,乡亲们都知道,你是我老婆,我是你汉子,咋就不是夫妻!"

蒲棒儿激他："你心中有人!"满山反击："你才心中有人!"

蒲棒儿心中有数,故意问："谁?你是说我马驹哥?"满山："对,说的就是他——你马驹哥,刘马驹!"蒲棒儿淡淡地："我妈当着你的面说过,不许我嫁给我表哥。你放心,我就是当寡妇跳黄河,也不会嫁给刘马驹。我只求你给我说句实心话,你不理我,不认我这个老婆,是不是我不招人疼,不招人爱,是不是我说错话了,做错事了?"

满山坦诚地:"蒲棒儿你别说了。你没说错话也没做错事,你是好闺女。我知道马驹心里有你,我们又是结拜弟兄。婆你,我心里发慌,觉得对不起马驹。既然有你这句话,我杨满山对着老天对着你爹你妈发誓:我娶了你,你就是我的人!你记住,咱俩是一辈子的夫妻。往后我赚钱养家,我要让你过上好日子!"

蒲棒儿:"你不后悔?"满山:"我不后悔!"

蒲棒儿:"那你咋给马驹交待?"满山决绝地:"我有我的办法。"

蒲棒儿流着眼泪说:"这就对了。世界上别的事情都能让,可自家的老婆不能让!"

满山:"我当然不让!"他猛地抱起蒲棒儿,踢开正房门。

蒲棒儿喊道:"你慢点,我的妈妈呀……"

一辆牛车停在大门口。大伙帮着装车。蒲棒儿数着车上的纸瓮:"十一、十二、十三……"

满山:"几个纸瓮子,别带了。"

蒲棒儿:"我们家的事,全装在这十三个纸瓮里头,带上。"

杏叶:"蒲棒儿,快把你家倒腾空了,你不回来啦?"

蒲棒儿:"我是杨家的媳妇,男人走口外,我给他看守天波府。杏叶、巧巧,你们有空就过来,我给你们做好吃的。"

杏叶:"不去!汉子在的时候撵我们,汉子走了才想我们。我们偏不去。"

一村民:"蒲棒儿还知道杨家的天波府?怪不得找了个姓杨的。"

蒲棒儿:"我是蒲棒儿她爹的女儿,我甚都知道。走啦。"

巧巧:"我给你唱两句:哥哥你走西口……"

村民:"瞎唱!天寒地冻的,谁这时候走西口?咱唱挂红灯,多喜庆!正月里,正月正——"

满山大声接唱:正月里,正月正,正月十五挂红灯……

第 16 集

鄂尔多斯原野上大风呼啸。棰棰等人穿着皮袄,还在栽木牌。棰棰朝大家喊:"大家快点栽,今儿就栽完了。晚上我阿妈请大伙儿吃手抓羊肉,还有好酒——"一雇工:"眼看就上冻了,想栽也栽不成了。"

二娃凑到棰棰身边:"棰棰姐。"棰棰:"快干活儿去,我没工夫跟你扯闲话。""这可不是闲话,是忙话、正经话。""嗬,你还有正话? 快说说。"二娃一本正经地:"这地是不是租给杨满山啦?""是呀? 还有纳大哥家的也租给他了。""纳木林家的地咱管不了,咱家的地我可不能不管。""你又在琢磨啥哩?""棰棰姐,地既然租出去了,咱们凭什么给他栽木牌? 他杨满山躲在口里不回来,凭什么让咱们替他忙? 咱们替他忙,他凭什么……"棰棰制止他:"去去,别瞎操心事!""棰棰姐……"棰棰:"二娃,快点栽,栽完早点回。"

二娃嗵地坐到地上,嘟囔道:"哼,知道你就向着他……"

小翠把送马驹送到楼门口,娇声说道:"马驹哥,你多来,我等着你。"

保镖甲:"刘掌柜,要不忙,就在小翠姑娘这儿过夜吧。"

马驹半醉半醒地回答:"我不是说过了嘛,我有事!"

保镖乙:"好好好,您老人家慢走,您常来,小翠姑娘等着你。"

马驹骑马离开时,喊道:"等着老子,老子有的是钱! 呸!"

俩保镖:"那是那是……"

月色如洗。马驹骑着马,哼着小调,晃晃悠悠地行进在原野上。

马突然倒地,马驹被甩在地上。他摇摇头,自语道:"狗的,喝醉啦?"他站起来牵马走了几步,马又摔倒了。马驹围着马转了几圈,身子突然一拐,也摔倒了。他小心地往前走,不一会儿又一崴,陷到鼠洞里。马驹骂道:"妈的,耗子也跟老子过不去!"他狠狠地踹着一连串鼠洞,突然停下来,用手发疯似地刨呀刨呀……

马驹牵马推开虚掩的大门，低声喊："小栓，小栓！"小栓披衣出来："掌柜的，回来啦？"

马驹递过马缰："一会儿你和老胡到我屋里，有事。"走出几步又说，"好事！"

马驹屋里，马驹边喝茶边喜滋滋地对老胡、小栓说："你们猜我遇上甚啦？"小栓："看你这样子，是不是捡到元宝啦？"老胡："瞎说，元宝就那么好捡啊？是不是找到你那两个结拜弟兄啦？"马驹："小栓说得还真有点谱，我看见鼠洞了，一片连一片，到处都是。"

小栓好奇地："耗子洞里藏着元宝啊？"老胡老练地："掌柜的，你是说明年口外会——"

马驹赶忙制止："嘘，不要说！不能说！老胡，你年岁大，经见的多，咱们现在就到地里去，你看看就知道了。咱们要发大财了！"

老胡："好，咱们走！"小栓："明天去不行嘛，夜里冷唰唰的……"

马驹决断地："不行！带上铁锹，走！"

马驹粮行前，粜粮者络绎不绝。好多拉粮车驶进粮行院里。人们奔走相告："快快快，马驹粮行收粮啦，有多少收多少！"一路人："啊，还有这种好事情？今年口外粮食多的没处放，贱卖都卖不出去，他们收那么多粮食干啥？"粜粮者："谁知道呢？赶紧卖吧，明年要赶上好年成，陈粮更不值钱。"

有人大声问小栓："小栓掌柜，你们收这么多粮食干啥？"

小栓擦着汗说："米独贵——不知道，我收粮不管闲事。有粮你赶紧卖。我们刘掌柜说啦，后晌我们就降价。"

马驹粮行后院和库房堆满粮食。还有马车拉着粮食进来。

老胡领着马驹来到后院，着急地问："前院、后院、库房都满了，还收不收？"马驹决绝地："收！"小栓："再收就没地方放了。万一老天要下点雨，全得泡汤。"马驹瞥了他一眼，说："老胡，你带几个人去借库房，只要价钱合适，我把包头所有粮库都租下来！"老胡："马驹，老叔提醒你一句，差不多就行了，这么做太冒险！"马驹："去吧，没这胆子，就别想在口外混出个样儿来！"老胡无奈地："好吧，日后讨吃要饭，我和小栓跟着你。"

山村响起零星炮声。

杨满山购买年货归来，一路上哼着小曲儿：正月里，正月正……

蒲棒儿用小碟往白纸对联上扣圆圈,听见门外有动静,问道:"回来啦?买好年货啦?"满山:"买好啦.蒲棒儿,我先放几个炮。"蒲棒儿:"好好放,多放几个,好好嘣嘣!"满山:"写对联啊,写了些甚字?"蒲棒儿:"我不会写,我会扣。右手这边是高高兴兴,左手这边是平平安安。门头上的横躺子我还没扣好。等有了娃娃,讨吃要饭也要让他上学堂,那时候就再也不用扣圆圈了。"

满山从衩子里取出纸笔墨:"不用等,我如今就给你写。"蒲棒儿:"你会写字?"满山:"会写几个,我试试。高高兴兴——过日子。我加了三个字,字多了好看。"蒲棒儿惊奇地:"你真的会写字呀?那我得亲你一口!"说着"叭"地亲了满山一下。

满山不好意思地擦脸,不小心在脸上划了一道:"蒲棒儿,上联是高高兴兴过日子,下联写平平安安——走口外,你说好不好?"见蒲棒儿不接应,满山说:"你要不愿意,咱重写。"

蒲棒儿:"你把走西口改成生男娃。"满山,"我不会写娃字。"

蒲棒儿:"那好办,我给你画。"她裁掉"走口外",换纸扣了三个圆圈,画成三张娃娃笑脸,"这是咱的娃娃。"又取过横批,扣了两张大人笑脸:"这是咱俩。"

满山:"好,听你的。那我也得亲亲你。"蒲棒儿笑着躲避:"不让你亲,不让你碰……"

她碰在毛笔头上,脸上染了一团黑。满山高兴地点着一个麻炮,吓得蒲棒儿捂着耳朵说:"哎呀我的妈妈呀……"

金子川、贺师爷和县衙差役上坡往火山村走来。金子川喘着气问贺师爷:"杨家祖先怎么住在这种地方?这怎么种地,怎么挑水?"贺师爷回答说:"古时候两岸老打仗,住的高些,兵马上不来。"

几个村童拦住金子川一行,喊道:"呔,站住,你们要干甚!"

差役:"躲开躲开,一帮猴毛娃娃,小心我揍你们!"

贺师爷:"哎,不能这么说话,这都是杨家后人,蒙古人都敬重他们。娃娃们,杨满山千里寻父,把他爹的尸骨从口外运了回来。你们看,县署金知事给他送匾来了。杨满山在家吗?"村童们:"在家。"他们摇晃着锅盖头朝杨家院喊:"杨满山,真好汉,娶的老婆真好着!"

一行人来到满山家大门前。贺师爷敲门:"杨满山在家吗?"

蒲棒儿开了大门:"哎,贺师爷,金……大人。"

金子川笑着说:"金子川,金子川,金子铺下一河川,是你说的吧?你是叫……我想想,扬之水,不流束蒲。你叫蒲棒儿对不对?"蒲棒儿:"对,那时候我不认识你,你可别怪罪我。"

金子川:"你们是夫妻?"蒲棒儿:"我们刚成家。"金子川:"刚成家就有三个孩子?"蒲棒儿急辩:"没有没有,大人你可别乱说。"金子川:"这不在对联上画着嘛。噢,是盼着生三个男孩子,对吗?"蒲棒儿更着急:"不是不是。"

金子川转过身说:"师爷,我好像在哪儿见过这种笑脸。"贺师爷:"圈圈套圈圈,各家有各家的圈圈。杨满山,金知事听说你家的事情后,特意写了一幅匾,你看看,'孝为人本',挂哪儿好。"

满山手足无措地:"师爷你看着办。"

蒲棒儿喜滋滋地说:"金大人、贺师爷,你们和满山说话,我给你们做饭。"

村人惊诧地看着他们,议论纷纷。

柜子上摆着杨满山父母的灵位。差役们把牌匾挂在柜顶上面的墙上。

蒲棒儿用木盘端来几样菜,边往炕桌上摆边说:"村里的饭菜,养人,你们吃好。"

贺师爷高兴地:"到底是蒲棒儿她爹的女儿,会说话!来来来,吃!"

金子川吃了一口,夸赞道:"好吃!蒲棒儿你真利索,这饭菜比红柳做的还要好吃。你认识红柳吗?"

蒲棒儿看着满山说:"认识。她是我未过门的嫂嫂。金大人、贺师爷,你们多吃点。我去招呼差役们。"

蒲棒儿走到大门外,悄悄用纸贴住三张娃娃脸。

金子川、贺师爷、满山边吃边聊。

贺师爷:"……今年出去有何打算?"满山:"先租地,然后跟着梁老板学开渠。"贺师爷惊讶地:"他答应了?"满山:"嗯,是他带我到后套找的我爹。这次出去,我就拜师学艺。"

贺师爷举起酒杯:"好啊,满山,师爷敬你一杯酒。走遍蒙古荒原,无谁人不知梁老板!他能收你为徒,那是咱县走西口人的福分!蒲棒儿,满酒!"

站在一旁的蒲棒儿赶忙倒酒:"金大人,师爷,吃好喝好。"

贺师爷不经意间用蒙语说道:"赛拜奴,好闺女,谢谢你。"

蒲棒儿用蒙语回答:"一家人,不用客气。"

贺师爷惊喜地用蒙语问:"你会蒙古语?"

金子川和满山亦惊奇地看着蒲棒儿。蒲棒儿不好意思地："我爹说,走口外的人学会蒙语,才能和蒙古兄弟交朋友。师爷你别考我了,我就会几句。你们好好吃,我包饺子去。"急忙离去。

贺师爷："羊牛点点日将夕,蒲柳萧萧天正秋,满山,你好福气,娶了个聪明伶俐的好媳妇。来,满酒!"杨满山:"师爷,冬天家里没多少事情,我想跟你多学点文化。"贺师爷:"好啊,你给我写个杨字。"

满山写完后贺师爷又说:"写个渠字。"满山写了"水渠"俩字。贺师爷:"不错。你要有空,到金大人办的大河书院来,我单独教你。"

满山站起来,给贺师爷恭恭敬敬鞠了一躬。

金子川："满山,咱们县紧靠黄河,不是也能像口外那样开渠吗,你留下来,开一条大渠,浇灌沿河土地,将来我再送你一块匾。"满山:"咱们这地方河水低,土地高,水上不来。沿河那点平地,用井水就能浇。口外的土地一马平川,和河水一样高,挖开一条渠,河水哗哗地流过来,旱地都变成上等水地。撒下种子,能听见庄稼噌噌地往上长。到了浇水时节,用筐子一舀,就能舀起活蹦乱跳的鲤鱼来。"

贺师爷惊奇地："这话是你说的?"

满山一愣,左右看看;"是棰棰——是我一个好朋友说的。"

贺师爷："杨满山,你能拜梁老板为师,子承父业,有志气,有骨头!师爷敬你一杯!"

杨满山用蒙语说："师爷,不敢当,别客气!"

金子川向往地："过一段,我还真得到鄂尔多斯看看,见见喇嘛三爷,见见这位梁老板。"

蒲棒儿端来笔墨,拉着满山说:"满山哥,你把字填上。"满山不解地问:"填甚字?"蒲棒儿娇嗔地说:"走口外罢,还能填甚字!"

杨家小院充满生气,人们帮满山夫妻和泥修房,笑声一片。蒲棒儿帮几个年轻人人垒起一个小花台,她对一个年轻人说:"大牛,你们开春走了以后,在口外修大杨家河,我在这小花台里也修一条小杨家河,我要是想出好主意来,立马告诉你们。"大牛:"你又不去口外,你咋能告诉我们?"蒲棒儿:"我给你哥托一个梦。"大牛:"我们要是跟满山哥学开渠,以后是叫你嫂子还是师母?"蒲棒儿得意地:"当然是师母,嫂子谁不能当?叫一声师母,我给你吃一碗饺子。"

众："师母师母师母……"

蒲棒儿："我的妈呀,别叫啦,今天吃饺子,你们走那天,还在我家吃饺子。"大牛："师母,你得省着点,我们走了别饿着你。"蒲棒儿："大牛,你放宽心。今年两家人的粮食合并在一搭儿,十三个纸瓮都装不下。"

这时满山走进院里,大牛拉着他说："满山哥,我想和你说几句话。"

俩人走到院子一隅。杨满山说："说吧,有甚事非得瞒着人?"大牛："没人疼是不是跟着你到口外去了?"杨满山："是啊,我,马驹,没人疼,我们三个人一起走的嘛。""他……他还记恨我吗?""平白无故他恨你干啥?""他在咱村时,我打过他。""打他的人多了,他哪能都记住。事情过去就过去了,别往心里去。没人疼如今成器了,是包头警务所的警官。"

大牛泄气地："那我走不成口外了。"

杨满山捣了他一拳:"嗨,小肚鸡肠,这能干成大事嘛!别说他才是个警官,他就是当了督军,也是我的兄弟,他敢和你过不去,我就修理他,你信不信?"

大牛:"我信。满山哥是个大好人,走到哪儿都有人疼,当里个当,当里个当……"

朝霞满天,文笔高耸。

满山夫妇虔诚拜祭文笔塔。

河曲县城大河书院。贺师爷正在给孩子们讲课。杨满山和蒲棒儿端端正正坐在后面。

贺师爷:"前一阵子,师爷给你们讲的是古诗。今天师爷给你们讲讲咱县里的山曲儿。你们谁会唱山曲儿啊?"

孩子们纷纷举手。师爷指着一孩子:"好,你唱。"孩子:"头一天,住古城……"贺师爷:"好好好,谁还会唱?"另一孩子:"我会唱'难活不过人想人'"仰起头唱了两句。贺师爷:"知道为什么有这么多山曲儿吗?"一孩子:"知道,天天喝黄河水,嗓子好。"另一孩子:"对,狗狗也会唱,也是嗓子好。"

贺师爷:"蒲棒儿,你唱两句。"

蒲棒儿站起来,不好意思地:"我唱的不好听。我学我妈唱两句。"她低声哼唱道:"你走那天有点阴,黄尘雾罩看不清。你走那天没下雨,泪蛋蛋和起一把泥……"

蒲棒儿哭了。满山碰碰她,低声说:"嘿,坐正,这是上课,不能哭。"

贺师爷:"蒲棒儿你坐下。咱这地方贫困,男人走口外,女人挖苦菜。走口外有走口外的歌,挖苦菜有挖苦菜的歌,日出有歌,日落有歌。出口外有路程歌,做营生有受苦歌。杨满山,你唱两句受苦歌。"

满山站起来认认真真地唱:"住野滩睡冷地脱鞋当枕。大青山背大炭尽挨闷棍……"他嗓子发颤,强忍着泪水说:"师爷,我唱不下去了……"

蒲棒儿拽拽他:"上课哩,别哭。"

贺师爷:"好,坐下。还是师爷说过的话,人一辈子吃点苦,是好事。可是你得干出点事情来。如今你们要做的事,就是多认字,多用脑子。"

满山和蒲棒儿认真听着。

贺师爷、满山、蒲棒儿来到黄河边。贺师爷边走边说:"咱这地方偏远贫困不假,可是山有灵性,水有灵气,先人们有志气。为了过上好日子,他们不怕艰难,背起铺盖卷到口外谋生。明朝那会儿,咱们县里的刘宝刘柱兄弟,走了七天七夜,走到一个水草茂盛的地方,便在那里住下了。过路的蒙古人,喊那地方叫包克图。包克图——野鹿饮水的地方。刘家兄弟在包克图开荒种地,慢慢过上了好日子。以后,包克图的人越来越多,就改成了包头村。"

蒲棒儿:"我爹说,先有复盛公,后有包头城——"

贺师爷:"那是后来的事了。康熙三十五年以后,朝廷允许边民过河垦荒种地,咱们这里是晋陕蒙三省交界之处,一时间成为繁华的水旱码头。南来的水烟茶布糖,北来的马牛骆驼羊,都从这里进出。河神庙的戏台上,至今还留着一副对联:一年似水流莺啭,百货如云瘦马驼。"

蒲棒儿:"那后来呢?"

贺师爷:"后来,晋中商人从右玉杀虎口出口外,讲信用,用脑子,这便有了先有复盛公,后有包头城的说法。满山,你要修成杨家河,给师爷捎句话,师爷爬也爬到西口外,给你庆功。"

满山:"师爷,我记住你老人家的话了。"

贺师爷在教满山和蒲棒儿学蒙语:"乌素图。宝日陶亥。陶力木。巴音。巴音陶力盖……"满山、蒲棒儿跟着学:"乌素图,有水的地方。宝日陶亥,河套。陶力木,没水的池塘。巴音,富裕,发财,巴音陶力盖,肥富的山丘……"

马母将杨满山和蒲棒儿送到大门口:"满山,记着,活要见人,死要见尸,你一定要把马驹找回来,姑姑等着你们。"蒲棒儿:"姑姑,我马驹哥肯定会回来,他性子强,命大。"

马母斜看她一眼:"那就好。回来我就给他办喜事,把红柳姑娘红红火火娶回来。姑姑家有院有房有水地,日子一天比一天好。"

蒲棒儿被噎住了。

满山:"姑姑你放心,我一定要找到马驹,他是我兄弟。"

满山背着一块大炭,艰难地上坡。

杨家小院里堆起一座煤山。满山把大炭放在煤堆上,蒲棒儿边给满山扫衣服边心疼地说:"够了够了,我一个人烧不了多少!"满山:"别省着。咱这地方,炭比粮多。"

蒲棒儿噘嘴说道:"那也不能整天整天烧吧,把炕烧得像火鏊一样,把我烙熟了,谁吃?"

满山:"我吃。"

蒲棒儿:"那你秋后早点回来,不然就让耗子吃了。"

满山:"嗯,我早点回来。"

俩人都不说话了。

杨满山背着一口大缸,艰难地上坡。

杨满山将大缸放在院里,挑起水桶往山下走去。蒲棒儿提着水罐跟在他后面。

满山:"回去吧,我还没走,我多挑几回不就行啦。"

蒲棒儿:"你要走了咋办?我跟着你先练练。"

杨满山从河里舀满两桶水后,又往水罐里舀了一瓢水。蒲棒儿说:"舀满吧。"满山说:"你提不动,慢慢来。"蒲棒儿自信地:"没事,能提动。"满山又舀了一瓢:"行啦,不能再舀了。"突然又说,"哎,蒲棒儿,你先坐坐,我写个字。"

满山在河边沙滩上从不同方向写了好多个渠字。蒲棒儿突然喊道:"满山哥,你这么写!"她把渠字的水旁朝着河水,看来看去,指着巨字摇摇头说:"不行,这儿堵着,水流不进来。"

满山又从不同方向写水字,蒲棒儿无意间把水字两旁拉直,满山狂喊道:"好啦!有办法啦!"蒲棒儿:"咋啦?"满山兴奋地:"你看你看,这是个川字,把水从两边引进来,中间的土方就不用挖了,省多少工!省多少钱呀!"他抱住蒲棒儿,没命地吻起来。

蒲棒儿:"你疯啦……放开我……"

满山挑水上坡,蒲棒儿提着水罐歪歪扭扭地跟在后面。

蒲棒儿:"村里就不能打一眼井啊?"满山:"打过,没水。"蒲棒儿:"那就搬下来。"满山:"没地。沿河的滩地和平川地都像金子一样,没有山上人立足的地方。"

他们走进村口。蒲棒儿说:"进村啦,你放下,让我试试。我在我们村里也担水。"满山:"就几步路了,我担吧。"蒲棒儿:"我试试嘛——"她放下水罐,接过满山挑的担子,咬着牙走了一截,水桶碰在土堆上,水洒了,人倒了,蒲棒儿哭了。

满山心疼地:"蒲棒儿,不怕,我再去担去。"

蒲棒儿咧着嘴说:"来回一趟三里路,多远啊——"

蒲棒儿边收拾饭桌边说:"满山哥,今晚你到二婶家住上一夜,我一个人先练练胆子。长这么大,我还没有一个人住过。"满山:"也好,有事你喊我。"

等满山走了以后,蒲棒儿关好大门。靠在大门扇上。

隔墙满山的声音:"蒲棒儿,没事吧?"蒲棒儿回答:"没事,你早点歇着。"

蒲棒儿关好房门铺好被褥,躺下后又起来把火柱、菜刀、剪子等放在枕头旁。

她静静躺下,不敢吹灯。这时窑里有叮、叮的响声,她缩成一团,紧张地听着。起来后发现是挂在瓮沿边的舀水瓢里有水,倒空后窑里静了下来。她躺下后又听见吱吱声,赶忙起来寻找老鼠洞。她起先还能沉住气,后来越来越紧张,终于"妈呀妈呀"喊叫起来。

满山越墙而过:"蒲棒儿,咋啦?咋啦?"

他踢开门,抱住缩成一团的蒲棒儿,"咋啦?咋啦?"

蒲棒儿:"耗子!耗子!"

满山:"嘿,咱狼都不怕,还怕耗子!"

蒲棒儿惊恐地:"哪儿有狼?哪儿有狼?我的妈妈呀!"

蓝天白云。大雁呱呱飞过。

满山就要走了,蒲棒儿在院里搭建的简易灶房蒸馍馍。她把纸瓮里的白面都用了。她捏了一个罩手巾的男人,捏了一个大辫子女人。满山过来帮忙,不小心碰着面坯:"哎呀,我给碰坏了。"蒲棒儿:"不怕,我再捏一个你,再捏一个我。"她把面揉起来再捏一个男人和女人,"哥,你要想我了,就吃一口我,吃一口想一回。"

满山:"我把你吃完了,再吃谁?"

蒲棒儿："那就吃你,吃一口说一回:我是蒲棒儿的男人,我是有老婆的人。"

满山喊道:"我是蒲棒儿的男人,我是有老婆的人。"

蒲棒儿:"你给我爹留一个我,让他吃了想着我。"

满山:"我给马驹也留一个。我遇到他时,就说你惦记着他。"

蒲棒儿一愣:"能遇到吗?"

满山:"只要在口外,就能遇到。弟兄三个都活着,我们得聚一聚。"

蒲棒儿:"满山哥,他从小到大,孤儿寡母,挺不容易。你别记恨他。"

满山:"我怕得是他记恨我。好在,有红柳……"

蒲棒儿手一颤,一个面人掉在地上,摔碎了。

蒲棒儿、满山、大牛等来到县城珠宝铺门前。蒲棒儿说:"大牛,我们买点东西,你们在河畔等我们。"大牛笑着说:"师母你快点,不然船开了,你哭都哭不成了。"蒲棒儿:"好端端的,我哭甚哩?"大牛:"二人台里不是唱嘛:哥哥你要走西口,小妹妹也难留。止不住那伤心的泪蛋蛋,一道一道往下流。你说好好的事情,有甚好哭的?"蒲棒儿:"泪蛋蛋本是心中的油,谁不难活谁不流。等你娶了老婆,你就知道了。"大牛:"要是那样哭,我宁愿不娶老婆,整天哭得人麻烦,活也活不成。"

蒲棒儿拉着满山走进珠宝铺。

蒲棒儿问:"掌柜的,有玉坠儿吗?"掌柜回答说:"有,在这儿。"

蒲棒儿拽着满山说:"你给我挑一个最好的。你最喜欢的。"满山作难地:"贵巴巴的,等我秋天回来再买吧。"蒲棒儿噘嘴说道:"人家想要嘛,你给人家挑一个嘛!"

满山看着蒲棒儿着急的样子,下决心说:"好,挑一个。这个——"蒲棒儿:"要贵一点的。"满山悄声说:"蒲棒儿,你一个人在家,吃好喝好,比戴这东西强。"蒲棒儿也悄声说:"我妈给我留下点私房钱,我就想要个玉坠儿。掌柜的,你拿这个给我看看。"蒲棒儿接过玉坠儿,问满山:"这个好看吗?""好看,就是有点贵。"蒲棒儿:"好,就买这个。掌柜的你给我打包好,一会儿我付钱。"边说边把满山推出门,"你在外面等着我。"满山着急地:"我给人家付钱……"蒲棒儿:"女人家的事,你别管。"

大牛他们已上了船,看见满山和蒲棒儿走来,赶紧喊:"满山哥,快上船吧,不然天黑前到不了古城。"

满山边走边说:"蒲棒儿,我走了。秋天我早点回来。"蒲棒儿强笑着说:"一路保重,照护好大牛他们。"满山往船边走去:"好,你放心。"蒲棒儿:"你等等,把这个带上。"她把一个小布包递给满山。满山:"这是甚东西?""你路上再看,替我送给棰棰。"满山大吃一惊:"啊,你说甚?你知道棰棰?""这是我的一点心意。就说我惦记她。"

船汉:"快上船吧,你们走得早,人少,路上别出了事。"

蒲棒儿深情地看着满山说:"走吧,我这是第一年送你。"说罢转过身去。满山默默地往船边走去。蒲棒儿突然转身喊:"满山哥,你过来。"

大牛他们起哄:"还要亲一口啊?"

蒲棒儿走到满山身边,悄声说:"满山哥,我……肚里有孩子了……"

满山更为吃惊地:"你咋不早说呀!"

船汉催促:"你走不走啦?我开船啦!"

大牛他们吼起来:"正月你娶过门,二月你西口外行……"

满山猛地亲了蒲棒儿一口,往船边跑去。

二娃正在扫院,听见大雁叫声,高兴地喊:"棰棰姐,快看,大雁飞回来了!"

棰棰从屋里跑出来:"真的?我上房看看!"边上房边说,"大雁回来,满山哥就要回来了。"

二娃朝屋里喊:"婶子,大雁回来了,快看大雁。"

红鞋嫂从屋里出来,抬头看去:"嘿,还真是回来了。棰棰,棰棰!"

棰棰在房上答应:"哎。"

红鞋嫂:"下来下来,院里就能看见,你上房干啥?大雁回来了,走西口的人们立马就要来,趁着人多,我把你和满山的婚事办了。下来,咱们商量商量,得把婚事办好、办大、办体面,办成鄂尔多斯最热闹的婚礼!"二娃:"咱们雇上河曲家的鼓,府谷家的轿,毕特齐的锁呐子,喇嘛弯的号。轿夫都戴上红樱帽,一进门嗵嗵放上两个连儿炮……"红鞋嫂:"你也学会这话啦?"二娃:"这是蒲棒儿她爹唱的《探病》里的话,全鄂尔多斯的人都知道。"

红鞋嫂掰着手指数道:"好,到时候把蒲棒儿她爹、老道尔吉、纳木林、莎日娜、梁老板都请来,按汉人习俗,咱们至少准备上三、五十桌。"二娃:"早点来也好,一来咱们红红火火办喜事,二来人们说今年兆头不好,遍地都是耗子,咱们得早点把地租出去。"

红鞋嫂紧张地:"你说甚?口外要闹鼠灾?"

他们正说着话,一阵马蹄声传来。棰棰跑出去,见纳木林策马驰来,急忙打招呼:"纳木林大哥,今年回来的早啊?"纳木林:"听说二麻烦回到奥陶荒盖了。我去找他。"

棰棰:"那我也去,二娃,牵马。"二娃答应道:"哎。"

棰棰、纳木林骑马来到张二麻烦住处门外。门前依然挂着那块写着"张家圪蛋"牌子。棰棰一眼看见坐在门口晒太阳的匪徒小六,惊奇地喊,"小六,你不是跟着胖挠子当土匪吗,咋在这儿?"小六:"胖挠子见了阎王爷,我如今给张掌柜看门。"棰棰:"他咋死的?"小六:"说来话长,去年秋天让杨满山捅了一刀,丢了面子,就领着我们进了沙漠,不想让人给杀了。"棰棰:"杀得好!谁杀的他?"小六:"我不能说,说了我就没命了。"

纳木林:"喂,我是蒙古人纳木林,我要见张二麻烦。"小六:"我们张掌柜不见生人。"

棰棰:"你还让我打进去啊!"小六:"好好好,我给你通报一声。"朝院里喊,"掌柜的,有人要见你。"

二麻烦的声音:"不见!"

棰棰、纳木林闯进院里。

纳木林、棰棰径直走进张二麻烦住处,纳木林喊道:"老朋友,赛拜奴!"

二麻烦坐在凳子上喝酒,眼皮都不抬:"你是谁?"

纳木林:"怎么,不认识我啦?"

棰棰:"二麻烦,认识我吗?"

二麻烦抬头看了看:"你来干甚?"

纳木林:"我收地租来了。巧八哥变成黑乌鸦,一闭眼不认老朋友。货郎子,你又不认识我了?"

二麻烦阴着脸说:"收租子你不该来我这里。朋友,渴了喝点水,然后走你的路。"

纳木林:"嘿,你还真是翻脸不认人。"他学着二麻烦的口气说,"英俊的年轻人,我是货郎张二麻烦。你有什么需要的东西吗?上至绸缎,下至葱蒜,或赊或欠,或买或换,货郎子张二麻烦听从你的使唤———这是你说的话吧?"

二麻烦抿一口烧酒,说:"嗯,一满好口才!这话像是我说的。"

纳木林:"朋友,别装洋蒜了。蒙古人最恨说假话的人。你把去年的租金给我,今年你再找别人租去。"二麻烦:"你拿出租地的字据来,我一满付你钱,响当当的袁大头。"

纳木林拿出二麻烦在红鞋店重写的契约:"这是你当着好多人重写的那张契约。就按这字据上写的交租吧。"

二麻烦看都不看:"我手里只有一份卖地契约。"

纳木林气愤地抖着契约说:"这不是你写的吗?"二麻烦:"有手印吗?"

棰棰拿过来一看,见上面没有手印,气愤地喊:"二麻烦,你又骗了我们!"

二麻烦:"那怪你们都是一群傻瓜蛋。我手里的卖地契约,可是明明白白地有你纳木林的手印。"棰棰:"你胡说八道,你把契约拿出来让我看看。"二麻烦:"你看看?你认字吗?"

棰棰拿起桌上毛笔,在墙上写了个杨字:"你看我认不认字!"

二麻烦要赖皮:"你赔我墙!谁让你在我的墙上写字来?告诉你们,但凡蒙汉纠纷,都得禀报陕西神木理事衙门,你们有本事,告我去,我等着。"

纳木林揪住二麻烦的衣领子,把他墩在桌子上,"朋友,你租种的是几百年前阿勒坦汗以圣主的名义赏赐给纳木林家族的户口地。我再说一声,你今天必须付我租金。"

二麻烦冷冷地:"娃娃,你还毛嫩着呢。你到神木衙门查一查,看看这是谁的地。回去吧,好好放你的牲口,不要丢了那份自在的日子。以后要想换点东西,你就到张家吃旦来。四只羊换一块砖茶,一匹马换一双皮靴,一头牛换三百斤糜米,到时候我多给你点让头。咱们一回生两回熟,叔不会亏待你。其余的,你就甚也不要说了。我这人一辈子没别的嗜好,就爱喝点小酒打一点官司。你还没去过神木衙门吧?那地方我一满熟得很。你甚时候想去,叔陪你去开开眼界!"

纳木林:"二麻烦,你把事情办糟糕了。今天只要你以礼相待,我就不跟你算细账了。可是你侮辱了我,侮辱了纳木林家族的人。张二麻烦,你把自己的良心出卖了!你想打官司,你自己打去吧,我将用蒙古人的方法惩罚你这个不讲信义的坏人!"

张二麻烦从桌子上跳下来:"小六,把住门口,不要让这小子跑了!"

小六:"我不打棰棰家的客人。"

纳木林从门边拿起一根棍子,插进二麻烦的腰带里,挑起来往门外走去。二麻烦挣扎着喊:"纳木林你活腻味了,神木衙门的人马上就来,你等着吃官司吧!"

纳木林走到当院,把棍子一抽,二麻烦"嗵"一声掉在地上。

二麻烦高喊:"纳木林杀人啦,纳木林杀人啦……"

古城城门前冷冷清清，不如往日那样热闹。

满山他们走进古城，大牛好奇地问："满山哥，城门口咋站了那么多兵？"满山："有个驻陕蒙边地的吴大帅喜爱武功，年年在这儿摆擂台，把城门开了再关上，给五块大洋。"大牛好奇地："开一下城门就给五块大洋？这钱真好赚，走，看看去。"满山赶忙阻止："一扇城门好几百斤重，关不上就得挨打。大牛，你们站在这儿等我，我去找忠义。"

一兵丁站在城门前对围观的人说："大家看清楚，这是政府公告：陕蒙交界宽五十里的黑界地，以后归吴大帅的部队开垦，欢迎大家租地，价格便宜，愿意留下的往这边站，想出口外的往这边站！"另一官兵说："吴大帅说了，好地都种大烟，种籽免费，管吃管住。"

大牛走过去问："这位兵爷，哪儿开城门给钱？"兵丁："开城门给钱？净他娘的想好事！留下还是走？"大牛："我们不种洋烟，明天一早就走。"兵丁"再问一遍，留下还是走？"大牛坚决地："走。"兵头儿："打！"

众兵丁拥过来一阵痛揍，然后开了城门把人扔出去："吴大帅说了，谁不给他面子，谁就别想在古城过夜！"

满山和忠义从一条小巷里走出来。一兵丁紧盯着他们。

忠义："蒲棒儿对你好不好？"满山："挺好。"忠义："没提棰棰的事吧？"满山："没有。哎，你等等，她给棰棰带了一样东西，我还没看。来，看看。"他掏出小布包，慢慢解开，看见露出来玉坠儿，不由惊讶地说："这不是蒲棒儿给自己买的嘛，咋又送给棰棰了？"

忠义琢磨道："玉坠儿不就是玉棰棰吗——哈哈，蒲棒儿好脑筋，有良心，有计谋，一满了不得！"

满山："我还以为她不知道棰棰——"话未落音，一兵丁突然冲过来按倒满山，抢走布包。满山惊诧中一翻身扑倒兵丁，抢过布包。兵丁情急中开枪。黄毛率一群兵丁冲来将满山擒获。王忠义着急地喊："咋大白天抢人啊，快放开，快放开！他是我兄弟！"

黄毛等押着满山、忠义走进师部吴大帅住处。

吴大帅："怎么回事，为啥要开枪嘛！"黄毛："报告，这小子仗着他身高气力大，在街上耍横，让我给逮起来了。"

满山辩白："吴大帅，你的兵抢人！"

吴大帅："噢，你认识我？"黄毛："他去年开了城门又关上，赚过您老人家五块大洋。"吴大帅:"那为啥不把他留下?"黄毛:"他说他爹好几年没回家,要去找爹。你老人家夸他是孝子,把他给放了。"

吴大帅:"噢,找到你爹啦?"

满山含混地:"嗯……"

"那就好。你叫啥来?"

"杨满山。"

吴大帅:"噢,好像有这么一回事。杨满山,往后跟着我干吧,我不会亏待你。"指着黄毛说,"你看这小子,原来是个班长,上个月来我这儿,我给了他个副连长。你要留下,我给你个连长干干。"

满山:"我不当你的兵,你的兵抢人。"

吴大帅:"看看这些人,是谁抢你啦?"

忠义指着一个兵说:"就是这个家伙。"

兵丁把纸包递给满山:"大哥,我不知道你认识大帅。我是怕你买卖大烟土。"

吴大帅:"大烟土咋啦?我这不是让大家使劲种嘛。不种大烟,军饷从哪儿来?关禁闭!"转身问,"杨满山,让我看看,你这是啥宝贝?嘿,一个大老爷们,你买个玉坠儿干啥?"

满山:"是我媳妇给棰棰买的,我在口外租着她家的地。"

吴大帅:"啥棰棰不棰棰,这不是个玉棰棰嘛。"

王忠义:"吴大帅,他说的棰棰是红鞋嫂的女儿,走口外的人都知道。"

吴大帅:"哦,那个小丫头,我见过她。这么说,你是既不当我的兵,也不种我的地?"

满山:"我答应下人家,我不能闪下红鞋嫂。"

吴大帅:"好,去年你是忠孝之人,我放了你。今年你成了诚信之人,租的又是红鞋嫂的土地,看来我还得放了你。只怕你过了我这一关,过不了山西督军阎老西那一关。放人。"

王忠义:"吴大帅,我是古城王忠义。我是杨满山的好朋友,去年腊月他娶老婆的时候我就跟他说好了,今年一块儿到口外去。咱古城人不说瞎话,你让我跟他一起走吧。"

吴大帅:"胡说八道,他娶老婆与你有啥关系?"

王忠义:"我是他的媒人,要不是我说媒,他跟我一样,如今还是光棍一条。"

吴大帅:"嗬,又来了个讲义气的。好吧,我成全你们。不过你们也得给我留点面子。当年我不听话的时候,陈督军那个老杂毛让我吃了好几个月不放咸盐的肥猪肉——"他哇地吐了一口,"如今,你们跟我捣乱,我得揍你们。给我打!"

众兵丁拥上来抽打满山和忠义,俩人抵抗一阵后被打倒。

兵丁们将满山和忠义架到城门前:"黄连长,扔不扔?"黄毛说:"等等,"他从小摊上拿起一摞烙饼:"杨满山,这是我送给你的干粮。你要是不走,我还得给你当部下。他妈的,开城门!"他把买来的吃食塞给杨满山,"扔!关城门!"

一群不愿意留在古城的人混着跑出城外。

黄毛摆摆手:"让他们滚蛋,人世上最不缺的就是庄稼汉。老子不稀罕!"

被赶到城门外面的人们惊诧地看着满山和忠义。

大牛问:"满山哥,我一直在这儿等着你。谁把你打成这样?"

满山:"吴大帅。那家伙一年变一种招数。今晚咱就住在城门洞。忠义,让你受苦了。"

忠义:"好朋友不说两家话。我跟着你们走。我不给他们种大烟。"

大牛:"咋又冒出个黑界地来?甚叫黑界地?"

忠义:"是当年朝廷划下的禁地,蒙汉人都不准动用。如今当兵的急了眼,想急发财。这一满是秀才遇上兵,有理说不清,哎呀……"

第 17 集

小栓边给马驹穿衣服边说:"马驹哥……嘿嘿,你看我又叫错了。"

马驹笑着说:"在人前你得叫我刘掌柜,没人的时候你叫我哥。你把我那件棉袄拿来。"小栓问:"哪件啊?"马驹:"就是我拉骆驼时穿的那件,那是我从口里穿出来的。"

小栓不解地:"那棉袄破的都不能穿了,你要它做甚?"马驹说:"叫你拿来你就拿来。"

小栓从里间拿来破棉袄,用包袱包好。

老胡在外面问:"掌柜的,打扮好了没有。"小栓答应:"好了。"老胡走进来说:"刘掌柜,早去早回,一路小心。"马驹:"放心。我办完婚事就回来。记住,没有我的话,粮库的所有粮食一颗也不许动。"老胡:"这步棋咱们走对了。口外今年这么大的灾……"马驹赶紧制止:"老胡,这话现在还不要对外说。一切等我回来。好了,小栓,咱们走。"

他们走出客厅。伙计们齐声说:"掌柜的一路顺风!"

马驹:"好,等我娶了蒲棒儿,回来给你们发喜糖,发红包。"

老胡吩咐:"小栓,凡事小心,照护好掌柜,替大伙儿问候老夫人和新媳妇蒲棒儿。"小栓:"好,记住了。"

马驹和小栓、另一伙计上马离去。

纳木林和棰棰骑马来到鄂尔多斯王府门前。

棰棰说:"嘀,这就是王府啊?够气派的。"

纳木林奇怪地问:"棰棰,你没来过王府啊?"

棰棰:"没有。从小时候起,我阿妈就不让我靠近王府。我今天是偷偷来的,要让我阿妈知道,得用鞭子抽我。"纳木林:"那你一会儿别进去了,就在大门外等我。"

守门兵丁:"呔!你们是什么人,到了王府门前,为何不下马?"纳木林:"我是牧民纳木林。我的户口地被人霸占了,我要见二奶奶。"

兵丁:"下马！过来！"他摸摸纳木林身上,然后高喊,"阿利玛姑娘,有人要见二奶奶！"

阿利玛的声音:"让客人等一等！"

棰棰牵马回避,离开王府门口。

二奶奶端着盖碗边喝茶边慢声细气地问道:"……你就这么让他给骗啦？"

纳木林气愤地:"我没有被骗,我只是太相信他了——"

二奶奶:"纳木林,这种事情我管不了。凡蒙汉官司都由神木理事衙门处置。阿利玛,给他说说神木衙门打官司的规矩。"

阿利玛:"纳木林大哥,蒙古人打不起这种官司。凡去衙门告状,先缴两石粮食十匹马。如果衙门的人来找你,得缴五石粮食二十匹马。要是拖延不缴,拖一天加一成,加到十天之后,他们可以没收你的全部家产。要是不服,衙门的人可以升堂问事,但是得再缴五石粮食二十匹马。断案时要传唤所有证人。每传一个人,你都得管吃管喝管工钱。纳大哥,你遇上麻烦了。"

二奶奶笑着说道:"可不,你不但遇上麻烦了,还遇上一个二麻烦。"

纳木林生气地:"你别嘲笑我！我只是来禀报一声,王府要不管,我有的是办法。"

二奶奶:"你有什么办法？"纳木林:"我不告诉你。"

二奶奶一字一句地说:"那我告诉你。你的地和周围那些土地,我迟早要征用。如果你现在就把地交给我,我可以管管这事。如果你不愿意,那你自己去对付那个张二麻烦。纳木林,你要是真的把地卖了,我必须惩罚你。你要知道,蒙古人是不准卖地的。"

纳木林:"我咋会卖地？那是阿勒坦汗赏赐给我们家族的户口地。那是荣誉,那是金子！"

二奶奶挥挥手:"你知道就好,阿利玛,送客！"

走出王府大门口,阿利玛说:"纳木林大哥,慢走,不送了。"

纳木林:"谢谢你,好心的阿利玛姑娘。"

棰棰牵马走过来:"纳大哥,咋样啦？"

阿利玛脸色大变:"你怎么来啦？我告诉你,别老缠着杨满山！"

纳木林不解地:"这是咋回事？"

棰棰倔强地:"不许你胡说！"

阿利玛:"放肆！阿拉腾,抽她！"看门兵丁走过来喝喊道:"快走！你敢惹阿利玛姑娘,你不想活了?"

纳木林扶棰棰上马:"棰棰,咱们走!"

棰棰上马后低声嘟囔:"凶甚呀,不就是一个小丫环嘛……"

阿利玛抽出兵丁佩带的腰刀,狠狠地瞪着远去的棰棰。

满山他们走进库布齐沙漠。有人领着喊:"出入相友啊,结伙相帮啊……"

满山:"拉住手,不敢松开,走!"

远处有几匹马迎着他们驰来,扬起一片尘土。大牛边躲尘土边问:"是不是土匪来啦?"

忠义:"好像不是,他们不理我们。"

满山等好架势注视马队,疑惑地说:"好像是马驹……"他转身朝马队喊,"马驹,马驹!"一阵大风刮来,等风头过去,马队已远去。

大风过后,马驹、小栓和粮店伙计下马休息。小栓边给马驹倒水边说:"刚才好像是一群走口外的人。"伙计摊开毛毡,给马驹摆好吃食:"刘掌柜,这些人咋来得这么早?"

马驹坐在毛毡上,边吃喝边说:"这就叫没钱没眼力,天生的穷命!自己不长眼,总有耳朵吧,只要打听一下,就知道今年口外闹鼠灾,说不定颗粒无收,还走甚的西口!"

伙计迎合说:"就是,口外已嚷嚷成一片,他们还往耗子窝里跳。今年口外要颗粒无收,咱们就等着发大财吧。"

小栓:"不敢那么说,造孽!"

马驹瞥了他一眼,自顾自吃喝起来。

杨满山一行人来到小川河边。大牛惊叫道:"满山哥,快看,前面又是兵!"

官兵拿枪逼住众农工:"我们是山西的队伍,大伙儿都站好,听包头垦务局王总办训话。"

王总办骑着毛驴讲道:"兄弟们,乡亲们,我是包头垦务局的王总办。蒙山西督军百川先生厚爱,着鄙人兼理晋人在蒙垦务事宜。为了让大家过上好日子,百川先生把晋蒙边界五十里宽的黑界地要到山西人手中了。吴大帅的部队抢地种大烟,百川先生说山西人不干那种事情。他给你们发钱、发粮、发汾酒、发老陈醋,你们就留在这儿种庄稼。大家说好不好?"

忠义问:"王先生,是不是不让走口外啦?"

王总办:"不不不,政府有令,自由开垦。到哪里垦荒都是好事情。我是垦务局官员,同时欢迎诸位到蒙地垦荒种地。你们到包头、到后套,鄙人一概欢迎。不过阎先生说了,这里离家近,你们赚钱容易,一来可免去劳累之苦,二来为山西增添财富,这是好事情。何去何从,你们自由选择,决不为难大家。"

满山站出来说:"王总办,我叫杨满山,我在包头见过你,当时把你认作梁老板了。我们过古城时被吴大帅的人打过了,咱山西的部队打人不打?要打快打,打完我们好赶路。我们已经在口外租下土地,说好要拜师学艺,修渠打坝,山西人说话算话,不能耽误人家。"

王总办:"你跟谁学艺?"满山:"梁老板。"王总办:"说好了?"满山:"说好了。"王总办:"是真的吗?"满山:"我是河曲火山人,杨家后代,我不骗人。"

王总办惊诧地:"好小子,看不出来,大名鼎鼎的梁老板能看上你。那好,你先给我看看小川河两岸能不能修渠。"

满山:"不用看,这里地高河低,水上不来。两岸又都是沙地,就像往筛子里倒水,浇不浇都一样。小川河背阴水冷,又是季节河,开渠等于白扔钱。"

大牛:"就是,山曲儿里说,小川河耍一水湃(读 ba)断儿根,大青山背大炭压断板筋。"

王总办:"什么什么,什么断什么根?"大牛:"小川河河水冰凉,男人一下水,就把儿根湃坏了,一辈子不能生养。"王总办逗他说:"让我看看,你的儿根湃(读 ba)坏了没有?"大牛:"我还没成家,今年先试试水,看到底凉不凉。"

王总办拍拍满山的肩膀:"杨满山,好好学,为山西人脸上争光。要有甚难事,到包头直接找我。你们坐羊皮筏子过去,免得湃断你们的儿根。哎,等等,你们河曲人会唱山曲儿,给我唱一支再走……"

众人站住,给他唱了一段《走西口》:"走路你要走大路……"

王总办:"好好好,咱们包头见。"

小六领着神木衙门的差役们来到一小镇。

牛头儿说:"小六,眼看天黑啦,晚饭闹好些,多弄点酒!"小六:"牛头儿,我说你们差不多点吧。今天已经喝了四顿酒了,咱们还办事不办事啦?"牛头儿:"又不是花你的钱,你管我们喝几顿?你要不好好伺候着,老子们立马回神木衙门!"

一差役拎着半褡裢钱走过来:"哈哈,他娘的,口外这钱就是好赚,一眨眼工夫就从几家店铺讹出半袋子钱来。快吃饭,吃完饭下赌„!"

小六着急地:"诸位弟兄,我家掌柜的事情紧急,请各位不要耽搁时间了。蒙古人纳木林身高个大,不好惹,万一聚众闹腾起来,事情就不好办了。等你们把人抓起来,我给掌柜的说说,让弟兄们到包头窑子里耍三天。"

牛头儿:"小六你别吹牛皮。你家那个二麻烦,白萝卜里插刀子,就不是个出血的玩意儿。这一次他要不好好犒劳犒劳弟兄们,我把他也捆回神木去。"

小六逗他:"那你可就惹下麻烦了,他告不死你不罢休。"

牛头儿:"小六你也是个灰货。西口外那么大,你在哪儿混不了一碗饭吃,非要给二麻烦当把式匠!"小六:"我总的吃饭吧,当土匪担惊受怕,当把式匠保险。"牛头儿:"嘿,小小年纪,你当土匪干啥?"小六:"你可不能这么说。咱们都一样,我当土匪是明抢,你们当衙役是暗刁,往后遇在一块儿,还请高抬贵手,放兄弟一码。"

众差役围上来:"你这不是臊我们嘛!""扯下他的裤子,看看他屁股上有没有白莲花!"

小六挣扎着:"不能看不能看……"

红鞋店焕然一新。高杆上的红鞋漆得红光闪闪,上面披了长长的彩带。院子、马厩干干净净。桎桎走到马厩边牵马边朝屋里喊:"阿妈,今儿神木衙门来人,我到户口地看看去。"

红鞋嫂撩起门帘说:"要不是纳木林的事,我就不让你去。记住,王府官府,都不是咱们去的地方。早去早回,别惹麻烦。"桎桎上马答应道:"我看看就回来。"红鞋嫂:"回来咱们收拾新房,把你们的两床新被子缝上。"桎桎:"哎,记住了。"

红鞋嫂站在大门口望着女儿的背影,愣了一会儿说:"二娃,你也跟着去吧,今儿是咋啦?我心里直发慌。"

二娃的声音:"好,我立马就走。"

桎桎已经走远了,身后留下一串歌声:高高的胡杨已经发芽,美丽的姑娘就要出嫁……

纳木林户口地里空前热闹。神木衙门的差役们摆开阵势,查验案情。

牛头儿问:"人都到齐了吗?"一差役答:"到齐了。"

牛头儿:"好,原告汉人张二!"张二麻烦:"大人,我在这儿。"

牛头儿:"被告蒙人纳木林!"纳木林:"我是牧民纳木林。我可不是啥被告。"

一差役:"不许多嘴!"

棰棰骑马而至:"纳大哥,这是咋啦?他们没欺负你吧?"

差役:"不许喧哗!"棰棰瞪他一眼:"你瞎喊什么!"差役:"住嘴!"棰棰:"你才住嘴!"

差役逼到棰棰跟前,棰棰攥着鞭子怒目相对。差役欲动手,牛头儿摆摆手说道:"被告人纳木林,你的土地已经卖给这位张先生,为何在这里乱插木牌?"

棰棰:"牌子是我插的,与纳大哥无关!"

纳木林:"这是我的土地,我没有卖给张二麻烦,他欠我一年租金,我还想告他呢。"

牛头儿:"那好,你作为被告,先缴五石粮食十匹马。你要告他,再缴五石粮食十匹马。本差役现在就审理你们的纠纷,给你一个公道。"

棰棰:"他买地有甚证据?"牛头儿:"你是谁?"棰棰:"你管我是谁!你得公公道道判案子,不然我饶不了你!"牛头儿:"小丫头,这里是你说话的地方吗?给我绑起来。"

张二麻烦:"大人,这个小丫头到处捣乱,一满不是个好东西。"棰棰一把夺走二麻烦的酒壶子,往远处一扔:"你才不是好东西!"转身对牛头儿说,"你知道不知道,口外的人都说,张二麻烦坏了心,来到口外尽哄人。红嘴白牙说瞎话,手提刀子想杀人……"

差役们围过来欲绑棰棰,纳木林抽出腰刀保护。这时候小六说道:"牛头儿,她是红鞋嫂的女儿。你放她一码。"

牛头儿恼火地:"要不是小六说情,我一绳子把你捆到神木去!往后站!"

棰棰愤愤地站到马跟前。

牛头儿:"原告汉民张二麻烦,拿出你的证据来!"

张二麻烦拣回酒壶,从贴身处拿出契约,递给牛头儿。

牛头儿:"被告蒙民纳木林,你过来看看这是不是你的手印?"

纳木林:"我是在租地契约上按的手印。"

牛头儿:"不对,这是出让土地契约。有没有识字的,过来看看。"

棰棰:"那是张二麻烦趁纳大哥喝酒时按的。纳大哥手里还有重写的契约。"

纳木林递上新约。牛头儿拿过来看看,随手一撕,扔到地里:"没有手印,这不算数。"

棰棰着急地:"你给我捡起来!"牛头儿:"还敢多嘴!这么大的买卖,他还敢喝酒?蒙民纳木林,你先把办案费用缴了,然后安排弟兄们吃好住好,明天接着审你的案子。"纳木林:"我不管!"

牛头儿冷笑道:"你不管不行!你先缴五石粮食二十匹马。要是拖延不缴,拖一天加一成,加到十天之后,我们将没收你的全部家产。如果你不听劝告,跟官府作对,我们还将罚粮罚钱,把你和你的家族罚得上天无路,入地无门,欲哭无泪,欲死不能。再问你一次,缴不缴?"

纳木林举起腰刀;"乌鸦飞来了,遮住了鄂尔多斯的光明。你们想霸占我的土地,先得问问蒙汉乡亲!"

牛头儿:"嘀,还想来硬的是不是?给我绑起来!"

众差役扑过来捆绑纳木林,雇工们喊道:"这叫甚做法?木匠的斧子,一面砍啊?""这太不公道了……"

棰棰上马挥起鞭子,抽倒两个差役后,喊道:"纳大哥,上马!"

纳木林翻身上马,和棰棰飞驰而去。

牛头儿:"他妈的反啦,追!"众差役上马追去。

二麻烦踢倒一根写有杨字的木桩,对雇工们喊道:"看甚哩,有甚好看的!给我把杨字刷掉,都换成张字!"

纳木林、棰棰纵马飞驰,众差役紧紧追赶。

二娃追过来,大声问:"棰棰姐,这是咋啦?"棰棰:"快,往那边跑……"

红鞋嫂踩着梯子,往大门上挂灯笼。

道尔吉和蒲父骑马赶来。道尔吉问候道:"善良的女主人,赛拜奴。"

红鞋嫂热情应答:"嘿,赛拜奴!道尔吉老爹,草原上的报春鸟,咋就悄悄地飞来啦,莫非是马头琴的琴弦断了吗?"

道尔吉为难地:"欢乐的事情遇上麻烦啦,老道尔吉……唱不出来了。"

红鞋嫂奇怪地问:"咋啦?"道尔吉:"棰棰姑娘在吗?"红鞋嫂:"神木衙门来人了,她和纳木林到户口地去了,一会儿就回来。"

早已恭恭敬敬站在一旁的蒲父说:"妹子,我给你陪罪来啦!"

红鞋嫂笑着说:"蒲棒儿她爹,大喜的日子就要来到了,你可别跟我开玩笑。"

蒲父:"蒲棒儿她妈死了。临死前让蒲棒儿嫁给了杨满山。他们已经成家了。"

红鞋嫂惊诧地:"你在逗我吧?"

蒲父:"是真的。"

他施蒙古礼致歉。红鞋嫂手一松,灯笼掉在地上。

道尔吉:"蒲棒儿她爹,咱们到户口地看看,别出了事儿。"拉着蒲父离去。

满山一行来到红鞋店外。

忠义："满山,快点走,眼看天黑了。"满山把忠义拉到一边,悄声说:"忠义,前面就是棰棰家的店,你说我该咋说呀? 既不能瞒着棰棰,又不能伤着她。"忠义："嘿,你还在思谋这事啊? 男大当婚,女大当嫁,这有啥不好说的? 你要不好说,我说。"满山犹豫地："这事情真是有点……"忠义："要不咱们别进去了,绕着走算了。"满山打定注意说道："那不行。走吧,我去说! "

满山走进红鞋店院里喊道："婶子,我是杨满山,我来了。"

红鞋嫂从屋里出来,镇定地："哦,满山,今年来的早啊,先进屋歇着,我给你倒热水。"趁人不注意,她踢开脚边的红灯笼。

忠义："婶子,我是府谷县的王忠义,是杨满山的朋友,我有话对你说。"红鞋嫂摆摆手说："走了一天,先歇着。"忠义："棰棰呢,我给她说个事情……"红鞋嫂:"她不在。你们先吃饭、歇着。"

满山问："棰棰到哪儿去了? "红鞋嫂："我不知道。"满山："婶子,我跟你说一句话。"红鞋嫂："不说。歇着。"满山："婶子,你就让我说了吧,我成家啦,我娶的是——"

红鞋嫂走过去拽下蒙在红鞋标志上的彩带,淡淡地说："这风刮的! 满山,别说了,先洗洗,一会儿吃饭。二娃,招呼客人。"

伙计的声音："二娃跟棰棰走啦,我招呼吧。"

红鞋嫂苦笑着摇摇头："瞧我这记性。"

满山一伙人围着长桌吃饭。大牛说："真好吃,怪不得人们说红鞋店是走西口人的家……"满山踢他一下："悄悄地吃你的饭。"他放下饭碗,站起来。忠义拽住他说："吃饭! "满山说："你们吃,我出去一下。"

满山走到院里,来回走了几步,下决心往厨房走去。

二娃骑马进院,高喊："掌柜婶子,不好啦,棰棰姐和纳木林大哥被神木衙门的人抓走了!"满山忙跑过去："二娃,咋回事? "二娃高兴地："满山哥,你可回来了! 本来说好给你和棰棰办喜事,结果让二麻烦搅得乱套了,神木衙门的人把棰棰姐和纳木林大哥抓起来了! "

红鞋嫂:"二娃,别乱说,满山已经成家了。"二娃："啊? 和谁成家了? "红鞋嫂："棰棰在哪儿? "二娃："如今关在垦务局,说是明天押往神木衙门! "

红鞋嫂拿起马鞭说："满山,你替我招呼好客人,二娃,跟我走! "

满山走进马厩提起铡刀解开马缰说："我也去! "

二娃："你说清楚,你和谁成家了? "满山："二娃,先救人,完了再说。"二娃:"不行,你先说! 棰棰姐为你受了那么多罪——"

红鞋嫂翻身上马,喝斥道:"二娃,上马! "

二娃倔强地:"不行,我得问清楚! 杨满山,你说,你和谁成家了? "

忠义:"我说,杨满山和蒲棒儿成家了,是我作的媒,咋啦? "

二娃狠狠地推开满山:"滚开! 你没良心,你没脸见我棰棰姐! 婶子,走! "

道尔吉、蒲父骑马疾驰而至,蒲父见状急忙阻止:"大家不可莽撞,硬闹会吃亏的! "道尔吉:"蒲棒儿她爹说得对,得用脑子对付他们! "

一片乌云飘过来,把月亮遮住了。

店房里,人们在商量解救办法。

红鞋嫂:"……二麻烦买通神木衙门的人,霸占了纳木林的户口地,说不定过几天就轮到我这儿来了。"

道尔吉:"看样子,还真得跟他们斗一斗。我把后山放牧的蒙古乡亲们召回来! "

蒲父:"远水解不了近渴,得马上救人。我到包头讨吃窑去,请摸鬼行者他们帮帮忙,他们都是很仗义的人。"

满山:"我去找二奶奶,让她出面——"

红鞋嫂厌恶地:"别提她! 就是棰棰死了,我也不会去找她! "

蒲父赶紧圆场:"要不让满山去找找梁老板? "

红鞋嫂站起来,冷冷地:"这事就不麻烦你们二位了。你们是新女婿和老丈人,出了事我担当不起。二娃,睡觉去! 我的女儿我知道,吃不了大亏。天大的事情,明天再说。"说罢欲离去。

一直听众人说话的忠义站起来拦住红鞋嫂说:"我是陕西府谷人,神木紧挨着我们县,我知道神木衙门那些灰货们心狠手辣,吃人不吐骨头。蒲棒儿她爹说得对,这事不能硬闹,否则咱们会吃大亏。你们要听我的,我保证明天棰棰和那位大哥平平安安回到店里来。要不听我的,你们自便,我也用不着路见不平,拔刀相助。就这,你们定吧。"

蒲父:"忠义,你说说嘛。说错了权当没说。"忠义:"我自小在古城街头听鼓书,这种事情听得太多了。不能让那些家伙们顺顺当当回神木,要神不知鬼不觉地把人救出来,此事得这样……"

众人认真听着。

众差役押解着纳木林、棰棰行进在陡峭的石坡上。

差役们牵着马,累得东倒西歪,骂骂咧咧:"他妈的,这叫什么鬼路! 是人骑马还是马骑人！""怪不得人们说，宁在口里讨吃，也不到口外作官。"

有差役摸了棰棰一把，棰棰大喊："拿开你的鬼爪子，离我远点！"差役："哥现在不占你点便宜，回到神木一满就轮不到我。"

纳木林狠狠地踢了他一脚，差役跪倒在坡上骂："他妈的你敢踢我！"

有差役怪声怪调地哼哼："人在外面心在家，家里丢下一枝花……"

这时远处传来马头琴声，纳木林和棰棰一愣，侧耳倾听。

棰棰对纳木林低声说："是道尔吉老爹……"纳木林点点头。

忠义穿得干净体面，走进野外路边一家酒馆，随口问道："掌柜的在吗？"掌柜："在在在，客官有何吩咐？"忠义："我是包头吴家的少爷。神木衙门有恩于我家，家父委托我一路暗中照护他们。他们一会儿就过来，麻烦你们热情款待，让他们吃好喝足。"掌柜："吴少爷，不瞒你说，我们是小本买卖。神木衙门每次来人都是白吃白喝，我们只能是水茶便饭伺候，好酒好菜我们招待不起，也不会做。"

忠义把两个银元放在柜台上："酒钱饭钱我来出，你们只管让他们吃好喝好。钱花不完，你们过后退给我就是了。"

掌柜的瞥一眼银元，连声说："好好好，我这里有上等的'懵倒驴'烈酒，有又鲜又嫩的羯羊肉，喝不倒他们我就不要你的钱。"

忠义："不要对他们提起我，免得家父怪我做事不牢靠。"掌柜："那是那是，侠义之人做事，向来不留姓名。"忠义："他们走了之后，我派人来查看账单。告辞了。"离去。

伙计："掌柜的，今儿是啥日子？太阳从西边出来了！"

掌柜："赶紧张罗，花完这两块大洋，喝死那些乌龟王八蛋！"

牛头儿、众差役押着纳木林和棰棰来到酒店前。酒店掌柜满脸带笑拦住他们，高声说："牛头儿，诸位大爷，一路辛苦！本店近来买卖不错，全赖诸位照顾扶助。特意准备了好酒好菜，免费招待，诸位请！"一差役："嘿，今儿这是咋啦？太阳从西边出来了！"

众人把纳木林和棰棰绑在门口，然后涌进店里。棰棰挣扎着喊："放开我，放开我……"一位老太太走过来，低声说："别叫，有人救你们……"棰棰认出来人，正要说话，老太太摆摆手，离开酒店。

走出不远，他摘掉发套和耳坠。他是蒲棒儿她爹。

众差役酒足饭饱，趔趔趄趄走出酒店。一差役："走吧，棰棰，哥心疼你，绳子放松点。"

酒店掌柜:"牛头儿,眼看天黑了,要不就别走了。"牛头儿口齿不清地说:"……没事儿,'懵倒驴',好酒啊,再来半斤都没事儿……前面有驿站,我们到那儿住去……"

差役们走进红柳丛里一条小道,有的方便,有的滚下马哇哇直吐。牛头儿喊:"快点,到了驿站,好好玩两圈。"

红柳丛里一声唿哨,一群蒙面人突然钻出来,将衙役们团团围住。牛头儿问:"谁呀,别跟我玩这个!"蒙面人将差役们掀下马,用黑布蒙住眼睛,将上身衣服剥去,把人绑在马上,拨转马头,用马鞭狠狠一抽,马驮着醉汉朝四面奔去。

蒙面人解开纳木林和棰棰身上绳索,换马离去。

有人摘下牛头儿马匹上拴的装钱æ æ″,挂在牛头儿脖子上,然后使劲一抽,马疯了一般飞奔而去。

春风习习,月光明媚。一群人在红鞋店附近停下来。他们摘去头套。

棰棰仔细一看,高兴地叫起来:"满山哥,是你救的我啊?"说着朝满山扑去,"我就知道你会早来——"

二娃往中间一站,气愤地说:"别理他,他是个没良心的灰货!"

满山尴尬地说:"棰棰,是忠义想的办法……。"

棰棰问:"谁是忠义?"忠义说:"是我,绿林好汉王忠义。"棰棰瞅瞅他:"我好像没见过你。"

二娃:"棰棰姐,别理他,他更坏!是他作的媒,让杨满山娶了蒲棒儿,把你活活闪下了!你躲开,让我唾他、揍他!"

棰棰:"二娃你别瞎说!"

满山:"棰棰,哥真的成家了。哥对不住你!"

棰棰:"你骗我!"

蒲父:"走,咱们先回店里,坐下来慢慢说。"

棰棰:"不行,就在这儿说清楚,要是真的,我阿妈会伤透心的!满山哥,你真的成家啦?不是骗我吧?临走的时候,咱们不是说得好好的吗?你让我等你……"

满山:"真的,我成家了,媳妇是蒲棒儿——"

棰棰走到杨满山跟前,仔细看看他的脸,然后狠狠地抽了他一巴掌:"杨满山,你为什么要这么做,你把我当成甚人啦!"

纳木林对杨满山悄声说道："满山兄弟,小鹿发怒的时候不要碰她,要不她会了断自己的性命。"

棰棰牵过马来,踩住马镫。忠义抢前一步,拉住马头,大声喊道："都说蒙古荒原上红鞋嫂的女儿美丽豪爽,今日一见,才知道你是个小气鬼!"

棰棰抽出鞭子,气愤地喊："王忠义,你再胡说八道,别怪我不客气!"

忠义："你要是红鞋嫂的女儿,你听我把话说完!"棰棰:"好,说,我听着!"

忠义："好样的,棰棰你跟我一样,不愧是豪爽侠义之人!你等我说完话,爱抽爱打爱唾,由你!你知道杨满山运灵时遇上土匪了吧?土匪给蒲棒儿她爹屁股上栽了一朵白莲花,到古城时候肉都烂了,一股一股往出流脓,你知道这事吧?我跟上他们到河曲,蒲棒儿她妈眼看要咽气了,就是闭不上眼睛,因为啥?不放心她的女儿蒲棒儿!她攥住杨满山的手不放,你说杨满山该咋办!你是当女儿的,妈成了那样,你说蒲棒儿该咋办?我当时就在哪儿站着,眼看着蒲棒儿她妈倒抽气,你说我该咋办?杨满山给我说了多少次,说他心里有你,可是你们没明说过,也没睡过觉,你们为啥不早办——"

棰棰一甩鞭子:"你敢胡说八道,我真的抽你!"

忠义："你抽我我也得说,杨满山是个孝子你知道不知道?他根在火山村,你愿意回口里给他守那些破窑烂院吗?逢时过节,你得上坟给他父母烧纸烧香,你得跪下说:公公婆婆,你儿走西口刮野鬼去了,儿媳妇给你们磕头了、点纸了、烧香了、满酒了——"

棰棰抽着忠义身边的泥土大声喊："别说了别说了,你别说了行不行!"

忠义扑通坐下："你抽我吧。"

蒲父和道尔吉走过来,扶着棰棰说："孩子,咱们回家吧。"棰棰靠在道尔吉怀里哭着喊："我不哭,我就不哭!"

二娃气愤地："这叫他娘的什么事呀!"他骑马往远处跑去。

火山村杨家院。蒲棒儿形单影只,喝完半碗粥后,边收拾碗筷边自语道："省点吧,日子还长着呢。"想了想,又盛了一点,喝完后抚着肚子说："孩子,妈替你多吃点,吃得饱饱地,往后你身强力壮,到口外和你爹修杨家河去。"

吃完饭她神不守舍,在院里转了几圈,然后蹬着梯子上房眺望远方。

隔壁二婶的声音："蒲棒儿,小心着凉。你要是想满山,就坐在炕上纺线线吧。边纺线边唱曲儿,纺着唱着,就睡着了,就不想了。男人不在,女人们都是这样,慢慢就好了,下去吧,听话。"蒲棒儿:"二婶,没事,我是看看风头,他刚走了几天,我不……"她捂住嘴,说不出来了。

她慢慢下到院里,关牢门栓,靠在门扇上。

心中的歌轻轻响起:野雀子过河单翅翅飞,不想别人单想你……

一盏孤灯,一架纺车。蒲棒儿坐在炕头边纺线边哼着她妈哼过的歌:你走那天天有点阴,黄尘雾罩看不清……

外面隐隐约约有人唱:咱二人相好一对对,你男人不在我和你睡……

蒲棒儿"噗"一口吹灭灯,摸黑下地顶住门,随后一手握着菜刀,一手提着斧子,紧张地站在门口。

蒲棒儿往墙头上闸葛针。隔壁二婶从豁口上探头问:"满山家,你闸墙干甚?"

蒲棒儿吞吞吐吐地:"二婶,我防着点……"

二婶:"是不是夜里听见有人唱曲儿啦?不怕,咱这地方,日子过得苦巴巴的,不唱两声就活不成。光棍汉没老婆,也挺可怜的。黑夜瞎唱几声,那都是嘴上的功夫,女人不开门,他们动也不敢动。你就当是野猫野狗瞎嚎叫,不理他们就是了。"

蒲棒儿笑着说:"那就防防那些野猫野狗,省得黑天半夜担惊受怕。"

二婶:"也好,吓唬吓唬他们,别想那些邪门歪道。你先闸着,二婶一会儿回来帮你。"

朝霞满天,鸡鸣声起。雄浑壮美的鄂尔多斯高原迎来新的一天。

红鞋店里。王忠义、大牛鼾声如雷。杨满山睡在炕边。二娃进来,先给炉子里加了些炭,发现杨满山还没有醒,走到水瓮前舀了半瓢水,稍一犹豫,猛地浇在杨满山头上。杨满山一激灵:"啊……谁呀?"二娃狠声狠气:"你爷爷!"转身离去。

二娃来到马厩给马添草,发现少了一匹马。他摇摇头,拍拍自己的脸,从头数起,吃惊地自语:"棰棰姐的马呢?她的马哪儿去了?"他急忙跑到棰棰闺房窗台前,轻声叫道:"棰棰姐,棰棰姐!"见无人答应,他又来到红鞋嫂住处轻声喊:"婶子,掌柜的,棰棰姐不在了!"

满山揉着腰走出来问:"棰棰不在了?她到哪儿去了?"

二娃"呸"地吐了一口痰,狠声说道:"你管不着!"

红鞋嫂的声音:"二娃,你再喊喊,这么早她到哪儿去了?"

二娃一拍脑门:"嘿,我知道她到哪儿去了,我去找她!"说完牵出马来,上马时回头说道,"婶子,我到户口地去了。"

椰椰纵马狂奔,疯了一样喊着:"啊——"

她跑累了。她下马依偎在满山修造的简易房前。抚摸着熟悉的门框门板。

她陷入回忆之中,痛苦不已。

她大声喊道:"满山哥,你明明知道我在等着你……"

她趔趔趄趄走向写着杨字的木桩,使劲摇啊拔啊,手上的血顺着木桩流下来。

二娃骑马赶来,大声喊:"椰椰姐,快回吧,我就知道你到这里了。回吧,你就当是让蝎子蜇了一下……"见椰椰不搭理,他走过去帮着拔木桩:"滚蛋滚蛋都滚蛋,咱们家的户口地今年不出租!谁也别想租咱们家的地,就放着,又放不坏!"

满山骑马来到户口地,见状揪心地喊:"椰椰!"

椰椰头都不抬,依然奋力拔桩。二娃提起一根木桩跑到满山面前,愤怒地喊:"你来干甚?自你走了以后,你看看我椰椰姐办了多少事情!她钉了这么多牌子,上面写的都是你家那个杨字。她修补房子,挖防狼的沟,她说你今年肯定会早过来。哈哈,倒是早过来了,娶完媳妇占地来了!你明明又是一个张二麻烦,我打死你个没良心的货!"他举棒朝满山打去,椰椰猛扑过来护住满山,喊道:"二娃,住手!"

这时红鞋嫂骑马赶来,见状厉声喊道:"椰椰,你们在干啥?"她下马指着椰椰说:"椰椰,不能胡来!我们蒙古人的心比草原还大,什么事都能装得下。满山没作错什么,他的心地和我们一样善良。跟阿妈回家。"

满山和二娃都愣住了。椰椰惊讶地问:"阿妈,你说甚?你是蒙古人?那我是甚人?你从哪里捡的我?我亲生父母是谁?"

红鞋嫂缓缓说道:"阿妈是蒙古人,你也是蒙古人。阿妈叫其其格。你叫乌兰花。走,咱们回家吧。"椰椰惊愕地:"那我有阿爸吗?他是谁?"

红鞋嫂:"阿妈以后会告诉你的。"她转身对满山说,"满山,鸟儿栖息的时候,不要去搅乱她刚刚平静下来的心。椰椰比你小,有不对的地方,你担待些。这儿的房子收拾好了,忠义他们一会儿就来。我的户口地租给你,或种地或开渠,你们和梁老板定。纳木林说他的地有点麻烦,等把事情弄清楚再租给你们。蒙古人没有户口地,就象没有马群和弓箭一样。实在不行的话,我们会准备好骏马和刀枪,像祖先一样保护我的土地。好啦,我回去了,你们照护好自己。"

满山掏出小布包,走到棰棰面前说:"棰棰,这是蒲棒儿送给你的。"说着把布包按在棰棰手里。棰棰像被火烫着一样,顺手扔了出去。红鞋嫂把布包捡起来,打开,说:"嘿,这玉坠儿真好看。棰棰,阿妈给你保存起来。"

太阳出来了。原野上披满金色。

满山抚摸着一根根木桩,痛苦难言。

歌声轻轻响起:大青山石头乌拉山的水,这么好的妹子离开了你。大青山石头乌拉山的水,山水好离人难离……

忠义、大牛他们背着行李扛着农具走来。忠义说:"满山,我们来了。"满山坐在地畔,木然无语。

大牛兴奋地:"哈哈,这就是口外的地啊,咋就像炕一样平整!这地要种好了,不发大财才怪!"他扔下行李,翻了一个跟斗,不料手脚都陷进鼠洞里。他站起来又翻,依然陷进鼠洞,不由惊讶地喊:"你们看看,口外的地咋是这样啊?"

忠义跪倒用手挖土,吃惊地喊:"尽是耗子洞!满山,快过来看看!听老人们说,口外这地方,好年景养人,坏年景养的是耗子和蚂蚱。它们要是成了精,西口外颗粒无收,死人一片连一片!狗的,是不是让我们赶上了?"

满山清醒过来,边用手刨土边喊:"快,拿锹挖!"众人赶忙挖地。

大牛一屁股坐在地上,失望地说:"我的妈呀!我咋就赶上这事了!"

大家都瘫坐在地上。

大牛等四仰八叉躺在地里,他们被即将到来的灾难吓懵了。

忠义对一直闷头不语的满山说:"满山,别老想棰棰的事了,这地还租不租,还种不种,全听你一句话了。"

满山:"我也在琢磨这事,租还是要租下来,依照政府垦荒条例,咱们不用买种子和农具,即便种瞎了,也就贴点苦力,况且往后还要在这里修渠,咱们不租,就让二麻烦那样的坏人抢走了。这样吧,明天咱们到包头领种子农具,就便逛逛包头城。以后忙起来,就顾不上了。"

忠义:"修渠是个大事,咱们哪来那么多钱?"

满山:"咱们先把地种上。种完地,咱们拜师学艺,跟着师傅到后套把我爹留下的那条渠修起来。那儿快,有原来的股东,招工也不难。只要一放水,流进来的都是钱。以后我们就在这里修大渠。"

大牛突然坐起来说:"这么说,咱还有救啊?满山哥咱说好,到时候我管收钱,保证一个铜子儿都漏不了。"

满山、忠义、大牛等在包头街上　达。街上依然有招农工的摊子，但人员稀少，没有了往日的热闹景象。

大牛好奇地问招工者："喂，请问那里有尽吃尽喝的地方？"招工者摇头："尽吃尽喝的地方？我不知道。"大牛："不是说有一种'一扁担馍馍'吗？谁能吃一扁担那么长一溜馍馍就招谁吗？"招工者："嘿，做梦娶媳妇，尽想好事！"一老人："娃娃，那是往年。今年眼看没收成，粮价一个劲儿往上涨，谁还敢让你那么吃？"

满山走过来问老人："大爷，政府在哪儿发种子农具？"老人叹气说道："这天年谁还敢发种子，那不是明摆着喂耗子嘛！"摇摇头，走开了。

大牛惊慌地："这可咋办呀？"

满山："不怕，再问问。"

马驹粮行前。好多人挤在铺子前擂着门板喊叫："快开门，我们买粮食，开门！"

满山一行走过来，看见门面上挂着的牌子，满山念道："马驹粮行。"他摇摇头，诧异地，"'马驹粮行'？不会吧，马驹开了粮行？"

这时人越聚越多，前面的人使劲摇晃门板，老胡从小门探出头来说："诸位，我们掌柜的家里有事，人不在包头，你们别等了，我们不卖粮食。"

人们议论："这不是哄人吗？掌柜的不在就不能卖粮食啦？""哈，看见年景不好，把粮食囤积起来了吧？真歹毒！""找你们掌柜的，叫他出来！"

老胡："嘿，我不哄你们，掌柜的回家完婚去了。大伙儿知道唱曲儿的蒲棒儿她爹吧？我们掌柜的娶的就是蒲棒儿，走吧走吧，等他回来再说。"

忠义拉着满山走到一拐角处，问道："满山，是不是你说的刘马驹？"

满山不相信地："不会吧，他咋会有这么大的铺面？我去问问。"

忠义赶忙拉住他说："你问个甚！没听见人家说回去娶蒲棒儿去了！明明就是刘马驹，你还问！你把人家的心上人娶了，闹不好他会跟你拼命，这事一满不好办。走走走，先避一避为好。"

第18集

红鞋嫂在马厩里帮二娃喂完料,说:"二娃,早点歇着,明天早点走,到了草原,把你棰棰姐交给莎日娜,你早点回来。"二娃:"婶子,你都给我说了一百遍了。棰棰姐多会儿回来?""让她散散心,过过我们蒙古人自由自在的日子。多会儿心情好了,就多会儿回来。""掌柜婶子,你们真是蒙古人啊?"红鞋嫂笑着说:"那还能假啊?""那棰棰的阿爸在哪儿呀?""到时候你会知道的。早点歇着吧。""好,你先歇着,我把水槽加满⋯⋯"

棰棰睡着了。她身边放着一迭蒙古服装。她也许梦见什么了,脸蛋上挂着笑容。

红鞋嫂上炕躺在棰棰身边,轻轻抚摸女儿。

在轻柔的蒙古音乐声中,闪回以下镜头:

1.原野。鄂尔多斯王府三少爷和年轻的其其格骑马奔驰在原野上。

三少爷:"其其格,快点啊!"其其格喘气说道:"我快不了!"三少爷勒住马缰问:"怎么啦,不舒服啊?"其其格羞赧地:"你该知道。"三少爷扶其其格下马,轻声问:"孩子又动啦,让我听听。"其其格推挡:"不让你听⋯⋯"

2.原野。在离三少爷和其其格不远的一处敖包后面,年轻的二奶奶脸色阴沉,对鄂尔多斯王府老王爷说:"老王爷,您看到了吧,他们鬼混了好长时间了。"老王爷对身边兵丁说:"把他们给我叫过来!"

3.王府议事厅。其其格被绑在柱子上。老王爷对跪着的三少爷说:"哈斯巴雅尔,听我的话,你接替你死去的二哥,和你二嫂娜仁花成亲,继承鄂尔多斯王府扎萨克地位和所有家产,我会安排好这个丫头的。"三少爷:"阿爸,不行,其其格已经有身孕了——"老王爷指着其其格说:"那好。来人,给我狠狠地抽!"兵丁抽打其其格,其其格身边流出来一滩血,三少爷扑过去护住其其格,狂喊道:"来吧,朝着我抽!"二奶奶狠狠地说:"老王爷,其其格勾引三少爷,该把她杀了!"老王爷瞪她一眼:"住嘴,用不着你给我出主意!哈斯巴雅尔,从明天起,你到准格儿召剃度念经,没有我的话,不准回来。来人,把这个丫头扔出去!"兵丁拖起其其格,三少爷上前阻拦,老王爷怒声喝道:"站住,放肆!"

4.王府门前。其其格被逐出来。府门"嘭"一声闭上。其其格跌跌撞撞往前走去。她摔倒在地,往前爬去。三少爷疯了一般跑出来,被一群王府兵死死拦住。三少爷痛心喊道:"其其格……"

红鞋嫂忍住泪水,对睡着的棰棰轻声说道:"……那以后,老王爷再不许我们见面。老王爷临死的时候,着人打听孩子的事,我对他们说,孩子让他们打掉了,你是捡来的。一眨眼,十几年过去了……棰棰,阿妈的乌兰花,你在听着吗?"

红鞋嫂满面泪水。一滴滴泪水滴在棰棰甜甜的脸上。

棰棰穿着蒙古服装走到马鞍跟前,问二娃:"二娃,好看吗?"二娃:"真好看!"

红鞋嫂走过来:"走吧,棰棰,一路小心。"棰棰调皮地:"阿妈,叫我乌兰花!"红鞋嫂:"乌兰花,从此你就长大了。美丽温顺的小母马,该去草原寻找自己的快乐去了。"棰棰留恋地:"阿妈你保重。问满山哥——"她赶紧捂住自己的嘴。

红鞋嫂:"乌兰花,蒙古人的心比天宽,要学会宽容和善待别人。阿妈唱支蒙古歌送你。"

她轻声唱道:没有阴云的月夜,比白天还要晴朗。美丽善良的乌兰花,比泉水还要清澈明亮……

牧羊犬哈布里欢快地朝前跑去。

马驹一行来到黄河边,牵马上船。

船家:"各位客官坐好,我们这里是三省交界的地方。我右手是蒙古的鄂尔多斯,左手是陕北的府谷县。河对岸便是走西口唱曲儿的山西省河曲县。各位看得高兴,多给点船钱我也高兴。"

马驹对小栓说,"给钱,多给点!小栓,你看看我们的黄河!"小栓不以为然地:"我不是来过嘛。再说咱们在包头不是天天能看见黄河嘛。"马驹:"不一样,河曲的黄河是河曲的味儿,可好闻啦。春天开河时是鲤鱼的味儿,夏天浇地时是庄稼和瓜果的味儿。到了秋天,满河都是蒲棒儿的味儿,那味儿真好闻。每年我都要捡好几捆蒲棒儿,摊在河畔晒干了,让我妈装在枕头里,枕着又香又软和，一觉睡到大天亮。"小栓："这次回去，我得好好尝尝老夫人做的饭。"另一伙计："我也是，听说老夫人做的饭特别好吃，特别香！"

马驹动情地说："我妈手巧，心细，我妈会酿醋、会晒酱、会酿黄酒、会腌酸菜、会蒸面人人。我妈做的那酸粥，一揭开锅盖，能把人香死。每天早晨，我盛上满满一碗，把顶顶刨开，里头放上红盐汤红腌菜油泼辣椒面儿，转边再抹上一层胡麻油，我端上海碗往大门口一站，村里好多人都跑过来说，马驹子，你的命真好，摊了个好妈！"

小栓："有妈真好！"

船家："哦，你们是从口外回来的呀？咋现在才回来？"

小栓："完婚，给我们掌柜完婚，你懂不懂！"船家摇头："不懂，米独贵——不知道。"

小栓突然朝着河水喊："蒲棒儿，我们掌柜回来啦——"伙计和他一起喊，"我们掌柜的娶你来啦！"

马驹："小栓，别瞎喊！"

小栓："掌柜的，我知道你日思夜想，心里就装着个蒲棒儿。这次回来，把她稳稳当当地娶到你家炕头上，你就再不用受熬煎了。来来来，痛痛快快喊两声：蒲棒儿，马驹哥哥回来啦——"伙计和他一起喊："蒲棒儿，马驹哥哥娶你来啦——"

船家："嘿，娶媳妇就娶媳妇，还玩甚的荤素？不会说话！"

马驹一行来到红柳家门口，马驹敲门喊道："红柳！红柳！"听见红柳答应了一声，马驹接着喊："我是刘马驹，我带了两个伙计，你把他们安排到客栈，完了让小栓结账，我走了。"马驹翻身上马，迅即离去。

红柳开门出来，左右一看，问："马驹呢？你们咋这时候回来了？"小栓："给掌柜的完婚——办喜事来了。"红柳吃惊地："我咋没听说？娶谁呀？跟谁完婚啊？"小栓："蒲棒儿，还能有谁？掌柜的成天尽念叨她。"

红柳瞪大眼睛说："蒲棒儿早就嫁人了，他跟谁完婚啊？"小栓："大姐你可别开玩笑。要真是这样，我们刘掌柜非跳了黄河不可。"红柳："这事能哄人吗？蒲棒儿腊月就嫁人了，我哄你们干甚？"小栓着急地："哎呀呀，坏了坏了，这该咋办呀？"红柳噘嘴说道："我带你们到客栈先住下，你们爱咋办就咋办。"小栓无奈地："好吧。"

马驹骑马疾驰，耳畔响着蒲棒儿的笑声和山曲儿声：

水涨船高河唠唠低，咱盼哥哥回口里。沙地里栽葱白又白，单等哥哥你回来。点起油灯满炕炕明,哥哥上炕暖一暖身。双膝盖跪下单膝盖起,酒盅盅满酒迎候你……

马驹来到蒲家门前边敲门边喊:"蒲棒儿!蒲棒儿!"见院里无人答应,马驹使劲喊:"蒲棒儿!蒲棒儿!"邻居:"谁瞎喊啊,有完没完?"马驹:"我是马驹,蒲棒儿哪儿去了?"

杏叶走过来:"哎呀,马驹哥,你回来啦?"

马驹着急地:"杏叶,蒲棒儿哪儿去了?我妗子哪儿去了?我舅舅家出事了?"

杏叶犹豫着说:"马驹哥,要不你先到我家坐一坐——"马驹:"不坐了,告诉我,蒲棒儿在哪里?我找她去。"杏叶:"你没回家呀?"马驹:"没有,我先来我妗子这儿。"

杏叶吞吞吐吐地:"也不知道该不该告诉你……蒲棒儿她妈去世了,蒲棒儿嫁给杨满山了。她在火山,家里东西都搬过去了……"

满山大喊一声:"你瞎说!"

杏叶:"马驹哥,回家吧,先回家看看你妈……"

马驹翻身上马,双腿一夹:"驾——"

天黑了,月亮从东山升起。

马驹骑马奔驰。小栓、红柳、伙计骑马追赶马驹。

红柳对带着她的小栓说:"快点,就刘马驹那性格,今晚非出事不可!"小栓:"这路不好走,太快了,不等他出事,咱们先得出事。"红柳:"急死我了!"

马驹来到杨家大门前,举手敲门:"蒲棒儿!蒲棒儿!"

蒲棒儿的声音:"谁呀?"

马驹:"开门!"

蒲棒儿从墙头上一看,大声喊:"马驹哥,你回来啦?等等,我给你开大门。"

蒲棒儿拉着马驹走进院里,高兴得不知该说什么:"哥,你先洗洗脸,喝点酒,我给你做饭。哥,你知道了吧,这一年咱家出了那么多事,你跑到哪儿去了呀……"

马驹甩脱蒲棒儿,恶狠狠地问:"谁让你嫁到这儿来?我杀了他!"

蒲棒儿一愣:"是我。我妈走了,走得那么急,临死她闭不上眼睛。家里再没人了,我自己愿意嫁给杨满山。"

马驹:"你瞎说!你说的不是心里话!"

蒲棒儿惊讶地问:"你没回家啊?你没见我姑啊?"

马驹:"杨满山说好要娶口外那个女人,他是个什么东西,说话不算话,他是男人嘛!"

蒲棒儿:"你别这么说他。我嫁给杨家,不受制。往后刘、杨是一家人,相互照护好,咱不愁过好日子。马驹哥,你吃完饭早点歇着。明儿我和你一起回去看我姑去。"

马驹一脚踢翻水桶,喊道:"蒲棒儿,你心里清清楚楚,你是我的人。我这一辈子,就是为你活着。在口外呜呜的大风里,我一遍一遍喊你的名字。要是没有你的名字陪着我,我都死过好几次了。你不该忘了我,嫁到这种干山头上来!我一天到晚念叨你,你眼皮都不跳一下,我枉费了心血,到头来竹篮子打水一场空!"

蒲棒儿:"马驹哥,咱俩从小一起长大,我知道你的心。可谁能想到家里出了那么多事,幸亏满山帮着我顶住了。说心里话,我想过你,可是你像风一样刮走了,逮也逮不住。马驹哥,这辈子没缘分,等下辈子吧。"

马驹猛地抱起蒲棒儿,踢开窑门。

歌声:青石盘栽葱扎不下根,竹篮篮打水一场空……

马驹把蒲棒儿扔到炕上,边撕扯衣服边说:"我不等下辈子,我现在就要你!要了你,我这辈子没白活!"蒲棒儿:"马驹哥,你不能这样……"

灯翻了,一片黑暗。一阵挣扎后,马驹把蒲棒儿压在炕上。

隔壁二婶的声音:"蒲棒儿,谁呀,咋啦?"

蒲棒儿:"二婶……"

二婶提着灯笼问:"喂,谁呀?黑天半夜的,谁呀,你想干甚!"她朝村里大喊,"来人啊,抓贼啊!"村里顿时吠声一片。

马驹依然疯了一样撕扯蒲棒儿:"让他们喊去,我死过好几回了,我是为你活着,我甚都不怕!我要你,听见没有,我要你!"

蒲棒儿一翻身坐起来,边整理衣服边说:"你走吧。我是杨满山的媳妇,我肚子里怀着他的孩子。你的媳妇是红柳,是我姑给你定的亲。走吧,你不要当第二个锁田叔,我也不做你妈那样的人!马驹哥,从此以后,咱们各走各的路,各过各的日子!"

马驹瘫坐在地上。

众村民提着灯笼棍棒涌向杨家院。二婶敲着大门喊:"蒲棒儿开门,别怕,二婶来了,快开门!"众村民:"开门,开门!哪儿来的贼?半夜三更偷东西,打死他!"

大门"哗啦"一声开了,蒲棒儿指着马驹镇定地说:"没贼。他是我表哥,他就要成亲了,是来给我送请帖的。他挺忙,立马就回去,乡亲们给让让路。"

二婶责怪地:"那你喊我干甚?"

蒲棒儿赶忙说:"我想招待我哥,借点酒,可他急着回去,麻烦乡亲们给让让路。"

二婶对马驹说:"我说你这表哥当得不咋地道。满山在口外,要来你早点来,哪有黑天半夜送请帖的?告诉你,我们村可容不得邪的歪的,满山不在家,我们全村人都护着蒲棒儿。走吧,她哥,等我家满山回来你再来,啊!"

满山脸色难看,咬牙牵马离去。

马驹牵马下山,来到黄河边。他趴在河边无声抽泣。

河对面隐约传来山曲儿声:九十九颗荞麦三十三道棱,小妹妹再好是人家的人,亲亲!

红柳、小栓及另一伙计骑马疾驰而来。小栓走近马驹,惊诧地:"刘掌柜,你咋在这儿?"

马驹摇摇晃晃地站起来,朝着河对岸狂喊:"杨满山,我杀了你!"

红柳默默地走过去:"马驹,回吧,回家吧……"

马驹爆发地:"你是谁?你来干甚?想看老子笑话是不是?告诉你,老子走南闯北,天不怕地不怕,滚开!"小栓:"马驹哥,你这叫干啥?人家红柳姐好心好意——"马驹狂喊:"滚开,都滚开!谁也别管老子,老子见一个杀一个!"说罢骑马疾驰而去。

小栓他们都惊呆了。

马驹来到家门口,下马后用马鞭拨开墙头葛针,翻身进院,提起一把铁锹,在窗台前咳嗽一声。

马母的声音:"谁呀?"马驹:"妈,是我,马驹。"马母的声音:"啊?哪来的马驹?你可别吓我……""妈,我是马驹,我回来了。"

屋里灯亮了。马母颤抖的声音:"我的小祖宗呀!等等,妈给你开门。"

马驹:"屋里还有谁?"马母边开门边说:"还会有谁,就妈一个人。马驹,你可回来了！"

马驹推开母亲，冷冷说道："妈，我还有点事，一会儿回来。"转身离去。

马母愣在原地，不解地："黑天半夜，还有甚事啊？"

马驹出去后返身挂住大门。

马驹来到锁田家门前，轻身跃过破院墙，走到窗户前咳嗽一声。

锁田的声音："谁呀？"马驹："开门。"锁田的声音："有甚事啊？黑天半夜的。"

屋里灯亮了。

锁田刚开门，马驹一拳击倒他，蒙住头用胳膊夹住就走。牧羊犬扑过来，咬住马驹裤脚。马驹将它一脚踢翻。

马驹家院内。马母从里面摇着大门喊："马驹！马驹！你给我开门！"

她似乎意识到什么，搬来梯子爬到墙头上。

红柳一行骑马赶来，红柳着急地喊："大婶！大婶！"马母在墙头上回答："红柳，我在这儿，快开门！"红柳从外面摘开门挂，连忙问道："马驹回来了吗？他哪儿去了？"马母："快到你锁田叔家看看。"

马驹夹着锁田来到黄河边，"咚"一声将人扔在地上，咬牙切齿地说："刘锁田，我是刘马驹。我今天替我爹报仇，了断你的狗命。有话你说，有屁你放。二十年后转生，我依然绕不了你！"

锁田摘掉头套，挣扎着站起来说："马驹，你心小，难成大事！你爹临死前，让我把你当成亲儿子，一生一世照护好你们母子俩。十几年了，我尽心尽力了。你想咋处置，你动手吧，叔累了，想歇歇了。叔走了以后，照顾好你妈。来，孩子，动手吧，叔眼皮都不眨一下！"

马驹："好，够汉子！你说我成不了大事，我告诉你，我如今是包头马驹粮行的大掌柜，财产万贯。我不杀你，不剐你，让你保全尸首。"他猛地扑倒锁田，提起来往河水里走去。

这时马母、红柳、小栓、伙计赶到河边，马母厉声喊道："刘马驹，你要是我的儿子，就等等我！"马驹稍一犹豫，马母扑过去拽住锁田说："儿子你说，你是要一条命，还是要两条命？"

小栓和伙计跑过来帮马母拽人，马驹回手抽小栓一耳光，喊道："谁让你们来的，滚开！"小栓嘟囔道："掌柜的，人命关天！"马驹："滚开，用不着你教训我。"

红柳趁机帮马母把锁田拽上岸，马驹一步一步逼过来。

马母："马驹，我白疼你了！我真该听你爹临死前说的话，和你锁田叔明展大亮把事办了，也落不下今天的下场。"她走到锁田跟前，哭着说，"锁田哥，难为你了，妹子给你磕一头，来生我再报答你！"马母给锁田磕头，锁田手足无措地："不用，不用……"

马母纵身一跃，跳入黄河。

众人惊呼："婶子！""大婶！""老夫人！"

锁田的牧羊犬狂叫着跑来，追到河里。锁田边喊边跃入河中："妹子！妹子……"

红柳走过去抽了马驹一耳光："挨刀鬼刘马驹，你是人嘛！那是你妈，是生你养你疼你的人，你还愣着干甚，快救你妈！"

马驹摇摇晃晃地往河水里走去。

锁田和牧羊犬奋力凫赶，终于追上马母。锁田托着马母靠岸之后，抱起马母说："妹子，咱不死，咱为甚要死？咱回家过咱的日子去！熬了这么多年，该过几天好日子了。"

他跟跟跄跄往前走去，走不多远，倒在河滩上。

马母挣扎着坐起来："红柳，扶扶我。"等红柳把她扶起来，又说，"扶扶你叔。"小栓和伙计赶忙扶起锁田，马母摆摆手，背起锁田趔趔趄趄往村里走去。

马驹追上来喊："妈，妈！"马母摇摇头："你没妈，你是石头变的……"

马驹抱头坐在河边，河水冲涮着他的双脚，他浑然不觉。小栓和伙计在旁边看着他。

河对岸传来陕北信天游声：麻阴阴天气蒙生生雨，扔下人家扔不下你。三十三颗荞麦九十九道棱，好好的妹子成了人家的人……

天亮了，朝霞映在河面上，河水缓缓流淌。

小栓："马驹哥，刘掌柜，我求求你，回吧，我给你跪下了。"伙计陪着跪下："掌柜的，回吧。"马驹缓缓说道："回吧……"

他嗓音嘶哑，头发白了。

马驹回到家门口。见大门锁着，边拍门边低声喊："妈，妈！"

二老汉拄杖溜达过来,问道:"马驹回来啦?你妈呢,咋大清早锁着大门?要不我让人去叫叫?"

小栓不明就里,感激地:"大爷你知道老夫人在哪儿呀,快带我们去找找。"

二老汉莫名其妙地:"老夫人?谁是老夫人?"小栓:"就是我们刘掌柜他妈。"

二老汉更加摸不着头脑:"刘掌柜?谁是刘掌柜?"

小栓:"远在天边,近在眼前。"指着马驹说,"这是包头马驹粮行的刘掌柜。"

二老汉:"噢,几天不见,就成了刘掌柜啦?马驹,我带你去找你妈,一准在锁田那里。"

马驹把二老汉提起来转了一圈,扔到门口炉灰堆里,狠狠说道:"再胡说八道,我宰了你!"转身对小栓说:"这是村痞二老汉,他再要瞎嚷叫,给我狠狠地抽,打死他我偿命!"说罢离去。

二老汉在灰堆里挣扎着说:"呸,爷爷在口外见的掌柜多了,你也配当掌柜?你妈不守妇道,你跟我凶个甚……"

小栓一脚踢过去:"住嘴!"伙计把一捧炉灰撒在二老汉头上:"炉灰撒在你脑袋上,你灰到头了!"

二老汉:"快来人呀,刘马驹杀人了……"

马驹来到锁田门前,轻声叫道:"妈,妈……"见无人答应,跨墙欲进,红柳急忙跑过来拦住他:"你咋又来了?你不让你妈活啦?"

马驹:"我接我妈回家!"

红柳:"你妈说了,这儿就是她的家,她再也不回去了。"

马驹:"让我妈跟我说,你少管闲事!"

红柳:"你真是个白眼狼!幸亏我没嫁给你,不然你一口能把我吃了,一锹头能把我劈了——你个没良心的灰货!你进去吧,你妈手里攥着剪子,不等你进门,她就自行了断。咱说好,是你逼死你妈的,与我无关。我走了,回城里头卖我的瓜子杏瓣儿去。"

马驹求助地:"那你说咋办?"

红柳:"你是包头的刘大掌柜,你说咋办?"

马驹蹲在地上,泄气地说:"我没办法。"

红柳吃惊地:"哎,马驹,你头发咋白了?"

马驹迷茫无语。

红柳叹口气说:"哎,好好的一家人,硬让你给搅散了。马驹,跪下吧,当妈的心软,也许会饶了你这一回。"

马驹看看院墙外围过来的村民说:"我不跪!"

红柳:"给娘下跪,是一种福分,跪吧。"

马驹:"这么多人,你让我咋跪——"

红柳:"蒲棒儿她妈去世的时候,你妈当着那么多人的面,说我是你的媳妇儿。罢罢罢,你爱娶不娶,我替你尽一回孝心,你不跪,我跪!"说罢跪下。

村民们喊:"红柳,好样的!""好闺女……"

马驹犹犹豫豫跪下了。

红日当头。牧羊犬懒懒地挡住门道。

马驹、红柳还跪在院里。小栓、伙计端来水碗,俩人摇头拒绝。

红柳摇摇欲倒,马驹扶住她:"红柳,你进屋去吧。我谢谢你,我服了你还不行吗?"

红柳摇摇头,对小栓说:"来,给我头上浇一碗水……"

锁田从屋里走出来,扶着红柳说:"孩子,委屈了。马驹,你妈让你和红柳一块儿进去。二位客人,叔给你们做饭。"

马母屋里灯光暗淡。柜顶上摆着各种供品。马母呆呆坐在炕上,瞅着马驹父亲的灵位。

马驹:"……妈,你咋不早给我说?"

马母:"你让我说吗?自小到大,只要一提锁田,你就恨不得把他刀剐斧劈杀了吃了。你对不起你锁田叔,你伤了他的一片好心。"

马驹:"妈,都是我不好,我不懂事。"

马母抽泣着说:"这些年来,你锁田叔一直帮着咱们家,风言风语,说长道短,他都忍了,吞了,咽了,就是盼望你有点出息,能顶起你爹的门户来。你却想要他的命……"

闪回:

1.口外某煤窑。马驹父亲刘宽河背着一块大炭摇摇晃晃艰难爬行。跟在后面的锁田关切地问:"宽河,行吗?"刘宽河边咳嗽边回答:"锁田,哥……能行——"他身子一歪,大炭压在他背上。锁田掀掉他身上的大炭,提着窑灯蹲在他跟前:"宽河,你咋啦?你别吓我……"刘宽河爬在地上,脸前一滩鲜血。后面的窑工爬过来:"宽河!宽河!"

2.煤窑掌柜小屋。掌柜对抱着刘宽河的锁田说:"这时候咋能结账呢?我不倒扣你就算不错了。你说说你们这个老乡，自己大字不识一个，还要给河曲县文笔塔捐银子，那鞋帮子能做了帽沿儿吗？累死活该。滚蛋！"窑工们攥着拳头逼近掌柜："给他们结账！"掌柜："好好好，一人十个铜子儿，算我给儿孙们积德。走吧走吧。"

3.沙漠。锁田赶着一辆牛车送宽河回家。锁田："宽河，挺住！马驹和他妈在家里等着你，你要挺住！"宽河艰难地举着手指说："锁田，哥……还欠钱庄……三两银子。"锁田："不怕，有我。只要人好好的，那点银子不是个事。"狂风呼啸，锁田用身体挡住宽河："宽河，你要挺住！"

4.马驹家。马母拉着马驹跑到牛车跟前，惊慌喊道："锁田，这是咋啦？他爹！他爹！"

5.马驹家屋里。刘宽河拉着马母和锁田的手，挣扎着说："……锁田，听哥的话，往后……你们一搭搭过日子，替哥照护好……"他喷出一股鲜血，头一歪，死了。马母："他爹，他爹……"马驹一头顶在锁田肚子上，哭着喊："你赔我爹，你赔我爹！"——闪回完

马驹泪流满面，跪在父亲的灵位前。

小栓走进县城一家鼓房，大声喊："有人吗？"鼓房头儿："有有有，客人请坐，叔给你倒水。"小栓："不用了。我跑了几家，说你这儿还行。说说，办红喜事你这儿有些啥排场？"

鼓房头儿边倒水边说："客人你算找对了，要河那面的，我给你请毕特齐的唢呐子，喇嘛弯的号。你要本县的，我这儿好几班吹鼓手，由你选，由你挑。我有曲儿街的骡驮玻璃轿，要多好看有多好看。我还捎带着替你买炮、写对联、雇做饭的大师傅。一句话，伸手抓豆面——全拿！"

小栓推开水碗："那好，我雇两班吹鼓手，雇最好的骡驮轿。你给我准备一牛车大麻炮，一篓油，八篓酒，十刀红纸。香山寺赶会那天用。到时候我再来一次，不好不给钱。听清楚没有？"

鼓房头儿高兴地："你这话我一听就明白了。客人，你还没说清楚，这是谁家办事，咋这么排场？"小栓："平川村刘马驹刘掌柜。"鼓房头儿："娶谁呀？"小栓："到时候你就知道了。我后晌再来，咱一样一样都写清楚。就这，我走了。"

鼓房头儿边关门边自语道："到底是有钱人家，大气！刘掌柜，我还真没听说过……"

马驹家院内。隆重的婚礼正在举行。

司仪："一拜天地——"马驹、红柳跪拜。

司仪："二拜父母——"马母和锁田坐在凳子上接受跪拜。身前桌子上摆着马父灵牌。

众人议论："这家人总算熬出来了。""这下得气死二老汉。""这叫干甚？哪能拜锁田……"

一头骡子驮着彩礼停在马驹家大门口。赶车人高喊："让开，让开！娘舅家送彩礼来啦！"他跳下车，走进院里喊："蒲棒儿她姑姑，大喜！大喜！满山媳妇说，你的话捎到了。她身子不方便，人来不了，让我替她家道喜送彩礼来了。主家请记账：被褥两套。猪半头，羊两只。喜馍喜糕各一笼……"

马母站起来，激动得满面泪水："快请进来，人主来啦，这是我娘家门上的人，马驹，红柳，快磕头！"

红柳悄悄拉着马驹跪倒磕头。

人们纷纷议论。吹鼓手吹起《挂红灯》。炮声响成一片。

二老汉躺在炕上，听着外面的响动颤声问道："真的办啦？"

家人回答说："闪闪窖也填了，墙上的葛针也拔了。那么好的一座院，那么好的水浇地，往后就都成了刘锁田的了。"二老汉："叫上几个人，往她家院里……扬灰……"家人："爹，要去你去吧，你有冤你伸，你有仇你报，我们丢不起那人了。"

二老汉瞪着眼说："狗的……败了……败了……"一口气没上来，死了。

家人："爹！爹！"

马驹洞房。

马驹："喂，睡吧，都累了。"红柳："你先睡，我再等等。"马驹："咱得生儿子，往后压倒杨满山和蒲棒儿！"红柳生气地："马驹，我嫁给你，是看你还有点出息。你不能把我当成蒲棒儿。你要是个好男人，就忘掉过去那些烂事，好好对待你的老婆。我不叫'喂'，我有名有姓，我叫何红柳！"

马驹抱住红柳，"噗"地吹灭灯："好，何红柳，我好好对待你……"他扑倒红柳，狠声喊道："蒲棒儿，你给哥生儿子……"

后山草原。纳木林家的蒙古包外炊烟袅袅。莎日娜、椿椿正往马身上放置水壶、干粮袋等放牧用品。纳木林的儿子小巴图围着椿椿欢快地蹦跳。草地上躺卧着白云般的羊群。

莎日娜和桠桠用蒙语交谈。

莎日娜："乌兰花,我和你一起去放牧吧?"桠桠:"莎日娜大姐,我自己去吧。蒙古人怎么说来着——猎人不会射箭,永远害怕豺狼。"莎日娜:"对,不会放牧的女儿家,不是蒙古好姑娘。早去早回,赛拜奴。"桠桠一甩马鞭,高兴地说:"赛拜奴。哈布里,走罗!"

草原上的歌声:草原的清晨是美好的,蓝天的白云是美好的,百灵鸟的歌声是美好的,快乐的人儿是美好的……

暮色苍茫,晚霞似火。桠桠吆喝羊群:"咩咩咩,回家罗,哈布里,回家。"

远处传来马头琴声,有男女情人在对唱:二十头骆驼盖满了草滩,美丽的情人在那后山。迎面的凉风来自北方,情人的衣襟随风飘荡。白云凝聚了要下雨了,可爱的情人衣衫要湿了。青云凝聚了要刮冷风了,心上的情人当心着凉……

桠桠先是伫马倾听,然后翻身下马,轻声叫道:"哈布里,咱们听听。"听着听着,她禁不住低声呼喊:"满山哥,我想你——"

一个痴情的女子。一条牧羊犬。一首幽幽的情歌……

绿呢轿车驶近鄂尔多斯王府。兵丁大声通报:"梁老板到!"

杨满山扶梁老板下车。梁老板问候兵丁:"赛拜奴! 辛苦了。"兵丁:"赛拜奴——梁老板到!"梁老板指着满山说:"往后我要带他来,你们就喊梁老板、杨满山到! 好吗?"兵丁:"好。阿利玛姑娘,梁老板杨满山到!"

阿利玛欢快的声音:"赛拜奴! 梁老板杨满山到!"

梁老板带着满山走进王府客厅,望着满腹心事的二奶奶说:"尊贵的主人,就这么欢迎我们啊?"二奶奶懒懒地:"近日事多,心情不好,坐吧。"

梁老板:"来的匆忙,未带礼品,改日再补。二奶奶,去年依旧例共收王府地租金八百万两,两千顷陪嫁地租金二百万两,这是银票,您收好。"

二奶奶伸手挡住说:"慢——不是说好加收两成嘛。"

梁老板作难地:"不是说好不加嘛! 再说喇嘛三爷已经放话,不准重修王府,不准加租加税,不准欺负蒙汉百姓。"

二奶奶站起来,愤怒地说:"他算什么东西? 他早已被老王爷赶出王府,他说的,不算数!"

梁老板一字一句地说："二奶奶,你该心中有数。喇嘛三爷乐善好施,口碑甚好。他在鄂尔多斯说一句话,掷地有声,从者甚众。"

二奶奶:"你帮他说话?"

梁老板:"三爷的为人你比我清楚,他用不着我帮。咱们说咱们的事。我今日来,一是缴纳去年租金,二是通报一下今年的灾情——"

二奶奶:"不就是耗子多点嘛,我不管那一套。去年的租金既然没有按我的意思收上来,剩下的两成得由你梁老板垫付。"

满山着急地:"二奶奶,你咋能这样呢?我师父已经尽心尽力,你咋能处罚他?你去地里看看,耗子都滚成团啦——"

二奶奶生气地:"大胆!你怎敢称梁老板为师父?梁老板收徒弟,全鄂尔多斯的人都会知道。你什么时候拜师啦?我怎么没听说?"

满山语塞,嘟囔道:"我回去就拜。"

梁老板:"二奶奶,我们多年交情,我是实话实说。今年大灾将至,土地很难租出去。"

二奶奶:"那有什么,我们正好招揽农工,开修大渠。"

梁老板:"那好,我用给王府的这笔钱支付开渠费用,你可不要后悔。"

二奶奶夺过银票:"那不行,我得用这笔钱重修王府。这样吧,你把应该加收的那两成先用着,二百万两,够你用一两年了。"

梁老板生气地:"哪来的二百万两,你这不是逗我吗?"

二奶奶:"你梁老板财大气粗,有的是银子。你把渠修好,我们一并结算。"

梁老板:"二奶奶,这事我干不了。今年土地出租的事我也不管了。告辞!"

二奶奶冷冷地:"阿利玛,送客!"

满山起身欲走,二奶奶喝止道:"杨满山留下,我还有话说。"

满山着急地:"那不行。我得跟师父一起走。"

二奶奶威严地:"杨满山,莫非你要让我动手吗?"

梁老板:"满山,放心,师父来口外几十年,受不了制。你自己照护自己,不可莽撞行事,我走了。"说罢离去。

鄂尔多斯王府门口。

兵丁们看着匆匆走来的梁老板,奇怪地问:"梁老板,咋这么快就走了?不吃饭?不喝酒?也不听歌啦?"

梁老板笑着说:"老了,办不了事了,往后咱们见面就难了。"

兵丁低声说道:"梁老板,口外今年闹鼠灾,人心惶惶。我家主人太贪心,说不定会闹出大事情来。您老人家做做好事,请六旗王爷出面,把喇嘛三爷接回来吧。"

梁老板故作惊讶地问:"我能请得动六旗王爷?"兵丁:"您请不动,谁能请得动?"

梁老板笑着说:"不在其位,不谋其事。我不能狗拿耗子,多管闲事。给,买点酒去,往后好好伺候二奶奶。"他递过红包,朝绿呢车轿走去。

兵丁:"嘿,这个二奶奶!"

王府客厅里,奶奶对满山说:"你坐下啊,怎么着,生我的气了?"

满山着急地:"你让我走吧,我得找我师父去。"

二奶奶:"他是蒙古通,走遍伊盟各旗,到处是他的好朋友。放心,丢不了。你坐下呀。"

满山站着说:"二奶奶您有事就说吧,我听着。"

二奶奶:"满山,自从你来到口外,我对你怎么样?"

杨满山:"挺好,您救治过我,是我的恩人。"

二奶奶:"你想做个有大出息的人吗?"

杨满山:"我是受苦人,靠种地吃饭。"

二奶奶:"你不想做梁老板那样的人吗?"

杨满山:"想。等我有了钱,也像我师父那样修渠打坝,造福民众。"

二奶奶:"那好,我给你个机会,我成全你。"

杨满山:"二奶奶,你可别让我干坏事。"

二奶奶不高兴地:"满山,你不该这样和我说话。我只是告诉你,梁老板年纪大了,你要真成了他的徒弟,应该心疼他,让他好好歇着。这样吧,从今年起,你替我租地、收租、管理农工,用不了两年,我保你成为鄂尔多斯说一不二的杨老板。"

杨满山急忙说:"那可不行,二奶奶,我得听我师父的。告辞告辞——"

二奶奶:"你不在鄂尔多斯修渠了?"

杨满山:"我租棰棰家的户口地,我不租你的地。"

二奶奶:"哦,你还不懂蒙古人的规矩吧?我可以随时收回他们的土地,找个理由就是了。对了,我劝你离红鞋店那母女俩远点,那个疯丫头——阿利玛,她叫什么来着?"

阿利玛:"叫棰棰,真难听。"满山生气地:"谁说难听?最好听!"

二奶奶:"你或许还不知道她的身世,阿利玛,给他说说。"

阿利玛:"满山哥,你可别娶她,她是个私生女。"满山正色说道:"阿利玛,你不能这么说棰棰!"阿利玛:"你想娶那个私生女,就说她是好人啊?"满山气愤地:"她救过我的命,她是好姑娘!二奶奶,我走了!"转身欲走。

二奶奶似乎无意地:"走吧。哎,对了,前年我托人给你捎去一张银票,你大概收到了吧?"

满山惊诧地:"是你捎的?那是多少钱?"

二奶奶惊奇地:"你应该知道呀?"满山:"我当时正在火头上,心想我爹都不在了,我要银票干啥!我把银票撕烂以后扔了。你给我说个数目,我日后加倍还你。"

二奶奶:"撕就撕了,那是我的一点心意,别往心里去。你回去想想,想好了告诉我一声。阿利玛,送客。"

满山大步走出客厅,阿利玛在后面追着喊:"满山,杨满山,你等等我!"

喇嘛三爷带着几个小喇嘛来到王府门前。守卫兵丁们高兴地:"三爷回来啦?""三爷,你老人家好!"喇嘛三爷嘻笑着拍拍这个,踢踢那个:"嘿,没有欺负老百姓吧?"兵丁:"没有没有。有三爷的吩咐,我们不敢。""我们也是老百姓。我父母都在后山草原放牧。"

喇嘛三爷:"这就好。"拍拍他们的脸蛋,"要善待蒙汉兄弟,他们都不容易。"边说边往里走去。

众兵丁:"报——三爷回来啦!"

喇嘛三爷走到客厅门口喊:"尊贵的主人,喇嘛三爷拿香火银子来了。"他一屁股坐在台阶上。小喇嘛也跟着他坐下。

阿利玛走出来,恭敬地:"三爷,二奶奶请您进去。"喇嘛三爷脖子一梗:"谁请也不去,谁也别见我。按规矩,我一年回来拿一次香火银子,拿上我就走。"阿利玛:"二奶奶说,有要事商量。"喇嘛三爷倔强地:"拿银子。有要事的是我,不是她。"

二奶奶走出来,淡淡地:"三弟,还要我请你吗?"见喇嘛三爷不说话,她接着说,"今年年景不好,地租不出去。请你帮我一把。"

喇嘛三爷依然不说话。二奶奶哭笑不得:"好好好,你不说,我接着说。我想趁今年遭灾工钱便宜,重新整修王府。你看看,老王爷住过的房子破旧了,有失王府体面——"她看三爷毫不理睬的样子,生气地说,"你就是塞住耳朵,我也得说。告诉你,我想拆掉你二哥住过的房子,我整天看着凣得慌。还有你住过的房间客厅,我想好好修一修。这是你们家的祖业,你迟早得回来。"

老三,你在听吗?"

喇嘛三爷闭眼念佛,充耳不闻。二奶奶恼火地:"多少年了,你年年都这样。我无儿无女无指望,王府的大事,你让我跟谁商量去?好啦好啦,你不管,我请六旗王爷商量。阿利玛,给三爷拿香火银子,把梁老板送的喇嘛凉帽也拿上。"

阿利玛:"是,三爷,请跟我来。"喇嘛三爷和小喇嘛站起来,跟阿利玛往外走去。二奶奶欲回客厅,突然转过身来说:"哈斯巴雅尔,我打听清楚了,红鞋店那个野丫头,是你的亲生女儿。"

喇嘛三爷:"我知道。"他与刚走进来的达拉特王爷撞了个满怀。达拉特王爷笑着说:"嘿嘿嘿,三王爷,你撞我干啥?你们王府有啥重要事,让我急急忙忙赶来?"

喇嘛三爷默默往前走去。

达拉特王爷:"嘿,这家伙,你假装不认识我,那你让我来干啥?"

二奶奶:"尊贵的达拉特王爷,是我请您。请!"

第 19 集

刘警官骑马来到二麻烦住处。小六看见刘警官,站起来就跑。刘警官策马堵住他,厉声喊道:"站住!你为甚要跑?"小六哆嗦着说:"警官,我只跟了胖挠子几天,我没干坏事,你饶了我吧。"刘警官:"这里是张二麻烦的住处吗?"小六:"报告警官,是。"刘警官:"他在哪里?就说我要见他。"小六:"他到王府去了,说是二奶奶请他放地收租,他马上就是大老板了。"刘警官:"走了多长时间?"小六抬头看看天色,说:"有一个时辰了。"刘警官盯着小六问:"你真的没干坏事。""没有没有,我跟胖挠子就干了几天,他就让人杀了。我对天发誓!"刘警官:"你要说谎,我饶不了你!"上马欲走。

小六吞吞吐吐地:"警官,有件事我想问问你。"刘警官:"说。"小六:"有人杀了胖挠子,又把驼队的财物抢走了,这犯不犯罪?"刘警官:"是你亲眼看见的?"小六狡黠地:"不是,是我一个朋友看见的。他托我打听一下,要是举报这事,警所给多少奖钱?"刘警官看他一眼,说:"我是包头警所的刘警官,你让他来找我。"骑马离去。

小六擦擦汗,歪坐在地上。

二奶奶和达拉特王爷已经谈了一会儿了。达拉特王爷站起来,恼火地:"你不能这么做。眼看今年要遭灾,各王府应该全力做好赈灾准备,千方百计帮助民众度过荒年,你如此张扬,会出大事的。"

二奶奶:"我怎么张扬啦?不就修修王府吗?这是鄂尔多斯王府的事,别人管不着!"

达拉特王爷恼火地:"那你叫我干什么?告辞!"

二奶奶:"您是七旗王爷里的尊者,我不是尊重您才请您来的嘛。"

达拉特王爷:"这种事往后少叫我,我不管你们的事。"

二奶奶赌气地:"您不管我也不管。谁爱管谁管,我回娘家享清福去!阿利玛,送客!"

阿利玛:"王爷,请。"

达拉特王爷怒气冲冲朝外走去。

刘警官骑马急驰,看见红鞋店标杆时勒马站住,想了想,下马往店里走去。

二娃迎出来,热情地:"客官是口渴喝水、肚饥吃饭,还是住宿歇息?"刘警官:"我打听一个人,你要如实告诉我"二娃:"这里是红鞋店,我们不说瞎话。"刘警官:"他叫杨满山——"二娃狠狠地说:"我知道这人,死了!"刘警官惊呆了:"啊,咋死的?"二娃说:"谁知道他咋死的,反正不得好死。"刘警官:"他在哪儿死的?"二娃:"荒滩野地,狼吃狗啃,骨殖都没有了。"

刘警官瞪大眼睛看着二娃,把二娃看毛了。

二娃:"杨满山不是东西,我恨他!"转身跑了。

二麻烦骑驴来到山崖下,边抿酒边算计:"王爷地多得数都数不过来,一年收租千万两,我就赚个零头,一年也有几十万两白花花的大洋,那时候,二爷爷我就是汉人里的首富,我他娘的盖大院、我他娘的娶老婆,我他娘……"一匹马拦在前面,二麻烦不耐烦地:"让开让开,好狗不挡道……"话未落音,挡道的人一鞭子把他抽下驴身。二麻烦翻身坐起:"王八蛋,你敢抽——"看见是警官,他张着嘴不敢说话了。

刘警官前前后后围着他转了两圈,狠狠地踢了他一脚。二麻烦恼火地问:"长官,我一没犯法,二没犯事,你不明不白地抽我踢我,你就不怕我告你仗势欺人、贪赃枉法吗?"

刘警官"叭"地抽了他一鞭子。二麻烦着急地喊:"你是谁?我们往日无仇——"

刘警官又抽了他一鞭。

刘警官拔出手枪,上好子弹。

二麻烦大惊失色,立马跪下磕头说:"长官,我活了多半辈子,好事做的不多,坏事干的不少。你让我死个明白,你是谁?我哪点对不起你老人家?"

刘警官摘下帽子,用枪瞄着他说:"你看看我是谁?在古城你骗过我,在库布齐沙漠你偷走我的钱袋,你说我是谁?"

二麻烦惊恐地:"你是——没人疼?"

刘警官:"没人疼死了,我是刘警官。告诉我,杨满山在哪里?"

二麻烦:"他跟着梁老板到处跑,谁知道跑哪儿去了。"

刘警官琢磨半响,朝二麻烦脚下放了一枪,二麻烦转身就跑。刘警官瞄准后,把枪口往高一抬,"啪啪"放了几枪,然后一脚踢在驴屁股上。

二麻烦没命似地跑了,毛驴小跑着跟在他后面。

杨满山来到马驹粮行门前,敲门问道:"有人吗?"老胡从小门探出头来问:"干啥?我们不卖粮!"满山:"我找刘马驹,他是我二弟。"老胡试探地:"你是河曲的杨满山?"满山:"对,我叫杨满山。"老胡赶紧开了小门,拉住满山的手说:"哎呀呀,可把你盼来了。我们掌柜的成天念叨你,请进请进!"一边朝院里喊,"伙计,沏茶,沏上等好茶! 到西口饭馆定一桌好饭,越贵越好!"伙计:"好的,我马上去!"

老胡领着杨满山往客厅走去。

马驹粮行客厅。老胡边擦椅子边热情地说:"这边请,这边请。我们掌柜回老家完婚还没回来。可是我知道你们结拜的事。去年你们结伴出来,遭了那么多罪,真不容易! 坐坐坐,咱们坐下说话。"

满山站着说:"我给马驹赔罪来了。我娶了蒲棒儿,我对不住他。"

老胡手里的茶杯啪地掉在地下。他吃惊地问:"什么什么? 你娶了蒲棒儿? 满山,你可不敢开这种玩笑。蒲棒儿是马驹的命,他要是听见你这话,会跟你拼命的! 来来来,坐下说。"

满山:"大叔,这是真的。我来给马驹陪个情,要杀要剐由他处置。"

老胡看满山不是开玩笑,抬手给了他一耳光:"你娘个脚拐子! 还他娘的结拜兄弟! 呸! 你知道不知道,自古以来,朋友妻,不可欺,你可倒好,把蒲棒儿娶回你家炕头上去了! 你娶了蒲棒儿,你让马驹娶谁去? 但凡是个男人,谁能咽下这口气? 我揍死你这个小人、小兔崽子!"老胡把满山推到院里,提着扫帚把狠狠抽打。杨满山一动不动,任由他打。老胡越打越气,高声喊:"拿刀来,今儿我杀了这个没人性的东西!"

一伙计上来拉住老胡说:"胡大叔,掌柜的不在,出了人命咱们担当不起!"

老胡停住手,伙计连推带拉把满山扔到大门外:"记住,往后再不敢干坏事。我们胡总管眼里不能揉沙子!"然后"哗啦"一声关住小门。

王府前院堆满大大小小的箱子行李。二奶奶指挥兵丁、丫环们分类打包。

阿利玛:"二奶奶,您真的要走?"

二奶奶:"这还有假啊,梁老板、杨满山跑到后套去了,六旗王爷和三爷都看着我不顺眼。就连张二麻烦我都叫不来。那好,我住娘家总可以吧?"

阿利玛："您走了谁来管王府的事啊？"

二奶奶："不是有那个喇嘛吗，让他回来试一试！"

阿利玛："二奶奶……"二奶奶："别说了！我回巴彦王府住娘家去。你们愿意走的跟我走，不愿意走的留下。阿利玛，让护卫带两门牛腿炮，以防万一。"阿利玛："是，二奶奶。"二奶奶："走喽。我算是解脱了。"

大小车辆浩荡而去。

达拉特王府兵丁们在准格尔召庙门前边搭蒙古包边唱："上房††一††，††见了王爱召。二妹妹捎话话，要和喇嘛哥哥交……"

喇嘛三爷骑马归来，怒声喝道："都给我住嘴！你们知道这是什么地方！"

众兵丁调侃地："知道。"

喇嘛三爷："知道还瞎唱什么，快走！"

兵丁："我们是达拉特王府的兵，走不走得听达拉特王爷的话。"

喇嘛三爷："你们把那个老东西给我找来，让他跟我说话！"

特拉特王爷从轿中钻出来，笑着说："不用找，老东西在这儿呢。老三，我等你多时了。"

喇嘛三爷："我不跟你们打交道。让开，我要回去念经了。"

特拉特王爷："老三，二奶奶要回巴彦王府去了，偌大一座鄂尔多斯王府总不能关了大门吧？走吧，人们像想念草原上的枣骝马一样想念你，你不要违背了民众的心意。"说完一挥手，命令道，"快请三爷上轿！"众兵丁一拥而上，把三爷架进轿里，骡轿飞驰而去。

三爷挣扎着喊："你们这是干什么……"

剩下的人很快拆掉蒙古包，把地上收拾干净，骑马远去。一兵丁把碎银子按在跟随三爷的小喇嘛手里，说："快去把三爷的东西都拿出来。"

小喇嘛气愤地问："你们这是干什么，绑票啊？"

兵丁："绑什么票？王爷的位子空在那儿，他当甚么喇嘛！喂，你要不想当喇嘛，跟我一块儿走吧，我把你送进王府去。"

小喇嘛："不用你送，我本来就是王府的人。"

喇嘛三爷左右挣扎，咆哮道："停轿，我要回准格尔召。"达拉特王爷："我告诉你，准格尔召丹尼活佛已经把你除名了。"喇嘛三爷："你们这些霸道的家伙！你们要把我怎么样！"达拉特王爷："回鄂尔多斯王府。"喇嘛三爷："我是喇嘛。我不回去。"达拉特王爷："你忘不了其其格和你的女儿，你凡心未泯，情缘未断，你当什么喇嘛。"喇嘛三爷："你再胡说八道，我就跳下去。"达拉特王爷厉声喊道:"你给我坐好!"等喇嘛三爷坐下之后,他一字一顿地说,"六旗王爷和二奶奶娜仁花请你立即回到鄂尔多斯王府,保护祖先留下的土地,抵抗鼠灾,保护蒙汉民众。"他以手搭胸,庄严地:"以蒙古人的名义!"

喇嘛三爷无奈地:"以蒙古人的名义……"

在写有"杨家渠"字样的木牌不远处,搭起一座简易工棚。

工棚里正在举行拜师仪式。梁老板端坐太师椅。他身边的土台上香雾缭绕。土台旁边,有一木凳,靠木凳立有一条罚木。梁老板对跪在地上的杨满山说:"杨满山,此日此时起,你就是我的入门弟子。风里雨里你跟着我,泥里水里我拉着你。不准叫苦,不能怕死,不准辱没师门!刻苦学艺,认真做人。人命关天,水火无情。杨满山,看见这条木板了吧,稍有懈怠,莫怪师父下手太狠。这几天,我让你琢磨治水之道,你想过了吗?"

杨满山:"我想过了,要细察水路,细算成本。不蒙不骗,不瞒不哄。诚对股东,善待渠工。千秋大业,步步谨慎。"

梁老板:"好,为了让你记住师父的话,你先受点委屈。来,爬在凳子上。"待满山爬好后,他拿起罚木说,"忠义、大牛,按住他!"

忠义、大牛走过去,极不情愿地按住杨满山。梁老板举起罚木,狠狠地打在满山屁股上:"说!人命关天,水火无情!"

满山:"人命关天,水火无情!"

忠义、大牛愕然呆立。过了半晌,忠义懵懵懂懂地问:"那我们咋办呀?"

梁老板径自面壁而坐,闭目思索。

杨满山对着杨家渠木牌前忽明忽暗的香头跪拜:"爹,儿子回来了。你放心,修不成杨家渠,我不回火山见你。"

忠义、大牛背对背坐在稍远的地方。忠义无精打采地说:"前几天他让我琢磨几句为人的道理,我以为会收我为徒,可他今天问也不问,我白想了。"大牛问:"你想了些甚?"忠义说:"不说也罢,我藏在肚里,沤烂它。"大牛嘟囔道:"他连想都不让我想。在他眼里,我大概就是个二杆杆,猪脑子。"

满山走过来:"大牛,不要背后议论师父。"

大牛恼火地:"那是你的师父,又不是我的师父。哼,我还编了一段顺口溜,白编了。"

忠义:"哈,你还会编顺口溜?说说,让哥听听,看你究竟是猪脑子还是羊脑子。"

大牛:"你听着:众位乡亲听我言,梁老板修渠赚大钱。开河一水一万块,二水浇在桃花开。热水伏水连着浇,梁老板收钱不失闲。秋冬冻水保墒情,渠闸一关消水灾。为朋友不为梁老板,有钱他就瞎拾翻。为朋友要为梁老板,手里的银钱花不完。当里个当,当里个当……"

满山:"大牛,别光想着赚钱。水火无情,人命关天。想想我爹的遭遇,我心直往下沉。"

忠义故作惊讶地:"啊呀呀,看不出来,河曲火山村又出了个大人才!你听人家那词,还当里个当,当里个当——"

大牛:"你笑话我,我揍你屁股!"两人滚成一团。满山也乐了。

荒野上闪烁着点点烛光。梁老板或爬或蹲观察地形地势。他不断发出各种指令,杨满山和忠义按指令挪动或点燃蜡烛。梁老板:"满山,高多少?"满山:"高半尺,我插上红柳啦。"梁老板:"不行,得记下来!开渠不能有半点含糊,多一点少一点都得拿钱和命说话,记下没有?"

满山就着烛光重新量过之后说:"记下啦,敖劳不拉第十二段高四寸。"

梁老板:"是用洋码子记得吗?"满山:"是。"梁老板:"把前头的再念一遍。"满山:"毛脑亥第十一段第二点低三尺七寸八,乌兰淖红柳地偏左一丈六尺二,代州营子黄羊木头二段偏右五尺二寸。"

梁老板:"好,大牛你重说一遍。"大牛:"敖劳不拉第十……师父我没记住。"

梁老板厉声喊道:"满山,罚木伺候!"

满山拿过罚木,举起欲打。大牛着急地:"你不收我当徒弟,不能打我!"

忠义夺过罚木,边打边说:"你个猪脑子,师父让打你,就是收下你了,连个这也解(读 hai)不下。"

梁老板:"停。杨大牛,自古水火无情,你的同村长辈杨二能就栽在这条渠上,莫怪我不收你为徒,要吃这碗饭,不识字不行,不细心不行,不懂水脉不行,投机取巧更不行。这几样学不会,不要跟我提拜师之事。记住没有?"

大牛高声回答:"师父,我记住了!"

梁老板:"往后叫我大叔,我不是你的师父。怪我话没说清楚,我自罚嘴巴!"他啪啪抽打自己。

满山心疼地:"师父!"

大牛高声地:"大叔,我记住了!"忠义:"我也记住了,大叔。"

梁老板停住手:"往前走,敖劳不拉第十二段第九点,点蜡!"

满山:"敖劳不拉,第十二段第九点,正中高一尺八寸……"

暗夜里,一长串烛光闪烁跳跃,像星星一样美丽。

简易房里。梁老板给满山他们讲课:"……后套土地肥沃,得之于水利灌溉。但此地河水和土地同等高度,如果渠址和退水选择不当,稍有差错,将水漫蒙地,酿成塌天大祸。杨家渠工程不大,地势凶险,必须重新挖退水渠,把水引到北面的五加河里,你们看,就是在这里……"他指着沙盘上得渠网走向图,边画图边讲解。

满山和忠义强撑精神听着。大牛累得睡着了。忠义悄悄杵他一下,大牛揉着眼问:"啊,天亮啦,快起!"梁老板慈爱地:"你睡吧,这几天太累了。"大牛坐起来:"我不累,我不睡!"

梁老板指着沙盘说:"这是陶浩漫大 j,是杨家渠退水必经之地,你们说说,怎么办?"

满山:"这个大 j像锅底一样,要是绕不过去,得费几百个工。"

梁老板:"这地方填都不能填。费上几百个工填起来,到头来还是个筛子底,一旦通了水,用不了十天半月,就把四周的土泡塌了。你们商量出办法来,告诉我一声。记住,不能有半点疏忽,不能留下半点后患,也不能让东家和后人有半点说法。"

满山:"师父,我记住了。"

梁老板指着忠义:"你说!"

忠义说:"我记住了,大叔。"

大牛:"大叔,我也记住了。你能不能早点打我,我都等不上了。"

梁老板故意虎着脸说:"让我打你? 没那么容易!"

大牛一屁股坐在地上,长叹一口气:"唉……"

杨满山满身泥浆泡在陶浩漫泥坑里,他测量距离,嘴里喊着数字。忠义边记边说:"满山,行了,上来吧。洗一洗。"大牛:"这大 j像一锅泥汤,这该咋办?"忠义:"这得动脑子,人命关天,水火无情。""唉,你们动吧,梁大叔看不上我这脑子。""就是,一满是个猪脑子!"大牛顶嘴:"你倒脑子好,大叔也看不上你。"忠义:"他是心疼我,怕我挨打,猪脑子!"

大牛抱起忠义,把他扔到泥坑里。

满山静思默想,纹丝不动。

简易房里。满山、忠义、大牛拿出他们画的草图,梁老板先扔掉大牛的,再扔掉忠义的,气愤地:"我说过,修渠这事不能有半点疏忽,不能留下半点后患,也不能让东家和后人有半点说法。就照你们这种退水方法,咱们丢了性命好说,两腿一蹬,一死百了,世人说什么,听不见也看不见,咱也就不管了。可要是不死,一辈子就活在人们的口水里头了。唾沫淹不死人,可是能羞死人。杨满山,把你的拿过来。"

杨满山先递上图纸,再把罚木递过去。梁老板扫了一眼满山的图纸,扔到地下,伸手接过罚木,厉声喊道:"爬到板凳上!"满山乖乖地爬上去。梁老板举起罚木正欲抽打,突然停下来,重新审视图纸:"嗯,这是你画的?"

满山:"师父,是我画的,你打吧。"

梁老板正色道:"你站起来。"满山慢慢站起来,不解地望着梁老板。梁老板紧紧抱住满山,兴高采烈地喊:"哈哈,小子,有两下子,你把陶浩漫的难题解决了!说说,你是怎么想出来的?"

满山:"变一个进水口,绕开陶浩漫。咱们从奥力陶亥开口,到苗二圪旦第一段第五点一共出土一万方。用工是……师父你看,这是我算的账。"

梁老板认真看过后说:"大牛,你和满山再细细算几遍,然后请原来的股东议一议。"

忠义沮丧地:"大叔,不要我啦?我这一满成了聋子的耳朵——配般啦?"

梁老板:"你一两天内回鄂尔多斯,听听那边的消息。咱们的大工程在哪边。"

忠义低声嘟囔说:"好吧。"

梁老板:"哎,对了,忠义,我让你琢磨做人之道,你想过了吗?"

忠义眼睛一亮:"我想过了:为人要忠厚,为人要聪明,为人不要让人耍了,为人不要耍人家。为人要广交朋友,为人吃亏要吃在明处。为人要能屈能伸,为人不要奸诈取巧。为人一满要说实在话。就这!"

他示意大牛拿罚木,大牛不理他。满山赶忙把罚木递给梁老板。梁老板举起罚木,狠狠地打在忠义屁股上:"说!人命关天,水火无情!"

忠义:"师父,我记住了:人命关天,水火无情!"

大牛可怜地:"大叔,你也打我吧?"

梁老板不理他:"吃饭!我今儿高兴,拿酒来!"

大牛快气哭了,满山拍拍他,没说话。

梁老板率众弟子和原杨家渠股东围坐在简易房前,商议挖渠事宜。

梁老板:"……情况就这样,整修旧渠,重挖退水,工程不算太大,可也得重新投资,诸位是旧股东,咱们商议商议该怎么办,怎么才能办好。"

股东甲:"当年我投了那么多钱,一水漂了。弄的我至今缓不过劲儿来。自古道父债子还,杨满山你要有点良心,把钱还我,我退股,我再也不干这种冒险买卖了。"

大牛着急地："你咋这样说话——"

梁老板："闭嘴，这儿不是你说话的地方！"

大牛脖子一梗："你不收我当徒弟，还不让我说话呀？我替我满山哥说话。退水一修好，一年放七水，从春放到冬，眼看着大洋哗哗地往进流，你这时候要退股，我看你真是个猪脑子！"

股东甲："来人，给我揍这个不会说人话的臭小子！"

满山挡住围过来的家丁："家父欠下的债，我都认，我都还，只是请诸位稍微缓一缓。刚才这位兄弟说得对，退水修成，立马放水，七九开河水，清明桃花水，夏至夏水、入伏伏水、立秋秋水、立冬冬水、数九冻水，一水不误，水水进钱，那时候或收股利，或结账退出，悉听尊便。咱们今天先立个字据——"

股东乙："你爹那时候也是这么说的，结果一水漂，一风吹。我也退股。"

股东丙："是啊，水火无情，悬而又悬。一时拿不出钱来，立个字据也行。"

梁老板："诸位是不是信不过我？"股东丙："那倒不是——"

这时一直躲在远处的二奶奶走过来："大家能信得过我吗？"

众股东："啊，娜仁花格格回来啦？赛拜奴！"

满山惊异地："二奶奶！"

二奶奶问梁老板："老朋友，你怎么不问候我？"

梁老板笑着回答："尊贵的主人，赛拜奴！"

阿利玛："满山哥。"满山一扭头，不理她。

二奶奶："我回来娘家住一段日子，正好听说重修杨家渠的事。这是好事情。你们不入股，我入。你们不投资，我投资。到时候可别后悔啊！"

众股东低声商议后齐声说："入！有娜仁花格格带这个头，我们怕啥！"

满山感激地："二奶奶，谢谢你！"

二奶奶疼爱地摸摸他的脸说："二奶奶不是坏人。有时犯点糊涂，一旦知道错了，我改了还不行吗？"

梁老板赞许地："二奶奶，好样的！"

阿利玛悄悄问满山："你知道二奶奶给你那张银票是多少钱？"杨满山："我看都没看就撕掉了，不管多少，我日后会赔给她。"阿利玛："你赔得起嘛，那是一百两银子！"

杨满山瞪大眼睛："啊？一百两？"

满山、忠义、大牛躺在杨家渠木牌下。大牛翘着二郎腿问："满山哥，你帮我算算，咱要雇上20个人，一天得吃多少咸盐？"

忠义："这娃长大了,知道操心了。"

大牛："你们师父不收我,我得做出个样子让他看看。既然让我管吃喝拉撒睡,我就要百般操心。我要把钱花得叮当儿响,不然我心疼。"

忠义调侃地："当里个当,当里个当……"

满山："大牛,咱们先雇五十个人挖一个月,你算算连工钱带吃得花多少钱?"

大牛作面壁状："我得好好想想。"

忠义："这点帐你都算不来,你还管吃喝拉撒睡?当里个当,当里个当……"

大牛："我不理你,我自己算,一五得五,二五一十……"

棰棰悄悄走过来："呔,都给我站好!"

满山惊喜地："棰棰!"

忠义站起来："我还以为是哪路英雄来了,原来是你这个丫头。"

棰棰："闭住你的嘴,我宁愿听乌鸦叫唤,也不愿意听你说话!"

大牛："别吵,我正算账哪!"

满山关切地："棰棰,你咋来这儿啦?"

棰棰不冷不热地："顺路转转呗,不欢迎我就走。"

满山叹口气："唉……"

棰棰不高兴地："你别叹气,我这就走!"忠义急忙拉住她："别走别走,来者是客——"棰棰猛然顶倒他："放手,你这个坏东西!"

满山："走,咱们回棚里去。"

满山他们钻进简易棚。大牛赶紧收拾乱扔的东西。忠义有意无意地观察满山和棰棰的神情。

满山："师父,你看谁来了?"正在看图的梁老板惊异地："棰棰!你不是去后山草原了吗,咋转到这儿来了?来来来,坐下。满山,做饭去。做好吃的,上酒。"

棰棰："大叔,留下我吧。我不怕吃苦,我会做蒙汉饭菜,我会蒙语,我会唱歌,我会打猎,师父,你打着灯笼也找不到我这样的好徒弟。"

梁老板打哈哈："吃饭吃饭,哈哈,真没想到,我们棰棰来了。"

简易棚外。一泥炉、一风箱、一锅、一盆、几个破碗、用红柳做的筷子。满山边拉风箱边往锅里添水。他耳边响起蒲棒儿和棰棰的声音:

蒲棒儿："满山哥,我腾不开手,你来帮我拉风箱。""拉风箱要长长的、慢慢的、匀匀的,是我妈说的。"

棰棰:"顺路转转呗,不欢迎我就走。""大叔,留下我吧……你打着灯笼也找不到我这样的好徒弟。"

忠义默默地走过来,看着几近痴呆的满山说:"满山,儿女情长,该断则断。大功未成,不可英雄气短!"

简易棚里气氛沉重。满山、大牛默默收拾碗筷。梁老板抱起被褥往外走去。忠义拦住他说:"师父,你在棚里睡,我们到外面去。"

梁老板:"我在包头,吃香的喝辣的,心里舒坦。一旦到了工地,星星当灯地当炕,我睡得踏实。棰棰,早点歇着。等我们回到鄂尔多斯,大叔听你唱歌。听话,啊。"

大牛也抱起自己的被褥走了。忠义抱起自己的被褥,拉着满山说:"走吧,把你的被褥留给棰棰,我俩打通铺。"

棰棰抱起杨满山的被褥生气地扔到棚外:"都走都走! 都给我走!"

满山:"棰棰,这儿不是你呆的地方。忠义正好明天要回鄂尔多斯去,你们一起走吧,等工程有了眉目,你想来再来。"

棰棰发泄地:"谁也别管我。你让我走,我偏不走。你让我来,我偏不来。你让我吃饭我偏不吃,你不让我留下我偏要留下! 我不吃你的不喝你的,我也不在这儿睡,我挖地窨子去。"说罢提起铁锹就走。

满山看看忠义,无奈地摇摇头。

棰棰吃力地挖地窨。满山过去帮忙,被棰棰扬土赶走。满山默默地拖来一丛丛哈冒儿蓬草,都被棰棰扔远。棰棰自己拖来哈冒儿盖住地窨,然后钻了进去。

满山雕像般坐在远处,守护棰棰。忠义悄悄溜过来,陪伴满山。

隐约可见远处两丛哈冒儿下躺着梁老板和大牛。

地窨里。棰棰疲倦地躺下,想想又坐起来。她解下红裤带,直直地放在身边,眼泪不由地流下来。

忧伤的歌声:月色还是原来的月色,心上的人儿远去了……

霞光洒在棰棰带着泪痕的脸上。她醒来后揉揉眼,看看陌生的地窨,收起红裤带,钻出地窨,一眼看见守在旁边背对背睡觉的满山和忠义,她深情地看着杨满山的脸,随后捂着嘴走到马跟前,骑马黯然离去。

棰棰骑马前行,忠义纵马追赶。棰棰发现有人跟踪,停下马等待。待发现是忠义后,愤怒地一甩鞭子:"你跟着我干啥,滚开!"忠义调侃地:"我跟你干啥?我回鄂尔多斯有要事办理,你给我让路。"棰棰挖苦他:"咋啦?没饭吃啦?没事干啦?又要给人说媒去啦?"忠义恼火地:"你别挖苦我,我不靠说媒吃饭!"棰棰:"王忠义你听着,我长了这么大,最恨的人就是你。你走你得路,不要让我再看见你。"忠义随口答道:"行,只要你不恨杨满山就行。棰棰,满山让我保护你回鄂尔多斯,你别恨他。"

棰棰无言以对,默默前行。忠义哼着小调不紧不慢地跟在后面。棰棰不胜其烦,策马疾驰。忠义急忙追赶。棰棰一扬马鞭,忠义应声落地。棰棰跑远后又折回来,站着细看忠义。忠义先装昏迷,待棰棰走近后,突然坐起来,棰棰吓得跌坐在地。忠义欲扶起她。棰棰惊叫道:"别管我!"忠义说:"满山不在跟前,我替他管管你。起来,上马!"棰棰赌气地:"我就不!就不!就不!你别跟我提杨满山!"忠义:"棰棰,我给你说一段顺口溜,你笑一笑,立马年轻二十岁。"

棰棰看他一眼,不说话。

忠义:"说了个正月里来正月正,水瓮里头刮大风。碌碡吹在半天空,刮得磨盘翻烙饼。世上就没有个这事情。二月里来刮秋风,搬上磨盘放风筝,一放放在半天空,揪断两根铁丝绳,世上就没有个这事情……"

棰棰突然站起来,一头顶倒忠义:"就是这张破嘴给杨满山说的媒,我让你再说媒,我叫你再说媒!"

忠义叹一了口气,说道:"棰棰,忘了吧,蒲棒儿是个好女人,虽说结婚有点匆忙,可她对满山实心实意。娘死了、爹走了,满山又不在,一个女人家,吃吃不好,喝喝不上,人家硬是一心一意给他守着破窑烂院,不容易。满山说蒲棒儿已经怀孕了,但她还得下山提水、得种地、得纺线、得砍柴背炭、得应酬邻里亲戚。口里女人过得日子,比黄连还苦。"

棰棰随口说:"那她来口外不就行啦?让我看看她的模样。"

忠义:"能来吗?女人们都是小脚,又过河又过沙漠,一路上不是官兵就是土匪,男人都保不住性命,女人们敢动嘛。再说,故土难离,女人娃娃一来,就顶如是把根拔断了,再也回不去了。棰棰,你是好姑娘,想开些,天下好男人由你挑,蒙人、汉人、山西人、陕西人、河北人,由你挑……"见棰棰不说话,忠义又说,"棰棰,就是为了满山,你也把过去那些事忘了吧。"

棰棰和忠义一前一后,缓辔而行。远处传来轻缓的陕北民歌声:

哥哥难开口,拉住妹妹的手。拉手手,亲口口,咱俩往那背圪崂崂走……

纳木林户口地地头摆放着桌凳。喇嘛三爷、达拉特王爷坐在桌子后面正说着话。看见红鞋嫂骑马来到地头,达拉特王爷赶忙低声说:"老三,快看,心上人儿来了。"喇嘛三爷连忙站起来说:"其其格,坐过来。"红鞋嫂哭笑不得地:"你别管我,有什么事快说,我忙着呢!"喇嘛三爷:"好,你忙我也忙。阿拉腾,宣读王府谕札。"

阿拉腾手捧王府谕札宣读道:"查纳木林家族户口地,系明嘉靖年间阿勒坦汗驻跸丰州滩时划赏。至今延续数百年,其间未有任何争端。张氏霸地,实属无理。文到之时,着该张二麻烦立即将户口地悉数归还纳木林。如有违抗,本王府定将严惩不贷!"

喇嘛三爷:"张二麻烦先生,你听清楚没有?"二麻烦无奈地:"清楚了。"

喇嘛三爷:"钉牌!"众人把写有张字的木牌拔掉,把用蒙汉文写着"蒙民纳木林户口地"字样的木牌钉在地边。

阿拉腾继续宣读:"查其其格户口地,系鄂尔多斯老王爷划赏。本户口地今年已由汉民杨满山、王忠义租种,任何人不得侵占谋利。如有违抗,本王府也将严惩不贷!"

喇嘛三爷:"其其格,你听清楚了吗?"红鞋嫂:"就这事啊?让我大老远跑了一趟。"转身欲走。

喇嘛三爷:"钉牌!"众兵丁把写着"蒙民其其格户口地"字样的木牌钉在地边。

红鞋嫂停住脚步好奇地看着。

阿拉腾继续宣读:"王府通令:本王府今年奖励灭鼠填洞。灭一只老鼠奖励一个铜钱。本王府奖励兴修渠坝,灌溉田地。本王府着令免去一切租税,免费提供种子农具。望蒙汉父老周知,共克鼠患,共渡难关。大家听清楚了吗?"

人们高兴地:"听清楚了!""这下好了,好歹能赚点。"

达拉特王爷高兴地:"老三,还真有你的。其其格,你怎么看?"

红鞋嫂:"只要做好事,我赞成。"上马后扭回头来说,"巴雅尔,照护好你的女儿,她叫乌兰花。"离去。

达拉特王爷用手杵杵喇嘛三爷,嘻嘻哈哈地说:"嘿嘿,有门儿!"

喇嘛三爷高兴地跳起来说:"哈哈,我有女儿了!她叫乌兰花!乌兰花就是棰棰,我得找我女儿去!"他高兴地大喊,"乌兰花,你在哪里!"

棰棰、忠义骑马来到户口地。棰棰听到喊声,奇怪地问:"谁喊我?"忠义说:"好像是王府的人。"棰棰:"是不是抢地来了? 走,看看去!"忠义:"好,路见不平,拔刀相助! 走!"

棰棰骑马来到喇嘛三爷面前,大声喊道:"喂,你们是什么人? 你们在这里干什么!"

喇嘛三爷高兴地跨前一步:"乌兰花,我的好女——"他踩进鼠洞,脚下一绊,几乎摔倒。张二麻烦跨前一步扶住三爷,急促地说道:"尊贵的王爷,我有治鼠良方,恭请王爷采用。"

喇嘛三爷一怔:"噢,说说看?"

张二麻烦:"老鼠怕火怕水,火攻费工费料,水攻立马见效。张二不才,愿效犬马之劳,请王爷决断:授我以权,用我之策!"

喇嘛三爷看看达拉特王爷,问道:"怎么样,听听?"

棰棰:"喂,老头,你不能听他的! 鄂尔多斯的人都知道:二麻烦嘴甜心眼儿狠,酒壶壶一抿想害人。走着站着想发财,哄了男人哄女人!"

喇嘛三爷笑着说:"有点意思。喂,那位年轻人,你是谁?"

忠义:"我是古城大侠王忠义,我路见不平,拔刀相助!"

二麻烦:"忠义,人不亲土亲,山不转路转,帮叔说两句话,叔日后报答你。"

忠义:"叔,我帮不了你。帮了你,我就成了一锹挖出来的两只灰耗子,和你一样样的颜色了。"

棰棰感激地喊道:"王忠义,说得好,像条汉子!"

喇嘛三爷:"张二麻烦先生,你的大名我早就听说了。你霸地那会儿,蒙古人找你你往关帝庙跑,汉人找你你往我们准格尔召跑。你滑得像海子淖里的小贼鱼,我根本就逮不住你。我听我女儿乌兰花和这位古城大侠的话,我不用你。过两天我到后套找梁老板去,开渠引水,刻不容缓!"

棰棰:"喂喂喂,说明白点,谁是你女儿啊?"

达拉特王爷:"乌兰花姑娘,美丽的小百灵终于有了她温暖的窝,快拜见你的阿爸。"

棰棰:"啊,天晴得得朗朗的,咋就突然冒出个阿爸来,谁说他是我阿爸?"

达拉特王爷:"是你阿妈其其格说的,快喊阿爸。"

棰棰:"我不信,我阿妈在哪儿?"

张二麻烦讨好地:"棰棰,这是真的。你阿妈刚才还在这里,我亲耳听见她说,你是三王爷的亲生女儿。"

棰棰瞥了他一眼：“你要这么说，我就更不相信了。”她看看喇嘛三爷，"喂，你叫什么？"

喇嘛三爷：“我叫哈斯巴雅尔，怎么样，好听吗？”

棰棰想想，点点头说：“还行。你别着急，等我回去问问我阿妈再说。王忠义，送我回店里。”

忠义脸一扭：“你自己回去吧，这两天我得住在你家户口地。我有大事。”

棰棰生气地：“好好好，你就住在这儿给人说媒去吧！”策马离去。

众人面面相觑，看着棰棰离去。

鄂尔多斯黄河边。王忠义夹着一捆木棍，或爬或蹲，边插棍子边念叨："敖包塔第二段第二点低一尺二寸，哈岱乌素第三段偏右一丈六尺二，大饭铺五段偏右一尺五寸……"

棰棰骑马赶来，高声喊道："喂，说媒的，你在干啥？"

王忠义不理她，依然在插小棍："保德营子六段第三点正中二尺二寸五……"

棰棰惊讶地："王忠义，你疯啦？半夜三更，你干甚哩？"

王忠义调侃地："我能干甚？我说媒哩。"

棰棰："瞎说，鬼都看不见一个，你给谁说媒？"

王忠义："我给黄河和你家的户口地说媒。他俩要结成夫妻，满地耗子都完蛋，你家的银子花不完。"

棰棰松了一口气："你也不问问我来干甚？"

王忠义随口说："那还用问？你妈怕土默川的饿狼把我当成下酒菜吃了，说，棰棰，快把你忠义哥拽回店里来，万一饿狼吃了他，往后谁给你当媒人？你个不精明的灰女子！"

棰棰着急地："瞎说瞎说，我阿妈不是这样说的！"

王忠义故意问："那是咋说的？"

棰棰："我阿妈说——我不给你说！"

王忠义逗她说："不说我也知道。"

棰棰："那你说说。"

王忠义故作认真地："你妈说，把你忠义哥一个人撂在野地，妈不放心。你去看看他，说说话，万一要看上他，嫁给他算了！"

棰棰扑过去："你想得倒好，我让你半夜作梦！"

王忠义赶忙说："棰棰你别闹，我还有大事情。我是师父的二徒弟，我得多吃苦、多干活，精通修渠技术。我要时时处处记住：水火无情，人命关天！"

一伙蒙面人迅速围过来。几个人把棰棰架远，另外俩人用麻袋蒙住忠义，狠揍一顿。忠义挣扎着喊："孙子们，明人不做暗事，有种报个名姓！"

蒙面人："小子，你命不错。我们掌柜的不让杀你，要让你一辈子受难，一辈子过不上安稳日子。我早就给你说过，朋友妻，不可欺，你慢慢受罪吧。"说罢狠狠踢了几脚。另一人用棍棒猛抽。

棰棰扭过身子喊："忠义，忠义！"有一蒙面人用毛巾塞住她的嘴。

抽打忠义的蒙面人惊愕地问："胡管家，是不是打错人了？"

老胡摘掉面罩，低声说："小栓，闭住你的臭嘴！"他问麻袋里的忠义："你是谁？你是不是杨满山？"

王忠义："孙子，下手吧，老子是杨满山！只要打不死，老子饶不了你们！"

老胡跑到棰棰跟前，搜出毛巾问道："说，小丫头，他是谁？你是谁？你们半夜三更在这里干啥？"棰棰挣开身子，快速跑到马跟前拿起马鞭，放开牧羊犬，喊道："哈布里，上，咬死他们！"

几个人在哈布里的猛烈攻击下，快速撤离。

棰棰高喊："告诉你们，我是乌兰花，他是王忠义，我们爱干啥干啥，你们管不着！"

王忠义使劲喊："棰棰……"棰棰跑过去解开麻袋，看着口鼻流血的忠义不由倒吸一口凉气："妈呀，咋打成这样？"

王忠义："你不该告诉他们名字。"棰棰："他们是谁？"王忠义："十有八九是刘马驹的人。"棰棰："刘马驹？他为甚要打你？"王忠义："他们要害杨满山——"他晕过去了。

棰棰："忠义！忠义哥……"她背起忠义，往地头简易房走去。

棰棰把忠义放在简易房炕上，点灯、烧火、坐水。之后跑出去从马身上取下皮囊，回来后解开忠义的衣服，用皮囊里的药仔细擦拭忠义身上的伤痕。

忠义醒过来，赶忙掩住衣服："棰棰……"

棰棰心酸地说："你们走西口的人，咋都是这种命啊！忠义哥，你别躲，我得照护你。"她解下红裤带铺在两人中间，"忠义哥，你放心，我们蒙古人有规矩……"

忠义挪挪身子，疼得直咧嘴："哎哟……"

棰棰想起当初和杨满山在地窨子里的情形，百感交集地说："忠义哥，我给你唱一支歌，你听着听着就不疼了。"她轻声唱道："红柳塔上的高树啊那是家乡的依靠，相处惯了的朋友啊那是心上的依靠。远远映入眼中的是祥云笼罩的高岗，朝朝暮暮牵挂的是朋友你去向何方……"

忠义睡着了。棰棰泪流满面。

马驹粮行客厅里。马驹脸色阴沉,质问小栓:“你确实听清楚了?”

小栓:“听清楚了。那女的喊男的忠义,男的喊女的棰棰。女的又说她叫乌兰花。”

老胡:“刘掌柜,这事情怪我,我没打听清楚。”

马驹咬着牙说:“王忠义也不是个好东西。在古城时杨满山给过他一块大洋,把他买住了。这小子跑到河曲县当媒人,硬让蒲棒儿嫁给杨满山。没揍死他,算他命大!”

小栓:“那女的更坏,要不是她放狗,我们一准把王忠义打残了!”

老胡疑惑地:“棰棰不是红鞋嫂的女儿吗?她半夜三更和王忠义滚在一起,看来都不是好东西。”

马驹:“杨满山当初喜欢棰棰,棰棰也喜欢他。说好我们俩腊月一起办喜事。结果他背弃了棰棰,背弃了我,跑回河曲娶了蒲棒儿。他不仁不义,莫怪我手下无情!此仇不报,我死不瞑目!”

小栓:“就是,一朵鲜花插在牛屎上了。大叔,蒲棒儿长得可好看了!”

老胡踢了他一脚:“闭住你的臭嘴!”他对马驹说,“掌柜的,你放心,一二日之内要打听不到杨满山的下落,我这半辈子就算白活了!你告诉我,是要活的,还是要死的?”

马驹一擂桌子:“叔,你看着办!”

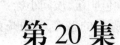

第 20 集

黄河岸边,锣鼓声惊天动地。梁老板和股东们披红挂彩。杨满山手拿点火棒,站在梁老板身边。几十名渠工排列有序,等着开挖渠口。

二奶奶:"杨家渠修复工程今天开工。我们使用杨满山的川字浚水法,省工省料,边修复边放水,一个月之内,就可受益分红,诸位股东,恭喜恭喜!"

众股东:"娜仁花格格,同喜同喜!"

杨满山跪地欲将点火棒递给梁老板,梁老板目不斜视,高声喊道:"杨满山,点炮!"杨满山看看师父,站起来点响三门铁炮。

梁老板:"诸位股东,请!"众股东:"娜仁花格格,您先请。"

二奶奶激动地:"今儿我真高兴,杨二能的心血没有白费。他儿子杨满山有情有义有志气,做事沉稳实在,我信得过他。来,我们一起破土。"

众股东破土。欢乐的音声中,人们洒酒祭天祭地祭黄河,并将食品撒入河中。

二奶奶率众丫环随着乐声翩翩起舞。越来越多的人加入到跳舞人群中。

喇嘛三爷一行来到一山崖下。喇嘛三爷看看天色,疲累地说:"阿拉腾,到哪儿啦?"阿拉腾:"三王爷,已经到了西山嘴,要不要和乌拉特王府说一声?"喇嘛三爷恼火地:"阿拉腾,说过多少次了,不要叫我王爷,也不要打扰乌拉特王爷,咱们今晚就在这儿过夜。"

阿拉腾答应一声,随从们跳下马,卸下蒙古包和其他行装。

棰棰不愿下马,嘟囔道:"阿爸,天色还早,咱们再走一段吧。"

喇嘛三爷:"到后套也有走西口人传下来的路程歌,咱们今天住西山嘴,明天到巴音套海,不然会被野狼盯上的。"

棰棰:"这么多人还怕狼啊?我不怕!"

阿拉腾:"乌兰花姑娘,再好的骏马也要歇歇脚,再矫健的雄鹰也有打盹的时候。你阿爸累了,让他歇歇吧。咱们要请的梁老板,没有翅膀飞不走,再过两天就能找到他。"

棰棰："梁老板飞不走,可杨满山要遭毒手。阿爸,求求你,走吧。"

喇嘛三爷捶着腰站起来："好,阿爸听你的。你说谁要害杨满山?"

棰棰："是一个叫刘马驹的坏家伙。"

喇嘛三爷故意问："他为什么要害那个杨什么来着?"

棰棰："不是杨什么来着,是杨满山! 我不是告诉你了吗? 他们有仇!"

喇嘛三爷不在意地问："他们有仇跟咱们有什么关系?"

棰棰着急地："我不是说了嘛,跟我没关系!"

喇嘛三爷："既然跟你没关系,阿爸管这些闲事干啥? 休息,阿爸给你数天上的星星。一个、两个……"

棰棰情急中说道："阿爸,王忠义说了,路见不平,拔刀相助!"

喇嘛三爷："那王忠义跟你有什么关系? 他为啥挨打啊?"

棰棰气得一甩马鞭："阿爸,我跟你说不清楚,你不走我走。驾!"

阿拉腾问："三爷,咋办?"喇嘛三爷故作无奈地："嘿,我能咋办? 年轻的时候,我得听老王爷的。在准格尔召的时候,我得听丹尼活佛的。如今,我得听女儿的。你瞧瞧我这多半辈子活的! 走!"阿拉腾："我认识杨满山。乌兰花姑娘喜欢他,王府的阿利玛姑娘也喜欢他。他把这些好姑娘全给闪下了。这家伙就像贪婪的饿狼一样,真该给他一颗子弹。"喇嘛三爷："那我们还救他干啥? 休息,不管!"

阿拉腾把三爷扶上马,又轻轻一拽,三爷掉在地上。阿拉腾大喊："三爷掉下马啦——"众随从跟着喊："不好了,三爷掉下马啦——"

棰棰闻声折回来："阿爸,你咋啦? 不要紧吧?"

众随从赶紧搭起蒙古包。三爷摇摇头,无奈地笑笑。

后套黄河边。杨满山和大牛扛着铁锹边走边谈。

杨满山："大牛,也不知道你嫂子现在干甚哩?"大牛抬头看看天色,说："咱那地方也该天黑了。这时候女人家还能干甚? 搂柴打炭,烧火做饭。然后关紧大门,抱住一个空枕头睡觉。"满山："能睡得着吗?"大牛："睡不着就纺线、剥麻、唱山曲儿、听耗子打架。"满山："大牛,给哥唱几句山曲儿。"大牛："嗨,咱那些山曲儿,能把人的心酸死。我妈一唱,我就想哭。"满山看着河对岸说："今儿不知咋啦,哥有点心慌。你唱两句,哥想听听。"

大牛："想听我就给你唱。光是我妈会的那些山曲儿,三天三夜也唱不完。"他张口唱道："想亲亲想得胳膊腕腕软,拿起那筷子端不起个碗。想亲亲想得迷了窍,抱柴禾跌进了山药窖……"

满山坐在河边,望着晚霞发呆。歌声彷佛从对岸传来,他好像听见蒲棒儿在唱："阳婆一落点盏灯,灯看我来我看灯……"

满山轻声哼唱："泪蛋蛋本是心中血,谁不难活谁不滴……"

河面上漂来女人的歌:还说人家不想你,泪蛋蛋好比连阴雨。还说人家不想你,泪蛋蛋和起一堆泥。还说人家不想你,手巾巾擦泪擩水水。还说人家不想你,半碗捞饭泪泡起。还说人家不想你,三天没吃下两颗米……

满山和大牛哼唱："再不要思念再不要哭,谁家夫妻也不能常守着。ㄣ见黄河ㄣ不见人,泪蛋蛋打得我心嘴嘴疼。

原野上响起男人的歌:人在外头心在家,家里扔下一枝花。小炉子不快谁给你 ,水瓮里没水谁给你担? 远ㄣ大青山不高高,咱和妹妹隔远了。大青山石头乌拉山水,山前山后看不见。大青山高来乌拉山低,转遍脑包寻不见你。大青山石头乌拉山水,咱俩谁也见不上谁。亲亲……

大牛站起来说："满山哥,我到那边转转。我不能听这种歌,从我懂事起,我们家炕上滚的地下跑的全是这种山曲儿。"

满山:"哥想再坐一会儿,一阵儿回去吃饭。"

大牛:"好,我给你做一碗相思面——揪心片儿,我再给你留一碗相思汤——酸米汤。"他用土块敲着铁锹说,"吃好喝好肚儿圆,不想老婆不想钱。蒲棒儿早点歇着吧,等我哥回去过大年——当里个当,当里个当……"

满山站起来:"我揍你!"大牛笑着跑了。满山盘腿坐下,闭上眼睛,眼泪无声地流下来。

晚霞退去,月色朦胧。马驹率老胡、小栓等人从哈冒儿丛中钻出来,向杨满山围了过去。

马驹大喊一声:"杨满山!"满山扭头一看,高兴地:"马驹!"他站起来迎上去,"马驹,你咋来后套了? 你的头发咋回事? 咋全白了?"

马驹用枪指着满山说:"你给我乖乖站住! 知道我为甚找你吗?"

杨满山站住,吃惊地问:"马驹,你带着枪?"

马驹:"对,你背信弃义,丧尽天良,我替老天爷爷收你的命来了。你不要跑,不要躲,也别想求我饶了你。看在蒲棒儿名下,我给你个囫囵尸首!"他一挥手,"上!"

满山挥起铁锹:"都给我站住! 我有话说!"他问马驹,"你回过河曲了?"马驹:"对,回过了。"满山:"你娶了红柳?"马驹:"对,娶了。"满山:"你见过蒲棒儿了?"马驹略豫犹豫:"见过了。"满山:"你害了她?"马驹:"放屁! 她是我表妹,我为什么要害她?"

满山:"好了,动手吧! 我杨满山没做亏心事,不怕半夜鬼叫门!"他挥起铁锹喊道,"来吧,马驹兄弟,我娶了蒲棒儿,蒲棒儿是我的老婆!我老婆有身孕了,生下的孩子应该叫你舅舅。如果我死了,你转告你外甥,长大以后替我和我爹修成杨家河。来生来世,火山杨家人会感谢你!"他转身对着黄河喊:"蒲棒儿,好女人!哥爱你!哥想你!"

马驹瞪着老胡说:"还等甚?打死他!"

老胡一挥手,几个人朝满山逼过来,满山挥锹打倒两个人。老胡冲过来,杨满山踢倒他,然后提住他的脚抡了两圈扔到远处。

杨满山怒吼道:"刘马驹,这是咱们俩人的事,有种你跟我打,你朝我开枪,来吧,兄弟!"他提锹走向马驹。

刘马驹端着枪喊:"你不要过来!你不要逼我!"

满山:"你回过河曲,你见过蒲棒儿,你娶了红柳,你心里头明明白白,你已经知道是咋回事,你还要找我报仇,马驹,哥看不起你!"

马驹咬着牙朝满山腿上开了一枪。满山身子一歪,老胡一伙从后面打倒他,麻利地将他装入麻袋。老胡拿起绳子一圈一圈绕住袋口,正要扎口时,小栓走过来攥住他的手,低声说:"积点德吧,万一能活着,蒲棒儿就不用当寡妇了。"

老胡松开绳头,喊道:"扔!"一伙人把满山扔进黄河。

马驹闭上眼睛,冲着河里放了一枪。

大牛提着铁锹从远处跑来,疯了一样喊道:"你们干甚?你们是什么人?"

马驹朝大牛腿上打了一枪,带着他的人很快消失在夜幕中。

一只麻袋随着河水翻卷,河面洇出一片血色。

哀伤的歌声:

你上后山走后套,牵魂线扔在西口道。白布衫衫你穿上,你把妹妹心卷上。高粱开花顶顶上,操心操在你身上。口外风大天气冷,破衣烂衫不放心。茴子白卷心十八层,除过妹妹谁心疼?大雁捎上一句话,赚不赚钱回来吧。大雁回家你也回,知道妹妹多想你。亲亲……

后套黄河边。人们举着火把,沿河喊叫:"满山!杨满山!"

躺在勒勒车上的大牛悲愤地喊:"满山哥!满山哥!"

梁老板一脸悲伤,对着黄河说:"杨满山,你壮志未酬,你死得冤枉、窝囊,你不该死!"

槌槌沿着河岸疯跑:"满山哥,你在哪里?"她跪倒在河边,哭着说,"满山哥,你回来吧,你和蒲棒儿好好过日子,我再也不惹你生气了……"

阿拉腾追上棰棰喊:"乌兰花!棰棰姑娘!"

喇嘛三爷跺脚叹气:"唉,这事情闹的,我来晚了一步……"

二奶奶叹口气说:"有人要暗害他,你来早了也不顶用。你和梁老板大牛他们一起走吧,别耽误鄂尔多斯开渠工程。这边有我顶着,不会出什么大事。过个把月,我们也就回去了。"

喇嘛三爷:"咱说好,你一回去,我还回准格尔召念经去。人世间的事情太麻烦,我管不了,也不想管。"

二奶奶:"我回去替杨满山看一眼梁老板师徒开渠,然后就回来。你不想管的事,我更不想管。"

麻袋随着河水翻滚。杨满山在麻袋包里奋力挣扎。他终于蹬掉麻袋,仰面躺在河面上。他用手捂住臂膀上的伤口。血从他的手指缝里渗出来,丝丝缕缕漂在河面上,像一根长长的红丝线。

马驹脸色憔悴,一动不动地躺在炕上。老胡坐在一旁劝解:"马驹,既然把事情做下了,就不要再后悔了……"

小栓端来热饭热菜,换掉马驹头前摆的冷饭冷菜:"哥,看在老夫人和红柳嫂子名下,你也得吃点饭……"他犹豫了一阵,接着说,"马驹哥,那天我没让老胡系麻袋口子,你不怨我吧?"

马驹眼盯着房梁,无力地:"唉,一切都晚了……"

一个人影漂到河岸。他拽住一缕河草,终于爬到岸上。他咬着牙往前爬去。他身后留下一串泥痕——他是杨满山。

油灯下,隔壁二婶边缝婴儿衣服边说:"……蒲棒儿,依我说,还是生个女娃娃好,守家在地,不要到口外刮野鬼。"

蒲棒儿:"我得生个小子,长大后替他爹修杨家河去,让满山回来过几天安稳日子。"

二婶吃惊地:"啊,不就是挖一条渠吗?还用得着父子两代人啊?"

蒲棒儿:"我爹和满山都说,后套肥得流油,土地全靠黄河水养着。后套的主渠支渠里都能行船,船上的人用箩筐捞鲤鱼,一捞一箩筐,一捞一箩筐,吃不了就喂了庄稼。口外的渠和口里的渠不一样,那不是挖渠,是开河。"

二婶:"那还不把人累死啊?"

蒲棒儿:"吃苦受累,为得是过上好日子。慢慢熬吧,总有团圆的时候。"

二婶:"细想想,当个男人也真不容易。他们走口外,是想让家里人过上好日子,想让老婆娃娃在人前人后能挺起腰杆来。谁家日子过得好,谁家就脸上光彩,说话就有人听。"

蒲棒儿:"总有一天,我也到口外看看。听说外面都有火车了。"

二婶:"我也听说了,说是火车路过宁武关的阳方口,离咱这里还有好几百里。人们说火车比老虎还厉害,吼一声天上塌一个窟窿,一发火就得吃一个女人。"

蒲棒儿:"吃就吃吧,总比一辈子窝在家里强。"

二婶:"满山临走没给娃娃起个名字啊?"

蒲棒儿:"我起了,叫杨家河。"

二婶:"要是生个女娃呢?"

蒲棒儿:"也叫杨家河。"

二婶:"行,让他们早点修完杨家河,你也早点享享福。再说,女娃娃起个男人名字,命大。"

蒲棒儿跪在河边,往河里放了一盏河灯。她从河里舀起一罐水,呆呆地坐在河畔,轻声哼唱:"野雀雀落在荒蒌地,在你名下心操碎。野雀雀飞去王爷地,把话捎给我女婿。野雀雀叫唤北风刮,你给哥哥捎句话。二茬韭菜整把把,甚会儿能到一搭搭?葡萄开花结抓抓,甚会儿能到一搭搭?百灵鸟过河白翅翅飞,小妹妹命短等不上你……"

蒲棒儿往山坡上爬去。她手里提着水罐,背上背着一块炭。汗珠从她的脸上滚下来。她想放下水罐歇一歇,可陡峭的山坡上放不住水罐,她只好把罐子靠在自己腿上。她松开手想擦擦汗,水罐顺着山坡滚下去了。她身子一软,随着水罐滚下去。炭块飞一样滚下山坡,摔得粉碎。

山坡下。昏迷的蒲棒儿紧紧捂着肚子。

有一女人喊:"快来人,满山媳妇出事了!"她仰头朝山上喊,"火山家,你们村蒲棒儿出事了,快来人——"

坡下很快聚集起一群女人和娃娃。隔壁二婶和火山村几个女人和老头呼喊着从山坡上走下来:"快走,满山媳妇出事了!"

有人找来一块门板,人们把蒲棒儿放上去,艰难上坡。一妇人说:"这咋往上抬呀?来,我背她吧。"说着半跪在坡上。隔壁二婶半蹲半坐从坡上出溜下来,着急地说:"不行不行,不能背,她有身孕! 快让我看看,肚子没事吧?"她摸摸蒲棒儿的肚子,说:"阿弥陀佛,老天保佑! 快给我提点水!"

坡下一个妇人很快送来半罐水。二婶连喝几口,噗噗地喷到蒲棒儿脸上,接着掐住蒲棒儿的人中,轻声喊:"蒲棒儿! 满山家! 你醒醒,孩子还在,杨家河好好的,你要挺住,等满山回来过好日子!"

蒲棒儿慢慢睁开眼睛。

马母和红柳坐着牛车来到火山村山脚下。马母望着陡峭的山坡说:"哎呀老天爷爷呀! 蒲棒儿咋嫁到这么个地方! 这可咋上去呀?"

锁田:"上坡时要弯倒腰背着手,脚跟要踩稳。要不我送你们上去吧。"

马母:"不用了,你把车赶回去,过两天来接我们。"

红柳:"不着急,我想在蒲棒儿家多住几天。"说着往坡上走去。

马母:"红柳,你有身孕,咱娘儿俩搀扶着慢慢上吧,赶天黑总能上去。"

红柳:"没事,我成年走乡串户,甚路都走过。"

锁田赶车离去。

蒲棒儿头上箍着一条毛巾,怔怔地看着花台里的花草和她挖的小渠小水道。她时不时摸摸肚子,说:"杨家河,妈妈对不住你,让你受惊吓了……"她从花台边的水缸里舀水浇在渠道里,水顺着小渠流到小水道里。

这时大门外传来马母的声音:"蒲棒儿,姑姑看你来了。"

蒲棒儿高兴地:"姑姑,等等,我给你开门。"

红柳的声音:"蒲棒儿,大白天关大门干甚? 圈住野男人啦?"

蒲棒儿皱皱眉,解下头上的毛巾,转身回屋换上干净衣服,照照镜子,然后强装精神走出来,开了大门,平静地说:"姑姑,嫂子,你们来啦,进家吧。"

马母:"蒲棒儿,我一接到讯儿就往过赶,不要紧吧? 吓死姑姑了。"她亲热地拉着蒲棒儿的手,左看右看,眼角挂着泪珠。

蒲棒儿:"是隔壁二婶捎的话,其实我没事,你看我不是挺精神的嘛。"

红柳酸溜溜地说:"你是你姑的心肝儿,你要有个三长两短,你姑可咋办啊?"

蒲棒儿笑着说:"嫂子,你才是我姑的心肝儿,进屋吧。"

她们走进窑洞。红柳看着黑光闪亮的地面惊讶地问:"蒲棒儿,你家的地真干净,这是咋弄的?"

蒲棒儿:"用米汤把锅黑和起来,把地垫平磨平,每天再用灰菜擦一擦,地就亮了。"

马母顺口说:"红柳,操持家务,蒲棒儿比你强。"

红柳快嘴快舌地说:"那自然是啦,我妈死得早,我自小没人调教,活得像一头野驴似的。哪像人家蒲棒儿,有人疼,有人爱,坐有坐样,站有站样,漂亮袭人,干净利落,怪不得咱家马驹那么喜欢她!"

蒲棒儿打岔:"姑姑,你们坐会儿,我做饭去。"

马母瞟着红柳说:"说会儿话吧,别光惦记着吃。"

红柳不高兴地:"妈,在家里你没说够,跑这儿指教我来啦?你就不能让我静静心嘛!"

马母赶忙说:"好好好,我去做饭,你们姑嫂俩说说话。"离去。

蒲棒儿看着红柳的肚子关切地问:"几个月啦?动静大吗?"

红柳:"比你晚几个月。蒲棒儿,不是我小气,我是憋了一肚子气。入洞房那天,马驹爬在我身上直喊:蒲棒儿,你给哥生儿子,你给哥生儿子!你说气人不气人!"

蒲棒儿默默地坐在炕沿上,没说话。红柳追问:"那天晚上,他没欺负你吧?"蒲棒儿装糊涂:"哪天晚上?"红柳说:"就是从口外回来那天。他让我照护两个店伙计,我刚开了大门,他就骑马找你来了,说要和你完婚。"

蒲棒儿:"不知者不为罪,那是他不知道我嫁给杨满山了。一旦知道了,不是和你拜的天地吗?"

红柳试探地:"我是怕他冒冒失失做出坏事来。"

蒲棒儿正色道:"嫂子,他是我表哥,我是他表妹,除过这种情分,我们小葱拌豆腐,一清二白。红柳,别因为我表哥,伤了咱们多少年的姊妹情分。"

红柳叹口气说:"唉,马驹那人心比石头重,心比针眼小,我真担心他做出见不得人的事情来。他没送过你甚东西吧?"

蒲棒儿看着红柳说:"我还正想给你说,他头一次回来的时候,送给我们家一条银链子。我妈说,蒲棒儿,你存着吧,等你哥结婚的时候,替我送给他的新媳妇儿,让他们好好过日子。你等等,我给你拿。"

红柳站起来搂着蒲棒儿说:"蒲棒儿,你真傻,我只是随便问问,你说这些干甚?"

隔壁窑洞。马母看看小炕上的纺车,又揭开炕上一溜纸瓮,看看里面的粮食。她坐在炕沿上,想起过去的事情,不由低头擦泪。

杨家正窑。蒲棒儿娶出一个小包递给红柳:"嫂子,我妈死的时候,你也在跟前。我妈说的话,你也听见了。我就是一辈子当老闺女,也不会嫁给我表哥。你放心,蒲棒儿不是那种花心女人。我只求你给我表哥捎句话,不要害我们家杨满山。他要谋划着害人,比谁都狠。拿着,还要我给你戴啊?"她把小包按在红柳手里,走出窑门:"姑姑,我帮你做饭。"

红柳把辫子一甩,抢前一步说:"妈,蒲棒儿她妈给我留了一条银项链。你看看,真漂亮!"

杨满山扶着一棵榆树站起来,疯了一样捋下榆钱儿和榆树叶塞进嘴里。

他来到一块空地,用两块石头夹着布条打火,点着一堆木柴。木柴上架着一个破瓦罐,他从衣服上撕下布条,蘸着热水清洗伤口。他咬着牙,嘴里发出嘶嘶的吸气声。他用石头捣碎药草,涂在伤口上。他边涂边轻声喊:"师父……棰棰……蒲棒儿……我还活着!"

杨满山衣衫褴褛,拄着木棍蹒跚前行。

后面一辆马车赶上来,车老板问:"客人,去哪儿?"满山:"大叔,这是哪儿?""这里是口外的沙日乌素,你去哪儿?""我……先去红鞋店附近。那里离这里还有多远?""听口音你是河曲人吧?""对。我是火山杨家后人。""遇上土匪啦?""没有。是我自己不小心……"

车老板打量着满山说:"看你不像是坏人,你还是回河曲吧。我送你到河畔,顺水船一两天就回去了。像你这样子,五天也去不了红鞋店。"

满山摇摇头:"大叔,我这样子,不能回家。我师父在后套等着我,我得赶紧回那边去。"

车老板:"谁是你师父?你是干甚的?"

满山:"我师父是修渠的梁老板。我们在后套修杨家渠。"

车老板惊讶地:"你真有福气!西口外无人不知梁老板,你要是他的徒弟,算你祖上积德了。上车吧,我把你捎到哈拉素海子,那儿离红鞋嫂的户口地不远,你自己去住店。"

满山:"谢谢大叔。"

满山:"不用谢,都是走西口的苦命人。上车吧。"

喇嘛三爷一行站在黄河边,梁老板正在给他们解说:"……若从这里开口子,红鞋嫂的户口地就保不住了。那里将来是支渠、毛渠的总出口,红鞋嫂日后可以从放水收益中分红,可那得等到好几年之后。如果从那边开口子,将淹掉纳木林的户口地。开渠一事,有关蒙族兄弟的利益,还请三爷决断。"

喇嘛三爷:"其其格,咱们商量商量。"红鞋嫂:"不用商量,就淹我的户口地。"

喇嘛三爷双手合十,说:"善哉!往后你和乌兰花住到王府去,一应开支由我支付。"

红鞋嫂没好气地:"哟,三王爷好大口气,你以为我们母女俩靠你养活啊?还善哉善哉呢,往后别在我跟前提你们的王府,我不稀罕!"

喇嘛三爷摸着脑袋问棰棰:"乌兰花,阿爸说错了吗?"

棰棰扶着三爷调皮地说:"不管你说对说错,我都听我阿妈的。"

喇嘛三爷:"好,你们母女俩一头,我算一头。总有一天,咱们一家人会合成一头。不信咱走着瞧。"

梁老板回头对忠义说:"忠义,你这几天干了不少活儿,干得不错。"

忠义头上缠着纱布,伤感地说:"满山不在了,我得把他那一份担起来。"

大牛拄着拐杖,眼巴巴地看着梁老板说:"大叔,人手不够,你早点打我吧,我保证好好学,好好干,给你老人家和我们火山杨家人争光争气。"

梁老板摸摸大牛的头,没有说话。

二麻烦领着神木衙门的差役们从山路上走来。牛头儿对一差役说:"扶好咱的牛腿炮,别掉下来。"他转过身问:"张二先生,你在口外到底赚了多少钱?"

二麻烦不耐烦地:"不多不少,够打官司。"

牛头儿:"我算领教了。谁要惹下你,那才叫西瓜皮擦屁股,没完没了。"

二麻烦抿着酒壶嘴儿说:"知道就好。"

棰棰、忠义在简易房旁边做饭。离他们不远处,梁老板正在一块已写上"杨家"二字的大木牌上写水字旁。他停住笔,问端着墨盆的大牛:"大牛,听说你给我编了一段顺口溜?"

大牛不好意思地:"大叔,我自己瞎编,是闹着玩儿的。"

梁老板不温不火地:"念。"

大牛赶忙说:"我们那地方走口外的人多,爱唱山曲儿,爱编顺口溜,都是穷开心,大叔你可别生气。"

梁老板躺在地上伸伸腰:"这土地真暖和啊,就像老家的大炕一样,躺一躺,舒筋活血,就像有人给你挠痒痒一样舒服。念吧。"

大牛:"众位乡亲听我言,梁老板修渠赚大钱。开河一水一万块,二水浇在桃花开。热水伏水连着浇,梁老板收钱不失闲。秋冬冻水保墒情,渠闸一关消水灾——"

红鞋嫂户口地边。二麻烦指着远处的梁老板他们说:"看见了吧,就是那帮人霸占了我买的土地,你们把他们都带走。我给钱!"

牛头儿:"你站着说话不腰疼。上次我带了两个人就遭了埋伏,让龟孙们脱了衣裳绑在马身上,回去神木病了三个月。要不是为报这个仇,我这次就不会来。如今要带走这么多人,我们一满都活不成。我放两炮吓唬吓唬他们,赶秋收时我们再来。"

二麻烦:"牛头儿,你别以为我不会算账。赶秋天我又得给你们一大笔银子。那钱是费心费力赚来的,不是刮风下雨逮来的。今天不带人,我一个子儿不付!"

牛头儿:"二麻烦,老子让你看看牛腿炮的厉害!"说着和另一差役点着炮引,一推后盖,将炮弹射出去。

"轰隆"一声,牛腿炮抖了一下。

炮弹落下的一刹那,梁老板猛然扑过身子,紧紧护住大牛。棰棰和忠义被炸土掀倒,饭锅和做饭家具飞起来,四散落下。大牛先坐起来,他摇摇头上的土,见梁老板躺在地上不动弹,连忙喊:"大叔!大叔!忠义,棰棰,快过来!"忠义、棰棰赶紧爬起来,跟跟跄跄跑到梁老板跟前。忠义大声喊:"师父,师父!我是忠义,您醒醒,您伤哪儿啦?"棰棰:"梁大叔!师父!你咋啦?你说话呀?"梁老板醒过来,挣扎着说:"大牛……说:水火……无情……人……命关天!"大牛哽咽着喊:"水火……无情!人命……关天!"

忠义赶紧到炉灶边拿起罚木跑过来:"大牛,爬下!"等大牛爬倒后,他扬起木板打在大牛屁股上:"再说一遍:水火无情!人命关天!"

大牛:"水火无情!人命关天!"

忠义:"棰棰,你也爬下。师父收你做徒弟了,你也得挨打。"

梁老板吃力地抬起胳膊,让棰棰坐过来,在她脸上 了一下:"不要……恨满山,好好跟忠义学。这里的……渠修成后,还叫……杨家河。大牛,给师父说完……说完……"他头一歪,倒在地上。

众徒弟:"师父!师父……"

忠义:"大牛,快说!"

大牛哭着说:"……为朋友……不为……梁老板……有钱……他就瞎拾翻……为朋友要为梁老板,手里的……银钱花不完。当里个当,当里个当……"

棰棰从慌乱中镇定下来,她跑到马跟前,拿起牛角号吹起来。

牛头儿听见牛角号声,急忙喊:"二麻烦,你他妈惹下大麻烦了!快过去看看打死人没有?"见没人答应,他扭头一看,二麻烦已不见踪影,赶忙对差役们说:"快跑!"

号角阵阵,马蹄声声
喇嘛三爷率王府兵朝户口地急速驰来。

梁老板静静地躺在地上。喇嘛三爷站在梁老板遗体旁,行蒙古大礼:"老朋友,你为蒙古人奔波受累、流尽血汗,我请你留在鄂尔多斯的土地上,我要为你报仇!阿拉腾,给我把放炮那些恶棍带回王府,我要以蒙古人的名义严惩他们!"

阿拉腾:"三爷您放心,就是钻到耗子洞里,我也要把他们掏出来!"他指着几个兵丁说,"你们几个留下照护三爷,其余的,跟我走!"一群王府兵丁随他呼啸而去。

喇嘛三爷:"乌兰花、忠义,咱们商量商量,我要让我的老朋友以最体面的方式去往长生天。"

阿拉腾一行终于追上牛头儿他们。牛头儿和差役弃炮而逃。阿拉腾一行穷追不舍,将差役们追到悬崖边。牛头儿和差役慌不择路,连人带马坠下悬崖。

黄河岸边引水处,竖立着梁老板未写完字的大木牌。牌上血迹斑斑。
人们在为梁老板举行隆重的葬礼。下葬处堆起石头,垒成敖包形状。敖包四周摆放着哈达。石台上香火缭绕。敖包中间的玛尼旗杆上裹着黑布。喇嘛们绕圈念经。喇嘛三爷和六旗王爷、红鞋嫂神情肃然。
忠义、大牛、棰棰跪在敖包前磕头焚香。道尔吉和蒲父领头唱起鄂尔多斯葬礼歌:"……一个阿日雅布鲁,一万个乌代阿布日拉,准珠尔玛耐,德力格尔玛耐,达音喇嘛的宝姆玛耐……"

马车停在红鞋嫂户口地边。满山跳下车,给车老板鞠躬说道:"大叔,给我留个姓名吧。"
车老板:"满山,见外了,等修成杨家河,大叔来开开眼界。到时候,别忘了请我喝酒。"

满山拄着木棍往户口地简易房走去。

杨满山走到简易房边,默默地看着眼前的一切。他走进房里,立即感觉到气氛不对。他拿起梁老板带血的上衣,快步走出屋外。他似乎听到了葬礼的音乐声,一瘸一拐往黄河边走去。

跪在敖包前的桠桠下意识地回头看了一眼。她吃惊地摇摇头,揉揉眼,再往后看去,然后捂住嘴对身边的大牛低声说:"我去去就来。"

她装着走了几步,趁人不注意,飞快地朝远处的杨满山跑过去。

桠桠离杨满山越来越近,她使劲揉眼摇头,又在自己脸上抽了一下,然后冲到满山跟前,猛地抱住他:"满山哥,你还活着?你咋还活着呀!"

满山百感交集,抱着桠桠说:"桠桠,哥还活着。"

桠桠狂吻着满山,满山也忘情地搂住桠桠。这时忠义走过来缓缓说道:"满山,师父成佛了,快过去!"

满山吃惊地:"啊?师父咋啦?我看见他的衣服上有血。"

桠桠:"满山哥,师父走了……"

蒲父急忙跑过来,拽住满山的手,流着眼泪说:"满山,你还活着!"

忠义和桠桠架着满山来到木牌前,满山悲愤地喊:"师父!"一股鲜血从他口中涌出来。他瘫倒在地,又咬牙跪起来。

喇嘛们低头念经。人们默默地看着眼前的一切。

安葬梁老板的敖包增高了。石头压着的哈达随风飘动。玛尼旗杆上黑布依旧。敖包上香烟缭绕,香火前摆着各式供品。罚木上系着黑丝带,赫然立在敖包前面。满山率忠义、桠桠、大牛跪在敖包前,他们身后堆着小山一样的红柳棍。

满山:"师父,我是您的徒弟杨满山——"

忠义:"师父,我是您的徒弟王忠义——"

大牛:"师父,我是您的徒弟杨大牛——"

桠桠:"师父,我是您的徒弟桠桠——乌兰花。"

满山:"自今日今时起,我们勘测渠路,绘制图纸,精细计算,寸步小心。我们牢牢记着您老人家的嘱咐:水火无情,人命关天!"

四人磕头:"水火无情,人命关天!师父走好!师父放心!"

满山站起来说:"师父不在了,往后大家要多出力,多吃苦,多认字,多用脑子。我不会说话,说错了师弟师妹多担待些。"

众:"满山哥,你放心,我们听你的!"

满山:"好的,行动吧。"

棰棰:"满山哥,咱们能不能先报仇,后开渠?"

满山没搭理她,拿着测量器具往前走去。棰棰追上去拦住满山:"那你和忠义、大牛就白挨打啦?师父就白让他们打死啦?"

满山恼火地:"让开。"

棰棰:"你们挨打的挨打,挨枪的挨枪,师父又挨了炮弹,我咽不下这口气!你要不敢去,我去!好猎人绝不放过凶狠的豺狼!"说罢转身欲走。

满山:"忠义,拿罚木!"

忠义赶忙打圆场:"刚说过要听师兄的吩咐,咋一眨眼就忘了?要不是看在你第一次犯错,我非打你屁股不可!"

大牛:"第一次也得打!师父说了,不打不成才,不依规矩不成方圆!"

忠义大声说:"棰棰,快跟满山走,你以为是在你们家呀!"扭头低声骂大牛,"你个猪脑子,就知道当里个当!"

大牛委屈地:"我咋啦?师父说了——"忠义踢了他一脚,说:"快走,师父说了,家有千口,主事一人。师父还说了,家有三件事,先从紧处来!快走!"

棰棰嘟囔道:"我就不走!"

忠义朝满山的方向高声说:"哎,这就对了,知错改错不为错。棰棰你是好样的。快走,满山等着咱们呢!"拉着棰棰向前走去。

大牛莫名其妙地:"棰棰给谁认错了?我咋就没听见?古城家满嘴跑舌头,脑子转得一满比风还快。"

满山和大牛把两盘绳子的绳头拴在黄河岸旁的树上,把另一头拴在腰间,举着标杆踩着泥淖往河里走去。满山回头吩咐大家:"忠义你们俩记好数字,不敢有丝毫马虎,一会儿等我们回来按标记栽杆,记住没有?"忠义:"好,我记住了!"棰棰:"哼,都不提我的名字!我成了忠义你们俩!哼!"忠义:"棰棰,咱们在办大事,你少说两句!"棰棰:"办大事得先报仇!"

满山、大牛走进河水里,渐渐远去。忠义拽着绳子高声喊:"满山,大牛,小心!"远处大牛回应:"放心,我们会凫水……"

忠义:"棰棰你让他们小心,平安回来!"

棰棰:"不灭了那些坏人,哪会有平安?连个这道理也翻不清,我看你也是个猪脑子。"

忠义瞪着眼说："你还有完没完？就等着满山发火啊？"

棰棰："我不怕他发火，我还想给他发火呢！"

忠义："有仇不报非君子。你以为我就让刘马驹白打啦？我要瞅准时机，巧用计谋，让刘马驹下辈子也忘不了我王忠义。"

棰棰高兴地："这还差不多。我还以为你就会说媒。"

忠义："你再要这么说，我就把你说给我。咱俩都是侠义心肠，挺般配。"

棰棰瞪他一眼："别瞎说，我是有主儿的人。"

忠义吃惊地："谁是你的主儿？我咋没听说？你的主儿是谁？"

棰棰顺口说："杨满山呗，还能有谁？"

忠义生气地："棰棰你可不敢瞎说。满山是有老婆的人，是我说的媒，我不能让他吃着碗里的，占着锅里的。他要敢胡来，我打断他的腿！"

这时传来满山的声音："零段零点，水深三丈！"忠义说："棰棰，把图纸拿过来！"棰棰赶忙递过图纸，俩人手碰在一起，忠义抓着棰棰的手说："往后拿图纸，得这样，得攥紧捏牢，要是让风刮走了，我们的辛苦就白费了，记住没有？"

棰棰看着忠义，默默地把手抽出来。

黄河岸边，骄阳似火。棰棰在一口铁锅里和起白面，再将锅支起来，点火添水。大牛走过来，拿起一块面拍拍，往沙地上一扔："我先吃点，真饿了。"

棰棰："一会儿吃揪面，有肉梢子有醋，馋死你。"

大牛翻翻晒着的饼子说："嘿，这边已经熟了。说口外，道口外，口外天气真奇怪，清早起来穿皮袄，中午晒成个块干咸菜。当里个当，当里个当……"

饼熟了，他给专心绘图的满山掰了一块，一个人到远处边吃边练珠算去了。

棰棰问背过身子看书的忠义："喂，你看啥书？给我念念。"忠义："好书，不能念。"棰棰生气地："不念不给吃饭！"忠义低声说："你就不能小声点！你就没有一点格格的样子！我在看《七侠五义》，可好看了。"棰棰："不就是御猫展昭和锦毛鼠白玉堂那点事嘛，我听了个不待听。"忠义惊奇地问："你还知道些甚？咱俩换着讲。"

棰棰叉着腰说："《绿牡丹》、《荡寇志》、《瓦岗寨》我全听过，《施公案》、《彭公案》、《李公案》、《包公案》我倒背如流，聊斋、水浒、《西游记》我能讲半年六个月。说吧，你知道些甚？"

忠义瘫在地上，装出一副可怜相："我的妈呀，恕徒儿无礼，竟然忘记你老人家的身世了。想那红鞋店是何等地方，南来北往，车马不断。既有贼寇小人,更有绿林好汉。只要支楞起耳朵,立马就是一牛车今古奇观。棰棰,我拜你为师,一日三餐,我喂你!"

棰棰扑哧笑了:"就这么孝敬我呀?用不着。念吧,我做饭。"忠义:"你都知道,我还念甚?"棰棰:"就当你孝敬我。"忠义:"行,从哪儿念?"棰棰:"从开头呗,从狸猫换太子开始吧。"

忠义看了棰棰一眼:"好。"他念道,"话说宋朝自(甚甚)兵变,众将立太祖为君,江山一统,相传至太宗,又至真宗,四海升平,万民(甚甚),真是风调雨顺,君正臣良。一日早朝,文武班齐,有西台(甚)史(甚甚甚)文彦甚——"

棰棰:"等等,咋全是甚甚甚?"

忠义不好意思地:"字认得我,我认不得那些字。"

棰棰:"那你就猜呀,御史的御不会念,还不知道文彦博啊?还甚甚甚呢!满山哥,过来拉'一根筋'。"

忠义:"我拉我拉——"

棰棰哭笑不得:"呸,一满不会说话!"

满山走过来:"忠义,记上,开口八丈宽,水深九尺。先开十里地。"他舀水洗洗手,往锅里拉"一根筋"面条。

忠义惊诧地:"我们一满是在开一条河。"

棰棰:"杨家河杨家河,可不就是开河嘛,猪脑子!"

忠义:"满山,做完这个工程,得多少年?"

满山:"今年赶上冻的时候把进水口做完,明年引水。一年挖十五里长,得挖七、八年。再加上斗渠、农渠、毛渠等配套工程,咋说也得十几年。咱们边挖边放水,把收回来的钱补到工程上。"

忠义:"到时候,你的孩子都十几岁了,我总不能老打光棍吧。满山,有合适的闺女给我说一个。"

满山:"我想想。我们村……好像没合适的。哎,蒲棒儿她们村有个叫杏叶儿的闺女——"

棰棰不高兴地:"人家忠义是陕西人,为甚非要到你们山西找对象?口外有的是好闺女,为甚非要找个杏叶子!别在我跟前提蒲棒儿,我不爱听!大牛,吃饭!"

满山看看棰棰,没说话。

马驹粮行前,买粮的人把门面板挤得咯吱吱地响。门上开了一只小孔,老胡露出半张脸喊道:"别挤了,本店暂不售粮,请到别外去吧。"

众人:"你家存下那么多粮食,为甚不卖?""就是,眼看要饿死人了,还想卖天价啊！""开门，开门……"

人越来越多，老胡满头冒汗。他闭上小孔说："好好好，你们等着，我去找掌柜的商量商量。"他匆匆跑回院里，边跑边喊："掌柜的，掌柜的！"

他推开客厅门，气喘吁吁地问正收拾房间的小栓："小栓，掌柜的呢？"小栓摇头："我不知道。"老胡："你是他的小使唤，你咋能不知道？现在外面都挤成一锅粥了，再不卖粮就要出乱子了！告诉我，马驹到哪儿去了？"小栓为难地："我、我不敢说。"老胡："说！天大的事儿我兜着。""他又去'好地方'找那个坏女人去了。""嘿，这不是自己臭自己嘛！""自从把杨满山扔进河里，掌柜的心情就一直不好，他净往那种地方跑，我也不敢拦。"老胡急得直跺脚："他迟早会吃大亏受大罪！快快快，别收拾了，跟我去柜上卖粮去。"小栓："大叔，掌柜的可没放话。"老胡："再不卖就要出事了，跟我走！"他领着小栓匆匆出去。

满山他们累得东倒西歪，坐在河边歇息。满山一手捶腰，一手拿着一摞图纸对棰棰说："棰棰，往后你保管图纸，一张也不敢丢，丢了还得重新来，费时费工不说，人也累得受不了。拿着，这是前一段忠义画的，放好。"棰棰任性地："那你得求我。"满山恼火地："拿着！"忠义赶忙说："棰棰，听话！"

棰棰不情愿地接过图纸，随意放在身边。一阵风吹过来，把图纸吹散了。众人赶忙去抢图纸。满山瞪着眼睛训棰棰："你这是干甚哩？天大的事你都不在意，不想干你立马给我滚蛋！"

棰棰站起来："杨满山，你敢骂我！我咋天大的事都不在意？你娶了蒲棒儿，我就十二万分在意！"

大牛跺脚说道："这就叫女人一搅和，甚也干不成！明天你要不走，我走！"

忠义站起来说："都少说两句，赶紧捡图纸！哎呀，快追那一张！"

风把一张图纸吹到河边，棰棰追过去，一伸手没抓住，图纸掉进河里。棰棰下意识地去追，河水立即把她卷走了。

满山大喊一声，跳进河里。大牛跟着也跳进河里。忠义站在河边，痛苦地喊叫："棰棰！"

河水翻卷，浊浪滚滚。棰棰时隐时现，随河水上下漂浮。

满山奋力追赶，终于抓住棰棰。大牛追上图纸，手一抓，图纸破了、碎了。他气愤地拍着河水喊："气死我了！气死我了！"

第 21 集

　　满山抱着棰棰走上河岸。他轻轻放下棰棰,翻转身子,把她肚里的水控出来。见棰棰还不醒人事,便掐着她的人中心疼地呼唤:"棰棰,你醒醒,哥不该给你发火,哥知道,你活得不容易,哥给你认错,哥给你赔罪,棰棰!棰棰!"

　　棰棰偷偷睁开眼,立马又闭上了。

　　满山生气地喊:"忠义,大牛,你们都过来,看看还有甚办法?棰棰要有个长短,我饶不了你们!"大牛嘟囔道:"是你把她惯坏了,怨不得我。"忠义凑过来,摸摸棰棰的鼻息,说:"要不嘴对嘴吸吸气,说不定管事。"满山着急地:"那就吸吧,还愣着干甚!"

　　忠义犹犹豫豫地把嘴凑过去,棰棰头一偏,避开了。忠义委屈地:"她不愿意,满山,你试试。"满山生气地:"这时候还顾忌甚?吸!"忠义又凑过去,棰棰头一偏,又避开了。

　　满山见状,只好俯下脸说:"我试试。"他吸住棰棰的嘴,吸一次喊一声"棰棰!"棰棰假装昏迷,不答应。到第三次时,棰棰呻吟着答应道:"满山哥……"

　　满山松了一口气,说:"大牛,你去雇辆牛车,把棰棰送回去。"大牛:"送哪儿?"满山:"送棰棰家,交给她妈。"

　　棰棰哭着说:"我不回去……"

　　忠义:"要不先回简易房歇歇,明天再说。"

　　满山:"好吧,忠义你把棰棰背回去,我收拾一下东西,随后就来。"

　　忠义:"试试吧,谁知道人家愿意不愿意。"他试着去扶棰棰,棰棰把他的手打开了。忠义直话直说:"满山,别避讳了,你们相交一回,轮也轮到你背了。"

　　满山过来扶起棰棰,棰棰乖乖地爬到满山脊背上。

　　大牛朝着忠义做个怪脸,低声说:"师兄遇上了大麻烦,说不能说来管不能管,当里个当,当里个当……"

原野上铺满霞光,美丽而浪漫。满山背着棰棰,沿小路前行。

满山低声问:"棰棰,好点吗?"棰棰不吭声。

满山:"唉,都怨我……"棰棰轻生说:"我又没怨你。"

满山惊喜地:"棰棰,你没事吧?吓坏我了。"棰棰:"咋没事?掉河里还能没事?"

满山:"回去喝点姜糖水,好好歇歇,明天就好了。"

棰棰:"还记得你那一次背我吗?"满山点点头:"哥记得。你也背过我。"

棰棰:"还记得你头一天住店的事吗?"满山:"记的。是你们母女俩给我治的病。"

棰棰:"那天我妈给你扎一针,你咳嗽一声。你咳嗽一声,我的心就抖一下。"

满山:"棰棰,我记得。是你给我浇的醋炭,那醋味儿真好闻。

棰棰:"还记得打狼那天晚上吗?"满山:"哥记得。"

棰棰:"那天清早,你抱着我……"满山:"春寒,哥怕冻着你。"

棰棰:"还记得我给你编的歌吗?"

满山:"记得。我爹杨二能,河曲火山人,谁要见过他,告诉我一声……"

棰棰哭着说:"记得记得——你甚都记得,就是把我忘了。"满山:"棰棰,别说了。"棰棰:"你不该那么快成家。"满山:"棰棰……"棰棰:"满山哥,你放下我。"满山:"你……行吗?"棰棰:"我是蒙古姑娘乌兰花。蒙古姑娘就像草原上的铁线莲、骆驼草和达乌里胡枝子一样,经得住风吹雨打。"

满山放下棰棰,棰棰缓缓转过身来,说:"满山哥,你仔细看看我。自从咱俩认识以后,你就一直没好好看我一眼。你看看我,我漂亮吗?"

满山:"棰棰,别问了……哥如今是有家的人。"

棰棰:"你们河曲山曲儿里唱:白翅鹰过河扔下一根翎,咱二人没事白担了一股名。满山哥,你实实在在亲我一口,我爱了一回,我不想担这股虚名。"

满山作难地:"棰棰……"

棰棰闭上眼睛:"满山哥,你不愿意?"

满山走到棰棰跟前,轻轻吻了她一下。

棰棰:"你抱我一下。"满山闭上眼抱住棰棰。棰棰摸摸满山的脸,在他脸上连吻几下,说:"满山哥,我知足了。从此以后,你是师兄,我是你的好师妹。"说罢往简易房走去。

满山愣住了。

歌声:白翅鹰过河扔下一根翎,咱二人没事白担了一股名,哎呀呀,亲亲!人人都说咱二人有,担一股空名没摸过手,哎呀呀,亲亲!

户口地简易房。哈布里蹲在房门前守着棰棰。满山坐在哈布里旁边,守着房门。不远处忠义躺在地上睡着了。大牛走过来拉着满山说:"满山哥,你过来,我有话说。"他将满山拉到远处,气愤地说:"满山哥,我跟你来口外,是想学点真本事,往后好成家立业过日子。可你尽办些糊糊事,耽误了工程不说,我回去也没法给我嫂交代。咱说好,明天棰棰不走,我二话不说立马离开这地方! 就这,你掂量掂量! "

满山欲解释:"她受了惊吓,刚好一点,咱不能太绝情……"

大牛:"我都看见了,她刚落水,你就捞住她了,河水就没淹着她。她那是拴着脚片子上吊——哄鬼的把戏。我劝你别黏糊,我嫂子在空窑里等着你,你多想想她! "说完毅然离去。

满山咬着嘴唇,说不出话来。

满山沿着户口地小道往前走去。他走到远处,强行坐下,但心神不定,烦躁不安。他站起来,往夜幕深处跑去。他朝着浓浓的夜雾喊:"棰棰,哥对不住你。哥要给你找个好男人,让他永生永世疼你爱你! "

暗夜中似乎传来女人幽怨的歌声:为朋友不为口里猴,三春期来了九十月走。为朋友要为口里猴,有来有去留想头……

户口地简易房前。大牛站在熟睡的满山面前说:"满山哥,我走了,你自个保重! "棰棰走出来拦住他:"大牛,你留下,我走。"大牛:"你咋在这儿,你咋知道我要走? "棰棰:"我累了,想回家歇歇。你要想走,进屋把行李拿上。"说罢到房后牵出马来,"早饭我做了,你们吃好吃饱。对不起,让你们受累了。"她朝着满山、忠义鞠了一躬,上马离去。哈布里紧跟在后面。

大牛呆住了,不知所措。

满山他们在进水口处忙活着,气氛沉闷。

大牛放声喊道:"忠义哥,给我讲一段故事吧? "忠义没好气地说:"不会! "大牛缠着他:"那你跟我说两句话吧,憋死我了。"忠义扭过头,气愤地说:"我这辈子跟你没话! "大牛无聊地:"没话就没话,当里个当……"满山走过来:"大牛,往后你管图纸,千万小心。"大牛伸手接住图纸,说:"放心,丢不了。昨天泡烂一张——"满山说:"我补上了。"

中午时分。满山他们来到做饭的地方,这里除过柴灰,剩下的是一片空地。满山问："咋甚也没有？锅呢？"忠义指着大牛说："你问他。"大牛恼火地：
"咋问我？那是棰棰的事。做饭家具都是她的马驮来驮去，我又不管做饭！"
忠义盯着他问："那谁管做饭？"大牛反问："你又不是不知道，是棰棰。"忠义
问："那棰棰哪儿去了？"大牛被噎住了。

满山："别吵了。少吃一顿饿不死。大牛，你把图纸拿过来。"

大牛一摸身上，大惊失色，疯了一样往河边跑去。

满山、忠义也跟着跑去。

大牛跑到河边，见图纸还在原地方压着，立即下意识地扑过去，用身体
护住图纸，呻吟似地喊道："我的妈呀，还在，都在！"

满山、忠义见状松了一口气，腿一软，坐在地上。

黄河岸边。夕阳似金。满山、忠义、大牛坐在河边，谁也不想动。过了一
会儿，满山站起来，捶着腰说："回吧，咋也得吃点饭。晚上大家都歇着，明天
再干吧。"忠义："要是这样，咱们得干二十年。"大牛："二十年就二十年，不想
干你走！"

忠义嚯地站起来，吼道："你小子找茬是不是？撵走棰棰还不算，还想撵
走我王忠义？你也不看看你长几个脑袋！你再要灰说六道，小心我揍你！"

大牛一股无名火上来，挥拳打倒忠义。忠义爬起来，一脚踹倒大牛。大牛
忿然喊道："你别以为我是二杆杆，我早就看出来了，你小子喜欢棰棰，你时
时处处护着她，挤兑我们杨家人，你一满不是个好东西！"

杨满山怒吼一声，挥起罚木朝俩人打去。

这时不远处传来红鞋嫂的喊声："喂喂喂，三个大男人，你们这是干啥
呢！"

三个人都愣住了。

红鞋嫂带着二娃等人，赶着一辆马车来到满山他们跟前。

红鞋嫂："满山，你们刚才干啥来？吃饱了撑的呀？"

满山无言以对，瞪着大牛说："你说！"

大牛拽拽忠义："忠义哥，求求你……"

忠义顺口说道："我在古城学过武术，刚才给他俩教了几招，大牛，给婶
子比划几下。"

大牛嗫嚅道："我不会……"

忠义："大婶，别看他人高马大，一满长了个猪脑子。你看，不是这样吗？"
忠义比划几下，中规中矩。

红鞋嫂大为赞赏："好,出门在外,就得有这么几招。哎,桎桎呢？"

忠义悄悄踢了大牛一脚："快告诉大婶,桎桎哪儿去了。"

大牛无奈说道："大婶,桎桎说回家拿点衣服,你没碰见她啊？"

红鞋嫂："哦,大概是岔开了。满山,我给你们送来几顶蒙古包,你看支在哪儿好？"

满山愣住了："大婶,你看,这……"

红鞋嫂："我是这块地的主人嘛,我包吃包住。再说桎桎也在这儿,应该的。"

大牛悄悄问二娃："二娃兄弟,有没有吃的？给哥点。一天水米没搭牙,饿得前心贴住后心了。"二娃："嘿,你早说呀。我们主人给你们蒸了好多包子,还有酸奶子、酸酪丹、炖羊肉、好几口袋炒米,够你吃一阵子的。"大牛："哎呀呀,快快快,快！"

满山他们做饭的地方,搭建起三顶蒙古包。

二娃指着哈那最少的那顶蒙古包说："这是给桎桎姐搭的, 又好看又严实。大牛,咱俩是好哥们,要是有人欺负桎桎姐,你一定要告诉我,我抽死他！来,拉钩！"

大牛躲闪着说："别拉别拉,到时候我告诉你就是。"

刘警官骑马来到蒙古包前,围着人群转了几圈。红鞋嫂提着马鞭护住满山他们,厉声问道："喂,客人,你是谁？你要干甚？"

满山走出来,拍拍刘警官的肩膀："老三,你来啦？"

刘警官挨个看着人群,他把背过身子的二娃转过来："小子, 还认识我吗？"

二娃低倒头不说话。

刘警官："一个多月前,你告诉我说杨满山死了,死在荒滩野地,狼吃狗啃,骨殖都没有了。说说,他咋又活了？"

红鞋嫂举起鞭子说："二娃,你心坏啦？你咋能这样说你满山哥！"

二娃嘟囔道："我替我桎桎姐出气！我姐对他那么好,他没良心！"

满山："大婶,这就是我给你说过的老三,他如今叫刘天生。"

红鞋嫂："嘿,好事情！蒙古包里有酒有肉,你们弟兄俩好好庆贺庆贺。二娃,咱们走！"

等红鞋嫂他们离开后,大牛对忠义说："忠义哥,我想认个错……"

忠义瞪他一眼,说："你认不认错,关我屁事！"

蒙古包里,一灯如豆。小桌上摆着吃食、酒具。

满山用筷子拨去灯花,说:"……冤冤相报,永无了结。不管咋,我们是结拜弟兄,他又是蒲棒儿的表哥,往后我自己小心点,不跟他来往就是了。"

刘警官:"你在古城给我说过,害人之心不可有,防人之心不可无。刘马驹心狠手辣,你防不住他。"

满山:"要不是因为蒲棒儿和开渠的事儿,我真想找他算帐,谁打死谁也算!可有时想想,他爹死得早,他自小受人欺负,活得也不容易。"

刘警官:"他不容易甚?家住平川,有个勤快的娘,有一片好水地,还有锁田帮着做营生、拉边套。如今娶了红柳,还包了一个叫小翠的女人,全包头的粮食都让他存起来了,就等着秋后卖大价钱,他活得比你我自在。"

满山:"你找过他了?"

刘警官:"我不找他。他从小就看不起我,我俩不是一路人。再说……喝酒喝酒!"

满山疑惑地:"你是不是要报复他?老三,听哥的话,好歹是弟兄……"

刘警官:"大哥,你别劝我,我心里明明白白。不是我要报复他,是有人要告他。他有命案。"

满山吃惊地:"不是我这事儿吧?我不是还活着嘛!"

刘警官摇摇头:"是别的事。大哥,我不能说。"

满山追问:"他打架啦?"见刘警官摇头,他又问,"他杀人啦?你知道,李家大少爷不是他杀的。"

刘警官:"大哥,别问了,案子未破,我不能说。喝酒!"

蒙古包旁有用缸底做的泥炉,有风厢,有炭,有柴禾。大牛忙活着做饭,脸上沾满烟黑和炉灰。忠义从包里出来,故作惊诧地:"哟,远看像只灰耗子,近看才知道是个人。当里个当,你干甚哩?"大牛讨好地:"忠义哥,我做好早饭了,叫满山哥一起吃吧。"忠义揭开锅看看:"好香的粥!哪来的糜米啊?哈哈,还有凉拌水萝卜,还有你们河曲家的红腌菜,小日子过得不赖嘛。"大牛不好意思地:"都是人家红鞋嫂昨天送来的,蒙古人真好。"忠义紧接着说:"对,桯桯也是蒙古人,可惜被坏人赶跑了。"大牛尴尬地:"你不用挤兑我,过两天我磕头捣蒜把她请回来。"

满山陪着刘警官走出来,大牛赶忙招呼:"没人疼哥,一起吃饭吧。"

刘警官边拉马边不冷不热地:"有人叫这名字吗?哈哈,有点意思。我公务在身,恕不奉陪!"上马离去。

大牛一跺脚："咋啦这是？这是咋啦？我咋老犯糊涂？人家不是改名了嘛！如今叫个甚来着？唉，我这脑子！"

忠义："猪脑子！"

二奶奶一行乘车骑马而来。二奶奶不时问道："快到了吗？"阿拉腾回答："回二奶奶，前面就是。"二奶奶："停车。我走过去。"

阿利玛挽着二奶奶朝敖包走去。

梁老板葬地敖包边，气氛肃穆而沉重。

二奶奶一行将带来的石头垒在敖包上。

二奶奶焚香、献上哈达。她闭眼祈祷，眼角挂着泪滴。

满山陷进水渠开口处的泥淖里，忠义、大牛奋力把他拉出来。满山边上岸边说："探不到底子，将来两边都得用大青石砌起来。这石头咋往回运啊？"忠义问："得多大的青石？"满山说："越大越好，少用白灰，灰缝少，水冲不走，也淘不空。过两天我到大青山采石场看看。"大牛突然喊："快看，敖包那边有人！"忠义操起铁锹说："走，看看去！"满山搭手看看，说："好像是二奶奶。走，过去。"

两边的人越走越近。二奶奶先打招呼："满山！"

满山快步走过去："二奶奶，您从后套回来啦？"

二奶奶："我回来看看我的老朋友，愿他在天堂安息。"

阿利玛低声喊："满山哥！"满山："阿利玛姑娘，赛拜奴！"

二奶奶抚摸着写有杨家河字样的木牌说："这次回来，我募集了一些钱，不多，供你们开个头。往后千难万难，全靠你们的本事了。阿拉腾，念念。"

阿拉腾展开纸念道："土默特旗札萨克贝子王爷捐银三百两。鄂托克旗札萨克贝子王爷捐银三百两！达拉特旗札萨克贝子王爷捐银五百两。巴彦旗札萨克贝子王爷捐银四百两。乌审旗札萨克贝子王爷捐银三百两。鄂尔多斯王府二奶奶以梁老板老朋友的名义，捐银一千两——"

二奶奶："阿利玛，把银票交给满山。"

阿利玛："满山哥，拿好。我捐二十块大洋，见笑了。"

满山扑通一声跪下："二奶奶！阿利玛姑娘！"忠义、大牛也跪下了。

二奶奶流着眼泪说："满山，记住，你们是梁老板的徒弟，时时处处，好自为之！"

满山："二奶奶放心，后套杨家渠已经放水，鄂尔多斯这边的杨家河已经勘察完毕,我们会用心修造,不留后患。"

二奶奶:"好。咋不见乌兰花姑娘啊?"满山:"她有点事,过一两天就回来。"二奶奶:"哦。我一两天回巴彦娘家去。杨家渠那边,你们放心。见了乌兰花,代我问好。"

忠义瞥了大牛一眼,高声说:"等大牛请回乌兰花姑娘来,我们会告诉她的。"

大牛偷偷拃了忠义一拳。

马驹粮行前排了不少人,人们议论纷纷:"这马驹粮行也太缺德了,一天就卖几百斤粮食,价钱高的能吓死人!""是啊,看见天年不好,就等着秋后再往上涨。"

蒲父背着四胡走过来,拍着大门喊:"开门!开门!"

小栓把门开了一条小缝问:"谁呀?拍得这么凶!"

蒲父:"我是刘马驹的舅舅,让他出来见我。"

小栓边关门边说:"你等等,我通报一声。"

人们和蒲父打招呼:"蒲棒儿她爹,多时不见了,唱一段吧。""蒲棒儿她爹,替我们求求你外甥,能不能多卖点粮食,价钱低一点。"

蒲父大抱大揽地:"行,一会儿我给他说说。"

小栓在门里说:"喂,外面那人,我们掌柜不在,你改日再来吧。"

蒲父恼火地:"一听你这口音,就知道刘马驹在不在。好吧,我在大门外等他出来请我。"

蒲父坐下,自拉自唱起来:"天门阵前有一女,名字叫作穆桂英。她一眼看上杨宗保,活捉过来成了亲……"

忠义、大牛来到红鞋店。大牛早早儿就喊:"棰棰,我和忠义哥接你来了,咱回工地吧。"

二娃:"嘿,你们来了?快请进。"

忠义:"棰棰不在啊?"

二娃:"她一直就没回来,我们主人也着急。这不,店里就留下我一个人,都找人去了。"

大牛双手一拍:"哎呀,坏了,是不是一时想不开,出事了?"

二娃奇怪地:"她咋会想不开?是不是杨满山欺负她了?狗的,我迟早得出这口恶气。"

忠义歪着头想想,问:"二娃,到王府找过吗?"

二娃："没有,我们家主人不准她进王府。棰棰姐不会到那里去。"

忠义："二娃,借给我两匹马。有消息你告诉我一声。大牛,走。"

大牛："去哪儿找呀?唉,全怪我!"

二娃牵出马来说："你好心找她,咋会怪你?都怪杨满山那个没良心的灰货!"

忠义踩着马蹬说："快走!"

忠义和大牛来到王府门前,翻身下马。

忠义问候道："好兄弟,赛拜奴!"门卫应答:"赛拜奴!兄弟,要帮忙吗?"大牛急忙说:"我们找棰棰——"忠义打断他的话:"我们找乌兰花格格,我们是梁老板的徒弟。"门卫:"嘿,梁老板的徒弟,自家人嘛!乌兰花姑娘在这儿住了两天,向三王爷要了两个兵,到包头去了。阿拉腾也去了。"

忠义："谢谢好兄弟!"

大牛嘟囔道："包头那么大,上哪儿去找啊?"

忠义："我知道!快走!"

马驹粮行前人越聚越多。蒲父还在说唱晋北鼓书:"……提起二郎本姓杨,身穿一身鹅橙黄。手持金弓银弹弹,梧桐树上赶凤凰……"

小栓从大门缝探出头来说:"求求您老人家别唱了,我们掌柜要见你。"

蒲父收起四胡,站起来拍拍膝盖上的松香:"咋,刘马驹回来啦?我没见他进门啊?狗的你年纪不大,满嘴瞎话,看我一会儿咋收拾你!"

小栓恭敬地:"请。"

不远处有一个乞丐模样的人注视着这边的情况。他时不时转身抿抿酒别子。

马驹站在门厅,不冷不热地招呼道:"来啦?"

蒲父骂道:"好小子,不认舅舅啦?"

马驹:"有事吗?"

蒲父:"没事我还不找你。你还我杨满山!"

马驹:"杨满山不是你的女婿吗?我咋还你?"

蒲父:"你把他扔进黄河,还朝他开了两枪——"

马驹打断他的话:"你看见啦?"

蒲父:"当时还有别的人。"

马驹:"那你让他来找我。"转身进屋时又说了一句,"杨满山不是还活着嘛！你让他小心，躲过初一，他躲不过十五！送客！"

老胡推着蒲父说："走走走，没工夫跟你闲磨牙！"

蒲父挥起四胡，见人就打："你们这些狗的，是你们把满山装进麻袋的吧！是你们把他扔进黄河的吧！我把你们这些没人性的灰孙子！"

四胡敲在老胡头上，琴桶碎了。蒲父用琴杆抽打小栓，小栓低声说："叔，我见过蒲棒儿。是我救了杨满山，我叫小栓……"

老胡捂着头，和几个伙计把蒲父推出大门，"哗"地把大门关上了。

蒲父跌坐在地上，猛一阵咳嗽。他用手捂住嘴，血从指缝里流出来。

这时棰棰和阿拉腾、蒙古兵丁来到粮行门前。棰棰下马扶住蒲父，问："叔，咋啦，你病啦？"蒲父捂着嘴，低倒头，踉踉跄跄走了。

棰棰对一蒙古兵丁说："你跟着他，别出事。"说完使劲擂门，"刘马驹，开门！开门！"

人们议论："这不是红鞋嫂家的棰棰嘛，她来这儿干啥？""嘿，说不定有好戏看嘞！"

不远处二麻烦抿一口酒，嘴角露出一丝冷笑。

见大门里没有动静，棰棰转身对看热闹的人群说："这家粮行的掌柜杀人灭口，无恶不作！大家互相转告，别买他们的粮食！"说罢甩鞭大声呼喊，"刘马驹，你给我出来！"

这时忠义和大牛骑马赶到。他们栓住马，挤开人群，朝棰棰走过去。棰棰拍拍大牛肩膀，没说话。忠义朝棰棰竖起大拇指，低声说："棰棰，我服你，你是女中豪杰！"

大门"哗"一声开了，小栓和几个伙计拥着马驹走出来。刘马驹走到棰棰跟前，用短棍指着她说："你瞎吼喊个甚，嗯？你败坏粮行名声，别怪我不客气！来人，绑起来！"

阿拉腾："慢着。我是鄂尔多斯王府的阿拉腾。我们三王爷让我告诉你，老老实实做买卖，别干害人的勾当！"

马驹摆出一副赖皮相："我咋啦？我咋惹下你们王爷啦？"

阿拉腾恼火地说："是在这儿说，还是到里边说？"

马驹赌气地："就在这儿说！"

阿拉腾掏出一张纸念道："第一，在蒙民其其格户口地打伤租户王忠义，并捆绑乌兰花格格——"马驹："慢着，谁是乌兰花格格？"

阿拉腾："肃静！站在你身边的，就是三王爷的女儿乌兰花格格。第二，在巴彦王府二奶奶娘家的地盘上，开枪打伤租民杨大牛。第三，在巴彦王府二奶奶娘家的地盘上,将租民杨满山装入麻袋,扔进黄河,并朝他连开两枪,一枪打在肩膀上,一枪打在——还念吗?"

马驹无力地摆摆手:"请,请里边说。"

人们纷纷议论:"嘿,棰棰是三王爷的女儿,有意思。""刘掌柜咋这么凶?跟那些人是有杀父之仇,还是有夺妻之恨?"

这时刘警官走过来驱散人群:"走开走开,不准聚众闹事,不准议论民国政府。违者严惩不贷!让开!"

不远处二麻烦悄悄溜走了。

马驹将棰棰和阿拉腾、蒙古兵请进粮行,转身对小栓说:"关住大门,别让闲人进来!"

小栓推着忠义、大牛说:"出去出去,闲人免进!"

大牛生气地:"我们咋是闲人?他是王忠义,我是杨大牛,一个挨了打,一个挨了枪,狗的你们以为完事啦,爷打死你们!"他抄起顶门棍便打。刘警官端开大门走进来:"不准动手!有理讲理,无理退后,不准喧哗,不准闹事!"

大牛高兴地:"刘警官,你来啦,你听我说——"

忠义拽住他:"听棰棰说。"

棰棰:"刘马驹,我告诉你,你别小肚鸡肠做小男人!蒲棒儿她爹因为帮助杨满山运灵受了伤,蒲棒儿她妈死时候闭不上眼睛,你说杨满山该怎么办!蒲棒儿她妈不想让蒲棒儿嫁给你,你说蒲棒儿该怎么办!"

刘马驹:"你胡说,你咋知道来!"

阿拉腾:"不得无礼!"

棰棰:"我是红鞋嫂的女儿,口里口外的事情我全知道。我劝你就此收手,别再干害人的事情,否则我饶不了你!"等走到大门口,又转身说,"我们蒙古人敬重有情有义的人。杨满山继承父业修大渠,我敬重他。他为报答恩人娶了蒲棒儿,我敬重他。你要再这么干,对不住你娘和红柳,对不住你的父老乡亲!"

一辆黄包车停在马驹粮行门口。小翠款款下车,吩咐随从保镖:"付钱。"她走到粮行大门前说:"敲门,喊刘老板。"保镖朝门里喊:"刘老板,小翠姑娘看你来啦,开门。"

大门"哗啦"打开,小栓送出棰棰一行。小翠和保镖趁机走进院里。小栓急忙拦住:"干啥干啥?出去。"小翠一眼看见站在院里的马驹,娇滴滴地说:"刘老板,这么长时间没去我那儿,怪想你的,我看望你来了。"

马驹气急败坏地："滚蛋！我不认识你！小栓，把她赶出去！"

保镖："刘老板，都是老熟人，你这是干啥呢？"

马驹顺手抄起一把扫帚，边打边喊："滚蛋！滚蛋！都给我滚蛋！"

刘警官拦住他："刘掌柜，包头地面不准打人，不准闹事！我是刘警官，你要有委屈事，改天找我。"他面对马驹摘下帽子扇凉。

马驹吃惊地："你是没人——"

刘警官摆摆手："有人，这么多人咋没人？我是包头警务所的刘警官，负责东河这一片的治安事宜。我顺便打听一下，你们驼队的侯老板如今在哪儿？他的一大笔财产哪儿去了？"

马驹吃惊地："老三，你——"他很快镇定下来，"你想要甚，告诉二哥。"。

刘警官冷漠地："我想知道侯老板和驼队财产的下落。"

小翠看着马驹说："刘老板，要不要我替你说？"

马驹愤恨地："小翠！"

小翠："嘻，这时候认得小翠啦？你他妈别太绝情，惹火了，姑奶奶给你个连锅端！"

刘警官指着小翠说："你跟我走！其余的人赶快散开，不准喧哗！不准闹事！"

忠义："咱们走，到西口饭馆喝酒去，我请客！"

棰棰："忠义，你说媒吧，我要嫁人了！"

忠义大吃一惊："啊？你要嫁给谁？"

棰棰："嫁给你。我说一不二！"

忠义靠在大牛身上说："我的妈妈呀，一满能吓死我……"

满山浑身泥浆，独自测量进水口数据。两个王府兵丁扛着一门牛腿炮走来。一兵丁先打招呼："兄弟，赛拜奴！"满山转过身来："赛拜奴？有事吗？"

兵丁："你擦擦脸让我看看。"等满山擦完脸，他接着说，"杨老板，乌兰花格格让我们来保护你。你干你的事，我们把牛腿炮支起来。"

满山百感交集，目瞪口呆。

河曲县城红柳家。马母坐在炕沿上，正在劝红柳："红柳，跟妈回去吧。你一个人住在这儿，妈不放心。"

红柳："妈，我又不干偷鸡摸狗的事，有甚不放心的？你回去吧，我还想住几天。"

马母担心地："你一个女人家，单门独户住在这儿，外人会说闲话的。回吧,妈伺候你。"

红柳冷笑着说:"我一不会做饭,二不会做针线,三不会干家务活。与其回去连累你们,还不如住在娘家院。一个人吃饱,全家不饿。"

马母:"回吧,妈求求你,咱刘家名誉要紧。"

红柳恼火地:"妈,你不该和我说刘家名誉。即便刘家坏了名誉,也不是从我名下开始的。"

这时有人从院墙上跳进院里喊:"红柳,给哥倒一碗水,哥渴得嗓皮都干了。"

红柳:"好,你等等!"

马母提起铁火柱说:"别出去! 我赶走他!"

红柳赌气地朝门外喊:"哥,进来坐坐,和我说说话。你没老婆,我男人不在,不怕,又不是米面挖下圪洞了,扯布短下尺寸了!"边说边走到门口,"我要是想男人了,就搭个伙计,谁也拦不住我! 土打的城墙三丈六,清官也断不了搭伙计的路!"

马母恼怒地喊:"红柳,你要敢出去,我立马就死在这里!"她举着火柱走到院里,对扳船汉说,"他哥,我媳妇是有主子的人。看在我孤儿寡母名下,你饶了红柳吧,她眼看要生孩子了!"

扳船汉赶忙从墙上跳出去:"婶子,我是河路上的人,经常来要碗热水喝,你可别往别处想。"

马母一直追到墙跟前,狠狠地说:"别让我再看见你,不然我雇人打断你的腿!"

这时红柳撞着墙哭喊道:"妈,我想男人! 我想马驹! 那怕让我看马驹一眼,我死了也值……"马母走过去,抱着红柳说:"孩子,妈受过这苦,知道你心里憋屈! 要不你打妈几下,妈不怨你。"

红柳扑在马母怀里说:"妈,我难受……"

撕心般的歌声: 家住河曲西门外,我家男人跑口外。你走口外你管你,扔下妹妹没人理。你走口外受零落,妹妹在家守活寡。走了一天又一天,你把妹妹扔了个远……

大青山采石场上石粉飞扬。背石头的人们弯腰驼背,浑身石粉,很难分辨出模样来。忠义和棰棰骑马来到石场,看着白花花的人群,不由愣住了。

忠义:"满山,满山!"棰棰跟着喊:"大牛,杨大牛!"

满山和大牛正背着石头往下走,听见喊声抬起头来。大牛直起腰来看看:"好像是忠义和棰棰。"

满山:"别答应,咱们吓他们一跳。"

俩人踩稳脚步下坡,一直走到忠义他们跟前,放下石头喊:"忠义!棰棰!"

棰棰惊叫道:"干甚干甚,你们是谁?"

大牛抹抹脸问:"你看我是个谁?我是对把把圪梁梁上要命的二小妹妹。当里个当……"

满山抹抹脸说:"回去回去!不是说好让你们先在家里筹办喜事嘛,咋又跑到这儿来了?"

棰棰:"我们后天就办。忠义说赶紧办完,咱们好张罗招工的事。"

忠义嗔怪地:"棰棰,那是你说的。你说不能让满山和大牛着急,不能耽误修渠大事。"

满山真心实意地说:"棰棰,这是你们一辈子的大事,要办好,办热闹。这儿的事有我和大牛。你们看,"他指着几块一房高的巨石说,"水口的石头已经凿好了,放下去,稳如泰山!"

忠义:"这可咋往过运啊?"

大牛:"石工说他们有办法。实在不行就等冬天从冰河上走。"

这时山头上有人喊:"放石头啦——"

巨石轰隆轰隆滚下来,有一块朝着棰棰砸来,大牛赶忙推开棰棰,巨石从他身边滚过。棰棰跌坐在地上哭着说:"你们立马跟我回去,我不让你们呆在这里!要不我就不办了!王忠义打光棍,我也打光棍!"

满山果断地:"好,咱们一起回去,热热闹闹办喜事!"

大牛高兴地:"忠义棰棰一搭儿睡,我要喝醉喝醉再喝醉。当里个当,当里个当……"

棰棰看了满山一眼,悄悄踹了大牛一脚。

满山假装高兴地喊:"当里个当!当里个当!"

众齐声喊:"当里个当!当里个当……"

迎亲马队朝红鞋店驰去。

满山、大牛伴着忠义走在最前面。

红鞋店一派喜庆景象。火红的灯笼。火红的红鞋。火红的绸带。

二娃跑进来:"婶子,王府来人了。"红鞋嫂:"来就来吧,你嚷甚呀。"二娃:"喇嘛三爷也来了。"红鞋嫂:"知道。是我请的。"

二娃高兴地跑出去,撞在王府仪仗队一兵丁身上,吓得一吐舌头,溜了。

王府兵排成两列留在门外。众人起身问候："赛拜奴。三爷吉祥。"

三爷给大家行蒙古礼，示意人们坐下。他拉住红鞋嫂悄悄问："其其格，你院里挂那么大一只红鞋，是个啥意思？"

红鞋嫂："今日女儿出嫁，别的事你少问、少操心！"

喇嘛三爷："是因为那时候我喜欢你穿红鞋的模样吧？"

红鞋嫂："老三，没有那时候了。"转身离去时，又淡淡地说，"别喝那么多酒，伤身体。"

喇嘛三爷乖乖地："哎、哎，我听你的。"

红鞋嫂补了一句："等女儿走了，回你们王府喝去，爱咋喝咋喝！"喇嘛三爷愣住了。

红鞋嫂："哈斯巴雅尔，该给女儿梳头了。"喇嘛三爷赶紧站起来。

这时二娃高声喊道："迎亲队来了，新郎官来了！"

喇嘛三爷叫住二娃，悄声问："孩子，你们家主人挂这么大一只红鞋是什么意思？"

二娃："主人说了，这地方人烟少，走口外的人看见咱家的红鞋迷不了路。他们走得又累又饿又渴，一看见这只红鞋，就觉得暖和、亲切、不想家。就这。"

喇嘛三爷失望地："好好好，暖和、亲切……"

道尔吉拉起马头琴，人们翩翩起舞，

歌声响彻红鞋店：成吉思汗时代许下的婚礼，是草原上最欢乐的时机。抬出那肥壮的牛羊，摆上那丰美的奶食，让我们纵情欢乐……

棰棰闺房。红鞋嫂拿起一支白翎银箭说："莎日娜，教三爷给乌兰花分头。"

莎日娜帮喇嘛三爷用箭头将棰棰的头发自头顶正中间向两边分开。棰棰依在喇嘛三爷怀里，流着泪喊："阿爸……"

喇嘛三爷喜泪纵横，说："我的小胡燕儿长大了，该自己去过日子了。这么多年阿爸没关照好你，阿爸难受，阿爸舍不得你……"

莎日娜："小胡燕儿飞向蓝天，那是她的福分。乌兰花，我祝福你！别忘了杨满山，那是个好小伙子。"

红鞋嫂取出保存的玉坠儿说："这是蒲棒儿送给你的那个玉坠儿。一会儿，让你满山哥给你戴上。"

棰棰听话地："嗯……"

这是一场融合蒙汉习俗的婚礼。院里的人载歌载舞,围着桱桱的房间唱起欢乐的《新娘颂》:这辽阔宁静的草原上,听见你的话音比牧笛还要清亮。虽说头巾罩住了你的眉额,你的身影像婆娑的杨柳一样。哦,我珍爱的新娘……

人们请新郎唱歌,忠义吼道:"灯瓜瓜点灯半炕炕明,烧酒盅盅量米不嫌哥哥你穷……"

纳木林:"喂,忠义兄弟,咱们今天不唱这苦难调,请满山兄弟唱一个'对把把的圪梁梁上',那歌挺有意思,挺好听!"

满山欲躲避,人们推搡着他说:"唱吧唱吧,今儿高兴!""虽说是蒙汉婚礼,歌可要唱够!"

忠义低声说:"满山,一家人不说两家话,今儿你无论如何要高高兴兴,要多笑少说话。"

满山:"我高兴!我咋能不高兴?"他仰头闭眼唱道:"对把把的圪梁梁上那是一个谁?那就是要命的二小妹妹。"众人和:"对把把的圪梁梁上那是一个谁?第三道扣门门打心桱……"

满山背过身子去,忠义拍拍他的肩膀。

红鞋嫂和萨日娜搀着盛装的桱桱站在门边,桱桱轻声说:"满山哥,给我把蒲棒儿送的玉坠儿戴上。"

见满山愣在一旁,忠义说:"戴啊,那是你们两口子的一片心意!"

满山给桱桱戴好玉坠儿,桱桱鞠躬说道:"满山哥,谢谢你和我嫂子!"

红鞋嫂:"忠义,我把桱桱交给你,就是把她的一生都交给你了。你要用心爱她,保护她。"忠义:"阿妈,我记住了,请您老人家放心!"

红鞋嫂笑着说:"这么一会儿,我就变成老人家啦?"

欢乐的歌声淹没了他们的声音:金盅斟满了酒,献给长辈们喝吧。赛拉喂冬赛!银盅斟满了酒,献给亲朋们喝吧。赛拉喂冬赛…

迎亲队走远了。三爷和红鞋嫂还站在门口望着。

蒙古包上披满彩带。蒲父听见远处传来娶亲人马的声音后,点着旺火。两名王府兵丁将炮弹推进牛腿炮膛,使劲一推。炮声惊天动地。
忠义和桱桱下马后跨过旺火堆,走进蒙古包。

满山他们住的蒙古包内,大牛睡熟了,鼾声如雷。满山翻来覆去睡不着,披衣轻轻走出蒙古包。蒲父也睡不着,点着旱烟锅,抽了几口烟,轻轻走出去。

　　棰棰卸下重　－，说:"忠义哥,早点歇着吧,明天咱们到工地去。"

　　忠义盯着棰棰说:"棰棰,你长得真好看,让我好好看看你。"

　　棰棰笑着说:"往后天天让你看,睡吧。"她习惯地摆好红裤带,自己躺下了。忠义好奇地看着她,棰棰不好意思地:"哦,忘了,今儿我结婚了,我是你的女人。过来吧。"

　　忠义走过去拉住棰棰的手说:"我先替满山亲你一口。"

　　棰棰:"瞎说! 我是你的婆姨,别的事儿能替,这事儿不能替! "

　　忠义转身吹灭蜡烛,扑在棰棰身上。

　　披了红绸带的敖包上,摆满香火供品。满山走到敖包前,绕圈祭酒:"师父,你再喝点,这是忠义和棰棰的喜酒……"

　　他默默地坐下,又烦躁地站起来,往河边走去。蒲父远远跟着他。

　　满山摸摸木牌上的未写完的河字,默默地走到河边。

　　蒲父提着四胡走过来:"满山,叔陪你坐会儿。"满山:"爹,你坐过来,离我近点。"

　　蒲父一愣:"满山,难为你了。"他停一停又说,"唉,人啊,越老越没出息。以往来口外,种地唱曲儿,活得挺自在。如今走着站着,老是想起蒲棒儿她们母女俩。走口外,走口外,走了多半辈子西口外,你说我这是图了个啥呀! "

　　满山:"爹,你来这儿住吧,我好照护你。"

　　蒲父:"我和道尔吉老爹在编几段蒙汉调,过段日子再说吧。等你们有了孩子,我回老家抱小外孙去。走口外走得我心惨了,我再也不出来了。"

　　满山:"爹,快了,再有一两个月,你的小外孙就出生了。"

　　蒲父:"有名字了吗? "

　　满山:"就叫杨家河吧,我接续我爹的事业,他接续我。"

　　蒲父看一眼不远处的木牌,忧郁地拉起四胡,低声吟唱起悲楚凄惨的《水刮西包头》:"光绪三十年整,众明公不知情。众明公请坐下,听我说分明。看只看,瓦窑沟里不住地大水行。当天一疙瘩瘩云,空中捣雷声,对面站下一伙人,望也望不清。看只看,二龙戏水要刮包头镇……"

　　水渠入口处。满山、忠义、棰棰、大牛面对黄河坐成一排,神情肃然地听蒲父、道尔吉和艺人们演唱《水刮西包头》:……大水刮了个回回馆,刮了个跑堂的人。看只看,满堂的家俱刮了个净打净……

包头街上。忠义、棰棰竖起写有"杨家河招工处"的木牌,无数的人围过来,棰棰向他们说着什么。

旁边一个盲艺人在唱着悲凉的《水刮西包头》:水刮同祥魁,大水实在凶,刮下一只大油柜,挡住了西城门。看只看,西滩的人们一个也活不成……

包头戏园里,一位女艺人声泪俱下地演唱《水刮西包头》:……铁锁子放哭声,哀告众弟兄,谁能捞住我闺女,奉送十两银。看只看,西包头竟没个会水的人……

四处响起吟唱《水刮西包头》的歌声:……将军传下令,追向大行人,这一次西包头淹死多少人?有的说八百多,有的说一千还挂零……

随着歌声,出现以下画面:

河水入口处。挖泥雇工以绳系腰。满山密切注视,接递工具酒壶。

大路上。大牛指挥运送巨石的人马。

夜晚。黄河边烛光闪闪,巨石缓缓落入水口两侧。

满山他们欢呼拥抱,泪水闪烁。

雇工们用寸草坯搭建工房……

第22集

马驹披着一件外衣带领老胡、小栓走进警务所。

马驹问一警察："请问刘警官在哪儿？"警察看看他，用下巴指指。

马驹走到一间平房门前，敲敲门。里面传来刘警官的声音："谁呀？"

马驹："我，刘马驹。我认罪投案来了。"

屋内立马来传来"哗啦哗啦"上子弹的声音。

刘警官一开门，马驹走了进去。刘警官用枪指着马驹说："不许动！不准撒野！"

马驹抖掉披着的衣服，露出捆绑的双臂。

刘警官惊讶地："你这是干甚？"

马驹："你不是审问那个婊子了吗？你不是问驼队的侯老板吗？咱们兄弟一场，二哥给你个回答。"刘警官："你别来这一套！你到底杀人没有？"马驹："我杀了土匪胖挠子。他不死我就得死。我是迫不得已，为民除害！"刘警官："我问的是侯老板！"马驹："你还记得咱们来口外时遇见的李家大少爷吧？"刘警官："我再说一遍，我问的是你们驼队的侯老板！"马驹忿然说道："和你们走散以后，为了逃命，我爬进沙漠。没吃没喝，还挨了一枪。我就要死了，我像狗一样乞求姓侯的收留我，给我一口饭吃。可他像李家大少爷那样侮辱我。那时候，我不是人，我连一条护驼狗都不如。是的，我想过杀侯老板，可是胖挠子没给我那个机会。老三，如果这也算杀人，那李家大少爷也是我杀的。你一搭儿判罪吧，二哥成全你！"

老胡："警官，当时我也是驼队的伙计，马驹受的糟贱和侮辱，我都亲眼看见了。"

小栓："马驹哥像牲口一样驮着货驮，咬紧牙关往前走。他腿肚子抖啊抖啊，我的心都在哆嗦。"

马驹："老三，下手吧，哥不怨你。哥对不住你的地方，你就忘了吧。哥和你一样，从小没爹，受人欺负，遭人白眼，我不该再欺负你。"

　　刘警官转着眼珠问："侯老板和胖挠子被杀是哪一天？"老胡回答："是去年四月初八。"刘警官："他们被杀的时候，你们两个在场吗？"老胡："在场。"刘警官问小栓："你在场吗？"小栓哆嗦着回答："我、我在。"刘警官："你俩在什么地方？"老胡："在帐蓬外面。"刘警官："这就奇怪了，你俩在帐蓬外怎么能知道帐蓬里的事？"老胡："帐蓬上有条缝，我俩就趴在那儿往里看……"刘警官端着架子说："按说我该相信你们的话。可是告发的人看重的是侯老板的那笔财产……"

　　马驹示意小栓拿出一个布包来。老胡说："刘警官你看，我们掌柜的被捆了半天了，能不能解开绳子——"刘警官背过身子说："刘马驹，不是我跟你过不去，是有人告你！"马驹："那是姓侯的玩腻了的一个婊子！"刘警官摇摇头："那女的一字未说，是个男的在告你。当时他就在你身边。"马驹："我知道，他叫小六，是个土匪。当时我看他可怜，留了他一条命。"刘警官摆摆手："你走吧……"

　　老胡小栓赶紧为马驹解开绳子。马驹揉着手腕说："老三，你知道我的脾性。天大的事，我不会躲，更不会跑。不管是李家大少爷，还是侯老板，若判下罪来，要杀要剐，我都一个人担着。老胡，你们出去等我。"等老胡他们出去后，马驹把布包递给刘警官："我做买卖赚了点钱。这是一百大洋。不多，够你成个家。你要不方便，替我扔了它。今年下来，我赚的大洋数都数不过来，我不在乎这点钱！"说罢放下布包，转身出门。

　　刘警官尴尬地："马驹……哥，你你你……这是干甚？"

　　红柳家大门上，挂着金子川送给马母的"心如古井"匾。
　　锁田坐在矮院墙上抽旱烟，一脸愁相。

　　红柳家正房。红柳蓬头垢面，坐在炕沿上疯喊："我想男人，呜呜呜，我就想男人，马驹，你快回来……"马母："红柳，妈给你梳梳头，来个人不好看。"红柳："嘻嘻，来个人？有你把着门，这院里连个耗子都钻不进来。你放心，我替你儿子守看、捂着、藏着，马驹，我想你，呜呜呜……"

　　锁田端着一碗水走进来："红柳，别哭了，喝点水。"红柳一挥手打掉水碗："我不喝水，我想马驹。那怕让我看看他走过的路，我也就心安了、踏实了。我浑身火烧火燎，坐不住，也睡不着，我就想死！老天爷爷，你让我死了吧！"

　　马母、锁田无奈地收拾碗渣。

刘警官骑马来到大帅府门前："喂，请替我通报一声，我要见七姨太。"

门卫："哟，这不是刘天生嘛，多日不见，挺神气的。在哪儿混呢？"

刘警官递给他一摞铜钱："在包头警务所，兄弟你要有事来找我。"

门卫："警务所？"摇摇头，"我不去那种地方。你等等。"说着走进院里。

刘警官打量着大帅府，不禁摇摇头。一会儿门卫领着胡枣走出来。胡枣惊讶地说："哟，天生哥，你怎么来了？我还以为你早把我们忘掉了。"

刘警官："咱们进去说。"

七姨太将刘警官和胡枣送到门口，慵懒地说："往后常回来看看我。天生，要善待胡枣。走吧。"提着行李的刘警官和胡枣朝着七姨太鞠躬："谢谢七奶奶！"

刘警官："往后有用得着我的事情，您尽管吩咐。"

七姨太："好吧，到时候你可别成了白眼狼。"她两根手指一搓，接着说："不然我让大帅捏死你！"

刘警官带着胡枣纵马奔驰。胡枣喊："停一下停一下，颠死我了！"刘警官一扯马缰："吁——"马停下来，胡枣说："我想歇歇，你扶扶我。"下马后，她接着说，"就像做梦一样。天生哥，你哪来那么多钱？"刘警官："赚的。来口外不赚钱，谁还会来？胡枣，哥要让你过上好日子。"胡枣："你给我唱两声你们那地方的野酸曲儿。唱那种让人脸红心跳的。"

刘警官前后看看："行，反正这地方三枪打不住一个人，想咋就咋！"他唱道："我给妹妹买冰糖，爬上妹妹的热炕炕。要吃冰糖嘴对嘴，热嘴嘴含糖化水水。冰糖放在柜顶顶上，崭新的铺盖伙盖上……"他边唱边栓马，然后扑倒胡枣，手忙脚乱地解开胡枣的衣服，压了上去。

胡枣呻吟着喊："天生哥，你轻点点……"

一群雇工排在一口大锅前领饭。大牛守在锅边。棰棰分饭。一些雇工狼吞虎咽地吃完一碗，马上又排进队里去。一雇工背过人把碗里的汤倒掉，几口扒拉完干饭，赶快去排队。

大牛生气地："吃饱就行了，你又排队干甚？没看见那么多人还没吃饭？"雇工："怪了！你咋知道我吃饱了？你雇得起人管不起饭，你哄人是不是？"大牛："今年遭鼠灾，粮食紧缺。大家将就点，给后边的人留点儿。"另一雇工："是啊，粮行的人就等着抬价，今年的日子不好过。"雇工们七嘴八舌地说："活儿那么重，吃不饱咋干活！""真他妈小气，不干了……"

棰棰："大家管饱吃，不够我再做。"

一老者："要是这样，你得做到半夜！"

棰棰："半夜就半夜，我认了。"

一雇工夺过棰棰手里的勺子自己盛饭，后面的雇工拥上来抢饭，一锅饭眼看抢光了，有人掀翻锅，场面一片混乱。

满山捶着腰和忠义走过来，见状赶紧护住棰棰。人们围住满山他们嚷嚷。满山蹲下来，用手撮拢地下的剩饭，一口一口吃下去。忠义和大牛、棰棰也蹲下了。雇工们慢慢散去。

忠义："大牛，你得记好账，每天多少人吃饭，吃了多少粮食蔬菜，你的一笔一笔记下来。要是弄下糊糊账，你跳进黄河里也洗不清。"

大牛掏出账本："我有账，一清二楚，明明白白，我漏不下空子。"

满山拿过账本仔细看过后说："往后开饭，识字的签个名，不识字的按个手印，到时候咱们好给股东们有个交待。此事不可大意，一是一，二是二，不能坏了名声。"

棰棰开玩笑说："那就再用两个人帮帮大牛。他本来脑子不好，别一下子给烧坏了烧傻了，以后连媳妇也娶不上。"

忠义："说得好，当里个当……"

大牛猛地扛起忠义："我让你当里个当！"说着把忠义扔到地里。

大牛领着满山、忠义、棰棰走进蒙古包，看着地上放着的十几袋粮食。

大牛："就这点粮食了，求爷爷告奶奶好不容易买回来。价钱能吓死人。"

满山凝眉思索，缓缓说道："口外遭了这么大的灾，今年恐怕颗粒无收。咱们把水口做好就停工，明年再说。"

棰棰："那不行。招工时跟人家说过，要一直做到上冻时候。如今打发人家，叫我咋说？"

忠义："好多人是自己跑来的，说是连工钱都不要，吃饱饭就行。"

大牛："听他们瞎说，到时候少一个子儿都不行。"

棰棰："工钱得给。要是钱不够，我找我阿爸要去。"

满山："师父曾经给我说过，口外一旦遭了大灾，灾民会像河水一样涌来。他们先吃大户，后抢商铺，咱们千万不敢太张扬。手里这点钱来得不容易，要攒得牢牢地，一个当作两个花，容不得半点闪失。"

大牛："棰棰，不要再向你阿爸阿妈张口了，人家对咱们那么好，我都不好意思了。"

忠义："满山说得对，这天年，树大招风，要把灾民引过来，我们吃不了得兜着走。修完水口就停工，咱们到煤窑背炭去，避避风头。"

四个人说着说着吵起来了。

满山生气地："都坐下，想想师父的话！"

四个人坐下，面壁思考。

杨家河工地。一口锅变成两口锅。吃饭的人越来越多。大牛指着几个人喊："你们从哪儿来的？去去去，这里是工地，不是施饭的地方。你们哪儿来的哪儿去，快走快走！"

一群吃饭者抢着说："我们给你们干活还不行啊？就是要饭要到你们这儿，也得打发一点吧？""杨家河杨家河，我们就是冲着老杨家来的。"有人故意地："这位爷爷，打发一点吧？"

椿椿用手擦擦脸："好好好，你们排好队，来者有份。"

站在一边帮忙的忠义指指她的脸，椿椿赶忙擦擦，脸上又添了一片黑。

杨满山走过来，人们围上去："杨老板，给口饭吃吧，我们给你干活。""老杨家几代忠臣，你们可不能做缺德事！"有人给满山跪下了。满山束手无策，对忠义说："立个名册，往后也好结算。再不能添人了。"

忠义朝人群喊："都站好，都报个名字，压上手印，快点快点，吃完饭干活。"

二麻烦藏在远处看着工地乱像，阴笑着离去。

满山、忠义领着一群人砌水口，更多的人或躺或坐乘凉聊天。忠义走过去对他们说："各位，我们手头紧，活儿也不多，大家中午吃完饭就散了吧，我们眼下用不着这么多人。"

人们起哄："我们不走，就耗在这儿了。""你们修得起渠，还管不起饭？我们能吃多少？""我们早就听说了，梁老板修渠赚大钱，梁老板收钱不失闲，梁老板手里的银钱花不完。当里个当，当里个当……"

忠义："那好，梁老板有钱你们找梁老板要去。说好了，我中午不管饭！"

众人围上来，把忠义打倒在地。满山冲过来救出忠义，人们又把满山围住了。这时刘警官骑马赶来，朝天放了两枪，人们散去。

满山迎上去，感激地："老三！"刘警官："大哥，我成家了，我请你去喝喜酒，就咱哥们儿，没外人。"满山："马驹也去？"刘警官："对。"满山："那我就不去了。忠义，给刘警官带上礼钱。"刘警官："大哥你见外了，我会为点礼钱来跑一趟吗？我成个家不容易，口里口外又没亲人，你哪怕去认个门，见见你弟媳妇，给我长长脸，我就圆满了。"

满山把刘警官拉到一边："你知道马驹的脾性，到时候闹翻了，让人笑话。"

刘警官："他有把柄在我手里，他得给我个面子。再说，你眼下缺粮食，吃饭时我替你说说话，说不定能解你燃眉之急。"

满山："要让他回头，除非天塌了地陷了，河干了石烂了。他不是帮我的人。"

刘警官着急地："我不是说过嘛，他有把柄在我手里，我随时都可以收拾他。满山哥我求你了，我都对胡枣夸下海口了，说我口外有两个哥，都是干大事的人。"

满山攥紧拳头，说："好吧，我去，大哥给你撑这个门面。"

刘警官领着满山、大牛走进西口饭馆包间。他对守候在包间的胡枣说："这是大哥杨满山，是对我最好的人。你先招呼着，我去去就来。"胡枣大方地："大哥，你好。我听天生说过你，谢谢你对他的关照。"满山："恭喜你们，改日到我哪儿做客。"胡枣："好啊，有机会我带我们七太太去看看你们杨家河。听说气派挺大。"大牛插嘴："如今遇上难事了，人太多，没粮食。"胡枣应酬地："是吗？想办法呗。来来来，喝茶。"满山："好，咱们今天不说别的事，高高兴兴吃饭、喝酒。"大牛瞪一眼胡枣，说："满山哥，你吃完饭就在这里等我。我到附近转转。"胡枣客气地："一块儿吃饭嘛。"大牛："我还有点事，请你关照满山哥，别让他受气。"胡枣有点不高兴："哪儿能呢？今儿是好日子，咋能让大哥受气？"大牛："好，我走了。"

刘警官领着马驹走到包间门口。马驹警觉地："就咱们弟兄俩吧？"刘警官："进门不就知道啦？"马驹一推门看见满山，转身就走。

刘警官："进去进去，就咱们弟兄三个，没外人。"马驹："我一辈子都不想看见他。"刘警官恼火地："他一辈子还不想看见你呢！咋啦，结拜一回，就不能在一起吃顿饭了？别说是我的喜宴，就是散伙，也该吃顿散伙饭吧？进去，我这是一片好心！"说着将马驹推进去。

马驹走进来，满山冷漠地点点头。

刘警官："胡枣，这是二哥刘马驹，如今是马驹粮行的掌柜。"

胡枣："二哥你好，谢谢你对天生的关照。请坐。"马驹气哼哼地坐下。

刘警官："今儿是我和胡枣的喜日子。我只请你们二位兄长。你们要给我面子，就高高兴兴地吃饭、喝酒、说说咱弟兄们的高兴事。他乡异地，能坐在一起不容易。要是不给我面子，想走立马就走，我不强留！"说着把枪往桌子上一拍，高声喊道，"上菜！"

原野路上。忠义、桎桎领着阿拉腾、王府兵丁骑马急驰。

桎桎对忠义说："你也不拦住他，这一回，凶多吉少！"忠义："他执意要去，说刘警官成家是大喜事，他必须去。"桎桎："他去没说的，可是还有刘马驹，你说能没事嘛！"忠义："有刘警官在场，我看不要紧。"桎桎："刘马驹再要欺负杨满山，我用牛腿炮炸了他！"

蒲父、道尔吉等艺人在复盛粮行门前演唱。大牛走过来，在蒲父耳边说着什么。蒲父点点头，低声说："知道了，我一会儿过去。"

西口饭馆包间里气氛沉闷。兄弟三人已经喝了不少酒。

刘警官："……我让他们锁在粮库里，整整三四天。咱弟兄们，这一年多来受了多少苦啊，喝！"

满山从随身带的祆子里取出一个布包递给马驹："马驹，这是蒲棒儿给你蒸的面人儿，我一直带在身边。她说你从小到大孤儿寡母，活得不容易，让我照护你。"

马驹接过布包欲扔，刘警官抢过去慢慢解开，里边是一个已然碎了的面人。但能看出来，捏的是蒲棒儿的模样。

胡枣："捏的真好看，可惜碎了。"

马驹面部抽搐，紧咬牙根。

刘警官："二哥，你多有福气。人家红柳是城里人，眼界宽，长的也好看。再说，你白吃过人家多少杏瓣儿——"马驹绷不住了："瞎说，我给她钱了。"刘警官："好好好，那是你们的缘分，你知足吧。喝！"

酒过数巡，刘警官说："大哥修渠，是给咱们老家长脸的事情。二哥你帮帮他，雁过留声，人过留名。"满山急忙摆手："不用不用，大牛已经找其他粮行去了。"刘警官："咱们是弟兄，何必找外人呢？二哥，你大气点，卖给大哥点粮食，帮他渡过难关。"

马驹咬着牙说："我给你这个面子，我帮他一把。可是我有条件，得听我的。"刘警官："好，你说。"马驹站起来："走，到粮库再说。"

马驹领着满山、刘警官等来到一溜粮库门前。他对老胡、小栓说："打开一号库！"老胡打开库门，里面是一层层装满粮食的大麻袋。

马驹："杨满山,你是好汉,你从来不服输,我倒想看看你的骨头到底有多硬!我的粮食由你扛,一口气扛到大门那儿,扛够一百袋结一次帐。价钱好说,比市面上便宜一成。你想好了立马就扛。你服输了,承认你是个怂包,你立马走人。从此往后,咱们各走各的路。"

刘警官："二哥,你还有完没完!"他还想说什么,突然跑到一边干呕起来,"狗的,我不能看粮库,一看见……粮袋……就想吐……"

满山脱掉上衣,问:"说话算数?"马驹："我从来不说瞎话!"

满山问刘警官："老三,你都听见了?"刘警官摆摆手,哇哇地干吐。

满山扔掉衣服,走进粮库扛起第一袋粮食,脚步稳健地往大门口走去。

大门口有伙计报数:"第一袋。"

满山折回来时对马驹说:"一会儿大牛跟你结账。"马驹："这一点我相信你,你跑不了!"

马驹粮行大门口已堆起几十袋粮食。满山还在扛粮袋。步履明显放慢了。

大门口伙计在报数:"第七十八袋……"

马驹满脸是汗,紧张地看着。刘警官歪在一边,捂着胃哼哼。老胡和小栓惊讶地看着满山。满山又扛起一袋,脚下发软,粮袋眼看要掉在地下。

马驹："掉在地上不算,重扛!"

满山一挺腰站了起来,往门口走去。

满山扛着粮袋摇摇晃晃地往前走。

伙计的声音:"第八十五袋。"

伙计的声音:"第九十袋……"

马驹粮行大门敞开,围了不少看热闹的人。二麻烦躲在人群后面,不时偷偷抿一口酒。蒲父、大牛急匆匆地走进大门,立即被眼前情景惊呆了。

满山扛着麻袋晃晃悠悠往前走,眼看就要摔倒。

大牛愤怒地:"满山哥你——你这是干甚哩?蒲棒儿她爹已经跟复盛粮行说好了,他们卖给咱们粮食,要多少给多少!你这不是糟蹋自己吗?"

蒲父走到满山跟前:"满山,天大的难处你跟我说。凭我这张老脸,在口外还没有办不成的事情。你在这儿给我败这个兴,我替你们杨家人脸红。放下,跟我走!因为几颗烂粮食,你受这种气,你让我往后咋见人!"

满山没搭话,继续往前走。

伙计的声音:"第九十八袋!"

蒲父走到马驹跟前,抽了他一耳光:"我姐咋就生了你这么个东西! 你还有点人性没有? 他是蒲棒儿的丈夫,你是他哥!"马驹捂着脸说:"他愿意! 他活该! 他为了占便宜!"

这时棰棰、忠义跑进来,见状喊道:"满山哥!""满山!"

满山脚下一软,摔倒了。

马驹兴奋地:"哈哈,杨满山,你输了! 老胡,让人把粮包抬回库里去。关大门,送客!"

杨满山想站站不起来,他用牙咬住麻袋角,一寸寸往大门口挪去。

人们一片惊呼声。

伙计的声音:"第九十九袋!"

满山摇晃着折回来,棰棰走过去抽了他一巴掌,带着哭声喊道:"杨满山,你真没出息! 我看不起你!"

满山木然地看着她,蹒蹒跚跚往库房走去。他从库房驮着麻袋走出来,挣扎着往前走。他耳边响起渠工嘈杂的声音,身子一挺,像木头人一样往前走。在他身后是一溜水迹。

伙计的声音:"第一百袋!"

马驹面如土色,喊道:"用牙咬的那袋不算,再扛一袋!"

看热闹的人们忿然喊:"咋不算,你咬一袋试试!""心咋这么毒啊!"

棰棰怒喊:"阿拉腾,开炮,炸死这个王八蛋!"

刘警官站起来朝天放了一枪:"不准闹事! 不准胡来!"

满山依在麻包上,无力地说:"大牛,结账……"

悲凉的歌声:哥哥你走西口,小妹妹实在难留……

大牛背着满山,随蒲父、忠义匆匆走过包头街面。

街民们议论:"嘿,又死了一个,年景越不好,讨吃窑越是好买卖。""我看今年准得饿死万儿八千人,跑口外的人今年惨了。""哎,那人还能动弹,好像没死。""是去复盛粮行的……"

蒲父一行走进复盛粮行。蒲父喊了一声:"马掌柜,我遇上事了,你帮帮我。"马掌柜从屋里走出来:"老伙计,不就是买点粮食嘛,我正在筹措,你放心。"蒲父:"你先给我办上两件事:借点钱,雇几辆车,就便让我女婿在你这儿歇歇。"马掌柜惊奇地:"这不是杨满山吗? 听说他在修杨家河,我正说要帮帮他,他咋成了这样? 快进屋,快进屋……"

马驹粮行大门口。棰棰嘴唇干裂,守护着门口的粮堆。阿拉腾和两名王府兵丁忍着饥渴,站在大门外保护棰棰。

棰棰:"阿拉腾大哥,你们先去吃点饭,给我带点水和饼子回来。"阿拉腾:"我看这位刘掌柜很厉害,我们不能离开。"棰棰:"你们轮着去吧,总不能都饿着。"阿拉腾对一兵丁说:"好,你留下,我们一会儿回来。"

马驹看着院里的动静说:"那两个蒙古兵走了,赶紧行动。"老胡犹豫地:"刘掌柜,这么做合适吗?"马驹:"有什么不合适的?我不能眼看着杨满山把我的粮食拉走。"小栓嘟囔道:"人家不是付钱嘛。"马驹指着一位伙计说:"他们不去,你去。回来我给你一块大洋。小栓,你胳膊肘子往外拐,我管不了你了。你再找个吃饭地方去吧,我不留你。"

那位伙计赶紧出去了。

马驹来到棰棰跟前,殷勤地说:"棰棰姑娘,上次来我这儿,我不知道你是王府的格格,说话多有冒犯,请你原谅。"棰棰看着他说:"你少往我眼里揉沙子,我不吃你这一套!"马驹:"我佩服你的眼力,你总算看出杨满山是个没良心的家伙。你刚才抽他那一耳光,真让我高兴!"棰棰恼火地:"你是你我是我,别往一块儿搅和!"马驹:"咱俩一样,都让他要了。他对我说过,他喜欢你,他要娶你,结果她把蒲棒儿抢走了。你说说,"他看着从门口进来的粮行伙计,故作轻薄地说,"你们都那样了——"

棰棰忿然站起来,指着马驹说:"我是王忠义的老婆。你再要胡说八道,我抽死你!"她跑到大门外,对留下的王府兵说:"去把我的马鞭拿来!"

这时候马驹粮行的伙计推着一车粮袋进来,故意撞在满山背出来的粮堆上。棰棰见状喊道:"你干甚,那是我们的粮食!"伙计故作慌张重新装车:"都怪我,是我不小心,我该挨揍……"他打了自己一巴掌,暗中换了粮袋。

马驹走过去踢了他一脚:"眼瞎啦?咋能这么干活!快帮人家码好麻袋,点点数。"

伙计边码麻袋边数:"一五、一十、十五、二十……"

七八辆马车停在马驹粮行门前。蒲父带着大牛走到马驹面前,说:"马驹,这是买粮的钱,你拿好。刚才舅舅打了你,是为你好。你心上要是过不去,就冲着我来,骂娘骂祖宗都行。你妹妹蒲棒儿快生孩子了,我不想让她当寡妇,也不想让杨满山的孩子像你一样从小没爹!就这!伙计们,装车!"

装完粮食后，忠义他们把满山扶到车上。忠义和桫桫骑着马在前面开路，阿拉腾和王府兵殿后，牛腿炮炮口对着马驹粮行。

蒲父坐在大门口，自拉自唱蒙汉调："蒙汉调调蒙汉人编，嘴对嘴唱了多少年。蒙汉调调蒙汉人唱，祖宗的传教咱不忘……"

水渠水口处。雇工们都回去吃饭去了，满山和忠义还在水渠水口处忙着。一雇工跑来说："二位掌柜快回去看看吧，人们吃完饭又吐又拉，止也止不住，桫桫掌柜让我来叫你们。"

忠义疑惑地："不至于吧？已经立秋了，就是有点剩饭也放不坏。"

雇工："人们一倒一大片，你们快回去看看吧。"

满山站起来说："走，回去！"

伙房周围，雇工们或躺或蹲，痛苦不堪。忠义跑来问："桫桫，咋回事？"桫桫焦躁地："我也不知道。这么多人又吐又拉，这可咋办啊？"满山："晚上吃的甚？"大牛："有的吃面，有的吃捞饭。"

忠义问雇工甲："你吃的甚？"雇工甲："我吃的面条，跑了六七趟了——哎呀我的妈呀！"赶紧捂着肚子跑了。

忠义又问雇工乙："你吃的甚？"雇工乙："我吃的捞饭。倒是不跑肚，就想吐。"说罢赶紧跑到一边。

满山问："是不是有生人进过放粮食的蒙古包？"

大牛："我不知道，我白天不锁门。"

满山："大牛，从今天起，你把门看好。除了你和桫桫，谁也不准进去。"转身对桫桫说，"你先熬一锅姜汤，我和忠义去掏点草药。"

满山和忠义提着马灯来到甘草洞前。忠义说："满山，这个甘草洞挺深，我先进去看看。"

满山："小心。"

忠义刚钻进去，甘草洞塌了，满山赶紧用手往出刨人。这时大牛提着马灯跑来，见状连忙和满山一起刨。忠义使劲一挺，露出头来，呸呸地吐掉嘴里的土，说："挖大渠自带囚墩，掏甘草自打墓坑——你们河曲家那山曲儿，一满都唱到我这个陕北人身上来了。"

满山和大牛把忠义拉出来。忠义说："我去掏点天仙子和黄芩，回去和甘草熬在一起喝，看看能不能止住。"大牛："嗨，忠义，你懂医道啊？"忠义："懂的不多，刚好够治你的病，当里个当。"离去。

满山："我爹常说，出门在外，得处处留心。除过种庄稼，还得学会擀毡、缝皮袄、背大炭、拉骆驼、修渠打坝、木泥两行，还有针线活儿，都得会。包头镇九行十六社，行行有学问，社社有绝招。"

大牛："好狗的，当里个当……"

工棚里。人们少气无力地躺在铺上哼哼："这是吃上啥啦？""是不是有人下毒了？""眼看快回家了，这还能走吗？"

满山、忠义、大牛、棰棰走进来给大家送药。忠义说："大伙儿好好歇着。喝上药，一两天就好。放心，我懂医道，专门治这种病。再说，咱又没惹下谁，谁也不会给咱们下毒药。"

棰棰可怜地："你们快点好吧，好了我给你们唱曲儿，跳蒙古舞！"

忠义走进蒙古包，随手关住门："大牛，谁也别让进来。"大牛把住门口，忠义拆开一袋面，闻闻、舔舔，"这面的味道不对，是不是搅进东西去了？"他再闻闻，"好像有股巴豆味。"他咬了几颗米，"这米的味道也不对——有股芒硝味。"

大牛："我尝尝。嗯，是有点不对，好像是大黄味。"

棰棰一怔，说："……我想起来了，肯定是刘马驹捣的鬼！"

雇工们把粮袋扛到车上，大牛持鞭坐到车辕上说："忠义，我们很快就回来，你别给满山说，免得他难受。我走了。"忠义："你保护好棰棰，她要出点事，我跟你没完！你别给我吊儿郎当当里个当！"大牛嘟囔道："哼，知道你是有老婆的人。"

棰棰骑上马，"啪"地朝天抽了一鞭。忠义嘱咐她："棰棰，此去需要谋略，不可莽撞！"棰棰："放心，对付一个刘马驹，我的脑子足够用。"

马车往前驶去。

人们排队买粮，纷纷议论："又涨了，这家粮行心坏了。""全包头就他家粮食多，一开春就没按好心眼儿。""贱买贵卖，无利不早起，买卖人就是个这。""买吧，过两天还得涨！"

这时杨家河工地拉粮马车轰隆轰隆来到马驹粮行前。棰棰、大牛二话不说，指挥人们用粮包封住大门。人们扶棰棰站上门楼，棰棰大声喊："刘马驹，你给我出来！"

马驹跑出来气急败坏地喊："下来下来,你要干甚!"

棰棰:"我要干甚你知道!你个大混蛋!"

马驹自知理亏,低声说:"你下来,有事好商量。"

棰棰:"你是土默川的狼,我们都是山羊绵羊圪顶羊,狼吃羊,没商量!"她转身对大门外的人群说:"我是杨家河工地的棰棰,是梁老板的徒弟,是鄂尔多斯王府哈斯巴雅尔和红鞋嫂其其格的女儿乌兰花。这家粮行没良心,在卖给我们的粮食里掺了巴豆芒硝大黄粉,我找刘马驹算账来了!大伙给我把住大门,谁敢动这粮食,见一个打一个!"

人们喝彩:"好,像红鞋嫂的女儿!""乌兰花,好样的!"

棰棰叉着腰说:"那当然,我是天波府烧火丫头杨排风,救宗保战韩昌我建立奇功!"

马驹在底下说:"我服了你行不行?你下来,我给你换。"

棰棰:"你想得倒好,你的粮食,我一颗都不要!你给我全退了,一百包,一个子儿都不能少!你家的粮食有毒,不能吃!"

马驹恼火地:"那你等着吧!老胡,叫人把他们赶走!"转身欲走。

老胡走过来说:"马驹,咱爷儿俩的缘分尽了。我宁愿到讨吃窑找摸鬼行者讨吃要饭,也不想跟你供事了,我丢不起这份人!"说罢扛过梯子来,上了门楼,从粮堆上跳下去。院里小栓喊:"胡大叔,你等一等,我给你把铺盖递出去。"老胡脖子一梗:"老子不要了!"径自离去。小栓扛着行李爬上梯子说:"马驹哥,咱俩也没事了。我找蒲棒儿她爹学着唱曲儿去,我伺候不了你!"

大牛:"棰棰,我到复盛粮行去一趟,你等着我。"

棰棰:"去吧,放心,斗一个刘马驹,绰绰有余!"

有人给棰棰送来水和饭菜,说:"棰棰,吃好喝好,耗死他!"还有人说:"我去找道尔吉和蒲棒儿她爹去,编一段曲儿,唱臭他!"

棰棰:"不用了,让他们多活几年吧。气死我了!"

日上三竿,双方还在僵持着。棰棰在门楼上有滋有味地吃起来。

天色渐暗。棰棰依然坐在粮堆上。

马驹终于顶不住了。他从屋里走出来说:"你下来行不行?我的生意全让你搅黄了!我给你退,全退!"棰棰:"把钱一五一十送上来,少一个子儿我都不走!"

马驹踩着梯子上了门楼,边递钱边低声说:"幸亏杨满山没娶你,你是个丧门星、母夜叉!"棰棰高声说:"幸亏蒲棒儿没嫁给你,你是个小心眼、抠心鬼！"

这时大牛带着装满粮食的马车驶来："棰棰，粮食买上了。复盛粮行马老板说，只要能开杨家河，要甚有甚，要甚给甚！"

棰棰："好，咱们收兵回营！"

棰棰和大牛押着一溜马车浩荡而去。

马驹颓然坐到地上，望着那堆粮食发呆。

棰棰和大牛来到街上。棰棰边走边说："大牛你先押车回去，我买药去。"大牛着急地："你一个人不行，我跟你去！"棰棰："工地上人们还等着吃饭呢。你先走，我到讨吃窑找摸鬼行者去，让他派几个人陪我买。"大牛担心地："行吗？"棰棰："师父每年都给讨吃窑一笔钱，有甚不行的？走吧，在包头一提我阿妈的名字，有吃有喝有住处。"大牛憨厚地："这话我信。你阿妈真是个活菩萨。她要是有个二女儿，我二话不说就娶了她。"棰棰笑着说："你想得不赖，当里个当。"

包头街上。一群乞丐煞是威风地为棰棰开路。摸鬼行者陪着棰棰边走边喊："行人让路！我们是讨吃窑有身份的人，今天陪棰棰姑娘买药救人，快让开！"

众乞丐："让开！让开！"

他们走进一家药铺，棰棰问："喂，掌柜的，有止泻和止吐的药吗？"

药铺伙计："咋啦？"

棰棰："刘马驹往粮食里放了巴豆芒硝，害得我们的人又吐又泻。你把止泻止吐的药都给我，有多少我买多少。"

伙计："这几种药都没有了，前几天都让马驹粮行的人买走了。"

棰棰一怔。

他们又走进一家药铺。

伙计对棰棰说："没有了，都让马驹粮行的人买走了。"

摸鬼行者愤怒地说："我摸鬼行者走南闯北，伺候死人无其数，我还不信就伺候不了个刘马驹！"他对众乞丐说，"刘警官说了，让我帮他整治风化，甚是风化？这就是风化。你们再去问几家，要是买不上，给我围住马驹粮行。我闹死他！"

马驹粮行的伙计们还在往粮库搬运封门的粮包，已经露出一半大门。摸鬼行者率领一群乞丐敲着烂铁盆，大呼小叫走来。

伙计甲："哎，这是你们讨吃的地方吗？"伙计乙："快走！别挡住我们搬粮。"

乞丐们登上粮堆，敲打吼唱更热烈。

乞丐甲："叫一声呀刘马驹——"众乞丐呼应："坏了良心的狗东西！"

乞丐甲："再叫一声刘马驹——"众乞丐呼应："黑心黑肺最数你。"

众乞丐："粮食里面拌巴豆，你真不是个好东西……"

乞丐们的吼唱声不断传来。马驹呆呆地坐在客厅里。一位伙计走进来，马驹问道："他们咋还不走啊！"伙计："他们要止吐药。掌柜的，给不给？"马驹："快给！赶紧给！都给他们！包头讨吃窑的讨吃鬼，谁也惹不起。"

夜色降临。粮包搬空了，伙计正要关大门，一个乞丐打扮的人说："慢着，告诉你们刘掌柜，就说有熟人求见。"伙计带着哭声说："都给了你们了，你们还要咋？不让人活啦？"那人说："快去，我不是讨吃窑的人，我是他的老朋友。"

伙计去通报时，那人背过身子抿了一口酒——他是张二麻烦。

张二麻烦走进客厅，先抽自己几个嘴巴："刘掌柜，我是给你找过麻烦的张二，你大人不记小人过，原谅上我一回。你要觉得不解恨，过来打上我几拳。不怕，打是亲，骂是爱，不理不睬臭黄菜。"

马驹站起来，劈胸抓住二麻烦，咬牙说道："好啊，你还活着！老子一直走背运，就是当初碰上你这个丧门星！是你自己找上门来的，别怪我手狠！"边说边抽了他一耳光，朝门外叫道，"老胡！胡总管！"

一伙计进来说："胡总管走了。"马驹诧异地："去哪儿了？"伙计："他说要到讨吃窑讨饭去。""小栓呢？""也走了，说是找你舅舅学唱曲儿去了。"马驹颓然坐下，挥挥手："去吧。"

二麻烦："刘掌柜，叔是给你出主意来了，咱俩一满没麻搭。"说着坐下抿了一口酒。

马驹压着火气说："说啊，你往下说——"

二麻烦："杨满山他们结伙闹事，欺人太甚！自古道杀父之仇，夺妻之恨，我走口外几十年，老婆也是让人拐走了、霸占了，我知道那种滋味。"马驹冷冷地盯着二麻烦。二麻烦继续说："马驹你不要心软，量小非君子，无毒不丈夫。你要报仇，我给你找教堂、找部队的黄团长，咱们几股劲拧在一搭儿，害不死杨满山,就不是人下的!"

马驹爆发地:"闭住你的臭嘴!"他拽住二麻烦,猛一阵拳打脚踢,打得二麻烦像陀螺一样满地转,"你个老混蛋瞎了狗眼! 老子有再大的仇,也用不着和你搅和在一起!"他把二麻烦提溜到院里,"伙计们,给我把顶门棍拿过来,我打死这个家伙!"

二麻烦尖声叫道:"刘马驹杀人啦! 刘马驹杀人啦!"

几个伙计拦住马驹,把二麻烦扔到大门外,"哗啦"一声关上大门。

二麻烦在门外叫:"我的酒壶子!"

马驹捡起锡铁酒壶,一甩手狠狠地扔出去。

酒壶飞过门楼,不见了。

马驹自斟自饮,兴味索然。他的眼前晃动着好多张脸,他的耳边响起各种声音,他想起一连串往事,神情恍惚,伸手扫翻桌上的酒菜。

他双手捧着头,跪在地上:"妈! 红柳! 我想你们……"

马驹哭了。

烛光闪烁。满山他们也在喝酒。

棰棰恼怒地:"……他再胡来,我还得找他!"

大牛摇头:"刘马驹咋成了这种人……"

忠义:"谅他也不敢了!"

满山:"咱不说他了。眼看秋凉了,咱们多买点粮食,多雇些人,得赶紧做完水口。"

插有复盛粮行标记的运粮车队来到大路拐弯处。躲在暗处的二麻烦点着麻炮朝车队扔去,马受惊奔跑,连人带车跌进早已挖好的闪闪窖。

车倌:"谁?这是谁干的?有胆量你给我站出来!"

二麻烦高声喊:"你们告诉杨满山,我刘马驹跟他没完……"

伙计:"咋又是刘马驹?"车倌再喊几次,无人应答。

二麻烦藏在地塄后面,抿了一口酒。

天朦朦亮,忠义走出蒙古包,见地上有几张字条,连忙捡起来。

字条上写着:杀了杨满山。落款:刘马驹

忠义自语:"啊,还真是没完了?满山——"

杨满山走出来,看着字条说:"这不像刘马驹干的事。他要杀我,不会写上自己的名字。"

忠义:"可路上那闪闪窖,肯定是他挖的。除了他,没人会做这种事!满山,防人之心不可无,咱们不能再出事了!大牛,棰棰——"

大牛和棰棰走出来:"咋啦,又有事啦?"

棰棰、忠义领着晋商商会一行人来到马驹粮行门前。商会人员对粮行伙计说:"包头晋商商会乔会长来访,叫你们刘掌柜问话!"伙计:"我们掌柜不在。"商会人员:"我们知道他在。快去叫,不然商会就封门了。"

一脸憔悴的刘马驹走过来,疲惫地说:"乔会长,请。"

乔会长皱着眉头说:"念!"

商会人员念道:"晋商商会通告:查马驹粮行违犯晋商规矩,趁灾年之际,囤集居奇,牟取暴利。挖路断道,谋害同行。本商会严令马驹粮行自即日起关门思过,三日之内到商会说清事实。否则本会将动员在蒙晋商联合制裁,勿谓言之不预!"

马驹莫名其妙地:"我这几天连门都不出,哪来的挖路断道,谋害同行?"

乔会长:"有事到商会说,冤枉不了你。"转身离去。

马驹:"棰棰,你还有完没完?"

棰棰:"我还正想问你呢。你再要害人,我用牛腿炮打你个片甲不留!"离去。

忠义:"马驹,我到河曲时,去过你们家。我见过你娘。看在你苦命的娘名下,不要再胡闹了。我这一满是真心话。"

马驹无言以对,呆若木鸡。

复盛粮行。马掌柜问忠义:"那你们今年不回口里啦?"忠义:"不回了。我们得把水口做完,不然河水会把土地淘空,明年就种不成庄稼了。"马掌柜:"那好,我还是原来的话,只要你们修成杨家河,要甚有甚,要甚给甚。这样吧,你们再运一批粮食过去,我请商会镖队保护你们。"

棰棰起身致礼:"谢谢马掌柜。"马掌柜摆摆手:"不用谢。土地、水渠、粮食,这三样东西是亲兄弟,没有这三样东西,晋商再有本事,也成不了气候。我已经给我们东家说了,适当的时候我们也入股。"棰棰高兴地:"到时候我请您老人家喝酒!"马掌柜笑着说:"棰棰,你仔细看看,我是老人家吗?"

大雁南飞。走西口的人又该回家了。

红鞋店外,回家的人们铺开行李,准备露宿休息。

二娃和店伙计们端着馒头、提着水桶走出来,红鞋嫂生气地喊:"你们要把我累死啊,谁也不来帮帮我啊?"

农工甲:"婶子,我们不饿也不渴,天气也不冷。我们就在外面睡一宿,天一亮就上路。"

红鞋嫂:"你们别哄我,今年遭灾,大家手头紧,不想住店了。咱说好,今年我不收一文钱,你们都给我住到店里去。起来起来,别伤我的心,要这样,我立马关了这个店。"

农工乙:"婶子,我们不进去了。躺在这儿看着咱那店幌子,一会儿就睡着了。"

一老者:"唉,今年这口外走的,钱没钱,粮没粮,回去咋见人呀?"

红鞋嫂:"今年不行还有明年,老天爷总不会年年亏待庄稼人。大伙挺起腰杆来,有钱没钱,回家过年。那歌咋唱来:第七天,红鞋店——"

农工甲:"那是来的时候唱的。回的时候这里是第一天。"他低声哼唱:"第七天,红鞋店,住店没店钱。叫一声红鞋嫂,可怜一可怜……"

红鞋嫂揩着眼泪说:"你们也可怜可怜我。开店这么多年,我亏待过你们吗？你们都是我的亲人，知道我的为人，我是那种钻在钱眼子里头出不来的人吗？秋风嗖嗖地吹，要把你们吹着了、冻着了，我心里头好受吗？纳木林和蒙古老乡送来好几群羊，让我给你们炖羊肉、熬羊汤，分文不要。他们说，让汉人兄弟吃好喝好，不要流泪，不要弯腰，雄鹰是在天上飞翔的，不是在草丛中打滚的。今年蒙古人不收租金，明年春天也不收。咱咬紧牙关渡过这一关，我就不信明年还会遭灾。起来起来，嫂子求你们了。"

众人纷纷坐起来："红鞋嫂，我们听你的。"

大雁掠过，雁声阵阵。

蒲棒儿挺着大肚子，放好炕桌，摆了两个碗两双筷子。想想不对，又摆了一个小碗一个小勺。她在桌子上放了一壶酒、两个酒盅，想了想，又放了一个小酒盅。她轻声哼道："听见哥哥走进来，热身身扑在冷窗台。听见哥哥喊一声，吃颤颤打断一根二号号针……"

门外有人喊："满山家，走啦，接人去！"

蒲棒儿："哎！"她穿上新红鞋，换衣照镜，满脸笑意。

大路上。女人们互相询问逗笑，一路笑声。

媳妇甲："蒲棒儿，想汉子了吧？"蒲棒儿："想啦。""咋想来？""你说咋想来？"媳妇乙："前半夜想你扇不熄灯，后半夜想你等不上明。"媳妇甲："不是，前半夜想你蹬住墙，后半夜想你跌下炕。"

女人们放声欢笑，抢着编唱想亲亲的词句。词句很美、很多、很动人。

憋屈了近一年的女人们很放荡、很可爱、很让人心疼。

远处有人唱：不大大那小青马马多喂上二升料，三天的路程两天到……

河曲西门河畔河畔人山人海。金子川、贺师爷等官员、乡贤肃然站在黄河边。

河对岸山顶上冒出一团人影。河这边的人大声喊叫："回来啦！回来啦！亲人们回来啦！"

金子川一挥手，炮手点着铁炮。

船家锐声喊叫，满载走西口汉子的大船向河这边驶来。

人们都知道口外遭灾，河畔少了往日的欢笑。

红柳和蒲棒儿挺着大肚子站在河边，眼巴巴地盯着驶来的木船。

红柳："蒲棒儿，一会儿见了面，你可别哭。你身子沉，自己将就点。"蒲棒儿笑着说："咱俩是一锹掏出两个灰耗耗，一样样儿的颜色，你也快了，你也不能哭。"红柳淡淡一笑："我比你晚，还得些日子，没事！"

一拨拨人回来，不见满山和马驹，姑嫂俩的手越攥越紧。

桃花站在远处山头上，哭着呼喊："大虎，回来……"

蒲棒儿和红柳呆呆地坐在河塄上，谁也不说话。

一船汉："别等了，刚才是最后一船。穿河风像刀子一样，快回去吧。"

红柳："蒲棒儿，咱回吧，明天再来。"蒲棒儿站起来，突然捂着肚子坐下："红柳，我有点不对……"红柳赶忙叫船汉们："快来帮帮忙，蒲棒儿要生了！"

船汉们手足无措，一船汉跑到岸边一闲置的小划子跟前说："快，用船把她抬回去！"人们小心翼翼地把蒲棒儿放进船舱里，抬起划子。

地上一溜血迹。

船舱里传来孩子的哭声。一船汉说："嘿，这孩子有福分，就叫船生吧。"另一船汉："叫河生也挺好听。"红柳说："孩子名字早就起好了，叫杨家河。"船汉："杨家河？也行，杨家好命，你们家有一条河。"

杨家河水渠入水口初具规模。满山摸着光溜溜的石砌水口对忠义说："该回口里的人差不多都回去了。咱们再少招些人，往里挖一挖。"忠义说："你真的不回去了？蒲棒儿快坐月子了，你该回去看看。"满山："要是顺当的话，赶上冻前我回去一趟。"

蒲父带着小栓从远处走来："满山，今年回不回，咱们一起走。"

满山迎过去："我和忠义正说这事呢。你先坐下歇歇，中午咱们喝酒，一块儿热闹热闹。"

蒲父："这是我的徒弟小栓。"

满山疑惑地："哦？好像在哪儿见过？"

小栓："我原来跟着刘马驹。往河里扔你的时候，我没让他们扎住麻袋口子。"

满山："哦，谢谢你。"

这时忠义走过来，小栓扭头就跑。

忠义："嘿，这小子在户口地打过我，你给我站住！"

蒲父坐在路边拉四胡。小栓静静地听。不时有人经过，听一阵，放下几枚铜钱。有几个人走过来，蒲父悄声问："杨家河工地需要几个人，你们去不去？"

来人："嘿,蒲棒儿她爹,你真是活菩萨!我正想赚点盘缠,回口里看看我娘,你要多少人?"

这时马驹骑马走过。看见蒲父和小栓后,掉转马头往别的方向走去,

小栓疑惑地:"那人好像是刘马驹。"蒲父问:"他来这儿干甚?"小栓站起来说:"我过去问问。"他追过去朝刘马驹喊:"马驹哥,你听我一句话,可不敢再害人了。"

马驹在远处喊:"小栓,我在找害我的人⋯⋯"小栓恼火地:"你有完没完!"

马驹匆匆离去。蒲父和小栓满脸疑惑,看着他远去。

二麻烦拦住一群走路的人:"喂,想不想赚钱?要赚钱到杨家河工地去,钱多得花不完,管饱吃饭。"路人:"你是谁?看你这穿扮不像个正份人。"二麻烦:"我是讨吃窑的,杨满山杨老板托我们给他招工。"路人犹豫地:"眼看秋尽了,这时候还有人招工?招多少?"二麻烦:"有多少要多少。那是有名的大工程,不嫌钱多赶紧去。"说罢匆匆离去。化了装的马驹紧跟着他。

路人:"临回前刨上一爪子,不管多少,能赚钱就不赖。走,试试去。"

众人:"就是,回家也有个面子。"

杨家河工地上的人越来越多。大牛奇怪地:"这是咋啦,谁招来这么多人?"棰棰:"是蒲棒儿她爹招的吧?他爱红火,一招一大片。大牛,别说了。多做点饭就是了。"大牛:"那也得有个数数,如今一天光咸盐就得吃十几斤,这样下去,我们招架不住。"棰棰:"算了,咱俩辛苦些就是了,别让满山哥知道。"

成千上万难民从包头火车站拥出来。二麻烦拦住人们问:"你们是哪儿的?"难民回答说:"我们是河北省的。遭灾了,来口外找碗饭吃。"二麻烦热心地:"你们来对了。杨家河工地正招工,有吃有喝有地方住。快去吧,有多少人招多少人。"接着又说,"那儿要不行,你们就到马驹粮行去,吃得更好。"有人从背后给了他一拳,二麻烦气愤地:"咋啦,没长眼睛啊!你个挨刀货!"

那人又给了他一拳,转身走了——他是刘马驹。

人群涌进杨家河工地,大牛招架不住了。他高声喊道:"棰棰,快去叫满山和忠义,一天吃一口袋咸盐,我管不了啦!"

蒲父和小栓走过来,蒲父问:"大牛,咋啦?"大牛恼火地:"你招来这么多

人，你管饭吧，我管不了啦！"蒲父惊讶地："不是让我招一百个人吗，我早就招够了。"大牛："你看看这是多少人！你要是不想让我活，你说话！"小栓："师父，这肯定不对劲，是不是马驹使坏啦？"蒲父："走，我问问去！"

马驹粮行前难民成堆。人们使劲推门，愤怒地喊叫："骗人！砸了它！""打死他们！""招工的人在哪儿？让他出来！"

蒲父问护门的伙计："你们掌柜的在哪儿？"伙计："粮行停业了。掌柜快疯了。他已经走了好几天，我们也不知道他到哪儿去了。"另一伙计："大叔，你们好歹是一家人。要找到刘掌柜，劝他千万想开些，不敢寻短见。"蒲父对小栓说："快走，马驹心眼小，说不定真会出事！"

又一群难民涌出火车站。二麻烦拦住他们问道："你们是哪儿的？"难民回答："我们是山东的，今年遭灾了，来口外赚点钱。"二麻烦阴笑着说："快去杨家河工地和马驹粮行，哪儿又管饭又发钱。"

二麻烦在煽动河南难民。

二麻烦还在煽动……

难民越来越多，每天吃盐一口袋。工地粮食告急。

杨满山着急地问匆匆走来的王忠义："去复盛粮行了吗？"王忠义："去啦，我这不是刚回来嘛。"杨满山："马掌柜咋说？"王忠义："马掌柜说，就算天大的粮仓也供不起杨家河工地。他让我告诉你，复盛粮行从明天起就不给咱们送粮了。"

杨满山颓然跌坐在那里。

大牛："满山哥，你快想办法呀。"

杨满山吼道："我有甚办法？我能有甚办法？！"

工地上人越来越多，每天吃盐数量猛增到一麻包。

一群人找到满山，领头的人说："满山，我们是河曲老乡，今年甚也没赚下，没脸回去了。你给我们一口饭吃，求求你了。"满山无力地点点头："吃吧，吃吧，吃完咱们散伙。"

杨家河工地上堆满空空的粮袋。人们端着空空的饭碗。满山、忠义、大牛从蒙古包里走出来。棰棰焦急地拦住他们："满山哥，忠义，有办法吗？"王忠义摇摇头，无言以对。棰棰追问道："满山哥，真的没救了？"杨满山："大牛，给我提一桶水。"大牛提来一桶水。杨满山接过水桶,把水猛然泼在火炉上。

火被浇灭了。

人们先是沉默,接着突然爆发——愤怒的难民砸锅、抢粮、抢工具,最后把蒙古包也推倒了。蒲父他们上前劝阻,被失去理智的人们推倒。满山、大牛、忠义护着棰棰,突出重围。

埋葬梁老板的敖包了无生气。玛尼旗杆上的黑布散开了,随风飘荡。

满山他们四个人默默地跪在敖包前面,泪流满面。

这时传来二麻烦的声音:"杨满山,你不让我好过,我让你完蛋!你输了,你输光了,你输得就剩下屁股蛋蛋了。"

棰棰猛地站起来:"是二麻烦!"她赶紧去牵马。

满山他们也站起来,四处张望,找不着人。

二麻烦坐在小山包上盘腿抿酒。马驹蹑手蹑脚走到他身后,猛地用麻袋套住他。二麻烦惊恐地问:"谁?"马驹拴牢麻袋口,一拳击昏二麻烦,扛着他走下山坡。

掉在地上的小酒壶滴溜溜地转了一圈,不动了。

一眼直立的黑洞。阴森恐怖,深不见底。

马驹解开麻袋,把二麻烦拽出来,左右抽了两耳光,怒声说道:"张二麻烦,今天是你的死期。这不是闪闪窖,是一口深不见底的黑洞。你有去无回,下辈子不要害人!"

二麻烦:"马驹,咱俩是一样样的人,你饶叔一命……"

马驹:"说的好!两个坏人,先死一个,剩下一个,好办!"

马驹把二麻烦踢进黑洞,二麻烦"啊……"地叫了一声,再无反响。

马驹整整衣服,准备离去。一抬头,见棰棰站在他面前,他平静地把手背到后面,说:"走,报案去吧!"棰棰打了他一拳:"我甚也没看见。马驹,你总算知道好坏了。你看看谁来了?"马驹扭头一看,见满山、忠义、大牛站在他面前。

众人:"马驹!"

身心交瘁的刘马驹,晃晃悠悠地倒在地上。

杨家河工地一片狼藉。蒲父提着马灯,满山他们扶起被推倒的蒙古包。

大牛:"你们都背过身子去。我有点事儿。"忠义:"糊涂了吧?要方便你到外面去,这是家,这是住人的地方。"大牛恼火地:"背过去!"等满山他们背过身子,大牛在蒙古包里用脚步量出埋帐的地方,再用铁锹刨开土,拽出一个羊皮袋子,之后又在另一处拽出一个羊皮袋子。他填平土坑,用毡子盖上,然后说:"转过身来吧。这是我早先埋起来的账本,还有一张银票。"

忠义惊讶地:"还真没想到你这么细心,有账在,咱就有办法。大牛兄弟,谁说你脑子不好来,我揍他!"大牛:"不用你揍,我揍那个狗的!"他顺手给了忠义一拳。忠义:"你咋打我?猪脑子!"大牛:"看看,是你说我的吧?我再来一拳!"

蒲父拦住大牛说:"有这些账票,咱们得赶紧想办法,把损失的钱要回来。"

满山:"大牛,把剩下那张银票保存好,没有我的话,谁也不能动。"

蒲父:"我想想,向谁要这笔钱呢?总不能用股东的钱养活这么多难民吧?"

大牛叹口气说:"谁也不会给咱钱。工程是咱们的,人家说是给咱干活来,咱再咋说?"

棰棰:"谁给咱干活来?纯粹是吃大户,硬把咱们给吃塌了。"

满山:"这两天我自个儿琢磨。人活一口气,人活一把骨头。只要还有一口气,只要骨头还没散架,人就倒不了。你抬头往天上看,天蓝盈盈的,天没塌下来。再往地上看,蚂蚁和小虫虫都活着,地也没陷下去。从现在开始,咱想办法,咱从头再来。"他朝着天空喊:"老天爷爷你听着,我们还活着,我们从头再来!"

棰棰大喊:"从头再来!"

忠义:"说得对,从头再来!"

大牛:"你们背过身子,我把帐藏起来。用的时候再刨出来。"

蒲父:"不要埋了,明天我领你们要钱去!从头再来——这话好,这像杨家人说的话。"

满山他们坐在归绥城都统府门前焦急等待。见门卫走出来,满山期盼地问:"都统大人咋说?"门卫把一沓帐纸递给他们:"都统大人说了,他不管这事。你们找商会去吧。"忠义:"他不是归绥的都统吗?都统都统,都统起来,一搭儿管。难民把我们吃塌了,他能不管嘛!"门卫:"你说对了,都统大人别的事都管,就这种赔钱的事他不管。"说着把帐单一撒。

满山他们赶忙捡账单,大牛朝门卫晃晃拳头,门卫恼怒地:"小子,看在你救灾救民的份儿上,老子今天不揍你。"他弯腰捡起一张账单递给大牛,

"拿好。归绥城的灰人比包头还多。偷你一下子，够你哭半年。"大牛："我早就看出来了，你们也不是好人。"门卫踢了他一脚："滚蛋，这里是都统府，不是你穷小子说话的地方。"杨满山："那……总得有个管的地方吧。"门卫："大人说了，去找你们晋商商会去。"

商会客厅里，乔会长缓缓说道："……这次大灾，商会已捐出不少钱粮。到你们工地吃喝抢劫的人，关系到好几个省份，商会不好出面。你们是不是找找垦务局的王总办，看看他能不能以赈灾的名义补回你们的损失。实在不行，只好去太原找督军本人了。他代管归绥，应该管管这事。"

棰棰着急地："乔会长，包头离太原那么远，我们也不认识督军大人。"

乔会长："这样吧，到太原的路费，由商会来出。其余的，我爱莫能助了。"

满山："谢谢乔会长。不必了，我们自己想办法。"

满山一行来到包头垦务局大门前。棰棰惊讶地："这就是包头垦务局啊，咋住在这么一座破庙里？是不是找错地方了？"大牛失望地："满山哥，回吧，没指望了。这地方比讨吃窑强不了多少。"满山犹豫地："听说垦务局财大气粗，权力很大，咋是这个样子啊？"忠义："自古道真人不露相，露相不真人。咱们进去看看。"一警卫走出来拦住他们："喂喂喂，找谁啊？"忠义："我们找垦务局王总办。"警卫打量着他们："有啥事啊？"棰棰："我们有事情，是大事情。"警卫怀疑地："找错地方了吧？我们这儿不管两口子吵嘴打架的滥事。"棰棰："你别瞎说，谁跟谁两口子啊？"警卫指着忠义和棰棰说："我看你俩挺像。"忠义调侃地："兄弟好眼力。"

大牛抬起胸脯说："这位大哥，我们是鄂尔多斯杨家河工程的人，这是我们的杨老板。我们找王总办有要事商量。"

警卫打量着满山，歪着脑袋说："我们见过梁老板刘老板，可从来没听说过还有个杨老板。再说，杨老板也不该是这副打扮呀？"

棰棰反唇相讥："我们听说过垦务局，连我阿爸都知道你们。可是今日一见，赫赫有名的包头垦务局也不该是这副模样呀？"

警卫斜看她一眼："跑遍蒙古地，无人不知垦务局。我们上上下下千把人，上管老板掌柜，下管走西口穷汉，讨吃窑的人见了我们都得鞠躬。你阿爸都知道这地方？能得他！你阿爸是谁？有空把他带来，我让他看看我们的枪支弹药，让他开开眼界。"

大牛："这位大哥，她是鄂尔多斯王府的乌兰花格格，这位是王府女婿王忠义先生。我们杨老板认识王总办，你快通报一声吧，误了大事，你担待不起。"

警卫惊诧地："你们可别哄我，我通报错了，饭碗打了，你也担待不起。"

满山摆起架子说："对，我见过王总办，你去通报吧，就说杨家河杨满山杨老板求见。"

警卫犹犹豫豫地："你这种气派倒有点像。你们等着，我进去问问总办。"

等警卫走进去后，忠义拦腰抱住大牛说："好脑子！当里个当！"

大牛指着棰棰说："喂喂喂，抱错了，你应该抱她！"

垦务局简陋的客厅内。满山在叙述灾情："……那么多饥民像河水一样涌进来，给吃吧，我们有多少粮食都不够，不给吃就得出人命。总办大人，我真是没有办法了。"

王总办用蒙语说："乌兰花格格，我认识喇嘛三爷和红鞋嫂，你说说，你怎么也掺和进来了？"

棰棰用蒙语回答："我是梁老板的徒弟。灾民抢饭的时候，我正好管伙房的事。那么多人涌进来抢饭抢东西，我们拦都拦不住。都是些灾民，我们也不能用牛腿炮打他们。"

王总办点点头，看着一摞摞账单，笑咪咪地说："你们还真有点脑子，留下这么多账单子。这也太多了吧？有多少人吃过你们的饭？"

大牛："不说抢的，一共是八万四千八百七十二人次，还有的账被毁坏了。"

王总办："花了多少钱？"

棰棰："连七旗王府捐的带股东资助的，两万大洋都花完了。"

王总办对忠义说："驸马爷，你也说说。先告诉我，你是怎么把乌兰花格格娶到手的？"

忠义："总办大人，千里姻缘一线牵，这一满是命。"

王总办弹着桌子说："好好好，咱们老少相遇，一满也是命。这样吧，我明天去看看你们的工程，然后商量款项事宜。"

满山等："谢谢王总办，谢谢大叔。"

王总办拍着大牛的肩膀说："嗯，叫大叔好。好好好。"低声问，"让叔看看，小川河湃(ba)断你的儿根没有？"一抬头看见棰棰，不好意思地，"我什么也没说，你没听懂吧？"

棰棰笑着说："米独贵(不知道)。"

王总办："怎么着，要不一块儿吃顿便饭？"

满山真诚地："我们就不打搅了。早点回去收拾，明天迎候总办大人。"

王总办："好好好，垦务局是个清水衙门，老叔我既要关心几十万垦民的生存安危，又要替山西督军百川先生操心，精力不济，就不强留诸位了。我送送大家。"

满山他们感激地："大叔留步，明天见。"

王总办笑咪咪地挥手告别。

满山他们走进一家粥馆，伙计迎上来："来啦？要几个馍？要了馍，稀粥尽饱喝。"

满山说："先来十个馍，两碟咸菜。"

棰棰嘟囔道："满山哥，咱们这么辛苦，就不能吃点好的啊？"

忠义打断她的话："就这挺好。喝了这顿稀粥，一满要记住，为甚辛辛苦苦干一年，到如今却要喝着稀粥过日子。伙计，上馍，端咸菜！"

满山低声说："大家辛苦一年，也该有点工钱。大牛，回头你从银票里兑点钱，你们一人两块大洋。我是大哥，事情没办好，都怨我，我不要。"

棰棰："那你不吃不喝啦？"

满山："口外这么大，饿不死。"

大牛："我也不要。我有的是力气，我去打几天短工，完了回家看我妈去。"他学王总办的口气，"喝粥吃馍就咸菜——好好好，当里个当。"

忠义："我和棰棰也不要。别人见甚吃甚，咱们甚贱吃甚。勒紧裤腰带过了这一关，好日子在后头等着咱们呢！"

棰棰没说话，眼泪啪嗒啪嗒掉在粥碗里。

伙计奇怪地："有钱不要，跑到这儿来喝稀粥？西口外尽他娘怪事情。"

夜深了。满山他们住的蒙古包里，灯光暗淡。大牛已经睡着了。

蒲父："……满山，睡吧。是长是短，明天就见分晓。要是不给补偿，你们就分头去见王爷和股东们，说明情况，给人家有个交待，写下还钱字据。要是给点补偿，你和大牛一起回去吧，忠义早就说要带棰棰回一趟古城，你们相跟上一起走。蒲棒儿要生孩子了，这是家里的大事，你得回去看看。"满山："爹，咱们一起走吧？"蒲父边铺被褥边说："这么大的工程撂在这儿，我不放心。再说小栓还病着，我得照料他。你们先走，等你们回来我再走。"满山："好吧，我尽快回来。"蒲父躺下说："满山，王总办外号叫笑面虎，听说他比王爷们还有钱。可是听你们一说，好像这人还不错……不说了，睡吧。"

满山吹灭灯，静静地躺下，眼盯着包顶发呆。

王总办骑着毛驴，率人来到杨家河水口处。满山一行肃立迎接。

蒲父："总办辛苦了，请先喝点茶。"王总办跳下毛驴问道："你是哪位啊？"满山说："他是我的老丈人。"大牛："是会唱山曲儿的蒲棒儿她爹。"王总办笑眯眯地："好好好，两代人在口外修水渠，好事情嘛！蒲棒儿她爹，一会儿唱两段？"蒲父："王总办，唱曲儿容易办事情难。他们几个年轻人吃了很大的苦，还请您帮扶一把，让他们修成这条杨家河。"王总办："好好好，那当然那当然。杨满山，咱们开始吧。我先看看图纸。"

满山："好的。忠义，铺图。"

忠义、大牛、棰棰他们铺开长长一溜图纸，随从们帮忙按住图纸。

王总办边看边说："你们先说个大概。"满山指着图纸说："开口已经砌好。将来干渠总长120里，渠宽八丈，水深九尺。沿渠将建造五座车马大桥。再建四道支渠，分出2000多条小渠水道。建成后，可浇地五万多垧……"

王总办由惊诧而肃然，拈髯沉思。

王总办端着茶碗，对席地而坐的满山他们说："……诸位，你们修渠救灾，为稳定秩序出了大力。大灾之年蒙地没出大事，比啥都好。你们把账单整理好，送到垦务局，所花费用按赈济难民开支，由垦务局拨给你们。"棰棰："大叔，你给我们拨多少？"王总办："除过各王府捐款，其余的钱都可以适当补偿。所补款项算作是垦务局入股杨家河工程的股份，这样我也好交待上司，你们看如何？"忠义："那算多少股啊？"王总办："公平计算嘛。要是可以，就这么办。要是不行，大叔我可就无能为力了。"见大家不说话，他又说："你们商量商量，我先走一步。告辞。"

满山决断地："就这么办。我同意。"

王总办："好好好。请你跟我到垦务局跑一趟。蒲棒儿她爹，唱两声吗？"

蒲父打哈哈："今儿嗓子不好，改日吧。"

王总办："好好好。改日我专门请你。"他走出蒙古包，随从扶他上驴。

几名垦务官结算完最后一摞账单，推开算盘，把统计总单递给王总办。

王总办站起来，看看总单，捶着腰说："好好好，我总共拨给你们一万三千元赈灾款，往后垦务局占你们杨家河工程四成股份。杨满山，如果你同意。在这份总单上签个字。"

满山接过总单，看过后递给忠义。忠义依次递给棰棰、大牛。满山看看忠义，忠义摇摇头，满山放下手中的笔。

王总办见状说道："好，买卖不成仁义在，送客！"满山一咬牙，在单子上签了名字。王总办笑眯眯地："好,以后就是一家人了,工程上遇到什么事,随时来找我。怎么着,一块儿吃顿便饭?"棰棰疑惑地："不用了吧,往后我让我阿爸请你喝酒。"王总办："好好好,到时候咱们都去热闹热闹。我送送你们。"待他们离去后,王总办对两名垦务官员说："你们重做一下账,请督军府按那两袋子账单拨付赈灾款一百七十万。到时候总办经费留一百五十万,其余的你们看着办。"

官员："好的,我们马上做,总办放心。"

蒲棒儿提起水罐走到大门口,一开大门,见门前摆着一溜水罐,还有放了米面的碗盘,赶忙朝隔壁喊："二婶,你快看看,谁家把米面放在这儿啦?"

二婶的声音："满山家,这是规矩。谁家男人不回来,大伙儿都会帮一帮。没事,你拿回去吧,把空碗盘放在房背后,是谁家的谁家会拿回去。"

蒲棒儿："乡亲们也不富裕,别麻烦大家了。咱家还有粮食。过几天我纺点线卖点钱,够我们母子花费。"

这时有人来到大门口问："请问,这是杨满山杨掌柜家吗?"

二婶从隔壁院里走出来问："你是哪儿的?你有甚事?"

来人："咱们进去说。"二婶拦住那人说："后生,这家男人不在,你不能进去。"

来人问站在门口的蒲棒儿："请问你是不是杨满山杨掌柜的媳妇?"蒲棒儿："对,我是杨满山的媳妇,你有事吗?"来人："今年口外年成不好,多亏满山掌柜照顾我,让我在杨家河工地干了一个多月,赚了一点钱。听说满山掌柜今年不回来了,我买了点东西来家里看看。"蒲棒儿："这位大哥,你的好意我心领了。听说满山在口外赔下钱了,不怕,欠下你的你就明说,我拆房子卖地还你。"来人着急地："不是不是,是难民们抢粮食,把工程给抢塌了。"

二婶："瞎说,你这不是让满山媳妇担心嘛!"

那人打了自己一巴掌："我这嘴!"

屋里孩子哭了,蒲棒儿扶着墙走回去。

二婶指指门上挂的红布条说："满山家刚满月,你有话到我家说。"

来人："没事没事,告诉满山嫂,杨掌柜在口外为人好、名声好,明年一开春,我们还找他。"他放下东西走了。

蒲棒儿从柴禾窑里抱出纺车,擦拭完以后抱进正窑。杨家河蹬着小腿朝她笑了。蒲棒儿抱起儿子喂奶："家河,你爹今年不回来了。他遇了点事,咱不埋怨他。咱母子俩好好过日子,让你爹放心……"她亲亲儿子,用儿子的小手擦擦自己的眼泪。

蒲棒儿在油灯下纺线。她轻声哼唱："野雀儿捎上一句话，有钱没钱回来吧。离开口外多喝点水，路远害怕渴坏你。人家骑马你骑驴，哥哥不要伤着腿……"

蒲棒儿满脸泪水。杨家河甜甜地睡着了。

满山和大牛从从煤窑里背着大炭爬出来。监工踢着他们喊："快点，快点！杨满山一驮子。杨大牛一驮子。"满山他们把背上的大炭放在炭堆上，又弯腰往窑里爬去。

监工喊："快点，进去小心点，四块石头夹一块肉，砸死不管！"

他们又背出来一筐碎煤，监工踢着他们喊："快点，快点！杨满山一筐。杨大牛——"

这时桎桎走过来，带着哭声说："满山哥，谁让你们受这罪来！回去回去！"

监工骂骂咧咧地："妈的，这地方女人不能来，一点规矩都没有，滚蛋！"

桎桎："我是蒙古人，我不管你们那些规矩！满山哥，走吧，我不让你们受这种罪。"

大牛："桎桎，你先回去吧，我们赚够路费就离开这里。"

桎桎："我有钱，足够咱们路上花。忠义已经——"她捂住嘴，不说了。

满山："忠义咋啦？他咋没来？"

桎桎遮掩地："他有点事，一会儿就来。"

大牛："桎桎，我们不能花你的钱，男人有男人的活法。"

桎桎："男人就这么个活法啊？怪不得人们说——算了算了，当着两个河曲人的面，我说不出口来，回吧！"

大牛调侃地："河曲府谷人，甚也干不成，赶个牛牛车，还得东川人。是这话吧？当里个当——"

满山突然发火："谁他娘的编了这么个曲儿！我偏要干出个样子来让他们看看！进窑，背炭！"

桎桎："那我也背！"

监工赶忙拦住她："嘿！窑里头掏炭的人一丝不挂，你不能进去！"他转身对满山他们说，"你们好大的架子！这么好看的女人都请不动你们啊？我看你们都是些二杆杆！赶快结账，离开这里！"

大牛："我们靠苦力赚点路费，这也不行啊？"

满山喝止他："大牛，少说两句，没人把你当哑巴！"

监工推着满山说，"快走快走，窑工要是知道女人来过这里，饶不了我。别给我惹麻烦！"

这时忠义急匆匆地赶来。他把满山、大牛拉到一边说："走，回去。我买上票了，明天一早坐火车走。到宁武下车，我和椪椪跟你们先到河曲，后回古城。"

满山吃惊地："谁说要坐火车来？有钱没地方花啦？走包头绕石拐，那得走多少天啊？疯啦？"

忠义："满山，你一满没见过世面，你还想干大事情？从包头坐火车，不到一天就到了宁武关。从宁武关到河曲，也就两天路程。你算算，还不比你们那'第七天，红鞋店'近啊？"

大牛："喂喂喂，不准你说红鞋店红鞋嫂，那是你丈母娘家。"

忠义一拍脑袋："哟，我把这事给忘啦！"

椪椪捣了他一拳，对满山说："满山哥，明说吧，是我阿妈给的钱。她说，咱们几个辛苦一年，她该替师父奖励奖励大伙儿。谁要是心里过意不去，以后把钱还给她就是了。她心疼咱们，她心疼你杨满山和杨大牛，你们要不想走，自己退票去！"说完转身就走。

忠义拉着满山说："还愣着干甚？结账！回家！"

满山坚决地："好，结账！回家！坐狗的火车！"

椪椪好奇地看着火车里的一切东西，问忠义："这火车每天吃甚哩？"忠义说："吃煤。"椪椪说："鄂尔多斯有的是煤，回去咱也买上一辆，挺好玩！"大牛："土路上走不成，还得买路。人家说路是用钢做的，比金子还贵。"椪椪："等杨家河工程赚了钱，咱买上一段路放在咱们那儿，来回吃饭说话都方便。"大牛："往后咱在杨家河盖上一座楼，咱们几家都住进去。我在楼上喊：椪椪，给我买点酒去，你就赶紧坐上火车买去。"椪椪："我不管，我又不是你老婆！"大牛："那就让我老婆买去。"忠义："你老婆是谁？"大牛迷茫地："我不知道。王老五，二十五，皮裤烂了没人补。"

众："当里个当，当里个当！"

几个年轻人终于痛痛快快地笑了……

蒲父在收拾工地上散落的工具。小栓跟在后面帮着收拾。

蒲父："小栓，你病还没好，歇着吧。"

小栓："师父，我好多了。药铺先生说，可以走动了。"

蒲父抚摸着水口巨石,怔怔地望着滔滔黄河水。

工地上。蒲父教小栓拉四胡、唱曲儿。

蒲父:"……这些山曲儿,是用心来唱的。你没成家,还体味不到,慢慢来。"小栓:"我见过蒲棒儿,也见过红柳,她们流的泪蛋蛋,我都看见了。师父,我不想成家,我见不得泪蛋蛋。"

蒲父自语:"泪蛋蛋,泪蛋蛋,泪蛋蛋本是心中的血,谁不难活谁不滴。家里要是过上好日子,谁还会掉泪蛋蛋?唉,反过来说,身边要有个掉泪蛋蛋的贴心人,那是一种福气呀!可惜,师父没这种福气了。"

小栓:"不是有小外孙嘛!"

蒲父突然醒悟过来:"对,对对,我有小外孙!不管男外孙女外孙,都是我的命蛋蛋。再哭再闹,我喜欢。他要哭了,我嘣地亲他一口。他还要哭,我嘣地再亲他一口。小栓,你说在我的心坎上了。来,咱唱曲儿……"

师徒俩轻声哼唱起来。

火车上。棰棰对满山说:"你签名那会儿,我的心咚咚直跳。你知道我想起谁来了?"大牛逗她:"肯定不是想我。"棰棰瞥了他一眼:"我说正事呢,你别当里个当。我想起纳木林和二麻烦签约的事来了。你们说那个王总办不会骗咱们吧?"忠义:"我也琢磨过这事。钱已经补给咱们了,按说不会有诈。"满山:"有这笔钱,咱们就能开工。明年一开春,咱们要定一些规矩。招多少人,编多少组,轮流维持秩序,一步一步,扎扎实实,心中要有数。"忠义:"但愿明年是个好天年。"大牛:"就是,把那些满地跑的灰东西饿死、淹死、杀死!"

一乘客:"你们低声些好不好?想杀人下车杀去!"

棰棰:"咋啦?买票坐车,不让说话啊?"

忠义:"嘘——"

火车停在宁武关火车站。乘警对满山他们说:"这儿是宁武关,你们到站了,下车吧。"

满山:"还真是快,我以为得好几天。"

四人下了车,大牛问:"去哪儿?"棰棰:"天都黑了,还能去哪儿?先住店。"大牛:"要不连夜走吧?我都闻见老家的泥土味儿了。"忠义:"那我们去住店,你在这儿好好闻,不要钱。"大牛恼火地:"别小看我,我有钱。"棰棰逗他:"大牛,我们到了火山村,你管不管饭啊?你要是管饭,我们在你那儿住上两天。你要不管饭，我们立马回古城。认门子，上坟头，磕头烧纸尽孝心。"大牛："管饭管饭，咋能不管饭！你们想吃甚尽管说。咱家要甚有甚，有甚吃甚！"

几个人都笑了。

一群人围过来。一轿夫问："客人，去哪儿，坐轿吗？"大牛说："我们回河曲。"轿夫摇摇头走开了。

赶驴人："去河曲你们得骑驴。雇我的毛驴吧。"

椪椪："你们这地方没有马啊？"马夫说："有马，你骑不了。"椪椪逗他："你咋知道我骑不了？"马夫："我这一辈子就没见过女人骑马。"椪椪："那我让你看看。我雇四匹马，明天一早去河曲。你们在旅馆门口等候。"马夫："好好好，你雇八匹都行，明天我得叫上全城男女老少，都来开开眼界。"

宁武关河道。马夫将马缰递给椪椪："闺女，牛皮不是吹的，火车不是推的。你小心。咱说好，你要有个三长两短，我可一点点也不管！"

椪椪踩着马镫上马，一抽马鞭，马顺着河道奔驰而去。马夫吃惊地："我的妈呀！这是个谁？佘太君？穆桂英？"

满山他们也上马急驶而去。马夫上马急追："河曲家，等一等！"

满山他们对着山头愉快地喊叫："噢……"

满山、大牛看见黄河，齐声呼喊："回来了——"

马夫："河曲家，我就送到这儿。你们付完钱再喊，爱咋喊咋喊。"

满山笑着说："不好意思。这是工钱，辛苦了。日后我请你到杨家河去喝酒吃鱼，玩几天。"

马夫："好，盼望你们办成大事，为咱口里人争气。"

第24集

满山他们上坡往火山村走去。大牛指着一块坡地说:"这是满山哥家的地,都收割完了。"

棰棰惊奇地:"这地能种甚?一下雨,把土全刮走了。"她指着地堰边放着的一小堆炭和一点平地问:"这是干甚的?"

大牛:"女人们提水时顺便背点炭，背不动了，就在这儿歇歇。再往上走。"

棰棰一吐舌头:"我的妈呀……"

满山他们来到杨家大门口。大牛说:"我先回去看看我妈,一会儿过来。"忠义:"好,我们明天去看望你妈,先替我们问个好。"大牛捣了他一拳,高兴地跑了。

满山边敲门边喊:"蒲棒儿——"蒲棒儿的声音:"谁呀?"满山:"我,满山!"蒲棒儿的声音:"你们别吓我。我说了,满山欠下的钱,我拆房子卖地还你们。"忠义:"蒲棒儿,我是你的媒人王忠义,我和我媳妇看你来了。"蒲棒儿的声音:"求求你们缓一缓……"

二婶从院墙探出头来,惊叫一声:"哎呀我的老天爷爷呀!蒲棒儿,快点,是真杨满山,不是假的,快开门!"

屋里传来孩子哭声。满山问:"二婶,男娃女娃?"二婶:"男娃,叫杨家河……"

这时蒲棒儿开了大门，满山猛然把她抱起来，大喊:"蒲棒儿，哥回来了!"

蒲棒儿:"慢点,晕死我了……"

忠义和棰棰赶紧背过身去。

灶房边小桌上已摆上饭菜酒壶。忠义像家人一样,里外忙乱着。棰棰在拉风箱。炉子里的火一闪一闪,照亮她的脸。蒲棒儿边炒菜边看着棰棰,棰棰也不时看看她。

蒲棒儿："棰棰你真好看。有红似白,有棱有角,看一眼就忘不了。"

忠义插话："不好看我能娶她嘛!棰棰,让蒲棒儿看看她送你的玉坠儿。"

蒲棒儿摸摸棰棰脖子上的玉坠儿,捋捋她额前的头发。

棰棰依偎着蒲棒儿,心绪平静。

杨家正窑。满山逗儿子："杨家河,笑笑,让爹看看。"他用胡子扎醒儿子:"杨家河,杨家河,你醒来,和爹说说话。爹走了口外你再睡。"杨家河看了他一眼,又睡着了。

蒲棒儿边脱衣服边说："有这样说话的嘛!歇着吧,孩子哭起来,忠义和棰棰都睡不好。"满山脱掉衣服,噗一口吹灭灯,把蒲棒儿紧紧搂在怀里。

圆圆的月亮。轻柔的歌声:野鹊鹊垒窝口含柴,想也不想你回来!大河上漂下芦根柴,想也不想你回来!大豆开花点点白,想也不想你回来!沙地里栽葱白又白,单等哥哥你回来……

小偏房里,忠义搂着棰棰,甜甜地睡着了。

蒲棒儿领着丈夫看院、看粮食。杨家院干干净净,杨家窑明亮整洁。纸瓮里有存粮,院子里有柴炭。窗户上贴着红红的窗花。花台里"杨家河"湿润顺畅,"死不了"花儿还在开放。处处有生气,里外显温馨。

满山禁不住搂住妻子大喊:"蒲棒儿,哥的好女人!"

这时大牛领着忠义、棰棰走进来。大牛捂着眼说:"嫂子,我甚也没看见!我甚也不说!"

村里人涌进院里来,二婶急忙拦住说:"娃娃刚满月,你们别进来!"

众人:"我们来看看棰棰。""棰棰,你阿妈给我治过病,我请你到我们家吃饭。""大牛说,棰棰如今叫乌兰花。蒙古女人长得真好看。""他二婶,多年没出口外了,让我和棰棰说两句蒙古话……"

有一位老汉十分陶醉地唱起蒙族歌:"红柳塔上的高树啊那是家乡的依靠,相处惯了的朋友啊那是心上的依靠——"

棰棰回应:"远远映入眼中的是祥云笼罩的高岗,朝朝暮暮牵挂的是朋友你去向何方?"

满院笑声和歌声。杨家河哭了,哭声嘹亮。

满山一行来到黄河渡口。满山把船工拉到一边,递给他一摞铜钱说:"大哥,这是我的两位客人。那女的是口外红鞋嫂的女儿棰棰,她要回鄂尔多斯,麻烦你破规矩送送她。"船工推开铜钱说:"不用不用,规矩早就让金知事金大人给破了。如今女人们都能坐船。"他走过去对棰棰说,"我们从水路拉船上包头,从来不住店。可我知道红鞋店和红鞋嫂,你们是我们的家人、亲人。上船吧,我单送你们一回。"

棰棰上船后说:"蒲棒儿,一会儿到了马驹家,替我们问候马驹他妈和红柳。"蒲棒儿:"我姑姑家还保存着鄂尔多斯老王爷送的银茶壶,要不咱一起去吧?"棰棰:"下次吧,忠义急着回古城,想在老家露露脸,我给他这个面子。"忠义嘟囔道:"我一满就没说过这话。"满山:"棰棰,路不好走,一路小心。"棰棰举起脚:"没事儿,我是天脚,没用布条子缠过。我走起路来一阵风——蒙古大风!"忠义:"蒲棒儿,让满山早点走。我们早点到口外,把你爹替回来。他想你,想外孙,想到坟头上看看你妈。"

蒲棒儿吸溜着鼻子说:"谢谢忠义,谢谢棰棰,谢谢你们两口子……"
船开了,他们挥手告别。

满山抱着孩子,和蒲棒儿一起来到马驹家。蒲棒儿叫门:"姑姑,姑姑。"
锁田赶忙开了门,着急地说:"快进来,红柳要生了,把你姑急的!"
满山他们赶紧进门,锁田把大门关上了。

红柳坐在炕上一堆灰土里,头发吊在墙上,人已经昏厥过去了。马母不住地用凉水喷红柳的脸:"红柳,孩子,你用力!你挺住!"接生婆低声问:"他婶,看样子挺不过去了,你要大人还是要娃娃?"马母毫不犹豫地:"我要红柳!"

红柳睁开眼睛有气无力地:"妈,我不行了……"马母:"红柳,妈心疼你,可女人总得过这一关。你再使使劲,这时候要想男人、想马驹,孩子就出来了。"

这时锁田在门外说:"满山和蒲棒儿来了。"马母立即走出来,拉住满山说:"满山,马驹不在,你帮帮姑姑。你站在门外,硬硬气气说上两句男人话,给红柳鼓鼓劲,说不定大人娃娃就都保住了。姑求你了。"满山:"姑,咱是一家人,你放心,我说!"他朝屋里大声大气说道,"红柳,我是杨满山。你咬住牙,把娃生下来。我给马驹捎个话,让他立马回来!红柳,好日子就在眼跟前等着你……"

红柳呻吟说:"妈,抓住我……"马母抓住红柳的手说:"红柳,妈抓着你,抓着咱家的孩子。红柳,妈的宝贝,你使劲!"接生婆:"马驹家,你再使点劲,娃娃的头出来了。"

红柳一挺身子,孩子出生了。接生婆倒提孩子拍两下,孩子哭出声来。

接生婆:"马驹家,是个男娃!"

马母一下瘫倒在炕上。

门外。蒲棒儿抱着孩子顺着门板出溜下去,锁田赶紧抱过杨家河喊:"蒲棒儿,没事吧?"

这时有人敲门,锁田开门一看,立马惊呆了:"啊——马驹,你回来啦!"

风尘仆仆的刘马驹,站在他家大门口。

炮声震天。马驹家院里摆满饭桌。马驹把全村人都请来了。

马驹轮桌敬酒:"叔叔大爷,谢谢你们多年关照我家,谢谢……"

他来到主桌,双手端着酒壶说:"妈,锁田叔,马驹不孝,让你们操心了。我给你们满酒,祝你们长命百岁,谢谢你们。"他鼻子发酸,转过身在肩膀上擦擦眼泪。

马母抽泣着说:"马驹别哭,今天是喜日子。"

锁田老泪纵横,说:"马驹,有你这话,叔知足了……"他倒了半碗酒,一口喝干。

马驹转身对满山蒲棒儿说:"蒲棒儿,满山,哥心小,做事不像个男人,更不像个哥。以往对不住你们的地方,请你们原谅哥。"

满山捣了他一拳说:"迷窍啦,咱俩谁是谁哥啊?"

蒲棒儿:"马驹哥,姑舅亲,打断骨头连着筋,往后两家人和和气气过日子,多好啊!"

马母:"孩子就叫刘家和吧,家和万事兴。"

马驹走到月房门前,举着酒杯说:"红柳,哥敬你一杯,你受苦了!"

屋里传出红柳的抽泣声。马驹掉泪了。屋里刘家和也哭了。

蒲父和小栓正在吃饭。蒲父举起酒杯说:"今儿这是咋啦,眼皮跳得跟打鼓一样!来,跟师父喝两碗,喝醉了不想家,喝醉了睡大觉。"

蒲父果然喝醉了,蒙头睡去。

小栓拿起四胡蹑手蹑脚走出蒙古包。不一会儿,远处传来吱吱呀呀的四胡声。

小栓唱了两句走西口,比四胡声还难听。

大漠荒野,朔风怒吼。垦务局差役敲锣喊叫:"垦务局发令,土地官垦。严禁私放,赏罚严明!"有人拦住差役问:"这又咋啦? 不让老百姓种地了?"差役抓住他:"就冲你这话,得抓你丈地去! 知道不,有人要修杨家河,想一个人发大财。总办说了,往后修渠浇地全归垦务局管理。走走走,跟我们丈地去。"押着那人离去。

人们议论纷纷:"前年奖励种地,如今来个土地官垦。那租金交给谁?""垦务局说了,除给蒙人留点外,其余全部缴给他们,要强国富民。""别听他们鬼说六道。强的是官府,富得是官员。这下垦务局要发大财了。""听说王总办有六七个老婆,一个老婆给一箱子财宝一沓子银票。半个包头的财产都流进他家去了。""等着吧,只要王府一说话,十个总办也得完蛋。"

垦务差役拔掉"蒙民纳木林户口地"的木牌,竖起写有"官垦地"的牌子。垦务官员点起木香,喊道:"开始丈地!"

十几匹马套着长绳从不同方向出发,报数人喊:"一绳子、两绳子……"记录的人重复喊着数字。

叠印画面:

垦务局官员统领大批丈工抬着绳索、丈具和写有"禁止私放"、"土地归公"字样的大牌子向蒙族户口地进发。

到处立起标牌。到处响起锣声。到处抓人丈地……

鄂尔多斯王府客厅。喇嘛三爷和王总办已经谈了一会儿了。

喇嘛三爷:"总办大人,政府早已颁布告示,蒙地所有政策'概仍其旧',如今变私放为官垦,你会惹麻烦的。"

王总办:"蒙地驻军甚多,占山为王,抢地成风,不立规矩,难改乱像。为保障杨家河工程顺利进行,垦务局必须重新丈量勘验土地,统一开垦、统一浇灌。此事干系重大,还请三王爷帮王某一把。我们有难同当,有利共享。"

喇嘛三爷沉吟半响,说道:"王总办,你来蒙经年,家产万贯,我劝你得罢手时且罢手。清廉至上,清闲最好。"

王总办:"窃以为开垦荒原,兴修水利,变荒丘为沃壤,辟草莱成膏腴,为的是蒙汉互利,农牧互补——"

喇嘛三爷摆摆手:"我再说一遍,政府的通令是蒙地政策不变,概仍其旧。王总办,鄂尔多斯风大沙多,还望好自为之。"他对门外喊,"阿拉腾,王总办公务繁忙,送客!"

满山、大牛等走西口汉子来到村口。大牛对抱着孩子的蒲棒儿说:"嫂子,你千万别想我哥,有我陪着他呢!"一女孩打了他一下:"有你能咋?你能替了满山嫂啊?二杆杆!"大牛不高兴地:"那你替去!"女孩用手里的鞋底打大牛:"再要瞎说八道,我真打你了!当里个当……"

一村民:"嘿,别闹了,这一走又是多半年,你说这叫甚事情。"另一村民:"修成杨家河,给咱们村带来的好处八天八夜也说不完。走吧,一冬天耗在家里,只能坐在墙跟底下晒阳婆儿。倒是暖和舒服,可是家里没吃没喝,心里头直发凉。"

一老人:"娃娃们,记住老人们留下的话,到了口外不要干坏事,要忠厚善良,受苦赚钱!"

满山:"二爷爷,我们记住了,蒲棒儿,回去吧——"

蒲棒儿捉着杨家河的小手说:"告诉你爹,早点回来……"

满山折回来,亲亲家河的脸蛋,又脱下家河的袜子,挨个亲亲他的脚指头:"家河,快点长大,替爹修渠去。"

蒲棒儿扭过身子,带着哭声说:"不去,我儿子不走口外……"

一村民:"来,唱上一段,送送他们。说罢唱道,走路你要走大路……"

棰棰坐在小吃摊的凳子上边吃边和看热闹的人们说话:"挺好吃,吃点吧。我请客。"

看客:"乌兰花格格,你就别走了,留在古城,我们脸上也光彩。"

棰棰:"那不行,想过好日子,还得到口外。"

看客:"口外没这么多好吃的。"

棰棰:"口外好吃的太多了!就说吃羊肉吧,你们把好好的羊肉切成头发一样的细丝,在锅里一炒,找半天看不见个肉星儿。在我们那里,要不上手扒全羊,要不给你端一盆炖羊肉,真嫩,真香,真好吃!"

看客开玩笑地:"棰棰,我跟上你出口外,你给我找上个蒙古姑娘,我们好好过日子。"

棰棰:"那你得有我家王忠义的本事。娶蒙古姑娘,没那么容易。"

这时满山、大牛他们一行走来。大牛高声喊道:"师妹!"

棰棰高兴地:"满山哥,你们来啦!"她向人们介绍,"这是我的师兄杨满山。他如今是杨家河工程的杨老板。这是我的小师弟杨大牛。"

大牛着急地对人们说:"她是我师妹,是我师父梁老板排定的。"他问看客,"今年咋看不见吴大帅的队伍?还打人不打啦?"

看客:"吴大帅的部队调防了,如今驻扎在包头附近。杂牌军,成不了气候。"

满山："棰棰，忠义哪儿去了？"

棰棰："一满听说书去了。这两天正说《杨家将》呢。走，咱们找他去！"

大牛："嗨，我师妹会说陕北话啦？棰棰棰棰真能干，一满找了个好老汉，当里个当……"

众人说笑着离去。

一看客："走口外走成这样，一满是件好事情！"

鄂尔多斯小村庄。蒲父、道尔吉、小栓、艺人等正在给村民们演出。蒲父扮的是《探病》里的刘干妈。他演得惟妙惟肖，站在远处的垦务局官兵乐得拍手扬脚。

演出结束了，官兵们围过来。一官兵喊："蒙古人和女人小孩都走开，汉人男子都跟我们走。快点快点！"

蒲父："把话说清楚，口外这么大，跟你们到哪儿去？你们是抢人还是抢钱？"

一官兵："老太太少管闲事，政府有令，不准私垦，我们雇人丈量土地，管吃管喝给工钱。"

蒲父："这话早说嘛，正好这几天我有点空，我跟你们去。"

一官兵："不行不行，我们不要老太太。"

官兵把小栓他们抓走了。

满山一行来到红鞋店外。棰棰高声喊："阿妈，我回来了！"

红鞋嫂高兴地跑出来："你们回来啦？棰棰，让阿妈看看，瘦了没有？"

二娃："陕北那边没油水，肯定饿瘦了。"大牛调侃他："二娃兄弟，你是从哪个有油水地方来的？"二娃不好意思地："我们神木县比古城强些些，倒是没油水，可是闺女漂亮。"大牛："那你娶一个让我看看。"二娃："我还没攒够钱，娶不起……"

大家说笑着走进院里。

棰棰边铺被褥边说："阿妈，等忙完这一段，我和忠义带你到北京、太原好好玩玩。咱坐火车走。"红鞋嫂笑着说："蒙古人的快乐在大草原上。等你们有空了，咱们一起回草原看看。"

棰棰身子一歪，睡着了。红鞋嫂疼爱地看着女儿。

　　红鞋嫂把满山、忠义、大牛他们送出来，吩咐道："满山，垦务局到处抓人丈地，你们千万小心。"满山："好，我记住了。"桎桎："我带点食品，随后就去。你们千万小心。"大牛："没事，他丈他的地，咱修咱的渠，两不相干。"

　　满山他们朝红鞋嫂户口地走去。垦务官兵拦住他们："乖乖站住，不准乱动！"大牛恼火地："干甚干甚！大白天抢人啊！"一官兵："算你说对了。走，抓你们几天差，帮政府丈地去！"满山边走边说："我们有事，顾不上。"几个官兵把他扑倒在地："你敢反抗，我毙了你！"

　　一垦务官员来到地头问："喂，你们里头有没有个叫杨满山的？"大牛："咋啦，有事跟我说。"垦务官员盯着他："你是杨满山？"大牛："我不是，我是——"忠义瞪着大牛说："甚是不是？你少管闲事！"大牛执拗地："杨满山咋啦？"垦务官员："垦务局王总办要和他谈点事情，他要来了，告诉我们一声。"大牛："谈甚事情啊？"垦务官员："修渠的事。"忠义："修渠咋啦？"垦务官员瞪他一眼："你是杨满山？"忠义掩饰地："我不认识杨满山。"垦务官员："那你问啥？"他指着木牌说，"还有一个叫王忠义的，租的是纳木林的户口地，让他早点交钱。"大牛："给谁交啊？"垦务官员："交我也行，交垦务局也行。我们再交给王总办。"忠义："这是你们家的土地啊？"垦务官员："你认识王忠义？"忠义故作认真地想想，然后摇头说：："不认识，一满就没听说过这个人。"垦务官员："那你最好闭上你的嘴！"

　　他眼睛盯着众人，突然大喊一声："杨满山！"杨满山不由答应一声："啊？"垦务官员一挥手，几个手下立刻围过来按住满山："好小子，我们一直在找你。走吧，总办请你到垦务局去，有要事商谈。"杨满山脖子一梗："我哪儿也不去！"

　　垦务官员："好，有骨气。总办就在那边，我请他来见你。"骑马急驰而去。

　　不一会儿，王总办骑驴来地头，打哈哈说："杨满山，来得早啊？"满山："王总办，你找我有事？"王总办："对，咱们回垦务局谈谈。"满山："我刚来口外，行李还没放下，有事就在这里谈吧。"王总办："也好。政府有新政策，不准私人在蒙地开垦修渠。你的工程由垦务局接管，不过你们可以留下——"

　　大牛惊诧地："我们回的时候你还夸我们办了好事，立了大功。这才几天，你说下的话就不算数啦？"

　　一垦务官员训斥他："住嘴，这儿不是你说话的地方！"

　　王总办笑眯眯地："好好好，伶牙俐齿，会说话。杨满山，垦务局作为大股东，有权选择修渠人员。你是继续留下呢，还是另谋高就？"

　　满山镇定地："这事你得跟王府和户口地主人去说。我按王府规矩租种土地,给主人缴纳租金。主人同意我修渠,我就认认真真地修渠。修好水渠,浇主人的土地,这事跟垦务局没有关系。"

王总办:"从今以后,一应土地事宜,都归垦务局管理,这就是你和我的关系"他指着旁边的垦务官员说:"你给他讲讲道理。这事由你来办。"

垦务官员指着杨满山说:"把他捆起来!"差役们上前捆绑杨满山,人们围上去,场面混乱。垦务官员朝天放了一枪:"没王法了是不是?在这地方,杀死你们就像踩死几只蚂蚁一样。你们给我小心一点!"

几个垦务人员把正在做饭的蒲父拖出来。蒲父气愤地:"你们要干甚?抓人?抢人?还是杀人?"一官员:"老头,这几个蒙古包我们征用了,你另找地方去吧。"

棰棰骑马而来,一眼看见背着行李的蒲父,高声喊道:"大叔,赛拜奴!"蒲父一愣,随即高兴地:"赛拜奴!闺女,回来啦?满山没回来啊?"

棰棰吃惊地:"你没见到他们啊?他们一早就到这边来了。"

蒲父:"嘿,说不定让垦务局的人抓去丈地去了。这伙害人精。"

棰棰拨转马头:"我去找找。"

蒲父:"他们人多势众,别硬碰。也不是坐大牢,过两天再说。棰棰,蒲棒儿生了吗?"

棰棰:"生了个大胖小子。八斤二两。叫杨家河。"

蒲父:"好啊,有盼头了。往后的日子会越过越红火。"

棰棰:"大叔,你到哪儿去呀?"

蒲父:"咱们的蒙古包让垦务局的人占了。我到包头看看有没有回河曲的顺水船。你们来了,我该回去看外孙去了。"

棰棰气愤地:"谁敢占咱们的蒙古包?我去看看。"她拨转马头,疾驰而去。

蒲父解下四胡,自语道:"蒲棒儿她妈,咱有小外孙了,叫杨家河。你要是再等等,不就见上了吗?我给你拉上一段山曲儿,报个喜讯。"拉了几声后觉得不对,赶忙站起来,高声喊,"棰棰!棰棰!"

锁田来到杨家院敲敲大门:"蒲棒儿,叔接你来了。马驹的孩子明天过满月,你姑和马驹两口子,让我请你来了。"

蒲棒儿从屋里走出来:"叔,你等等,我给你开大门。"蒲棒儿开了大门说:"我还说明儿去呢。这下好啦,多带点东西,我爹就要回来了,我回娘家等我爹去。"

蒲棒儿抱着孩子坐在牛车上,她担心地问:"叔,你说我爹一个人回来,路上不会有事吧?"锁田:"你爹爱红火,朋友多,走到哪儿都有吃有喝。再说满山他们会安排的,你放心。"蒲棒儿:"我爹这次回来,我就不让他走了。"她对孩子说,"杨家河,姥爷就要回来了,快笑笑。"

棰棰骑马来到蒙古包前,一脚踢开小蒙古包的门,对两个正抽大烟的垦务员怒声喝道:"起来!谁让你们住这儿的?"边说边把他们的行李扔出去,"呸,真臭!"

两个烟鬼懒洋洋地爬起来,眼睛一亮:"嘿嘿,美人!""过来过来,让爷亲亲……"

棰棰夺过烟枪烟灯扔到门外,厉声喝道:"这是我的家,你们给我滚出去!"

一个烟鬼从后面扑倒棰棰:"快,扒光她!"另一个家伙按住棰棰,撕扯她的衣裳。

这时蒲父急匆匆赶来,听见声响,连忙抄起一根木棍闯进去。

两个家伙压在棰棰身上。蒲父挥棍就打,棰棰挣扎着站起来,掩住衣服跑出蒙古包。一垦务员夺过木棍,朝蒲父头上打去。蒲父头上顿时鲜血直流,他晃晃悠悠倒下去。

门外突然响起牛角号声。一垦务员惊慌地喊:"不好,快跑!"俩人朝户口地跑去。

棰棰朝着原野吹响牛角号,见俩人跑出来,迅即挥鞭抽打。

俩人分头跑开,棰棰追上一个,将他抽倒在地。

满山他们正朝住宿地方向走来,听见号声,忠义说:"好像是棰棰回来了。"满山说:"快过去看看。"忠义又听听:"号声这么急,是不是出事了?快走!"

他们朝蒙古包方向跑去。垦务官员在后面追:"干啥干啥?你们跑什么?再跑我开枪了。"

众丈工跟着跑起来。急促的号声传遍原野。随着号声,四处响起马蹄声和人声。

蒲棒儿抱着孩子、挎着包袱，走到大门前开锁。锁已经锈死了，蒲棒儿费好大劲才打开。

一邻居："蒲棒儿，回娘家来啦。"蒲棒儿："过几天我爹就要回来了，我来拾掇拾掇家，让我爹舒舒服服住着，我再也不让他去口外了。"邻居："你爹腰不好，你把炕烧得暖洞洞地，让他烤烤腰。"蒲棒儿："哎，谢谢大叔。"

蒲棒儿推开大门，门轴"吱吱呀呀"直响，很难听。

棰棰跪在蒲父身边，哭着喊："叔叔，大叔……"

满山他们冲进来，满山大声喊："爹，你咋啦，你醒醒！"

蒲父强睁开眼挣扎着说："满山，扶……扶我回家……看……小外孙……"

他身子一软，死了。

阿拉腾率王府兵丁疾驰而来。到了蒙古包前，阿拉腾跳下马。命令道："装炮！"

王府兵丁迅速装好牛腿炮。阿拉腾走进包里。

小杨家河躺在炕上，咯咯地笑着。蒲棒儿正给她爹铺被褥，儿子笑，她也笑了。她对儿子说："家河，你姥爷就要回来了，他心善、人好，谁都待见他。等姥爷回来，你给姥爷好好笑，你让姥爷给你唱山曲儿，一年半载都唱不完。"

她笑盈盈地哼唱道："苍耳苗开花人不见，谁也割不断牵魂线……"

众人将蒲父的灵柩抬上牛车。满山拉着灵车前行。忠义、棰棰撒纸钱。红鞋嫂等含泪跟在灵车后面。

道尔吉抚摸着棺木说："蒲棒儿她爹，我的老朋友。我们总是歌唱别人，今儿我用蒙汉调唱唱你这个刮野鬼的河曲人。你是草原上飞来飞去的沙胡燕，蒙古老乡喜欢你。"

他唱起古老的蒙族送葬歌。

摸鬼行者和众乞丐、包头蒙汉民众在讨吃窑迎接蒲父灵柩。摸鬼行者拍着棺木说："蒲棒儿她爹，我是你的老朋友摸鬼行者，我打发过无数死在口外的人，数你让我心痛！你爱说爱笑爱唱曲儿，你活得好好的，你来我这里干甚！"

众乞丐："蒲棒儿她爹，你再给我们唱上一段！"

窑内窑外,响起嘶哑的哼唱声:哥哥你走西口……

王府客厅。一只银杯摔在地上,发出慑人的声响。

喇嘛三爷气得直转圈儿:"这个王总办,简直是无法无天!"

棰棰:"阿爸,他们霸地杀人,你说怎么办?"

喇嘛三爷:"乌兰花,说说你的想法。"

棰棰:"招兵,开炮,把那些家伙们都杀了!"

三爷坐在椅子上沉思不语。

棰棰:"阿爸,咱们再想想办法。"喇嘛三爷:"自清朝以来,垦务局的权力越来越大,成了朝廷和政府的一块刮金板。每起争斗,蒙汉民众都得流血。这样吧,咱们先礼后兵,我先联合六旗王爷向山西督军通报一声,看他咋办。"

棰棰:"他要是不管呢?"

喇嘛三爷站起来喊道:"他得管! 他知道蒙古独贵龙运动是咋回事! 一旦蒙汉民众联手行动起来,势如燎原烈火,到时候,他想管也管不了了。"

包头火车站戒备森严。站前备有车轿、驼轿、马车等。众护卫簇拥督军特使走出火车站。

一护卫:"督军特使到! 闲人回避!"

王总办笑容可掬地迎上去:"特使大人,欢迎您来到鄂尔多斯……"

督军特使:"王总办,我这次不去你那个破破烂烂的垦务局。督军让我看看你住的地方。"

王总办一愣:"这这这……"

督军特使径自钻进轿里。

一行人马来到王总办府邸前。督军特使下轿后打量着总办府邸说:"王总办,以往来蒙,你总是让我住在垦务局。我每次回到太原都对督军说,王总办是个清廉官员。嗨,没想到你这住宅的围墙比督军府的还高嘛,怎么着,进去看看?"

王总办擦擦头上的汗水:"回特使,家有诸多内眷,恐有不便……"

督军特使:"在蒙地,垦务官员是个肥差。我听说王总办生财有道,家财万贯……"

王总办:"大人,我给您和督军准备了些礼品,咱们进去谈。"

督军特使瞥了他一眼:"不是有诸多内眷,恐有不便嘛。"话锋一转,"王总办,你这次能刮多少银子啊?"

王总办似乎感到话外有音："特使大人，我这是为政府出力。"

督军特使："你为那个政府出力？我咋没听说政府要改变蒙地垦务政策？"

王总办语塞："我……"

督军特使："你胆子也太大了！幸亏七旗王爷禀报得早，否则你就给督军大人拉下糊糊了！"他吩咐手下人，"把他给我绑起来！"

王总办挣扎："我是国民政府直接委派的官员，你们管不了我！"

督军特使："山西督军代管蒙地事宜，还管不了个你！给我搜！"

随从迅速封锁总办府邸，另一支兵丁入府搜查。过了一阵，兵丁们从总办宅邸抬出十几箱装满银元玉器的木箱，还押出来十几个妖艳女人。

督军特使站起来指着王总办说："先把他押到包头讨吃窑严加看管。然后直押太原审讯问罪！"

杨家河工地分外宁静。

满山、忠义、大牛、棰棰正在默默整修工棚、收拾工具。

马驹从伙计手里接过马缰："妈，锁田叔，我走了，你们保重。"

马母走到马驹面前，深情地摸摸儿子的脸："马驹，一路小心。"

马驹："妈，你放心。"他扭身对红柳说，"红柳，我走了。照料好孩子，替我孝敬二位老人。过一两年，我接你到口外去。"

红柳点点头："让舅舅赶快回来吧，蒲棒儿等得心急火燎，一家人该团圆了。"

马驹："好的，一到口外我就去找满山。舅舅说不定快回来了。"

漆黑的原野上亮起一溜溜烛光。隐约可见雇工们手持标杆木桩，听从满山他们指挥。

满山："第三百段，忠义支渠，高四尺二寸。"忠义应答："距退水七十八里。"

棰棰："第三百五十段，大牛支渠，高三尺五寸。"忠义应答："距退水九十六里。"

大牛："第四百二十段，乌兰支渠，高三尺八寸……"忠义应答："距退水一百零六里。"

满山："忠义支渠毛渠二百六十二。"忠义："记下了。"

棰棰："大牛支渠毛渠二百五十八。"忠义："记下了。"

大牛："乌兰支渠毛渠三百一十二……"忠义："记下了。"

工地上筑起一座巨大的沙盘,这是杨家河水系示意图。

满山、忠义、大牛、棰棰等人或蹲或跪,围着沙盘指指点点,对未来充满向往和希望。

刘马驹一身重孝,由刘警官和伙计扶着来到蒲父灵前。守在灵前的小栓木然地看着马驹,换上新香。

马驹扑到棺木前,撕心裂肺地喊:"舅舅,你咋就走了呀! 你知道我们多想你……"

摸鬼行者:"不准哭叫! 鬼魂不安!"

众乞丐从土窑里探出头来,齐声喊叫:"不准哭叫! 鬼魂不安!"

刘警官扶起马驹:"二哥,人死不能复生,咱们的日子还得过下去。有工夫一道去看看满山大哥,看看能不能帮他一把。"

马驹走出几步又折回来,对小栓说:"小栓,去把老胡找回来,就说我想他。你们回来吧,帮帮我。"

小栓默然无语。

几辆运粮车行进在大路上。粮车上插着写有"杨家河"字样的木牌。

马驹骑马领路,刘警官率警察殿后。小栓远远跟在后面。

第 25 集

大雁北飞，春天到了。

从杨家河水渠引水口开始，地面上画着长长的白线，众多渠工持锹立于白线两边。

杨满山站立渠头，对忠义说："开始。"

忠义一挥手，几声铁炮响过后，他对渠工说道："从今天开始，我们使用'川字浚水'法，这是咱们杨满山杨老板和他媳妇蒲棒儿想出来的。我们在后套杨家渠使用过，一满灵验。自古水火无情，今天大家要特别留心。不准嘻嘻哈哈，不准粗心大意！你要是出溜到水里出了事，你老婆一满就成了别人的老婆，父母双亲无人扶养，娃娃跟着受罪，挣下的家产全部完蛋，听清楚没有？"

众："听清楚了？"

满山："棰棰，你说两句。"

棰棰大声喊："大家准备好了吗？"

众渠工："一切就绪！"

棰棰："万无一失吗？"

众渠工："格格放心，万无一失！"

棰棰对大牛说："大牛，你喊！"

大牛嘟囔道："我还以为不让我说话了——"他大声喊道："放水！"

满山等人指挥渠工拉开闸门，滔滔河水涌入"川字"型渠道两侧。

水渠中间一道土棱上站着众多渠工，他们腰上系着绳子，用木棒使劲撬土。土块落在水里，发出隆隆声响。

渠道两旁的人紧拽着绳索的另一头。

水流翻滚，中间土棱自行倒塌，工地上锣鼓唢呐一齐响起来。

满山高兴得又蹦又跳又喊又叫，棰棰低声逗他："喂，大师兄，你忘了蒲棒儿说的话啦？你是有老婆的人，凡事要装得一本正经，不管高兴难受，你都要憋在肚子里。"

忠义："满山,你说两句。"

满山："众位父老兄弟,这一段日子苦重活多,大家辛苦了!接下来,咱们要把挖好的渠道截弯建正,劈宽深挖。挖一段成一段,成一段用一段,尽量多浇土地,秋后多打粮食。咱们今年种下的庄稼会蹭蹭地往上长,往后年年是好年景,好日子就在咱们眼跟前。就这!"

棰棰："我还得说两句。这两天咱们顿顿吃好的。吃糜米捞饭大烩菜,吃包子、吃饺子、吃羊肉稍梅,多放肉,多放醋!还有,大家干完活把该洗的衣服被褥送到我那儿,我雇人给你们洗。"

一渠工："那不行,搓红你的小手手,我们心疼得睡不着。"

棰棰："那你自己洗去,我不管。"

忠义："咱们每十天发一次工钱,要是有人克扣你们,大家就找这个人算账,他叫当里个当。"

大牛一下把忠义扛起来,对棰棰说:"要不是看在你的面子上,我一满把他扔进河里去。"他扛着忠义飞奔而去。棰棰跟在后面喊:"咋啦咋啦,眼红啦?你有本事,你也娶一个好老婆!"

满山也跟在后面跑起来。

大牛把忠义扛到第一支渠口处,"嗵"地扔到地上,喘着气说:"凭甚我要扛你,我咋老干这种吃亏的事情!怪不得我没老婆!"

满山对跟来的渠工说:"把这两块牌子立起来!"

人们把写有"忠义支渠"和"乌兰支渠"的木牌立起来。

棰棰一愣:"咋不写花呀?我叫乌兰花。"忠义:"乌兰渠好。写成乌兰花渠,人们图省事,念成花花渠,那一满就坏事了。"棰棰:"那有啥?花花就花花。"大牛:"你一花花,忠义一满得跳河。"

忠义:"满山,咱们给蒲棒儿也立一块吧,你们俩想出川字法,她在家里抚养杨家河,不容易。"

满山笑着说:"这不是送人情的事。我们家有一个人走口外就行了,家里花台上修的那条杨家河,都归她管。倒是给师父立碑的事,得好好商量一下。"忠义:"好,咱们好好想想。"满山:"忠义,你就不能背上大牛跑几步嘛。"忠义:"他死沉死沉,我一满背不动他。"大牛:"说得对,你背不动,让棰棰背吧。反正你们是两口子,谁背也一样。"说着走到棰棰跟前。棰棰大气地说:"背就背,又不是挖米挖下圪洞了,扯布短下尺寸了。"欲背大牛。

忠义赶紧走过去背起大牛:"棰棰,那句话不能那么说,大牛脑子不够用,他一听,胡盘乱算,吃了五谷想六谷,脑子越发糊涂。"

大牛:"你别瞎说八道。我满山嫂子说了,今年秋天回去,她肯定让杏花姑娘坐在我家炕头上。我见过杏花,长得比桠桠还好看。"

桠桠笑着说:"能找见比我还好看的老婆,你可是走了大运了。大牛,这是大喜事,一会儿回去你得请客。"大牛:"请就请,怕谁请不起!"

忠义背着大牛跑了几步,喘气说道:"大牛,一会儿立起'大牛支渠'牌子,你能不能唱两声让我们高高兴兴?"大牛高兴地:"你放下我,我立马就给你唱。"

忠义放下大牛:"这就对了,大牛兄弟好脑子,一点就通。"

大牛朝着大渠喊了两句:"哥哥我走西口,小妹妹泪长流——"

满山:"大牛,他们逗你,你让他多背一会儿。"

大牛:"不行,我嗓子痒的不行,就想唱。"

蒲棒儿把杨家河拴在坡地一块平整地方,然后在坡地上点种山药。她边刨坑边和儿子说话:"家河,想你爹没有?"杨家河:"想。""知道你爹在哪儿?""口外。""你爹回来吃甚呀?""饺饺。""你长大了干甚呀?""走口外。"蒲棒儿生气地:"好好好,快走快走,到口外找你爹去,我不留你!"

起风了。蒲棒儿把一领皮袄绑在儿子身上:"乖乖地,别动,小心大风把你吹到口外去"。

杨家河乐得咯咯直笑。

杨家河用小手解绳子上的疙瘩,他解得很专注,解啊解啊,终于解开了。他高兴地叫:"妈妈,妈妈。"蒲棒儿高兴地回答:"哎,杨家河!"杨家河:"妈妈——"他身子一歪,滚下山坡。蒲棒儿疯了一样顺山坡滚下去:"家河!家河……"

这时杏叶正好走上坡来,她扔掉篮子,一把拽住杨家河。

用皮袄裹着的家河朝她憨憨一笑,吐字清晰地说:"走口外……"

杏叶儿:"啊?你个猴毛娃娃也要走口外?走吧走吧,你到口外把那个杨大牛给我叫回来,让我看看他是方的还是圆的,傻的还是愣的?"

蒲棒儿扑过来抱住家河问:"杏叶,正是大忙时节,你咋来啦?"

杏叶边捡掉在坡上的干馍馍片边说:"杨满山走口外,留下老婆没人收留,我心善,来帮帮你。"

蒲棒儿笑着说:"你别着急,大牛一回来,我就给你们当媒人,让你们相亲、成家、说话儿——"

杏叶:"然后就是生娃娃、走口外,就成了你这样的搂柴耙耙。"

蒲棒儿："哪总得找男人吧？"

杏叶悲切地："蒲棒儿，桃花死了……"

蒲棒儿："啊，多会儿的事？"

杏叶："前几天。她喊着大虎的名字，从崖头上跳河了。"

两人都不说话了。

一个蒙面人影来到马驹粮行门前。四顾无人后，他轻轻敲门。门卫开了大门上的小孔问："谁，干甚？"

来人："你告诉刘掌柜，有个老乡要见他。"

门卫："都半夜了，明天再说。"

来人："赶紧去，就说有个叫没人疼的人要见他，有急事！。"

门卫嘟囔着往里走去："嗨，没人疼，世界上还有人叫这名字……"

客厅的灯亮了。

马驹披着衣服急忙走出来："老三，你咋这时候来了？快进来。"来人摘掉头套，匆促说道："二哥，出事了！有人撺掇侯老板的家人把你告到警务所去了。"

马驹："我又没杀他，我不怕。"

刘警官："人家不告你杀人，人家告你抢夺财产。"

马驹："他凭甚说我抢夺财产？"

刘警官："你自己也说过，是用土匪打劫的钱财开的粮行。民不告，官不究，原先没人出面说话，这事也就算了。如今人家把你告下了，警务所和晋商商会明天一早来人，你赶快想办法。我走了。"戴上头套离去。

马驹愣住了。

刘警官骑马飞一般来到满山住处。他翻身下马，使劲敲门："大哥，快起！我二哥那儿出事了！"满山披着衣服开了门："老三，快进来，你二哥咋啦？"

刘警官拉着满山走到暗处："咱就在这儿说，我得赶紧走……"

马驹粮行院里停着一溜满载家具实物的马车。马驹在给伙计们交代："……这是大家的工钱，拿好。车上的东西全部捐给杨家河工程。往后大家就散了吧。"他给大伙鞠了一躬，"马驹无能，对不住大家……"

一排警察持枪朝马驹粮行走来。侯老板家人披麻戴孝跟在后面。

晋商商会乔会长乘轿而来。有人大声通报："晋商商会乔会长到！"

复盛粮行马掌柜坐马车而来。通报人喊："复盛粮行马掌柜到！"

威风凛凛的商会镖队骑马而来，通报人："商会镖队到！"

马驹率伙计们在门口迎候。满山和大牛站在他们背后。

侯老板家人愤怒地瞪着马驹。马驹面色沉静，看着侯家家人。当他看见躲在后面的小六时，禁不住紧攥拳头，往前走去。小六赶紧溜了。满山拽住马驹，马驹吐口气，放松拳头，冷静下来。

刘警官："今天，包头警务所会同晋商商会处理侯家人与马驹粮行纠纷一案——"

一侯家人："不对，是刘马驹霸占我家财产大案！"

刘警官："肃静！现在请晋商商会乔会长讲话。"

乔会长："诸位，侯氏家人状告刘马驹先生侵占驼队财产一案，经商会与警务所协商，着马驹粮行立即摘牌停业，一应财物由商会会同复盛粮行接收清点后予以公示。至于赔偿事宜，待清点后择日宣布。"

刘警官问侯家人："你们还有甚说的？"

一侯家人："听你们的话，我们放他一码，不告他杀人罪，但我们家的财产必须全部归还，一个铜子儿都不能少！"

刘警官一推帽檐，恼火地："你们家财产是多少？"

侯家人："我们不多要，把粮行财产全还给我们就行。"

刘警官："是谁告诉你们刘马驹抢了你家财产？"

侯家人："我们说了好多遍了，是小六。"他回头喊："小六、小六——"

刘警官："别喊了！你们和一个土匪搅和在一起，不能把我们也拉进去。过几天，我得把那个家伙办一办，让他知道知道政府的王法。刘马驹先生，你还有甚说的？"

刘马驹摇摇头，没说话。

乔会长："摘牌！"

门前已经摆好梯子，保镖队的人上去摘掉"马驹粮行"牌匾。

马驹转身走进大门，一会儿提着一卷行李走出来，对乔会长说："乔会长，让你费心了。谢谢。"他拍拍手，背起行李要走，刘警官拦住他说："事情还没完，你到哪儿去？"

马驹："后面的事，请杨满山杨老板替我操心。往后要杀要剐，他会告诉我。我立马回来。"说完大步走了。

伙计们呼喊："刘掌柜——"马驹没回头，快速离去。

刘警官走来低声问满山："他要去哪儿？"

满山："肯定是去他爹去过的地方。去去也好。"

几个兵丁来到刘警官门前。一兵丁敲门："刘警官在吗？"刘警官开门看看来人，疑惑地问："你们有甚事？"兵丁："我们大帅府七姨太要见你。"刘警官推辞："过几天吧，公务在身，我走不开。"几个兵丁逼过来："别废话，马上就走。"刘警官还想说什么，兵丁裹夹着他走出去。

七姨太坐在椅子上，指着刘警官骂道："……你小子翅膀硬了，不服管教了！我让你办的事你一件都办不成，还躲着我！我让杨满山给大帅当保镖，他人呢？"

刘警官："人家如今是杨家河工程的大老板，咋能放下工程来当保镖呢？"

七姨太："好啊，我把你给我捎的话给大帅说了，大帅火冒三丈，让你告诉杨满山，大帅的队伍最近屡打败仗，军饷紧缺，你回去让你大哥杨满山杨老板从股东们给他的银两中拿出一点来，有钱大家花嘛。此事十万火急，你要是办不成，就从警务所滚蛋！"

刘警官忍气吞声，说："那我回去说说，看人家愿意不愿意。"

七姨太站起来"啪"地抽了刘警官一个耳光："没有什么愿意不愿意，大帅说了，先礼后兵，你们等着瞧！"

刘警官先是发愣，不一会儿眼角流下泪滴。他慢慢转身，缓缓脱下警服，甩甩头发走出客厅。七姨太追过来，气汹汹地说："你个王八蛋，有骨气你把胡枣给我退回来。"

刘警官头也不回地走了。

刘警官推门进屋，背起胡枣就往外跑。

胡枣："咋啦咋啦？天生，你疯啦？"刘警官："别他娘叫我天生，恶心！"

胡枣："咋？你卖我去啊？"刘警官："七姨太那个骚货让我把你退回去。"

胡枣一愣，挣扎着跳下来，顺手给了刘警官一巴掌："她让你退你就退啊？我是你老婆，我又不是包头街上卖的盐·h子，谁想嗑就嗑！"

刘警官："那我该咋办？她要让满山哥当保镖，拿银子，把我当成陀螺抽，我他娘的不受她的气！"胡枣："你不理她不就没事啦？"

刘警官："我不理她她理我。我把警服脱了，我他娘不干了。过几天我抓一口袋蛇放进她屋里，吓不死她我不姓刘！"

胡枣："天生，大男人得想大男人的办法——"

刘警官脖子一梗："我他娘还叫没人疼,爱咋就咋!"

胡枣："他们不疼你,我疼你。咱找满山哥去,在他那儿找点活,我就不信能饿死咱俩!"

刘警官想了想："对,我知道我哥,他疼我。"

俩人紧紧拥在一起。

阿拉腾率兵丁火速赶来工地饭场。他高声喊叫："乌兰花格格——"

棰棰从伙房走出来："阿拉腾,有事吗?"

阿拉腾："格格,请跟我们回王府。"

棰棰："我说过了,我不去。"

阿拉腾下马低声说："三王爷病重,他要见你。"

棰棰一下愣住了："那我去叫我阿妈。"阿拉腾："已经派人去请了。"

棰棰牵出白马："快走!"

喇嘛三爷已在弥留之际。棰棰俯身叫道："阿爸,阿爸!"

喇嘛三爷睁开眼睛看看两边,略带失望地闭上眼。

红鞋嫂走到床边,轻声叫道："老三,哈斯巴雅尔,我在这儿。"

喇嘛三爷睁开眼,双手摸索着。红鞋嫂和棰棰把手递给他。喇嘛三爷面带笑容,说："……其其格,我的百灵鸟,送送我……"

红鞋嫂轻声吟唱一支蒙古情歌,三爷安然离世。

三年以后

蒲棒儿背着杨家河倒腾纸瓮里的粮食:"腊月的、正月的、二月的……"

杨家河:"妈妈,我要吃好吃的。"蒲棒儿:"妈妈给娃娃蒸面人人、炸油圈圈,只要妈妈在,饿不着杨家河。"杨家河:"让我爹回来吧,我想他。"蒲棒儿:"你爹今年不回来了。不怕,有妈妈在,咱娘母俩好好过年,好好过日子,让你爹放心。"她朝着门口说:"满山哥你放心,天蓝盈盈的,天没塌下来,妹子把今年扛下来,明年你回来,咱团团圆圆过个年。"

满屋烟气。蒲棒儿咳嗽着把儿子抱到院里,用皮袄包好:"乖乖地坐着,风不顺,妈妈上房 烟囱,啊,听话。"杨家河:"妈妈,娃娃听话话。"

蒲棒儿上房调换烟囱上 的砖头,禁不住搭手往远处看。

天空传来大雁叫声。她心中响起一支歌:ㅏㅌ见大青山ㅏㅌ不见人,泪蛋蛋打得我心嘴嘴疼。ㅏㅌ见黄河ㅏㅌ不见人,想亲亲想得活不成。高粱开花顶顶上,操心操在你身上……

杨家河主渠初见规模。杨满山扛着铁锹四处巡查。他走到棰棰支渠时,用手揩去木牌上的泥土,坐下来怔怔地看着棰棰二字,轻声说:"蒲棒儿,哥想你了。杨家河,你快点儿长大,替爹修渠,让爹歇歇,享点清福。"

杨满山来到渠工伙房,帮着伙夫拉风箱。他轻声念叨蒲棒儿教他的口诀:匀匀地出气长长地拉,悠住劲儿慢慢地推。拉着拉着他愣住了,问伙夫:"大叔,杨家河该长大了吧?"伙夫不知底里,回答说:"还没有,才刚刚开了个头。"

满山自语:"我儿子四岁了……"

锁田、红柳正在收割庄稼。马母抬头望着雁群,对怀里的孙子说:"刘家和,你爹三年没回来了,想你爹吗?"刘家河:"想……我爹……"

大青山小煤窑。窑工们背着煤块从黑乎乎的煤窑里爬出来。监工高喊:"……王七小一驮子、孙老二一驮子、刘马驹一驮子……"

马驹把煤放到煤堆上,仰望天空。

满山和没人疼走过来。没人疼拽住马驹的胳膊说："二哥，大哥看你来了。"

满山："马驹，还好吗？大雁回家，你也该回去看看了。"

马驹："我爹和锁田叔在这儿背过三年大炭，再过一段日子我背够三年再说。"

没人疼："大哥想请你到杨家河工程去。河水已经流进地里，现在就缺种庄稼的好把式。"

满山："有了水，再有一批种庄稼的好把式，庄稼就会蹭蹭地往上涨。走口外人的好日子，就在眼跟前。如今老三跟我在一起，就差你了。"

没人疼："二哥，走吧，三人一条心，黄土变成金。"

马驹："……老三，我……"

没人疼："二哥，你叫我一声没人疼……"

马驹猛地攥住没人疼的手，眼角湿了。满山把手搭上去，弟兄三人拥在一起。

十年以后

杨家河蹬梯上房,敲着小铜锣喊:"开戏啦开戏啦,赶紧来赶紧来!"

众村童蜂拥而来:"来啦来啦!"他们各自拿着自制的小乐器走进正窑,把被单挂起来当幕布。一女童问:"家河哥,今天演甚戏?"家河说:"大雁快回家了,我爹捎话说他今年肯定回来——"众村童抢着说:"我爹也肯定回来……"家河:"那就演《走西口》。"一小孩:"谁扮太春?"家河:"我扮。"指着一小女孩,"你扮玉莲。快过门,开戏"。小女孩:"家河哥,我不会演。"杨家河:"咋不会演?崖畔那些狗狗叫得都是走西口的调,你跟上唱就行。咱俩是老婆汉子,正月我娶你,二月我走西口,你拉住我不让走,就这,开戏!"

女娃唱:玉莲我一十八岁整,刚和太春配成婚。好比蜜蜂见了花,倒叫玉莲喜在心。

家河唱:二姑舅捎来一封信,他说是西口外好收成。我有心走口外,恐怕玉莲不依从。

女娃唱:正月里娶过门,二月里你西口外行。早知道你走西口,那如咱俩不成亲……

众小孩起哄:"我妈说啦,娶媳妇是天下最好的事情,吹灯灯,说话话,可好玩儿啦!"

小女娃:"我紧尿啦,尿完再唱。"

众小孩:"走,尿去。看谁尿得高!"

众小孩围住杨家院花台嚷嚷:"家河,杨家河干了,快浇水。"

家河:"知道。我来浇吧。我妈说,杨家河可不能干。"他用小桶到旁边的水缸里舀水,水少够不着,他站在石墩上往起一跳,人栽进水缸里去了。

众小孩:"家河!家河!"

刚进院的蒲棒儿扔掉锄头,跑过去撞倒水缸。家河从缸里流出来,蒲棒儿歪在碎缸片旁哭着说:"要命的杨家河爷爷,你杀了你妈吧!"

家河:"没事,妈,我给你唱个小曲儿:远†ti那大青山不高高……"

口外杨家河会馆。杨满山送走一批客商,走进旁边渠工饭堂。

伙夫:"东家,又没吃饱啊?"

满山:"桌子上的饭不好吃,你给我煮上一碗溜子面。"

伙夫："东家,你得改改习惯了。杨家河如今家大业大,每天银子像流水似地流进流出,你是有身份的杨老板,吃甚不行,非要每天来吃面?"

满山边拉风箱边说,如今这还算不上家大业大,再过五年,杨家河就全部完工了,到那时,咱们供水、种地、开菜园子、掌管水旱码头……那才叫家大业大。到时候我把老婆儿子接来,我就再不给你拉风箱了。"

伙夫："东家,该回家看看了。"

满山："等乌兰花格格办完汉人宴,我就回家,六年没有回去了。"

杨家河渠系。河水浩浩漫漫流进干涸的原野。沿渠望去,田畴绿野,村落点点,骡马成群,牛羊无算。

满山坐轿巡渠。衣着整洁的巡渠队员迎面走来。他们喊着巡渠口诀,一丝不苟。满山对领头的没人疼说:"老三,有空过来和我喝酒。"没人疼:"眼下顾不上,就要浇秋水了,大意不得。"满山:"大家辛苦,多加点工钱。"没人疼:"大哥,你看我这人马咋样?"满山:"挺好,挺精神!"没人疼:"不精神行嘛,咱们得镇住那些乌龟王八蛋!"

满山来到即将竣工的杨家河三道车马大桥,有人指着"车马"二字问满山:"杨老板,这两个字怎么念?"满山顺口说:"驹马,马踩车,赶紧走!"随后摇头笑了。

巡渠工跑来报告:"又来了好几位要投资的老板,忠义老板请你回去。"

满山答应一声,绿呢轿车立即驶到跟前,随从恭敬地扶满山上车。

几位投资商来到杨家河会馆。没人疼高喊:"投资客人到!"

护渠队保护满山、忠义走来。没人疼高喊:"杨老板、王老板到,闲人回避!"

待众人走进会馆后,没人疼喊:"牛腿炮保护!"一队员:"队长,别架牛腿炮了,肯定没事。"没人疼:"当然没事。杨家河人员成千上万,谁要敢打咱们的主意,踩也能把他们踩死。可是不能大意,咱得保护老板,保护投资股东。"

杨家河会馆内。满山、忠义与商人们谈判。

小伙计跑进跑出传递消息:杨老板发火了。那些人同意杨老板提出的条件……

没人疼和队员们坐在牛腿炮旁悠闲地吃饭。

天黑了。杨家河会馆灯火通明。

会馆谈判室的灯终于灭了,商家们走了。

满山和忠义走出会馆,人们关切地看着他们。满山点点头,没说话。

忠义告诉轿夫:"到红鞋店,老板腿疼,去治治病。"

满山和忠义来到红鞋店,红鞋嫂和二娃熬草药为他们治疗肿胀的双腿。

红鞋嫂:"满山,回家看看蒲棒儿和孩子吧,她们多不容易啊。"

满山:"今年肯定回去,我想她们了。"

鄂尔多斯高原秋高气爽,正是开镰收秋时节,扇车扇动,粮食像水一样流出来。

原野上欢声笑语,一派丰收景象。

包头街上人头攒动。鄂尔多斯王府兵沿街叫喊:"鄂尔多斯王府乌兰花公主有令:一年一度汉人宴照常举办,汉人兄弟辛苦了,格格请你们参加汉人宴……"

鄂尔多斯王府内外张灯结彩,喜气洋溢。

棰棰:"诸位父老,诸位汉人兄弟,大家一年辛苦了。今天是鄂尔尔斯蒙古兄弟为大家举办的汉人宴,请大家吃好喝好,回去代蒙古兄弟问你们的家人好。明年早点来,鄂尔多斯的马奶子酒和手扒羊肉等着你们,鄂尔多斯肥富的水浇地等着你们。"她扭头对满山说:"满山哥,你说两句吧?"

满山笑着对忠义说:"唱起来吧!"

蒙汉歌声响起来,鄂尔多斯王府成了欢乐的海洋。

满山、大牛、马驹、没人疼、胡枣等乘轿来到黄河边,与忠义、棰棰拱手告别。

棰棰指着一群蒙族孩子说:"满山哥,请你把这些蒙古孩子带到河曲大河书院念书,这是我阿爸的心愿,请先生费心教好他们。"

满山:"请你放心,我和汉族兄弟会把他们当作自己的亲人一样对待。"

他一挥手,孩子们唱道:阴山苍苍,河水茫茫,蒙古荒原上,聚集着一群英俊勇敢的好儿郎……

满山和大牛走上火山村山坡,被一群孩子拦住:"哒,我们是杨家后人,来人报上你们的姓名！"大牛："我们也姓杨，都是自家人，一窝子杨。"

满山急切地："你们里面有没有杨家河？谁是杨家河？"

留着"砂锅套炉圈"发式的杨家河站出来说："我叫杨家河，你们有甚事？"

大牛："这娃！他是你爹杨满山！"

满山搂住儿子问："家河，想爹没有？"

家河好奇地问："你就是我爹呀？你还走不走西口啦？这样吧，你留下和我妈过日子，我替你走狗的口外。"

满山笑笑，朝坡顶喊："蒲棒儿！蒲棒儿！"

蒲棒儿的声音："哎！"

满山："哥回来啦！"

他抬头望去，坡顶上站着笑盈盈的蒲棒儿。

画外音：杨家河渠水至今流淌，浇灌着大漠高原千万顷肥田沃土。杨家河畔，田畴绿野，村落点点。在渠水流经的地方，至今流传着修渠人无数美妙的故事……

片尾歌起：

西口路上那么大的风，擦干哥哥的汗，吹走哥哥的音。留下哥哥的脚印印，踩得是妹妹的心。

西口路上那么多的沙，迷了哥哥的眼，埋了哥哥的情。留下妹妹的泪蛋蛋，颗颗贴着哥哥的身……

2003 年 2 月初稿于太原家中

2006 年 5 月三稿于北京国安宾馆

2010 年 2 月六稿于北京天通苑寓所

2010 年 4 月七稿于太原家中

2010 年 6 月八稿于河曲翠峰宾馆

2011 年 8 月于北京改定出版简稿

《西口三部曲》简介

《西口三部曲》之一:《西口情歌》(民歌集)

五百年走西口成就了一代晋商,养活了千百万山西流浪汉,留下来一座座大院和上万首悲凉的民歌。经多年搜集整理和潜心研究,作者认为走西口发源地山西省河曲县所传万首情歌是一部相当完整、十分珍贵的中国北方汉民族爱情叙事史诗。走遍全国,每一个地方都有自己的民歌或情歌。但像河曲县这样有上万首民歌围绕几百年走西口历史、围绕千百万人走西口的命运,吟唱日月的艰难,吟唱感情的煎熬,用山曲儿来讲述一对对青年男女从嬉戏、挑逗、相识、成亲、离别、思念,到搭伙计、跳墙头、盼归、受苦、直至西口归来的全过程,且能一代代流传下来,实在是一种十分令人震撼的独特的文化现象。倾听或捧读这些凄婉动人的山乡小曲,让人感慨唏嘘,心灵为之震颤。

作者用几年时间编完这本《西口情歌》,献给晋陕蒙父老乡亲、献给黄河、献给大山、献给飘泊在外的朋友们。全书三十余万字,分十五个章节,并附有走西口路线图、走西口路程歌、走西口受苦歌和《走西口》、《走出二里半》等经典二人台唱词和部分鄂尔多斯民歌。在"作家漫笔"栏内,收有马烽、孙谦、西戎、束为、张平、雷加、冯苓植、余秋雨、杨茂林、贺政民、张石山、韩石山、王文才、鲁顺民等著名作家关于走西口和西口文化的论述。书中还附有多幅精美的晋蒙边塞风光照和有关走西口历史的珍贵照片。

《西口三部曲》之二:《西口漫笔》

作者系走西口人后代,曾沿着先人流浪创业的旧路,赴内蒙、宁夏采访。所写散文在全国各报刊发出后,反响强烈。本书选入代表作三十余篇,或描摹家乡风情,或抒写晋人晋史晋事晋趣,融历史、人物、民俗、感情于一体,题材独特、行文流畅,读来令人心潮起伏,对黄河、高原、沙漠、驼队、长城、烽火台等蒙汉景象充满向往之情。作者散文自成一家,行文洒脱飘逸,有一种让人沉醉的韵致。其作品曾被全国多家报刊发表或转载。书中还配有多幅蒙汉

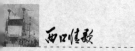

风情照片,带你走进迷人的塞外山水。

《西口三部曲》之三:《西口情歌》(电视文学剧本)(略)

图书在版编目 (CIP) 数据

西口情歌 / 燕治国著 . — 太原 : 三晋出版社，
2011.8（2020.3 重印）

（西部三部曲）

ISBN 978-7-5457-0410-5

Ⅰ . ①西… Ⅱ . ①燕… Ⅲ . ①电视文学剧本—中国—
当代 Ⅳ . ① I235.2

中国版本图书馆 CIP 数据核字（2011）第 170806 号

西口情歌

著　　者：燕治国

责任编辑：李永明

出 版 者：山西出版传媒集团·三晋出版社（原山西古籍出版社）

地　　址：太原市建设南路 21 号

邮　　编：030012

电　　话：0351-4922268（发行中心）

　　　　　0351-4956036（总编室）

　　　　　0351-4922203（印制部）

网　　址：http://www.sjcbs.cn

经 销 者：新华书店

承 印 者：山西瑞兴印刷包装有限公司

开　　本：787mm×1092mm　1/16

印　　张：25.25

字　　数：230 千字

版　　次：2011 年 12 月　第 1 版

印　　次：2020 年 3 月　第 2 次印刷

书　　号：ISBN 978-7-5457-0410-5

定　　价：38.00 元